서태후

 열정으로 중국을 뒤흔든 여걸  서태후

**초판 1쇄 인쇄_** 2008년 1월 30일
**초판 2쇄 발행_** 2011년 1월 7일

**지은이_** 양백화 | **펴낸이_** 진성옥·오광수 | **펴낸곳_** 꿈과희망
**디자인·편집_** 김창숙, 박희진 | **마케팅_** 김진용, 고우성 | **인쇄_** 보련각
**출판등록_** 제1-3077호

**주소_** 서울특별시 용산구 원효로 1가 112-4 디아뜨센트럴 217호
**전화_** 02)2681-2832 | **팩스_** 02)943-0935
http://www.dreamnhope.com | **e-mail_** jinsungok@empal.com

**ISBN_** 978-89-90790-72-9 03810 | **값** 12,000원

ⓒ Printed in Korea.
※ 잘못된 책은 바꾸어 드립니다.

열정으로 중국을 뒤흔든 여걸

# 황제 서태후

양백화 장편소설

꿈과 희망

### 이화원

이화원 전체의 4분의 3을 차지하고 있는 인공호수 쿤밍(곤명)호.
이화원은 금나라 때 작은 궁전이었으나, 명나라 때 넓혔고,
청나라 건륭제 때 어머니 생신을 축하하려고 만들었다.
1860년 2차 아편전쟁으로 영국·프랑스 연합군에 의해 파괴되었다.
그후 서태후가 해군 군함 건조 비용을 들여 지금의 크기와 모습으로
다시 지은 후 이화원이라고 불렀다.
서태후의 여름 궁전으로 유명한 이곳은 세계문화 유산으로 지정되었다.

### 자금성 안의 태화전
황금 기와을 얹고 세상의 중심인 듯 버티고 선 자금성의 태화전.
바닥에 돌을 깔기 위해 4만여 명의 사람이 돌을 실어나르고
그 위에 웅장하게 서 있는 태화전에서 황제는 주변나라의 사신들의 하례를 받았다.

**이화원 안에 있는 장랑**
인공호수 쿤밍호를 따라 길게 이어진 기나 긴 복도식 야외 회랑.
비오는 날에도 서태후가 산책할 수 있도록 만들었다.
문설주마다 중국 역사나 신화, 풍광 등 유명한 장면이 그려져 있다.

도광제(1782~1850)
청나라 8대 황제이자 서태후의 시아버지

함풍제(1831~1861)
청나라 9대 황제(재위 1850~1861)
도광제의 네 번째 아들인데 위의 세 아들이 일찍 죽어
실질적인 장남이었다. 동태후와 서태후의 남편

**동치제(1856~1874)**

청나라의 10대 황제(재위 1861~1874)
함풍제의 외아들로 어머니는 서태후이다.
5살에 즉위하였으나 18살 때 천연두에 걸려 사망했다고 하는데,
일설에는 매독에 걸려 사망했다고 한다.

**광서제(1871~1908)**

청나라 11대 황제(재위 1874~1908)
도광제의 일곱째 아들인 순현친왕 혁현의 아들.
서태후의 아들 동치제가 아들 없이 죽자 여동생(혁현의 아내가 됨)의
아들인 광서제를 양자로 삼아 황제로 만듬. 서태후의 조카이자 양아들

공친왕(1832~1898)
도광제의 여섯째 아들이자 함풍제의 동생.

이홍장(1823~1901)
오랑캐로써 오랑캐를 다스리는 이이제이(以夷制夷)로 열강들을
서로 견제시키면서 양보, 타협정책을 펼쳤다.

**캉유웨이(강유위, 1858~1927)**
개혁 정책인 무술변법을 광서제의 도움으로 시행했으나
위안스카이의 배신으로 실패로 끝남.

**선통제(1906~1967)**
청나라의 마지막 황제.
3살 때 12대 황제가 되었으나 1912년 신해혁명으로 퇴위하였다.
1934년 일본에 의해 만주국 황제가 되기도 하였다.
북경 식물원에서 정원사로 일하기도 했던 푸이는 자신이 쓴 자서전을
바탕으로 일대기를 다룬 영화 '마지막 황제'로 유명해졌다.

위안스카이(원세개, 1859~1916)
무술변법 때 개혁파를 배신한 후 서태후의 신임으로 승진하였다.
신해혁명 때 실권을 잡고 임시총통이 되었고,
황제가 될 야심을 품고 일본의 요구를 받아들였다.

# 청나라 말기 황제 계보

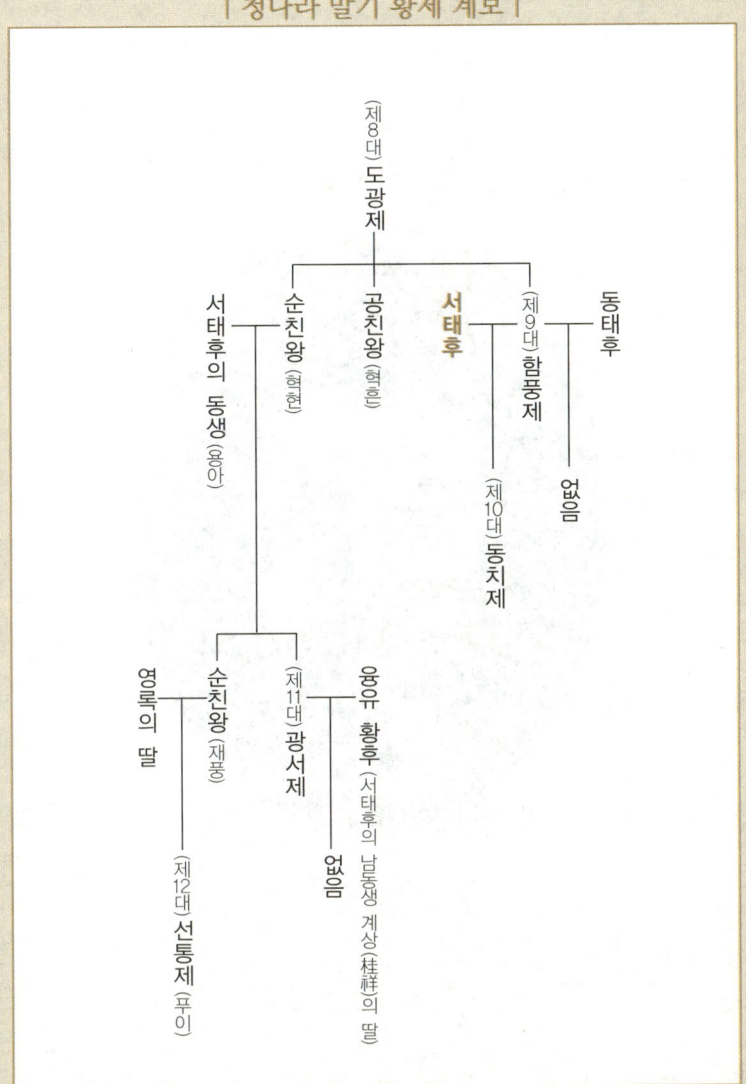

서태후(1835~1908)
청나라 함풍제의 후궁이며 동치제의 생모인 자희황태후.
함풍제의 아내, 동치제의 어머니, 광서제의 이모이자 양어머니로서
청나라를 쥐고 흔든 서태후는 죽기 직전 광서제의 3살 된 조카 푸이를 후계자로 지목했다.
열정으로 시작된 서태후의 권력욕은 결국 청나라가 멸망하게 된 계기가 되었다.

# 서태후는 누구인가?

　서태후는 1861년(함풍11)에 함풍제(咸豊帝)가 열하의 별궁에서 서거한 이후부터 1908년(광서34) 광서제(光緖帝)가 영대에서 서거할 때까지 약 50여 년 동안 세 번이나 수렴청정을 하여 청나라 말기에 있어서 전제정치의 실권을 장악한 여걸이다.

　그녀는 황제의 정실도 아니었다. 함풍 원년에 민간에서 뽑힌 궁녀로서 함풍제의 총애를 한 몸에 받아 황귀비로 출세 하였고, 아들 동치제(同治帝)를 낳은 이후부터는 정실인 동태후(東太后)를 능가하는 실권을 갖기에 이르렀다.

　유교 도덕이 뿌리 깊은 중국에서는 원래 여성의 지위는 하늘의 이치에 따라 낮게 운명지어져 있었지만, 서태후의 경우는 이미 제1선을 물러난 태후의 몸이면서 항상 정치권력에 대한 집착을 끊지 못하고 황제를 능가하면 능가했지 떨어지지 않는 정치력을 발휘한 점으로 보더라도 실로 특이한 존재이다.

　서태후는 한나라의 여후(呂后), 당나라의 측천무후(則天武后)와 함께 중국이 낳은 3대 여걸의 한 사람이고, 또한 영국의 빅토리아 여왕, 스페인의 이사벨 여왕과 함께 근세에 있어서 세계 3대 여왕이라고 일컬어지고 있다.

　당시 청나라 조정은 내우외환이 함께 들이닥쳐 중대한 위기를 맞고 있었다. 유럽의 선진 자본주의 국가들은 산업혁명이 진행되어 차츰 경제적 모순 속에서 갈등이 심해지자 아프리카, 아시아 후진 지역에 대하여 식민지 개척의 야망을 품기 시작했다. 중국 근대사의 개막을 상징하는 아편전쟁(1840, 도광20)을 거치고 나서 애로호사건(1856, 함풍6)을 계기로, 봉건적 전제정치를 계속해 온 청나라는 영국과 프랑스 등의 열강에 의해 굴욕적인 천진조약(1858)을 강요당하고, 그 이듬해에는 이 조약의 비준서 교환에 나섰던 외국 사절이 대호구(大浩口)에서 저지당한 것이 발단이 되어 다시 전쟁이 일어났다. 그리하여 1860년 영·프연합군은 북경에 진격하여 유명한 원명원(圓名園)을 파괴하였다.

결국 청나라 조정은 영·프 연합군과 북경조약을 체결하고 천진조약 비준서의 교환과 신(新)조약의 조인에 의해 수많은 권리를 빼앗겨야 했다. 그리고 이때 함풍제는 전쟁을 피해 열하로 도망가는 신세가 되었다.

한편 국내에는 아편전쟁의 패배로 황제의 위신은 땅에 떨어지고 사회 불안이 거세어졌다.

비밀결사가 만들어지고 폭동이 잇달아 일어났다. 홍수전에 의한 태평천국의 난(1850, 도광30)은 다음해(함풍 원년)에 영안, 1853년에 남경을 유린하여 남경에 태평천국의 수도를 정하기에 이르렀다.

이러한 내외의 절박한 상황 속에서 1861년 8월 함풍제는 열하에서 서거했다. 서태후의 숨은 정치적 수완이 어린 동치제를 황위에 옹립하고자 하는 야망과 곁들여 유감없이 발휘하기 시작한 것도 이 무렵부터였다.

서태후는 북경에 머무르며 정국을 담당하고 있던 함풍제의 동생 공친왕 혁흔(恭親王 奕訢)과 모의하여 함풍제의 유언과 다르게 반 양무파인 숙순, 이친왕, 정친왕을 체포하여, 친왕에게는 자살을 명하고 숙순은 참수시켰다.

서태후의 모의는 성공하여 어린 동치제의 즉위와 함께 동태후와 서태후의 수렴정치가 시작된다. 이 정변에서 발휘된 서태후의 정치적 수완은 뒷날 무술정변 때에도 용의주도한 책략으로 강유위 일파에게 일격을 가한 사실과 함께 생각해 본다면 놀라운 일이라 하지 않을 수 없다.

이리하여 태평천국의 난이 평정된 1864년부터 1884년의 청프전쟁까지의 20년 동안은 천진교안(天津敎案, 1870, 천진에서 일어난 반기독교운동)이나 마가리 살해사건(1875, 영국 영사관의 서기 A. R. 마가리가 윈난으로 가던 중 살해된 사건)에서 볼 수 있는 외교 분쟁도 있었지만 표면상으로는 태평무사하여 '동치중흥(同治中興)'이라 불렸고, 공친왕, 증국번, 이홍장, 좌종당 등의 적극적인 정책에 의해 유럽문화를 받아들이는 소위 양무운동이 전개되었다.

그러나 서양의 무기, 탄약, 기계 등의 구입과 제조에 중점을 두고 중국의 부국강병을 지향한 양무운동은 과학 기술의 물질적인 면만 강조되고 서양의 근대적인 정신이나 제도적인 면은 간과되었다. 그리하여 청프전쟁(1884~1885), 청일전쟁(1894~1895)의 패배 결과 이러한 서양문화의 편향적인 채용방법에 대한 엄격한 비판이 일어나 드디어 급진적인 정치개혁을 주장하는 강유위 등이 등장하여 무술변법(戊戌變法) 운동이 전개되었다.

서태후를 중심으로 한 수구파는 광서제나 강유위 등을 중심으로 한 유신파의 진보적인 제도개혁에 전면적으로 반대하였다. 결국 원세개의 배반으로 유신파의 신정(新政)은 겨우 103일 만에 서태후에 의해 괴멸되고 말았다. 이것이 곧 무술정변이다.

광서제는 남해의 영대에 유폐되고 서태후의 세 번째 수렴정치가 시작된 것이다. 그녀의 나이 64세였지만 정치에 대한 집착은 조금도 줄어들지 않고 광서제가 단행한 여러 가지 신정을 모조리 원상 복귀하여 보수적인 정책을 실시하였다. 그리하여 부청멸양(扶淸滅洋)의 기치를 내건 의화단(義和團)이 구교(仇敎)운동—기독교 배격운동—을 전개하여 참패를 당했다. 수도 북경은 함락되고 또다시 그녀는 광서제와 함께 서안으로 도망쳤다.

의화단의 난의 수습을 위해 청나라의 일본, 영국, 미국, 프랑스, 러시아, 독일 등 11개국 사이에 체결된 신축(辛丑)조약은 총액 5천만 냥의 배상 외에 외국 공사관 구역 설정, 외국에 의한 관세·염세의 관리 등으로 중국은 반 식민지화되고 말았다.

서태후는 1902년(광서28)에 북경으로 돌아오자 손바닥을 뒤집듯이 제도개혁을 단행하여 외국의 상급 관료와도 친하게 교제하였다. 그리고 러일전쟁 후에 중국의 지식층 사이에서 패전의 원인이 구식 전제정치에 있었다는 비판이 일어나 헌정실시를 요구하는 소리가 높아지자 서태후도 헌정의 채용을 결의하지 않을 수 없게 되어 1906년 민선에 의해 의정부를 설치하게 하였다.

그러나 민중의 멸만흥한(滅滿興漢)의 폭풍은 이전보다도 더욱 거세어져 손문 등을 중심으로 한 혁명 세력은 차츰 그 세력을 늘려 신해혁명(1911)에 의해 중국 최후의 제정을 타도했다.

다행인지 불행인지 서태후 자신은 청나라의 멸망을 눈으로 보지 못하고 1908년 광서제가 서거한 다음날인 11월 15일에 세상을 떠났다.

| 차례 |

## 서태후는 누구인가?     16

서태후의 숙명적 악연     29
성장하는 난아     37
아버지의 죽음     52
함풍황제의 등극     75
북경에서의 난아     91
태평천국의 난과 함풍황제의 향락     120
동음심처의 난아     153
황귀비 난아     194
열하 파천과 함풍황제의 붕어     246
동서 양 태후의 수렴청정     293
세 간신의 최후     314
서태후의 독재정치가 시작되다     326
서태후의 사생활     338
서궁 비막의 한 부분     344
어린 동치황제의 교양     352
애인의 죽음     364
서태후의 분풀이     379
황후 간택     389
신혼 친정과 가정풍파     403
동치황제의 심화     415

| 동치황제의 화류생활 | 428 |
| --- | --- |
| 화류병 | 441 |
| 동치황제의 최후 | 453 |
| 황제 계승의 내막 | 465 |
| 동서 양궁의 재 청정 | 477 |
| 동치황후의 자진 | 482 |
| 가련한 어린 황제 | 494 |
| 독살당한 동태후 | 502 |
| 극도에 달한 서태후의 사치 | 518 |
| 순친왕을 견제하다 | 525 |
| 광서황제의 성혼 | 535 |
| 만수산 풍류의 결과 | 540 |
| 무술정변 | 555 |
| 의화단의 회오리 | 572 |
| 초라한 피난길 | 578 |
| 망국의 강화조약 | 586 |
| 칠십수연도 수포 | 594 |
| 최후 비막 | 599 |
| 뒷 이야기 | 602 |
| | |
| 서태후 약력 | 604 |

## | 등장인물 |

**서태후**(西太后)
성은 예허나라(엽혁나랍(葉赫那羅)이라고도 함)씨로 이름은 옥란(玉蘭). 동치제의 생모이며, 자희황태후라고도 한다. 별칭은 난아(蘭兒). 함풍제의 후궁이 된 이후 동치제와 광서제의 재위 동안 태후로서 섭정하여, 중국 역사상 가장 막강한 권력을 휘두른 여걸.

**도광제**(道光帝)
청나라 제8대 황제. 4명의 황후와 7명의 후궁으로부터 9남 10녀를 둠.

**함풍제**(咸豊帝)
제9대 황제. 도광제의 넷째 황자. 궁녀 난아를 황귀비로 맞이함.

**동태후**(東太后)
함풍제의 황후. 자안황태후라고도 한다.

**공친왕**(恭親王)
도광제의 여섯째 황자. 도탄에 빠진 청나라를 구하려는 조정의 충신. 동태후 사망 후 실각. 이름은 혁흔.

**순친왕**(醇親王)
함풍제의 동생 서태후의 동생 용아를 아내로 맞이함. 이름은 혁현.

**용아**(容兒)
순친왕후. 서태후의 동생. 광서제의 어머니.

**예허나라**(葉赫惠徵) **혜징**
서태후의 아버지. 육군 부장.

**이친왕**(怡親王)
함풍제의 조카. 이름은 재원. 함풍제의 뒤를 이어 황제가 되려고 한다.

**정친왕**(鄭親王)
이친왕·숙순과 더불어 세 간신. 이름은 단화.

**숙순**(肅順)
정친왕의 동생. 술수에 능하다.

**영록**(榮祿)
서태후의 처녀 시절의 애인. 난아가 황귀비가 된 후 출세 가도를 달린다.

**동치제**(同治帝)
　제10대 황제. 서태후의 아들. 이름은 재순.

**동치황후**(同治皇后)
　봉수의 딸. 서태후의 미움을 받아 참혹한 궁중 생활을 한다.

**광서제**(光西帝)
　제11대 황제. 이름은 재첨. 순친왕 혁현의 아들.

**홍수전**(洪秀全)
　태평천국의 천왕. 1850년 천주교도를 이끌고 멸만흥한(滅滿興漢)을 표방하며 거병하였으나 실패, 자살함.

**안득해**
　(내시) 궁녀 난아를 함풍제의 눈에 들게 한다. 서태후의 애인이며 심복.

**이연영**
　내시. 안득해의 뒤를 이어 서태후의 심복이 된다.

**이홍조**
　동치제의 선생. 동치제를 배반한다.

**옹동화**(翁同和)
　광서제의 선생. 광서제를 도운 개혁파의 한 사람.

**강유위**(康有爲)
　변법자강운동 전개. 광서제와 무술정변을 일으킴. 청나라 부흥에 힘씀.

**이홍장**(李鴻章)
　태평천국군 진압. 양무운동 등 중국 근대화에 노력.

**좌종당**(左宗棠)
　태평천국군과 싸움. 한인. 양무운동에 노력한 동치중흥의 공신.

**원세개**(袁世凱)
　무술변법 때 개혁파 배신하여 서태후의 신임을 얻음. 조선에 대한 내정간섭. 의화단 진압. 중화민국 초대 대통령.

난야의 입술이 정새미인인 데다가 글공부나 [불명]없는, 남방의 모든 노래와 춤까지 갓췄다는 소[불명] 말미암아 아버지의 이름까지도 사랑의 입에 오[불명] 두 포기 꽃, 이라는 이름이 생기게 되었다.

# 서태후
## 西太后

# 서태후의 숙명적 악연

한반도에서 압록강을 건너거나 두만강을 건너면 그곳은 만주라는 넓은 벌판이다. 이 넓은 벌판에서는 옛날부터 강한 나라가 많이 일어났다.

부여, 고구려, 발해 등 대제국들은 모두 이 만주를 무대로 일어났던 나라들이다. 그러나 이러한 대제국들은 모두 천 년, 혹은 이천 년, 옛날에 위력을 떨치던 나라이다. 또한 지금으로부터 그리 오래되지 않은 옛날에도 이 만주에서 애신각라(愛新覺羅, 아이신줴러. 청나라 황제의 성)의 청나라가 일어나서 중국 대륙의 이만 리 강산과 몇 억만 한족을 호령할 뿐 아니라 동으로 조선, 남으로 안남(베트남), 서로 서장(티벳)과 몽고까지 쳐서 항복받고 조공 받은 지가 260여 년 동안이었다.

그렇게 강하고 크던 청나라 260여 년 역사상에는 훌륭한 황제와 장수와 신하와 학자도 많았다.

1908년에 이 세상을 떠난 서태후는 청나라 역사의 5분의 1을 혼자 차지하였다 해도 지나치지 않을 만큼 역사의 주인공이며 대여걸이었다. 그런데 이 역사적 대여걸과 청나라 사이에는 삼백 년 전, 옛날부터 숙명적 악연이 있었다는 전설이 있다.

애신각라 누루하치가 명나라를 쳐서 멸하고 청나라를 세우려는 큰 뜻을 이루자면 먼저 만주와 몽고를 통일하지 않으면 안 될 형세였다.

그런데 그때 만주에는 엽혁합달(葉赫哈達)의 나라가 애신각라의 나라와 대립하고 있었다. 이 두 나라 사이에는 어쩔 수 없이 전쟁을 한바탕 치르지 않을 수 없었다. 엽혁은 자기 편에 있는 아홉 나라 임금을 모아 놓고 물었다.

"이제 우리와 애신각라의 형편이 어렵게 되었소. 우리가 가만히 앉아 있더라도 애신각라의 나라가 가만히 있을 리가 만무하고 며칠이 지나지 않아 대군을 거느리고 쳐들어올 텐데, 어찌하면 좋겠소?"

여러 임금이 한결같이 일치된 의견을 말하였다.

"이대로 그냥 앉아 있다가 싸움을 만나는 것보다는 차라리 우리가 먼저 아홉 나라의 병력을 합하여 애신각라의 나라를 쳐들어갑시다. 다행히 이기면 한참동안 태평세월을 누릴 것이오, 불행히 전쟁에서 패한다 하더라도 싸움터가 적국 땅일 테니 우리 백성들은 전쟁의 참혹한 화만은 면할 것이오. 그러니 하루라도 빨리 우리가 먼저 쳐들어가는 것이 좋을 것이오."

그리하여 엽혁은 아홉 나라의 정병 이만 명을 거느리고 애신각라의 나라를 향하여 행군하였다.

이때 애신각라의 편에서도 여러 가지 의견이 분분하였다.

"이제 더 무엇을 기다릴 것인가? 하루빨리 엽혁의 나라를 쳐서 멸하고 우리의 큰 뜻대로 나아가자! 만일 지체하면 엽혁의 아홉 나라가 서로 뭉칠 것이고, 그리하여 병력이 강해지면 그때에는 우리가 당할 수도 있소."

"전쟁이라는 것은 이기든 지든 좋지 못한 일이다. 될 수 있는 한 전쟁은 하지 않고 우리의 목적을 이루는 것이 좋다. 엽혁 편의 아홉 나라를 이간하여 우리에게 따로따로 귀순케 하는 것이 좋을 것이다."

"우리와 엽혁은 언제고 전쟁을 할 수밖에 없다. 그러나 우리가 먼저 출병하면 적이든 자국이든 백성들이 우리를 싸움만 좋아하고 백성을 돌보지 아니한다고 할 것이다. 차라리 싸움할 모든 준비들은 준비대로 해두고 적국이 먼저 쳐들어오면 우리는 그것을 맞아 싸우는 형식을 취하는 것이 최선의 방법이다."

결국 애신각라는 세 번째 의견을 받아들여 그대로 하기로 결정하였다.

적군을 내 나라 땅에까지 끌어들여 한 번에 멸하기로 작정한 애신각라는 여러 장수에게 이리저리 분부하고 때만 기다렸다.

적의 동정을 정탐하기 위해 나갔던 무리한이라는 장수가 보고하기를 혼하부(渾河部) 부근에 엽혁의 군사가 물밀듯이 쳐들어온다고 한다. 애신각라가 이 보고를 받은 것은 이미 밤중이 지난 때였다. 이 소문을 듣고 모여드는 모든 장수에게 애신각라는 명령하였다.

"이제 날이 밝을 때까지 몇 시간이 안 남았으니 동요하지 말고 평안히 잠들이나 자고 밝은 날 아침에 싸울 준비나 하라!"

뜻밖에 이러한 명령을 받은 여러 장수는 놀라지 않을 수가 없었다. 그 중의 한 장수가 말하였다.

"적이 벌써 국경을 넘어 도성에서 멀지 아니한 몇 십리 밖에 왔다는 급한 보고를 받고 어찌 태연하게 잠을 잘 수 있습니까? 바라건대 대왕께서는 즉각적으로 군사를 출동하게 하시어 후회가 없게 하소서."

애신각라는 이 말을 듣고 크게 소리를 질러 호령하였다.

"나의 명령이 벌써 내렸으니 두말하지 말고 들어가서 모두 잠들이나 평안히 자고 아침에 군령을 기다려라. 만일 다시 무엇이라고 말하면 군법으로 다스릴 테니 그리들 알라."

이러한 군령을 듣고 모든 장수는 할 수 없이 애신각라 앞에서 물러나오면서 가만가만히 의논이 분분하였다. 그러나 애신각라는 아무 일도 없는 듯이 평안히 자리에 누워서 코를 골면서 깊이 잠들었다.

이때 애신각라의 계비(왕의 첫 번째 부인이 죽거나 쫓겨난 경우 다시 왕비를 들이는데 이를 계비라 한다.) 부찰도 적이 방금 쳐들어오는데 애신각라는 그 급한 보고를 못 들은 척하고 잠만 자고 있는 것이 한편으로는 안타깝기도 하고 또 한편으로는 이상스럽기도 하여서 잠든 임금을 흔들어 깨워놓고 말하였다.

"상감께서는 어찌 잠만 주무시고 계십니까? 아홉 나라의 몇 만 명 적이 물밀듯이 밀고 들어온다는 보고를 들으시고 부하와 모든 장수가 어찌할 줄 모르고 근심하고 있는 판에 상감께서는 어찌 이렇게 잠만 주무십니까? 마음이 산란하여 그러십니까?

적이 무서워 겁이 나셨습니까?"

왕후는 황망하여 임금이 미처 대답할 사이도 없이 말을 마구 쏟아냈다. 애신각라는 역시 태연하게 왕후의 말을 듣고 천천히 대답하였다.

"왕후는 평소에 경망하지 아니하였는데 어찌 오늘밤은 이다지 경거망동하는 것이오? 내가 만일 정말로 적을 무서워하고 겁을 낸다면 어찌 이렇게 평안하게 잠을 잘 수가 있겠소? 정말로 적을 겁내며 무서워하는 사람들은 잠도 자지 못하는 왕후와 여러 장수들이오! 이제 안심하고 내 말을 들어보시오. 내가 엽혁에게 그다지 잘못한 일이 없는데 그들이 대군을 거느리고 우리나라를 쳐들어오니 이것은 하늘에게 미움을 받을 뿐만 아니라 온 천하 사람에게 미움과 분노를 받을 것이오. 그리고 병법으로 말하여도 걱정할 것이 없는 적장은 밤을 염두에 두지 않고 군사를 몰아서 산을 넘고 물을 건너면서 잠도 못 자고 멀고 험한 길을 걸어오게 하였소. 그러나 나는 차마 나의 군사를 밤잠도 재우지 않을 수는 없소. 그리고 잠 잘 자고 평안히 쉬는 내 군사와 오랫동안 피곤이 쌓인 적이 서로 싸운다면 반드시 우리가 이길 것이니 왕후는 조금도 걱정하지 말고 어서 평안히 주무시오."

그래도 왕후는 의심스럽고 걱정스러운 것이 풀리지 않아 임금의 얼굴을 쳐다보았다.

"아무리 그렇다해도 이렇게 잠만 자고 있을 때가 아닌 듯 싶습니다. 뭐든 준비를 하는 것이 옳은가 합니다."

애신각라는 잠깐 불쾌한 빛을 얼굴에 띠었다가 다시 허허 웃었다.

"이 딱한 사람들아! 전쟁이란 것이 어린아이들의 놀이가 아니란 걸 모르시오? 모든 준비는 마련된 지가 오래 되었소. 이제는 잠이나 자고 아침에 싸움할 것 밖에 다른 일이 없으니 어서 잠이나 잡시다. 잠을 잘 자야 싸움도 잘할 것이외다."

애신각라는 왕후에게 잠자기를 권하고 자기도 다시 잠을 청하였다.

이튿날 아침에 날이 밝아올 무렵 애신각라의 나라 도성 밖에 있는 고장산(古將山) 꼭대기에 황룡기가 높게 꽂히고 전쟁을 알리는 북소리와 나팔 부는 소리와 함성 지르는 소리와 말 달리는 소리가 한데 뒤섞여서 천지가 진동하였다. 드디어 두 나라 사이에 큰 전쟁이 벌어졌다.

이 싸움은 애신각라와 엽혁하달 두 나라의 흥망을 결정하게 되는 마지막 큰 싸움이었다.

양편의 군사가 서로 어우러져 단병 접전으로 한참 싸우게 되었다. 싸움의 형세는 점점 엽혁 편에 불리하게 되었다. 이유는 과연 애신각라의 말대로 엽혁의 군사는 잘 먹지도 자지도 못하면서 멀고 먼 험한 길을 걸어왔기 때문에 극도로 피곤함을 이기지 못하는 데다 더욱이 지리에 밝지도 못하여 갈팡질팡하였던 것이다. 그러나 애신각라의 군사는 잘 먹고 잘 자며 편안히 쉬면서도 주먹을 불끈쥐고 이빨을 북북 갈면서 날 새기만 기다려 전쟁터에 나온 군사들이라 기운이 펄펄 넘치는 것이 한 사람이 몇 사람은 넉넉히 당하게 되었다. 더구나 군사의 수로 보아도 애신각라의 군사가 엽혁의 군사보다 세 배나 되는 까닭에 엽혁은 아주 대패하였다.

죽은 군사의 수가 3분의 1이나 되고, 군마를 빼앗긴 것이 4천여 필이며, 군기와 군량을 빼앗긴 것은 이루 헤아릴 수 없을 만큼 많았다.

대패한 엽혁의 임금 포양고(布揚古)는, 죽고, 부상하고, 도망치고 남은 군사를 데리고 본국으로 달아날 수밖에 없었다. 엽혁의 진에서 임금까지 도망을 치자 애신각라는 모든 장졸을 지휘하여 달아나는 포양고의 뒤를 쫓아 엽혁의 본국까지 쳐들어가서 그 나라를 아주 멸망시키기로 마음먹었다.

승리한 기세를 얻은 애신각라의 모든 장수와 군사는 엽혁의 나라를 무인지경처럼 쳐들어갔다. 애신각라의 군사들은 말할 수 없을 만큼 극히 참혹하고도 흉악하며 잔인한 온갖 학살과 약탈을 마음대로 행하였다. 특히 남자는 만나는 대로 죽여 버려서 엽혁의 나라에는 남자의 씨가 남지 않을 만큼 학살하였다.

엽혁은 애신각라와의 싸움에서 대패하고 형세는 극도로 위급해졌다. 적군의 참혹한 군사행동이 너무나 심한 것을 보고 엽혁의 임금 포양고는 하늘을 향해 애신각라를 저주하며 자기의 장졸과 백성에게 최후로 유언 삼아 몇 마디 말하고는 스스로 자결하여 비장한 최후를 마쳤다.

"나의 자손, 우리 엽혁의 후손은 오늘의 이 원수를 잊지 말고 반드시 갚아라! 우리 엽혁의 후손은 남자는 물론이고 여자 한 사람이라도 살아나면 반드시 애신각라를 멸망시키고야 말 것이다."

그 후에 포양고의 저주와 유언을 전해들은 애신각라도 자기의 신하와 장졸에게 훈계하였다.

"우리는 대대손손 엽혁의 후손에게 남자는 큰 벼슬을 주지 말고, 여자는 황후가 되지 못하게 할 것은 물론이고 황귀비와 황비도 되지 못하게 하라."

이 훈계는 그 뒤 이백 년 동안 어겨서는 안 될 조종의 유훈이 되었다. 그 까닭에 엽혁씨의 후손은 같은 만주 사람인데도 남녀를 막론하고 큰 명예나 부귀를 누리지 못하였다. 이러한 미신적이며 숙명적인 숙원을 엽혁의 후손으로서 남자도 아닌 여자의 몸으로 푼 사람이 있었다. 청나라 말기에 궁녀로 들어간 이후 오십여 년 동안 중국의 사억만 민족을 호령하며 통제하였고, 동양의 모든 국제적 사건의 장본인이 되었으며, 중심인물로서 동양의 근세사를 읽는 모든 사람에게 반드시 그 이름을 입에 오르내리게 하는 근대에 드문 대여걸이었다. 그녀는 곧 청나라 말기에 서태후(西太后)라는 세 글자로 천하에 널리 알려진 대여걸인데 만주말로 엽혁나랍*이라는 이름을 가지고 중국말로는 난아(蘭兒)라는 별칭을 가졌던 여인이다.

---

＊만주족의 고유한 성씨로 한자로는 '엽혁나랍(葉赫那拉)'이라고 쓰고 중국말로 예허나라라고 읽는다. 이 책의 본문에서는 앞으로 예허나라로 표기한다. (편집자 주)

## 성장하는 난아

 청나라 도광황제(道光皇帝) 14년 10월 10일에 호남성에서 육군부장(陸軍副將)으로 근무하던 예허나라 혜징이라는 사람의 집에는 귀여운 딸 하나가 태어났다.
 그 날 그 집에서 낳은 딸이 장차 얼마나 크게 되며, 얼마나 귀하게 될 것인지 누구도 알지 못했다. 다만 아들이 아닌 딸을 순산했다는 사실 때문에 섭섭할 뿐이었다.
 밤낮으로 아들 낳기를 기도하며 애끓이던 혜징 부부는 아들을 못 낳고 딸을 낳은 것을 한없이 섭섭하게 생각하였다. 혜징보다도 부인이 더욱 섭섭해 하였다. 몇 달 동안에 온갖 고통을 겪으면서도 아들이나 낳았으면 하는 희망을 가지고 기다려 왔는데 배 밖에 나오면서 "으아-, 으아-" 하는 울음소리를 지르는 갓난아기를 얼굴보다 하체부터 먼저 보고서 아들이 아니라 딸인 데에 낙망의 목소리로 한탄하였다.

"쓸데없는 계집애년을 낳느라고 죽을 뻔 살 뻔하였구나."

부인의 그 말을 들은 혜징도 부인과 같은 심정이었지만 그래도 순산하다가 죽을 뻔하던 부인을 위로하고자 했다.

"아따! 계집애도 자식 아니오? 아들이나 딸이나 자식은 일반이지……."

"계집애가 무슨 자식이란 말이우? 죽도록 길러내서 남 주면 그만이지……. 영감의 나이도 차차 많아지는데!"

"내 나이 많기는 무엇이 많아! 아직도 아들 팔형제는 넉넉히 낳을 만한 나한테! 이 다음에 아들 낳으면 그만이지. 첫 딸은 복딸이라고 하잖소. 좌우간 순산한 것만도 다행이오."

이렇게 부인을 위로하면서 산모에게 먹을 음식을 준비를 하도록 하인에게 여러 가지로 일러 주고 혜징은 사랑채로 나갔다.

혜징은 아내의 마음 씀씀이가 고맙기도 하면서 한편으로는 아쉽기도 했다.

'우리나라 제도가 만주족으로서 아들이나 딸을 낳으면 낳은 대로 나라에서 표(먹는 것)를 주는데 딸보다 아들이면 그 표를 더 많이 주는 것이다. 그리고 만일 아들은 나이 들면 부모 된 마음에 집안의 장래를 위하여 희망을 붙일 것은 물론이고 집안의 살림살이로 말하더라도 당장에 넉넉하지 못한 형편이라 얼마쯤은 도움이 될 것이 아니겠는가?'

혜징 또한 딸이 태어난 것이 아쉬웠다. 그러나 이러한 한탄과 생각은 잠시뿐이었다. 날이 감에 따라 오직 자식을 기르는 재미는 아들이나 딸이나 한가지로 재미있었던 것이다. 첫칠일과 삼칠일이 지나가고 백일이 가까워 오니 갓난것이 방긋방긋 웃는다. 부인은 그것이 하도 사랑스러워 남편을 쳐다보며 말하였다.

"여보 이것 좀 보아요. 인제는 제법 웃어요!"

그러면 혜징도 머리를 갓난애를 향하여 숙이고 굽어보면서

"아가 착하지 쎄—쎄—"

하고 어루다가 갓난것이 입을 방긋하며 웃는 것을 볼 때에는 그것을 그만 천하에 없는 낙으로 알고 부부가 함께 웃으면서 무한히 사랑하였다.

혜징 부부는 갓난 딸을 사랑하고 양육하는 것을 낙으로 삼았다. 딸의 이름을 만주말로는 나라(那羅)라고 짓고 한어(漢語)로는 옥란(玉蘭)인데, 난아(蘭兒)라고 별명을 지어 주었다.

난아는 차차 자랄수록 온갖 재롱을 모두 부리며 그 얼굴이나 모양이 어디로 보든지 절세미인이었다. 눈과 코며 입과 귀의 생김생김이 귀티가 났고, 또한 온 몸 구석구석 모자란 곳이 없었다. 그 살결이 백설같이 희고 손발이 토실토실한 것이 모두가 복스러운 것뿐이었다. 다만 눈매와 입술의 모양이 교묘하게 능청스럽고 독한 듯하고 음흉한 느낌이 있는 것이 언뜻 보아서는 알지 못할 만한 흠이라고 할 것이다.

혜징 내외는 살림살이가 구차한 것도 잊어버릴 만큼 갓난 딸을 사랑하였다. 어떤 때는 혜징이 갓난 딸을 안고 노래하며 아내를 바라보았다.

"우리 딸은 장차 크게 되고 귀히 되지! 황후나 황귀비가 되지 못하면 친왕의 왕비나 대신의 귀부인이라도 될 것이야. 참으로 귀히 되고 크게 될 거야!"

그러면 부인도 똑같은 기쁨과 믿음과 희망을 가졌지만 그 애가 아들이 아니요 딸이라는 생각에 섭섭한 마음이 들어 남편의 말을 일부러 부정하곤 하였다.

"그까짓 계집애가 크게 되면 얼마나 크게 될 거라고 그러세요. 설혹 크게 된들 무엇하우! 아이구 황후! 우리 가문의 딸들은 황후나 황귀비로 뽑지 않는 것이 예로부터 전해 내려오는 나라의 법인 줄을 영감은 어째 모르시우?"

"무슨 소리! 다 자기 못난 소리지. 저만 잘나면 옛날로부터 전해 내려오는 나라의 옛 법도 고치는 수가 있지!"

"그런 말씀 마세요. 계집애가 잘나면 얼마나 잘난 것이며, 제아무리 잘난들 나라의 옛 법을 어찌 고칠 수 있단 말입니까?"

"당신하고 말하는 내가 잘못이오. 사상으로 보더라도 나랏법을 고친 이가 적지 아니하여 나랏법이라는 것은 때때로 고칠 수도 있고 새로 만들어 낼 수도 있는 것이오. 만일 그렇지 않으면 나라가 정사를 할 수도 없고 백성이 살아갈 수도 없는 법이지. 그리고 계집애라고 업신여기지 말게나. 우리집만 봐도 당신이 나보다 잘난 탓에 우리가 이만 살림이라도 걱정 없이 유지하여 가지 아니하오!"

그리고 부인을 향하여 웃으니 부인도 마주 웃으면서 대답하였다.

"또 저렇게 사람을 놀려대네!"

그러나 그때에 혜징은 겉으로는 그렇게 뱃심 좋게 말하지만 속으로는 "예허(엽혁)의 후손은 아들이나 딸이나 크게 쓰지 말라!"고 한 나라의 국법처럼 되어진 옛날 조상 때로부터 내려오는 유훈을 원망하지 않을 수 없었다.

이러한 기쁨과 한탄과 원망 사이에서 딸 난아는 무럭무럭 자라 어느덧 "아버지", "어머니" 하고 말문이 터지더니 차차 말이 날마다 늘어가며 온갖 말을 잘하고 가지각색의 재롱을 부릴 때에 예허부장 혜징의 부인은 난아 아래로 또 다시 딸 하나를 낳았다. 이때의 섭섭함과 낙망은 난아를 날 때보다도 몇 배나 더하였다.
　"이번에는 꼭 아들을 낳을 줄 알았더니! 이번에도 또 딸이야!"
　혜징의 입에서도 한탄이 절로 나왔다. 부인은 마치 자기 잘못으로 또다시 딸을 낳은 것 같아 어찌할 바를 몰라했다.
　"나는 이 집의 죄인이야!"
　부인은 한탄을 하면서 아들 낳지 못한 것을 원통히 생각하였다. 혜징은 새로 난 딸의 이름을 용아(蓉兒)라고 지었다.

　세월은 더딘 듯하면서도 몹시 빨랐다. 혜징의 집에는 어린 딸 난아와 용아 자매가 있고, 셋째로는 그토록 원하던 아들 계상이가 무럭무럭 자라났다. 비록 살림은 조금 구차하지만 부모가 자식 사랑하는 생각이 남에게 뒤질 리가 만무하였다. 혜징 내외는 온갖 정성과 힘을 다하여 아들과 딸들을 기르고 가르쳤다. 5, 6세부터 공부를 시작한 난아와 용아는 글방에 있는 몇십 명 아이들 가운데서 가장 영리했고 총명했으며 그 재주는 참으로 비범하였다.
　"예허부장의 딸들은 드물게 보는 천재다. 특히 용아보다도 난아의 총명과 재주는 고금에 드문 총명과 재주이다."
　보는 사람마다 한결같이 칭찬을 아끼지 않았다. 혜징 내외는 사람들의 칭찬을 들을 때마다 한없이 기뻤다.

그런데 차츰 자라갈수록 모든 재주가 늘어가는 동시에 한 가지 문제가 생겼다. 난아가 글공부보다도 노래공부를 좋아하는 것이 새로 생긴 병통이었다. 혜징 부부는 난아에게 항상 주의를 주었다.

"얘야, 아무쪼록 시서(詩書)나 효경(孝經)이나 내측(內厠), 글씨 등으로 여자에게 필요한 공부를 힘써 하여라."

달래기도 하고 꾸짖기도 하였다. 난아는 부모님 말씀대로 글공부는 그대로 하면서도 시간을 내서 강소(江蘇)나 절강(浙江) 등 중국 남방에서 유행하는 노래를 열심히 공부하였다. 노래뿐만 아니라 춤공부도 때때로 하였다.

그것은 난아가 노래와 춤공부를 열심히 하였다기보다 난아는 선천적으로 노래부르기와 춤추기를 좋아하였고, 그 예술적 취미를 이기지 못하여 배운 것이다.

아버지와 어머니는 난아가 노래와 춤에 미친 듯이 빠지는 것을 알고 난아의 버릇을 고쳐주려고 많은 애를 썼다.

"얘야, 노래나 춤을 배워서 기생 노릇을 할 테냐? 배우라는 글이나 글씨는 공부하지 않고 밤낮으로 노래와 춤에만 폭 빠져 지내면 장차 무엇이 되자는 말이냐? 무엇보다 남 보기에 창피하여 못 견디겠다. 제발 좀 그만두어라!"

난아가 이러한 꾸중을 들을 때가 한두 번이 아니었다. 심지어 꾸중만 듣는 게 아니라 때때로 매도 맞았다. 그럴 때마다 난아는 꿇어앉아 울면서 빌었다.

"아버지, 용서하여 주세요! 어머니, 이제부터는 다시 노래와 춤을 공부하지 않을게요. 이번만 용서하여 주세요."

"용서도 한두 번이지! 번번이 이번만 용서해 주면 다시는 안 그런다고 빌면서도 그 못된 버릇을 고치지 않으니 용서해 달라는 말을 하기가 부끄럽지도 않느냐?"

어머니가 용서하지 못하는 이유를 조목조목 대면서 난아를 다그치자 아버지가 옆에 앉았다가 마누라를 돌아보았다.

"여보! 인제 그만두게! 이 정도로 얘기했으면 다신 안 그러겠지!"

"평생 당신이 애들을 오냐오냐 하는 바람에 애들 버릇이 점점 나빠지잖아요! 저대로 내버려두면 장차 무엇이 되겠수?"

어머니가 딸 대신 남편을 나무라자 영리한 난아는 눈물을 흘리면서 또 다짐을 하였다.

"어머니 너무 성내지 마세요. 천백 번 잘못하였습니다. 정말로 맹세코 앞으로 영영 안 그럴 테니 이번 한 번만 용서해 주세요. 어머니!"

이러한 꾸중과 다짐이 끊일 사이가 없이 반복되면서 세월은 세월대로 지나갔다. 세월이 가고 감에 따라서 난아의 남방가곡과 춤재주도 늘어날 대로 늘어서 한다하는 광대나 기생이라도 난아의 재주를 따라갈 수 없을 만큼 능통하고 숙달해졌다.

참으로 난아에게는 노래와 춤에 대한 취미만 있을 뿐아니라 거기에 대한 특별한 재능도 있었던 것이다.

난아의 인물이 절세미인인데다가 글공부나 글씨나 남만 못지 않고 무엇보다도 그에게는 누구든지 반할 만하고 혹하지 않을 수 없는 남방의 모든 노래와 춤까지 갖췄다는 소문이 널리 퍼지면서 난아의 이름은 날로 높아갔다. 난아의 이름만이 아니라 난아로 말미암아 아버지의 이름까지도 사람들 입에 오르내리게 되었다. 게다가 용아까지도 함께 끌려들어서 마침내 '예허나라 씨 집의 두 포기 꽃'이라는 이름이 생기게 되었다.

'예허나라 씨 집의 두 포기 꽃'이라는 이름이 소문처럼 번져 나가 이 두 포기 꽃을 탐내는 자가 많아진 것도 어쩔 수 없는 일이었다.

어떤 자는 그 꽃을 아주 뿌리채 파다가 자기 집 뒤뜰이나 사랑마당에 옮겨 심으려고 하고, 어떤 자는 그 꽃의 한 가지만이라도 꺾어다가 자기 방의 책상머리나 화병에다 꽂아두고 싶어 했다. 이 밖에 가장 많은 것은 덮어놓고 예허나라 씨 집의 두 포기 꽃을 잠깐 구경이라도 하며 조금만 만져라도 보았으면 하는 자가 더 많았다. 즉, 난아나 용아에게 장가를 들고 싶어하는 사람들과 첩으로 얻어보려는 사람들과 그보다도 잠시잠깐 정이라도 통해 보려는 사람들이 더 많이 생겼다.

이와 같은 형편과 소문 때문에 밀려드는 혼인 문제가 혜징은 마냥 기쁘지만은 않았다.

"여보! 아무리 생각해도 난아를 하루빨리 시집을 보냅시다."

"누가 아니라우! 하지만 어디 마땅한 데가 있어야지요!"

"마땅한 데야 어째 없겠소? 요즈음에 혼인 말이 오는 가운데서 골라서 보내면 그만이지."

"지금까지 혼인 말이 나온 곳은 싫다고 하는데 어쩌겠어요?"

"애가 무엇을 알아서 마음에 드느니 마니 한단 말이오? 아무 데나 부모가 정해주면 그만이지!"

"그렇지만 다른 일과 달라서 제 한평생에 관계되는 일이니 우리 마음에만 든다고 억지로 할 수도 없는 일이 아니우!"

아내는 남편의 얼굴을 바라보며 자기 말과 의견에 따라 달라지는 표정을 지었다.

혜징도 마누라의 말과 표정에는 어느 정도 이해가 갔다.

"그렇다면 애를 불러서 직접 생각을 물어보는 수밖에 다른 도리가 없겠구려!"

"그거야 그렇지요! 나는 그 애의 의견을 들어보았으니 당신도 어디 한 번 의견을 들어보시우."

마누라의 대답에 혜징은 한참이나 눈을 감고 말없이 무엇을 생각하더니 눈을 번쩍 뜨고 난아를 불렀다.

이때까지 곁방에서 글씨공부를 하면서 아버지와 어머니가 자기의 혼인 문제를 가지고 이러니저러니 걱정하는 말을 주고받는 것을 듣고 앉았던 난아는 아버지가 부르는 소리를 들었다.

"네!"

"이리 좀 오너라."

아버지의 부름에 난아는 손에 쥐었던 붓대를 살그머니 필통에 꽂고 일어나서 아버지와 어머니의 앞으로 나왔다.

순간 난아는 굳은 결심을 하였다. 억지로 혼인을 시킨다면 반항하겠다고까지 결심하고 마음을 굳게 다졌다.

평소에 난아는 언제나 한결같이 웃음을 띠고 부드럽고도 사랑스러우며 영리한 모습으로 보이곤 했다. 이날은 다른 날보다 특별히 어리광을 부렸다.

"아버지 부르셨어요? 왜요? 무엇을 사주실려구요? 난 살 것도 아주 많고 가지고 싶은 것도 하도 많아서 걱정이야……."

"어! 그 자식! 밤낮 사달라는 것뿐이야. 너도 이제 아버지께 무엇이나 좀 사서 주렴!"

"아버지 제가 이담에 많이 사서 드릴 테니 지금은 아버지께서 사주셔야지요!"

난아는 여전히 어리광을 부렸다.

"오냐! 이제 내가 평생 가질 수 있는 좋은 노리개 하나를 사서 줄 테니 어떠냐?"

"정말요? 그런 노리개가 있어요?"

아버지는 아까보다 정색한 얼굴과 말소리로 되물었다.

"돈을 주고 사는 노리개가 아니다. 남자는 여자에게 평생의 노리개이며 여자도 남자의 평생의 노리개이다. 이제 너에게 적당한 신랑을 구하여 정혼할 테니 시집가라는 말이다."

아버지가 부를 때 미리부터 알아채고 굳게 결심한 난아는 그다지 놀라는 빛을 띠지도 않고 도리어 태연한 모습을 한 채 여전히 사랑에 넘치는 부드러운 목소리로 말했다.

"아버지 저는 그런 노리개가 싫습니다. 그것은 제게 노리개를 얻어주시는 것이 아니라 저를 남에게 노리개로 주자는 말씀이지요. 저는 그러한 노리개를 가지고 싶지도 않고 남에게 노리개 노릇을 하고 싶지도 않아요!"

미소를 띠고 있지만 굳은 의지가 담겨 있는 그녀의 대답이었다.

"그러면 너는 평생 시집을 가지 않을 것이냐? 일찍 시집가는 것이 부모의 근심도 덜어주는 것이 되고 네가 행복하게 사는 길이다. 지금도 네 어머니와 한참 동안 걱정에 걱정을 하다가 너희 어머니 말이 직접 너를 불러 물어보는 것이 옳다고 해서 이렇게 물어보는 것이니 조금도 숨기지 말고 네 마음에 있는 것을 솔직하게 말하여라! 너는 어떤 데로 시집가기를 원하는지……."

난아는 고개를 숙이고 아버지의 말을 듣고 앉았다가 아버지의 말이 끝나는 것을 기다려서 고개를 한쪽으로 갸웃이 들고 애교가 가득한 눈동자로 바라보면서 대답했다.

"아버지는 어머니한테 자세한 말씀을 들으셨을 텐데 왜 저한테 다시 물으시는 것입니까?"

"네 어머니에게서 별로 들은 말이 없다. 너를 불러 물어보라는 말밖에 듣지 못하였다. 네가 무슨 생각을 하고 있는지 솔직히 말하여라! 네 소원대로 해줄 테니……."

"아버지! 저는 누구에게든 솔직하게 말합니다. 더구나 아버지나 어머니께야 털끝만큼도 숨기지 않고 말씀을 드렸습니다. 저는 진정으로 시집가지 않을 겁니다! 시집가지 않는다고 해서 부모님께 조금이라도 걱정끼쳐드리지 않을 것입니다. 그 대신에 부모님께서는 저를 시집보내실 생각은 꿈에도 하지 마시기 바랍니다."

난아는 굳은 결심을 말하였다. 그러나 그것은 겉으로 드러난 것일 뿐, 마음 속 진심은 숨기고 있었다. 난아의 진정인 듯하고도 진정이 아니요, 반항하는 듯한 말에는 아버지도 고압적 태도를 가지지 않을 수 없었다.

"허! 그 자식! 별 소리를 다 하는구나! 그래 너는 한평생 시집을 가지 않겠다니 그게 말이 되느냐? 부모가 시키면 그대로 하는 것이 옳지 않느냐?"

아버지의 고압적 태도와 화내는 것을 눈치챈 난아는 한층 더 부드러운 말소리로 대답했다.

"당연히 부모님께서 시키는 대로 하는 것이 도리인 줄 압니다. 그러나 저는 아버지와 어머니께서 살아계실 동안에는 늘 이렇게 모시고 지낼 거예요. 그러다가 시집을 가더라도 북경으로 가든지 하지 이 시골에서는 죽어도 안 갈 거예요. 그런데 아직 어리기만한 저를 자꾸만 시집보내시려는 뜻을 알 수가 없습니다."

"그러면 북경에 가서 시집가기가 소원이냐?"

아버지는 무엇을 속으로 생각하면서 다시 난아에게 물었다.

"네! 이담에 북경 가서 시집갈 테니 아무 걱정하지 마시고 시골 사위 얻을 생각은 꿈에도 하지 마세요! 이왕이면 북경 사위를 보시지!"

그리고 난아는 일어서서 차관을 가져다가 차를 부어서 아버지와 어머니 앞에 가져다 놓았다.

"아버지 차 드세요! 어머니도 잡수세요. 저는 글씨 쓰는 것을 마저 쓸 거예요."

난아가 제 방으로 돌아간 뒤에 아내가 비로소 입을 열었다.

"난아의 말을 들어보시니 영감 마음은 어떠십니까?"

"글쎄 내나 당신이나 마찬가지지 낸들 별다른 마음이야 있겠소. 다만 난아의 고집이 너무 세서 걱정이지."

"영감이 평생 그렇게 어정쩡하니 그 애 고집이 점점 더 심해지는 것이라우!"

아내는 딸의 고집을 영감의 탓이라고 원망하였다.

"이제 딸 아이 시집 안 가는 것도 내 탓이란 말이오. 계집애들 버릇은 그 어머니가 모두 길러주는 것이지."

영감도 마누라에게 책임을 넘겼다.

"이러나저러나 걱정은 큰 걱정이네요. 당신도 그렇지. 애가 북경 가기 전에는 시집 안 간다고 하는 말을 듣고도 그대로 계시니 정말 답답합니다."

"아무리 애들 말이라도 북경 가서 시집가겠다는 생각을 잘못 이라고 할 수 없는 것이오. 사실 말이지 우리 만주 사람은 이곳에서 딸자식을 시집보낼 만한 데가 없고 지금처럼 난리가 난 세상에 하루 빨리 북경으로 가는 것도 좋은 생각이오."

이야기는 가정 문제로부터 그때의 시국 문제로까지 전개되었다. 부인도 난리가 난 세상에 북경으로 가야 하겠다는 말에는 동감하였다.

"그렇기는 그래요. 난리판에 북경으로 하루 빨리 가기는 가야 하겠지만 우리 형편에 어찌 북경으로 그렇게 빨리 갈 수 있습니까?"

마누라가 한탄하는 말에 혜징도 속이 상해 한참이나 말없이 앉아 있었다.

"너무 걱정마시오! 살아서 북경에 가지 못하면 죽어서라도 가게 되겠지……."

말을 더이상 잇지 못하고 한숨을 쉬었다. 부인도 남편이 한숨 쉬는 바람에 상심돼서 눈물을 머금고 속으로 "돈 없는 게 한이지." 하며 한탄하였다. 그리고 남편을 위로하려고 다른 말을 꺼내어 이런 말, 저런 말을 하였다. 이야기는 돌고 돌아 또 다시 집안 이야기와 난아를 시집보낼 이야기와 아들딸의 앞길을 위하여 밤이 깊도록 이야기를 하다가 자리에 누웠다.

한편 아버지와 어머니의 방에서 물러 나와서 제 방으로 돌아온 난아는 한참 동안 우두커니 앉았다가 마음에 없는 글씨를 쓰려고 붓대를 손에 잡았으나 도무지 쓸 수가 없었다. 쥐었던 붓대를 다시금 던지고 얼빠진 사람처럼 앉았자니 하염없는 눈물만 볼을 타고 흘러내렸다. 그 눈물은 자기가 여자의 몸으로 이 세상에 태어난 것을 원망하는 눈물이었다. 그 원망은 눈물이 흐르도록 내버려두고 온갖 공상을 꺼내고야 그쳤다.

'도대체 나는 뭐지? 여자의 몸으로 태어나서 나를 옥같이 길러주고 사랑하여 주신 아버지와 어머니께서는 벌써부터 나를 남의 집으로 보내려고 하시는가?'

원망이 물밀듯이 밀려왔다.

'나는 죽어도 시집은 안 갈 테야.'

원망에 대한 알 수 없는 반항도 생겼다.

'그렇지만 계집애로 태어난 이상 시집을 안 갈 수도 없잖아.'

자기의 반항에 대한 부정도 생기고 그 다음으로는 한없는 공상이 생겼다.

'꼭 시집을 가야 한다면 어떤 데로 가야 할까? 평범한 집안에는 절대로 가지 않을 거야. 그렇다면 황후는 될 수 없을까? 그것은 감히 바라볼 수도 없는 일종의 허영심이겠지. 이것이 만일 허영심이라면 차라리 연극을 하는 배우가 되어볼까? 주문왕(周文王)의 황후 노릇도 해 보고 당현종의 양귀비 노릇도 해 보며, 나중에는 사마상여(司馬相如)의 막걸리 장사를 함께하는 탁문군(卓文君) 노릇을 할지언정 시집은 절대 가지 않을 거야. 배우 노릇을 하여 돈이나 실컷 벌어 내 마음에 드는 남자를 아버지 말씀대로 노리개 삼아 불러다 놀지언정 내가 남자한테 얽매여 노리개 노릇을 하면서 평생을 바치는 일은 죽어도 못해.'

이런저런 생각 끝에 배우 노릇 하는 것이 가장 좋겠다고 생각하였다. 그러나 그것도 못할 이유가 있었다.

'아버지와 어머니의 살아 생전 영광을 드리지 못할지언정 연극배우로 나선다고 하는 것은 차마 할 수 없는 일이다. 가문에 수치가 되고 부모에게 망신이 될 테니 그 또한 공상일 뿐이야. 그렇다면 나는 장차 어찌하나, 무엇을 할까!'

　난아는 어떻게든 방법을 찾으려고 이 생각 저 생각 하면서 고민을 하였다. 그러나 밤이 새도록 이렇다 할 답을 찾지 못하고 심신만 피곤하여 그대로 잠이 들고 말았다. 잠든 난아는 꿈 속에서도 어찌해야 하는지 고민의 세계를 헤매고 있었다.

## 아버지의 죽음

 광동 홍수전이 광서 출신인 양수청과 함께 광서금전이라는 곳에서 평화롭고 평등한 나라를 세우겠다고 군사를 일으켜 태평천국을 세우고 스스로를 천왕이라 하였다. 중국 땅에서 만주 사람이 세운 청나라를 거꾸러뜨리고 한족의 독립한 나라를 세우기 위하여 남방의 각 성을 점령하는 바람에 호남까지도 큰 난리 속으로 빠지고 말았다.

 혜징은 사랑스러운 아들과 딸들의 앞길을 완전히 열어주지 못하고 다시 살아날 희망이 없는 병에 걸린 지가 벌써 여러 달이 되었다.

 하루는 병 간호에 지성을 다하는 맏딸 난아와 둘째딸 용아를 한참이나 보다가, 혜징은 두 눈에서 솟구쳐 흐르는 눈물이 병들어 야위고 창백해진 얼굴에 흘러내렸다.

항상 무슨 일을 당하든 당황하지 않고 지혜롭고 긍정적으로 의연하게 대처해온 난아는 아버지의 눈물을 본 순간 솟구쳐오르는 눈물을 간신히 참으면서 병중에 서러워하는 아버지의 눈물을 수건으로 가만히 닦았다.

"아버지, 새로 지어온 약을 잡수시고 몸조리 잘 하시면 점차 나을 거라고 의원이 말씀하셨어요. 아프신 곳이 있으면 치료해서 나으면 되는데 이렇게 상심하시면 어찌하십니까? 아버지! 진정하시고 약 잡수세요! 네 아버지."

그러나 아버지는 더욱 흐느껴 울었다.

"오냐, 난아야! 하지만 약은 이제 더이상 먹지 않아도 될 것 같구나. 내 병은 내가 잘 안다. 약으로 나을 병이 아니고 명(命)이 다한 것 같다. 병은 약으로 고칠 수가 있지만 명을 고칠 수는 없단다. 이제 내 명이 이것뿐인 것을 어찌하느냐? 그리고 눈물이 흐르는 이유는 내 몸이 아파서가 아니라 너희들의 앞길을 열어주지 못하고 죽게 되는 것이 하도 원통해서 흐르는 눈물이란다."

혜징의 눈에서는 눈물이 더욱 솟아 흘렀다. 지금까지 억지로 참고 있던 난아 남매도 아버지 말을 듣고는 더이상 참지 못하고 눈물을 쏟기 시작하였다. 눈에서는 눈물이 흐르고 목에서 매어 나오는 말소리는 반이 울음소리였다.

"아버지! 무슨 말씀을 그렇게 하세요? 아버지의 병은 꼭 나으실 테니 조금도 딴 생각은 하지 마시고 어서 진정하시고 약이나 잡수셔요."

그리고 난아는 약그릇을 가지러 갔다.

혜징은 약을 가지고 오는 맏딸 난아에게 당부하였다.

"난아야! 약 그릇은 저쪽으로 치워 놓아라. 그리고 울지 말고 너희 어머니도 청하고 들어라! 내가 평생에 벼슬자리를 하였지만 돈을 모으지 못하였다. 돈을 모으지 못하였을 뿐만 아니라 평생에 구차한 살림을 하면서 오늘까지 지내온 것이다. 아비나 어미 된 마음이 너희들을 남과 같이 잘 먹이고 잘 입히지 못했으니 가슴에 한이 되는구나. 게다가 이제 내 집 형편이 내가 죽은 뒤에 송장 하나도 넉넉히 감당할 만한 힘까지 없게 되었으니 너희들이 장차 어찌 되겠느냐? 이것을 생각하면 뼈가 저리도록 아프고 죽어도 눈을 감을 수가 없을 것 같구나!"

난아에게 울지 말라고 하던 아버지가 도리어 목을 놓고 울었다. 난아 자매와 계상이까지도 번갈아 가면서 아버지를 부르며 울었다.

"아버지! 아버지! 진정하세요! 아버지 왜 이러세요."

혜징은 마음을 가다듬고 손으로 눈물을 씻었다.

"내 비록 구차하게 살았으나 너희들이 부끄러워할 일은 아니다. 그러니 무슨 일을 당해도 절대 굴하지 말고 강한 의지로 살아 가야 한다. 그리고 가난은 절대 부끄러운 일이 아니니 마음을 강하게 먹어야 하느니라. 설마 산 사람이 굶어 죽겠느냐? 오직 너희들은 착한 마음으로, 착한 사람으로 살기 바란다. 내가 죽은 뒤에 시체를 가지고 북경으로 가거라. 이제 큰 난리가 나서 이곳에서 우리 만주사람은 학살을 많이 당할 것이다. 북경에 가서 큰 부귀나 큰 명예를 바라지 말고 적당한 곳에서 상인이 되어 아들 딸 낳고 잘 산다면 내가 황천에서라도 춤을 추겠다."

예허나라 혜징은 가족에게 유언 같은 말을 남기고 며칠이 못 되어서 병세가 더욱 중하여 운명할 시간이 멀지 않게 되었다. 그는 마지막으로 부인에게 유언을 남겼다.

"부인! 나는 먼저 가오. 당신에게 이렇게 큰 짐을 남기고 먼저 가서 미안하오. 아이들을 부탁하오."

이 말을 남기고 혜징이 세상을 영원히 떠났다. 부인과 난아 남매가 죽은 아버지 위에 엎드려 가슴을 두드리면서 통곡하는 모습은 보는 사람으로 하여금 가슴이 미어지게 하였다.

한 집안의 가장인 혜징이 죽은 뒤에 모든 일은 참으로 말할 수 없이 딱하게 되었다. 집에 남은 돈이 한 푼도 없는 것은 물론이고 병중에 외상으로 지어온 약값과 빚으로 쓴 남의 돈도 돈이려니와 당장에 치러야 할 초상을 어찌 해야 할지 난감하였다. 관청에서 도와주는 돈 얼마와 친구들이 모아 주는 것을 가지고 간신히 이것저것을 꾸며 때웠다.

아버지의 초상을 대강 치른 뒤에 난아는 남의 도움으로 약값과 빚의 일부를 갚을 수 있었다. 그러나 무엇보다도 가장 큰 걱정은 따로 있었다. 그것은 호남에서 북경까지 아버지의 시체를 모시고 가야 하는 것이었다. 하루는 어머니 모르게 용아를 불렀다.

"용아야! 여기서 북경까지 가자면 아마도 육로로는 갈 수 없고 수로로 가야 되겠지?"

"아이 언니두! 언니가 모르는 것을 내가 어떻게 아우? 다만 아버지의 영구를 모시고 가자면 우리 형편에 몇 천 리를 상여로 모시고 가야 하는데, 육로로 갈 수는 없으니 천상 수로로 가는 수밖에 딴 도리가 없는 줄만은 알지요. 그러나 저러나 어머니와 언니가 알지 내야……."

"글쎄 널더러 무엇을 하라는 말이 아니다. 하도 답답해 너와 함께 모시고 가는 수밖에 다른 도리가 없어서 그래. 반만 리가 되는 멀고 먼 길을 가자면 빨라도 두서너 달은 걸릴 텐데, 뱃삯도 뱃삯이려니와 먹고 쓸 만한 모든 준비가 없으니 답답해 하는 말이다."

"육로로 가든 수로로 가든 먹는 게 문제지요. 그리고 언니나 나나 또는 여러 식구가 걸어서 몇 천리를 어떻게 가우? 집도 팔고 세간도 팔아가지고 수로로 가는 게 낫지 않을까요."

"나도 너와 생각이 같다. 하루바삐 어서 떠나야겠다. 더 지체하다가는 난리도 난리려니와 그나마 몇 푼 없는데 주저하다가는 돈도 떨어지고 오도 가도 못할 수도 있어. 그러니 대강 준비할 것만 챙겨라."

"준비할 거야 뭐 있나요? 그보다 북경만 가면 뭐 뾰족한 수가 있나요? 누가 우리를 오라고 한답니까?"

"준비할 것이 왜 없느냐? 배에서 밥 지어 먹을 것하고 영구를 모시고 가는 데 쓸 모든 준비를 해야지. 그리고 북경 가면 좋은 수가 생길 테니 걱정 말고 내 시키는 대로 하여라."

"북경 가면 좋은 수가 생겨요? 언니, 좋은 데 시집갈려우?"

"오냐! 나도 시집가고 너도 좋은 데 시집 보내주마."

"아이! 언니두, 언니더러 시집가랬지 누가 나를 시집 보내달라고 했나?"

용아는 얼굴을 붉히고 토라졌다. 난아는 웃으면서 뜰아랫방으로 나갔다. 아버지의 친구 허노인과 모든 것을 의논해 오고 있었던 것이다. 허노인은 모든 것을 이야기한 뒤에 난아를 한참 보다가, 다시 말을 이었다.

"난아야, 정말 북경까지 갈 생각이냐? 그만 이곳에서 아버지를 안장하고 알맞은 데 시집가서 사는 것이 옳지 않겠니?"

"말씀은 고맙지만 아버지의 유언도 계시고 저도 이곳에서 살 생각이 없습니다. 말씀드린 것이나 조처하여 주시고 목선 한 척을 얻어 주십시오."

"그것은 어려운 일이 아니다만 돈이 모자라서 중도에서 고생할까 걱정이다."

그리고 허노인은 밖으로 나갔다. 난아는 용아와 함께 길 떠날 준비에 바빴다. 허노인은 이튿날 저녁 때에 다시 와서 모든 것을 난아의 말대로 조처하였다고 말하며 배 한 척도 얻고 뱃삯을 절반만 주고 나머지는 북경에 가서 주기로 하였다는 말을 하였다.

혜징의 영구를 모시고 난아의 가족을 실은 조그만 목선 한 척은 멀리 북경으로 길을 떠나려 하고 있었다.

막상 길을 떠나려니 난아는 참으로 마음이 착잡하였다.

"이곳은 아버지께서 몇 십 년 벼슬살이를 하면서 우리들을 키우신 아버지의 제2의 고향이다."

아버지의 제2의 고향이기도 하지만, 자기가 나고 자라고 노래하고 춤추면서 어린시절을 보낸 고향을 떠난다는 생각에 가슴 아팠다.

그리고 이곳이 자기가 꿈꾸며 희망하던 모든 이상에 대하여 합당하지 못하다고 떠나기는 하지만, 막상 북경에 갔는데 북경이 도리어 이곳보다 더 못하다면 그때는 여러 가지로 정도 들고 한도 많은 이곳이 도리어 보고 싶고 오고 싶지나 않을까 하는 등의 여러 가지 감회가 한데 뒤섞여 나왔다.

착잡한 난아는 마음을 달랠 사이도 없이 배 떠날 시간이 점차

다가왔다. 배가 떠나는 언덕에는 배웅하러 나온 사람이 적지 않았다. 그 사람들은 먼 길 떠나는 난아네 가족이 걱정이 되어 위로의 말을 해주었다.

"난아야, 부디 아버지 영구 잘 모시고 조심하여 가거라."

"네! 안녕히 계십시오. 여러분의 태산 같은 은혜는 잊지 않을 겁니다."

그리고 함께 자라고 배우고 놀던 친구들과는 서로 손을 잡고 이별하기를 슬퍼하였다. 난아는 어느새 눈물을 흘리고 있었다.

"인제 가면 언제 볼 수 있을까? 영영 이별하는 거겠지. 부디 잘 가고. 꼭 편지해."

친구들 또한 울먹였다.

"내 언제든 한 번 올게. 잘있어. 내가 북경 가서 편지할게. 너희들도 편지해. 알았지? 잘 있거라."

난아의 가족을 태운 배는 벌써 언덕을 떠나서 행선하기를 시작하였다. 난아와 용아는 여러 가지 설움과 헤어짐을 못 이겨서 배 가운데 모신 아버지 영구와 병들어 누워 있는 어머니 앞에 엎드려 울었다.

배가 떠난 언덕에는 여러 사람이 난아네 가족을 태운 배가 멀리 사라져 보이지 않을 때까지 자리를 뜨지 못했다. 그들 가운데는 울음을 머금고 눈물을 흘리는 난아 친구들도 있고, 혜징의 친구 노인들은 친구를 저세상으로 보낸 슬픔을 담아 떠나가는 배를 바라보았다.

"저 어린것들이 머나먼 길을 무사히 갈까?"

"저 가족들의 앞길이 장차 어찌 될까?"

"인생은 헛것이다. 혜징은 벌써 송장이 되어 가는구나!"

눈물을 흘리는 사람도 있고 길게 한숨 쉬는 사람도 있었다.

"아깝다! 예허나라 씨 집의 두 포기 꽃이 이제는 이곳을 영원히 떠나는구나!"

한탄을 하는 젊은이들도 섞여 있었고 빈정대는 젊은 여자들도 있었다.

"저리 고생하면서 뭐하러 북경까지 가누? 북경 가면 별 수 있나? 아무데서나 살지!"

"북경은 무슨 북경을 가? 가다가 아무데서나 서방 얻어서 살겠지!"

"앗다, 고 방정맞은 계집애년들이 시원섭섭하게 잘 가 버렸다."

지난날에 난아 자매를 꾀려고 애를 쓰다가 실패한 것을 생각하고는 욕하는 청년들도 있었는데 그 가운데는 돼지고기 장사를 하는 자도 있었다. 그 자는 누구보다 저 혼자 난아에게 푹 빠져서 별별 수단을 쓰다가 여러 번 실패한 뒤로는 그 한을 못 이겨서 난아를 만나는 대로 난아를 조롱하고 모욕하기를 일삼던 자였다.

난아가 살다가 떠난 그곳에서는 난아의 가족이 떠난 것을 두고 여러 종류의 사람들이 각자 제멋대로 말을 하고 추측도 하고 생각도 하였다.

난아가 떠난 곳과 배가 떠난 언덕에서야 무슨 소리로 떠들든지 무슨 일이 일어나든지 난아가 탄 배는 순풍에 돛을 달고 제 갈 길만 흘러 흘러 갈 뿐이었다.

배가 떠난 뒤 며칠 동안은 일기도 좋고 바람도 순하게 불어서 행선하기에 아주 좋았다. 바람에 돛을 달고 배가 흘러가는 대로 새로이 바뀌는 경치는 온갖 생각에 잠겨 있는 난아와 용아를 갑판 위로 끌어냈다. 난아와 용아는 눈에 띄는 모든 경치에 눈이 팔리고 마음이 끌려, 당장에 힘들고 앞으로의 불확실한 불안감도 얼마쯤은 잊어버리게 되었다. 용아가 먼저 입을 열어 강 가운데 있는 배를 가리켰다.

"언니! 저것 보아! 뱃놀이를 하는 가 봐요."

"맞아! 팔자 좋은 사람들이 기생을 싣고 뱃놀이를 하는 모양이다."

이렇게 이 배, 저 배에서 노래하고 춤추는 구경을 하기도 몇 번이고 어떤 곳에서는 난아가 먼저 용아에게 말을 꺼냈다.

"용아야. 저것 좀 보아라. 농촌의 처녀들이 연(連)을 캐는 배들이다. 저 처녀들의 취미가 어떠냐?"

"아이! 그들의 취미야 천하 제일이지요! 사람은 저렇게 살아야지!"

용아는 눈을 반짝였다. 어떤 때는 난아의 농담에 용아가 성을 내고 배 안으로 들어가 버린 때도 있었다.

굽이쳐 흐르는 강물의 길놀이를 따라 배가 가고 구비마다 물 깊은 소(沼)가 있고 언덕 위에서 드리워 늘어진 버드나무의 그늘이 고기가 모여 들기 좋은 그 소를 덮어주었다.

그런 곳마다 버드나무 밑에서 대삿갓을 쓰고 곰방대를 물고 낚싯대만 들고 앉아서 고기 낚는 늙은이들의 한가로운 모습도 적지 않게 구경하였다.

어느 날 오후였다. 바람 한 점 불지 않고 햇살만 내리쪼이고 매우 더운 날이었다.

노를 젓던 뱃사람들이 저희끼리 지껄였다.

"오늘 저녁은 조금 늦더라도 청강포까지는 꼭 가야 하지 않겠나?"

"암! 가야 하구 말구! 늦는 게 다 무엇이야! 한밤중이라도 청강포까지는 꼭 가야 만 돼."

"청강포에 가면 무슨 좋은 일이라도 있나요? 왜 애를 쓰며 그곳에 가려는 거죠?"

"자네는 처음이라 모르겠군. 청강포에 가서는 먹을 양식도 사고 술과 고기도 사가지고 가면서 먹을 준비를 하는 거지. 그리고 술 한잔 먹고 내일은 하루 동안 그곳에서 놀고, 모레부터 또 북경만 바라보고 가는 것일세! 알았나?"

"쓸데없는 소리들은 그만두게. 청강포만 가면 무엇보다 부장댁 상제(부모가 돌아가셔서 상중에 있는 사람) 아기씨들이 마님께 여쭈어서 한번 잘 먹으라고 우리에게 술값을 톡톡히 주시지 않겠는가? 그러니 부지런히 노를 젓는 거지."

난아 가족이 들으라는 듯이 일부러 크게 떠드는 자도 있었다. 이 말을 들은 용아는 깜짝 놀라 누워 있는 어머니를 본 후 작은 목소리로 언니에게 걱정하는 기색을 보였다.

"언니! 큰일 났소. 북경까지 가는 동안에 우리 식구가 간신히 굶지나 않을 만한 처지를 저들이 알지도 못하고 자꾸만 술 사줘라! 고기 사줘라! 한다면 어찌하우?"

"지금에 와서 걱정한들 무엇하니? 닥치는 대로 할 수밖에. 오늘 일은 오늘 당하면 해결하고 내일 일은 내일 당하면 그때 생각하자. 너무 걱정말아라."

난아는 용아를 잠시라도 위로해 주었다. 그러나 난아 역시 걱정이 태산이었다.

'이 노릇을 장차 어찌하나! 이 원수의 돈이 어디 가서 쌓였는고? 산 설고 물 선 곳에서 어찌하나.'

그날 저녁 때부터 갑자기 바람이 불더니 굵은 빗줄기를 뿌리기 시작했다. 궂은 비는 근심 걱정이 없는 사람이라도 심란하고 처량한 기분을 느끼지 않을 수 없을 만큼 처참하고 험악한 기세로 내리 퍼붓고 있었다. 하물며 난아와 같이 가녀린 여자의 몸으로 아버지의 시신을 모시고 심화로 병들어 누운 어머니와 철모르는 어린 동생 계상이와 함께 조그만 배를 타고 반만 리나 되는 머나먼 길을 가는 입장에서는, 해는 저물고 어둠 속에 비바람이 휘몰아치자 가슴이 터지고 창자가 끊어질 만큼 처참하고 비참함을 금할 수가 없었다.

낮에는 밤뱃질이라도 해서 청강포까지는 꼭 간다고 맹세하던 배꾼들도 마구 휘몰아치는 바람과 비에는 어쩔 수 없는지 배를 한쪽 언덕에 대고 밤을 지낼 준비를 하느라 분주하였다. 난아가 밖을 내다보니 사람의 집이라고는 하나도 보이지 않고 다만 버드나무가 드문드문 섞인 갈밭이었다.

바람과 비는 쉬지 않고 그대로 불고 퍼부었다. 뿐만 아니라 밤이 점점 깊어갈수록 그 소리는 시시각각으로 더욱 거세게 울렸다.

등불을 켤 기름마저 떨어졌다. 어제 저녁에 쓰다가 남은 초를 아버지 영구 앞에 켜놓고 온 가족이 가지런히 앉아 있었으나 함부로 부는 바람에 가녀린 촛불까지도 꺼져버려 암흑 속으로 빠져들었다.

캄캄한 어둠 속에서 난아와 용아는 마침내 아버지의 영구 앞에 엎드려 통곡하였다. 어린 동생 계상도 따라 울었다. 심화로 병이 되고 악이 받쳐서 누워만 있던 어머니는 그들의 통곡하는 모습을 보고 더욱 심정이 상하고 악이 북받쳤다.

"당장 그치지 못하겠느냐! 어미마저 죽이려고 이 밤중에 울고불고 청승맞게 야단이냐! 어서 울음을 그쳐라."

난아는 자기의 잘못을 얼른 깨달아 울음을 멈추고 눈물을 씻은 뒤에 용아와 계상을 달랬다.

"계상아! 울지 말아라. 병중에 계신 어머니께서 힘들어하셔. 그리고 용아야 너무 서러워하지 말아라. 한때의 고생을 하지 않고 잘된 사람이 예로부터 드물었다. 이런 지경을 당해 봐야 이 세상 살아가는 참된 맛을 비로소 알 수 있는 것이다."

"언니! 이 세상에 우리같이 불쌍한 사람이 어디 다시 있으며 우리가 오늘 당하는 지경을 당할 사람이 또 어디 있어요?"

용아는 울음을 그치지 않았다.

난아는 백방으로 용아를 달래 설움을 잊고 잠들도록 힘썼다. 그러나 용아는 잠을 이루지 못하였다.

그리고 밤중까지 떠들면서 못된 바람과 쓸데없는 비가 온다고 하늘을 원망하며 욕설까지 하던 배꾼들도 밤이 지나고 첫 닭이 울 때가 되어서야 잠들었다.

"언니! 어서 자우."

용아는 그제서야 한 마디 말을 남기고는 잠이 들었다. 난아는 용아가 잠들기를 기다렸다가 다시 일어나 앉았는데 눈에 보이는 것은 잠잠한 어둠뿐이요, 귀에 들리는 것은 바람과 빗소리며 배꾼들의 코골며 이갈며 잠꼬대하는 소리와 병든 어머니의 신음하는 소리와 드문드문 한숨을 섞어 숨 쉬는 용아의 숨소리와 계상의 고운 숨소리뿐이었다.

어둠 속에서 혼자 일어나 앉은 난아의 마음은 참으로 걷잡을 수 없게 참담하여 서러움에 이런저런 생각이 그녀의 마음을 심란하게 하였다.

'이제 어찌하나. 차라리 이 길을 떠나지나 말았다면······.'

'앞길이 참으로 막막하구나. 날이 밝으면 청강포에 도착하는데 어찌해야 하나. 더구나 이런 일이 어디 한 번 뿐이랴. 앞으로 계속 될 텐데 이 일을 어찌 하면 좋을꼬. 돈 안 주면 두고두고 안 준다고 별별 소리를 다 하면서 천대가 심할 테니 이 노릇을 장차 어찌하나. 차라리 남 몰래 저 강물에 빠져서 죽어버릴까.'

이렇게 자살할 생각도 여러 번 하였다. 그러다가도 아버지의 유언과 가족들 생각에 다시 마음을 돌리고 날이 거의 밝을 무렵에야 잠이 들었다.

밤새도록 그렇게 험악하던 폭풍우도 해가 떠오르는 이른 아침에는 씻은 듯이 개어서 아침 햇살과 함께 청명한 날이 되었다. 배가 청강포에 도착한 때는 늦은 아침이었다. 배꾼들은 미리 작정한 대로 다른 날과 달리 난아와 어머니에게 대표인 듯한 사람이 문안을 드렸다.

"여기는 청강포라는 곳입니다. 아주 큰 시가지죠. 마님과 두 분 상제 애기님께서도 잠시 뭍에 내리셔서 산보 좀 하다가 오시기 바랍니다. 너무 여러 날을 배 안에만 앉아 계시면 병나기가 쉽습니다. 저희들도 오늘 하루는 쉬고 저녁 때나 내일 아침에나 떠날까 합니다. 그리고 잘 아시겠지만 저희들이 한 끼 잘 먹고 쉴 수 있는 용돈 좀 넉넉히 주시기 바랍니다."

그 말이 끝나자 또 다른 사람이 나섰다.

"어떤 손님이든지 이런 곳에만 오면 저희들이 말하지 않아도 용돈을 많이 주시는 것이 예로부터 전해오는 상도입니다."

그가 물러서자 또 다른 사람이 나섰다.

"더욱이 영구를 모시고 가는 데는 보통 손님보다 용돈을 몇 배씩 더 주는 게 전례이옵니다."

난아는 미리 생각해 두었던 말을 꺼냈다.

"자네들 말을 듣지 않아도 짐작은 하고 있었네. 그러나 우리 형편이 그리 할 수 없는 것만 한탄할 뿐일세."

그리고 은 한 냥을 꺼냈다.

"많지는 못하네. 은 한 냥일세. 술 한 잔씩이라도 자시길 바라네. 북경만 가면 특별히 품삯을 많이 생각해 줄 테니 서운해 하지 말고 받게."

배꾼들은 너무나 적은 돈에 놀란 표정을 짓더니 혀를 빼어 물고 머리를 설레설레 흔들었다. 처음에 말하던 사람이 다시 나섰다.

"상제 애기씨께서도 여비가 넉넉지 못하단 말씀은 허노인께 잘 들었습니다. 그러나 여러 사람이 은 한 냥을 가지고서는 아무것도 할 수가 없습니다. 그러니 은 한 냥만 더 주시고, 또 한 냥은 배삯 가운데서 계산하시어 도합 세 냥은 주셔야 모든 것을 준비하고 술이라도 한 잔씩 먹을 수 있습니다. 다른 손님 같으면 네 냥이나 다섯 냥은 꼭 주셔야 됩니다."

잠도 자지 못한 난아는 모든 것이 귀찮고 피곤했다. 나중에 어찌되든지 당장에 그들과 길게 말하기가 싫어서 배꾼들 말대로 은 세 냥을 주었다.

"알겠네. 자, 이것은 은 세 냥일세. 가서 쉬었다 오게. 그리고 북경 가기 전에는 내게 두 번 다시 말하지 말게."

"네! 이 다음 일은 그때 다시 말씀드리겠습니다."

뒷말을 남겨두고 뱃꾼들은 물러갔다.

뱃꾼들이 거리로 몰려나간 뒤에 난아는 자리에 다시 드러누웠다. 용아가 일어나 앉았다가 난아에게 원망스레 말했다.

"언니 어쩌자고 그들에게 은을 세 냥씩이나 줬어요? 돈도 얼마 안 되는데……."

"네가 걱정할 일 아니다. 어서 어머님이나 모시고 아침이나 먹어라. 나는 아무것도 먹고 싶지 않다."

용아는 난아의 말에 깜짝 놀랐다. 언제든지 모든 일에 독단적이지만 이런 경우에서까지 너무도 지나친 독단에는 놀라지 않을 수 없었다. 하지만 밥도 먹지 않겠다는 그 심경을 생각하면 도리어 애처로운 마음이 생겼다.

"언니 그래도 조금 먹어야지. 언니가 안 먹으면 나도 안 먹을 테야. 어서 일어나요."

"귀찮게 굴지 말아라. 너도 먹기 싫으면 그만두렴."

난아는 아주 매정하게 뚝 잡아떼고 돌아서 누워버렸다. 용아는 다시 말 붙일 용기를 잃고 난아를 따라 자리에 누웠다.

해는 정오가 지났다. 거리에서 들려오는 장사꾼들의 물건 사라는 소리, 마차 다니는 소리, 뭇 사람들의 떠드는 소리가 한탄과 공상과 비애에 파묻혀 누워 있는 난아의 귓전을 울릴 뿐이었다.

요란스런 소리가 들리는 것도 상관없이 잠을 청했지만 이런저런 고민에 잠조차 들지 못하고 뒤척이고 있을 때, 뱃꾼 한 사람이 와서 관청에서 손님이 찾아왔다고 전했다.

난아와 용아가 깜짝 놀라 일어났다.

"관청이라니 무슨 관청이며 또 무슨 일로 찾아왔는가."

"관청은 이 고을 현 아문이고 무슨 일로 찾아왔는지는 알 수가 없습니다."

배꾼이 말했다. 뱃사람의 말이 끝나자 관청 손님들은 기다리지 않고 직접 난아와 용아 앞에 와서 허리를 구부렸다.

"본 현에서 나온 사람입니다. 본 현 현령대인 오근혜 공께서는 돌아가신 부장대인의 친구신데 부장대인의 영구가 이곳을 지나신다는 말씀을 들으시고, 소인들로 하여금 약소하오나 부의로 은 삼백 냥을 전해 드리라고 분부하셨습니다. 두 분 상제 애기씨께서는 선대인과 현령대인의 옛 정을 생각하시어 받으시기 바랍니다."

그리고 하인에게 가지고 온 은 삼백 냥을 건넸다. 난아는 천만 뜻밖에 아버지의 친구라는 현령으로부터 거액의 돈을 받고 형언할 수 없는 감격에 눈물지었다. 현령대인의 은혜는 거의 죽게 된 목숨을 다시 살려준 은혜이므로 백골난망이라 생각지 않을 수 없었다.

"현령대인께서 선친과의 우의를 생각하시어 이와 같이 거액의 부의를 보내주시니 너무 감사합니다. 마땅히 현령대인을 찾아뵙고 감사의 예를 올려야 마땅하지만, 여자의 몸이라 감히 앉아서 몇 마디 말과 몇 줄의 글로 감사의 뜻을 대신하여 올릴 테니 이 뜻을 전달하여 주시기 바랍니다."

난아는 말을 관솔들에게 전함과 동시에 은 한 냥을 돈을 가져온 하인에게 주고 은 닷 냥을 관솔들에게 술값이라도 하라며 건넸다. 관솔들은 난아의 전갈과 감사장을 가지고 물러났다.

관솔들이 돌아간 뒤에 난아와 용아는 어머니에게 모든 것을 말하고 생각해 보니 꿈 같고 거짓말 같았다. 아버지가 살아계실 때 그런 친구가 있다는 말은 도무지 들은 기억이 없었다. 이상한 생각도 들었지만 한 푼이 아쉬운 난아는 앞뒤 생각해 볼 겨를도 없이 기쁘기만 했다. 난아는 아버지를 위해 보내준 돈이니까 아버지의 은덕이라 생각하고 그 돈을 아버지의 영구 앞에 놓고 난아 자매와 계상이까지 삼남매가 통곡하기를 그치지 않았다.

한편 관솔들은 현령 아문으로 돌아가면서 저희끼리 이런저런 말을 하였다. 첫째로 난아 자매가 천하에 다시 없는 절세 미인이라는 것, 둘째로 난아의 말 솜씨와 태도와 제 할 도리를 조용하게 처리하는 것이 아주 능숙하며, 하인에게 품삯을 주며 저희들에게 술값으로 은 닷 냥을 주는 등 아랫사람을 부리는 것이 모두 도리에 들어맞고 한 구석도 빈 데가 없다는 것, 셋째로는 난아가 북경으로 가면 아주 귀한 대접을 받게 될 것 같다는 말을 하면서 돌아갔다.

그리고 현령에게 난아가 전하라던 말에다 몇 배 더 보충하여 간곡하게 고마움을 전하고, 난아의 예의범절이 천하에 없는 귀인의 범절이라는 말과 함께 감사장을 올렸다. 오현령은 관솔들이 전하는 모든 말을 듣고 감사장까지 보고서는 깜짝 놀랐다.

"이놈들아, 내가 부의 보낼 곳은 그곳이 아니야. 예허나라 씨는 같은 예허나라 씨고 부장도 마찬가지 부장이지만 이름이 혜징이 아니다. 내가 꿈에도 알지 못하는 다른 예허나라 부장 집에다 은 삼백 냥을 주었단 말이냐?"

원래 오현령의 친구 되는 다른 예허나라 부장의 영구를 실은 배도 그 전날에 청강포에 왔는데 관솔들이 난아가 타고 온 배가 역시 혜징의 영구를 실은 배인 데서 생긴 잘못이었다.

어찌 되었든지 오현령은 분노를 참지 못하여 관솔들에게 추상 같은 명을 내렸다.

"지금 당장 가서 그 돈을 도로 찾아오너라."

그때 마침 현령을 찾아왔던 현령의 친구가 옆에 있었다. 그는 아무 말도 없이 모든 말들을 들으며 광경만 바라보다가 결국은 오현령이 돈을 다시 찾아오라고 하자 입을 열었다.

"하인들이 부의하는 돈을 잘못 전하였으니 도로 찾아오라는 것은 당연한 일입니다. 그러나 이 세상 일이라는 것은 앞을 예측할 수 없는 것도 많습니다. 똑같은 예허나라 부장으로 이름만 다르고 영구 실은 배 두 척이 동시에 청강포에 온 것도 이상합니다. 그러니 관솔들이 착각하는 것도 그다지 무리는 아닌 듯싶습니다."

"그러면 선생 의견에는 이 일을 어찌하면 좋겠습니까?"

오현령은 친구에게 물었다.

"내 생각에는 그 배에 모신 영구가 만주 사람 부장의 영구이며 두 처녀가 친필로 써 보낸 감사장의 글과 글씨로 보거나, 전갈하여 보낸 말이나, 관솔들이 말하는 바의 태도와 범절로 보면, 보통 여자는 아닌 듯합니다. 지금 북경에서 궁녀를 뽑는 시기이니 영감께서 그 두 처녀에게 그렇게 박하게는 하지 말았으면 합니다."

"선생 생각에는 내 돈을 그대로 내버리는 것이 옳다는 말씀이시오?"

"내 말을 영감의 돈을 내버리라는 뜻으로 들었다면 조금은 마음이 거북하고 안타깝습니다."

"아니 그것은 내가 실수한 말입니다. 선생 생각에는 어찌하였으면 좋을지 말씀해 주시오."

"지금 말씀드린 바와 같이 그 예허나라 씨의 두 처녀가 북경에 가서 궁녀로 뽑히든지, 또는 다른 길로 차차 세력을 잡게 된다면 영감께서 오늘 은 삼백 냥을 주어 보낸 것이 오히려 복이 될는지도 알 수 없습니다."

"그러나 은 삼백 냥이라는 돈이 적은 돈도 아닌데 모르는 사람에게 준다면 남이 날더러 돈을 천대한다고 말하지 않을까요?"

"그렇지 않습니다. 은 삼백 냥이란 돈이 영감에게는 그다지 큰 돈도 아니고, 도리어 체면으로 말한다면 그 연약한 두 처녀가 아버지의 영구를 모시고 만 리 먼 길을 가는 것이 가상도 하고 너무 가련하여, 동정심으로 그만한 돈 정도는 주어 보낼 만하지요. 그러나 이쪽 실수로 주었던 돈을 도로 찾아온다면 그때는 누구든지 영감을 체면도 없고 인색한 분이라 할 것입니다. 차라리 알지도 못하는 가련한 두 처녀에게 돈을 주셨다고 소문이 나면 영감을 일컬어 자애로운 사람이라고 할 것입니다. 또 그 처녀들이 북경에 가서 이 소문을 퍼뜨린다면 황상, 왕공, 대신 이하 모두가 영감을 그와같이 자애로운 마음으로 이 고을을 다스린다고 할 텐데, 이제 어찌 할 것인지는 영감 생각대로 하시오."

오현령은 그 사람의 말을 듣고서 그 돈을 그대로 주어 보내기로 마음 먹었다.

"듣고 보니 선생의 말이 일리가 있군요. 그런데 기왕 주어 보내는 바에야 내가 배에 가서 그 처자들을 알아도 두고 조상이라도 하는 것이 어떨까요?"

"그야 좋은 일이지요."

현령은 관솔들을 데리고 그 배에 찾아갔다. 그리고 예허나라 부장의 영구 앞에 조상한 뒤 난아와 용아를 대면했다.

"나는 선대인과 그다지 친분이 있는 것도 아니지만 듣자하니 두 분 규수가 지극한 효성으로 머나먼 길에 영구를 모시고 간다는 것이 매우 기특하고, 온 가족이 함께 간다하니 비록 많지는 않으나 나의 정성을 표하는 것이니 그리 알기를 바라노라."

난아는 다시 일어나서 두 번 절하고 말하였다.

"현령대인께서 선친과 그다지 친분도 안 계신데 불쌍한 저희를 위해 거액의 돈을 주시며 친히 조상까지 하여 주시니 대인의 인자하신 은덕은 백골난망입니다. 다음날 저희들이 귀히 되어 이 은덕의 백분의 일이라도 갚겠다고 말씀드릴 수는 없사오나, 저희들이 가는 곳마다, 또 북경에 가서도 대인의 공덕을 상공 대신의 집집마다 찾아다니면서라도 말씀드려 대인의 공덕을 황상께까지도 들어갈 수 있도록 애쓰겠습니다."

"천만에, 그런 말은 조금이라도 하지 마라. 단지 나의 성의만 알아주면 그만이다. 나는 이제 갈 테니 부디 뜻하는 바를 이루고 귀하게 되기만 바라노라."

오현령은 돌아오면서 난아의 인물과 태도와 그 밖에 모든 것이 장차 큰 귀인이 될 터라 생각하며 자기의 돈 삼백 냥을 헛되이 쓰지 않은 것을 기뻐하였다.

오현령이 돌아간 뒤에 난아는 용아의 손을 잡고 감개무량한 표정을 지었다.

"용아야! 오현령은 참으로 이 세상에는 다시 없는 성현 군자시며 우리에게는 죽어도 잊지 못할 살아계신 부처님이고 대 은인이다. 그동안 배타고 오면서 나는 여러 번 죽을 생각을 했단다. 만일 오현령이 아니었다면 언젠가 목숨을 끊고 말았을 거야. 너나 나나 장차 크게 되거든 이 은공을 꼭 갚아야 한다."

"언니! 나도 언니처럼 죽을 작정이었어요. 우리가 북경까지 채 가지도 못하고 죽고 마는구나 하고 한탄만 하였지요."

자매가 웃으며 걸을 동안에 벌써 어머니 앞에 이르렀다. 난아 자매가 웃으면서 돌아오는 것을 본 혜징의 부인은 한숨을 길게 내쉬고 간신히 일어나 앉았다. 딸들에게 오현령을 만났던 이야기를 듣고 나서야 비로소 기쁜 빛을 띠며 말했다.

"내가 너희 아버지가 세상 떠난 뒤로 입을 열어 말하지 않은 까닭을 너희가 자세히 알지 못할 것이다."

부인은 말을 꺼내 놓고 뒤를 이어 말했다.

"당초 네 아버지 유언대로 오래 살아온 호남 땅을 떠날 때에는 앞길이 막막하였다. 북경에 가봤자 누가 도와 줄 사람이 있느냐, 돈이 있느냐? 또 무슨 일을 당할지 알 수도 없고……. 밤낮 없이 이런 걱정만 했단다. 하지만 어찌되든지 난아가 북경 가기를 평생 소원으로 여기니 북경까지 가서는 모든 것을 난아에게 맡기고 나 하나 죽어 버리면 그만이 아닌가 했다. 오늘 아침에 오현령이 그와 같이 많은 돈을 보냈다고 좋아들 했지만 나는 그것이 오히려 무슨 환란의 시초나 되지 않을까 싶어 은근히 걱정이 되더구나. 이제 오현령이 직접 와서 영구 앞에 조문을 하니 비로소 안심이 된다……. 얘들아! 이제부터는 나는 걱정하지 말아라. 오늘 이후에는 새 기운을 내어서 너희들 잘 되는 것 보고 죽을란다."

난아가 그 말을 얼른 받았다.

"이 세상에는 돈이 제일이네요. 죽은 사람도 살리고 우리 어머니의 병까지 고쳐 주니 돈은 천하 명의라 하겠어요."

오랜만에 나오는 난아의 어리광에 어머니도 웃고 용아와 계상이까지 모두 웃었다. 어머니가 난아의 귀에 대고 무엇이라 하자 난아는 고개를 끄덕이고 뱃사람들을 불렀다. 난아는 그 사람들에게 은 세 냥을 주며 말했다.

"자네들이 우리 아버지의 영구를 모시고 우리 가족을 위하여 만 리 먼 길을 함께 가는데 돈의 여유가 없어서 마음대로 술 한 잔 사주지 못한 것을 항상 유감으로 생각하였네. 이제 본 현 현령이 선친의 친구라고 하면서 찾아와 우리 가족을 불쌍히 여겨 은 삼백 냥을 주시니 그 은혜가 백골난망이거니와 자네들의 수고를 생각하시어 어머님께서 특별히 은 세 냥을 내려 주시니 고맙게 쓰도록 하게."

이때의 말을 하는 난아의 태도와 목소리는 아침과는 아주 딴판이었다. 온갖 위엄이 가득 차 있었다. 배꾼들은 일제히 허리를 굽히며 말했다.

"모든 것이 감사하고 황공할 뿐입니다."

배는 다시 떠나 북경을 향하였다. 배가 호남에서 떠날 때는 늦은 봄 이른 여름이었는데 벌써 가을로 접어들어 서늘한 바람이 얼굴을 스치곤 했다. 따라서 사람들의 마음도 상쾌함을 맛볼 수 있었다. 하루는 용아가 먼저 어머니에게 말했다.

"어머니! 우리가 북경에 가면 먼저 누구의 집으로 가는 것이 좋을까요."

"글쎄, 어디로 먼저 가야 좋을지 알 수가 없구나. 나도 떠난 지 하도 오래여서 말이다. 음, 나의 친척이 되는 춘상의 집으로 가는 것이 좋으려나?"

"이러나저러나 친척이 제일이지요. 잠시만이라도 그 집에 있다가 셋집이나 한 채 얻어가지고 우리 식구끼리 살아야지요."

"언니 말이 옳아요. 남의 집에 오래 있을 수도 없지요."

용아가 언니의 말에 찬성하였다.

"그래. 북경 사정도 알아보기 위하여 그 집에 먼저 갔다가 차차 옮기도록 하자."

이런 말 저런 말 하면서 난아의 식구는 북경 살림을 의논하였다.

# 함풍황제의 등극

 청나라에서 황태자를 책봉하는 것은 반드시 맏아들에게만 봉하는 것이 아니며 또한 반드시 황제가 살아 있을 때 모든 신하와 백성에게 알리는 것도 아니었다. 황자가 여럿 있으면 황제 마음에 드는 아들을 태자로 봉하였다. 그러나 한족의 문화를 많이 받아들인 관계로 맏아들에게 특별한 허물이 없으면 그대로 태자로 삼았다. 태자 책봉하는 예식도 독특하여 '태자밀건법'의 형식을 따랐다. 즉, 어떤 아들을 태자로 봉한다면 그것은 누구에게도 알리지 않고 건청궁(乾淸宮)의 가장 높은 곳에 걸려 있는 정대광명(正大光明)이라 쓴 현판 뒤에 황제가 친필로 '누구를 황태자로 책봉함'이라고 쓰고 그 위에 어보를 찍은 글을 붉은 보에다 싸서 넣어두는 것이다. 그렇게 보관하여 두었다가 황제가 승하하면 비로소 모든 왕공 귀족과 대신들을 모으고 정대광명이라는 현판 뒤에다 밀봉하여 두었던 황제의 친필을 여러 사람에게 보여주는 것이다.

만일 황제가 예기치 않은 사고로 여러 왕공 귀족과 대신들에게 이것을 미리 알리지 못하고 승하하더라도 그 현판 뒤의 밀봉한 글을 황후 이하 종실 대신이 모여서 떼어보고 그대로 황태자로 인정하여 황제에 오르는 것이 청나라 세종 옹정제 때부터 생긴 법이다. 그 까닭에 맏아들이라고해서 반드시 황태자가 되는 것도 아니고 맏아들이 아니라고 해서 황태자가 되지 못하는 것도 아니었다.

지금의 도광황제는 여러 황자들을 두었었다. 그 가운데서 넷째 황자 혁저와 여섯째 황자 혁흔을 가장 사랑하였다. 앞의 세 아들이 이미 죽고 없기 때문에 넷째가 여섯째보다 맏아들 격이라는 생각에서 누구를 황태자로 봉할까 하고 주저하였다. 한번은 도광황제가 여러 아들의 무예를 시험하기 위해 남원(南苑)에 가서 사냥을 하라고 여러 황자들에게 어명을 내렸다.

넷째 황자 혁저는 남원으로 사냥을 가기 전에 스승인 두수전에게 이 사실을 알려주었다. 두수전은 넷째 황자에게 물었다.

"다른 황자들과 사냥을 가신다구요?"

"네. 부황폐하께서 여러 황자들에게 남원에 가서 사냥하라고 어명을 내리시어 나도 함께 갑니다."

두수전은 그 말을 듣고 한참이나 무엇을 생각하더니 넷째 황자에게 가만히 가 앉아 귀에 대고 무슨 말을 한참이나 일러주었다. 그리고 목소리를 낮추어 강한 어조로 말하였다.

"이것은 전하의 일생을 결정짓는 큰 일이오니 부디 가볍게 듣지 마시고 꼭 그대로 행하셔야 합니다."

"스승님의 말씀대로 하겠습니다."

넷째 황자는 물러났다.

그 이튿날 이른 아침에 다른 황자들과 함께 넷째 황자도 남원의 사냥터로 나갔다. 그곳에는 종실 대신과 각 백관이 모여 있었고 여러 황자와 시종이 가득 찼다. 이번 사냥이 단순한 사냥이 아니고 무예를 비교하여 우승한 자를 황태자로 봉하는 데 깊은 의미가 있는 것을 모두 알고 있었다. 그러다 보니 여러 황자들은 물론이고 시종들까지도 저마다 자기의 주인이 우승하기를 간절히 바랐다.

그러나 넷째 황자는 자기를 수행한 신하들에게 사냥장에 들어서지 못하게 하고 누구도 총 한 방, 활 한 번이라도 쏘면 엄벌한다고 명령을 내리고 자기도 구경만 하였다. 이날은 여섯째 황자 공친왕 혁흔이 잡은 날짐승과 길짐승이 가장 많았다.

거의 석양이 될 무렵 여섯째 황자 혁흔이 넷째 황자 혁저에게 와서 물었다.

"형님은 무슨 일로 사냥은 하지 않으시고 앉아서 구경만 하십니까?"

"사냥할 생각이 없네. 이대로 구경만 하겠네."

그 말을 듣고 여섯째 황자 공친왕 혁흔은 의기양양하여 다시 말을 타고 사냥 마당으로 말을 달리며 사방으로 날뛰는 것이 참으로 용맹스럽고 가관이었다.

날이 저물어 황혼이 되자 여러 황자는 황제 앞에 돌아와 저마다 잡은 짐승을 바쳤다. 그 중에는 여섯째 황자 공친왕 혁흔이 바친 짐승이 가장 많았다.

도광황제는 한참이나 살펴본 뒤에 넷째 황자가 아무것도 바치지 않는 것을 이상스럽게 여기고 넷째 황자 혁저를 불러 물었다.

"넷째야. 너는 어찌하여 아무것도 잡지 못하였느냐?"
"아무것도 못 잡은 것이 아니고 애초부터 잡지 않았습니다."
넷째 황자가 대답하니 도광황제가 다시 물었다.
"무슨 까닭에 잡지 않았느냐?"
"황송합니다마는 지금은 만물이 소생하는 봄입니다. 모든 짐승이 새끼치기 가장 좋은 때에 차마 그 아비나 어미의 목숨을 빼앗을 수가 없고 또 말 달리고 활 쏘는 기술을 가지고 형제들과 경쟁하고 싶지 않아서 사냥장에서 그냥 구경만 하고 잡지 않았습니다. 이제 부왕폐하의 어명을 어겼으니 소자의 죄가 만 번 죽어도 마땅한 줄 압니다."

혁저는 엎드려 고했다.

도광황제는 넷째 황자 혁저의 말을 듣고 한없이 기뻐 혁저를 자신의 앞에다 불러 앉히고 신하들을 돌아보면서 칭찬해 마지 않았다.

"참으로 어진 임금이 될 만한 덕을 갖추었도다. 군부(君父)의 명을 어긴 잘못을 스스로 알고 그 죄를 청하니 기쁜 마음으로 용서하는 바이다."

남원에서 여러 황자가 사냥한 뒤에 도광황제는 넷째 황자를 황태자로 봉하기로 결심을 하였다. 그러나 여섯째 황자 혁흔의 총명과 영특함이 너무 뛰어나 안타까운 마음에 황제는 확실하게 결정하지는 못하였다.

그럭저럭 몇 해가 지나갔다. 도광황제의 춘추가 차차 더해감에 따라서 자주 미령(靡寧)함을 보였다.

하루는 넷째 황자와 여섯째 황자를 궁궐에 들게 하라고 어명을 내렸다. 이번에는 황태자를 봉하는 데 최후의 결정이 있으리라 하여 넷째 황자와 여섯째 황자가 각각 자기 스승에게 어찌해야 좋을지 물었다.

여섯째 황자의 스승 탁병염은 혁흔에게 말했다.

"황제폐하께서 국사에 대해 이것저것 물으실 것입니다. 모두 대답하시되 끝까지 자신있게 말씀하셔야 합니다."

넷째 황자의 스승 두수전은 그와 정반대의 조언을 하였다.

"황제폐하께서는 분명 국사에 대한 질문을 하실 것입니다. 그러나 전하께서는 시사나 정치에 대한 말솜씨가 여섯째 전하를 도저히 따라갈 수가 없습니다. 만일 폐하께서 말씀하시되, 짐이 늙고 병들었으니 국가와 민생의 만년대계를 장차 어찌하면 좋겠느냐, 하고 물으시거든 전하께서는 한 마디 말씀도 하지 마시고 오직 엎드려 울기만 하소서. 그럼 폐하께서 그 이유를 물을 것입니다. 그러면 자식으로서 어버이를 사모하는 진심어린 마음만 강조하시면 됩니다."

과연 도광황제는 넷째 황자와 여섯째 황자가 들어온 뒤에 각각 불러 이리저리 살펴보다가 하교를 내렸다.

"이제 짐이 늙고 병들었으니 이 세상에 오래 있지 못할 것 같다. 만일 짐이 세상을 떠난다면 너희들은 장차 어찌할 것이며 국가와 민생의 만년대계를 어찌할 것이냐? 각각 생각한 대로 말하여라."

여섯째 황자는 선생 탁병염이 시킨 대로 자기가 아는 것은 무엇이든 모두 말하였고 특별히 시사와 정치에 대해서는 자기의 지식과 경륜을 자랑하려고 여러 가지를 장황하게 말하였다.

그러나 넷째 황자는 엎드려 흑흑 느끼면서 울기만 하고 한 마디 말도 대답하지 않았다.

도광황제는 엎드려 울고만 있는 넷째 황자를 일어나라 명하고 다시 물으며 대답을 재촉하였다.

"혁저야! 너는 어찌하여 묻는 말에는 한 마디도 대답하지 않고 울기만 하고 있느냐? 도대체 무슨 까닭이냐? 짐이 오늘 묻는 것은 평시와 달라서 위로는 종묘사직, 아래로는 천하창생에 관계되는 것이므로 네 생각을 분명히 말하여라."

넷째 황자는 간신히 일어나 소매로 눈물을 씻고 울음이 섞인 목소리로 말했다.

"폐하께서 이러한 하교를 내리실 줄은 꿈에도 생각하지 못하였습니다. 폐하! 폐하께서 세상을 떠나신 후의 일을 신이 어찌 입에 담을 수 있겠습니까. 오직 바라건대 폐하께서는 옥체를 보존하소서. 천하 만민을 건져주시기만 엎드려 빌고 기도할 뿐입니다. 다만 폐하께서 종묘사직과 천하창생을 위해 앞으로 어떻게 해야 할지를 알려 주시면 소자는 그대로 따를 것입니다. 폐하! 보중⋯⋯보중하⋯⋯."

혁저는 말끝을 채 마치지 못하고 다시 엎드려 울기를 계속하였다. 도광황제도 넷째 황자의 말을 들으며 눈물을 흘리고 간간이 한숨을 쉬었다. 그러다가 넷째 황자가 채 말끝을 맺지 못하고 또다시 우는 것을 보고는 한없이 상심되어 한참 동안 눈물만 흘리다가 말하였다.

"혁저야! 너무 울지 말아라! 너는 참으로 인과 효를 갖춘 임금이 될 것이다. 너 같은 아들을 두었으니 짐이 오늘 당장 떠난다 하더라도 걱정되지 않는구나. 오직 너는 어질고 효성스런 너의 본심을 가지고 천하를 다스리고 여러 동기 사이에 우애의 정을 변치 말며 종친과 일가 친척을 잘 아껴 준다면 짐은 지금 죽어도 한이 없을 것이다. 그리고 저기 앉은 네 여섯째 아우 혁흔은 총명하고 영특하며 용감한 아이이다. 그러니 너는 어느 때 무슨 일이든지 서로 상의하며 짐이 너를 사랑하듯이 너도 혁흔을 사랑하여 주기 바란다."

황제는 다시 땅이 꺼지도록 길게 한숨을 쉬었다.

이와 같이 간곡하고 침통한 말을 폐하로부터 들은 혁저는 부황의 하교가 있는 동안 잠시 울음소리를 내지 않고 있다가 말씀이 끝나자 여전히 흐느껴 울었다. 그러다가 혁저는 일어나 앉아 말하였다.

"폐하! 폐하의 간곡하고도 침통하신 말씀을 신이 뼈에 새겨 잊지 않을 것입니다. 그러나 신이 불초하여 폐하의 부탁을 감당하지 못할까 황송할 뿐입니다. 지금 밖으로는 서방 각국이 자주 침범하는 외환이 있고, 안으로는 장발적(長髮賊, 태평천국의 난을 일으킨 사람들. 변발을 끊고 앞머리를 길러 장발적이라 함)의 내우가 어지러운 때에 폐하의 성덕과 예지가 아니면 누가 종묘사직을 돌보겠습니까. 오직 폐하의 옥체를 보중하시기만 엎드려 바라나이다. 폐하!"

혁저는 아버지를 본 뒤에 비통한 설움을 이기지 못하여 울고 있을 뿐이었다. 도광황제는 울고 있는 넷째 아들 혁저에게 울지 말라고 두세 번 명한 뒤 다시 여섯째 황자 혁흔을 돌아보면서 말하였다.

"혁흔아! 너는 총명하고 용감한 아이이다. 짐은 너를 형 혁저보다 더 사랑하였다. 그러나 오늘과 같이 내우와 외환이 심할 때에는 덕으로 다스려야만 한다. 이제 네 형의 덕에다가 너의 총명과 용맹을 합한다면 무슨 근심이 있겠느냐. 네 형이 너를 끝까지 믿고 사랑할 테니 너도 네 형을 끝까지 섬기어라."

이때 혁흔도 자연히 감정이 복받쳐 올라와 형과 함께 울기 시작하였다.

"폐하! 옥체를 보중하소서."

한참 동안 삼부자가 모두 눈물을 흘리며 서러워하다가 혁저와 혁흔은 물러가라는 명이 떨어지자 물러나왔다. 이것으로써 넷째 황자 혁저가 황태자로 확정되었다.

도광황제 경술년 정월은 황상이 미령한 지 오랜 때였다. 하루는 도광황제가 봉삼무사(奉三無私)라는 별전에서 변사(辨事) 대신을 불러 황태자가 누구인가를 발표하는 데 대한 모든 절차를 물었다. 그리고 변사대신으로 하여금 모든 절차를 갖추라는 명을 내렸다. 1월 13일에는 신덕당(愼德堂)이라는 침궁에서 대신과 대학사 각부의 상서와 시랑 등 모든 신하들을 불러 절차에 대해 들었다.

14일 묘시 초에는 모든 왕공과 종실 대신과 문무백관을 입시하라 하고 신하들이 입시한 뒤에 도광황제는 위엄을 갖추고 단정히 앉고, 모든 신하들이 각각 품위에 따라 자리를 잡고, 넷째 황자 혁저가 입시하자 정대광명(正大光明)이라는 현판 뒤에서 친필로 기록하고 어보를 찍어 밀봉해 두었던 목합을 꺼내 열고 붉은 보자기에 싸둔 것을 내어 보였다.

### "제 4황자 혁저를 황태자로 봉함"

다음에는 도광황제가 신하들을 향하여 말하였다.

"이제 왕실의 왕공 제신과 내각의 군기대신과 대학사 중신 등의 여러 신하가 모였는데, 짐이 조종의 기업과 국가의 만년대계를 위하여 정중한 부탁을 하고자 하노라. 짐이 부덕하여 국가가 다사다난하였다. 이제 국가가 어려움에 처한 이때 짐의 병이 다시 회춘할 희망이 없다. 짐에게 불행이 닥치더라도 어질고 효성이 지극한 황태자를 충성으로 섬기되 모든 일에 짐을 섬기듯이 충성을 다하기를 바라노라. 안으로는 홍수전, 양수청 등의 장발적의 난을 평정하며 밖으로는 세계 각국과 평화를 유지할 수 없더라도 장발적의 난을 평정하기 전에는 결코 전쟁하지 말기를 바라노라. 오로지 짐의 부탁은 이뿐이로다. 앞으로 군신(君臣)이 마음을 합해 국가의 융성을 도모하며 태평의 시대를 만들기만 부탁할 뿐이노라."

이 말씀이 있은 뒤 모든 황자를 불러 앉히고 특히 황태자를 불러 가까이 앉힌 뒤에 한참이나 말없이 좌우를 둘러보다가 황태자와 여러 황자들을 향하여 말하였다.

"황태자와 여러 황자는 짐의 부탁을 깊이 가슴에 새기고 잊지 말기를 바란다. 짐이 부덕하여 국가가 태평한 것을 보지 못하고 세상을 떠나게 되니 이것이 짐의 가슴에 철천지한이 되는구나. 너희들은 종실의 왕공 제신과 내각의 모든 대신을 융숭하게 대우하며, 국가의 대소사를 결정할 때는 반드시 모든 대신의 의견을 정중히 듣고 행하도록 하여라. 그리하여 국가가 태평스러워진다면 짐이 황천에서라도 철천지한을 풀 것이다. 그리고 황태자 이하 너희 여러 황자가 서로 사랑하여 혈육의 정을 잊지 않는다면 나에게 남은 한이 다시 없겠노라."

황제의 말이 끝나자 모든 신하와 황태자, 황자들은 일제히 엎드려 울면서 말했다.

"폐하! 어찌 이러한 말씀을 하십니까? 오직 폐하께서는 옥체를 보중하시기 바랍니다."

도광황제도 눈물을 흘리다가 말하였다.

"지금 이럴 때가 아니다. 황태자는 전래를 의지하여 군기대신과 함께 만기를 총괄하라."

황제의 명대로 황태자는 군기대신 다섯 사람을 데리고 전각에 나가서 모든 상주(上奏, 임금에게 말씀을 아뢰던 일)의 글을 보살피며 이날부터 국정을 맡아보는 의식을 행하였다. 이 의식을 대강 치른 뒤에 황태자는 여러 대신과 함께 도광황제의 침궁으로 돌아왔다.

황태자와 여러 대신이 도광황제의 침궁으로 돌아간 뒤 얼마 되지 않아 침궁으로부터 외치는 소리가 들렸다.

"대행황제폐하 용체 상빈(大行皇帝陛下 龍體上賓)이오"

곧이어 대궐을 뒤흔들 소리가 들렸다.

"황제폐하께서 승하하셨소."

이때 내전에서는 황태자와 모든 황자가 부황폐하의 시체 앞에서 통곡하고, 내시, 궁녀는 궐내 곳곳에서 통곡하며 외전에서는 대소 신하들이 통곡하니 곡성이 궐문 밖까지 들릴 정도였다. 북경 안의 모든 백성도 가게 문을 닫고 집집마다 문 앞에 조기를 달며 슬퍼하는데 온 나라가 슬픔에 빠져든 것 같았다.

이때 궐내에서는 대소 신하들이 모여 인산(因山, 장례식) 전에 행할 모든 절차를 의논하여 결정하니 대행황제의 시신은 어디로 모시고 누가 소렴하며 초혼식은 어찌할 것인가, 대행황제께서 승하하신 고유(告由, 사당에 알리는 일)를 어떻게 행할 것이며, 소렴과 대렴의 의식과 인원을 어찌하며, 여러 가지의 전(奠, 장례 전에 위패 앞에 간단한 술과 과일을 차려놓은 예식)을 드리는 절차는 어찌할 것인가를 결정하였다.

그런 뒤 국민들에게 황제가 돌아가신 것을 반포하여 국상을 알려주고 이와 동시에 황태자가 대통을 계승한다는 사실을 사당에서 알리는 고유식(告由式)을 묘전에서 거행하였다. 그리하여 황태자 혁저가 황제에 오르니 이가 곧 문종현(文宗顯) 황제이다. 따라서 황태자 비는 황후가 되었고 즉위한 올해를 함풍 원년이라 하였다.

황태자가 황제에 오르는 고유식을 묘전에서 마친 뒤 종친들과 원로 중신, 문무백관의 폐현(陛見, 황제나 황후를 만나는 일)을 하고 전국에 연회와 기악과 연극 등을 금하였다. 또한 졸곡(삼우제를 지낸 뒤에 지내는 제사) 때까지 각 묘전이나 능원(陵圓)에 제사 지내는 것을 정리하고 다만 초하루와 보름에만 분향을 하기로 하였다.

한편 도광선제(살아 있을 때는 황제라 하였으나 돌아가셨기 때문에 선제라고 함)의 인산(장례)과 능침(무덤)에 관한 모든 일은 옛날부터 내려오는 예법대로 치르기로 하고 내외의 모든 정사도 별도의 변동이 없게 하였다.

그러나 한 집의 주인이 바뀌면 그 집의 살림하는 법도 달라진다. 함풍제는 본래 자기의 독특하고 확고한 신념이나 생각이 있어서 여러 황자 중 황태자로 선택된 것이 아니라 그 선생 두수전의 가르침대로 하여 도광선제로부터 인정을 받아서 황제에 오르게 된 것이다. 그러므로 그가 인물을 뽑아 쓰는 것도 자기의 뜻을 잘 펼쳐서 나라를 다스리는 데 필요한 인물이 아니라 다만 자기의 비위를 잘 맞추어주는 인물을 뽑아 쓰게 되었던 것이다.

함풍제는 황위에 오르면서 이친왕 재원과 정친왕 단화에게 왕의 작위를 주고, 정친왕 단화로 하여금 시위내대신을 겸하게 하여 실제로 본다면 섭정하는 위치에 있게 하였다. 단화의 동생 숙순은 호부랑중이 되어 온 나라 재정의 큰 권세를 가지게 하였다. 다시 말하면 당시 국가의 모든 권력을 재원, 단화, 숙순 세 사람이 갖고 좌우하게 되었다는 말이다.

재원과 단화와 숙순 세 사람은 본래 학문이나 도덕에 깊은 수양이 있었던 것은 아니고 오직 주색에 빠져 협잡과 아첨으로 권력을 휘두르는 무리였다. 이들이 새로 청나라의 모든 권력을 잡게 되자 자연히 서로 숨겨주고 도와주며 꾀하여 함풍황제를 에워싸고 자기들에게 해로울 만한 일이나 말 혹은 사람은 모두 함풍황제 앞에 나오지 못하게 하였다.

그리하여 그들은 무슨 일이든지 함풍황제의 비위를 맞추기에만 힘썼다.

이친왕 재원과 정친왕 단화와 그 동생 숙순을 국가의 기둥이 되는 신하로 신임하는 함풍황제는 등극한 지 얼마 뒤에 이들 세 사람을 불렀다.

"짐이 가장 근심하는 바는 선제 폐하의 유칙에 이르신 바와 같이 지금 홍수전의 난이 점점 거세어져 장차 호남성을 범할 듯한 기세를 보이니 어찌하면 이 난리를 속히 평정할까 하는 것이고, 다음으로는 선제폐하의 인산과 능침에 대한 것으로 어찌하면 부족함이 없게 할까 하는 것이다. 경들은 각각 소견을 말하라."

이에 대하여 정친왕 단화가 먼저 아뢰었다.

"홍수전의 난은 선제폐하께서도 근심하시던 것이지만 실상은 그다지 큰 난리도 아니고 다만 광서 한 지방에서 일어난 좀도적의 장난에 불과하오니 지방 관헌의 힘으로도 충분히 진압할 수 있고, 이제 폐하께서 새로 등극하시어 폐하의 성덕을 천하가 사모하는지라 산천과 초목까지도 모두 감화될 것인데 하물며 신하와 백성들은 말할 필요도 없습니다. 홍수전의 난 같은 것은 그다지 걱정하지 않아도 될 것입니다. 선제폐하의 인산과 능침에 대해서는 예법대로만 하면 될 줄 압니다."

단화가 물러서자 단화의 동생 숙순이 아뢰었다.

"신의 소견에도 홍수전의 난은 그다지 큰 일이 아니고 다만 선제폐하의 인산과 능침에 대해서는 소견이 조금 다릅니다."

"경의 그 다른 소견을 꺼리지 말고 짐에게 바른 대로 말하라."

"신의 소견으로 말하면 폐하의 인과 효에 대해서는 천하 만민이 모두 아는 바입니다. 이제 폐하께서 선제폐하의 인산과 능침 범절을 한갓 예법대로만 하실 것이 아니라 할 수 있는 한 성대하게 하시는 것이 폐하의 지극하신 효에 해당할 듯합니다."

"숙순의 말이 짐의 마음을 잘 알고 있구나. 그러나 여러 대신들이 예법대로만 하자고 하니 어찌하는 것이 좋겠는가?"

"자식된 도리로나 신하된 도리로 보더라도 성대하게 하자는 것은 효와 충에 해당되오니 이 일에 대하여 누가 감히 막겠습니까? 오직 폐하의 처분이 계실 따름인가 합니다."

"그러나 대신들의 말이 내란과 외환으로 국고가 비고 재정이 어렵다고 하니 어찌하면 좋은가?"

"신이 호부 랑중으로 있는데 국고와 재정의 형편을 어찌 모르겠습니까만은 폐하의 지극하신 효성과 신들이 선제폐하께 입은 은총을 생각할 때에 구구하게 돈을 문제삼을 수 있겠습니까……?"

"경의 말을 들으니 천군만마를 얻은 듯하구나. 내일 짐이 여러 대신과 다시 의논하여 결정할 테니 경은 재정에 대한 것을 힘쓰라."

"알겠습니다. 폐하의 지극하신 효성에는 신 등 세 사람이 온 몸을 바쳐서라도 선제폐하와 폐하의 높으신 성덕에 누가 없도록 하며 은총의 만분지 일이라도 갚고자 합니다."

함풍제와 숙순 사이의 이야기가 끝나자 옆에서 조용히 듣고 있던 단화가 꿇어앉아 다시 아뢰었다.

"황송합니다. 숙순의 말을 듣다보니 신이 선제폐하의 인산과 능침에 대해 예법대로만 하자고 아뢴 것이 잘못된 말씀임을 황공히 생각합니다. 숙순의 말이 충효를 잃지 않는 말이라는 것을 다시 아뢰옵니다."

말이 끝나자 재원도 아뢰었다.

"신의 소견도 숙순과 마찬가지오니 폐하의 처분만 내려 주소서."

함풍제는 숙순과 재원, 단화의 말을 들은 다음 날 아침에 모든 대신과 중신들을 입시하라 하였다.

"짐이 선제폐하의 인산과 능침에 대한 범절을 여러 신하에게 물어보고 나서 이미 결정한 바 있으나 곰곰이 생각하여 보니 비용이 조금 더 들더라도 성대하게 하는 것이 짐의 도리라고 생각하오. 이제 다시 묻노니 각각 소견을 말하여 다시 결정하기 바란다."

여러 대신들은 서로 얼굴만 바라보다가 한결같이 아뢰었다.

"폐하! 그 일에 대하여는 이미 결정한 바와 같이 선조 대대로 내려오던 전례도 있고 더구나 지금은 내란과 외환으로 인하여 국고가 비고 나라의 재정이 극도로 어려워 비용을 너무 들이는 것은 옳지 못한 듯합니다."

함풍제는 얼굴빛을 붉히고 소리를 높였다.

"아들이 되어서 아버지의 마지막 일에 어찌 돈을 아낄 것이며, 선제폐하의 은총을 삼십 년 동안이나 받은 신하들이 아닌가? 신하된 도리로 어찌 선제폐하의 능침범절에 대하여 돈이 조금 더 든다해서 옳으니 그르니 말할 수 있는가?"

함풍제의 노기가 자못 등등하였다. 함풍제의 진노하는 얼굴빛과 말씀을 들은 여러 대신들은 어쩔 줄을 몰라 고개를 숙이고 서로 곁눈질만 하다가 결국 한 사람도 더 간하지 못하고 한결같이 말하였다.

"황송합니다. 더 아뢸 말씀이 없습니다."

이때 숙순이 꿇어앉아서 아뢰었다.

"여러 대신들이 아뢰는 바는 국고의 재정이 어려워 나라를 걱정하는 마음에서 나온 말이지 선제폐하에 대한 효성이나 충성을 모르는 바가 아닙니다. 재정에 대한 모든 위임은 신이 삼가 받들겠으니 폐하께서는 여러 대신들에게 범절을 가르쳐 주시기만 바랍니다."

숙순의 말에 여러 대신과 중신은 더 할 말이 없다 하고 일제히 아뢰었다.

"황공합니다. 신 등이 재정의 형편을 자세히 알지도 못하고 폐하의 지극하신 효성에 추호라도 누가 될 뻔한 것이 못내 황공합니다. 이제 호부랑중의 말이 그러한데 신들이 어찌 다른 말이 있겠습니까. 오직 폐하의 성의를 받들어 행할 뿐입니다."

신하들은 어전을 물러나오면서도 숙순 등 세 사람이 무서워 감히 한마디 말도 못하고 각각 흩어져 돌아갔다. 어전 회의에서의 일이 소문처럼 밖에 나오고 차차 민간에 퍼지자 새로 등극하신 함풍제에 대하여 좋지 않은 평판이 생겼다.

함풍제에 대한 것보다 숙순, 재원, 단화 등 세 사람이 조정의 권세를 잡고 위로 함풍제를 속이며, 아래로 백성에 대한 학정(虐政)이 날로 심하여 가는 데서 생긴 것이다.

그러자 결국은 "도광황제는 검소한 황제요, 함풍신제는 낭비황제다."라는 소문이 퍼져나갔다.

이러한 소문이 떠돌고 홍수전의 난이 날로 심해갈수록 숙순 등 세 사람은 소문이 황제의 귀에 들어가지 못하게 하고 황제를 주색에 빠져 살도록 별별 수단과 방법을 동원하였다. 그 방법의 하나로 수많은 궁녀들을 뽑아 황제로 하여금 주색에서 헤어나오지 못하게 하였다.

## 북경에서의 난아

 북경에 도착한 난아는 어머니의 친척 되는 춘상(春祥)의 집에 사랑채 몇 칸을 얻어 어머니를 모시고 동생들과 함께 지내게 되었다. 청강포에서 현령 오근혜가 준 은 삼백 냥에서 쓰다가 남은 적지 않은 돈을 가지고 살림살이를 하였다. 특히 난아는 살림살이에 그다지 곤궁한 것이 없게 지내되 먹는 것보다 입는 것에 신경을 썼다. 집 안의 살림살이는 난아가 도맡아서 했는데 "앉아서 먹기만 하면 태산도 없어진다."는 속담처럼 은 삼백 냥이라는 돈이 참으로 많은 돈이었지만 그것을 가지고 그 집 식구가 평생 동안 아무 걱정 없이 지낼 수는 없었다. 그러나 난아의 옷 입는 사치는 줄어들 줄 모르고 날마다 늘어갔다. 하루는 어머니가 난아를 불러 앉히고 말하였다.

"난아! 너는 어쩌자고 북경에 온 뒤로 옷을 그렇게 사치스럽게 입느냐? 우리 집이 남처럼 부자라면 모르지만 지금 우리의 처지로 남과 같이 잘 먹고 잘 입자면 되겠느냐?"

"제가 무슨 사치를 했다고 그러셔요? 어머니께서는 정말로 사치스러운 사람들을 보시지 못하셨나 봐요."

"그러니까 우리의 처지를 말하는 것이 아니냐? 우리 처지에서는 너무나 지나친 사치라는 말이다!"

"아이! 어머니두! 우리의 처지가 넉넉하지 못하다고 해서 이만한 옷도 입지 못한대서야 되겠어요?"

"무명옷이라도 깨끗이 입으면 그만이다. 앞으로 우리 가족이 어찌 될지 모르니 헐벗지나 말고 지내자는 말이다."

"어머니는 너무 딱하십니다. 벌써부터 무명옷이나 입고 좁쌀떡이나 먹고 지내는 것에 만족한다면 앞으로 무슨 큰 희망이 생기겠습니까?"

"그런 헛된 공상만 하지 말고 시골에서 지내던 생각을 좀 해 보려므나!"

"그러니까 시골에서 안 살고 머나먼 북경까지 찾아온 것이지요! 너무 걱정하지 마세요! 내가 어떻게 하든지 우리가 잘 살수 있는 방도를 찾을 테니."

"잘 살 방법이 있다면 누가 걱정하겠느냐? 암만 생각해도 앞길이 하도 답답하고 기가 막혀서 하는 말이다."

"어머니는 왜 앞길을 그렇게 답답하게만 생각하십니까? 우리가 청강포에서 오근혜 같은 은인을 만날 것을 꿈에나 생각했습니까? 앞으로는 그보다 더 큰 은인을 만나서 부귀 영화를 누리게 될지도 알 수 없는 일이 아닙니까?"

 난아와 어머니는 한참이나 말다툼 비슷하게 이야기하였다. 이때까지 곁에서 듣고만 있던 용아가 끼어들었다.

 "언니 혼자만 잘 입으면 그만인가? 언니가 두세 벌 입는 동안에 나는 한 벌도 얻어 입지 못하였는데……."

 "너는 평생 나만 원망하는구나! 너도 네 마음대로 하려므나!"

 "언니가 안 해주는 것을 어찌 내 마음대로 하우? 내게 돈이 있어야지……."

 "어머니에게 조르렴."

 "우리 집 일은 언니가 결정하잖아요. 어머니께 조르면 언니에게 말하라고만 하시죠!"

 "알았다. 내가 오늘 영록(榮祿)과 함께 가서 네 옷감을 끊어가지고 오마!"

 "그러면 언니! 나도 함께 가! 알았지?"

 "네가 함께 가서 무엇 하니? 네가 안 가더라도 네 마음에 꼭 드는 옷감을 사가지고 오마! 응?"

 "그러면 그렇지. 평생 언니 마음대로만 하지 나 같은 것이야……."

 용아는 난아에게 불평과 원망을 표시하였다. 난아는 용아의 말을 못 들은 척하고 있었다.

 이때 영록이 미리 약속한 것처럼 자기 집 하인 하나를 데리고 들어왔다. 잠시 앉았다가 몇 마디 주고받더니 난아는 영록과 하인과 함께 거리로 나갔다.

 영록은 난아 어머니의 친척이며 난아의 식구가 북경에 온 뒤에 생긴 난아의 유일한 남자 친구였다.

난아와 영록 사이에는 벌써부터 혼인말이 오고 갔고 어머니는 난아를 영록에게 시집보낼 생각을 가지고 있었다. 어머니뿐만 아니라 난아 자신도 영록을 좋아했고 영록으로 말하면 난아에 대한 사랑이 그 정도를 넘어서 난아의 부탁이라면 하던 일도 멈추고 달려올 정도였다. 영록과 난아는 틈만 나면 만나 무슨 이야기인지 연인처럼 조잘대고 서로에 대해 끊임없이 말하곤 했다.

두 사람은 그들의 사정을 잘 알아주는 영록의 집 늙은 하인을 데리고 어디든 구경다니기를 좋아했다. 이날도 실은 용아의 옷감을 사러 나간다는 것은 핑계였고 이미 그 전에 약속해 두었던 걸음이다. 난아의 어머니도 난아가 영록과 함께 어디든지 다니는 것을 그다지 말리지는 않았다.

난아와 영록, 하인 세 사람은 문 밖에 나서서 몇 걸음을 걸어 말소리가 집 안으로 들리지 않을 정도가 되자 발 걸음을 멈추었다.

하인이 영록보다 먼저 난아를 향하여 그날 하루를 어떻게 지낼 것인가를 물었다.

"오늘은 어디로 먼저 가셔서 무엇을 하시렵니까?"

"오늘은 정양문(正陽門) 밖에 나가서 내 아우의 옷감부터 사고 그 담에 어디로든지 좋은 곳을 찾아가야지!"

난아는 하인의 말에 대답하면서 눈으로는 영록의 얼굴을 보면서 의견을 물었다. 영록은 난아의 말이라면, 무조건 "그리합시다." 하는 사람으로서 이날도 난아의 말을 그대로 따랐다.

"그리합시다."

난아와 영록은 정양문 밖을 향해 걸어가면서 재미있는 이야기를 시작하였다.

"난아! 나도 오늘은 난아에게 옷감 한 벌 사드리지요! 무엇으로 할까요?"

"그만두세요! 저는 아직도 입을 만한 옷이 많은데 옷감은 무슨 옷감을 또 사요?"

"그야 난아에게 입을 만한 옷이 없어서 그런 것이 아니라 내 마음이 그리 하고 싶어서 나온 생각이니 너무 막지 마시오."

"그러지 않아도 영록씨의 마음을 아니까 그만두세요. 그러한 선물이 아니라도 영록씨의 깊은 마음 잘 알고 있습니다."

"그야 그렇지요! 우리 사이에 작은 물건으로 우리의 마음을 비교할 수야 없지요. 다만 기왕 나선 걸음에 한 벌 사자는 말입니다."

"영록씨! 정녕코 그렇다면 내 청이나 들어주세요."

"무슨 청입니까?"

"무슨 청이든지 꼭 들어주신다면 말하지요."

"들어드리고 말고요. 무엇이든 말씀만 하시지요."

"영록씨가 그렇게까지 말씀하시니까 더이상 거절하는 것도 예의가 아닌 것 같네요. 사주시려는 옷감은 내 아우 용아에게 주고 용아에게 사주려고 했던 옷감 값을 가지고 내 것을 사도록 하죠."

"그럼, 이렇게 합시다. 똑같은 것으로 두 감을 사서 용아에게 주는 것이 어떠하시오?"

"그러면 영록씨한테 너무 부담되잖아요."

"무슨 뜻이죠? 난아가 나를 너무 업신여기는 것 아닌가요?"

"아니예요! 그렇게 오해하시면 어쩝니까? 영록씨가 너무 부담될까 봐 하는 말인데요."

"그게 아니라 나를 아이처럼 생각하는 것 같은데요."

영록은 토라진 것처럼 말했다.

그러다가 그들의 이야기는 다시 계속되었고 서로 주고받는 이야기에 취하여 그새 옷감 파는 곳에 도착하였다. 그러나 두 사람은 이야기에 빠져 계속 걸어가고 있었다. 그들은 이전부터 단골로 다니던 상점 앞을 그대로 지나쳤다. 뒤에서 따라오면서 두 사람의 이야기를 재미있게 들으며 자기 신세를 속으로 탄식하던 늙은 하인이 그들을 불러 세웠다.

"아하! 어디로 가십니까? 여기가 우리 단골 상점인데요!"

이야기에 빠져 정신없이 걷고 있던 영록과 난아는 하인이 부르는 소리를 듣고서야 비로소 상점을 지나친 것을 깨달았다.

"아이참! 우리가 글쎄 어디로 가는 거죠! 영록씨!"

난아는 영록을 바라보고 눈을 크게 뜨고 웃음을 머금었다. 영록도 깜짝 놀랐다. 그리고 곧바로 이야기에만 정신이 빠져서 길도 거리도 상점도 사람도 알아보지 못하였던 것을 깨닫고서 서로 웃었다. 그들은 상점에 들어갔다. 상점 안에 들어가서도 난아와 영록은 서로 쳐다보고 웃었고 늙은 하인은 저 혼자 웃었다. 상점 사람들은 손님들이 무슨 까닭에 그와 같이 웃는지 까닭도 모르고서 그저 손님을 대접하는 뜻으로 따라 웃었다.

상점의 주인은 하인을 시켜서 배도 가져오고 차도 따라왔다.

영록은 난아와 용아의 옷감을 똑같은 것으로 두 벌을 사고 난아도 자기가 생각했던 대로 따로 용아의 옷감을 사는데 이날은 이전과 달리 특별히 용아의 옷감을 좋은 것으로 샀다.

영록은 난아가 따로 용아의 옷감을 고르는 동안에 하인에게 말했다.

"마차 한 대를 불러오게. 상림춘이라는 요리점까지 갈 걸세."

난아가 영록의 의견을 물어가면서 용아의 옷감까지 사가지고 상점 문 밖에 나서자 마차 한 대가 대기하고 있었다. 영록이 난아에게 마차를 타자고 권하자 난아는 깜짝 놀라는 척하였다.

"마차는 왜 불렀어요?"

영록은 태연하게 대답했다.

"상림춘까지 가자면 한참 되는데 걸어서 갈 수는 없지 않소."

"상림춘! 상림춘이 어떤 곳이기에 그리로 가자는 거죠?"

"아아! 난아는 아직 북경 사정을 자세히 모르지! 상림춘은 요리점 이름인데 북경에서는 가장 유명한 곳이오."

"어머, 싫어요! 북경에서 가장 유명한 요리점! 나는 그런 번잡한 곳에는 가지 않을래요."

"그다지 번잡하지 않아요! 북경에서 왕공과 재상들이 단골로 다니는 점잖고 조용하고 훌륭한 요리점이지요."

"그렇지만 내 처지로는 그런 요리집에 갈 수가 없어요."

입으로는 이렇게 말하면서도 난아는 영록의 강권을 못 이기는 척하고 마차에 올라앉았다. 하인은 마차부와 함께 앉았다.

"글쎄! 난아의 처지가 어떻기에 그런 집에는 못 간다는 말이오? 모든 왕공과 재상가의 딸들도 다니는 집인데 왜 난아가 못 간다고 생각하시오?"

"내가 어디 왕공가의 딸이나 됩니까?"

"하하하……. 너무 겸손해 하는구려! 난아는 그 어느 왕공대가의 딸보다도 훌륭한 귀인이지요."

"뭘 보고 내가 그런 귀인이란 말예요? 그것은 나를 시골사람이라고 놀려대는 말이지요?"

"그럴 리가 있습니까? 내 보기에는 난아는 천생의 귀인이라는 말입니다."

영록은 크게 웃었다. 영록의 웃음을 따라서 난아도 함께 웃기는 하였지만 난아의 웃음 속에는 이런 생각이 담겨 있었다.

'영록이까지도 나의 신분이 북경의 왕공대가의 딸만 못하다고 조롱하는구나! 그렇다면 나도…….'

난아가 그렇게 생각에 잠겨 있는 동안에 두 사람의 이야기는 끊어지고 잠깐 동안 침묵이 흐르는가 싶더니 상림춘 요리점에 도착했다는 마차부의 목소리가 들렸다. 영록이 먼저 내리고 난아에게 내리기를 청하니 난아는 마지못하여 내리는데 그 기색은 당초 집에서 나올 때보다 좋지 못하였다. 영록은 난아를 이끌고 요리점 안으로 들어가서 요리점 하인에게 물었다.

"조용하고 깨끗한 방 하나 있느냐?"

요리점 하인은 근심스러운 낯빛으로 허리를 구부리면서 대답했다.

"미안합니다만 아래층에는 귀인방이 있사오나 이층에는 없습니다."

"그러면 이층에는 귀인방이 하나도 없다는 말이냐?"

"그런 것은 아니고 오늘은 마침 아주 귀하신 손님 몇 분이 이층에 계신 까닭에 다른 손님에게 조용하고 좋은 방을 드릴 수가 없고 그들이 가실 때까지 기다려야 되겠습니다."

"그러면 이층 전부를 그 손님들이 모두 쓰신다는 말이냐? 기다린다면 언제까지 기다리라는 말이냐?"

"그 손님들께서 이층 전부를 쓰시는 것은 아니지만 그 손님들이 계시는 동안에는 이층에 잡인을 금하게 되어 있습니다. 미안합니다. 용서하여 주십시오."

"그러면 우리가 잡인이라는 말이냐!"

영록이 눈을 부릅뜨고 호통을 쳤다.

요리점 하인은 깜짝 놀라 당황하며 말했다.

"아니올시다. 그럴 리가 있겠습니까? 특별히 아씨나 서방님을 가리켜서 잡인이라고 하는 말은 아니고 다만 그 손님들이 계시는 동안에는 다른 손님을 이층에 모실 수가 없다는 말이 잘못 튀어나왔습니다. 용서하여 주십시오. 서방님!"

"돈 주고 요리를 사먹기는 누구나 똑같지! 나도 정황기(正黃旗, 팔기군의 하나)의 기인이다. 누가 그 분들이 얻은 방으로 들어가자는 말이냐?"

"네! 죄송합니다. 서방님께서도 귀족이신 줄을 소인들이 잘 압니다. 그러나 죄송하게도 그 손님들이 계시는 동안에는 도저히 다른 손님을 이층에 모실 수는 없습니다."

"대관절 이층의 손님들이 누구길래 이층 전부를 하루 동안 사서 쓴다는 말이냐?"

"그 손님들이 누구신 것도 말씀드릴 수가 없고 이층 전부를 하루 동안 사신 것도 아닙니다."

요리점 하인과 영록이 옥신각신하는데 이층에서 요리점 하인을 부르는 소리가 났다. 요리점 하인은 황망한 빛을 띠면서 영록에게 말했다.

"용서하여 주십시오. 이층에 잠깐 다녀오겠습니다."

그리고 영록의 대답을 기다리지 않고 이층으로 올라가더니 조금 있다가 다시 내려왔다.

"정말 죄송합니다. 제가 말씀드렸더니 이층에 방 하나를 드리게는 되었습니다마는 서방님과 아씨께서는 부디 조용히 노시다가 가시기를 바랍니다."

"그런 걱정은 그만두고 어느 방인지 안내나 하여라!"

영록은 여전히 화난 얼굴을 하고 있었다. 이때까지 아무 말 않고 곁에 서서 영록과 요리점 사람의 말다툼을 듣고만 있던 난아가 이층으로 올라가게 되었다고 하자 비로소 입을 열며 영록에게 불쾌한 기색을 드러냈다.

"북경성 안에 요리점이 이 집뿐인가요? 하필 반기지 않는 집에서 구구하게 사정하고 빌어가면서 돈 주고 요리 사먹을 필요가 있나요?"

난아의 말에 대하여 영록은 대답했다.

"요리점이야 다른 데도 얼마든지 있죠. 이 집을 생각하고 왔는데 같은 손님에게 방을 두고도 못 주겠다는 것에 화가 났던 것입니다. 좌우간 방을 준다니 올라갑시다."

이층으로 올라가자는 영록의 말을 듣고도 난아는 올라가기가 싫었다. 그러자 요리점 하인이 난아에게 말했다.

"아씨 말씀이 참으로 지당하십니다. 그러나 결단코 저희들이 아씨나 서방님을 반기지 않은 것은 아닙니다. 자세한 말씀은 차차 조용한 틈을 타서 드릴 테니 모든 것을 용서하시고 이층으로 올라가십시오."

요리점 하인은 난아와 영록을 안내하여 이층으로 올라가서 다른 방을 두고도 일부러 그 손님들이 들어 있는 옆방을 정해주고 내려갔다. 난아와 영록은 하인을 데리고 그 방에 들어갔다. 난아의 불쾌한 기색도 여전하고 영록의 노기는 더욱 심한 듯이 옆방에서도 들릴 만큼 큰 목소리로 말했다.

"제 아무리 천하에 다시 없다는 귀족이며 세력가인들 우리에게 돈 주고 음식도 못 사 먹게 할까?"

"영록씨 같은 귀족들은 그렇지만 나 같은 사람이야……."

난아는 웃음으로 내었던 말이 한숨으로 변하면서 끝을 맺지 못하였다. 난아의 한숨 가운데는 조금 전에 마차를 타고 올 때 영록이 난아의 신분을 왕공가의 딸만 못하다는 듯이 말하던 데 대한 대답과 서운함도 은근히 숨어 있었다. 영록은 난아의 말과 한숨에 숨어 있는 뜻은 알지 못했다.

"왜! 그렇게 말합니까? 난아도 똑같은 기인(旗人)인데 어찌하여 그런 말을 합니까?"

남의 말을 오해로 듣기 시작하면 무슨 말을 해도 오해로 들리기 마련이다. 영록이 위로한다는 그 말이 또다시 난아의 가슴에 못을 쳤다. "난아도" 하는 "도" 자가 난아에게는 견딜 수 없는 모욕처럼 들렸다. 그러나 난아는 그 오해에서 생긴 감정을 겉으로는 나타내지 않았다.

"점심 한 끼 사먹기가 이렇게 힘이 들고 말썽이 많은 세상에서 장차 어찌 살아갈까? 참으로 우습고 한심한 세상이네요."

난아는 감정보다도 인생관을 말하듯이 한탄하였다.

이때까지 죽은 듯이 침묵을 지키고 아무 소리가 없던 옆방에서 갑자기 큰 목소리로 요리점 하인을 부르는 소리가 나더니 요리점 하인들은 약속이나 한 것처럼 "네―이" 하는 긴 대답을 하면서 한두 사람도 아니고 서너 사람이 올라왔다. 옆방에서 그 큰 목소리가 다시 들려왔다.

"우리가 지금 옆방의 손님들이 말씀하는 것을 들어보니 역시 우리와 같은 만주족의 기인들이시다. 그렇다면 피차에 함께 노는 것이 좋을 테니 지금 당장 이 사이에 막은 미닫이를 떼어서 통방을 만들어라!"

그 분부가 내리자 요리점 하인들은 역시 "네—이" 하는 긴 대답을 하면서 영록과 난아에게는 물어보지도 않고 그 분부대로 사이에 막았던 미닫이를 떼고서 통방을 만들어 버렸다. 영록은 눈만 멍히 뜨고 앉았고 하인도 얼빠진 사람처럼 되었다. 다만 난아가 제 정신을 가지고 얼른 곁눈질로 살펴보니 그 방에는 화려한 옷차림을 한 귀족인 듯한 세 사람이 앉아 있었다. 그들의 얼굴에는 벌써 반이나 넘게 취한 술빛을 띠고 있었다. 그 가운데서 한 사람이 먼저 영록을 향하여 웃으면서도 위엄 있게 물었다.

"실례합니다. 당신은 어느 기(旗)에 속하며 성함이 어찌 되는지요?"

영록은 당황스럽고 화도 났지만 조금도 주눅들거나 밀리지 않게 큰 목소리로 대답했다.

"네! 나는 정황기에 속하고 이름은 영록이라 합니다. 청컨대 대인께서는?"

그 사람은 영록의 말이 끝도 맺기 전에 "하하" 하고 크게 웃었다.

"아, 그렇소? 나는 양황기(讓黃旗)에 속하고 정친왕 단화(鄭親王 端華)라는 사람이오."

이 말이 떨어지자 영록은 벌떡 일어서서 벌벌 떨고 어쩔 줄을 몰라 했다.

영록이 벌벌 떨기만 하고 정친왕과 그 밖에 두 사람은 조롱하는 웃음만 웃을 때 능란한 영록의 집 늙은 하인이 먼저 무릎을 꿇고 머리를 조아려 절을 하며 사죄하였다.

"친왕전하께 소인 문안이오. 황송합니다. 소인의 젊은 주인이 연소하고 철없는 탓에 실례된 점이 많았습니다. 오직 전하의 관대하신 덕으로 용서하여 주시기를 엎드려 바랍니다."

영록도 하인을 따라서 이마를 조아려 절하고 다시 일어서서 합장하고 경의를 표하는 자세를 취하였다. 정친왕 단화는 웃으면서 말을 계속했다.

"여기 앉으신 분은 이친왕 재원(怡親王 載垣) 전하시고 저기 앉으신 분은 나의 아우 숙순(肅順)이다. 우리가 모두 만주족의 기인인즉 한집안 사람이며 이런 자리에서 피차에 무슨 허물 볼 것이 있겠느냐!"

그리고 영록과 하인에게 앉으라고 권하고 난아를 향하여 정답게 물었다.

"규수는 누구집 규수이며 이름은 무어라 하시오?"

이때까지 당돌하게 제 자리에 앉아 있던 난아도 할 수 없이 일어서서 경례하고 나직하면서도 아주 똑똑한 목소리로 대답했다.

"저의 본시 살던 나라는 예허나라이온대 누구의 집이라고는 말할 만한 신분을 가지지 못하였습니다."

눈을 한 번 떠서 정친왕을 바라보는 그 태도는 은근히 자기에게 신분을 다시 묻지 말아 주기를 바란다는 애교 섞인 태도였다. 난아의 눈짓 한 번과 애교적 태도를 본 순간 정친왕 단화는 그녀에게 끌리는 것을 느꼈다.

"그렇지 옳은 말이다. 우리가 모두 만주족이오 기인이면 그만이지! 누구의 집과 무슨 기를 따져서는 무엇하겠는가?"

단화는 이친왕과 숙순을 좌우로 돌아보았다.

"전하의 말씀이 옳습니다. 더구나 이러한 자리에서는 유쾌하게 노는 것이 상책이지 피차에 신분을 돌아보며 따지는 것은 도리어 흥을 깨는 것이옵니다."

이친왕의 말을 이어 숙순도 찬성을 하였고 이런 말 저런 말과 웃음소리가 한데 뒤섞이면서 양쪽의 자리는 자연스럽게 합석되었고 요리점 하인들은 음식을 들였다. 그리고 때마침 미리 불러두었던 기생 세 사람이 들어와서 술도 따르고 노래도 부르면서 향락판이 제대로 벌어졌다.

난아와 영록은 불편한 이 자리를 벗어나지 못해서 무한히 애를 태웠으며 그 자리에 오게 된 것을 천만 번 후회하였다. 그 후회는 난아보다도 영록이 몇 백 배나 심하였고 따라서 영록은 여러 번 이들에게 고별인사를 하다가 도로 붙잡히고 붙잡혀서 다시 앉았다.

나중에는 난아가 일어서서 다정스럽고도 존경하는 예를 차리면서 고했다.

"세 분 전하를 모시고 오늘 종일토록 지내는 것이 천하에 다시 없는 영광이지만 집에서 나올 때 돌아가기를 고한 시간이 지난 지가 너무 오래되었으므로 할 수 없이 이제 하직을 고합니다."

난아의 말에 대하여 정친왕은 머리를 흔들었다.

"그게 될 말인가? 우리가 함께 앉아 놀았으면 함께 일어서야지 누구는 먼저 가고 누구는 뒤떨어져서 간다는 것이 될 말인가?"

"전하께서 그처럼 분부하시는데 어찌 감히 말씀드리겠습니까마는 사정이 너무 절박하여 드리는 말씀입니다. 다른 날 다른 자리에서는 전하의 분부가 안 계시더라도 오래도록 모시고 있는 것을 영광으로 알겠습니다. 다만, 오늘밤은 특별히 용서하여 주시기 바랍니다."

'다른 날 다른 자리에서는 얼마든지 오래도록 모시겠다'는 난아의 말과 그 두어 번 떴다 감는 눈짓에 정친왕 단화가 완전히 정복되었다. 그는 아주 만족한 태도와 부드러운 목소리로 난아에게 그 뜻을 물었다.

"그러면 어느 때든지 오늘의 이 약속을 서로 지키지 아니하면 안 되지!"

난아도 그 눈짓을 받아쳤다.

"다시 이를 말씀이겠습니까?"

"황송합니다. 실례합니다. 안녕히 계십시오."

난아와 영록과 하인 세 사람은 그 자리를 떠나 상림춘 밖으로 나왔다.

상림춘 문 밖에 나선 영록과 난아 일행은 마차를 타고 얼른 집으로 올 생각도 하지 못하고 큰 거리의 길을 한참이나 말없이 걸어갔다. 상림춘에서의 일이 세 사람을 멍한 상태로 만들었다. 난아는 마음이 복잡하였다. 조금 전까지만 해도 난아의 신분을 멸시하고 모욕하는 듯한 태도를 보였던 영록이 정친왕과 이친왕 등 세 사람 앞에서는 어쩔 줄을 모르고 벌벌 떨던 모습이 눈앞에 어른거렸다. 그 태도가 어찌나 안쓰럽고 가여운지 영록에 대한 불만과 불쾌한 느낌은 사라지고 도리어 동정심이 생겼다.

난아가 영록에게 위로의 말을 하였다.

"영록씨! 오늘 나 때문에 매우 수고하시고 시달리셨지요?

영록도 그때야 입을 열었다.

"난아 때문에 내가 수고한 것이 아니라 나 때문에 난아가 시달린 것을 생각하면 그놈의 집에 갔던 것이 후회막심이지요."

"그렇게 생각할 것도 아니지요. 그들은 우리를 저희들 마음대로 시달리게 했다고 생각하겠지만 내 생각에는 그들이 도리어 나의 놀림감이 되는데 지나지 못하였어요."

"무슨 말인지 알 수가 없습니다."

"나의 눈짓 한 번과 나의 웃음 한 번에 자기들이 묻고자 하던 말도 묻지 못하고 생각하지도 못한 허락도 하게 되었으니 그들이 나의 놀림감이었다는 얘기지요."

난아의 설명이 끝나자 영록의 하인이 난아를 칭찬하였다.

"참으로 아씨는 소진과 장의(전국 시대의 정치가로 소진은 합종책, 장의는 연횡책을 주장하였다.)도 따르지 못할 만한 말재주가 있고 어떠한 영웅 호걸도 능히 휘어잡을 만한 도량과 용기를 가졌습니다."

"네 말이 옳다. 실지로 보니 난아야말로 대장부의 뱃심을 가졌더구나. 남자인 나는 벌벌 떨었는데 난아는 말이나 태도가 조금도 변하지 않고 도리어 그 말에 힘이 있고 태도는 엄숙하였으니 난아 보기가 부끄럽구나."

그러다가 다시 난아를 향하여 웃으면서 말했다.

"내가 만일 여자로 태어나고 난아가 남자로 태어났다면 나는 꼭 난아에게 시집가고 말 것이오."

"아니예요. 오늘 일어난 일은 남녀가 바뀌었다 해도 마찬가지였을 거예요."

"아씨! 무슨 말씀이신지 소인은 알아들을 수가 없습니다."

"그런 자리에 있으면 남자와 남자 사이에는 세도와 권력을 비교하여 낮은 사람이 굴복하게 되지만 여자는 여자라는 무기, 즉 눈짓과 웃음으로 그들의 요구에만 만족하도록 하면 그만이라는 말일세!"

"아무리 그렇기로서니 여염집 아씨께서 그 상황에서 그렇게 할 수 있는 것은 아무나 할 수 있는 일이 아닙니다."

"그러게 말이다. 나는 내 평생 무슨 방법으로든지 난아를 섬겨야 할 것 같구나."

영록은 한숨을 쉬었다. 난아는 영록의 그 태도와 한숨에 영록을 정면으로 쳐다보았다.

"영록씨가 한숨쉬는 이유를 말해 볼까요. 오늘은 영록씨가 남자로서 호기를 부려보려고 했는데 뜻밖의 상황 때문에 원하는 대로 하지 못해서 속상해서 나오는 한숨이지요."

난아가 직설적으로 말하자 영록은 어물어물하고 대답을 시원하게 못하였다. 그러자 하인이 대신 대답하였다.

"아씨의 말씀이 옳습니다. 참으로 우리 서방님의 속을 꿰뚫어 보십니다."

"그런데 영록씨가 오늘 그들을 만나지 않고 내게 남자라는 거만한 태도를 보였다면 나는 도리어 영록씨와 절교할 수도 있었어요."

"그렇다면 오늘 일은 내게 전화위복이 된 셈이군요."

영록은 억지로 웃었다. 그러자 난아도 웃고 하인도 웃었다. 그러나 세 사람의 웃는 뜻은 서로 달랐다. 난아의 웃음에는, 정친왕 등의 세 사람도 하잘 것 없더라, 나의 수단으로 넉넉히 농락할 수 있더라, 그렇다면 영록은 말할 것도 없고 이 세상의 남자라는 것은 모두 그럴 것이다, 라는 뜻이 담긴 웃음이었다. 늙은 하인의 웃음 속에는 모두가 젊은 사람의 한때 하는 짓이다, 모두가 꿈 같은 짓이다, 라는 생각이 담겨 있었고, 영록의 웃음은 난아의 직설적 질문과 하인의 대답이 모두가 자기에게는 불쾌한 느낌을 주지만 할 수 없이 웃는 웃음이었다.

그들은 또다시 한참이나 말없이 침묵을 지키면서 걸어가다가 난아가 먼저 영록에게 말했다.

"그나저나 우리가 오늘 상림춘에 갔던 이야기는 집에 가서 하지 맙시다."

영록도 난아의 말에 동감하였다.

"옳습니다. 그렇게 하는 것이 뭐로 보나 좋을 것 같네요."

이러한 이야기를 하면서 영록과 난아는 시간이 어떻게 가는 줄도 모르고 계속 걷다가 자기들 집의 대문 앞까지 이르렀다.

난아가 대문 안에 들어서면서 어머니보다도 동생 용아를 먼저 불렀다. 그때까지 온종일 집안에서 난아가 돌아오기만 고대하고 있던 용아의 원망섞인 목소리가 나왔다.

"언니! 인제야 오우? 아이구 언니두! 왜 인제야 와? 어디 가서 하루종일 보냈수? 나는 기다리다가 눈이 빠질 뻔했잖아!"

"서두른다는 것이 이제야 간신히 오게 되었다. 밖에 나가면 어디 그렇게 마음대로 빨리 오게 되느냐? 네가 기다린다는 생각은 했지만……."

난아는 일행을 대표하여 대답하였다.

"흥, 그런 핑계는 그만둬요! 정말로 빨리 다녀오려고 마음만 먹었다면 몇 시간 전에 넉넉히 왔을 거예요."

용아는 한 번 더 투정하였다.

난아는 그 말에는 대답하지 않고 방 안에 들어가서 걸상에 걸터앉은 뒤에 옷감 세 벌을 내놓았다.

"용아야! 오늘은 너와 내게 좋은 일이 있는 날인가 봐. 이것은 영록씨가 우리들에게 각각 한 벌씩 사주는 것이고 이것이 내가 네 옷감으로 사온 것이다."

용아도 난아의 말에는 대답하지 않고 영록에게 예를 갖추었다.

"영록씨! 너무나 감사합니다. 뭐라 해야 좋을지 모르겠습니다."

"천만에! 그런 말씀은 그만두시오. 변변치 못합니다."

"아닙니다. 이것은 내게 너무 과합니다. 내 평생 처음 입어보는 옷감이에요."

이러한 인사와 감사와 겸손의 말이 오고간 뒤에 영록은 저녁에 다시 오기로 하고 자기 집으로 돌아갔다.

저녁 무렵 난아의 어머니는 딸들과 함께 이런저런 이야기를 하다가 난아의 혼인 문제를 꺼냈다.

"난아야! 내 보기에는 영록이 너를 사랑하고 너도 그를 좋아하는 것 같으니 서로 약혼하는 것이 어떠냐?"

"좋아한다고 반드시 약혼합니까? 나는 시집가지 않을 거예요."

"그런 소리 그만해라. 네 나이 몇 살인데 시집을 안 간다고 하느냐? 그래, 처녀로 늙어 죽겠느냐?"

"정말이에요. 처녀로 늙어 죽을 거예요. 다시는 혼인 말씀 하지 마세요."

"애야! 영록의 집에 신세지고 있어서 그런 건 아니다. 그 문벌과 재산, 그리고 영록의 됨됨이를 보면 모두가 네게는 과분한 사람이니 두말 말고 아주 약혼하여 두자!"

"남의 신세는 신세고 시집은 딴 문제예요. 영록이네 문벌이 정친왕이나 이친왕의 문벌만 합니까? 영록의 사람 됨됨이는 말씀하지 마세요. 제가 더 잘 아니까."

"너 미쳤니? 어디서 난데없는 정친왕, 이친왕의 말을 하느냐? 그렇게 주제넘게 남을 업신 여기다가 후회하고 말거야."

"전혀 후회하지 않아요."

"너는 누구를 닮아서 고집과 버릇이 그 모양이냐? 그래, 어미가 허혼하여도 시집가지 않을 테냐?"

어머니의 목소리가 높아지고 두 눈에는 눈물이 그렁그렁 하였다.

그때까지 이야기를 듣고 앉아 있던 용아는 어머니가 노하고 서러워하는 것을 보자 속이 상했다.

"어머니! 그만두세요!"

그리고 난아에게 그러지 말라고 눈짓을 하였다. 아우의 뜻과 어머니의 기색을 살핀 난아도 '오냐, 알았다' 하고 눈짓을 했다.

"어머니! 노하지 마세요! 내 시집갈게요. 이렇게까지 남의 집으로 쫓아보내시자는 데야 가지 않을 수가 있습니까?"

"내가 너를 미워해서 그러느냐?"

어머니의 눈물이 옷자락에 떨어졌다. 이런 때면 반드시 나오는 난아의 능수능란한 어리광이 나왔다.

"어머니 울지 마세요! 시집갈게요. 사위의 절도 받고 싶으시고 외손자도 안아보고 싶으셔서 그러시죠? 어머니가 낳으신 딸이니까 어머니 마음대로 하세요."

어머니를 위로하면서 용아에게 눈짓을 하니 용아도 한 몫 거들었다.

"언니, 얼른 시집가요! 그 담에 나도 갈 테야. 그때는 어머니께서 발 뻗고 잠을 주무신다고 하셨지?"

어머니는 하도 기가 막혀서 웃었다.

"애들이 어미를 갖고 노네. 됐으니 저리로 가거라."

"옳은 말씀이야. 우리가 보기 싫으셔서 하루바삐 시집보내신다는 말씀이야!"

난아와 용아도 웃었다. 어머니는 난아의 속마음을 알지 못하고 영록과 난아를 약혼시키면 된다고 생각하였다.

영록이 찾아와서 저녁인사를 하였다. 이날 저녁에는 용아가 영록을 접대하고 난아의 태도가 좀 냉랭해 보이는 것을 영록도 눈치챘다. 영록은 그 까닭을 알 수가 없고 다만 상림춘에 갔다 온 것 때문에 난아의 태도가 변한 것이라 생각하고 짐짓 난아에게 물었다.

"난아! 어디 몸이 불편합니까?"

난아도 영록의 묻는 뜻을 짐작하고 그렇다고 대답하였다. 영록은 한참 앉았다가 일어섰다.

"오늘은 몸이 불편하신 것 같으니 일찍 주무십시오."

"괜찮습니다."

"나도 가서 자겠습니다."

"벌써 가세요?"

"안녕히들 주무십시오."

영록은 밖으로 나오면서 이런저런 생각에 잠겼다. 이전 같으면 좀 더 이야기나 하고 놀다가 가라고 난아가 만류할 텐데 오늘 저녁은 자기가 간다고 해도 용아는 만류하는데 난아는 붙들지 않는 것이 아무래도 이상했다. 그리고 난아 뿐만 아니라 그 집 사람들이 모두 변한 것 같은데 무슨 까닭인지 알 수 없어서 내가 무엇을 잘못하였나? 하는 여러 가지 생각을 하면서 제 집으로 갔다.

영록이 돌아간 뒤에 난아의 어머니는 영록에 대한 난아의 태도가 달라진 것을 보고 물었다.

"너는 어째서 그렇게 변하였느냐?"

"제가 무엇이 변했다고 그러십니까?"

"이전에는 내가 영록을 그만 가서 자라고 하여도 네가 만류하더니 오늘 저녁은 네가 냉대하던데 왜 그랬느냐?"

"냉대는 무슨 냉대를 했다고 그러세요? 내가 그 사람을 가라고 하였습니까?"

"입으로 가라고 해서만 가라는 것이냐?"

"그러면 어쩝니까? 가면 가고 오면 오는 것이지! 영록이 아니면 세상에 못삽니까?"

"알았다! 네 마음대로 하여라. 나도 다시는 말하지 않을 테다."

어머니는 자리에 누워 자는 척하고 난아의 고집과 성품을 걱정하였다. 그러다가 간간이 나오는 그의 한숨소리에 난아의 가슴은 저려왔다. 난아는 어머니의 한숨이 무엇에서 우러나오는 것인지 잘 알지만 무엇이라고 위로해야 할지 몰랐다. 난아는 난아대로 새어나오는 한숨소리를 참느라고 힘을 썼다.

난아의 생각은 꼬리에 꼬리를 물고 이어져 잠을 이루지 못하였다.

'영록은 나를 가장 사랑하는 사람이며 내 말을 잘 들어준다.

나도 그가 싫지는 않다. 그러면 혼인해도 좋을까?'

'그러나 남자의 여자에 대한 사랑은 자주 변하잖아. 그것을 믿고 혼인할 수는 없어. 다만, 내가 하자는 대로 할 남자는 영록이 외에는 없을 것 같다.'

'꼭 그런 것도 아니야. 상림춘에서 보니 정친왕과 이친왕 같은 남자도 얼마든지 내 하자는 대로 할 사람들이다. 그렇다면 어떤 남자든지 여자에게 빠지면 그 여자가 하자는 대로 할 것이다. 다만, 그것은 잠시일 뿐이야. 세상 만사가 다 그래. 당현종이 양귀비에게 어찌하였는가?'.

'당나라 황제뿐만 아니라 지금의 폐하라도 마찬가지야. 영록이 나를 어여쁘다고 사랑하며 혹한다면 정친왕도 그럴 것이오. 폐하라도 그럴 것이다.'

'만일 내가 정친왕을 못 만났더라면 이렇게 단정할 수 없겠지만 실지로 만나보니 영록이 내게 대하는 것과 조금도 다르지 않다는 것을 알 수 있어.'

'그러니 정친왕은 그만 두고 폐하라도 그럴 듯한 기회에 만나기만 한다면……'

'그리하여 황제의 사랑만 한 번 받게 된다면 이 세상에서 무엇을 다시 더 원하며 구하겠는가?'

'그래. 내가 원하는 것은 바로 이거야. 차라리 궁녀가 되어서라도 그를 모시는 것이 영록이나 그 어떤 귀족을 한평생 남편으로 섬기는 것보다 훨씬 희망적이야.'

'궁녀로서 임금의 사랑을 황후보다 더 많이 받은 사람은 많았다. 뿐만 아니라 어떤 기회에 황후가 된 궁녀도 적지 않았어.'

'바로 그거야! 나는 궁녀가 되어서라도 황제의 앞으로 들어

가야만 해. 그렇지만 궁녀로서 황제의 사랑을 받는 사람은 몇 백 몇 천 명 중 한둘도 되기가 어렵잖아. 지금도 그러할 것이다. 만일 황제의 사랑도 받지 못한다면 한평생을 궁중에서 종노릇만 하게 될 거야.'

'말을 들으니 황제의 사랑을 받지 못하는 궁녀는 여염집의 종보다 못하다는데! 차라리 영록에게 시집이나 가서 그런 대로 한평생을 살아볼까?'

'아니야. 영록이만한 남자는 얼마든지 있어. 조금 더 지내보면서 생각해 보자.'

'하지만 언제까지 생각만 할 수는 없어. 속히 결정하지 않으면 무엇보다 어머니의 성화에 견딜 수가 없으니 어찌하나?'

혼자 묻고 대답하는 이러한 공상과 허영심이 난아를 무한히 괴롭혔는데 북고루(北顧樓)의 북소리는 삼사오경(三四五經)에 맞추어서 때때로 들렸다. 밤은 새벽이 되려고 몸부림치고 있는데 난아의 생각은 상상의 나래를 펴고 심해져서 마음을 하나로 모으지 못하였다.

그날 밤만 아니라 그 뒤에도 난아의 공상과 허영심은 날로 더욱 심해져갔다.

어느 날 저녁에 난아의 어머니가 영록의 집에 다녀오더니 근심스러운 얼굴로 난아를 불렀다.

"앞으로는 네게 혼인에 대해 말하지 않으려고 했는데 상황이 급하게 돌아가니 말하지 않을 수 없구나."

"어머니! 무슨 급한 일이 생겼습니까?"

난아보다 용아가 먼저 어머니의 말에 대답하면서 물었다.

"지금 나라에서 궁녀를 새로 뽑는데 우리 만주 사람들의 딸로서 아직 시집가지 않고 나이 과년한 처녀의 이름을 모두 적어서 보내라는 어명이 내렸다고 한다. 이것이 큰일 아니냐?"

그 말에 대하여 난아는 대답했다.

"그것이 무슨 큰일입니까?"

"큰일이 아니라니? 그래 너는 궁녀로 들어갈 테냐? 남들은 궁녀로 들어갈까 봐 혼인을 서두르고 심지어 거짓으로 혼인했다고 위조서류를 만들기도 하는데……."

"궁녀로 들어가면 어떻습니까? 한세상 살다가 죽으면 그만인데."

"한세상 살다가 죽으면 그만이라니? 그것이 어디 사람 사는 것이냐? 남의 집 종살이라도 아들 딸 낳고 내외가 함께 한세상을 살지만 궁녀는 그렇지 못한 것을 알지 못해 하는 말이냐?"

"어머니는 궁녀의 나쁜 점만 알지 좋은 점은 왜 보지 않으십니까? 아무리 종이라도 임금의 종이 낫겠지요?"

"네가 정녕코 미쳤구나? '그것도 말이라고 하느냐? 안 될 말이다. 어서 하루바삐 영록과 혼인해서 궁녀의 명부에 오르지 않게 해야 한다. 다시는 두말 말아라!"

"어머니, 모든 일을 억지로 해서는 안 됩니다."

"억지야 네가 억지를 부리는 것이지 내가 억지로 하자는 것이냐?"

"제가 시집 안 간다는 것을 억지로 자꾸만 가라고 하시고, 나라의 법을 피하기 위해 마음에도 없는 혼인을 한다면 그것이 억지가 아닌가요?"

난아의 말에 대해서는 평소에 유순하기로 유명하던 어머니도 이번만은 불같이 화를 냈다.

"무엇이 어째! 어디 한 마디 더 해보아라. 내가 억지야? 나랏법을 피하기 위해 어쩌구 어쩐다구? 네가 언제부터 나랏법을 잘 지키며 임금에게 충성하였느냐?"

"이제부터라도 나랏법을 잘 지키며 임금에게 충성하면 그만이지요. 우리도 나라와 임금의 은덕이 없다고는 못하지요."

난아는 정면으로 반항하였다. 난아의 반항이 여기까지 이른 것을 보고는 어머니도 극도로 분함을 참지 못하였다.

"이년아! 애비가 없다고 이제는 이렇게까지 막 나가느냐? 이게 어미 앞에서 대답하는 말이냐?"

용아가 어머니를 붙들고 진정시키려고 하였다.

"어머니! 어머니! 왜 이러셔요? 참으세요. 영록씨 집에서 듣고 남들이 알게 되면 어쩌시려고 이러세요. 제발 참으세요!"

어머니가 자식 사랑하는 마음보다 더 넓은 게 있을까. 용아의 말처럼 행여나 이 말이 새어나가 난아가 궁녀 명부에 오르지나 않을까? 그래도 또 다시 난아를 달래볼까 하는 생각에 억지로 참고서 소리도 크게 내지 못하고 눈물만 비 오듯이 흘렸다.

난아가 평소 같으면 능청스레 어리광을 부려 어머니 마음을 달랬지만 오늘은 달랐다. 다만 어머니의 눈에 띄지 않는 것이 상책이지 싶어 제 방으로 들어갔다. 난아의 눈에도 어머니 못지 않은 눈물이 흐르고 용아도 그러하였다.

제 방에 가서 우는 난아는 어머니가 불쌍하다는 생각과 아무 죄 없는 어린 동생 용아가 우는 것이 애처로워 가슴이 아팠다.

'왜 우리 집에는 눈물과 한숨이 떠날 날이 없을까? 모두 나 하나 때문이야. 내가 죽든지 궁녀가 되든지 시집을 가든지 하루빨리 결정을 내려야 해. 그래, 궁녀가 되는 길 밖에는 다른 도리가

없다.'

난아는 작정하고 결심하였다.

궁녀로 들어가기로 작정하고 결심하고 고민한 가운데 하룻밤을 지낸 난아는 조양문(朝陽門) 동편에서 솟아오르는 아침 햇살이 북경성 안에 퍼질 무렵에 일어나서 세수하고 웃는 낯으로 어머니에게 갔다.

"어머니! 지난밤에 매우 화나셨죠? 용서하세요! 응! 나는 어머니 말씀대로 시집가기로 마음먹었으니 이제 아무 근심 하지 마시고 마음 편히 지내세요. 어머니!"

밤사이에 뜻밖으로 돌변한 난아의 말과 태도에 어머니는 놀라지 않을 수가 없었고 믿기도 어려워서 눈만 멀뚱히 뜨고 난아의 얼굴만 물끄러미 바라보았다. 그러자 용아는 난아의 태도와 말을 보고 듣고서 반가워했다.

"언니! 정말로 그렇게 마음 먹었어요? 그렇다면 우리 집에 무슨 걱정이 있겠어요? 어머니! 그렇지 않아요?"

용아는 어머니를 쳐다보았다. 그러자 어머니도 입을 열었다.

"난아야! 정말이냐? 정말이면 고맙다. 나를 너무 야속하다고는 하지 말아라!"

"정말입니다. 아무리 생각해도 어머니의 뜻을 거역할 수 없어서 그리하기로 마음먹었습니다."

난아의 집안은 화기가 돌고 웃음꽃이 피었다. 다만, 난아의 가슴 속에는 남모르는 눈물이 흐르고 근심이 가득했다.

아침밥을 먹은 뒤에 난아의 어머니는 영록의 집으로 가고, 조금 있다가 영록이 난아를 찾아왔다. 난아의 어머니가 영록의 집에 간 것은 난아의 말에 따라 난아와 영록의 약혼을 결정하는 동시에 난아를 궁녀 뽑는 명부에 들지 않도록 하려고 간 것이요, 영록이 난아를 찾아온 것은 난아의 어머니 권유로 난아를 위로하기 위해서 온 것이었다.

　난아는 영록에게 말했다.

　"영록씨 오랜만이네요. 그동안 왜 그리 뜸했습니까?"

　"오고 싶은 마음이야 간절했지만 어찌하다 보니 오지 못하게 되었소. 난아! 용서하시오!"

　난아는 영록을 전보다 더 친절하게 대접하였다. 용아는 속으로 '언니가 영록에게 시집가기로 작정하더니 벌써부터 저렇게 친절해지는구나.' 하는 생각이 들 정도로 친절하였다. 영록도 난아의 친절에 평생 처음 큰 행복을 받는 것처럼 즐거웠고 영록과 난아는 용아를 피하여 딴 방에 가서 단둘이 다시 이야기하였다.

　그후 난아가 날마다 밖으로 나가는데 어떤 때는 영록과 함께 나가고 종종 혼자 다니기를 좋아하였다. 영록이 함께 가자고 간청하면 오늘만 혼자 가고 싶다면서 거절한 때도 서너 번 되었다. 그 이유는 새로 만난 여자 친구와 어디로 함께 간다는 핑계였다.

　난아가 영록과 함께 밖에 나갈 때는 북경성 안과 성 밖에 있는 모든 곳을 찾아다니면서 구경하는 것이 낙이었다. 한 번은 영록이 난아에게 "난아는 경치 좋은 곳을 찾아 다니는 것을 즐기는 사람이다."라고 말하자 "얼마 뒤에는 이런 경치를 구경할 자유도 없을 테니 지금 구경이나 실컷 한다."고 대답한 일도 있었다. 영록은 그 대답을 난아가 시집살이를 하게 되면 자유롭지 못할 것을 의미하는 줄로만 생각하였다.

　그런데 난아의 마음속에 품은 뜻은 그런 것이 아니라 "얼마 뒤에 궁녀의 신세로 궁중에 들어가면 밖에 나올 자유가 없다"는 의미였다. 난아는 혼자 다니면서 궁녀로 들어갈 모든 길을 찾아 두고 그날만 기다리고 있었다. 다만 저 혼자 속상할지언정 어머니와 동생은 하루라도 마음이 편하도록 하기 위하여 영록에게 시집간다고 거짓말한 것을 아무도 몰랐다. 어머니도 모르고 아우도 몰랐다. 다만, 난아의 말과 행동이 이상한 것을 의심은 하면서도 묻지는 않았다.

# 태평천국의 난과
# 함풍황제의 향락

 도광황제는 밖으로 아편전쟁 이후부터 틈만 있으면 트집을 잡으려는 영국과 프랑스 등 서양 각국의 외환과 안으로 광서금전(廣西金田)에서 일어난 홍수전의 난을 크게 근심하면서 임종하였다.
 홍수전의 난이라는 것은 숙순과 정친왕 등이 함풍황제 앞에서 아뢴 것과 같이 당초에는 그다지 큰 난리가 아니라 작은 난이었다. 지방에서 잠시잠시 일어났다가 없어지던 백성들의 소요 비슷한 작은 난리였다.
 그러나 홍수전의 난은 함풍황제와 그의 신하들이 생각하고 추측하던 아이들 장난처럼 아무 의미도 없는 그 따위 종류의 난리만은 아니었다.

홍수전은 원래 광동성 화현 사람으로 어렸을 때부터 남과 다른 생각을 가지고 있었다. 그는 어렸을 때 명나라 흥망사를 읽다가 원나라라는 몽고족을 중원에서 몰아내고 한족의 새 나라를 세웠던 명나라 태조 주원장을 한없이 숭배하는 동시에 한족이 만주족이 세운 청나라에게 망하고 이백여 년 동안 만주족에게 압박을 받으며 종노릇을 하는 것을 원통하고 분하게 생각하였다.

그러한 생각을 어릴 때부터 가지고 있던 홍수전은 청나라의 모든 것에 대해 될 수 있는 한 반항하기로 생각하였다. 그리하여 홍수전은 청나라의 옷을 입지 않고 청나라 사람의 앞머리 절반을 깎고 뒷머리 절반을 따서 늘이고 다니는 것을 따르지 않기로 작정하였다.

홍수전은 명나라 때 입던 옷을 입고 명나라 때에 틀던 상투를 하고 다녔다. 그때 사람들의 눈에는 홍수전은 미친 사람 같기도 하고 이상한 사람 같았다. 그러나 홍수전은 자기 생각을 함부로 보통 사람에게 말할 수가 없었다. 만일 자기의 진정한 생각을 청나라 관리가 알기라도 하면 반역이라는 죄명 아래 죽고 살아남지 못할 것이 뻔했다.

그러므로 홍수전은 노도(老子의 道)의 도인이라고 자칭하고 다녔다. 그것은 노도의 도인들이 명나라 때의 옷을 입고 상투를 틀고 다니던 까닭이었다. 그러나 홍수전의 생각과 행동은 차차 여러 사람의 입에 오르내리게 되고 홍수전과 친한 사람들이 홍수전과 같은 생각과 행동을 하게 되는 데서 광동지방의 관원들이 홍수전의 일당을 이상한 반역분자들이라고 하여 잡으려고 하였다.

 홍수전은 고향인 광동 땅에서는 살 수가 없어 부득이 어디로든지 먼 데로 망명하지 않으면 안 되었다. 그때 홍수전에게는 전강(錢江)이라는 친구가 있었다. 홍수전에게 전강이라는 사람은 보통의 친구가 아니라 한고조(漢高祖)에게 장량(張良), 유현덕(劉玄德)에게 제갈량(諸葛亮)과 같은 선생인 동시에 친구였다.

 홍수전은 전강의 말이라면 무엇이든지 잘 들었다. 홍수전이 광동 땅에 있을 수가 없어 망명하려고 할 때에 전강은 홍수전에게 권하였다.

 "우리가 우리의 뜻을 이루자면 지금과 같이 말과 생각으로만 될 수가 없고 오직 여러 사람의 뜻을 들어서 많은 동지를 얻어야 할 것입니다. 따라서 무슨 기회를 기다려서 일어나지 않으면 안 될 것입니다. 그러자면 나는 양광총독 임칙서(兩廣總督 林則西)의 막하에 들어가서 어찌하든지 청나라와 서양 각국 사이에 분쟁이 일어나도록 하여 북경 정부로 하여금 피곤하게 하는 동시에 형을 위하여 많은 인재를 구할 것입니다. 그리고 형은 광서로 망명하되 지금과 같이 노도의 도인으로 행세하지 말고 천주교에 들어가 교인이 되어 전도를 핑계로 여러 사람을 만나보십시오. 그 가운데서 동지를 구하고 한쪽으로는 광서 산중에 있는 마적들과 연락하여 기회를 기다리는 것이 좋으니 형은 하루바삐 광서로 가십시오."

 전강의 말이라면 무슨 말이든지 잘 듣는 홍수전이지만 전광 자신은 양광총독부로 들어가고 홍수전을 광서로 가서 그 무엇을 하라고 하는데 대해서는 약간 의심스런 생각이 들었다.

 "선생이 양광총독부에 가셔서 모든 것을 뜻대로 이루신다고 하더라도 제 생각에는 나와 함께 가는 것이 옳은 듯합니다."

전강은 홍수전이 자기를 의심하는 줄 알고 손을 들어 흥분된 빛을 띠우며 말했다.

"만일 내가 형을 배반하고 청나라 조정의 벼슬을 탐내어서 형만 광서로 가게 하고 나는 양광총독부로 들어간다면 천지신명이 나를 미워할 것이오. 나의 형에 대한 굳은 뜻은 하늘의 저 해가 변할지언정 내 뜻은 변하지 않을 것이니 형은 나를 조금도 의심하지 말고 속히 광서로 가십시오. 만일 지체하다가는 화를 면하지 못할 것입니다."

홍수전은 전강이 하늘을 가리켜 맹세하면서 하는 말을 듣고 자기도 흥분이 되었다.

"제가 어찌 선생을 의심하겠습니까마는 선생이 잠시라도 청나라 관원 앞에 무릎꿇는 것이 원통하고, 그뿐만 아니라 나 혼자만 광서에 가서는 큰 뜻을 이루지 못할까 해서 하는 말입니다."

홍수전은 전강의 손을 잡고 뜨거운 눈물을 흘렸다.

"우리가 서로 헤어지는 것도 서럽지 않고 우리가 죽는 것도 아깝지 않지만 이만 리 강산의 사억만 한족이 북방 오랑캐의 종노릇을 면하지 못할까 하는 근심과 걱정뿐입니다."

전강도 한참동안 비장한 회포를 금하지 못하다가 홍수전의 손을 잡고 말하였다.

"형은 그다지 깊게 근심하고 걱정하지 마십시오. 형의 큰 뜻을 가지고 형의 깃발이 한 번 날리는 날이면 이만 리 강산의 사억만 우리 한족이 모두 일어나서 함께할 것이니 걱정하지 마십시오."

두 사람은 서로 작별하였다.

전강과 작별한 홍수전은 전강의 말대로 자기의 동지 풍운산과 아우 홍인발과 누이를 데리고 천주교의 교인이 되어 광서로 가서 전도사 길을 걸었다.

전강이 임칙서의 막하에 들어간 지 얼마 되지 않아서 임칙서가 아편을 엄금하고 영국 상인의 아편을 몰수하여 불 지른 결과로 이른바 아편전쟁이 청국과 영국 사이에 일어났다. 이 전쟁에서 청국은 대패하여 안으로는 북경 정부의 위엄이 뚝 떨어지고, 밖으로는 홍콩을 영국에게 내어주고 배상금을 물어주며 상해와 남경과 구강 등 여러 항구의 통상 권리를 허락하여 주게 되었다.

전강은 임칙서와 함께 신강으로 정배갔다가 중도에서 도망쳤다.

그동안 홍수전은 광서에서 열심히 천주교를 전도하여 많은 교인을 얻으면서 한쪽으로는 전강의 말대로 마적당과 연락하며 광서성에서 유명한 부호 양수청(陽守淸)을 달래어 마적을 막는다는 핑계로 자위단을 조직하였다. 그리고 관청에서 무기를 사다가 군사를 훈련하되 그 군대에 자기의 동지를 심어 넣어 일이 있으면 하루아침에 일어나도록 하였다.

그리고 한쪽으로는 소조귀(蘇朝貴)라는 사람과 함께 금전이라는 곳에 천주교 교회를 만들고 겉으로는 천주교를 전도하고 속으로는 일반 청년에게 군사 훈련을 시켜서 거사할 준비를 하였다.

그러는 동안에 홍수전의 계획이 차차 세상에 알려지자 관청에서 주목하였다. 한 번은 홍수전이 관청에 잡혀 반역죄로 사형을 언도받고 수감된 적이 있었다. 그때 홍수전이 갇힌 감옥의 옥사장은 홍수전의 뜻과 인격에 감동하여 홍수전을 풀어주고 홍수전과 함께 도망쳤다. 옥사장은 후에 태평천국(太平天國)에서 유명하게 될 위창휘(韋昌輝)이다.

위창휘와 함께 도망친 홍수전은 자기가 평생의 정성과 힘을 다하여 만들어 놓은 천주교회의 교당이 있는 금전에 돌아와서 그곳에 있는 소조귀와 풍운산, 그리고 자기의 아우 홍인발과 함께 어찌하면 좋을지 의논하였다.

아무리 의논해도 관청에서 다시 잡으러 올 것은 틀림없는 것이고 잡혀가면 반역죄로 죽음을 면치 못할 것도 불을 보듯 뻔했다.

어차피 죽을 목숨이라면 죽든 살든 이 기회에 거사하여 반항이라도 해보자는 것으로 의견이 일치하였다.

"어떻게 거사할 것인가?" 하는 데 대해서도 여러 가지 계획을 의논한 끝에 양수청과 마적당에게도 통지하여 금전과 함께 거사하도록 주선하기로 결정하였다.

그리하여 그들은 금전에서 거사하는 방법으로는 일반 교인과 청년들을 참여시키는 것이 상책이라고 생각하였다.

소조귀가 교인과 청년들을 모아놓고 그 자리에서 연설하였다.

"우리에게 하느님의 도를 가르쳐 주시고 우리를 멸망하는 가운데서 구원하여 주시는 홍수전 형님은 오직 하느님의 뜻을 본받아서 예수 그리스도의 가르침을 이 세상에 전해주시는 하느님의 일꾼입니다. 하느님의 참된 아들입니다. 그런데 이제 이 고을 관원들은 우리들로 하여금 하느님의 도를 믿지 못하게 하기 위해 홍수전 형님과 우리 금전 교당의 일 보는 사람을 먼저 잡아가고 그 다음에는 여러 형님과 누님들을 잡아다가 온갖 악형을 해서 자기들의 배가 부르도록 우리들의 재산을 빼앗아 먹으려고 하니 여러분의 생각은 어떠하시오?"

그는 당시 관원들의 횡포와 탐학하는 죄상을 말하였다.

이때 홍수전이 여러 사람 앞에 나와서 눈물을 흘리며 울었다.

"죄 많은 이 아우가 하느님의 말씀을 가지고 하느님의 도를 이 세상에 전하기 위하여 이곳까지 와서 여러분의 사랑을 많이 받았습니다. 이제 소조귀 형님의 말씀하신 바와 같이 이 지방의 관원들이 북경 정부에서도 금하지 못하는 우리의 전도 사업을 금한다는 어리석은 말을 빙자하여 여러 형님과 누님까지 잡아다가 악형을 주고 재산까지 빼앗으려고 하니 참으로 가증스럽고도 무법한 일입니다. 그런데 이 아우 홍수전 한 사람으로 인하여 여러분에게 이와 같은 일이 생길 줄은 꿈에도 생각하지 못하였습니다. 이제 이 아우는 여러분에게 하직하고 나의 발로 걸어가서 관원들 앞에서 차라리 그들의 악형 밑에서 죽는 것이 하느님의 참된 도리를 위하여 십자가에 못 박히던 우리 주 예수 그리스도를 본받는 것이라 생각합니다. 그러나 내 한 몸이 죽는 것은 아깝지 않지만 이 고난이 장차 여러분에게까지 미칠 것을 생각할 때에 참으로 천지가 아득하고 그 죄악의 무리들을 저주하지 않을 수가 없습니다."

이때에는 풍운산도 울고 위창휘도 울고 소조귀도 울고 홍수전의 누이가 땅바닥을 치며 통곡하는 바람에 모든 부인들이 함께 울어 나중에는 울지 않는 사람이 없었다.

"우리가 이렇게 울기만 하다가 잡혀가서 죽으면 무슨 소용이 있겠습니까? 차라리 우리를 잡으러 오는 자들을 우리 주먹으로 실컷 두들겨 줘서 다시는 그런 악행을 저지르지 못하도록 하는 것이 옳은 줄 압니다. 죽으면 함께 죽고 살아도 함께 살게 된 우리로서 이렇게 앉아서 울기만 하면 무엇하겠습니까?"

홍수전은 격분한 연설을 하였다.

그의 연설에 힘입어 모든 사람은 "차라리 의를 위하여 싸우다가 죽는 것이 영광이다" 하면서 뜻을 모으기로 결심하였다.

이러한 굳은 결심 아래 그들은 장차 어찌할 것인가를 작정하고 모든 것을 준비하면서 그저 관원들이 오기만 기다렸다.

홍수전이 위창휘와 함께 도망친 뒤에 지방 관청에서는 홍수전이 어디로 갔는지 알아본 결과 금전 땅에 있는 것을 알았다. 따라서 홍수전과 위창휘와 금전에 있는 홍수전의 동지들을 모조리 잡아오기 위하여 포장(鋪裝)과 포졸(浦卒) 삼십여 명이 금전을 향하여 떠났다.

삼십여 명의 포장과 포졸이 금전에 들어서서 홍수전과 위창휘와 그 밖에 주모자들을 수색하여 잡으려고 할 때 사방에서 함성이 일어나면서 "저놈들을 모조리 때려죽여라" 하는 소리와 함께 전쟁판 같은 일대 결투가 일어났다. 이 결투 가운데서 죽은 자와 중상입은 자가 삼십 명에 가깝고 도망친 자는 몇 사람이 되지 못했다.

이 결투가 끝난 뒤에 모든 사람은 또다시 교회당에 모였는데 홍수전이 먼저 방성대곡하였다. 사람들이 그 까닭을 물으니 홍수전은 대답하고 다시 통곡하였다.

"우리를 잡으러 온 포장과 포졸을 이와 같이 때려죽이고 중상입게 하였으니 이제는 포장과 포졸이 아니라 몇 백 명의 관군이 나올 것입니다. 그러면 우리는 꼼짝 못하고 죽는 것밖에 다른 수가 없으니 어찌하면 좋단 말이오."

소조귀, 풍운산, 위창휘, 홍인발 등이 홍수전의 말이 끝나자 일제히 일어나서 주먹을 쥐고 팔뚝을 걷으면서 외쳐 말하였다.

"이제 이렇게까지 된 이상에는 칼이 오면 칼로 막고 총이 오면 총으로 막을 뿐이다. 양수청의 자위단과 마적당의 힘을 합해 어디까지든 끝까지 싸워보는 것뿐이다."

여러 사람도 이제는 죽으나 사나 그 밖에 다른 도리가 없다고 생각하였다.

그 뒤 며칠 지나지 않아 오륙백 명의 관군이 금전으로 온다는 소식이 들려왔다. 홍수전, 소조귀, 위창휘 등은 관군과 대항할 모든 계획을 물샐 틈이 없도록 세우고 우선 여자와 어린 아이들은 그곳에서 멀지 않은 어느 산중으로 피난시키고 관군이 오기만 기다렸다.

하루는 관군이 금전에서 멀지 않은 곳까지 왔다는 기별을 듣고 홍수전 등은 금전에다가 불을 질러서 모든 사람에게 금전으로 다시 돌아올 생각이 없게 한 뒤에 관군과 싸워서 크게 이겼다.

이 싸움에서 이긴 홍수전의 군사는 다시 양수청과 마적당의 군사와 합세하여 평락부(平樂付)라는 고을을 쳐서 함락시키고 자기 영주부(永州府)를 쳐서 빼앗고 나라 이름을 태평천국(太平天國)이라 하고 홍수전을 태평천국의 천왕이라고 하였으니 이것이 곧 태평천국의 원년인 동시에 청나라 함풍황제 원년이다. 이때의 북경 정부는 누구나 홍수전의 태평천국이라는 것을 어린아이 장난정도로밖에 생각하지 않고 그다지 걱정하지 않았던 것이다.

그런데 홍수전이 광서 한 모퉁이에서 몇 천 명의 군사로 평락부와 영주부를 함락시키고 감히 태평천국이라는 나라를 세우고 자기가 그 나라의 임금이 된 것은 그때 북경 정부 사람들이 생각했던 아무 의미도 없는 어린아이의 장난이나 보통 마적들의 장난과는 달랐던 것이다.

홍수전의 태평천국이라는 것은 만주족의 청나라를 멸망시키고 한족(漢族)의 독립한 나라를 세워서 천하를 태평케 한다는 의미와 천주교를 국교로 하여 서양의 예수교 나라들과 손을 잡고 나간다는 뜻을 가졌던 것이다. 만주족을 중국 땅에서 몰아내고 한족의 독립한 나라를 세운다는 말을 듣고서 사방에서 홍수전을 도와서 일어난 사람들이 훨씬 많았다. 당시에 광동과 광서에서 소금장사로 돈을 모아 부자로 유명하던 석달개(石達開)도 자기의 전 재산을 가지고 홍수전과 함께 일하기로 작정하고 일어났다.

그리하여 홍수전이 금전에서 일어난 지 몇 달이 되지 못하여 관서 지방의 모든 성을 점령하고 그 형세가 날마다 커지게 되자 사람들이 비로소 놀라게 되었던 것이다.

관서의 모든 성이 홍수전의 손에 점령되고 그 형세가 커지는 것을 보고 함풍황제의 북경 정부도 비로소 놀라서 아편 전쟁의 책임으로 신강 땅에 정배갔다가 풀려와서 자기 고향에 있는 임칙서를 다시 불러들여 홍수전의 태평천국을 토벌하기로 하고 안심하고 있었다.

그러나 임칙서는 병들고 늙은 몸을 가지고 정부의 명령을 수행하러 전장으로 나가던 몇 달 사이에 결국은 병으로 죽고 말았다.

홍수전의 태평천국에서도 북경의 청나라 조정이 임칙서를 불러 태평천국을 토벌하려고 한다는 보고를 듣고서 매우 근심하였다. 그러던 것이 실지에서 임칙서가 광서 땅으로 오는 동안에 몇 달의 시일을 허비하다가 결국은 병으로 죽었다는 보고를 듣고서는 그 기세가 하늘을 찌를듯이 높았다.

이제는 태평천국이 가만히 앉아서 청나라의 남정(南征)을 당할 것이 아니라 도리어 일어나서 청나라를 북벌하자는 데까지 기세가 올랐다.

그러한 기세를 가지고 태평천국은 처음에는 운남과 귀주 양성을 쳐서 점령하더니, 다음에는 전주를 점령하고 호남성의 수도 장사를 그들의 손에 넣고 악주를 옆에 끼고 호북성의 무창을 에워싸 태평천국의 기세가 중국 천지를 진동시켰다. 이것이 곧 태평천국 2년이며 함풍황제가 즉위한 지 2년 만에 생긴 일이었다.

그와 같이 중국의 서남 천지를 진동시키던 태평천국의 대군은 그해 겨울에 무창을 버리고 주력군을 돌려 양자강을 순류하여 내려가면서 강서성의 구강과 안휘성의 안경을 점령하며 강남에서 제일가는 큰 도시이며 명나라의 옛 도읍이던 남경성을 점령하고 그곳에다 태평천국의 도읍을 정하니 이것은 홍수전이 기병한 지 3년도 채 안 되는 태평천국 3년 봄의 일이었다. 이로부터 양자강 이남의 강산은 청나라에서 떨어져 태평천국의 천하가 되었다.

이때 청나라의 형편은 어떠하였는가? 함풍황제가 즉위한 뒤에 숙순과 재원과 단화 등 세 사람이 권력을 잡아 홍수전의 태평천국이라는 것은 초개같이 보고 대수롭지 않게 생각하였다. 오직 자기들이 어찌하면 잡은 권력을 놓치지 않으며 임금을 속이고 정부의 모든 사람이 감히 자기들을 논란하거나 시비하지 못하도록 할까 하는 것이 유일한 근심과 걱정이었다.

그들은 그것을 이루기 위하여 임금 앞에서 태평천국의 홍수전의 기세가 어떠어떠하다고 말만 나오면 그 말을 꺼낸 사람을 백방으로 모함하여 조정에서 몰아냈다. 자기들의 비위를 맞추며 자기들의 뜻을 순종하여 함풍황제 앞에서 모든 것을 속이고 만일 그 임금이 홍수전의 태평천국을 근심하면서 "홍수전의 난리가 점점 커져서 장차 큰 화근이 될 듯하니 어찌하면 좋을까?" 하고 묻는다 하더라도 임금의 묻는 데 대한 대답을 아무쪼록 숙순 등의 생각에 합당하도록 하여 "홍수전의 난 같은 것은 그다지 근심하고 걱정하실 것이 아니니 마음을 평안하게 하소서"라는 아무 알맹이도 없는 빈소리를 하여 그 임금의 질문을 무시해 버리곤 하였다. 이런 기회주의자들은 숙순 등에게 곱게 보이고 따라서 그런 사람들의 벼슬이 날마다 올라갔다. 그리하여 조정에는 바른 말 하는 사람은 모두 사라지고 임금을 속이고 거짓말하는 자들만 가득차고 말았다.

그와 같이 함풍황제의 신하들이 임금을 속이고 온갖 잡류가 서로 의지하고 서로 도와주면서 군신과 상하가 주색을 일삼는 동안에 나랏일은 점점 틀어지고 태평천국의 세력은 날로 커지고 함풍황제는 천하가 태평무사하다고 생각하고 술과 계집과 노래와 춤으로써 세월을 보내고 있었다.

함풍 3년에 남경은 이미 태평천국의 국도(國都)로 정해졌는데 북경에서는 궁중에 궁녀가 모자란다고 새로이 궁녀를 뽑아 들이기에 분주하였다.

이해 정월에 북경 자금성 곤녕문 밖에는 궁녀로 뽑혀서 사방에서 모여온 처녀들이 몇 백 명인데 그들은 이른 아침부터 그곳에 와서 궁중에서 어떤 처분이 나오기만 기다리고 있었다. 궁녀의 명부에 오른 처녀들만 아니라 그 처녀들의 부모와 동생과 친척과 구경 온 사람들까지 합하니 인산인해가 따로 없었다.

이 많은 사람 가운데는 예허나라 부장의 딸이며 영록의 애인이던 예허나라 난아도 있었고 따라서 그녀의 어머니와 용아도 함께 있었다.

난아가 이곳에 오게 된 것은 관청에서 그를 조사하고 처녀 명부에 올린 것도 아니요, 그 어머니와 상의하고 궁녀로 들어가기로 한 것도 아니요, 오직 난아가 저 혼자 결심하고 관청에 찾아가서 궁녀 명부에 올려달라고 자청해서 된 것이다.

그러므로 그날 아침에 곤녕부 밖으로 올 때까지만 해도 그녀의 어머니와 용아는 난아의 친구가 궁녀로 들어간다고 하여 작별도 하고 구경도 하기 위하여 왔던 것이다. 그런데 천만 뜻밖에 궁녀의 명부를 가지고 차례로 새로 뽑혀오는 궁녀들의 이름을 부를 때 난아의 이름이 있고 난아가 대답하며 궁녀들의 반열에 들어서는 것을 보고 그녀의 어머니는 깜짝 놀라서 기절할 뻔하였다.

아무리 굳은 결심과 독한 마음을 가지고 궁녀 되기를 자청하였던 난아라고 하더라도 막상 눈앞에 닥치자 슬픈 마음을 억누르지 못하고 어머니가 당장에 기절할 듯한 모습을 보이자 후회하지 않을 수가 없었다.

그러나 이미 후회해도 소용없었다. 난아는 어머니를 향하여 목메어 울었다.

"어머니! 저를 용서하여 주세요! 이제는 후회해도 소용없습니다. 모든 것은 제가 철모르고 고집부린 탓입니다. 저 하나 죽은 것으로만 생각하여 주세요! 어머니!"

어머니는 하도 기가 막혀서 땅바닥에 털썩 주저앉아 입술이 새파랗게 질리고 사시나무 떨듯 벌벌 떨면서 눈에서는 눈물도 나지 않고 악에 받친 말로 소리를 질렀다.

"이것이 무슨 일이냐? 난아야! 너 이년!"

그러고는 그 자리에 고꾸라져서 정신을 차리지 못하였다.

이때에 용아는 혼절한 어머니를 붙들고 언니 난아를 한 번 바라보았다.

"언니! 너무하세요. 이게 무슨 일이에요! 언니는 부모도 동생도 모르는 사람이에요. 어떻게 이럴 수가 있죠?"

그리고 원망섞인 눈빛을 보내더니 어머니를 흔들면서 몹시 울었다.

"어머니! 어머니! 정신 차리세요! 언니는 저렇게 되고 어머니조차 이러시면 저는 누구를 믿고 살아요? 어머니!"

어머니는 자기를 붙들고 우는 용아까지도 소용없고 밉다는 생각이 들었는지 가슴을 치며 대성통곡하였다.

"이년아! 나를 놓아라! 저리 가거라! 보기도 싫다! 아이구, 하느님! 이제 어쩌면 좋습니까!"

어머니가 대성통곡하는 바람에 용아도 어머니를 부르면서 대성통곡하였다.

이 모습은 누가 보더라도 동정심이 우러나오게 하는데 하물며 그때 그곳에 모여 있던 사람들은 모두가 난아의 어머니와 용아와 같은 설움과 원한을 가진 사람들이다. 난아의 어머니와 용아의 울음소리를 따라서 이곳저곳에서 울음소리가 터져나오기 시작하였다. 애지중지하며 기른 딸과 누이를 하루아침에 궁녀로 보내게 되었으니 영이별하게 되는 것을 원통하게 생각하고 서러워서 터져 나오는 울음소리였다. 저마다 자기의 설움과 원통이 그 가운데서도 제일가는 설움이며 원통이라고 하소연하면서 울며불며 하였다.

자식을 궁녀로 보내야 하는 가족들의 슬픔 못지 않게 궁녀로 들어가는 처녀들의 슬픔은 하늘을 찔렀다. 모든 처녀들이 저마다 제 설움을 하소연하면서 통곡하기 시작하였다. 자금성이 떠나갈 만큼 울음소리가 커졌고 곤녕문이 들썩거릴 만큼 울음소리가 처참하였던 것이다.

처음에는 궁녀를 뽑아 들이는 책임을 맡은 모든 관원들과 내시들도 그러한 광경을 보고서 동정하는 눈물을 함께 흘리기도 하였지만 울음소리가 차츰 커져서 무슨 난리처럼 변하자 더이상 울게 놔둘 수가 없었다. 그러나 아무리 조용히 하라고 해도 그들의 울음소리에 묻혀버릴 뿐이었다.

할 수 없이 관원들과 내시들은 강제수단을 써서라도 떠드는 것과 울음소리를 금지시키려고 하였다. 나중에는 모든 관원들과 내시들이 몽둥이와 매를 들고서 이리저리 휘두르며 위협하였다.

"그쳐라, 당장 그쳐! 울음소리를 당장 그치고 눈물을 씻고 바른 자세로 서 있거라! 조금 있으면 어가(御駕)가 친림(親臨)하실 텐데 그때에 만일 이러한 거동을 들키면 매 맞고 엄벌을 면치 못할 것이다. 어서 당장 울음소리를 그쳐라!"

관원들의 이러한 위협과 말을 듣고서 처녀들은 울음소리를 내지 못하고 흐느끼면서 벌벌 떨고 있었다.

이때에 난아는 담담한 마음이 되어 오직 처참하고 복잡한 심정으로 이런 모습을 보고 서 있었다. 관원들이 위협하고 모든 처녀들이 벌벌 떨고 울지도 못할 때에 바로 난아의 곁에 서 있던 한 처녀가 여러 처녀를 이리저리 밀치고 앞에 나서더니 관원들을 향하여 반항하는 말을 하였다.

"우리들이 지금 가족과 이별하고 궁중으로 들어가는 것은 손톱만큼도 영광될 것이 없습니다. 백 사람이나 천 사람 가운데서 한두 사람이 설혹 임금의 사랑을 받는다 하더라도 그다지 행복한 것도 없고 그 밖에 백 사람이나 천 사람은 모두 감옥 아닌 감옥에서 영원히 사는 신세가 되고 마는 것입니다. 이제 이러한 운명을 가진 우리들로서 평생 가족과 헤어져 살아야 하는 이 마당에 서로 붙들고 우는 것은 당연한 일입니다. 살고도 죽은 목숨과 같은 우리로서 죽기도 무섭지 않거늘 그까짓 매 맞고 벌 당하는 것이 뭐가 무섭습니까? 그리고 이제 광동의 홍수전이라는 사람은 초야의 필부로서 광서에서 일어나 몇 해 되지도 않았는데 양자강 이남의 강산을 차지하고 드디어 남경에 들어가서 국도를 정하니 우리 청나라는 천하의 절반을 잃어버린 것입니다. 그런데 금상폐하께서는 지혜와 용맹을 갖춘 장수를 구하여 나아가 싸워 조종을 보호할 생각은 하지 않으시고 한갓 여색에 빠져 방종한 향락을 위하여 민간의 처녀들을 억지로 붙잡아다가 구중궁궐 속에 가둬두고 평생토록 하늘을 보지 못하게 하며 오직 자기 한 몸의 정욕만 채우고자 하며 종묘의 사직을 돌아보지 아니하니 이것이 참으로 임금으로써 행할 일입니까?"

그 처녀는 임금의 잘못과 나랏일의 위급한 것을 낱낱이 들어서 말하였다. 관원들은 그 처녀의 말을 듣고서 더욱 크게 놀라 어찌할 줄 모르고 오직 강제로 위협하였으나 그 처녀는 그럴수록 더욱 강경해 조금도 굴하지 않았다. 모든 사람은 그 처녀의 강경한 태도와 청산유수같이 퍼붓는 말에 놀라면서도 탄복하였다.

이렇게 처녀와 여러 관원들이 서로 말다툼하고 있을 때 나팔소리가 들리고 황룡 깃발이 날리면서 함풍황제의 어가가 친림하자 사방에서 만세소리가 일어나고 모든 사람은 좌우로 엎드렸다.

함풍황제의 어가가 별전으로 든 뒤에 관원과 내시들이 궁녀로 뽑혀온 모든 처녀 가운데서 합격된 여러 처녀를 함풍황제 앞에 배알시키는데 조금 전에 곤녕문 밖에서 반항하던 처녀를 포승으로 결박하여 함풍황제 앞에 꿇어앉히려고 하자 그 처녀는 여전히 반항하였다. 그러나 관원들이 그녀를 억지로 꿇어앉히고 전후 과정을 낱낱이 아뢰었다.

함풍황제는 그 처녀를 결박한 채로 가까이 불러 세우고 모든 연고를 물으니 처녀는 조금도 서슴지 않고 자기의 생각대로 말하였다.

"폐하께서는 종묘와 사직을 위하옵소서. 지혜와 용맹을 겸비한 인재를 널리 구하소서. 홍수전의 난을 속히 평정하시고 도탄 중에 있는 천하 만민을 건지심이 마땅하신 일인데 주색에만 빠져 이러한 난리 가운데서도 궁녀를 뽑아 들이는 것을 급한 일이라고 하심은 어진 임금의 할 바가 아닌가 하나이다."

아침술에 반이나 취한 함풍황제는 얼굴빛이 더욱 붉어지더니 다시 한참이나 무엇을 생각하다가 처녀를 향하여 말하였다.

"너는 참으로 기특한 계집아이로구나. 네가 이제 궁중의 궁녀로 있기를 원치 않는다면 네 마음대로 집으로 돌아가거라! 그리고 조정의 기밀한 일과 천하의 대사는 너와 같은 아녀자의 알 바가 아니니 함부로 말하지 말라."

그리고는 신하들에게 명을 내렸다.

"천하가 홍수전의 난으로 말미암아 불안한 때이니 궁녀를 뽑아 들이는 것이 그다지 급한 일이 아니다. 모든 처녀들을 각각 제 집으로 돌려보내라!"

함풍황제의 이러한 두 가지 명에 대하여 늙은 태감(太監, 내시)들과 신하들이 일제히 아뢰었다.

"요망한 어린 계집아이가 감히 조정과 나랏일에 시비를 말하며 더욱이 폐하의 성덕에 대해 함부로 말한 것은 중죄이옵니다. 그 죄를 용서할 수 없으니 국법으로 처벌하는 것이 마땅할 것입니다. 그리고 모든 처녀를 각각 제 집으로 돌려보내라시는 명은 폐하께서 요망한 계집아이의 말을 들으시고 조종으로부터 내려오는 국법을 변경하는 것으로 그러한 전례가 없사옵니다. 하여 신 등이 그대로 따를 수가 없사옵니다. 황송하오나 이 두 가지 명을 도로 거두어 주시옵소서."

신하들은 함풍황제의 두 가지 명을 따를 수 없다고 하였다. 이때 함풍황제는 너무 기가 막혀서 한참이나 말없이 좌우에 있는 모든 태감과 시위한 신하들을 보다가 한숨을 길게 내쉬더니 다시 하명하였다.

"너희들은 요망한 계집아이라고 말한다마는 짐은 그리 생각하지 않는다. 너희들 가운데 저 계집아이만한 자도 없을 뿐더러 너희들은 툭하면 전례에 있느니 없느니 하고 사리는 돌보지 아니하니 나라는 분명 전례만 찾는 사람들 손에 망하고야 말 것이다. 이제 저 계집아이는 곱게 제 집으로 돌려보내되 만일 털끝만큼이라도 위협하거나 해를 가했을 때는 짐이 그런 자는 용서하지 않고 엄벌할 것이다. 그리고 모든 처녀들을 이대로 제 집으로 돌려보내는 것이 전례에 없는 일이라고 하니 그렇게 할 수는 없더라도 다만 궁중에 있기를 소원하는 자들만 두고 그 밖에 모든 처녀는 돌려보내라! 이 두 가지에 대하여 다시 말하는 자가 있으면 엄벌에 처할 것이다."

그리고는 함풍황제는 당황하고 서 있는 신하들을 뒤로 한채 내전으로 들어갔다.

그렇게 엄중한 명을 받은 관원과 내시들은 그 처녀는 명대로 곱게 돌려보내고 그 밖에 모든 처녀는 얼굴이 잘생기지 못한 자만 제 집으로 돌려보내고 얼굴이 고운 자는 모두 그대로 두었다.

난아도 궁중에 남게 된 처녀 가운데 한 사람이 되고 난아가 평소에 공상하던 궁녀의 생활은 이날부터 시작되었다.

함풍제가 새로 뽑아온 궁녀들의 배알하는 예를 받으려고 곤녕문 밖에 거동하였다가 궁녀로 뽑혀온 한 처녀가 태평천국이 남경을 점령하고 천하가 뒤집혔다고 말한 것과 임금이 주색에만 빠져 향락을 일삼는 잘못과 그 밖에 모든 것을 낱낱이 말하여서 함풍제가 불쾌한 기색을 가지고 내전으로 돌아갔다는 소문이 첫째로 궁중에 퍼지고, 둘째로 모든 왕공과 대신들 집에 퍼지더니 급기야 북경 전역에 퍼졌다.

내전으로 돌아간 함풍제는 황후궁에 들렀으나 그때까지도 불쾌한 기색이 없어지지 않고 한참이나 아무 말도 없이 얼빠진 사람 모양으로 눈만 멍히 뜨고 황후와 좌우의 시녀들만 돌아보았다.

"너희들은 모두 물러가거라!"

좌우의 시녀들을 내보낸 뒤에 한참 있다가 한숨을 길게 쉬며 황후를 향하여 말했다.

"짐이 밝지 못하여 이친왕과 정친왕과 숙순 같은 세 사람의 말만 믿다가 이제 양자강 이남의 천하를 잃어버리고 국가가 위급한 것도 알지 못하고 있다가 오늘에야 뜻밖에 조그마한 한 처녀의 입에서 말을 들었으니 참으로 후회막급이오."

함풍황제는 다시 한숨을 길게 쉬고 머리를 숙이고 무엇을 생각하고 있었다.

황후는 부드러운 목소리로 함풍황제를 위로하였다.

"한때의 잘못이야 사람마다 저지를 수 있습니다. 그리고 천하의 형세가 이렇게 된 것은 폐하의 잘못이 아니고 역시 국운이 잠깐 불행한 까닭이니 너무 상심하시지 마시고 내일부터라도 모든 왕공대신들과 상의하셔서 모든 일을 잘 처리하시면 그만인가 합니다."

황후는 한편으로는 위로하면서 다른 한편으로는 임금이 내일부터라도 주색에 빠지지 말고 국사에 전력하기를 은근히 말하였다.

함풍제는 고개를 들어 황후를 바라본 뒤 또 한숨을 쉬었다.

"왕공과 대신들이라는 무리가 모두 짐을 속이고 짐이 무엇을 걱정이라고 하면 다만 폐하의 성덕으로 천하가 태평할 것이니 너무 걱정할 것이 없다 하오. 어느 누구도 오늘 보던 처녀만큼 바른말 하는 자가 없으니 누구를 믿고 나랏일을 할 수 있겠소. 지금 있는 자들을 모조리 내쫓고 새로이 사람을 구하기 전에는 안 될 줄로 생각하는데……."

황후는 함풍제가 무슨 말을 더 하려고 하자 깜짝 놀라면서 더 말하지 못하도록 눈짓하며 머리를 가만히 흔들었다. 그리고는 나직한 목소리로 가만히 임금의 귀에 들릴 정도로 말하였다.

"폐하께서는 국가의 크나큰 일을 그렇게 경솔하다 싶을 정도로 아무 기탄없이 말씀하십니까? 만조백관을 모조리 내쫓는다는 것은 결코 쉬운 일이 아닙니다. 하물며 지금 있는 왕공과 대신들이 모두 몹쓸 인물들도 아닐 것이고 설혹 모두 몹쓸 무리라 하더라도 일시에 내쫓을 수도 없으니 오직 그 가운데서 옳은 사람을 골라서 쓰셔야 합니다. 이 또한 폐하의 마음속에만 두시고 절대로 밖으로는 말을 내지 마시기 바랍니다."

황후는 함풍제에게 더 가까이 다가앉아 귀에 대고 말했다.

"군기대신 백준은 대신들 가운데서 가장 자격과 명망이 높은 사람이며 성질이 강직하오니 모든 일을 상의하시고, 호부상서 주조배도 가장 청렴한 사람이라 하오니 국가의 재정은 그에게 맡겨서 처리하심이 좋을 듯합니다."

함풍제도 머리를 끄덕끄덕 하면서 황후의 말을 듣다가 나중에는 황후의 말에 동의하였다.

"짐도 그 두 사람을 그렇게 생각하였소."

함풍제의 말이 끝나자 황후는 큰 목소리로 말했다.

"요망스러운 계집아이의 말을 들으시고 상심하실 것은 없사옵니다. 국사를 왕공대신들과 상의하셔서 처리하시는 것이 옳은 줄 아옵니다."

다시 시녀들을 불러들이고 수라상을 들이고 술을 권하여 아무 걱정도 없는 것처럼 하였다. 그러나 겉으로 내색하지 않았지만 황후의 가슴에는 걱정이 태산 같았고 방금 걱정에 한숨을 오르내쉬던 함풍제는 모든 걱정이 없어졌는지 술에 취하고 말았다.

조금 전까지 자기가 주색에만 빠지고 향락만 일삼다가 국사가 잘못된 것도 알지 못한 것을 후회하던 함풍제는 또다시 취흥을 못 이겨서 궁중에다 한밤중에 잔칫상을 차리고 어전풍류로 밤새도록 향락에 빠져 지내니 천하의 대난은 꿈 밖이었다.

이런 사태는 함풍제에게만 국한된 것이 아니라 이친왕, 정친왕, 숙순 등도 마찬가지였다. 그들이 곤녕부 밖에서 생긴 일의 전말과 궁중에서 함풍제와 황후 사이에 무슨 이야기가 있었다는 것까지도 정탐하여 알아보고 한참 동안 세 사람이 마주 앉아서 크게 걱정하였다. 그들의 걱정은 태평천국이 남경까지 점령하고 나랏일이 잘못되어 가는 데 대한 걱정이 아니라 자기들이 지금까지 임금을 속여온 것이 발각되어 임금을 뵐 낯이 없다는 것과 까딱 잘못하면 자기들의 세도가 떨어질 것이 걱정이었던 것이다.

이친왕이 먼저 국가의 위급을 말한 처녀를 욕하며 원망하였다.

"대체 고 요망스러운 년은 어디서 난 년이야? 그년이 누구의 딸년이며 무엇을 하던 년이길래 그렇게 당돌하단 말인가?"

정친왕 단화는 이친왕의 말을 받아 그 처녀보다도 내시를 원망하였다.

"그년은 어떤 기병 교위의 딸년으로서 집은 구차하지만 글자나 얻어 읽은 덕에 동네 어린아이들을 모아놓고 글도 가르치고 바느질품도 팔던 년이랍니다. 그년도 그년이지만 대관절 내시놈들이 그년을 어전까지 데리고 간 것이 잘못된 일이지요."

숙순은 한참이나 무엇을 생각하고 있다가 정친왕의 말이 끝나자 말하였다.

"저마다 제 할 일은 하지 못하고 남만 원망하면 무슨 소용이 있소? 그리고 지금 앉아서 쓸데없이 남만 원망하고 있을 때가 아니라 어떻게 폐하의 마음을 돌릴 것인지 그 궁리를 해야 할 것이오."

또한 숙순은 자기가 기민하게 그 일을 처리한 것을 자랑 삼아 말하였다.

"내가 아까 그 소문을 듣고서 태감(환관의 우두머리) 안득해(太監 安得海)를 불러서 저녁 수라를 잡수실 때 될 수 있는 대로 술을 많이 잡수시도록 하고 어전풍류로 폐하의 마음을 풀어드리라고 하였소."

정친왕과 이친왕은 숙순의 기민한 조처를 칭찬하고 또다시 어찌하면 앞일을 잘 조처할 것인지 알고 싶은 표정으로 숙순의 얼굴을 쳐다보았다.

"오늘 저녁 일은 그렇게 하면 잘된 것이지만 그것만 가지고는 안심할 수가 없으니 앞일을 어찌하면 좋을까?"

숙순은 두 사람을 일이 닥치면 아무것도 못할 바보라고 속으로 생각하면서 자기가 생각한 것을 대강대강 말하였다.

"암만 생각하여도 군기대신 백준과 호부상서 주조배는 우리의 말을 잘 듣지 아니하니 조처하여야 하겠고 그러자면 내가 궁중에 들어가서 궁중의 대소사를 총괄하고 감독하여야 하겠소."

정친왕과 이친왕도 그 말이 옳다고 하면서 어찌하든지 그렇게 하기로 결정하였다. 궁중에서 수라상이 오르고 어전풍류로 향락이 넘칠 때 이친왕부에서도 저녁잔치가 벌어지고 기생과 광대의 풍류에 늘어졌다. 정친왕이 처음 보는 기생 하나를 가리키면서 난아의 말을 끄집어내었다.

"저년이 꽤 어여쁘고 똑똑한데. 우리가 상림춘 요리점에서 보던 난아와 얼굴이 비슷하게 생겼는 걸!"

'난아'라는 말에 이친왕이 한숨 쉬면서 말했다.

"난아와 같은 미인이 어디 다시 있겠소."

숙순이 이친왕을 쳐다보며 빈정거렸다.

"형님! 지금까지 난아가 어떻게 됐는지 알지 못하시고 외기러기 짝사랑만 하시우?"

이친왕이 깜짝 놀라면서 숙순에게 물었다.

"난아가 어찌되었다니! 그게 무슨 말인가?"

숙순이 웃으면서 난아가 궁녀로 들어간 전말을 이야기했다.

"난아는 얼마 전에 내게 편지하고 궁녀 명부에 올랐다고 하더니 오늘 안득해의 말을 들으니 궁녀로 뽑혀서 궁중에 들어갔다고 합니다."

이친왕은 난아가 궁녀로 들어가게 된 것을 아우 숙순에게 대강 듣고 더 묻고 싶으나 형이라는 체면과 좌석이 풍류 속에 잠겨서 더이상 묻지 못하였다.

질탕한 풍악 소리와 취흥을 못 이겨서 저절로 나오는 "얼씨구나! 좋구나!" 하는 소리와 멋들어지고 간들어지게 웃는 젊은 계집들의 웃음소리가 함풍황제의 궁궐과 이친왕의 부중에 가득차고 넘치는 그날 밤에 울음소리와 한숨소리와 탄식하는 소리가 나는 곳이 그보다 더 많았다. 금지옥엽 사랑하던 딸이나 누이를 하루아침에 궁녀로 보내고서 울고 탄식하는 집이 북경성에도 몇 백 집이 되며, 가족과 생이별하고 깊고 깊은 구중궁궐 속에서 살아야 하는 궁녀로 뽑혀간 처녀들의 한숨소리가 이 방 저 방에서 끊임없이 새 나왔던 것이다. 난아도 그들과 섞여 한숨을 쉬고 있었다. 그러나 난아는 자기를 원망할지언정 어느 누구도 원망할 수가 없었다. 어머니와 동생과 애인 영록과 이웃 사람들까지 말리는 것을 자기가 고집하고 자청해서 된 궁녀라 아무도 원망할 사람이 없었다.

남들은 궁녀 명부에 오르는 것을 피하려고 별별 수단을 모두 동원하는 때에 자기는 궁녀의 명부에 오르지 못할까 근심하여 어머니와 동생까지도 속여가면서 남 몰래 숙순에게 궁녀로 들어가도록 힘써 달라는 편지도 보내고 관청에 찾아가서 궁녀 명부에 올려달라고 자청하던 것을 생각하였다. 난아는 그날 낮에 보고 들은 모든 것을 생각하며 그 밤중에 평생 처음으로 만난 몇 처녀와 같은 방에서 각각 자기의 신세를 한탄하면서 한숨 쉬고 눈물짓는 것을 볼 때 난아는 제 혼자 스스로를 꾸짖고 책망하지 않을 수 없었다.

"나는 확실히 미친 계집애다. 부모와 동생도 모르는 무정한 계집애야. 그렇게 원하던 궁녀로 들어와 보니 무슨 별 수가 있느냐?"

자책의 말로 스스로를 꾸짖고 책망도 하였다. 그러다가 다시 생각을 돌려서 자기를 스스로 위로하였다.

"더 이상 쓸데없는 공상은 하지 말자. 한탄도, 후회도, 자책도 모두가 무용지물이야. 궁녀가 된 이상 오직 궁녀로 할 도리나 잘 하는 것이 상책이야. 갑자기 뾰족한 수가 생기는 것도 아니고, 이렇게 평생을 지내도 할 수 없는 일이다. 아무쪼록 내 마음을 내가 위로하면서 몸이나 상하지 않도록 지내는 것이 좋겠어."

난아는 곁에서 눈물짓고 한숨 쉬는 궁녀들을 향하여 말했다.

"너무 상심하지들 말고 우리 재미나는 이야기라도 하면서 서로 위로하고 지냅시다. 이제는 우리가 모두 궁녀의 신세가 된 이상 궁녀 노릇이나 잘 하면 되잖아요."

그러나 여러 동무들은 난아의 말에는 대답하지 않고 내시와 관원들을 원망하고 저주하면서 욕하였다.

"폐하께서 제 집으로 가기를 원하는 사람은 모두 돌려 보내라, 하신 것을 그 몹쓸 내시 놈들과 관원 놈들이 무슨 까닭에 이렇게 잡아들였냐 말이야?"

이때 밖에서 내시 한 사람이 들어오면서 여러 처녀를 한 번 둘러보고 난아를 향하여 말했다.

"처녀가 예허나라라는 처녀인가?"

난아는 그 내시가 자기를 아는 것이 이상하기도 하고 겁도 났지만 태연하게 대답했다.

"네! 제가 예허나라입니다."

"나는 태감(환관의 우두머리. 내시라고도 함) 안득해라는 사람이네. 누구의 부탁으로 한 번 들러본 것이오."

"누구의 부탁을 받았다니 부탁한 분이 누구신가요?"

"궁녀로 들어오려고 누구에게 편지한 일이 있지요? 그 사람의 부탁이오. 좌우간 안심하고 잘 지내시오! 종종 오리다."

안득해는 밖으로 다시 나가 버렸다.

난아는 안득해가 숙순의 부탁을 받고 온 것을 짐작하고 그만해도 자기의 앞길에 무슨 희망이 있는 것처럼 생각되었다. 다른 처녀들은 무슨 벌이나 받을까 싶어 겁내고 잠도 자지 못하였다.

새벽에 잠시 동안 내린 눈이 자금성의 황기와 이친왕부의 청기를 덮었고 북경을 은세계로 만들었다. 아침밥 짓는 연기가 이 집 저 집에 나기 시작하고 조양문 위에 올라선 아침 햇살이 퍼지게 될 즈음 눈이 녹기 시작하였다.

밤새도록 어전풍류를 즐기던 함풍제는 황후궁에 들어서야 비로소 잠이 들고 그가 신임하고 사랑하는 신하 숙순과 이친왕과 정친왕도 밤새도록 질탕한 풍류 속에서 놀다가 그때에야 잠이 들었다.

그러나 그들은 오래도록 단잠을 잘 수도 없었다. 임금이 새로이 궁녀 몇 백 명을 궁중에 맞아들인 것이 나라에 큰 경사라고 해서 문무백관이 임금에게 하례하는 전례와 임금은 문무백관에게 잔치를 베풀어주는 전례가 있기 때문이다. 이러한 전례는 함풍제와 이친왕 등에게 반갑지 않은 행사였다. 이친왕, 정친왕, 숙순 등은 달게 자던 잠을 깨어서 피곤을 못 이기며 눈을 비볐다. 먼저 이친왕이 그 전례를 원망하고 투덜거렸다.

"경칠 놈의 전례! 무슨 놈의 전례가 이다지도 많은고? 사람이 잠이나 좀 자야 살지 참말 귀찮은 노릇이야!"

아우 숙순도 피곤하였으련만 그다지 피곤한 기색이 없이 형의 말을 듣고서 눈을 한 번 위로 떠서 형을 쳐다보다가 말했다.

"형님! 딱도 하시우! 우리만 밤잠 못 자고 피곤한 줄 아시우? 폐하께서도 잘 주무시지 못하였을 것이오! 이 전례를 치른 뒤에는 궁녀를 뽑아온 것이 잘못이라는 말도 못하게 될 것이니 이 전례만은 피차에 피곤한 가운데서 어물어물 하면서 넘겨 보내는 것이 상책이지요!"

정친왕은 눈도 잘 뜨지 못하고 앉아서 머리만 끄덕끄덕 하다가 숙순의 말을 듣고서 눈을 떠 두 사람을 보면서 서둘러 일어났다.

"참말 그렇지! 폐하께서도 피곤하였을 테니 모든 예식을 얼른얼른 치러서 다른 말이 나오지 못하도록 하는 것이 제일이야! 자, 어서 세수나 대강대강하고 대궐로 들어갑시다."

이날은 이른 아침부터 천안문(天安門, 대궐 정문) 앞에 문무백관이 모여서 시간되기만 기다리고 있었다. 이친왕과 숙순 등의 일행이 천안문 앞에 당도하자 천안문은 좌우 협문이 열리면서 문무백관은 반열과 품위를 따라서 대궐로 들어갔다.

문무백관이 대궐로 들어간 뒤에 조금 있다가 함풍제가 황극전(皇極殿)에 나와 용상에 앉자 문무백관이 하례를 드리고 "성수만세" "태평만세" 하면서 만세 부르는 소리가 자금성을 진동하였다.

만세소리가 있은 뒤 얼마 되지 않아서 며칠 전부터 준비하고 차려 두었던 궁중의 잔치가 벌어지고 어전풍악소리가 높아져서 대궐 밖까지 들리게 되었다.

함풍제와 문무백관이 태평성대의 향락을 자랑하는 그날의 잔치가 끝난 뒤에 각각 흩어져서 자기의 처소로 돌아갔다. 물론 그들은 서로서로 친한 사람끼리 한 떼가 되어 어디론가로 돌아갔다.

군기대신 겸 대학자 백준과 대학사 가정교 호부상서 주조배와 형부상서 조광함 등이 한 떼가 되어서 어디론가 가는데 그들은 숙순 등의 이목을 피하기 위하여 가만히 약속하고 흩어져 갔다. 그들은 임금이 어제 분노하셨다는 말을 듣고 무슨 특별한 하명이 있을 것이라 기대했으나 아무 일이 없자 낙담하고 어디든지 모여서 위급한 나랏일을 의논하려고 한데로 간 것이다.

그리고 숙순과 이친왕 등은 그날을 아무 탈도 없게 지낸 것을 다행히 여기고 또다시 이친왕부에 몰려가서 뒷일을 어찌하면 잘 처리할 것인지를 상의하고 지난밤부터 놀아오던 향락이 아직도 부족하였는지 또다시 계속하여 좀 더 잘 놀아 보자고 하였다.

함풍제는 여러 신하가 숙순의 말을 옳다고 하는 것을 듣고서 한참이나 무엇을 생각하다가 물었다.

"숙순의 말이 한족을 중용하여 군전(軍銓)까지라도 맡기라고 하는데 한족에게 군권을 맡긴 전례가 없으니 어찌하면 좋은가?"

"지금 만족과 한족을 구별하는 전례만 찾을 때가 아닙니다. 폐하께서는 만족과 한족을 합한 사억만 전체의 폐하옵니다. 홍수전이 일어난 것도 조정에서 만주족과 한족을 구별하는 데 큰 원인이 있습니다. 그 원인을 없애기 위해서라도 한족에게 군권까지 주시는 것이 옳은 줄로 생각합니다."

함풍제도 모든 일에 전례만 찾는 것을 미워하던 터라 숙순의 말을 옳다고 여겼다.

"경의 말이 옳다. 짐은 사억만 전체의 임금이고 만주 사람의 임금만은 아니다. 전례만 찾을 것은 아니다."

그리고 중국번, 좌종당 등에게 군권을 주어서라도 난리만 속히 평정하기로 결정하고 군비로 재정의 변동을 의논하게 되었다.

호부상서는 과거에 급제한 사람에게 의연(義捐, 사회적 공익이나 자선을 위해 돈을 내는 것.)을 받자 하고 예부시랑 도량은 강희 때의 전례를 따라서 문과 생원에게는 은 백 냥, 무과 생원에게는 은 오십 냥씩 의연을 받자고 하여 벼슬을 팔아서라도 군비를 쓰자는 의견이 나왔다. 그 다음에는 내부에 있는 금종을 녹여서 쓰자는 의견이 있어서 모두 그리하기로 결정하고 황종 두 개와 태촉 한 개까지 녹이게 하였으니 그것은 모두 건륭 55년에 만들었던 보물들이었다. 그와 같이 궁중의 보물까지 녹여 쓰게 되는 판인데도 이 돈이 군비에만 모두 사용되는 것이 아니라 숙순과 정친왕 등의 주머니 속으로도 들어갔고 함풍제를 향락에 빠지도록 하는 비용으로도 적지 않게 쓰였던 것이다.

모든 일을 숙순의 말대로 하기로 결정한 함풍제는 또다시 "천하는 태평이고 짐은 향락이나 즐기자." 하는 생각으로 향락에 빠져들었다.

함풍제는 자기의 향락을 위하여 자금성 궁중에 있기를 원하지 않고 원명원(圓明圓)이라는 별궁에 있고자 하였다. 이것은 함풍제만이 아니라 청나라 역대 모든 임금이 향락을 위해서는 궁중보다 원명원에 있고 싶어 했다. 그 까닭은 궁중의 규칙이 향락을 즐기기에 만족스럽지 못한 까닭이었다.

원래 궁중의 규칙으로 말하면 임금이 잠자고 일어나고 옷 입고 음식 먹고 걸어 다니는 데 모두 일정한 규칙이 있어서 그것을 지키지 않을 수가 없는 것은 물론이고 임금이 자기가 원하는 어떤 귀비나 궁녀를 가까이 하는 데 더욱 심한 규칙이 있었다.

예를 들어 임금이 어떤 귀비의 방에 가서 밤을 지내려고 하면 반드시 황후의 승낙을 얻어서 황후의 어보가 찍힌 승낙서를 가지고 가야만 했다. 만일 그 승낙서가 없으면 임금이 귀비 방에 갔더라도 문 닫고 임금을 들이지 않는 것이 궁중에 전해 내려오는 규칙이다. 그 때문에 임금은 승낙서를 얻기 위하여 여간 힘을 들이는 것이 아니다. 만일 황후가 끝내 승낙하지 않으면 임금은 자기가 원하는 귀비 방에 들어갈 수가 없었다.

그리고 궁녀에게도 여러 가지 계급이 있어서 보통 궁녀는 임금 앞에 가지도 못하였다. 궁녀의 계급은 보통 궁녀 위에는 상재(常在)라는 궁녀가 있어서 임금의 앞에서 항상 무슨 심부름이나 하는 것이고, 그 위에는 빈(嬪)이라는 궁녀가 있고, 빈 위에는 귀빈이라는 궁녀가 있어 이 계급부터 황후의 승낙을 얻어서 임금과 함께 자게 되는 것이다.

그리고 귀빈 위에는 귀비(貴妃)가 있고 귀비 가운데도 황귀비(皇貴妃)라는 계급이 하나 더 있어 서로서로 사이에 차별이 심하였다.

그런데 임금이 만일 귀비 이하의 궁녀를 가까이 하자면 절대로 궁녀 방에 가지 못하고 임금의 침전으로 불러와야 했다. 경사방(敬事房 청나라 때 유일한 환관 기구) 태감이라는 내시들이 그 규칙에 따라서 거행하였다.

만일 임금이 황후와 동침하게 되는 때에는 경사방 태감이 아무 해 아무 달 아무 날에 황제와 황후, 양 폐하가 동침하셨다고 기록하고 황후 외의 것은 보통 사람으로는 생각할 수도 없는 이상한 절차를 따라야 했다.

경사방 태감은 날마다 임금이 저녁 수라를 잡수실 때에 녹색으로 만든 골패 쪽과 같은 패 속에 궁녀의 이름을 쓴 것을 은 소반에 십여 개 혹은 수십 개를 담아가지고 저녁 수라상과 함께 임금에게 드렸다가 임금이 수라를 끝낸 뒤에 태감이 꿇어앉아 임금이 모든 이름 쓴 패를 보시도록 한다.

임금이 궁녀를 원치 않으면 태감에게 "가거라!" 하는 한 마디 말을 하고, 만일 어떤 궁녀를 원하면 그 궁녀의 이름이 쓰여 있는 패쪽을 집어서 엎어놓는다.

그러면 태감은 패쪽을 가지고 황후의 승낙을 얻어서 다른 태감에게 내준다. 다른 태감은 그 패쪽을 가지고 가서 그 궁녀를 업어 오되 궁녀의 옷을 벗겨 아무것도 입히지 않은 알몸뚱이를 큰 두루마기에 싸서 업어오는 것이다.

그때 임금은 먼저 자리에 누워 있는다. 궁녀는 아무것도 입지 않은 알몸으로 임금의 방에 들어가서 임금을 모시게 되는 것이다.

경사방 태감은 문 밖에 서서 기다리다가 시간이 오래 되면 큰 목소리로 "벌써 시간이 되었습니다."고 말한다. 그래도 임금이 응하지 아니하면 두세 번 소리를 지른다.

그리하여 태감은 다시 그 궁녀를 큰 두루마기에 싸서 업고 가되 두목 되는 태감이 임금 앞에 꿇어앉아서 "그대로 두오리까? 마리까?" 하고 묻는다. 임금의 대답대로 시행하되 만일 임금이 두지 말라 하면 궁녀의 자궁 속에 든 정수(精水)를 나오도록 하고, 임금이 그대로 두라고 하면 태감은 '아무 궁녀는 아무 달 아무 날에 임금의 은총을 받았다'고 기록하여 두는 것이다. 이것은 물론 궁녀가 임신하면 증거가 되는 것이다.

이런 규칙과 절차는 명나라 때부터 있던 궁중 규칙이라고도 하고 청나라 세종(世宗) 황제가 궁녀의 손에 암살된 이후 궁녀가 임금의 방에 들어갈 때에는 옷도 입지 못하고 알몸으로 들어가게 되었다고 하는데, 청나라에서는 세종황제 이후에 시행된 규칙이다.

이러한 종류의 궁중 규칙을 지키지 않고 임금이 자기 마음대로 즐기기 위해서는 자금성이라는 엄격한 규율이 있는 궁중을 떠나서 원명원이라는 별궁으로 옮기면 가능했다.

원명원이나 그 밖에 다른 별궁에서는 그러한 모든 규칙을 굳이 지킬 필요가 없었다.

함풍황제처럼 향락으로 한 평생을 보내기로 작정한 임금에게는 자금성의 궁궐이 지옥같이 생각되고 원명원이라는 이궁

(離宮)이 극락세계처럼 느껴졌을 것이다. 그러므로 함풍황제는 자금성에서 새해를 맞이하고 그 해 섣달까지 원명원에서 자기 마음대로 향락하는 가운데 세월을 보냈던 것이다.

원명원은 명나라 때 척신 왕위(戚臣往偉)란 사람의 집터였다. 북경 평측에서 이십 리가 되며 장춘원의 서편과 창원의 북편에 있다. 청나라에서는 세종황제의 잠저(황제가 되기 전에 살던 곳)로서 그 뒤에 크게 확장하고 수리하였으며 건륭황제 때에 몇 억만의 비용을 들여서 건축을 하였는데 해령의 안란원과 오현의 사자림과 항주의 소유천원 등을 모방하여 주란화각(珠欄畵閣)과 기암괴석과 온갖 화초와 수많은 상서로운 동물들을 모두 구비한 것이다.

# 동음심처의 난아

 서양 사람의 천주교를 국교로 하고 천주교의 이상과 서양 사람의 힘을 빌어 중국 땅에서 만주 사람이 세운 청나라를 거꾸러 뜨리며 한족의 새 나라를 세우는 것이 태평천국의 홍수전이나 양수청 등의 이상과 사업이라면, 차라리 만주 사람의 종노릇을 하며 한족의 새 나라를 영원히 못 세울지언정 신성한 공맹(孔孟)의 유교가 서양 오랑캐의 천주교에게 배척당하는 것은 차마 볼 수가 없다고 하여 청나라를 위하여 의병을 일으켜 태평천국에 대항하려는 것은 중국번, 좌종당, 이택남, 이홍장, 팽옥린, 낙번장 등의 여러 사람들이었다.
 이 사람들은 모두가 한족으로서 만주 사람이 세운 청나라의 중흥공신이 된 사람들이다. 그들은 한결같이 공맹의 유교를 옹호한다는 방패를 들고 태평천국에 대항하였다.

낙번장이라는 사람은 광동성 회현 사람으로 홍수전과 동향이다. 어릴 때에 한글 방에서 함께 글을 읽었는데 홍수전이 매일 말하였다.

"내가 크면 반드시 만주 사람을 중원에서 몰아내고 우리 한족의 새 나라를 세울 것이다."

그러나 낙번장은 반대하였다.

"네가 만일 그러한 혁명을 일으킨다면 나는 만주 사람들의 힘을 빌어 너를 거꾸러뜨리고야 말 것이다."

"너까짓 자식이 나를 쳐서 거꾸러뜨린다는 것은 하룻 강아지 범 무서운 줄 모르는 소리이다."

"내 혼자 힘이 모자라면 모든 힘을 모아서라도 해내고 말 것이다."

낙번장은 이러한 말로써 아이 때부터 홍수전에게 대항하던 사람이다.

그러한 사람들이 호남과 광동과 광서와 호북 등 여러 곳에서 일어나서 의병을 모아 홍수전에게 대항한 것이 북경에 있는 청나라의 함풍제와 그의 신하 숙순과 이친왕, 정친왕 등으로 하여금 안심하고 향락을 계속하게 한 것이다.

밤새도록 취한 술이 채 깨지 않은 함풍제가 황후의 충성스럽게 간하는 말에 의지하여 간신히 전각에 나와서 여러 신하들의 조회를 받았다.

"짐이 들은 바에 의하면 홍수전의 난이 점점 커져서 양자강 이남이 모두 위급하다고 하니 어찌된 일인가?"

모든 신하가 침묵한 채 이친왕과 숙순의 눈치만 보고 있을 때에 정친왕 단화가 아뢰었다.

"홍수전의 난은 말씀대로 점점 커져서 양자강 이남이 요란하게 된 것만은 사실이오나 폐하의 성덕으로 각처에서 의병이 일어나 관군과 합병하여 적을 토벌하는 중이오니 그다지 큰 근심은 아닌 줄로 생각합니다."

단화의 말이 끝나자 군기대신 백준이 아뢰었다.

"광서 한 모퉁이에서 일어난 난리가 이제는 중원에까지 미쳤사오니 큰 근심이 아니라고 할 수도 없습니다. 오직 폐하와 여러 신하가 정신을 가다듬고 한 마음 한 뜻으로 이 난리를 평정하기에 전력하지 않으면 장차 국가에 큰 우환이 될까 우려되옵니다."

함풍제는 머리를 끄덕끄덕 하면서 백준의 말을 다 옳다 하였다.

그러자 숙순이 아뢰었다.

"이제 나랏일이 이 지경에 이르러서 한갓 근심이 된다고 말만 하고 걱정만 하는 것은 소용이 없고 오직 난리를 속히 평정할 방책을 세우는 것이 중요한 줄로 아뢰옵니다. 제 소견으로는 나라에서 사람 쓰는 것을 이전과 같이 만주 사람만 쓰지 말고 한족 가운데서 폐하께 충과 의를 가진 사람을 중용하시면 폐하의 마음을 어지럽히는 난리를 금방 평정하리라고 생각됩니다. 그런데 다만 한 가지 걱정되는 것은 군비로 쓸 재정이 궁색하다는 것뿐이옵니다."

여러 신하는 숙순의 말이 옳다 칭찬하면서 한결같이 아뢰었다.

홍수전의 난리를 숙순과 여러 신하들의 방책대로 평정하기로 한 함풍제는 내전에 들어가서 황후와 함께 원명원으로 옮겨 나가기로 하였다.

"이제는 정월도 다 지나고 이월이 되었으니 완전한 봄날이라 원명원에 가서 가을까지 지냅시다."

황후는 함풍제가 또 다시 나랏일에는 정성이 없고 원명원이라는 향락장으로 가자는 말만 하는 것을 듣고 하도 기가 막혀 한참이나 임금의 얼굴을 바라보았다.

"폐하께서 오늘 여러 신하들과 홍수전의 난리를 어떻게 평정하기로 작정하셨는지요?"

임금의 묻는 말에는 대답하지 않고 자기가 걱정되고 궁금하던 것부터 물었다.

함풍제는 황후의 말을 듣고서야 비로소 전날의 한 바를 깨달았다.

"옳지! 짐이 그 말부터 하자던 것을 잊었구려! 오늘 여러 신하들의 말을 낱낱이 들어보니 모두 걱정만 하고 오직 숙순과 정친왕 단화만이 해결 방법을 내놓았소. 결국 여러 신하들도 그 의견이 옳다고 하기에 짐도 그리하기로 작정하였소."

황후는 다시 여러 가지 걱정되는 바를 말하고자 하다가 혹시 임금의 마음을 상하게 하고 화를 돋울까 하여 그만두었다.

"폐하께서 원명원으로 나가시는 것이야 그다지 큰 문제가 될 것이 없지만, 오직 나랏일이 바쁘신 때에 행여 국정에 폐해가 있을까싶어 걱정입니다."

그리고 한 마디로 은근히 임금에게 원명원으로 나가지 않는 것이 옳은 것임을 말했다. 그러나 원명원을 극락세계로 생각하는 함풍제에게는 그 말이 귀 뒤로 들리고 오직 원명원으로 나가기 위하여 황후의 말을 따르듯이 말했다.

"그렇고 말고! 원명원에 나가더라도 매일 대신들과 국정을 토론할 것이오. 숙순은 일이 있거나 없거나 하루 한 번씩 와서 모든 일을 주달한다고 하였으니 국정에는 조금도 폐해가 없을 것이오. 그리고 황후도 숙순을 통하여 종종 물어보시도록 하시오."

황후도 임금의 마음을 그 이상으로 더 돌릴 수가 없다는 것을 깨닫고 우선 함풍제의 소원대로 하기로 동의하였다.

그 뒤 며칠 만에 함풍제는 황후와 모든 귀비와 궁녀와 내시들을 데리고 원명원으로 옮겨 나왔다.

난아도 함풍제의 어가를 따라서 원명원으로 함께 나갔다. 원명원에 들어간 난아는 동음심처(桐蔭深處)라는 곳을 맡는 궁녀의 직분을 맡게 되었다. 원명원 가운데는 여러 가지 놀이터와 경처가 있는데 곳곳마다 궁녀와 내시를 두어서 맡아 지키게 하였다. 그리하여 난아의 차례에 온 것이 동음심처라는 곳이다.

동음심처는 봄이나 가을보다도 여름 놀이에 적당한 곳이다. 글자 그대로의 뜻과 같이 오동나무 잎이 늦은 여름 이른 가을에 한창 커져서 피서하려는 사람은 누구든지 그 깊은 그늘 속으로 모여들 만큼 깊은 숲속 같다. 원명원을 향락장으로 또는 피서지로 생각하는 함풍제에게는 이곳 원명원 가운데서도 가장 중요한 곳의 하나이다.

궁중에 들어간 지 며칠 안 된 난아가 이 곳에서 일하게 된 것은 그다지 쉬운 일은 아니었다.

남달리 뛰어난 외모와 사람 다루는 능란한 수완을 가진 난아라 할지라도 이와 같이 중요한 곳을 맡게 된 것은 단순히 난아

개인의 능력이라기 보다 숙순과 안득해의 힘이 적지 않았다.

다른 궁녀들은 이곳에 오려고 몇 해 동안을 별별 청을 하여도 오지 못하던 곳이다. 그런 곳을 난아가 맡게 된 것은 앞길이 뻥 뚫린 것이라며 모두들 부러워 하였다. 난아 자신도 그 곳에 있게 된 것을 만족하고 미래에 대한 희망을 품게 되었다.

그러나 난아는 동음심처에 있게 된 것에 만족하지 않고 큰 희망을 위하여 더욱 포기하지 않았다.

난아는 앞길을 위하여 조금도 쉬지 않고 힘썼다. 궁녀로서 맡은 일을 완전히 해내고 나머지 시간을 이용하여 글씨 공부도 하며 안득해에게 부탁하여 모든 서적을 얻어다가 읽고 궁중에서 유명하다는 글씨와 그림을 본떠다가 수놓기도 하였다.

한 번은 조그마한 비단 손수건에 매화 한 떨기를 수놓아서 황후에게 바쳤더니 황후로부터 큰 칭찬을 받아 수놓는 데 소용되는 비단과 비단실을 하사받고 앞으로 더욱 힘쓰라는 말을 듣기도 하였다.

그 뒤에도 난아는 밤에 잠자는 시간까지 줄여 가면서 모든 것에 더욱 힘쓰고 공부하였다. 궁중에 들어간 지 몇 달이 되지 않았는데도 황후 이하 모든 사람이 난아의 인물과 재주와 부지런함과 능란한 몸가짐 등에 대해 칭찬하였다.

그럴수록 난아는 더욱더 분발하여 조금이라도 자기가 해이해질까 싶어 마음을 다잡곤 했다. 삼사월의 긴긴 해도 해가 짧다고 걱정하면서 그날그날을 지낸 것이 어느 틈에 함풍 3년은 다 지나가고 함풍 4년의 정월이 되었다.

그때까지도 난아의 굳은 결심은 조금도 변하지 않고 세월 가는 것도 알지 못할 만큼 자기의 맡은 일을 부지런히 다하고 온갖 공부에만 전념하였다. 어떤 때는 다른 궁녀들이 놀러 와서 농담 삼아서 빈정대는 말도 하였다.

"난아야! 너는 언제까지 그렇게 부지런하게 살 거니? 그렇게 한다고 별 수 있을 것 같니?"

난아는 태연하게 대답하고 웃었다.

"죽을 때까지 해야겠지! 누가 별 수 있기를 바라나? 나의 천직이니 최선을 다할 뿐이야!"

곁에 있던 다른 궁녀가 또 말했다.

"내가 보기에는 네가 꼭 뭔가를 바라고 그러는 것 같다. 하긴 그렇게 열심히 사는데 별 수 없으면 원통하지!"

그래도 난아는 여전히 태연하게 대답하였다.

"별 수 없어도 원통할 것은 없어! 내가 좋아하고 하고 싶은 것을 부지런히 했는데 별 수가 안 생기기로 무엇이 그다지 원통할 것이야 있니?"

그럴 때마다 난아의 말이 옳다고 하는 궁녀도 있고 또는 속으로 시기하는 궁녀도 적지 않았다.

난아는 그들이 자기를 속으로 시기도 하며 빈정대는 것을 잘 알고 있었다. 그럴 때마다 자기 혼자 속으로 결심하고 맹세하였다. 너희들이 나를 시기할수록 나는 너희들의 시기가 쓸데없는 시기가 되도록 힘쓸 것이며 너희들이 나를 빈정대는 만큼 더 부지런하고 열심히 공부하여 너희들을 꼼짝 못하도록 할 것이다.

너희들이 빈정대고 시기한다고 해서 나의 굳은 결심이 변하지는 않는다. 어머니나 동생들의 말도 듣지 않고 궁녀가 된 내가 누구에게 흔들릴 수 있을까? 오직 끝까지 나의 정성과 힘을 다할 뿐이다.'

정월 보름날이 점점 다가오자 원명원 이궁 쪽에서는 궁녀나 내시들이 야단법석을 쳤다. 누구는 무엇을 맡아서 하고 누구는 무엇을 만들며, 나는 이것을 한다, 너는 그것을 만드느냐? 아무 아무는 벌써 무엇무엇을 만들었다, 무엇은 누구와 누구가 하느냐? 하면서 야단법석을 떨었다.

"난아야! 너는 무엇을 하게 되었니?"

"난아야! 너는 무엇을 만드느냐?"

난아에게 보름 명절에 무슨 일을 맡았는지 궁금해 하는 궁녀들이 많았다. 난아는 그때까지도 맡은 직책이 없었다.

"나는 아무 것도 맡은 것이 없다."

여러 궁녀들은 거짓말이라며 난아의 대답을 믿지 않았다.

난아도 정월 보름 명절에 원명원 연화(煙火)놀이가 천하에 유명하다는 말을 궁녀가 되기 전부터 들어왔고 궁녀가 된 뒤에도 여러 사람에게 들었다. 이러한 놀이판에 궁녀로서 맡은 일이 없게 되자 여간 섭섭한 것이 아니었다.

그러나 난아는 섭섭함과 불만을 겉으로 드러내지 않았다. 다만 이러한 섭섭함과 불만이 생길 때마다 어머니와 동생이 그리웠다. 그렇지만 그것도 혼자 생각할 뿐, 누구에게도 말하지 않았다.

모든 궁녀와 내시들이 맡은 일 때문에 제 처소에서 나올 만한 한가한 틈이 없었다. 난아는 평소대로 맡은 일만 하고 보름 명절이라고 더 바쁜 것도 없이 지내고 있었다.

정월 열사흘 날 저녁 때에 태감 안득해가 난아를 찾아왔다.

"무엇을 하고 계시는가?"

"뭘 하긴 뭘 합니까. 일하죠."

난아의 대답에는 은근히 투정이 담겨 있었다.

안득해가 웃으면서 말했다.

"보름날 연화놀이에 황후폐하와 여러 귀비전하들을 모시고 높은 곳에 올라가서 함께 구경하도록 하시요! 궁녀 일 중에 이 정도는 되어야 일이라고 할 수 있죠."

난아는 안득해가 마음 써주는 것이 고마웠다. 한편으로는 어찌하면 그 일을 잘 할 것인지 걱정도 되었다.

"제가 무엇을 압니까? 모든 것은 안태감이 주선하여 주고 시키는 대로 할 뿐입니다! 좌우간 그 날에 내가 맡은 일이 황후폐하와 귀비전하들을 모시고 구경하는 것이라니 어떻게 하면 큰 실수가 없게 할까요?"

"남의 눈치를 보아서 그 사람의 비위를 맞춰가며 그 사람을 모시는 것은 난아씨가 누구보다 능란하니 내가 더 말할 것이 없고 오직 최선을 다해 황후폐하를 모시는 데만 신경쓰고 모든 놀이 구경에는 마음을 두지 않아야 할 것이오. 황후폐하께서도 그 날 그 구경을 그다지 즐겨하시지는 않을 것입니다."

안득해는 모든 것을 난아에게 주의시키고 돌아갔다.

안득해가 돌아간 뒤에 난아는 자기가 보름날 행사 때 맡은 일이 뜻밖에 영광스러운 것임을 알고 매우 기뻐했다. 어찌하면 그 날의 직분을 실수 없게 잘할까 하고 걱정할 사이도 없이 모든 것을 준비하기에 바빴다. 안득해가 시키는 것 외에도 몇 가지를 더 준비하여 두었다.

정월 보름! 원명원 궁중에서만 기다리는 것이 아니라 북경의 모든 사람이 기다리며 청나라의 모든 사람이 기다리는 명절인 정월 보름날도 하루 밖에 남지 않은 정월 열나흘 날이 되었다.

온 나라가 명절의 기분으로 차고 넘쳤다.

　큰 거리의 상점들도 문을 닫고 명절을 맞이하느라고 장사도 하지 않고 모든 관청과 음식점까지도 쉬었다. 모든 거리와 모든 골목에는 명절맞이하는 사람들로 분주하였다.

　저녁 무렵이 되자 집집마다 등불을 내걸고 폭죽 터뜨리기를 일삼아서 북경성에서 마치 큰 전쟁이 벌어진 것처럼 폭죽 소리가 요란하였다.

　난아도 이 날 밤에는 동음심처를 떠나서 황후 침전에 들어가 자기와 같은 일을 맡은 여러 궁녀들과 함께 밤을 지냈다. 날이 채 밝기 전에 난아는 여러 궁녀들과 황후 침전 앞에 있는 누각 아래에 나아가서 안득해가 일러주는 대로 자기가 설 자리에 서고 황후가 나오기를 기다렸다.

　몇 억만의 청나라 사람들이 기다리고 맞이하는 정월 대보름날 이른 아침의 붉은 해가 동쪽 하늘 밑에 쌓여 있는 구름을 헤치고 올라올 무렵, 원명원 궁문 가에서는 천지가 무너질 듯한 포성이 몇 번이나 들려왔다. 포성이 날 때마다 원명원 위의 궁중에는 형형색색의 별세계가 이루어진다. 오색찬란한 고루거각(高樓巨閣)이 둥둥 떠 있기도 하고 그것이 다시 한 번 더 터지면 별안간에 난데없는 커다란 절과 높고 높은 탑들도 수 없이 공중에 떠 있고, 청룡과 황룡 등의 용의 형상도 수 없이 이리저리 날아다녔다. 이름도 알 수 없는 몇 백 몇 천 마리의 크고 작은 물고기들이 사방팔방으로 뛰며 쏘아 다니기도 하고 온갖 길짐승들의 형상도 저마다 뛰놀다가 나중에는 공중에서 폭죽 소리가 나며 연화가 다시 터지는 곳에서 까치와 집닭이 몇 십 마리씩 날아나와 그것들이 다시 원명원 숲 속으로 이리저리 날려 흩어지는 광경이 참으로 신기하고 구경할 만했다.

이것이 이른바 원명원의 연화놀이로 폭죽 놀이와 불꽃 놀이였다.

조정에서 나랏일로 여러 신하와 강론할 때는 피곤함을 이기지 못하여 병을 핑계삼아 요리조리 빠지는 함풍제가 이 날 아침에는 피곤한 것도 잊어버리고 자리에 누워 있는 황후를 독촉해 침전 앞의 누각에 문을 나서 연화 놀이를 구경하는 모습이 완전히 다른 사람 같았다.

함풍제는 흥에 겨워 좋아하는데 황후는 그와 반대로 한 풀 죽은 듯이 아무 생기도 없이 공중의 연화놀이를 보는 시간보다 머리를 숙이고 뭔가 생각하는 시간이 더 많았다. 모든 궁녀들이 공중에 벌어진 별세계를 구경하느라고 아무 정신도 없는 때에 난아는 온 마음을 다하여 황후의 동정을 살피고 있었다. 황후가 참고 고민을 이기지 못하여 애쓰자 난아는 가벼운 걸음으로 가만히 황후 곁에 가서 부드러운 목소리로 여쭈었다.

"옥체가 미령하시고 마음이 불편하신 듯하오니 침전으로 드심이 어떠하올는지요? 황송합니다."

황후는 난아가 여쭈는 말을 귀로만 듣고 있다가 난아의 말이 끝나자 눈을 들어 좌우를 한 번 둘러보고 다시 자기 곁에 합장하고 머리를 숙이고 발끝을 굽어보고 서 있는 난아를 향하여 말했다.

"너는 어찌하여 구경은 하지 않고 그렇게 서 있느냐?"

"소녀는 폐하를 잠시라도 모시는 영광으로 이곳에 온 것이옵고 구경하러 온 것은 아니옵니다."

황후는 기특하다는 말과 함께 침전으로 돌아간다는 명령을 내렸다.

원명원의 연화놀이가 끝나기 전에 황후는 모든 귀비와 궁녀들에게 너희들은 그대로 끝까지 구경하라고 전하고 자기는 자기가 부리는 궁녀 몇 사람만 데리고 침전으로 돌아왔다. 난아도 따라 나섰다. 황후는 따라오는 난아를 보고 어가를 잠깐 멈추며 난아를 불러 세워 한참 살펴보다가 이름을 물었다.

"네 이름이 무엇이냐?"

난아는 길가에 꿇어앉으며 이마를 조아리고 대답하였다.

"예허나라라고 하는 궁녀이옵니다."

"예허나라!"

황후는 고개를 돌리며 의심스럽게 생각하는 빛이 있었다.

이때 태감 안득해가 황후 앞에 꿇어앉으며 말했다.

"지난 여름에 폐하께 매화를 수놓은 수건을 바치고 비단과 여러 가지 하사의 영광을 받은 동음심처의 난아라는 궁녀이옵니다."

그제야 황후가 머리를 끄덕이면서 말했다.

"오! 네가 동음심처의 난아냐? 어서 일어나거라! 오늘은 침전에 와서 거행하여라!"

"황공하고도 성은이 망극하옵니다."

황후 일행은 침전으로 돌아오고 함풍제는 여러 귀비와 함께 연화놀이 구경을 끝까지 하였다.

점심때가 지나고 잠시후에 펼쳐지는 원명원 서창에서 만주 팔기(八旗)의 기인(旗人: 만주사람)들의 마희(馬戱: 말 타는 재주를 구경하는 것, 곡마단 같은 것)를 구경하는 것 또한 즐거운 행사였다. 따라서 이 놀이에는 황제가 반드시 구경하러 가는데 그 이유는 당초에 그 놀이가 만주 사람의 무(武)를 숭상하는 정신에서 나왔기 때문이다.

그러나 함풍제가 이 놀이에 나가는 것은 상무(尙武) 정신을 위해서가 아니라 오로지 즐기기 위해서였다.

함풍제의 어가가 서창에 이르자 만세 소리가 사방에서 일어나고 마희가 시작되었다.

서창의 넓은 뜰에는 몇 백 필의 말과 몇 천 명의 말 타는 사람들이 가득 들어섰다.

가지각색의 말 타는 재주가 나오는데 어떤 사람은 한 발로 말 옆구리에 달린 등자에 서서 달리는 자도 있고, 어떤 사람은 두 발로 말 등에 서서 달리다가 갑자기 떨어지며 말 배에 붙어서 가는 자도 있고, 어떤 사람은 말 안장을 둘러메고 걸어서 달리는 말과 함께 가는 자도 있고, 어떤 사람들은 저마다 말을 타고 맞은쪽에서 서로 바라보고 달려오다가 서로 지나치면서 각각 몸을 날려 말을 바꿔 타는 자들도 있고, 어떤 사람들은 한 사람이 말 등에서 몸을 날려 띄우는 것을 다른 사람이 말 타고 지나다가 머리 위에 받아 이고 달리기도 하였다. 마희가 이른 저녁 때까지 계속 하다가 "황상폐하 만세" 소리와 함께 끝나는 것이었다.

함풍제가 서창에서 마희를 구경하고 있을 때에 황후는 난아를 자기 앞에 불러 앉히고 이것저것 묻고 있었다.

"네가 오늘 내가 몸과 마음이 불편한 줄을 어찌 알았느냐?"

"오늘 소녀가 할 일은 오직 폐하를 모시는 것이옵니다. 그런 까닭에 소녀는 오직 폐하의 신색만 살피고 있었습니다. 그런데 폐하께서 구경하시는 시간보다 머리를 숙이시고 무엇을 생각하시는 시간이 더 많으신 것을 보고 황송하나 그렇게 당돌하게 여쭙게 되었습니다."

황후는 난아의 말을 듣고 크게 칭찬하면서 주의를 주었다.

"그러나 이 담에는 나서서 그렇게 직접 말하지 말라."

원래 궁중의 법도로는 보통 궁녀는 황제나 황후에게 직접 말을 해서는 안 되었다. 꼭 할 말이 있으면 당직한 대감이나 귀비 혹은 귀빈을 통하여 아뢸 수 있었다. 그것도 꼭 그대로 아뢰어지는 것이 아니라 그들 생각에 위에 아뢸 만한 말이라고 생각되면 틈을 타서 아뢰는 것이다. 그러니 보통 궁녀는 황제나 황후에게 무슨 말이든 할 수 없고 궁녀들 또한 아예 말할 생각도 하지 않았다. 만일 조금이라도 잘못되면 엄벌과 엄형만 당하게 되기 때문이다.

영리하기로 유명한 난아가 그러한 궁중의 규칙을 알지 못한 것도 아니요, 자기와 타인의 관계를 돌아보지 않은 것도 아니다. 오직 자기의 존재를 황제나 황후 앞에 드러내기로 작정한 난아가 그 날 황후를 모시게 되는 잠깐의 기회를 그대로 놓칠 리가 만무하였던 것이다.

더군다나 안득해가 일러준 말에서 황후의 심정을 낱낱이 알고 있던 난아가 황후의 동정만 살피고 있다가 그 기회를 잘 이용하기로 결심하고 취한 행동이었다.

황후가 그 날 심기가 불편했던 까닭은 태평천국의 난리가 갈수록 심하여 청나라의 흥망이 촉각을 다투고 있는 때에 임금과 신하가 나랏일은 돌보지 않고 오직 모든 것을 핑계 삼아 향락만 일삼는 데서 생긴 것이었다. 그런 마음을 알아주는 난아를 벌주기보다 "기특하다"는 칭찬을 주기에 조금도 서슴지 않았다. 따라서 까다롭고 말썽 많은 궁중 규칙에 기특한 난아가 혹시나 걸릴까 염려하여 정답게 주의까지 시킨 것이다.

난아의 모험적 시험은 일단 성공을 거두었다. 그러나 그만한 성공으로 만족할 난아가 아니었다.

"난아야! 네가 남방에서 자랐다니 남방 이야기나 좀 해보거라!"

난아는 황후의 심정을 알아채고 할 만한 이야기도 궁중 법도 때문에 할 수 없다는 뜻을 말하였다.

"황공합니다. 그러나 어떠한 이야기를 해야 궁중 법도에 어기지 않는지 폐하의 성은엔 감격하오나 궁중 규칙 때문에 황송할 뿐입니다."

황후도 난아의 말뜻을 알아듣고 말했다.

"오냐! 네 말을 알았다. 정치나 시사에 관한 이야기만 하지 말고 그 밖의 것은 무엇이든 괜찮으니 이야기 하여라"

원래 청나라 궁중의 법도에 내시나 궁녀가 정치나 시사를 이야기하면 엄벌을 당했다. 황후가 정치나 시사 밖의 이야기는 무엇이든지 하라고 하자 난아는 남방의 인정과 풍속이 북방과 다른 것 가운데서 가장 재미있는 것만 말하였다.

"난아야! 남방 사람은 말 탈 줄은 모르고 배만 잘 탄다지?"

"네! 남방 사람은 앞집에서 뒷집으로 가는 데도 배를 타고 다닙니다."

"그러면 남방 사람은 말 타고 싸우는 싸움은 잘 못하겠구나?"

"네! 그렇습니다. 우리 북방 사람들이 배를 타고 싸우는 수전(水戰)에 서투른 것처럼 남방 사람은 말 타고 싸우는 육지전에는 아주 서투릅니다. 우리 만주 마병을 가지고 태평천국 놈의 군사를 북방 대륙에서 친다면 장담컨대 꼭 이길 것입니다. 그러나 이것은……."

 난아는 말을 채 하지 못하고 황후 앞에 엎드려서 황송한 빛을 띠고 애걸하였다.

 "죽여주십시오. 소녀의 말이 시사를 범하였습니다."

 황후는 웃으면서 만족한 미소를 지었다.

 "난아야! 내가 시킨 말이니 걱정하지 말아라! 네 말에서 나는 나랏일을 위하여 좋은 계책을 얻었다."

 이때에 태감 한 사람이 와서 아뢰었다.

 "서원(西苑)의 등불춤놀이 시간이 가까웠사오니 기동 준비를 해야 합니다."

 황후는 난아의 이야기에 귀를 기울이고 있던 터라 그러한 소리를 듣고 싶지 않았다.

 "오냐! 어서 물러가거라! 난아야! 네 말대로 별 수 없이 태평천국의 놈들을 북방까지 유인하여 우리 만주 마병을 가지고 쳐서 없애는 것이 제일 좋겠구나."

 "황송합니다. 소녀는 다시 무엇이라고 감히 아뢸 수가 없습니다."

 "오냐! 겁내지 말아라! 태평천국 놈들 때문에 천하가 도탄에 빠졌으니 태평천국은 우리 모두의 원수이다. 이 원수를 쳐서 없앨 이야기는 누구든지 할 수 있는 것이니라. 겁내지 마라."

 "그러하시다면 소녀가 감히 한 마디 더 아뢰어도 되겠습니까."

 "무슨 말이냐? 겁내지 말고 말해 보거라."

 "오늘 저녁 등불춤놀이에는 태평(太平) 두 자는 버리고 성수(聖壽) 두 자를 바꿔서 춤추며 노래하는 것이 옳을 듯합니다."

황후는 앞에 엎드린 난아의 등을 손으로 토닥거렸다.

"기특하고 영리하고 이치를 아는 말이다. 만조정의 모든 신하의 소견이 네 소견만 못하구나. 그렇지! 태평 두 자가 근본에서 몹쓸 글자가 아니라 태평천국을 원수로 하는 오늘에는 그 글자 대신에 성수 두 자를 쓰는 것이 옳겠구나."

황후는 칭찬에 칭찬을 거듭하면서 난아를 일어나라고 분부하고 황후는 즉시 어전태감을 불러서 난아의 말대로 시행하기를 황제에게 주품하기로 하였다. 이때에 난아는 황송해서 몸을 떨고 있으면서도 속마음으로는 자기의 한 마디 말이 온 궁중에 큰 변동을 일으키는 것을 한 없이 기쁘고 재미나게 생각하였다.

본래 정월 보름날 밤에 궁중에서 등불을 가지고 춤추는 자가 삼천 명이나 되는데 그들이 입으로는 태평가를 부르고 몸은 이리저리 흩어져서 '태평만세'의 넉 자를 이루는 것이 태평을 자랑하는 의미의 한 광경이었다.

이것을 난아 말대로 '성수만세'의 네 자로 바꾸는 것이다. 그 까닭은 태평천국을 원수로 생각하는 데서 나온 것이다.

함풍제도 황후궁에서 나온 태감의 아뢰는 말과 이유를 듣고 황후를 크게 칭찬하고 그대로 시행하라고 어명을 내렸다. 그것이 일개 궁녀 난아의 입에서 나온 것은 함풍제만 아니라 황후궁의 친근한 궁녀 몇 사람밖에는 아는 사람이 없었다.

황후는 태감을 함풍제에게 보낸 뒤 난아를 특별히 불러 앉히고 말했다.

"난아야! 너는 오늘 이후로 네 소견 중에 나랏일에 도움이 된다고 생각되는 것이 있으면 꺼리지 말고 말하여라!"

그리고 다시 좌우에 있는 궁녀들을 돌아보면서 엄중한 명령을 내렸다.

"너희들은 오늘 이야기만이 아니라 이 담에도 난아가 내게 아뢴 말을 절대로 밖에 내지 말라! 만일 무슨 말이든지 난아가 한 말을 밖에 전하는 자가 있으면 죽고 살아 남지 못할 테니 그리 알라!"

그리고 이 날 저녁은 난아와 여러 궁녀가 황후폐하 앞에서 음식을 함께 먹는 영광을 받았다.

그들은 등불춤놀이를 구경하기 위하여 근정루에 올라섰다.

해는 황혼이요, 때마침 동쪽 하늘에는 붉은 빛을 띤 얼음 바퀴 같은 정월 보름 달이 솟아올랐다. 북경 몇 십리에 등불 빛이 깜박이고 근정루 아래에서는 풍악 소리가 흘러넘쳤다.

함풍제는 가까이에서 시중드는 여러 신하를 거느리고 근정루에 올라서 등불놀이를 구경하는데 근정루 정면에는 높이가 육십여 자가 되고 넓이가 사십여 자가 되는 성문 같은 문을 새로 만들고, 그 문에는 용등(龍燈)이라는 등불 몇 백 개를 매달았다. 거기서 좀 더 나가서는 몇천 몇만 개의 등불이 걸려서 불야성을 이루었다. 그 한가운데는 황하구곡동(黃河九曲洞)이라는 몇천 개의 등불이 이리저리 굽이지고 행렬지어 벌려 있고 그 다음에는 등불 걸이는 무수한 줄을 사면팔방으로 벌려 빼어 완전히 큰 도시의 이 골목 저 골목과 같은 시가처럼 만들어서 누구든지 그 속에 들어가기만 하면 길을 잃어버리게 될 만큼 복잡한 등불의 세계가 되었다.

등불 뿐만 아니라 원명원 십리 안에는 연화(煙火)도 몇 백 군데 만들어 두었다가 황제와 황후 양 폐하가 근정루에 올랐다는 만세 소리와 함께 사면팔방에서 연화를 터뜨리는 폭죽 소리가 천지를 진동하게 하고 화약 연기가 하늘을 가리워 보름달의 밝은 빛도 희미하게 하는 공중에 가지각색의 별세계가 벌어졌다.

그 다음에는 내시들이 용등을 들고 추는 춤이 펼쳐졌고, 사천 명의 춤추는 자들마다 등불을 가지고 행렬지어 벌려서 춤추는 동안에 그 행렬이 몇 패로 나뉘고 나뉘어서 '성수만세'의 네 글자를 만들자 '성수만세'의 만세 소리가 원명원에서부터 북경 전 성에 이르기까지 일제히 일어났다. 만세 소리는 적어도 삼십 분 동안은 계속되었다.

이 날 밤 함풍제는 술이 반 넘어 취하고 갖은 풍악과 북경성이 떠나갈 만큼 부르는 '성수만세'의 만세 소리를 듣고서 아주 만족한 모습으로 신하들을 돌아보며 정월 보름의 등불놀이로 천하가 평정된 듯이 만족하였다.

"억조만민이 저토록 짐의 '성수만세'를 부르는데 홍수전, 양수청 같은 것들이 감히 반란을 일으킨 것은 어리석기 짝이 없는 무리들의 장난이다."

함풍제의 그 말이 황후의 귀에 들어갔다. 황후는 그 말을 듣고서 낙심한 표정을 짓더니 성난 목소리로 침전으로 들어오려 하였다.

"아침의 연화놀이도 끝까지 구경하지 못하였더니 이 밤의 등불놀이도 차마 끝까지 구경할 수 없도다."

난아가 곁에서 말했다.

"황공합니다. 황후마마께서 침전으로 환궁하시더라도 황상폐하께 한 마디 말씀만 전하시고 환궁하심이 어떠하올는지요? 황공합니다."

황후는 너무 화난 나머지 난아를 야단쳤다.

"너는 귀가 없느냐? 이 지경에 무슨 말을 더 하겠느냐?"

"그렇습니다마는 남의 신첩(臣妾)이 되어 성상폐하의 적자(赤子)가 된 도리로는 성상폐하께서 미처 생각하시지 못한 것을 끝까지 바른 대로 아뢰어 성상폐하의 성덕에 누가 되지 말게 하는 것이 옳은 듯합니다. 황공합니다."

황후는 난아를 한참 동안 보다가 의견을 물었다.

"무슨 방법과 무슨 말로써?"

난아는 소매에서 종이 한 장을 꺼내어 황후에게 바쳤다.

황후는 그것을 보고 머리를 끄덕이더니 좌우의 귀비들과 궁녀와 내시들을 돌아보면서 말했다.

"오늘 밤은 온 천하의 억조창생이 성수만세를 부르면서 경축하는 좋은 날이다. 그러나 홍수전 등의 장발적(長髮賊 태평천국의 난을 일으킨 사람들이 변발을 풀고 장발을 한 데서 붙여진 이름이다. 변발은 만주족의 풍습이어서 홍수전 등이 이를 거부하였다.)을 하루바삐 쳐서 멸하고 태평성대의 등불을 저 행렬 가운데 들이지 않으면 참된 명절이라 할 수가 없을 것이다."

그리고 황후는 침전으로 먼저 돌아갔다.

함풍제는 황후가 환궁하면서 남긴 말을 듣고 한참 무엇을 생각하더니 말했다.

"짐에겐 안으로 현명한 황후가 있고 아래로 명장과 충신이 있으니 짐은 덕이나 닦을 뿐이다."

원명원의 보름 명절은 이튿날도 계속되었다.

황후는 다시 침전 밖에 나오지 않고 난아도 자기의 처소 동음심처로 돌아갔다. 동음심처에 돌아간 난아는 궁녀가 되어 궁중에 들어온 뒤에 처음으로 자기가 원하는 일을 했다는 생각에 마음이 뿌듯했다.

'내가 만일 황상폐하를 모시고 구경하면서 이 명절을 지내는 일을 맡았다면 내가 한 일이 더 빛났을 텐데. 황후폐하의 칭찬을 받았지만 여러 궁녀들의 시기 또한 적지 아니하니 그다지 기뻐할 것도 못 된다. 이러나저러나 나는 아직 하급 궁녀에 불과해. 하급 궁녀로서의 일이나 잘 하고 결심대로 앞길을 위하여 공부나 힘쓰면서 기회나 기다릴 수밖에 다른 도리가 없어.'

그러한 생각으로 다시 궁녀 생활을 열심히 하였다.

어떤 때는 같은 궁녀들이 틈을 타서 동음심처에 놀러와 이런저런 이야기를 하다가 빈정대기도 하였다.

"난아야! 너는 정월 보름에 황후폐하께 큰 칭찬을 받았지? 요즘엔 자주 가서 뵙지 못하니?"

그럴 때마다 난아는 속에서 치밀어오는 분을 누르고서 태연한 낯빛으로 말했다.

"그런 칭찬의 영광은 한평생에 한두 번만 받아도 만족해! 날마다 받을 것 같아? 한평생 한 번도 못 받는 사람도 많잖아."

"맞아. 우리는 이 궁중에 들어온 지가 벌써 몇 해가 되었지만 그런 영광은 그만두고라도 밤낮 이 모퉁이 저 모퉁이에서 꾸중을 듣기에 겨를이 없다."

나중에는 자기들의 신세 한탄하는 것으로 끝나곤 했다.

한 번은 태감 안득해가 동음심처의 난아를 찾아와서 황후폐하로부터 난아에게 하사하신 비단 몇 필과 은 몇 냥과 그 밖에 몇 가지 물건을 전하면서 말하였다.

"황후폐하께서 난아를 특별히 아끼셔서 다른 궁녀들보다 많은 물품을 하사하시는 것이니 난아는 다른 궁녀들보다 더 황후폐하의 성은을 갚아야 할 것이오."

난아는 황후폐하의 은총에 감격하여 눈물을 흘리면서 말하였다.

"이 몸이 죽고 죽어 백골이 진토가 될지라도 황후폐하의 은총은 잊지 못할 것입니다. 오직 용렬한 이 몸이 폐하의 은총을 만분의 일도 갚을 길이 망연하니 어찌합니까?"

안득해는 난아의 모습을 보고 측은한 마음을 못 이겨 도리어 난아를 위로하였다.

"신하된 도리로 일편단심만 있으면 그만이지 그다지 서러워할 것은 없다. 황후폐하께 난아의 참된 마음은 그대로 아뢰겠다."

난아도 자기의 진정을 안득해를 통하여 황후께 하소연하였다.

그런데 모든 궁녀와 내시들에게 인자하다는 칭송을 듣고 임금과 모든 신하에게 현명하다는 말을 들으며 함풍제와의 부부 사이에 사랑도 없지 않은 황후는 두 가지 큰 근심으로 인하여 하루도 편한 때가 없었다. 태평천국의 난리가 점점 커져서 청나라의 이백여 년의 국운이 위태로운데 함풍제는 주색에만 빠져 온갖 향락만 일삼으니 그것이 첫째 걱정이고, 둘째로는 별로 입 밖에 말은 내지 않지만 나이 삼십이 되도록 자식을 낳지 못한 까닭에 남편 되는 함풍제를 대할 면목이 없다는 것이었다. 자나 깨나 그 근심 때문에 임금의 향락을 적극적으로 말리지도 못하였다. 그리고 황후는 자기가 자식을 낳지 못하는 까닭에 할 수 없이 어떤 귀비나 궁녀가 함풍제의 아들을 낳기만 하면 그것을 자기의 아들로 잘 기르겠다는 것이 눈물겨운 한 가지 희망이었다.

그러한 황후의 약점을 기회로 삼아서 함풍제는 마음대로 향락을 즐기고 황후도 자식 낳지 못하는 죄로 임금의 방탕한 행동을 막지 못하였다. 더구나 원명원이라는 이궁에는 역대 제왕이 자기 마음대로 향락하는 것이 전례가 된 터라 할 수 없이 그가 하는 대로 버려두게 된 것이다.

이러한 궁중의 모든 사정과 내막을 잘 알고 있는 모든 귀비와 궁녀들은 저마다 함풍제를 가까이 하여 아들만 하나 낳기를 밤낮으로 원하고 별별 수단을 다 동원하였다. 난아도 그 가운데 한 사람으로 안득해라는 내시를 통해 온갖 수단을 다 동원하고 있었던 것이다.

그러나 난아가 함풍제에게 총애를 받기에는 어려움이 많았다. 첫째로는 궁중에 들어온 지 얼마 되지 않으니 지위가 낮아서 임금에게 자주 보일 기회가 없는 까닭이오, 둘째로는 벌써 오래 전부터 함풍제의 총애를 받는 귀비나 궁녀들이 임금을 다른 데로 빼앗길까 겁내어 날마다 싸고도는 바람에 설혹 임금을 뵌다고 해도 될 수 없는 것과 셋째로는 예허나 씨의 후손은 황후나 귀비가 되지 못한다는 선조의 유훈이 있는 까닭에 난아의 궁녀 생활은 어디로 보든지 첩첩산중이었다.

난아의 궁녀 생활은 어느 틈에 만 2년이 지나가고 함풍 5년의 봄이 되었다. 이때까지 난아가 얻은 것은 간신히 답응(答應)이라는 지위뿐이다. 그것도 안득해와 숙순의 주선으로 황후폐하의 선심으로 생긴 지위이고 실상은 임금의 묻는 말 한 마디를 대답도 해보지 못한 답응이라는 궁녀의 지위였다.

제아무리 자기가 자기를 믿는 마음이 철석같이 굳고 모든 재주를 구비하고 온갖 수단이 능란한 난아라 할지라도 서서히 지쳐갔다. 그리고는 난아로 하여금 모든 생활을 불규칙적이 되게 하였다. 그렇게 잘 지키던 궁녀로서의 일도 간신히 지켜나가고 있었고 잠자코 밥 먹는 모든 것도 불규칙적이 되며 글 읽고 글씨 쓰며 그림 그리며 수놓던 것도 모두 제 갈 데로 가라고 집어치우고 오직 신세한탄을 하는 노래 소리가 흘러나왔다.

이전에 난아가 부지런한 것을 시기하고 빈정대던 궁녀들이 이제는 자기들의 인생관이 승리한 것을 은근히 기뻐하며 난아가 자기들과 같게 된 것이 반가워서 때때로 찾아와서 위로하였다.

"난아야, 너무 속 썩이지 말아라. 우리의 한 평생은 본래 이런 것이야. 목숨이 있는 날까지는 이대로 살아가야 할 거야. 속을 썩이면 무엇하냐?"

"옳은 말이야. 이래도 한 세상 저래도 한 세상이다. 누구나 한 세상 살고 가면 그뿐이야. 우리의 황후폐하께서도 근심 놓을 날이 없는데 우리 같은 인생이야 말할 필요도 없지."

이렇게 대답한 난아는 자기가 어렸을 때 아버지와 어머니에게 꾸지람 듣고 매 맞으면서 가만가만히 배워 두었던 남방의 온갖 노래를 불러서 다른 궁녀들을 웃기기도 하고 울리기도 하며 저절로 춤도 추게 하는 것으로 그날그날을 보냈다.

다른 궁녀들도 틈만 나면 난아를 찾아와서 놀기를 권했다.

"난아야! 오늘도 또 한 마디 하면서 잘 놀아보자꾸나!"

"그러자! 누가 싫다느냐? 내 한 마디 부를 것이니 너희들은 춤이나 춰라!"

동음심처에서는 날마다 노래와 춤이 끊어질 사이가 없었다.

난아가 남방 노래를 잘한다는 소문이 원명원 궁중에 널리 퍼지고 모든 귀비들과 태감들이 틈틈이 놀러 와서 한 마디 노래를 얻어 듣고는 칭찬을 아끼지 않아 난아의 이름은 차츰 높아졌다.
 '남방 노래 잘하는 난아'로 이름이 높아진 난아에게는 뜻하지 않게 따르는 사람들이 생기고 누구나 난아와 친해지고 싶어 했다.
 그리하여 처음에는 신세한탄 하면서 부르기 시작한 난아의 남방 노래가 이제는 난아의 이름이 높아지고 생활도 넉넉해지는 데까지 이르렀다. 그것은 여러 궁녀와 내시들이 옷감도 갖다 주고 먹을 것도 가져오고 돈까지 주기 때문이었다. 난아의 옷에 대한 사치도 보통 궁녀로는 따라가지 못할 만큼 늘었다.
 늦은 봄 이른 여름이 되면서 난아를 중심으로 하는 궁녀들의 심심풀이 놀이가 날마다 벌어졌다.
 함풍제의 향락은 한 해 두 해가 지나갈수록 더욱 심해져서 이제는 태평천국의 북벌군 대장 임봉상이 인휘성을 치고 산동성을 쳤는데도 함풍제는 천진과 북경이 장차 어찌될지 생각도 하지 못하고 오직 자기 한 몸의 향락으로만 그날그날을 보내고 있었다.
 그러한 함풍제에게는 늦은 봄, 이른 여름이라는 이 시절이 향락을 위하여 가장 알맞은 좋은 철이었다. 그는 날마다 자기가 좋아하는 궁녀와 내시들을 데리고 원명원의 모든 곳을 이리저리 찾아다니면서 온갖 향락으로 삼사월의 긴긴 해도 짧다고 하면서 그날그날을 보냈다. 하루는 함풍제가 옥명(玉明)과 숙순 등 여러 신하들을 원명원 서남문으로 들어와서 산고수장(山高水長)이라는 곳에서 기다리라고 명을 내렸다. 이 여러 신하는 함풍제의 향락을 도와주는 사람들이며 이 날도 물론 나랏일을 임금과 신하 사이에 강론하기 위하여 모이는 것이 아니라 하루 동안 잘 놀아보자는 것이 모임의 근본 뜻이었다.

점심 때나 되어서 함풍제는 내전으로부터 배를 타고 그 곳까지 가서 여러 신하를 둘러보고 웃옷은 벗고 말을 타라고 명령하고 자기가 먼저 말을 타고 앞서니 여러 신하가 뒤따랐다.

그리하여 함풍제 일행은 산고수장의 유조원에서 떠나 창지에 가고 휘방서원을 지나서 자벽산방에 들렀다. 그들은 거기서 다시 어약과 연비와 사좌 등의 여러 경치를 구경하고 황화궁이라는 곳에서 과자와 차 한 잔씩을 마셨다.

그런 뒤에 그들은 다시 해연당을 거쳐서 전마대에 들르고 다시 소각문을 지나 사자림이라는 숲 속에 있는 청숙재라는 별장에서 미리 만들어 두었던 요리를 함께 하고 모두 술이 거나하게 취한 뒤에 다시 말타고 나서서 보상사와 법혜사에 잠깐 들르고 명춘문을 지나 뇌봉까지 갔다.

그곳에서 그들은 말에서 내려 배를 타고 뱃놀이를 시작하였다. 복해 호수 위에는 궁중풍악이 질탕하였다. 그들은 뱃놀이를 한참 하다가 배에서 내려 여춘문에서 다시 말을 타고 동장 밑을 지나 부춘당에 들렀다가 서대제에서 한참이나 말을 달렸다. 그런 뒤에 그들은 함휘루 아래에 이르러 말에서 내려 헤어졌다.

옥명과 숙순 등 여러 신하와 작별한 뒤에 함풍제는 함휘루에서 기다리고 있는 여러 궁녀와 내시들과 함께 이곳저곳을 구경하면서 침궁으로 돌아왔다.

함풍제가 여러 궁녀와 귀비와 귀빈들과 함께 걸어서 난아가 있는 동음심처를 멀리 두고 지나칠 때였다. 동음심처에서는 난아가 궁녀 몇 사람과 함께 놀다가 여러 궁녀들이 조르자 할 수 없이 남방 노래를 부르기 시작하였다.

함풍제는 가던 걸음을 멈추고 그 노래를 한참이나 들었다. 갖은 풍류로 세월을 보낸 함풍제도 그와 같은 남방 노래는 처음 들었다. 함풍제는 그 노래를 듣다가 물었다.
  "노래 부르는 사람이 누구냐? 참으로 잘 하는구나."
  그러나 노래를 부르는 사람이 궁녀인 난아라고 대답하는 사람이 하나도 없었다. 그것은 임금의 총애를 받는 귀비들이 알고도 대답하지 않기 때문이었다. 함풍제는 할 수 없이 그대로 돌아갔다.
  함풍제가 난아가 부른 남방 노래 소리를 듣고서 "잘한다"고 칭찬하고 "노래 부르는 사람이 누구냐?"고 물었으나 누가 부른다는 것을 알지 못하고 돌아간 지 사흘 만에 태감 안득해가 난아를 찾아와서 말했다.
  "난아! 드디어 난아의 영광스러운 앞길이 열리게 될 모양이오."
  난아는 안득해의 말을 듣고 물었다.
  "나의 영광스러운 앞길이 무엇입니까? 동음심처에서 이대로 늙어 죽을 나에게 영광스러운 앞길이 무슨 길입니까?"
  안득해는 벌써 몇 달 전부터 난아가 타락한 생활을 한다고 그러지 말라고만 나름대로 말하던 터라 난아는 안득해가 또 자기를 위로하는 말로 받아들인 것이다. 안득해는 다시 댓 걸음 난아에게로 가까이 와 앉았다.
  "내가 예전에는 노래 부르며 춤추는 모든 타락적 생활을 하지 말라고 하였지만 오늘부터는 아니오. 이제는 그 생활에 좀 더 힘써 주시오."
  "그것은 또 무슨 말입니까? 타락한 생활이라는 것은 타락한 사람이 저절로 하는 생활이지 그것에 힘쓰고 안 쓸 문제는 아니지요."

"그게 아니오. 나는 그동안 노래 부르며 춤추는 생활을 타락한 생활이라고 생각하였는데 그 생활이 도리어 난아에게 영광스러운 앞길을 열어주게 될 줄이야 누가 알았겠소?"

"무슨 말인지 도무지 알 수 없습니다."

"일전에 황상폐하께서 여러 신하들과 말 달리기와 뱃놀이를 하고 돌아오던 길에 동음심처 앞에서 난아가 부르는 남방 노래를 들으시고 아주 크게 칭찬을 하시고 가셨답니다. 그리고 일간 다시 한 번 더 들으시려고 오신다는 소식을 듣고 알려주기 위해 이렇게 득달같이 달려온 것이오."

안득해의 자세한 이야기를 듣고서야 난아도 기뻐하는 빛을 띠었다.

"그러면 폐하께서는 내가 그 노래를 부른 줄은 모르고 가셨다는 말입니까?"

"아! 글쎄! 폐하께 다른 사람이 가까이 하는 것을 방해하는 사람들이니 노래 부르는 사람이 난아라고 말할 리가 있겠소? 그러나 폐하께서 이미 마음이 움직이신 것 같소. 폐하께서 난아의 남방 노래에 아주 반하시고 다시 한 번 더 오실 것이니……."

"언제쯤 오실까요?"

"글쎄! 어느 날 꼭 오실는지 알 수 없고 이삼 일 안으로 오시기는 꼭 오실 테니 눈치를 보아서 한 번 평생의 재주를 다하여 불러보시오!"

"그런데 대개는 폐하께서 저녁 때에 산보하시지요?"

"그렇지요. 흔히 저녁 때 산보하시는데 오늘도 벌써 점심 때가 지났으니 오실지 안오실지 알 수 없소. 나도 이제 가겠소. 언제든 폐하께서 이곳으로 납실 기미만 보이면 내가 꼭 알려주리다."

안득해가 돌아간 뒤에 난아는 여러 가지로 마음이 흥분되고 생각이 복잡하였다. 혹시 안득해가 자기를 놀려대는 게 아닌가 의심도 하였다. 그러나 안득해가 자기를 속일 이유가 없었다. 그렇다면 이것은 난아에게 절호의 기회였다. 함풍제를 정말로 만나게 되면 그 때에는 어찌할까 하는 생각에 마음이 혼란하였다.

그러다가 옷도 새로 갈아입고 머리도 다시 빗고 단장도 새로 하고 방 안도 정결하고 아담하도록 치워 놓고 안득해가 가져다 주던 향수도 이곳저곳에 뿌려놓고 함풍제가 오기만 눈이 빠지도록 기다렸다. 그러나 덧없는 해는 서산에 넘어가고 황혼이 되도록 함풍제는 오지 않았다. 안득해도 아무 소식을 전하지 않았다.

이튿날 늦은 아침에 안득해에게서 온 편지 한 장을 받았다.

"……폐하께서는 어제 저녁 때 동음심처로 가시려고 했으나 귀비가 못가시도록 하였소……. 그러나 저녁 수라를 잡수신 뒤에 귀비가 어디로 간 틈을 타서 태감이 난아의 인물과 범절과 가무와 그 밖에 몇 가지를 폐하께 자랑하였더니 폐하께서 오늘 저녁에는 꼭 가신다고 하셨소. 그러니 난아는 내가 시킨 대로 준비하고 기다리시오!"

어제 밤 자정이 지나도록 모든 공상에 붙잡혀서 잠 못 이루다가 새벽에야 잠들어서 늦잠 자던 난아가 그 편지를 보고 죽을 병에 살 약이나 먹은 사람처럼 갑자기 정신을 차리고 일어나서 모든 준비에 분주하였다.

원래 함풍제는 난아가 부르던 남방노래를 듣고 칭찬하면서 누가 부른 노래인가를 알고자 동음심처로 찾아가려고 하였으나 귀비와 그 밖에 여러 궁녀와 태감들의 방해 때문에 찾아가지 못하였다.

그러다가 어제 저녁에 태감에게 난아에 관한 이야기를 듣고 이날은 숙순과 단화와 여러 대신과 나랏일을 강론한다는 핑계로 귀비를 떼어두고 자기 혼자 외전(外殿)으로 나갔다가 동음심처를 찾아가기로 작정하였다.

불공에는 관심없고 잿밥에만 관심있다는 격으로 함풍제는 의전에서 여러 신하와 나랏일은 대강대강 듣고 모든 것을 숙순과 정친왕과 이친왕의 말대로 하라고 몇 마디 말을 한 뒤에 동음심처를 찾아가려고 일어섰다.

눈치 빠르고 궁중의 모든 소식을 낱낱이 알고 있는 숙순도 이날만은 함풍제가 무슨 까닭에 갑자기 어전회의를 열어 나랏일을 의논하자 하였으며 회의를 제대로 끝내지도 않고 총총히 일어나게 되었는가를 알지 못하였다.

의전에서 내전으로 돌아오던 함풍제는 내시들에게 동음심처로 가자는 분부를 내렸다. 시간은 이른 저녁이었다. 함풍제가 동음심처에 당도할 무렵 동음심처에서는 난아가 부르는 맑은 노래가락이 은은히 솟아나오고 있었다.

함풍제는 걸음을 멈추고 그 노래를 듣고 섰다가 한 곡조가 거의 끝날 때에 짐짓 한 번 더 물었다.

"음, 참으로 잘하는구나. 노래 부르는 사람이 누구란 말이냐?"

곁에 섰던 내시 한 사람이 나와서 허리를 굽혀 대답하였다.

"소인들도 자세히는 알지 못하오나 듣는 바에 의하면 난아라고 하는 궁녀인 듯합니다."

"난아! 그 이름이 한족의 이름 같구나? 한족으로 궁녀가 되었다는 말이냐?"

"아닙니다. 한족의 이름으로 난아라는 별명을 가진 만주족의 궁녀입니다."

"그래. 좌우간 가서 보자!"

함풍제는 동음심처를 향하여 걸음을 재촉하였다. 동음심처에서는 여전히 맑은 노래소리가 흘러나오고 있었다. 함풍제는 난아가 있는 곳에 이르렀다.

내시가 앞서 들어가며 말했다.

"황제폐하 가림(駕臨)이오! 궁녀 난아는 배영하는 영광을 받으라."

난아는 손에 들었던 해금을 얼른 내려 놓고 바쁘게 일어서서 뜰 아래로 내려와 무릎을 꿇고 머리를 조아려 절하였다. 그 몸이 날래고 행동이 민첩하여 황제를 맞이하는 절차가 조금도 비는 구석이 없었다.

함풍제는 난아가 미리 갖추어 두었던 교의에 걸터앉으면서 난아에게 일어나라고 분부하였다. 난아는 이마를 조아려 다시 한 번 대례하고 일어서 합장하고 뜰 아래 한편 가에 가서 섰다.

함풍제는 말없이 한참동안 난아의 인물과 태도, 옷입은 것과 몸가짐을 이모저모 뜯어보고 있었다. 함풍제는 난아를 이모저모로 뜯어보기 전에 벌써 그 인물과 태도가 몇 백 궁녀 가운데서 처음 보는 미인이라고 생각하였다. 얼굴의 이목구비와 손과 발이며 크지도 작지도 않은 키와 몸이며 그 밖에 여러 가지를 어디로 뜯어보든지 한 군데도 빈 구석이 없는 미인인 데에 은근히 반가웠다. 곁에 서 있는 내시를 보고 분부를 내렸다.

"저 애를 이리로 와서 교의에 앉으라고 하여라."

"어명이오! 궁녀 난아는 어서 교의에 걸터앉는 영광을 사은하라!"

내시는 난아를 함풍제 곁으로 인도하였다.

난아는 황제 앞에 나와서 다시 머리를 조아려 절하고 엎드려서 아뢰었다.

"황송합니다. 소녀가 폐하께 배알하는 것만도 천하에 드문 영광이온데 교의에 앉으라시는 영광까지야 어찌 감히 받겠습니까? 황공무지할 뿐입니다."

함풍제는 난아가 예절에 밝은 것을 기특히 여기면서 다시 말하였다.

"난아야! 네 이름이 난아라지! 짐이 밖에서 들으니 네가 노래를 잘하더구나. 이제 모든 예절을 차리지 말고 짐을 위하여 가까이 와서 노래 한 곡조를 부르라!"

난아는 임금의 분부대로 함풍제 곁으로 가까이 가서 다시 한 번 절한 뒤에 임금이 가리키던 교의 곁에 가서 그곳에 선 대로 노래 한 곡조를 불렀다.

노래 한 곡조를 부를 동안에 함풍제가 그 노래에 정신을 팔린 것은 물론이고 그 좌우에 모시고 서 있던 내시와 궁녀들까지도 노래에 취하여 아무 생각도 없이 오직 숨도 크게 쉬지 않고 눈으로 난아의 얼굴과 태도를 보며 귀로 목소리를 듣고 있을 뿐이었다.

노래 한 곡조가 끝난 뒤에 함풍제는 좌우를 한 번 돌아보고 다시 난아를 향하여 물었다.

"참으로 잘하는구나! 짐이 듣던 중 가장 잘하는 노래로구나! 그런데 네 이름이 난아라 하고 네가 부르는 노래가 남방노래인데 너는 한족이냐?"

난아는 또다시 임금에게 절 한 번을 하고 애교가 흐르는 눈으로 임금을 바라보고 웃음을 띠면서도 공경하는 예법을 잃지 않고 공손히 아뢰었다.

"황공하고 감사하고 성은이 망극합니다. 미천한 궁녀의 몸으로 이러한 성은을 입게 되어 무한한 영광으로 생각합니다. 소녀의 아비는 예허나라 혜징으로 호남에서 육군부장의 관직을 가졌다가 그곳에서 세상을 떠났습니다. 소녀의 이름은 옥란(玉蘭)이라 하오며 난아(蘭兒)는 별호로 한족의 이름과 비슷하고 소녀가 남방에서 자란 까닭에 어릴 때에 남방노래를 몇 마디 외웠더니 이제 성상폐하 앞에서 감히 서투른 곡조를 부르게 된 것은 다만 명을 거역하지 못하여 순종했을 뿐입니다."

함풍제는 난아가 아뢰는 구절구절에서 영리하고 예절과 사리를 아는 말이라고 속으로 칭찬하다가 난아의 말이 끝나자 좌우를 돌아보며 분부하였다.

"짐이 오늘은 밤이 깊도록 이곳에서 난아의 가곡을 배불리 듣다가 환궁할 테니 노래라는 것은 장단이 있어야 되는 것이다. 장단잡이 몇 사람을 불러서 장단을 치게 하고 난아는 노래만 하게 하라."

내시와 궁녀들은 황제의 명령대로 누구는 무엇을 잘하고 누구는 무엇에 능하며 누구누구를 부르자 하는 결정을 한 뒤에 그대로 불러오게 하였다.

함풍제는 내시와 궁녀들이 누구누구를 불러오기로 작정하는 것을 본 뒤에 난아의 얼굴을 뚫어지도록 보면서 명하였다.

"난아야! 이제 장단칠 장단잡이들이 오기 전에 네 손으로 해금을 타면서 한 곡조 더 하여라!"

난아는 황제의 쏘아보는 시선에 부끄러움을 머금고 머리를 숙여 한 곡조를 다시 불렀다.

함풍제는 노래가 끝나자 참으로 잘한다는 말을 몇 번이나 곱씹어 하다가 난아를 자기 곁으로 더 가까이 오라고 하였다.

난아는 명령대로 함풍제에게 아주 가까이 다가갔다. 함풍제는 자기에게 가까이 온 난아를 처음에는 손을 잡아 이리저리 쓰다듬어 보다가 자기의 한 팔을 벌려서 난아의 가는 허리를 안아 그 몸이 자기의 몸에 닿도록 안아당겼다. 난아는 머리를 숙이고 겉으로는 못 이기며 황송한 척하면서도 임금의 몸에 자기의 몸이 닿도록 바싹 당겨섰다.

함풍제의 두 눈에는 안개가 끼인 듯이 희미한 기운이 들고 난아의 두 뺨에는 붉은 빛이 나타날 즈음 내시와 궁녀들이 부른 장단잡이들이 들어와서 황제에게 절하였다. 함풍제는 그때에야 비로소 눈이 번쩍 뜨여 여러 사람을 돌아보았다.

"오냐! 너희들 잘 왔다! 어서 긴말 말고 장단이나 잘 쳐라! 그리고 난아도 이제는 다른 예절 같은 것 찾지 말고 네 멋대로 한 곡조 잘 하고 한바탕 잘 놀아보거라! 저 해가 지고 달이 솟도록!"

그리고 안았던 난아의 허리에서 팔을 풀어주었다.

황제의 팔에서 풀려난 난아는 임금에게 다시 한 번 예하고 웃음을 머금고 애정이 가득찬 눈으로 함풍제를 은근히 쳐다보면서 물러나왔다. 그때 함풍제도 난아의 눈치를 잘 알았다는 표정으로 난아에게 눈짓을 한 번 하였다.

"난아야! 어서 몇 마디만 더 하여라!"

난아는 처음과 달리 아무것도 서슴지 않고 장단잡이들을 이리저리 지휘하고 자기의 평생 힘을 다하여 몇 마디를 부르는데 처음에는 단아하고 정숙한 몇 곡조를 부르더니 차차로 질탕한 곡조로 넘어가, 모든 궁녀들과 내시들까지 질탕한 풍류에 제흥을 못 이겨서 저절로 춤추게 되었다.

그러한 질탕한 풍류가 또다시 한 번 더 변하더니 이제는 음탕에 가까운 노래와 장단과 춤으로 넘어가고 함풍제는 평생에 처음으로 듣고 보는 유쾌한 노래와 장단과 춤에 정신없이 "참 잘한다! 참 좋구나!" 하는 소리만 지르다가 난아의 춤추며 노래하는 온갖 교태에 자기의 끓어오르는 정욕을 억제할 수 없게 되었다.

결국 함풍제는 명하였다.

"난아야! 너 그만하고 이리로 오너라!"

이때에 난아도 웃으면서 조금도 수줍어하는 태도를 가지지 않고 반기는 태도로 임금에게 갔다. 난아의 허리를 안아주던 그 팔은 기계적으로 난아의 허리에 감기고 난아의 몸도 역시 기계적으로 함풍제의 몸에 붙여졌다.

그것뿐만 아니라 이제는 함풍제의 뺨이 어느 틈에 난아의 뺨에 대이고 서로 떨어질 줄을 모르게 되었다. 그러하던 함풍제가 별안간 난아에게 다시 명하였다.

"난아야! 너 차 한 잔 만들어 오너라!"

이 명령이 떨어지자 모든 궁녀와 내시들과 장단잡이가 하나도 남지 않고 모두 임금 앞에서 물러나갔다. 난아도 미리 만들어두었던 차를 따르러 가려고 하였다.

원명원 궁중의 전례가 임금이 어떤 궁녀의 처소에 갔다가 그 궁녀에게 "차 한 잔 만들어 오너라!"하는 명령이 내리면 모든 궁녀와 내시들은 그 앞에서 물러나오고 임금의 명령을 받은 궁녀 한 사람만이 임금을 모시게 되는 것이다. 그리고 그 궁녀는 임금의 명령대로 차를 따라가는 동시에 임금이 잠깐 눕기에 편하도록 자리를 준비해 두는 것이다. 실상은 차를 마시는 것이 아니라 그 궁녀를 임금이 가까이 한다는 말이다.

난아도 벌써 궁중의 그런 전례를 가장 잘 알고 있을 뿐만 아니라 그날의 그러한 명령이 내리기를 한없이 기다렸던 것이다. 그리고 임금의 명령과 함께 필요할 만반의 준비를 해두었던 것이다.

만수산을 넘어가는 이른 여름의 햇빛은 동음심처의 오동나무 가지에 비치고 몇천 년 옛 도읍 북경의 성 안팎에는 저녁밥 짓는 연기로 덮여 있을 때에 동음심처의 궁녀 난아의 방에는 함풍제와 난아만 남았고 그 방문은 닫히고 사방은 고요하여 죽은 듯한 침묵이 계속되고 거기에서 멀지 않은 곳에서는 궁녀와 내시들이 수군수군대고 있었다.

여러 궁녀와 내시들이 난아의 방으로 다시 모여 들어올 때에는 벌써 해가 거의 지고 궁중에 촛불을 준비할 때이다.

내시와 궁녀들은 전래에 의지하여 임금이 잡수실 모든 음식을 가져왔다. 함풍제는 난아와 함께 난아의 침실에서 나와 궁녀와 내시들이 준비해 놓은 음식 탁자를 향하여 앉았고 난아는 그를 모시고 서 있었다. 함풍제는 어전에서 봉공(奉供)하는 내시를 불렀다.

"오늘 저녁은 밤이 늦도록 여기서 지낼 테니 그리 알고 모든 것을 준비하되 너희들도 저녁밥을 이곳에서 먹도록 하여라."

"소인들도 폐하께서 여기서 늦도록 계실 것을 짐작하고 벌써 그렇게 준비해 두었습니다."

함풍제는 만족한 낯빛으로 다시 말했다.

"네가 참으로 영리하다. 그러면 어서 너희들도 식탁을 갖추고 저녁을 먹어라. 그리고 난아는 짐과 함께 저녁을 먹자! 우선 술부터 한 잔 부어라."

난아는 반기며 기뻐하는 낯빛으로 가볍게 걸어 식탁가에 가서 술병을 잡아 술 한 잔을 부으며 말했다.

"술보다도 수라를 먼저 잡수시는 것이 좋을 듯합니다."

함풍제는 술잔을 받아서 손에 들고 난아의 얼굴을 한참 바라보았다.

"오냐! 술도 마시고 다음은 네 말대로 음식도 많이 먹을 테니 걱정하지 말고 너도 이리 와서 앉아라."

함풍제는 자기 손으로 곁에 놓여 있는 교의를 잡아당겨 자기에게 가까이 놓으면서 난아에게 앉으라고 권하였다. 난아는 임금이 가리키는 교의 곁에 가서 앉지는 않고 허리 굽혀 예를 갖추었다.

"황공합니다. 어서 잡수십시오. 술과 수라가 식을 듯합니다."

함풍제는 손에 들었던 잔의 술을 마신 뒤에 난아가 젓가락으로 집어 들고 있는 안주를 받아 물고 씹으면서 난아를 잡아당겨 다시 그 목에 팔을 걸고 머리를 돌리고 난아의 얼굴을 다시금 보면서 한없이 만족한 목소리로 말했다.

"난아야! 너는 어찌하여 짐을 오늘에야 만나보게 되었느냐? 어―그것― 참으로 천하에 드문 미인이로구나!"

난아는 다시 술잔에 술을 부어들고서 임금에게 권하며 아뢰었다.

"소녀가 오늘에라도 이렇게 폐하의 은총을 받는 것만이라도 천하에 다시 없는 영광인데 어찌 늦었다고 원망하겠습니까? 소녀는 이제 죽어도 한이 없습니다. 그리고 소녀가 무슨 미인입니까? 폐하의 성덕이 소녀에게까지 미치신 줄로 알고 소녀는 오직 성은이 망극하게 생각할 뿐입니다."

난아가 이런 말을 할 동안에 함풍제는 술 한 잔을 마시고 난아가 권하는 대로 안주를 받아먹었다.

"난아야! 얼굴과 몸과 행동만 미인이 아니라 네 하는 말이 더욱 귀엽고 미인다운 말이다. 그러나 너무 그렇게 예절을 찾는 말만 하지 말고 좀 더 친근하게 하며 여기 앉아서 너도 술 한 잔 마시고 안주도 먹어라!"

함풍제는 난아를 억지로 교의에 앉히고 자기 손으로 술 한 잔을 부어서 난아에게 주었다.

"너도 어서 한 잔 마셔라! 그리고 짐도 한 잔 부어다오. 오늘 밤은 취하도록 마신 뒤에 또다시 한바탕 잘 놀아보자!"

난아는 속으로 생각하기를, '어찌하든지 폐하께서 취하셔서 여기에서 주무시도록 하는 것이 상책이다.' 하고 함풍제가 마시는 대로 술을 부어주며 자기도 임금이 권하는 대로 받아 마시면서 함풍제의 마음이 유쾌하기에만 힘썼다. 그리하여 함풍제와 난아는 술이 반쯤 취하였다.

그러한 난아가 함풍제를 위하여 온갖 재롱과 아양을 부리다가 노래 한 곡조를 또다시 불렀다. 함풍제는 자기의 흥을 이기지 못하여 난아가 부르는 노래를 함께 불러도 보고 손바닥을 치면서 잘한다고 칭찬도 수없이 하였다.

난아의 노래소리와 함풍제의 박수와 갈채하는 소리가 밖에 들릴 때에 여러 내시와 궁녀들도 딴 방에서 저녁밥을 먹고 임금이 계신 난아의 방으로 모여들었다. 모든 내시와 궁녀들이 함풍제에게 머리를 조아려 대할 때에 난아도 일어서서 합장하고 공손한 태도를 취하는데 함풍제는 뭇사람의 예는 받지 않고 오직 공손히 합장하고 서 있는 난아의 자태만을 유심히 바라보다가 내시와 궁녀들을 돌아보면서 물었다.

　"너희들 눈에는 저기 서 있는 난아의 자태가 어떠하냐? 어디로 보든지 천하에 드문 미인이 아니냐?"

　"소인의 눈에는 난아가 고금천하에 처음으로 난 미인인가 합니다."

　"저러한 미인이 오늘에야 성상폐하께 비로소 은총을 입게 된 것은 조금 늦은 듯한 느낌이 있습니다."

　"난아궁녀의 인물과 자태만 미인인 것이 아니라 그 몸가짐은 행동과 모든 일에 지키는 예절과 말하는 모든 점이 몇백 명 궁녀 가운데 다시 없는 모범적 궁녀인가 합니다."

　"난아궁녀가 오늘 성상폐하께 나타낸 모든 점보다도 난아궁녀는 시서에 능통하고 글씨가 명필이며 바느질 솜씨가 일등이며 수놓는 데도 일등이어서 황후폐하께서 여러 번 칭찬하시고 상도 많이 하사하신 일이 있습니다."

　내시와 궁녀들은 아첨하듯 칭찬을 아끼지 않았다.

　함풍제는 다시금 난아를 불러서 자기 곁에 가까이 세우고 물었다.

　"너 벌써 황후폐하를 뵌 일이 있느냐?"

　"네, 소녀가 가끔 황후폐하께 불려가서 뵌 일이 있습니다."

"그래! 황후폐하께서도 내가 너를 깊이 사랑하듯이 사랑하시더냐?"

"네, 성상폐하께서는 억조창생의 아버지시고, 황후폐하께서는 억조창생의 어머니시라 아버지의 사랑은 하늘이고 어머니의 사랑은 더욱 간절하신 사랑이라고 생각합니다."

함풍제는 이 말을 듣고 한없이 놀라는 듯한 표정으로 난아의 머리를 어루만지면서 칭찬하였다.

"너의 이 말은 옥 같은 사람의 옥 같은 말이며 의리와 재주가 겸비한 말이다."

모든 내시와 궁녀들이 난아의 그 말을 마치 천추만세에 썩지 않을 금사옥담처럼 일제히 칭송하고 감탄하였다.

함풍제는 그 날 밤에 난아를 데리고 그와 같이 여러 내시와 궁녀들과 서로 의견을 묻고 대답하는 것이 천하국강과 억조만민의 행복을 위하여 크나큰 인재를 만난 듯이 한없이 즐겁고 만족하였다.

"자, 이만하면 난아가 우리 궁중에서 얼마나 훌륭한 인물인 것은 알았으니 오늘밤은 아무런 예절도 돌아보지 말고 난아의 가무도 실컷들 보며 그 밖에 모든 풍악을 갖추어서 함께 즐기도록 하여라."

함풍제는 다시 술마시기를 시작하고 별의별 노래와 춤이 모두 나왔다.

함풍제의 술이 취할수록 난아를 사랑하는 정도가 높아가고 난아도 그럭저럭 함풍제가 주는 술을 받아먹은 것이 취흥을 못이길 만큼 되었다.

난아가 함풍제에게 행하는 행동은 마치 첫정이 든 젊은 부부

같고 요리점에 불려간 기생이 돈 많은 남자에게 행하는 행동처럼 노골적이었다.

 함풍제는 진정으로 술이 대취함인지 또는 난아에게 대한 춘정을 못 이김인지 난아의 손목을 잡고 난아의 침실로 들어가고 모든 내시와 궁녀들은 딴 방에서 그 밤을 지내고 이튿날 늦은 아침 때까지 기다렸다.

## 황귀비 난아

 북경에 있는 청나라의 만승천자 함풍제가 천하만사를 꿈밖으로 여기고 규칙 많고 전례 많은 자금성의 대궐을 마다하고 향락의 낙원인 원명원 이궁에서 날마다 술마시며 아름다운 계집을 끼고 놀기만 일삼을 때에 남경에 있는 태평천국의 만승천자 홍수전도 그 못지 않게 향락에 빠졌다.

 당초 홍수전이 광서금전에서 기병하여 광서의 모든 성, 호남성, 귀주성, 호북성의 무창과 안휘성의 중요한 도시를 점령하며 양자강을 순류하여 남경성을 점령하고 그곳에 국도를 정할 때, 양자강 이남의 천하가 될 뿐아니라 중국의 이만 리 강산이 모두 태평천국의 천하가 되며 만주족의 청나라가 멸망하고 한족의 태평천국이 완전히 건설될 것이라고 누구나 그렇게 생각했다.

태평천국의 임금과 신하와 백성들이 그렇게 생각했고, 청나라의 임금과 신하와 백성들도 그렇게 생각했으며 동서양의 각국 사람들도 그렇게 생각했다.

그런데 태평천국의 승승장구하던 기세도 남경에다 수도를 정하고 홍수전이 만승천자의 천왕이 되고 양수청·풍운산·소조귀·위창휘·석담개·홍인발 등을 각각 왕작을 봉하여 논공행상하는 데 이르러서는 그 기세가 줄어들고 양자강 이남의 천하를 가지고도 부귀와 영화를 누리는 것에 만족하여 북으로 청나라를 쳐서 없애자는 생각보다 자기들끼리 권력과 부귀와 향락을 다투기를 일삼고 처음에 가졌던 혁명적 사상은 거의 없어지게 되었다.

그때 천왕 홍수전의 유일한 선생이며 동지이자 책사인 전강이 천황 홍수전을 보고 눈물을 흘리며 간하였다.

"폐하가 초야에서 일어나서 기병하신 지 불과 이 년에 양자강 이남의 천하를 석권하시고 천하 만민이 폐하의 군사를 술과 밥을 가지고 맞아들이며 청나라의 군사를 원수로 대접하는 것은 폐하의 성덕만이 천하 만민을 감동시킨 것이 아니라 우리 한족이 북만의 야만족인 만주족에게 이백여 년 동안이나 눌리고 밟히며 소나 말보다 못한 종노릇을 하는 것을 뼈에 사무치도록 원통하게 생각하다가 폐하께서 만주의 야만족을 우리 강산에서 몰아내고 신성하고 문명한 우리 한족의 새 나라를 세운다는 데서 폐하의 군사를 그와 같이 맞아들인 것이며 청나라 군사를 원수로 여긴 것입니다. 폐하께서도 이것을 가장 잘 아실 줄로 생각합니다.

그런데 이제 폐하께서 북경을 쳐서 청나라를 멸망시키고 우리 한족의 태평천국을 완전히 세우겠다고 하시던 당초의 맹세를 지워 버리고 양자강 이남의 천하만 가지고 부귀영화를 누리고자 하심은 무슨 까닭입니까? 이에 만족하신다면 이 부귀와 영화도 오래 가지 못할 것입니다. 전국을 쳐서 멸망도 시키기 전에 중도에 국도부터 정하시며 논공행상부터 하여 왕공후(王公候) 등의 작위를 봉하니 이것은 나아가서 적과 싸우기를 권하는 것이 아니라 앉아서 부귀영화를 누리기를 권하는 것입니다. 당초에는 사람마다 만주족이라는 적과 싸워서 죽는 것을 영광으로 생각하던 폐하의 신하와 장수가 이제는 사람마다 만주족이라는 적은 잊어버리고 앉아서 부귀영화를 누리기 위해서는 저희끼리 싸우기를 일삼게 되었으니 이 어찌 폐하의 근본 뜻이라 하겠습니까? 바라건대 폐하는 북경을 쳐서 청나라를 멸하기 전에는 국도도 정하지 마시고 군사상의 군직만 두시고 모든 작위와 관직을 아직 확실히 정하지 마시고 폐하부터 몸소 양자강을 건너셔서 북벌하는 진두에 말을 달리소서!"

홍수전은 전강의 말을 옳다고 하면서도 이렇게 말하였다.

"선생이 안 계신 탓으로 짐이 잘못하였다. 그러나 이제 벌써 이렇게 되었으니 어찌하겠는가. 할 수 없도다."

홍수전은 좋게 말하자면 인자한 임금이고 나쁘게 말하자면 유약한 임금이었다. 전강의 말이 옳은 줄 알면서도 그대로 행하지 못한 까닭에 태평천국에는 과연 전강의 말대로 여러 가지 상스럽지 못한 일이 수없이 생겨났다.

그 가운데서도 가장 상스럽지 못한 것은 동왕(東王) 양수청이 천왕 홍수전의 자리를 빼앗으려는 것이었다. 당초에 홍수전이 양수청을 달래서 함께 혁명 사업에 나서게 할 때에 청나라를 멸한 뒤에 새 나라를 세우되 양수청에게 임금의 자리를 주겠다고 한 일이 있다. 그 말을 믿었던 양수청이 태평천국의 천왕이라는 자리를 홍수전에게 빼앗긴 것을 분하다고 생각하고 자기의 당파를 모으고 부하의 군력을 충실히 하며 무슨 기회든지 기회만 있기를 기다리고 있었다.

양수청이 그와 같은 야심을 가지고 당파를 모으며 군대의 세력을 확장하는 것만큼 북왕 위창휘와 홍수전의 아우 홍인발 등 또한 당파를 만들어 세력을 확장하니 당파가 대립하게 되었다.

그런데 군대의 세력으로는 양수청의 파가 우세하여 북벌군 대장 임봉상은 양수청의 충절 부하이며 맹장이었다. 그리하여 양수청은 군대를 가지고라도 홍수전의 천왕 자리를 빼앗고 싶었다.

그러한 모든 내막과 정세를 가장 잘 알고 있던 북왕 위창휘는 자기 집에다 양수청을 속여서 데려다가 죽였다. 그뿐만 아니라 홍수전의 아우 홍인발은 양수청의 족속을 모두 죽여 버렸다.

북왕 위창휘는 천왕 홍수전에게 고했다.

"신이 동왕 양수청이 반역의 뜻을 가지고 장차 폐하와 국가에 막대한 죄를 지을 것을 알고 죽였으니 양수청의 죄를 천하에 공표하소서. 그러지 않으면 지금 북벌군 대장 임봉상과 그 밖에 여러 사람이 양수청의 부하로서, 신이 양수청을 죽인 것을 분하게 생각하고 있으니 차라리 신이 함부로 국가의 대신을 죽였다는 죄로 신을 죄주어 양수청 부하의 여러 사람의 분노를 줄이소서. 이 두 가지 가운데서 한 가지를 택하여 실행하소서."

홍수전은 난처하게 되었다. 위창휘를 옳다고 하자니 양수청의 파가 불복할 것이오, 위창휘를 잘못하였다고 하자면 그것은 의리와 정의에 그르치는 일이라 이러지도 저러지도 못하고 있었다.

과연 북벌군 대장 임봉상은 북벌하는 군사를 중도에서 멈추고 천왕 홍수전에게 질문하였다.

"북왕 위창휘가 동왕 양수청을 무슨 죄로 죽였습니까? 양수청에게 죽일 만한 죄가 있거든 그 죄를 명백히 천하에 공포하고 만일 그러한 죄가 없거든 위창휘를 죽여서 천하에 사죄하소서……."

이때에 전강은 천왕에게 양수청의 모든 죄상을 천하에 공포하고 그 죄는 양수청 한 사람에게만 있다는 것을 명백히 하여 부하의 마음을 평안케 하라고 하였다.

그러나 홍수전은 전강의 말대로 행하지 못했다. 위창휘는 천왕이 결정하지 못하는 가운데 나랏일만 점점 잘못되어 가는 것을 보고 자기 편에서 자살하면서 차라리 자기를 잘못한 죄인으로 만들어서라도 인심을 진정시켜 북벌을 성공하도록 하라고 하였다.

과연 위창휘가 자살한 뒤에 홍수전은 위창휘가 잘못했다고 발표하여 양수청의 부하 인심을 진정시켰다. 이런 가운데 익왕(翼王) 석달개는 홍수전을 버리고 자기 군사를 거느리고 사천을 올라간다는 핑계를 대고 가 버리고, 전강도 상황이 틀어진 것을 보고 어느 산중으로 도망가 버리고 말았다.

그리하여 태평천국의 남경궁중이나 청나라의 북경궁중이나 임금들이 날마다 주색과 풍류와 향락으로 그날그날을 보내기는 매한가지로 외국 사람들에게 업신여김을 받게 되었다.

남경의 태평천국 사람들이 저희끼리 서로 시기하고 죽이며 물고 뜯고 다투는 것이 북경에 있는 청나라의 임금과 신하들에게 안심하고 향락할 만한 시간을 넉넉히 주었던 것이다.

 이 세상에 무엇 하러 왔던가 하면 주색과 모든 향락을 하러 왔다고 대답할 만큼 함풍황제는 동음심처에서 난아를 사랑하게 된 뒤로는 자기 평생에 가장 큰 목적이나 달성한 것처럼 아주 만족하였다.

 평생 처음이라고 생각할 정도로 대만족을 얻은 함풍제는 궁녀 난아와 잠시라도 떨어지지 않으려고 하였다. 난아가 아니면 함풍제는 잠잘 수도 술을 마실 수도 어디로 갈 수도 없을 만큼 되었다. 다시 말하면 난아가 없는 세상에서는 함풍황제 혼자서는 살 수 없을 정도가 되어서 며칠에 한 번씩 조정에서 여러 신하들과 나랏일을 의논하고 후궁으로 돌아오게 되는 그 동안을 몇 달이나 몇 해만큼 오래라고 생각하였다.

 함풍제만 그런 것이 아니라 난아도 임금과 잠시라도 떨어지면 살 수 없고 죽을 것 같아서 임금이 외전으로 나가면 반드시 따라 나가다가 체면에 다시 따라갈 수 없는 곳에서 떨어지고 그곳에서 임금을 다시 맞아가지고 후궁으로 돌아오는 것이 한 가지 규칙과 전례처럼 되어버렸다.

 하루는 함풍제가 조정에 들러 후궁에 돌아오는 길에 중도에서 기다리고 있었던 난아를 만나 그 손을 잡고 반가워했다.

"난아야!"

"네!"

"기다렸지! 오늘은 다른 날과 달라서 좀처럼 일어날 수가 없어서 늦었구나!"

그래도 얼굴에는 뭔가 근심하는 빛이 나타났다. 눈치 빠른 난아는 임금의 기색을 얼른 살피고 그 전보다 몇 배나 더 반기며 온갖 재롱과 아양을 부렸다.

"오늘은 어찌하여 이렇게 늦으셨습니까? 몇 해가 흘러간 것 같습니다. 아이 참! 천하에 못할 일은 사람 기다리는 일입니다."

임금이 잡은 손에 끌려오는 난아의 눈에서 눈물이 어렸다. 함풍제도 난아의 말소리만 듣고 머리를 숙이고 오면서 뭔가 생각하다가 한숨 한 번 길게 쉬고 머리를 돌려 난아를 보고 깜짝 놀라면서 안타깝게 물었다.

"난아야! 왜 우느냐? 누가 뭐라 했느냐? 무슨 까닭이냐? 말하여라! 어서, 난아야!"

난아는 눈으로 눈물을 흘리면서도 반기며 웃는 태도를 갖고 있었다.

"아닙니다. 폐하의 은총이 계시는 날까지야 그 누가 소녀의 말을 하겠습니까? 오늘은 폐하께서 외전에 계시는 시간이 꽤 오랜 듯도 하고 어쩐 일인지 마음이 편치 않던 차에 폐하의 용안을 뵈니 무슨 불편하신 기색이 계시고 또한 한숨까지 쉬는 것을 뵈니 소녀의 마음이 더욱 좋지 못합니다. 황송합니다."

차릴 예절을 차릴 대로 차리면서 자기가 알고 싶은 것을 그래도 물었다.

"오냐! 걱정마라! 천지가 변하면 변하였지, 짐이 너를 사랑하는 마음이야 변하겠느냐? 오늘은 홍수전의 난리 때문에 의논이 조금 오래되고 짐의 마음도 편치 않다 보니 한숨이 저절로 나온 것이다. 그러니 상심하지 말아라."

함풍제는 난아를 위로하였다. 난아는 속으로 '난리가 어찌 되었기에 저렇게 근심하시는가?' 하고 자세한 것을 묻고 싶었지만 궁녀의 몸으로는 국사에 관여하지 못한다는 나랏법 때문에 묻지 않고 다만 함풍제를 위로하였다.

"성은이 망극합니다. 이러한 성덕에는 홍수전의 난리도 멀지 않아서 평정될 것이니 너무 상심하지 마소서."

"상심한들 무엇하랴? 될 대로 되라지! 좌우간 오늘은 네가 좋아하는 뱃놀이나 하자!"

함풍제는 다시 내시들에게 뱃놀이 준비를 하라고 분부하면서 별전에서 술 댓 잔을 마셨다.

조금 있다가 내시들이 와서 아뢰었다.

"뱃놀이 준비가 다 되었습니다."

별전에서 난아가 정답게 권하는 술을 마시고 위로하는 말에 마음이 풀린 함풍제는 온갖 근심과 모든 걱정을 잊어버리고 있던 차에 내시가 아뢰는 말을 듣고 난아의 손목을 잡고 일어났다.

"난아야! 뱃놀이 준비가 되었단다! 어서 일어나 배타러 가자! 너는 어찌하여 배타기를 그렇게 좋아하느냐?"

"소녀가 남방에서 자란 까닭에 배타는 데 누구보다 더 취미를 가지게 됩니다."

"그러나 너는 말도 제법 잘 타더구나!"

"말 타는 것이야 폐하께서 소녀에게 가르쳐 주신 것이지요!"

임금을 쳐다보는 난아에게서는 온갖 아리땁고 고운 태도가 풍겨 나왔고, 함풍제는 난아의 이러한 태도에 한없는 만족과 행복을 느꼈다.

함풍제는 배에 오르면서 다시 난아를 돌아보며 말하였다.

"난아야! 남선북마(南船北馬)라는 말의 뜻을 알고 있느냐?"

"남선북마라는 뜻은 우리나라에서 남방 사람들은 배를 잘 타고 북방에서는 말을 잘 탄다는 말이지요. 그 밖에 별다른 뜻은 소녀가 잘 알지 못합니다."

"남선북마의 뜻이 보통으로는 그런 것이다만 오늘 짐이 말하는 남선북마의 뜻은 그런 것만이 아니다. 짐은 말 타기를 즐기고 너는 배 타기를 즐기니 이것이 바로 남선북마로구나! 이 즐김을 가지고 한세상 지내보자!"

함풍제와 난아는 내시들이 준비한 용주(龍舟)에 올랐다. 난아는 내시들이 인도하는 대로 임금을 모시고 자리에 앉은 뒤에 배는 언덕을 떠나 다른 언덕을 향하여 떠났다. 이때에 동서남북 네 언덕에서는 '안락도(安樂渡)' 세 글자의 한 마디를 고운 목소리로 길에 내어 부르는 젊은 여자들의 목소리가 일어나기 시작하여 그칠 줄을 몰랐다.

헌데 원명원 궁중 법도에 임금이 뱃놀이를 할 때에는 모든 젊은 궁녀들이 사방에 늘어서서 안락도 세 글자의 한 마디를 쌍쌍이 짝을 지어 번갈아 부르되 임금이 탄 배가 다른 언덕에 닿을 때까지 계속 되었다. 그것은 첫째로는 임금에게 "안녕히 건너가십시오. 즐겁게 건너가십시오." 하는 축복의 뜻이 있고, 그 다음에는 임금이 만일이라도 물에 실수하실까 하는 염려에서 나온 궁중 법도로 임금이 향락하는데 한 가지 도움도 되는 것이다.

이 언덕 저 언덕에서 안락도를 부르는 소리가 끊이지 않을 때 난아는 황제를 모시고 배 안에서 노래 한 마디를 불렀다. 함풍제는 난아가 부르는 노래 소리에 더욱 흥을 못 이겨 그 노래를 다시 부르게 하니 난아는 또다시 노래 한 마디를 불렀다.

"보아라! 잠자리는 물을 뛰쳐 날고 두 언덕의 드리운 버들들은 때마침 흐느끼는구나."

 함풍제가 난아의 노래소리와 궁녀들이 부르는 안락도 소리에 아무런 근심걱정도 없고 오직 "사람의 한세상 향락이 이만하면 만족하다."고 생각하고 있을 때에 난아가 술 한 잔을 권하면서 이렇게 여쭈었다.

 "황송합니다. 내일은 폐하를 모시고 말 타고 모든 경치를 구석구석 구경하였으면 영광일까 합니다."

 함풍제는 난아가 권하는 술을 받아 마시면서

 "오냐! 그러하자! 짐도 그렇게 생각하였다. 더구나 너까지 원하는 바에야!"
하면서 난아에게도 술을 권하였다. 난아는 임금이 권하는 대로 술을 받아 마시며 임금에게 권하기도 하였다.

 그때에 임금의 용주를 호위하고 전후좌우에 떠 있는 여러 배에서 임금이 술 마실 때 연주하는 궁중음악을 연주했다. 배 안에 있는 함풍제와 난아의 향락만 아니라 모든 언덕과 배에 오른 모든 사람들의 향락이 극도에 달하였다. 날이 저물고 함풍제가 술에 대취할 때에 난아는 그를 모시고 자기 침소로 돌아왔다.

 함풍제의 어가가 내전으로 들어서자 내시와 궁녀들이 좌우에서 문안을 드리면서 임금이 한번 돌아보아 주시기를 바랐다. 그러나 함풍제의 눈은 난아를 찾기에만 번쩍이다가 난아를 보자 이내 기쁨과 만족이 나타났다.

 "난아야! 너 오늘도 한참 기다렸지?"

 그는 어가에서 내려서 난아의 손을 잡고 걸었다. 난아도 임금의 낯빛이 전날보다 훨씬 밝아 보이는 것이 반가웠다.

"네! 오늘도 한참 기다렸습니다. 폐하께서는……."

고개를 갸웃하면서 임금을 쳐다볼 때에 함풍제의 눈에는 난아가 사람이 아니오, 이야기책 가운데 있는 곱고도 황홀한 선녀같이 보였다.

"짐도 네가 항상 눈에 어른거려서 얼른 들어오자는 것이 오늘은 네가 말하던 그 의견을 가지고 왕공과 대신들과 이리저리 강론하느라고 시간이 오래 되었다. 그러나 내일부터 한동안은 대전에 나가지 않게 되었으니 다행이다."

"지금 수라를 잡수시고, 어제 분부하신 대로 말 타시고 사자림 속으로 행차하실런지요?"

"글쎄. 네 마음에는 어찌하였으면 좋을 듯하냐? 네가 좋다면 짐도 좋지."

"소녀의 생각에는 폐하께서 옥체가 혹시 피곤하실 듯하오니 오늘은 조용한 곳에서 평안히 정양하셨으면 좋을 듯합니다만 폐하의 생각에는 어떠하실는지요?"

"그렇다! 짐도 피곤하고 너도 피곤할 테니 오늘은 아무데도 가지 말고 네 침소에 가서 조용히 단둘이 지내자꾸나!"

"성은이 감축합니다. 그리고 오늘은 일기가 불순하여 비가 올 듯도 합니다."

"참말 그렇구나! 오늘은 정녕 비가 올 것이다."

함풍제는 내시들에게 사자림 속에 가서 말 타려던 모든 준비를 그만두라 하였다.

"짐이 오늘은 몸이 피곤해서 난아 침소에서 조용히 지내려니 너희들은 그리 알고 모든 것을 준비하라."

그러고 나서 함풍제는 난아를 데리고 난아의 침소에 들었다.

모든 내시와 궁녀들은 어제부터 임금이 사자림에서 말 타며 향락하는 데 필요한 만반의 준비를 해 두고 기다리던 것이 별안간 난아의 말 몇 마디에 허사가 되고 임금이 난아만을 데리고 난아의 침소로 드는 것을 보고 난아에 대한 임금의 사랑이 한없이 굳어진 것에 놀라지 않을 수 없었다.

난아의 침소에 들어간 함풍제는 난아와 함께 술 몇 잔을 마시며 수라를 든 뒤에 난아의 무릎을 베개 삼아 베고 정다운 부부처럼 아무 허물도 없이 서로 안아도 주고 서로 만져도 주며 이런 저런 이야기를 주고 받았다.

"난아야! 짐은 오늘 조정에서 네 말대로 적을 북방까지 끌어내어서 한 번에 쳐서 무찌르기로 했다."

"폐하께서 소녀의 말이 그러더라고 말씀하시지는 않으셨겠지요?"

"그리했다. 그것이 너의 의견이라고 말해도 별로 상관없겠지만 네가 원치 않는 까닭에 짐의 의견이라고 말했다."

"감사하옵고 황공합니다."

"그런데 너는 항상 무엇을 겁내는 듯하니 무슨 까닭이냐?"

"폐하께서도 통촉하실 바이지만 소녀가 분수와 자격에 넘치게 폐하의 은총을 받게 되는 데서 소녀를 모해하는 사람이 적지 않은 듯하여 항상 바늘방석에 앉은 듯합니다."

난아는 눈에서 눈물이 떨어짐을 금하지 못하였다. 함풍제는 누웠다가 일어나면서 물었다.

"누구누구가 너를 모해하는 듯하더냐?"

"아닙니다. 소녀의 마음이 어쩐 일인지 폐하를 영원히 모시지 못할까 하는 염려가 항상 가슴 속에서 사라지지 않습니다."

"그런 걱정은 두 번 다시 하지 말아라! 술이나 몇 잔 더 부어라!"

이러한 분부를 들은 난아가 술을 부어서 임금에게 권할 때 밖에서는 이른 가을의 비가 오동나무 잎에 떨어지는 소리가 들렸다.

함풍제는 난아가 공손히 부어서 정답게 권하는 술을 마시면서 창 밖에서 들리는 빗소리를 듣고 있었다.

"봄바람에 꽃피는 밤이 어제 같더니 가을비에 오동잎이 또다시 떨어지는구나! 세월은 이와 같이 빠른데……."

함풍제는 말 끝을 마치지 못하고 한숨을 한 번 길게 쉬고 그 무엇을 탄식하였다. 난아는 깜짝 놀라면서 물었다.

"폐하께서 무엇에 상심되나이까? 혹시 소녀가 잘못한 것이라도 있습니까? 용서하시고 바른 대로 일러주시기 바랍니다."

"아니다. 천만의 말이다. 어서 술이나 부어라."

함풍제는 여전히 한숨을 쉬었다. 난아는 임금이 무슨 까닭에 그렇게 갑자기 한숨을 쉬며 탄식하는지 알지 못하여 안타까웠다. 그에게 술을 권하면서 여쭈었다.

"진정으로 폐하의 상심되시는 일을 알고자 합니다. 이것을 알지 못하고야 어찌 잠시인들 폐하를 모실 자격을 가졌다고 하겠습니까? 황공한 것뿐입니다."

"네가 정녕코 알고자 하니 짐이 상심되는 바를 말하마. 짐이 즉위한 지 사 년 동안 나랏일은 잠시도 근심 놓을 때가 없고 황후 이외에도 여러 귀비와 궁녀가 있어도 자녀 간에 자식의 낙도 볼 수가 없으니 짐과 같이 박복한 사람이 어디 있겠느냐?"

"장발적의 난리는 머지않아 평정될 것이고 폐하와 황후궁의 춘추가 아직도 창창하시니 슬하의 손을 얼마든지 보실 것입니다. 너무 상심 마시기 바랍니다."

"남의 임금 되어서 억조만민을 도탄 가운데 빠지게 하고, 남의 아들 되어서 후사를 이어 놓지 못하고 있으니 이 어찌 상심되지 않겠느냐? 금년도 벌써 가을이 되었으니……."

함풍제는 탄식을 멈추지 않았다.

"폐하!"

난아는 이 한 마디를 하고 임금을 한참 바라보다가 물었다.

"소녀가 만일 폐하의 은총을 받은 나머지 아들이나 딸을 낳게 된다면 어찌되오리까?"

함풍제는 난아의 그 말을 반가이 들었다.

"어찌되다니? 아들이면 황태자로 봉하고 딸이면 공주가 되지! 그래 네가 몸이 좀 다른 듯하냐?"

"아닙니다. 소녀같이 미천한 궁녀의 몸에서 낳은 자식이라도 폐하만세 후에 후대를 잇게 될지 알 수 없어서 여쭈어 본 것입니다."

"그것은 물론이다. 너보다 못한 하급 궁녀의 몸에서라도 아들만 낳게 되면 황태자로 봉할 것이다. 그리고 말이 났으니 말이지 너를 머지 않아 귀비로 승차시킬 테니 그리 알고 안심하여라!"

"폐하의 이와 같은 성은을 무엇으로 갚습니까. 참으로 백골난망입니다. 오직 거룩하신 성은을 갚기 위하여 아들을 낳아서 폐하께 바치고자 주야로 기도할 뿐입니다."

"말만 들어도 고맙구나."

이처럼 함풍제가 난아를 데리고 온갖 이야기를 할 때에 창 밖에서는 빗소리가 점점 커지고 해는 거의 질 때가 되어 궁중에서는 촛불을 준비하기 시작했다. 내시들이 와서 저녁수라를 여쭈었다. 함풍제는 저녁수라도 난아와 단둘이 들겠다고 하고 다른 궁녀나 여러 내시들이 들어오지 못하게 하라고 분부하였다.

저녁수라를 든 뒤에 난아는 방문을 굳게 닫고 임금을 모시고 밤을 지냈다.

이튿날도 비가 여전히 내리고 함풍제는 난아의 침실에 그대로 있으면서 난아에게 한없는 위안도 받으며 사랑을 난아에게 주었다.

비는 그대로 사흘 동안 계속되고 함풍제와 난아는 여전히 침실 밖에 나오지 않았다. 그동안에 난아의 가정 이야기와 그 밖에 온갖 소원도 물어보고 난아도 자기가 평생에 희망하던 바를 대강대강 임금에게 하소연하였다.

오동나무 잎에 휙 뿌리는 가을비 소리에 상심하면서 난아와 여러 가지 가슴 속 이야기를 한 뒤부터 함풍제는 온전히 난아 한 사람에게 그 사랑을 주었다. 그에 따라 난아의 궁중 세력도 상당히 커지고 지위도 차츰 커지게 되었다.

그 뒤 몇 달이 지나지 않아 난아는 건강은 여전하였지만 음식도 잘 먹지 못하고 가끔 두통으로 고생하며 구역증이 나서 몹시 괴로워하였다.

하루는 함풍제가 난아의 침소에 들었는데 난아의 기색이 매우 괴로워하는 것을 보고 물었다.

"어디가 아파서 신색이 그러하냐? 무엇 상심되고 걱정되는 것이 있느냐?"

난아는 그동안에 항상 몸이 괴로웠지만 임금을 대할 때에는 이를 악물고 조금도 불편한 빛을 나타내지 않았다. 그러던 것이 이날은 너무도 괴로워서 할 수 없이 불편한 빛이 얼굴에 나타났던 것이다. 그래도 난아는 임금의 묻는 말에 대하여 억지로 웃으면서 대답하였다.

"몸이 조금 불편하지만 그다지 심하지는 않고 상심되는 일이라고는 아무것도 없습니다."

"그래도 짐이 보기에는 네 몸이 매우 불편한 듯한데 어찌하여 약도 쓰지 않았느냐? 주부(의원)도 뵈지 아니했느냐?"

"그다지 불편하지 아니한 까닭에 의원에게도 보이지 않았고 약도 먹지 않았습니다."

함풍제는 난아의 말에 대답하지 않고 내시들을 불러 매우 꾸짖었다.

"짐이 너희에게 모든 일을 각별하게 주의하라고 하였는데 미리 알고서 주부도 보이지 않고 약도 쓰지 않았으니 너희들이 죽일 놈들이다."

내시들은 "황송합니다." 하는 말만 하고 벌벌 떨고 서 있는데 난아가 내시들을 대신하여 대답하였다.

"아닙니다. 여러 사람이 주부를 불러오느니 약을 지어오느니 하는 것을 소녀가 고집을 쓰고 그만두라고 하였습니다."

"그렇더라도 너희들 도리에는 주부를 불러 뵈이고 약을 쓰도록 하는 것이 옳은 일이니, 이제 긴말 할 것 없이 당장 주부를 불러오너라!"

내시들은 황공하고 겁나던 차에 다행으로 난아가 임금에게 바른 대로 말을 아뢴 까닭에 엄벌을 면하게 된 것만 다행으로 여기고 주부를 부르러 네 사람이 나갔다. 난아는 그대로 다시 임금에게 여쭈었다.

"너무 황공하고 감사합니다만, 그만두셨으면 좋을 듯합니다."

그러나 함풍제는 머리를 흔들었다.

"안 될 말이다. 병든 사람은 의원을 뵈이고 약을 써야 하는 것이다."

그리고 난아를 불러 가까이 앉히고 어루만져 주면서 어디가 아프며 며칠이나 되었느냐를 묻고, 난아는 벌써 아픈 지 오랬지만 어디가 심히 아픈 데는 없다고 대답하는 사이에 "주부들이 왔습니다."라고 아뢰었다. 함풍제는 주부들을 둘러보고 난아의 병을 진찰하라고 분부하였다.

주부들은 어명을 받아 한 사람씩 난아에게 병세를 물으며 병을 진찰하여 보았다. 진찰이 끝난 뒤에도 여러 주부가 서로 얼굴만 바라보고 무슨 병이라고 확실한 진단을 내리지 못하였다.

함풍제는 주부들의 태도를 보고 이상스럽게 생각하였다.

"어찌하여 병을 보고도 벙어리 모양으로 무슨 병이며 무슨 약을 써야겠다는 말들이 없고 서로 얼굴만 쳐다보고 있느냐?"

주부들은 더욱 당황하면서 서로 마주보기만 하였다. 함풍제는 성급한 생각을 이기지 못해 주부들을 노려보면서 꾸짖었다.

"이놈들아! 병이었다는 말이냐? 병은 병이래도 밝힐 수 없는 병이란 말이냐!"

그 바람에 수반 주부가 엉겁결에 여쭈었다.

"병은 아니옵고 기쁜 경사입니다."

함풍제는 주부가 아뢰는 말을 듣고 의아해 했다.

"병은 아니고 경사야? 무슨 말인지 알 수가 없구나! 바른 대로 말하여라!"

"네, 감기 기운이 약간 있으나 병이라고 할 수는 없고 태기가 있는 듯하니 나라의 경사인가 합니다!"

그 말을 들은 함풍제는 은근히 기뻐하면서 다른 주부들을 돌아보며 물었다.

"너희들 소견도 그러하냐?"

주부들도 그제야 비로소 용기를 내어서 진찰한 결과를 말했다.

"어디로 보든지 병은 아니고 임신한 것으로 생각합니다."

함풍제는 다시 수반 주부에게 향하여 웃는 낯으로 물었다.

"그러면 태기가 분명하단 말이냐?"

"네, 소인의 소견으로는 경사가 분명한데 한 가지만 더 알았으면 확실히 단정적으로 아뢸 수 있을 것입니다."

"네가 더 알고자 하는 한 가지는 무엇이냐?"

"네, 소인이 알고자 하는 것은, 경도가 어떠하셨는지요? 황송합니다."

함풍제는 난아를 돌아보면서 물었다.

"경도가 언제까지 있었느냐?"

난아는 고개를 숙이고 얼른 대답하지 않았다. 함풍제는 다시금 물었으나 난아는 도무지 대답하지 않았다.

그때 난아를 모시고 있는 늙은 궁녀가 대신하여 대답하였다.

"황공합니다. 소녀가 알기에는 지난달과 이달까지 두 달째 경도가 없었던 것으로 생각합니다."

늙은 궁녀의 말을 들은 함풍제는 또다시 난아에게 물었다.

"저 말이 옳은 말이냐?"

"네, 그 말이 옳은지 그른지는 폐하께서는 짐작이 계시리라고 생각합니다."

그제야 함풍제는 무릎을 쳤다.

"옳지! 남에게 물을 것이 아니다. 짐이 아는 바에도 지난달과 이달에는 경도가 없었다."

"그러면 이제 더 의심할 것도 없고 경사가 생긴 것이 확실합니다."

여러 주부들이 한결같이 아뢰었다. 그 확정적으로 아뢰는 말을 들은 함풍제는 기다렸다면 무한히 기다렸고 뜻밖이라면 뜻밖인 주부들의 말이 너무도 기쁘고 반가웠다.

"그렇다면 참으로 위로는 조상을 위하고 아래로는 천하 만민을 위하여 기쁘기 짝이 없는 경사로다. 여러 말 더 하지 말고 너희들은 태중에 잉태되고 태모의 원기를 도와주는 약 처방을 어서 내어서 약을 지어오너라!"

여러 주부들은 어명을 듣고 어전에서 물러나오고자 할 때에 함풍제는 다시 주부들에게 분부하였다.

"너희들은 매일 한 번씩 와서 간맥하고 때때로 동정을 살펴서 복약케 하되 만일 추호라도 태만하거나 소홀하였다간 죽고 살아 남지 못할 테니 그리 알고 각별히 주의하여라!"

여러 주부는 일제히 아뢰었다.

"황공하고 지당하신 말씀입니다."

여러 주부들이 물러간 뒤에 함풍제는 태감 안득해와 여러 내시들을 불러 분부하였다.

"오늘부터 이곳에서 거행할 태감과 궁녀를 더 늘리고 모든 일에 각별히 조심하여 거행하되 음식과 거처와 의복과 그 밖에 모든 범절을 귀비 궁에서 행하는 전례대로 하고 예허나라를 부르는 칭호도 '귀비전하'라고 하라. 만일이라도 등한히 하면 엄벌을 면치 못할 테니 그리 알라!"

이에 모든 내시와 궁녀들이 이마를 조아려 절하면서 일제히 아뢰었다.

"지당하신 어명이며 종묘사직과 천하만민을 위하여 큰 경사로 아룁니다."

이날은 함풍제가 특별히 난아를 더 사랑하면서 무엇이든 부족한 것이 있으면 말하라고 하며 약방에서 지어온 약을 친히 지휘하여 달여 주며 그 밤을 또한 난아 침소에서 지냈다.

난아는 어제 아침까지도 자기가 참으로 임신된 것인가? 혹은 무슨 병에 걸린 것인가? 하는 의심을 가지고 혼자만 속을 끓이고 있다가 뜻밖에 함풍제가 주부를 부르며 주부들이 간맥할 때에 주부가 무엇이라고 말하기를 기다릴 것 아니라 자기가 자진하여 "병이 아니라 태기가 있는 듯합니다."라는 말을 하고 싶은 생각도 있었다.

그러나 임금의 사랑을 받게 된 뒤로 모든 일에 더욱 삼가고 삼가는 난아라 아무 경험도 없는 처지에서 무엇이라고 경솔히 말할 수가 없어서 아무 말도 하지 않고 오직 임금과 주부들의 말을 듣기만 하고 있었다.

더욱이 시기가 많고 모함이 많은 궁중에서 임금의 사랑을 자기 혼자만 받고 있는 것만도 어느날 무슨 모함에 걸려서 어떤 화를 당할지 어떤 운명의 저주를 받게 될지 알 수 없었다. 거기다가 임금의 은총을 받고 임신까지 하였다면 어떤 뜻밖의 일이 생길지도 알 수가 없고 아직까지 궁중에서 그다지 높은 지위와 상당한 세력을 가지지 못한 자기로서는 자기가 임신되었다는 말이 궁중에 퍼지면 정녕코 무슨 모함이 생길 듯하여 크게 근심하고 있던 터라 아무 말도 하지 않고 그대로 듣기만 하고 있었다.

그뿐 아니라 임금이 자기를 그와 같이 우려하며 사랑할수록 난아는 더욱 조심하여 임금의 뜻과 마음에 어그러지지 않도록 힘썼다. 그 까닭에 자기 손으로 친히 술도 데워다가 임금에게 권하기도 하며 밤에 그를 모시고 자리에 들어서도 이전보다 모든 것을 더욱 주의하여 임금에게 기쁨과 만족을 드리도록 하였다.

임금의 사랑이 깊어갈수록 자기의 몸가짐을 주의하겠다고 결심하였다.

이튿날 아침에 잠이 깨어서 임금과 함께 자리에 누워 있을 때에 밖에서 사람들이 소곤거리는 소리가 들렸다. 난아가 가만히 귀를 기울여 들어도 똑똑히 들리지 않고 간간이 '황후폐하께서'라는 말과 '난아'라는 말이 들릴 뿐이었다. 난아는 이상스럽게 생각하고 무슨 말인가 하고 생각할 때에 함풍제도 그 소곤거리는 소리를 듣고 자리에서 일어나 앉으면서 큰 목소리로 꾸짖었다.

"밖에서 누가 무엇을 지껄이느냐?"

이 말을 듣고 내시 몇 사람이 들어와서 문안을 여쭈었다. 그 가운데는 황후궁에 있는 내시 두 사람도 섞여 있었다. 함풍제는 황후궁의 내시를 향하여 물었다.

"너희들은 어찌하여 이른 아침에 여기 왔느냐? 황후궁에 무슨 일이 있느냐?"

그 내시들은 머뭇머뭇하다가 아뢰었다.

"황공합니다. 밤사이에 폐하께서 옥체 안녕하심을 축하하기 위하여 왔고 그 밖에는 별 일 없습니다."

그 때 난아가 옆에서 물었다.
"그 밖에도 무슨 일이 또 있는 것이 아니냐?"
"다른 일은 아무것도 없습니다."
"내가 너희가 수군거리는 말을 들으니 '황후폐하께서' 하는 말과 내 이름을 부르는 말이 들리던데!"
난아는 함풍제를 한 번 쳐다보고는 다시 내시들을 올려보았다. 내시들은 쳐다보는 난아의 눈을 피하여 머리를 숙이고 발등만 굽어보면서 아뢰었다.
"그런 말을 한 기억은 없습니다."
그러나 말소리가 똑똑하지 못하고 어물거렸다.
"이놈들아! 짐 앞에서 기만하고자 하느냐? 바른 대로 말하여라!"
그 내시들은 일시에 꿇어앉아 이마를 조아렸다.
"황송합니다. 황후폐하께서 분부하시되 오늘은 일기가 좋으니 난아귀비전하께서 한가하시거든 놀러오시라고 하셨습니다."
내시들의 말을 듣고 난아는 당장에 얼굴빛이 시퍼렇게 변하였고 함풍제는 더욱 이상스럽게 생각하였다.
"응, 알았다! 오늘은 못 가신다고 하여라!"
내시들은 임금의 분부를 듣고 황송합니다, 하는 말을 남기고 나가려고 하였다. 난아는 물러가려고 하는 내시들을 다시 불러 세우고 말했다.
"성상폐하의 분부는 그러하지만 나의 도리로는 성모폐하께서 부르시는 영광을 받고 어찌 잠시인들 지체하겠느냐? 다만 성상폐하께서 아직 이곳에 계신 까닭에 즉시 가서 배알하고 성은을 감사하지 못하나 성상폐하께서 조정에 나시면 그때 가서 배알하고 성은을 감축하겠습니다, 라고 여쭈어라."

내시들은 수없이 이마를 조아려 절을 하면서 난아의 말을 듣다가 그 말이 끝나자

"지당하신 분부입니다. 그대로 아뢰겠습니다."
하고 물러갔다. 함풍제는 난아의 말이 예절의 사리에 들어맞으며 조금도 서슴지 않고 청산유수같이 퍼붓는 데 감탄하며 듣고만 있다가 내시들이 물러간 뒤에 난아에게 말했다.

"네가 한 말이 예절과 사리에는 맞다마는 황후가 너를 부르는 것이 그다지 좋은 뜻은 아닐 것이다. 그렇다면 짐이 먼저 황후를 만나본 뒤에 네가 가서 뵙는 것이 옳을 듯하다."

"성은이 망극합니다. 그러나 그것은 폐하께서 소녀를 위하여 행하실 바의 성은이시라 소녀가 감히 무어라고 아뢸 수가 없고 오직 소녀의 처지와 도리로는 죽으나 사나 성모폐하께 배알할 수밖에 다른 도리가 없는 줄로 생각합니다. 오직 오늘 이 자리가 성상폐하를 소녀가 모시는 마지막 자리가 되지 않기만을 바라지만……."

난아는 눈에서 쏟아지는 눈물과 목에서 솟아오르는 울음을 금치 못하였다. 함풍제도 난아의 모습을 보고 측은한 생각이 들었다. 그러나 그는 그것을 억제하고 난아의 손을 잡고 위로했다.

"난아야, 이게 무슨 소리냐? 너를 부귀와 영화를 누리게 하지는 못할지언정 너로 하여금 곤경에 빠지게야 해서 되겠느냐? 아무 염려하지 말아라! 다만 짐이 아직까지 황후에게 짐이 너를 어떻게 귀중하게 사랑한다는 말을 못하여 둔 것이 잠시라도 너로 하여금 도리와 예절상의 꾸지람을 받게 한 것이다. 그러나 황

후는 짐보다도 더 인자하신 분이다. 결코 너를 해하지 않을 것이며 따라서 너를 그다지 괴롭히지도 않으실 것이니 안심하여라! 그리고 아무리 생각해도 짐이 먼저 황후를 보고 전후 사정을 말한 뒤에 네가 가서 뵙는 것이 옳은 듯하니 너는 짐이 조정에 다녀온 뒤에 한참 있다가 황후궁으로 오도록 하여라!"

난아는 임금의 말씀을 듣고 일어나서 절 한 번을 올린 뒤에 아뢰었다.

"폐하께서 미천한 소녀에게 지극하신 은총을 주시는 것도 소녀가 잘 아는 바이오며 성모폐하의 인자하신 것도 소녀가 짐작하는 바이지만 좌우에서 이간하여 중상하는 음해를 무서워하는 까닭에 아무리 생각해도 오늘 이 자리가 폐하를 최후로 모시는 자리같이 생각됩니다."

"짐도 이 궁중에 음해가 심한 것을 짐작하고 있다. 그러나 네게 대하여 추호라도 음해하는 연놈이 있다면 죽고 남지 못할 것이니 조금도 염려하지 말아라!"

또 다시 위로하였다. 이때 내시들이 임금에게 아침 수라상을 올렸다. 함풍제는 난아를 데리고 수라를 드는데 난아는 억지로 호연한 태도를 가지고 임금에게 수라를 권하고 자기도 임금이 권하는 대로 먹었다.

함풍제는 수라를 든 뒤 난아에게 자기가 오기 전에는 황후궁에 가지 말라고 다시 부탁하고 조정으로 나갔다.

함풍제는 조정으로 나가는 도중에서 내시들에게 분부하였다.

"짐이 조정에 있을 동안에 황후폐하가 난아귀비를 불러다가 그 무슨 뜻밖에 거조를 내리시거든 그 즉시 짐에게 아뢰라. 따라서 털끝만큼도 난아귀비에게 해가 미치게 하였다간 너희들 전부가 죽고 살아 남지 못할 테니 그리 알라!"

"지당하신 어명입니다. 소인들이 삼가 어명대로 하겠습니다."

내시들의 대답이었다.

임금이 조정으로 나간 뒤에 난아는 자기가 거느리고 있는 내시와 궁녀들을 불러 분부하였다.

"나는 지금 황후궁으로 가서 성모폐하께 배알하려고 하니 너희들은 그리 알고 채비를 차려라."

모든 내시와 궁녀들은 깜짝 놀라면서 한결같이 만류하였다.

"성모폐하께서 귀비전하를 부르시는 것은 결코 좋은 뜻으로 부르시는 것이 아니라 좌우에서 참소하는 말을 들으시고 욕을 주시려고 하는 것이니 지금 가시는 것이 옳지 못합니다. 더욱 성상폐하께서 조정에 나가신 시간이고 겸하여 성상폐하께서 만나보시기 전에는 가서 보시지 말라는 성교가 계신데 지금 행차하신다는 것은 그 화와 욕을 자처하시는 것이니 성상폐하께서 내전에 드신 뒤에 가서 배알하는 것이 그다지 늦지도 않고 성교(聖敎)대로 시행하는 것이 됩니다."

그러나 난아는 그들의 말에 단호하게 대답하였다.

"그렇지 않다! 성상폐하의 성교가 계시고 성모폐하께서 부르시는 근본 뜻이 비록 좌우의 참소라는 말을 들으시고 좋지 못한 데서 나온 것이라 하더라도 내 도리는 죽으나 사나 뵙고 당하는 것이 옳은 것이며 만일 성교만 믿고 진작 가서 뵙지 않으면 좌우에서 참소하는 자들에게 참소하기 좋은 말거리만 만들어 주는 것이 된다. 따라서 성상폐하의 은총만 믿고 성모폐하의 명령을 거역하는 것이 될 테니 그때는 성모폐하께서 참으로 분노하실 것이며 다시는 그 인자하신 용서도 받지 못하게 될 것이다. 그러니 너희들은 길게 잔소리만 하지 말고 어서 바삐 내가 갈 채비나 차리거라!"

난아의 말을 들은 여러 궁녀와 내시들은 어찌할 수 없이 차비를 차리면서도 저희끼리 소곤소곤 하다가 내시 한 사람이 난아에게 다시 만류하였다.

"지금 귀비 전하의 명령대로 행차하실 채비는 차립니다마는 전하께서 이 시간에 황후궁으로 행차하시는 것은 어디로 보든지 옳지 못합니다. 아까 황후궁에서 온 내시들이 성상폐하께서 계신 까닭에 바른 대로 말하지 않고 일기가 좋으니 한가하시거든 나오십사 하시더라고 하였지만, 실상은 전하를 부르시거나 모시러 온 것이 아니라 잡으러 왔던 것입니다."

난아는 그의 말을 듣고 픽 하고 웃으면서 말했다.

"너희들이 말하지 않아도 나는 벌써 짐작하고 있었다. 그런 까닭에 내가 지체하지 말고 당장 가자는 것이다. 근자에 성상폐하께서 오로지 나의 침소에만 계시게 되었다. 그런즉 성모폐하께서 무엇으로 나를 귀엽게 보시고 생각하셔서 이 이른 아침에 나에게 일기가 좋으니 놀러오라고 하셨겠느냐? 분명히 그년을 잡아오너라! 하시는 분부를 가지고 왔던 자들이다.

이제 성상폐하께서 조정에 나셨는데 내가 가지 아니하면 곧 잡아갈 것이다. 잡혀가는 것보다 차라리 내가 스스로 가서 죽으나 사나 당하는 것이 상책이다. 어서 바삐 채비를 차리거라!"

그래도 그들은 주저하였다. 난아는 화를 내었다.

"너희들이 지체하는 것은 나를 점점 곤경에 빠지게 하는 것이다."

내시와 궁녀들은 부득이 난아를 모시고 황후궁을 향해 떠났다.

함풍제의 황후 뉴호록은 성품이 온화하고 말이 적고 행동이 경솔하지 않고 기쁨과 노함을 얼굴에 잘 나타내지 않는 사람이다.

그러나 임금이 주색 향락만을 일삼는 것을 항상 간곡하게 간하여 너무 극도에 이르지 못하게 하고 정사에 관한 의견이 있으면 조용히 임금에게 자기 의견을 말하여 큰 낭패가 없도록 하며 귀비나 궁녀들이 무엇을 잘못하여 함풍제에게 견책을 당하고 엄벌을 면치 못하게 될 때에는 반드시 황후 뉴호록이 임금에게 말하여 용서를 얻게 하였다.

그러므로 궁중이나 부중에서 '우리 황후폐하는 인자하신 어른이시다' 하는 말이 생겼다. 이렇게 인자한 황후도 한 가지 무서운 것이 있으니 누구든지 예절에 어긋나는 일을 하거나 사특한 수단으로 임금을 너무 침혹하게 하여 나랏일에 방해되게 하는 자가 있는 때에는 크게 노하여 조금도 사정을 보아주지 않고 잘못된 것을 바로잡는 사람이다. 그런 때에는 함풍제도 함부로 막지 못하며 말리지 못하였다.

이제 함풍제가 벌써 몇 달째 난아에게 빠져 중궁에 잘 들지 않아도 황후는 아무 말도 하지 않았으며 모든 귀비며 궁녀와 내시들이 무엇이라고 난아를 침소해도 못 들은 척하고 지내왔다.

그러던 것이 들리는 말에 의하면 난아가 가끔 임금에게 조정일을 가지고 어찌어찌 말하였다고도 하며, 배지도 않은 아이를 뱄다고 하여 황제를 침혹하게 한다고도 하며, 황후가 자식을 낳지 못하는 것을 가지고 임금에게 참소하였다고 하며, 심지어 귀비라고 자칭하여서 모든 궁녀와 내시들에게 귀비전하의 대접을 받고 있다는 말을 듣고는 크게 노하여 더이상 참을 수가 없게 되었던 것이다.

난아에 대해 극도로 화가 난 황후는 그날 밤에 당장 난아를 잡아들일 생각이었지만 그래도 임금의 사정을 보아 밤새도록 참고 있다가 날이 밝자 내시들을 불러 분부하였다.

"너희들은 당장 가서 궁녀 난아를 잡아오되 누구의 말도 듣지 말고 꼭 내 말대로 하여라!"

그러한 분부를 듣고 갔던 내시들이 난아를 못 잡아오자 그녀 평생 처음으로 큰소리를 지르고 발을 굴렀다.

"당장 다시 가서 그 여우 같은 년을 잡아오되 만일 이번에도 못 잡아 온다면 너희들이 엄벌을 면치 못할 테니 그리 알라!"

내시들은 할 수 없이 다시 난아를 잡으러 가려고 하다가 그중 한 사람이 황후 앞에 꿇어앉아 자기들이 그날 아침에 난아 침실에서 보고 들은 바를 낱낱이 고하였다.

"사실은 성상폐하께서 난아를 못 가게 하셨는데 난아는 성상폐하께서 조정에 나가신 뒤에 자기도 곧 오겠다고 했습니다."

또 한 사람이 아뢰었다.

"그러하니 소인들이 지금 가더라도 성상폐하께서 아직 계실 것이니 명대로 할 수가 없고 조금 더 기다려 보는 것이 좋을 듯합니다."

황후는 그런 말을 모두 들은 뒤에 낯빛이 조금 부드럽게 되면서 말했다.

"오냐, 잘 알았다! 기왕 제 발로 온다고 하니 조금 더 기다려 보아라!"

그래도 너무 분해서 아침수라도 들지 않고 난아가 절로 와서 대령하기만 기다렸다.

원명원 궁중에서는 어디서든지 둘셋만 모이면 수군거리며 저마다 장차 무슨 큰일이 이 궁에서 생길 것이라고 하여 기다리고 있었다.

난아의 일행은 황후의 침궁 문 밖에 이르러서 난아가 황후폐하를 배알하러 왔다는 것을 아뢰었다.

"궁녀 난아가 폐하께 배알하려고 궁문 밖에 대령하였습니다."

황후는 내시와 궁녀들이 하는 말을 듣고 곧 분부하였다.

"그년을 잡아들여 뜰 아래 꿇어앉혀라!"

이 분부를 들은 여러 내시들이 궁문 밖에 나와서 난아에게 명령을 전하고 난아를 당장 결박하여 문 안에 들어와서 뜰 가운데다가 꿇어앉힌 뒤에 큰 목소리를 길게 내어 아뢰었다.

"궁녀 난아를 잡아들였습니다!"

그 소리를 들은 황후는 나와서 자리에 앉은 뒤에 한참이나 아무 말도 하지 않고 꿇어앉은 난아를 내려다보기만 하였다. 이때 난아는 결박된 몸을 일으켜 황후를 향하여 두세 번 굽히고 이마를 무수히 조아려 절하면서 아뢰었다.

"죄 많은 소녀가 성모폐하의 은총을 한없이 받았고 어찌하면 그 자비하시고 인후하시고 지극히 높으신 성은을 만분의 일이라고 갚을까 하여 밤낮으로 자나 깨나 잊지 못하였는데 오늘날 이렇게라도 폐하께 마지막 뵙게 되는 것만 영광으로 생각할 뿐입니다."

황후는 난아의 말을 들은 척도 안하고 말했다.

"내가 들으니 너는 귀비전하라는데 어찌하여 보통궁녀의 옷을 입고 왔느냐? 이것도 네가 나를 속이는 것이냐?"

난아는 그 말에 대하여 변명하였다.

"황송합니다. 성모폐하께서 물으시는 귀비가 어디 있겠습니까? 모든 것이 전하는 사람이 잘못 전한 말인 듯 싶습니다."

황후는 그 말을 듣고 더욱 크게 화를 내면서 주먹으로 앞에 놓인 탁상을 치면서 큰 목소리로 말했다.

"이년! 무엇이 어째? 모든 것이 전하는 사람이 잘못 전한 것이라고? 잘 전하면 어떻게 전하라는 것이야? 성상폐하께 밤낮으로 아첨하고 참소하기로 일삼다가 그것도 부족하여 나중에는 '귀비전하'라고 자칭한 것이 네년이 아니냐?"

난아는 황후의 말 마디마다 이마를 조아려 절하면서 듣다가 황후의 말이 끝나자 나직하고 똑똑한 목소리로 아뢰었다.

"모든 것이 황공합니다. 미천한 소녀의 한 몸에 먼저는 성모폐하의 은총을 받았고 뒤에는 성상폐하의 은총까지 받게 됐으니 이것이 모두 소녀에게 무한한 영광이나 그다지 큰 행복이 되지 못할 것은 스스로 깨닫던 바입니다.

이제 소녀를 가리키셔서 밤낮으로 성상폐하께 아첨하고 참소하는 것으로 일삼았다 하시는 분부에 대하여는 별로 변명하지 않겠습니다. 다만 귀비전하라고 자칭하였다는 분부에 대하여는 죽어도 전한 사람의 잘못이라고 말씀드립니다. 이것은 소녀가 자칭한 것이 아니고 성상폐하께서 여러 궁녀와 내시들에게 궁중 전례에 없는 분부를 하신 것이며 따라서 소녀도 그것은 성상폐하께서 갑작스럽게 내리신 분부라고 생각하였더니 성모폐하께서는 소녀의 자칭이라고 하시니 소녀는 전하는 자의 잘

못 전한 말이라고 생각합니다."

그러나 난아의 그러한 변명은 황후의 오해를 풀 만한 변명이 되지 못하고 도리어 그녀의 분노만 북돋우게 하였다. 황후는 여전히 목소리를 높여 말하였다.

"이년, 말 잘한다. 너는 궁중의 모든 규례를 어지럽힌 문란한 년이 아니라 조정의 국법까지 무시한 년이다. 네가 감히 성상폐하께 조정의 국사를 함부로 이리저리 말한 일이 있다지? 이것도 네가 감히 나를 속일 것이냐?"

난아는 속으로 그 말이 무엇을 가리켜서 하는 말인 줄은 알면서도 모르는 척하였다.

"황후폐하께서 무엇을 두고 하시는 말씀이신지 소녀는 알 수가 없습니다."

황후는 하도 기가 막혀 한숨을 한 번 쉬었다.

난아도 황후의 한숨 쉬는 것을 보고 눈물을 흘리다가 우는 목소리로 아뢰었다.

"소녀는 모든 것에 죄송하와 조금도 살고 싶지 않고 죽고 싶은 생각뿐입니다. 궁에 들어오기 전에는 아버지나 어머니에게 효도를 드리지 못하였고 궁중에 들어와서 양위 폐하의 은총만 받고 도리어 양위 폐하께 상심만 하시게 하니 불효불충한 인생이 더 살아서 무엇하겠습니까?"

원래 인자하기로 유명한 황후라 다른 때와 다른 일 같으면 그만 용서하고 말았을 것이지만 이날 난아에 대한 것은 자기 평생과 큰 관계가 있는 큰일이라 생각하는 까닭에 난아의 눈물과 울음도 그녀를 감동시키지 못하였다. 감동시키지 못했을 뿐만 아니라 도리어 시기와 질투가 가득찬 말이 나오게 하였다.

"이년아! 울기는 무엇이 서러워서 우느냐? 누구를 속이려는 눈물이며 누구를 잡아먹으려는 울음이냐? 너는 꾀병도 잘 앓고 헛아기도 잘 선다지? 그보다도 장차 황태자를 낳고 황후로 승차될 생각을 한다지? 그런데 무엇이 서러워서 우느냐?"

이 말을 들은 난아는 자기가 다시 살아날 수 없게 된 것을 깨달았다. 그러나 그만 하여도 보통 사람보다 많은 경험을 가진 난아라 황후의 그 말을 듣고도 그다지 놀라지 않고 여전히 아뢰었다.

"황후폐하! 아룁기는 황공합니다마는, 사람이 누구든지 한 번 죽는 것이지 두 번 죽는 것은 아니라 하는데 만일 없는 죄명이나 누명을 쓰고 죽는다면 이것은 죽은 뒤에도 다시 죽는 두 번의 죽음인가 합니다. 폐하께서는 소녀를 한 번만 죽여주시고 두 번은 거듭 죽이지 마소서. 인자하시고 현명하신 성덕에 누가 될까 걱정입니다. 소녀의 뱃속에 성상폐하의 일 점 혈육이 들고 안 들은 것은 소녀도 능히 알 만한 경험은 못 가졌고 오직 여러 어의의 말이 그러할 뿐이니 이것은 소녀를 책하지 말으시고 어의들을 부르셔서 알아보시면 아실 것입니다. 이 밖에 다른 것은 신하된 자로서 차마 들을 수 없는 말씀이니 소녀가 감히 무엇이라고 아뢸 수 없고 오직 한 시간이라도 빨리 죽여주시기만 바라나이다."

난아는 일어나서 절하면서 이마를 무수히 조아리다가 '성모폐하 만세'를 부르면서 다시금 울었다. 황후는 속으로 난아를 '가엾다. 불쌍하다.'고 생각하면서도 또다시 물었다.

"어의들의 말대로 네가 아이를 배고 아들을 낳는다면 그 애가 황태자가 되겠지? 네 속에 있는 대로 말하여라!"

난아는 그 말에는 대답하지 않고 오직 울고만 있다가 내시들이
"바른 대로 아뢰어라."
하는 호령에 죽은 듯이 엎드려 아뢰었다.
"성은이 망극하여 소녀가 애기를 낳는다 하더라도 그것이 어찌 소녀의 자식이 되겠습니까? 오직 양위 폐하께 바칠 것이며 소녀의 배를 빌어 그 애기가 난 뒤에 소녀를 죽여 버리시면 그만이실 것이며 성모폐하의 춘추가 아직 그다지 높지 않으니 어찌 미천한 소녀의 속에서 나오는 것을 가지고 문제 삼겠습니까? 다만 인자하신 폐하께서 그것을 기출(己出)과 같이 기르신다면 그것은 별 문제로 생각됩니다. 다만 이 시간에 소녀 한 목숨을 죽여 주시면 모든 문제가 없는 줄로 생각됩니다."

황후는 여전히 엄한 태도로 꾸짖었다.
"너는 성상폐하를 침혹하시게 하고 국가 조정의 일에 상관하며 귀비전하라고 자칭하여 궁중 규칙을 문란하게 하였다. 그리고 배지 아니한 아이를 배었다고 하여 분수에 넘치는 지위를 바라며 온갖 참소로 나를 음해하였으니 죽기를 면치 못할 것이다."

그러고 나서 좌우에 대령해 있는 내시들을 호령하여 난아를 냉궁(冷宮)에 가두고 다시 나의 명령을 기다리라고 하였다. 내시들은 난아를 결박한 채로 끌고 밖으로 나갔다.

결박을 당한 몸으로 내시들에게 끌려 밖으로 나가던 난아는 고개를 들어서 황후를 향해 무수히 절하며 "성모폐하 만세!"를 부르고 있었다.

"허, 고년! 누구든지 반하게 할 년이다. 이 지경에서도 제 할

도리는 제대로 하는구나! 참말 어쩔 수 없는 년이다."

황후는 칭찬할 수밖에 없었다. 그리고 자기를 모시고 서 있는 궁녀들을 돌아보며 분부하였다.

"너희년들도 저만치나 되고야 성상폐하의 은총을 받기를 바라거라! 그리고 지금 너희 가운데서 두 사람은 난아를 모시는 늙은 궁녀 한 사람과 함께 가서 난아가 나를 얼마나 어떻게 원망하며 무슨 말을 하는가 알아보고 오너라. 다만 너희들은 밖에서 숨어 듣고 오너라."

그 분부를 들은 궁녀들은 그대로 난아가 갇힌 곳으로 갔다. 황후의 명령대로 난아를 모시는 늙은 궁녀가 난아의 갇힌 방 문 밖에서 울면서 말하였다.

"이제 아무 죄 없는 난아씨를 꼭 죽이려고 탄하시니 이런 원통한 데가 어디 있습니까? 얼마나 원통하십니까? 이제 마지막으로 뵙고 갑니다. 무슨 유언하실 말이 없으신지요?"

난아는 그 늙은 궁녀를 보고 역시 눈물을 흘리다가 묻는 말에 대하여 대답했다.

"별로 유언삼아 할 말은 없고 혹시라도 성상폐하께서 오늘 이 지경의 광경을 물으시거든 꼭 본 대로만 말하라! 인자하신 성모폐하께서 나를 매 한 대 때리지 않고 이렇게 곱도록 내려가두셨으며 그분이 오늘 노하신 것도 뭇 사람의 참소와 성상폐하의 지나친 은총과 원명원 궁중의 궁규가 너무나 문란하게 된 데서 생기신 분노이시다. 조금치라도 성모폐하를 원망할 것은 없다. 도리어 당연한 일이다. 그리고 자네가 이와 같이 나에게 묻는 것도 궁중의 규칙이 문란한 것이다. 다시 더 묻지 말고 돌아가라! 내 몸이 너무 추워서 말하기도 싫고 어서 죽여주시기만 바랄 뿐이다."

 난아의 이 말을 듣고 온 궁녀들은 그 말에 조금 더 보태서 황후에게 아뢰었다. 황후는 궁녀들의 아뢰는 말을 듣고 한참 무엇을 생각하였다가 내시들에게 분부했다.

 "죽일 때 죽이더라도 살 때 너무 고통스럽다면 내 복에 해로운 것이다. 너희들은 난아가 갇힌 데 가서 결박한 것을 풀어주라 하고 음식이나 그 밖에 무엇이든 원하는 대로 행하라고 하여라. 어찌 생각하면 가엾은 인생이다."

 황후의 입에서는 탄식이 흘러나왔다. 모든 내시와 궁녀들도 황후의 분부에는 감복하며 탄식하지 않을 수 없었다.

 내시들이 난아에게 가서 결박한 것을 풀어주면서 황후가 말한 대로 들려주니 난아는 진정으로 그 인자한 성덕에 경탄하면서 울었다. 그리고 자기의 신세를 생각하고 자탄하기를 마지않았다.

 "나는 어찌하여 평민에게 시집가서 살란 부모님의 말을 따르지 아니하였던가. 만승천자의 은총을 받아 죽으니 영광이다 하겠으나 인생으로서 행복스럽다 못할 것이다."

 이 말이 다시 황후의 귀에 들어갔다. 그 말을 들은 황후도 동감하고 자탄하였다.

 "그렇다! 그 말이 옳은 말이며 그 사람이 불쌍한 사람이다. 인생의 행복은 한 아비와 한 지어미가 의좋게 잘 사는 데 있는 것이다. 첩을 보고 사는 나도 불행이지만 남의 첩이 되는 난아의 불행도 안 됐구나. 불행한 사람끼리 서로 시기하며 서로 원수함은 무엇이냐?"

 그리고 당장에 난아를 풀어줄까 하다가 다시 한참을 생각하고 남편 되는 임금이 조정에서 환궁하기를 기다려서 몇 마디 여쭌 뒤에 풀어주리라 생각하였다.

이른 아침에 조정에 나간 함풍제는 점심 때 이전에 후궁으로 돌아가고자 하였다.

그러나 그날은 그의 생각한 대로 일찍 후궁으로 돌아오지 못할 만큼 여러 가지 일이 생겼다. 태평천국과 전쟁하는 데 대한 상주와 군기와 군량에 대한 여러 가지 논의가 있고 영국과 프랑스 등의 외국 사신들이 와서 통상 문제를 가지고 외부아문과 교섭하다가 내각 대신들도 단독으로 처리할 수가 없으므로 임금이 처분을 묻게 되는 등 내외로 여러 가지 국사가 복잡하였던 까닭이었다.

그날 아침에 황후궁에서 난아를 부르러 내시들을 보낸 것이 아무래도 꺼림칙했던 함풍제라 여러 번 황후궁으로 돌아가려고 하다가 차마 임금 된 체면에 일어나지 못하고 그대로 왕공대신들과 국사를 강론하여 처리하기를 이른 저녁 때까지 하였다.

그러다가 간신히 황후궁으로 돌아오게 된 함풍제는 무엇보다 난아가 얼마나 기다리고 있을까? 하는 생각으로 그는 이날 황후궁으로 갈 생각이 없었다. 그렇지만 그날 아침에 난아와 약조하기를 자기가 먼저 황후궁에 가 황후와 모든 것을 말하고 황후 앞에 난아를 청하여 사과시킬 것은 사과시키고 용서받을 것은 용서받도록 하자던 것을 생각하고 황후궁으로 향하였다.

황후궁에 들어가 함풍제는 그날 조정에서 보고 들은 이야기를 대강대강 한 뒤에 난아에게 관한 이야기를 꺼내려고 하나 어디서부터 말을 시작하면 좋을지 알지 못하여 주저주저 하였다.

황후는 임금의 뜻을 알아차리고 자기가 먼저 난아에 관한 이야기를 시작하기로 생각했다.

"폐하께서는 오늘 조정에서 그와 같이 여러 가지 국사를 처리하셨지만 신도 오늘 궁중에서 요물 하나를 죽여 버렸으니 국가의 경사인가 합니다."

함풍제는 깜짝 놀랐다.

"요물 하나를 죽이다니 무슨 말인지 알 수 없구려! 무엇을 어찌하였다는 말인지요!"

"이 궁중에는 벌써 오래 전부터 요물 하나가 있어서 위로는 성상폐하를 침혹하게 하고, 아래로는 온갖 불법과 부정한 장난을 하며 요즘 들어서는 애기를 배었노라 하며 귀비전하라고 자칭하여 장차 오래지 않아 황후폐하가 된다고까지 자칭할 것이니, 이러한 요물을 치려면 하루라도 일찍 잡아 죽이는 것이 천하만민과 종묘사직을 위하고 우리 궁중에 조종 이래로 지켜오던 법규를 바로잡기 위해 가장 옳은 일이기에 성상폐하게 미처 아뢰지 못하고 신이 혼자 처결하였습니다."

황후는 난아를 잡아 죽였다는 것을 분명히 말하였다. 함풍제는 황후의 말을 한참이나 아무 말 없이 듣고 앉았다가 그 말이 끝난 뒤에 눈물을 흘리며 한숨을 쉬며 탄식했다.

"짐이 전생에 무슨 큰 죄를 지었기에 이생에서 이다지도 못 당할 일만 당하게 되는가? 조정에 나가면 내란과 외환으로 말미암아 하루도 근심을 놓을 날이 없고 궁중에 들면 온갖 음해와 참소만 보고 듣게 되며 나이 삼십이 되도록 슬하에 한 점 혈육도 없이 쓸쓸한 마음을 붙일 곳이 없다가 천우신조로 아들이나 딸이나 하나 보게 되었다고 기뻐하였더니 이것도 허사가 되었으니 이 어찌 사람으로 당할 노릇이냐?"

당장 그 자리에서 안석을 베개 삼고 눕더니 그만 정신을 차리지 못하고 혼수상태에 빠지며 목에서 숨만 헐떡일 뿐이었다.

황후는 뜻밖에 임금의 그 모습을 보고 놀라 조선서 가져온 고려청심환을 은수저에다 풀어서 임금 입에 흘려 넣으며 한편으로는 내시와 궁녀들에게 분부하여 어의들을 급히 불러들이라 하며 궁중에는 야단법석이 일어났다.

어의들이 모여들어 차례로 한 사람씩 간맥하고 그중의 수반 어의가 황후에게 아뢰었다.

"육체가 매우 허약하신데 속상하시고 무슨 일에 잠깐 분노하셔서 혼절하신 것이니 몇 첩을 쓰시고 기다리시면 아무 염려 없겠습니다. 그리고 절대로 몸과 마음이 편안하도록 하시기를 바랍니다."

원래 함풍제는 주색이 과한데다가 난아를 사랑하게 된 뒤로는 더욱 심하여서 수라는 들지 않고 술만 마시며 밤낮으로 난아를 가까이 한 까닭에 그 몸은 극도로 허약하게 되고 지난 밤에도 역시 난아 침소에서 밤을 지내고 아침에 황후가 난아를 잡으러 보낸 내시들 때문에 마음이 상하여서 수라도 들지 않은 채로 조정에 나가고 하루 종일 굶은데다가 황후궁에 돌아오자 자기가 생명같이 사랑하는 난아를 황후가 죽여 버렸다는 말을 듣고는 그만 기가 질려서 혼절한 것이다.

황후는 자기의 본심이 아닌 일시적 농담 비슷하게 임금에게 말한 것이 그와 같이 임금을 혼절하게 할 줄은 꿈에도 생각지 못하였다. 따라서 후회하고는, 잡인들을 물리치고 약을 달여오게 하며, 절대로 조용하게 하며 임금의 호흡이 차츰 가라앉기를 기다렸다.

해가 지고 궁중에 촛불이 휘황하게 켜진 때에야 함풍제가 숨을 길게 내쉬며 물을 찾았다.

황후는 마침 예비해 두었던 미음을 그의 입에다 떠 넣으면서 권하였다. 미음을 서너 번 받아먹은 함풍제는 머리를 좌우로 돌리면서 더 먹기를 거절하더니 비로소 목소리를 내어 "아이구—" 한 마디를 한 뒤에 "아이구! 난아야! 내가 너를 죽게 하였구나! 아이구, 난아야!" 하면서 울더니 다시 눈을 감은 채 혼수상태에 빠졌다.

황후는 임금의 그 모습을 보고 한없이 안타깝게 생각하며 후회하다가 무엇을 생각하고 고개를 끄덕끄덕 하더니 내시와 궁녀 몇 사람을 불러서 낮은 목소리로 가만히 분부하였다.

"너희들 지금 난아를 가둬둔 곳에 가서 난아를 데리고 오되 절대로 서둘지 못하도록 하여라!"

내시와 궁녀들이 난아가 갇혀 있는 곳에 가서 난아에게 황후의 분부를 전하고 함께 가자고 하였다.

난아는 당초에 잡혀 갇히면서도 속으로는 오후에 함풍제만 후궁에 돌아오면 자기를 구해내리라고 생각하고 기다리고 있었으나 오후가 그대로 지나가고 해가 지게 되도록 아무 소식도 없자 낙심하였고 촛불이 켜진 지 오래도록 아무 소식도 없자 아주 절망하고 있었다.

"이제는 남의 손에 죽을 것이 아니라 차라리 내 목숨을 내 손으로 끊자!"

그렇게 자살하기로 결심한 때에 내시와 궁녀들이 와서 전하는 말을 들은 것이다. 그들을 따라가서 황후 궁녀들이 먼저 들어가서 황후에게 아뢰었다.

"궁녀 난아를 데려왔습니다."

함풍제는 숨결이 고른 것이 잠이 든 모양이다. 황후는 내시들에게 난아를 곁방으로 인도해다가 앉히라고 분부하였다.

난아가 곁방에 들어 있으니 잠시 후에 황후가 그 방으로 들어갔다. 난아는 황후 앞에 엎드려 절을 했다.

"죄인 난아가 아직까지 살아 있다가 성모폐하를 다시 배알하게 되었으니 이제 죽어도 여한이 없습니다."

난아는 흐느껴 울었다. 황후도 앞에 엎드린 난아의 등을 어루만졌다.

"내가 잠깐 네게도 잘못하였고 성상폐하께도 잘못하였다."

그도 역시 눈물을 흘리며 울었다.

그들은 서로 위로하면서 울다가 황후는 난아에게 임금이 지금 혼수상태에 이르게 된 전후를 일러주며 어의들이 말하던 것을 일러주었다. 그리고 난아가 장차 어떻게 몸가짐을 가져야 할 것인가를 말하였다.

그때에 내시 한 사람이 들어왔다.

"성상폐하께서 방금 난아의 이름을 부르시더이다."

황후는 난아를 데리고 임금이 누워 있는 방에 들어갔다. 황후와 난아가 들어간 뒤 함풍제는 한참동안 혼수상태에 있고 다만 이마와 온몸에 땀을 흘리더니 아이구 소리 한 마디를 하면서 물을 찾았다.

그때 황후는 가까이 가서 수건으로 임금의 이마의 땀을 씻어주고 난아는 미음을 권하였다. 눈을 감은 채로 물을 청한 함풍제는

"폐하, 미음을 좀 잡수십시오."

하는 난아의 목소리를 듣고 미음 한 모금을 넘기며 눈을 떠서 앞에 앉은 난아를 보더니 놀란 표정을 띠었다.

"어! 어! 네가 분명히 귀신이지?"

황후는 임금의 몸을 꼭 잡으며 부드러운 목소리로 위로했다.

"폐하, 진정하소서! 난아가 죽지 않고 살아 있었습니다. 조금도 고통스럽게 생각하지 마소서! 난아야, 어서 미음을 권하여드려라!"

난아는 황후의 말대로 미음을 떠서 임금의 입에다 넣었다.

"폐하, 죄인 난아가 성모폐하의 지극히 인자하신 성덕으로 죽지 않고 살았다가 양위 폐하를 한자리에 모시게 되니 이제 죽어도 여한이 없습니다. 어서 미음과 약을 드시고 옥체를 보중하시기 바라나이다."

함풍제는 아무 말도 안하고 눈만 크게 뜨고 황후와 난아의 얼굴만 이리저리 번갈아보다가 자리에서 일어나려고 하였다. 황후가 다시 그 몸을 누르면서 말했다.

"아직 누워계십시오. 행여 탈 나실까 염려됩니다. 아무 생각도 마시고 난아가 권하는 미음을 잡수시고 옥체를 보중하시기만 바랍니다."

함풍제는 황후의 말을 들으면서 난아가 권하는 미음을 얼마쯤 말없이 받아먹고 다시 입을 벌려서 힘없이 말했다.

"대체 이것이 무슨 꿈속인지 짐은 알 수가 없구려. 경의 말이 난아를 죽여 버렸노라고 하더니 죽었던 난아가 다시 살아왔다는 말인가?"

임금의 말에 황후는 조금 미안한 표정으로 대답했다.

"당초에는 꼭 죽이려고 하였으나 난아의 아뢰는 말을 듣고 그 몸가짐의 모든 범절이 한 가지도 나무랄 데가 없으며 더욱이 그 몸이 폐하의 은총을 입어 태중임이 분명하다기에 아직 살려 두었습니다."

황후의 말을 들은 임금은 황후의 손을 잡고 황후를 쳐다보았다.

"살려두시오! 살려두시오! 결코 낭패스러운 짓은 하지 않을 테니 살려두시오!"

그리고 다시 난아를 향하여 말했다.

"난아야! 황후폐하께 다시금 인자하신 성은을 감사하여라!"

난아는 일어나서 황후께 두 번 절하고 무수히 이마를 조아렸다.

"이제 성상폐하의 분부가 계실 뿐 아니라 소녀 자신도 성모폐하의 높고 넓으신 성덕을 한없이 감사할 뿐입니다."

이때 내시들이 임금이 마실 약을 가져왔다.

"난아야! 이제 모든 이야기는 이미 옛 이야기가 되었다. 오직 성상폐하의 환후가 돌아오시기만을 바라자! 어서 약이나 권하여라!"

난아는 그 말대로 약을 권하고 함풍제도 약을 마시고 잠이 들고 황후와 난아는 간호로 그 밤을 보내었다.

함풍제의 병환은 그 뒤에서 이삼 일 더 조리하고서 완쾌되었다.

하루는 함풍제가 왼쪽에 황후를 앉히고, 오른쪽에 난아를 세우고 궁중의 모든 내시와 궁녀들에게 명을 내렸다.

"이제 짐은 황후폐하와 상의하고 예허나라를 귀비로 봉하노니 너희들은 오늘 이후에 예허나라 귀비에게 대하여 궁중의 전례대로 모셔라!"

함풍제의 하명이 끝나자 황후역시 명을 내렸다.

"이제 예허나라 귀비는 성상폐하의 은총을 입어서 지금 경사 중에 계시니 너희들은 각별히 조심하여 섬겨라!"

이 말이 끝나자 난아는 황상과 황후에게 재배하면서 아뢰었다.

"양위 폐하의 성은이 망극하사 미천하고 허물 많은 소녀에게 이와 같은 은혜를 내리시니 황공하고 감사할 뿐입니다. 양위 폐하 만세!"

난아가 만세를 부르자 모든 내시와 궁녀들이 일제히 만세를 불렀다.

"성상폐하 만세! 성모폐하 만세!"

만세 소리에 원명원이 떠나갈 듯하였다. 이날 함풍제는 잠깐 조정에 나가서 만조 신하들로부터 성상폐하의 환후가 완쾌되고 예허나라를 귀비로 삼았음을 알리고 게다가 임신 중이라는 경사의 하례를 받았다.

함풍제는 여러 신하에게 큰 잔치를 명하고 대전에 돌아와서 모든 왕공 중신과 종실 제신들을 특별히 불러 어전 풍악 속에서 기쁨을 함께 하였다.

이날 이후로 난아는 비로소 정식으로 '귀비전하'라는 지위에 오르게 되었다. 따라서 이날에야 비로소 황상과 황후의 허가를 얻어서 난아는 자기의 어머니와 동생을 불러보는 은혜와 영광을 얻었다.

난아가 별실에서 어머니와 용아를 여러 해 만에 만나보는 그 순간의 장면은 극적이었다. 몇 해 동안 못 만났다는 설움과 이제 성상의 은총을 받아서 몸은 임신 중이며, 겸하여 귀비전하라는 높은 지위에 오르게 된 기쁨이 한데 엉켜서 눈물과 웃음이 쏟아져 나왔다.

"어머니! 그동안에 저를 배은망덕하며 부모와 동생도 모르는 년이라고 얼마나 꾸짖고 우셨습니까?"

"나는 너를 살아서는 다시 못 만나볼 것으로 생각하였더니 오늘에 이것이 아마 꿈속 같구나!"

"용아야! 너는 그동안에 어머니를 모시고 얼마나 고생을 하였으며 무정한 나를 얼마나 원망하였느냐?"

"언니, 참으로 꿈같습니다. 그다지 고생될 것은 없지만 어머니께서 밤낮 생전에는 못 보신다고 한탄하시며 눈물로 세월을 보내시는 것이 너무 안쓰러웠습니다. 그리고 벌써 얼마 전부터 언니가 보내주시는 것을 가지고 이제는 살림이 아주 남부럽지 않게 되었습니다. 저는 이제 죽어도 한이 없습니다."

이러한 말로 서로 위로하고 서로 반겨하면서 그동안 난아의 궁중생활을 백분의 일도 채워 말하지 못하였을 때에 내시와 궁녀 몇 사람이 왔다.

"지금 성모폐하께서 나라귀비전하를 급히 모시고 오라는 분부를 아뢰오―."

난아는 어머니와 동생과 작별하고 황후궁으로 들어갔다. 황후에게 절하고 뵌 뒤에 어머니와 아우를 만나본 전후를 낱낱이 아뢰었다. 황후는 난아의 어머니와 아우에게 특별히 많은 물품과 은을 하사하였다. 난아는 황후의 성은에 감사하였다.

이날의 원명원 궁중은 마치 망하던 나라가 새로 중흥이나 된 것만큼 즐거웠고 경사스러웠다. 어전 풍악을 밤 깊도록 계속하였고 취흥을 못 이기는 함풍황제는 귀비 난아의 손을 잡고 한없이 즐기다가 난아와 함께 난아의 침소에 돌아와 밤을 지냈다.

그 뒤로부터 난아는 임금의 사랑도 사랑이거니와 황후의 특별한 은총에는 참으로 형언할 수 없을 만큼 감격하여 눈물을 흘릴 때도 많았다.

한 번은 황후가 친히 난아를 찾아서 이런 이야기 저런 이야기로 태중에는 아무쪼록 기쁜 마음을 가져야 태아에게도 유익하다는 등의 이야기를 많이 하다가 난아에게 말했다.

"이제부터 우리가 군신간의 의리와 체면을 서로 차릴 것이 아니라 자매의 정을 맺고 헛된 예절에 얽매이지 말고 나는 너를 아우라고 부를 테니 너는 나를 언니라고 불러라."

난아는 황후의 그 말에 너무 감격하여 눈물을 흘리지 않을 수 없었다.

"폐하! 소녀의 오늘밤 영광과 행복이 모두 폐하께서 주신 것이라 그 은혜와 정의로 말하면 자매는 그만두고 모녀간의 정인들 예서 더하겠습니까? 그러니 정의를 가지고 예절을 버릴 수 없습니다."

황후는 난아의 손을 잡고 말했다.

"그러나 난아야! 나는 이제부터는 너를 내 아우로 알 테니 그리 알고 너도 나를 친언니처럼 생각하여 주고 언니라고 불러주기를 바란다."

"황후폐하. 소녀는 벌써부터 폐하를 친어머니와 친언니처럼 생각했습니다. 그러나 명분과 예절은 폐할 수가 없으니 폐하께서 양해해 주시기 바랍니다."

황후는 난아가 명분과 예절을 차리면서 그 은정을 잊지 않는 것을 반가워했다.

난아는 태중이지만 황제를 자주 모시면서 몸을 잘 주의하지 못했다. 황후는 혹시라도 난아가 태중인 몸을 잘 주의하지 못하여 무슨 병이나 생길까 싶어 항상 염려하고 걱정하였다. 그럭저럭 세월이 흘러 함풍 6년이 되고, 난아는 임신 8개월이나 되었다. 황후는 난아에게만 주의를 주는 것이 아니라 임금에게도 가끔 주의를 환기시켰다.

"이제부터는 더욱 조심하소서. 태중에 있는 태모를 가까이 하시다가 혹시나 태아에게 불리하면 어찌합니까? 벌써 만삭이 되어 가는데……."

"옳은 말씀이오! 짐도 벌써 주의한 지가 오래됐소. 너무 걱정하지 마시오."

함풍제가 이런 대답을 한 것도 여러 번이었다.

함풍 6년의 정월과 이월이 지나가고 3월이 되었다. 북경의 자금성과 원명원 황궁에는 벌써 온갖 화초가 만발하여 새봄의 기운은 없어지고 붉은 옷과 푸른 잎이 너울너울 춤을 추고 우는 새와 나는 나비와 늦은 봄이 무르익어감을 자랑하는 삼월이 되었다.

귀비 난아도 황후와 함께 봄빛을 구경하며 서로 즐기고 서로 위로하는 것으로 일삼았다.

하루는 난아의 얼굴빛이 달라지면서 매우 괴로워하는 것을 황후가 보았다.

"난아야! 어찌하여 그러느냐? 몸이 아파서 그러느냐? 얼굴빛이 달라지는구나!"

난아는 머뭇머뭇하였다.

"폐하, 어쩐지 몸이 몹시 괴롭고 배가 아픈 것이 이상스럽습니다."

"옳지! 이제 산기가 있는 모양이다. 어서 네 방으로 돌아가자!"

그리고 내시를 불러서 나라귀비를 급히 모시고 가자고 분부하는 동시에, 모든 것을 준비시켰다.

"너희들은 앞에 가서 어의들도 부르고 산파도 불러 오고 순산에 쓸 모든 것을 준비하여라!"

난아는 자기의 침소까지 억지로 참고 간신히 가마를 타고 왔다. 제 침소에 와서 황후가 누우라고 권하는 바람에 못 이기는 척하고 자리에 누웠다.

"폐하, 용서하여 주소서. 소녀가 감히 폐하 앞에서 눕습니다."

"애야, 너는 너무나 지나치게 예절을 차리는구나. 이런 때에도 예절을 차리느냐?"

모든 어의들과 준비를 기다리면서 황후는 매우 초조했다.

황후가 한참 초조하여 못 견딜 때에 어의들이 모여들어서 간맥하고 일제히 "귀비전하께서 순산앓음이시니 순산에 필요한 약을 써야겠습니다."라고 하며 약을 지어오게 하고 한편으로는 여러 가지 음양술수와 모든 방법을 하기에 분주하였다. 그럼에도 불구하고 난아는 나 죽는다고 야단을 치면서 당장에 죽을 것처럼 몸을 조금도 가만 있지 못하고 쩔쩔매면서 '아이구 어머니!'를 찾을 뿐이었다. 모든 궁녀들도 이마에 땀을 흘리면서 난아를 붙들어 주었으나 아무 도움도 되지 못했다. 황후는 곁에서 보다가 하도 딱하여 가서 난아의 손을 잡고 위로하였다.

"난아야! 너무 아파하지 말아라! 저 약을 먹으면 곧 순산이 된다고 하니 어서 저 약을 먹어라!"

난아는 그렇게 정신을 차릴 수가 없는 가운데서도 예절은 예절대로 차리면서 황후의 손을 힘겹게 잡았다.

"폐하, 황공합니다. 소녀는 이제 죽습니다. 폐하, 소녀의 어미나 마지막으로 불러주셨으면 감사하겠습니다."

"오냐! 그러마! 불러줄테니 어서 저 약을 먹어라!"

황후는 궁녀들을 불러서 난아에게 약을 가져다 먹이라고 하며 한편 내시들을 난아의 집에 보내 그 어머니를 모셔오게 하였다.

난아는 궁녀가 가져온 약을 먹은 뒤에 조금 진정되었다가 얼마 뒤에 또다시 배가 아프다고 야단을 치기 시작하였다.

그렇게 난아의 순산앓음은 몇 시간을 계속하였다. 난아의 어머니가 궁중에 들어와서 황후에게 배알하고 난아의 곁에 와서 앉은 때는 난아가 벌써 그 몸이 몹시 지쳐서 그다지 날뛰지도 못하고 '아이구' 소리만 치고 있을 때였다. 그러던 차에 난아가 어머니를 보더니 그만. "어머니 나는 죽소"하고 어머니를 껴안고 힘껏 떨었다. 어머니는 난아를 안고 위로하였다.

"난아야! 괜찮다! 조금 있으면 순산되고 안 아플 테니 너무 이러지 말아라!"

어머니의 위로하는 말도 못 들은 척하고 전보다 몇 백 배나 더 죽는다고 야단을 치더니 여러 궁녀들이 그 몸을 꼭 껴안은 채로 순산하였다.

모든 사람들은 일순간 '휴우' 하고 숨을 길게 내쉬고 무슨 무거운 짐을 졌다가 벗어놓은 것처럼 시원하게 생각하였다. 황후는 누구보다도 더욱 순산한 것을 반가워하면서 "으―앙! 으앙!" 하고 울음소리를 지르는 갓난아기를 살펴보더니 계집애가 아닌

아들인 것을 알고 너무 기뻐서 난아에게 위로를 아끼지 않았다.
"난아야! 순산하느라고 수고한 것은 잊어 버려라! 옥같은 황태자가 탄생하였다."
그리고 산모에게 후산을 시키도록 여러 궁녀에게 주의를 시키고 내시를 황제에게 내보내서 아뢰게 하였다.
"황귀비 전하께서 순산 생남하셔서 국가의 큰 경사입니다."
이때 함풍제도 귀비 난아가 순산앓음을 한다는 말을 듣고 순산 생남하였다는 기별만 고대하고 있었다. 함풍제 한 사람만이 아니고 그 소문을 듣고 궐내로 모여든 왕공중신과 종실대신들이 모두 '순산 생남'의 기별을 고대하고 있었던 것이다. 내시 몇 사람이 대전으로부터 나와서 함풍제에게 아뢰었다.
"황귀비 나랍전하께서 순산 생남하셔서 국가의 큰 경사를 아룁니다."
이에 함풍제는 너무 기뻐서 일어나서 두 팔을 벌리고 춤을 추고 모든 왕궁과 대신들도 일제히 일어나서 함풍제에게 재배 하례하면서 만세를 높이 불러서 국가의 큰 경사라고 한없이 기뻐하며 즐거했였다.
조금 있다가 내시가 다시 나와서 여쭈었다.
"산모전하께서 후산까지 하시고 건강하시며 새로 탄생하신 아기전하께서도 건강하십니다."
함풍제가 여러 신하들과 함께 내시들의 말을 듣고 기쁨을 이기지 못하여 글 한 수를 지어서 읊었다.

**庶慰在天六年望 更欣率土萬事人**
서위재천육년망 경흔솔토만사인

하늘에 계신 육년의 바람을 위로하고 다시 천하 만민을 기쁘게 하였다.

이 글은 난아가 아들을 낳은 것이 한편으로는 도광황제의 영혼을 위로하고 또 한편으로는 천하 만민을 기쁘게 하였다는 것이다.

이와 같이 함풍제는 외전에서 여러 신하들과 즐거워하는데 내전에서는 황후가 만반을 지휘하되 산모에게 어찌어찌 복약시키며 조섭할 것을 지휘함은 물론이며 갓난아기를 궁중의 전례대로 양육하기로 하되 유모 여덟 사람을 택하여 들여 보모가 여덟 사람이며, 바느질하는 상인(上人)과 부엌일 하는 상인까지 합하여서 40인이 아기전하를 모시고 양육하는 책임을 맡게 하였다.

아기를 낳기는 난아가 낳았지만 그 아기는 황후의 아들로 인정되고 황후가 친히 기르는 자리에 있게 되었다. 난아는 아들을 낳은 뒤로 정정당당한 황귀비의 지위에 올랐다.

함풍제와 황후와 황귀비 난아가 갓난아기를 이 천하에 다시없는 큰 보배같이 애지중지함은 물론이고 궁중과 부중에 모두 즐겁고 기뻐하는 빛이 차고 넘쳤다.

함풍제는 갓난아기의 이름을 재순(載淳)이라 짓고 종묘에 고유(告由 선왕들에게 알리는 예) 제를 드리며 천하에 대사령을 내려서 옥중의 모든 죄인을 풀어놓으라 하였다. 그뿐만 아니라 온 천하의 불쌍한 사람들에게 구휼하는 뜻으로 돈과 먹을 것과 입을 것을 은사하여서 황태자가 탄생한 것을 만백성이 기뻐하게 하였다.

이때 함풍제는 난아의 가족을 비로소 불러 보게 되었다. 하루는 난아의 어머니와 아우 용아가 황상과 황후를 배알하고 물러가게 되었다. 그때 황후가 난아에게 이렇게 물었다.

"난아귀비야! 네 아우 용아는 어디 정혼한 데가 있느냐? 벌써 나이가 시집갈 때가 지난 듯한데!"

난아는 벌써부터 그 아우를 황족에 시집보내려고 생각하였지만 기회를 얻지 못하여 애쓰던 차에 그날 황후가 그와 같이 묻자 너무 반가웠다.

"황공하고도 감사합니다. 나이 벌써 시집갈 때가 지났으나 마땅한 곳이 없어 정혼하지 못했고 지금 소녀의 몸이 양위 폐하의 은총으로 황귀비라는 영광스러운 지위에 있게 된만치 그 애의 정혼을 함부로 할 수도 없는 처지입니다. 바라건대 성모폐하께서 소녀를 친혈육같이 사랑하시는 마음으로 그 애의 혼인을 폐하께서 주장하여 주시면 성은이 백골난망일까 합니다."

황후는 난아의 말을 듣고 잠깐 무엇을 생각한 뒤에 입을 열었다.

"난아귀비야! 성상폐하의 아우 순현친왕 혁현전하께서 아직 장가드시지 않으셨으니 그리로 정혼함이 어떠할까?"

"성모폐하의 성은으로 그렇게만 되었으면 다시 없는 영광이겠습니다."

"오냐! 되었다. 나도 성상폐하께 아뢸 것이니 너도 아뢰어라. 그리고 내가 직접 순현친왕께 그 의향을 알아보마!"

그 뒤 며칠 만에 황후는 임금에게 난아의 아우 용아와 순친왕과 결혼 문제를 여쭈었다. 함풍제도 대찬성하고 즉시 황귀비 난아에게 그 뜻을 말하는 동시에 아우 순친왕을 불러 황귀비 난아의 아우 용아와 정혼하기로 하였다는 말을 하였다. 순친왕도 형님 되는 함풍제와 형수되는 황후와 황귀비가 찬성하는 혼인이라 그대로 따랐다.

　순친왕과 용아의 혼례식은 성대히 거행되고 난아의 친정은 이때부터 더욱 영화롭게 되었다.

# 열하 파천과
# 함풍황제의 붕어

 함풍 6년으로부터 7년, 8년은 함풍제에게 가장 근심 없고 즐거운 시절이었다.

 첫째로는 오랫동안 바라고 기다리던 아들이 황귀비 난아의 몸에서 탄생되었고, 둘째로는 태평천국의 북벌군 대장 임봉상이 몽고 승왕(僧王) 격림심(格林心)에게 대패되어 격림심이 임봉상의 머리를 베어 바치게 된 것이다.

 이 두 가지로 인하여 함풍제는 무척 즐거웠다. 오랫동안 기다리던 아들이 태어난 것이 즐거운 일이며 산동을 지나 천진까지 쳐들어와서 북경을 위협했던 태평천국의 북벌군을 쳐서 멸하고 그 대장을 잡아 죽였다는 것이 또한 통쾌하고 즐거운 일이다. 그러나 아직도 양자강 이남의 천지가 태평천국의 천지이며 여러 해 동안 병란으로 피폐하게 된 백성을 생각한다면 그렇게 즐거운 시절이라고 할 수도 없고 도리어 더욱 삼가하고 더욱 근심해야 옳은 시절이었다.

이러한 시절에 함풍황제는 천하가 태평스럽게 되어 온갖 향락이나 일삼을 시절이라고 생각하였다.

하루는 이친왕 재원과 정친왕 단화와 숙순 등 세 사람과 국사를 논하다가 함풍제가 탄식하였다.

"이제 오랫동안 요란하던 장발적의 난리도 절반이나 평정되고 황태자 될 재순아기도 탄생하였으니 짐의 평생에서 처음으로 만나는 좋은 시절인데 도무지 하루도 유쾌하게 지낼 수가 없으니 이것은 아마도 짐이 박복한 탓인가 하노라!"

임금의 탄식에 대하여 눈치 빠르기로 유명한 숙순이 아뢰었다.

"이제 천하가 태평하게 되어 양자강 이남에 있는 장발적의 난리는 증국번 등의 힘으로 평정할 날이 멀지 않았으며 재순아기 전하가 탄생하셨으니 참으로 다시 없을 경사이옵니다. 이러한 시간에 폐하께서 원명원이라는 선경을 두셨으니 어찌 선경의 낙을 누리지 않으시고 이와 같이 탄식으로 세월을 보내십니까?"

"경의 말대로 원명원을 선경이라고 할 수도 있지만 아무리 좋은 선경에도 신선이 없으면 선경이 될 수가 없는 것이다!"

이친왕이 대답하여 아뢰었다.

"원명원은 분명한 선경이고 성상폐하께서는 유일하신 선관이고 여러 귀비전하와 궁녀들은 그 선관을 모시는 선녀들이라 하겠습니다. 폐하께서는 어찌하여 신선이 없다고 하십니까?"

이친왕의 그 말에 대하여 함풍제는 손을 내저었다.

"그런 말은 다시 하지 말아라! 짐을 가리켜 선관이라고 할는지는 알 수 없다만 선녀라는 이름을 들을 년은 한 년도 없으니 원명원은 선경이 아니라 적막강산이라 하겠다."

정친왕이 아뢰었다.

"나라귀비전하께서는 이 천하에 드무신 미인이며 폐하께는 유일한 선녀이신가 합니다."

"그런 말도 말아라. 궁녀 난아 시대에는 선녀인 듯하더니 재순아기를 낳은 뒤로는 벌써 황귀비전하가 되어서 짐의 향락을 방해하기에만 힘쓰고 있구나."

숙순이 엎드려 아뢰었다.

"신이 비록 재주 없사오나 한 달 안으로 영추, 봉래 방장 삼신산에 사람을 보내서 많은 선녀를 데려다가 폐하의 선경 원명원에 가득 차게 하겠습니다."

함풍제는 무릎을 치면서 크게 웃었다.

"경 등에게 그러한 재주가 있다면 짐이 무엇을 탄식하겠는가. 오직 경 등의 주선을 기다릴 뿐인가 하노라!"

이친왕 등 세 사람도 크게 웃고 그 날 해가 지고 밤이 깊도록 임금과 신하가 함께 술 마시며 즐거워하였다.

함풍제가 숙순 등 세 신하를 보고 원명원이라는 선경 속에 선녀 한 사람도 없다고 탄식한 지 한 달이 채 되지 못하여 여러 선녀가 원명원으로 모여들게 되었다.

첫째로 목단춘이라는 선녀가 원명원에 들어갔다. 목단춘은 강소성 소주에서 이름난 기생이었다. 처음에는 양주에 사는 소금장사의 첩이 되었는데 지방관들이 숙순의 명령에 의하여 돈을 많이 주고 사서 북경에 보낸 것을 숙순이 다시 임금에게 바친 것이다. 함풍제는 그 인물이 화려하고도 소담하고 실팍진 것을 탐내어서 그 이름을 목단춘이라 짓고 원명원 가운데다가 목단춘이라는 별장을 지어 그곳에 두었다.

둘째로 해당춘이라는 선녀가 원명원에 들어갔으니 원래 해당춘은 대동부에서 이름 높은 광대였다. 본명이 옥희인데 그 때에 급제한 류심이라는 사람과 서로 사랑하게 되고 정이 깊어서 서로 살아도 함께 살고 죽어도 함께 죽자고 맹세하였던 여자였다.

그러던 것을 승보라는 사람이 숙순 등의 명령을 받고 자기의 권력을 가지고 류심을 위협하며 옥희에게 돈 얼마를 주고 사서 보낸 것인데 함풍제는 그 인물이 해당화처럼 복스럽고 어여쁘게 생겼다고 하여 해당춘이라는 별정을 짓고 그곳에 두었던 것이다.

셋째로 행화춘이라는 선녀가 원명원에 들어갔다. 원래 행화춘은 강소성의 보후도윤 오세공이라는 사람의 여종인데 생김생김이 절세미인이었다. 주인 오세공이 자기 마누라를 속이고 몰래 간통하여 지내다가 결국은 마누라에게 들켜서 가정의 풍파가 여러 번 일어났다. 그래도 오세공은 그 여종의 미색에 빠져서 버릇을 고치지 않았다. 오세공의 부인은 할 수 없이 북경에다 사람을 보내서 내무부 산질대신에게 부탁하여 그 여종을 궁중에 들여보내도록 한 것이다. 함풍제는 여종의 인물이 늦은 봄에 만발한 살구꽃 같다고 하여 행화춘이라는 별장을 지어 주고 그 이름을 따라서 행화춘이라고 하였다.

넷째로 타라춘이라는 선녀가 원명원에 들어갔다. 타라춘은 본래 북경 선무문 대석교라는 거리에서 제봉업 하던 사람의 아내로서 남편이 죽고 과부로 있던 여자였다. 이 과부가 인물이 잘났다는 말을 듣고 숙순이 한 번 지나다가 엿보니 과연 경국지색의 미인이었다. 급히 돌아와서 궁중의 시위하는 병정들을 보내서 그 과부를 잡아오게 하였다. 그 과부는 원래 수절하기로 결심한 사람이라 궁중의 시위병정들이 잡으러 온 것을 보고 황급하게 가위를 가지고 자기의 머리채를 베어 버렸다. 뿐만 아니라 칼을 가지고 자살하려고 하였다. 그러나 시위병들이 달려들어서 칼을 빼앗고 몸을 묶어서 가마 안에 잡아넣고 원명원으로 끌고 왔다. 숙순은 원명원 안에 있는 성운암의 여승들을 불러서 그 과부를 좋은 말로 달래서 임금의 사랑을 받게 하라고 하였다. 여승들은 숙순의 명령대로 과부를 들여서 벤 머리에 다시 가짜 머리를 이어서 단장시켜 임금에게 바치니 함풍제는 과부가 머리를 깎았다고 해서 타라춘이라는 별장을 지어주고 그 이름을 타라춘이라 하였다.

이것이 소위 원명원 가운데 유명한 사춘선녀이다. 함풍제는 이 사춘선녀들을 황귀비 난아의 절제 하에 두었다.

그러나 목단춘, 해당춘, 행화춘, 타라춘 등 절세미인 네 사람이 원명원에 들어 온 뒤로는 함풍제의 황귀비 난아에 대한 총애는 점점 멀어지게 되었다. 다만 그녀의 몸에서 난 황자 재순아기를 사랑하는 마음에서 난아를 박대하지는 않았지만 전과 같이 탐탐하게 사랑하지는 않았다. 따라서 난아가 임금이 너무 주색에 빠지는 것을 간하는 데서 그 마음이 점점 멀어지게 되었다.

사람이 한 번 음란하고 방탕한 데 빠지면 갑자기 거기서 빠져나오기가 어려울 뿐만 아니라 날마다 점점 음란과 방탕이 심해져서 자기의 몸과 집을 망하게 한 뒤에야 그만두는 것이다. 함풍제의 음란과 방탕은 날이 갈수록 더욱 심해서 끝이 없었다. 그의 몸이 이 세상에서 떠나기 전에는 고칠 수 없을 만큼 심하게 병들어 갔던 것이다.

함풍제는 기생 목단춘과 여광대 해당춘과 남의 집 여종 행화춘과 수절과부 타라춘까지 원명원에 모아들이고도 부족하였다.

이제는 궁중에 앉아서 숙순 등이 데려오는 여색만을 만족해 하지 않고 자기가 직접 미복하고 북경성을 방방곡곡으로 찾아다니면서 백성의 아내라도 닥치는 대로 관계하고 궁중으로 잡아들였다.

한 번은 성남에 사는 절강 사람 장수생의 마누라가 남편이 죽은 뒤에 딸 사형제를 데리고 사는데 딸들이 모두 미인이라는 소문을 듣고 단화와 숙순과 태감 최창례를 데리고 그 집에 갔다가 맏딸 탄화와 관계하고 그 이튿날에 시위들을 보내서 그 어미와 딸 사형제를 원명원으로 잡아온 일도 있었다.

그 뿐만이 아니라 태감 최창례가 남성대가에 피쟁이 노릇하는 사람의 계집이 천하일색이더이다, 하는 말을 듣고 단둘이 그 피쟁이 집에 가서 그 여자를 구경하려고 하다가 사람들에게 들켜서 태감 최창례는 여러 사람에게 죽도록 얻어맞고 함풍제는 말을 타고 도망하여 돌아와서 시위병을 보내서 그 여자를 백주대가에서 잡아온 일도 있었다.

그 소문이 온 북경 안에 모르는 사람이 없을 만큼 널리 퍼졌다. 그 이튿날 아침에 대학사 백준이 상소하였다.

"지금 강남과 강북의 큰 난리가 평정되지 못하였고 서양 각국이 밤낮으로 틈만 엿보고 있으니 참으로 국가의 위급존망의 때입니다. 그런데 폐하께서 어찌 향락을 일삼으십니까? 이친왕,

정친왕, 숙순 등이 폐하의 비위만 맞춰가면서 폐하를 음란하고 방탕한 길로 인도하니 그 죄를 용서할 수 없는지라 바라건대 폐하께서는 이친왕 등 세 사람의 죄를 엄하게 다스리시고 폐하 자신도 개과천선 하소서!"

함풍제는 그 상소를 이친왕, 숙순 등 세 사람과 함께 보다가 말하였다.

"백준이 또 다시 짐을 괴롭게 하는구나!"

함풍제의 말에 대하여 이친왕과 정친왕은 묵묵하고 있는데 숙순이 아뢰었다.

"백준의 상소에 신 등을 잘못이라고 하여 신 등을 죄주라 하였사오니 폐하께서도 만일 백준의 말을 옳다고 하신다면 신 등을 죄주시고 만일 신 등에게 죄가 없다면 국가 대신을 함부로 모해하는 백준을 처벌하심이 마땅한 줄 아룁니다!"

함풍제는 숙순의 말을 듣고 웃으면서 말했다.

"백준이 어제 일을 가지고 짐을 책하는 것이니 그 일은 그다지 나쁘다고 할 수 없지만 강남의 난리는 증국번 등이 곧 평정할 것이오, 강북의 난리는 벌써 승왕 격림심이 평정하였는데 무엇을 가리켜 국가 위급존망의 때라고 하느냐? 더구나 서양 각국 사람이 무슨 일이 있기에 이다지 심하게 말하였느냐? 도대체 글 읽는 사람들은 너무 말을 심하게 하는 것이 병이다. 좌우간 상관 말고 그대로 내버려두는 것이 상책이다."

그리고 다시 하명을 내렸다.

"백준이 그림자도 없는 말을 가지고 짐을 괴롭게 하며 대신을 모함하니 마땅히 엄벌할 것이되 짐이 그 직언하는 충성을 생각하여 궐내에 들지 못하게 하고 직례성 향시(鄕試)의 주고(主

考 시험 감독관)를 삼아 밖에 내보내라!"

이것은 백준으로 하여금 조정에서 말하지 못하도록 내쫓은 것이다. 백준은 명대로 향시 주고로 갔다.

백준은 향시 주고의 직책을 다하고 몇 달 후에 다시 조정에 돌아왔다. 그런데 백준이 향시의 주고로 진사와 급제를 뽑아낸 명단 가운데는 당시 북경에서 피황(皮荒) 잘 불기로 유명한 광대 평림의 이름이 들어 있었다.

청나라 법에 광대는 과거를 보지 못하며 본다고 해도 시키지 않도록 되어 있었다. 그런 것을 백준이 평림에게 과거를 보게 했으니 이것은 확실히 잘못이다. 다만 주고라는 시관(試官)의 직분은 과거를 보는 사람들의 문무간의 재주만 조사할 뿐이요, 그 밖에 다른 것은 상관하지 않는 것이다.

그러나 숙순과 단화 등이 백준을 눈엣 가시같이 보고 있는 가운데 이러한 일이 생겼으니 그대로 가만히 있지 않을 것은 불을 보듯 뻔한 일이었다. 숙순과 단화와 이친왕 등은 자기들의 말을 잘 듣는 어사와 간관들을 부추겨 상소하였다.

"백준이 막중한 주고의 직분을 가지고 국법을 무시하고 뇌물을 받아먹고 광대와 같이 천한 자에게 과거를 시켰으니 이는 용서할 수 없는 큰 죄인이라 국법으로 처벌하소서."

청나라 법에 과거의 시관으로 죄를 범하면 오직 사형이 있을 뿐이요, 다른 형벌은 없었다.

함풍제는 여러 사람의 모든 상소를 보고 백준이 자세히 살피지 못한 허물은 있지만 진작 알고서 죄를 범한 것은 아니라고 생각하였다. 그러므로 모든 상소를 그대로 없는 것으로 하고 더 묻지 않으려고 했다.

그러나 숙순과 단화 등이 국법을 가지고 논하며 법률의 조문을 해석하면서 백준을 이대로 두면 모든 국법이 무용지물이 될 것이며 천하 선악의 시비를 막을 수가 없다고 하면서 함풍제를 압박하였다. 함풍제도 원래 백준이 강직하여 아무 기탄없이 곧은 말만 하는 것이 항상 재미롭지 못하던 터이라 숙순 등의 말대로 명을 내렸다.

"짐이 경 등의 상소에 의지하여 보건대 이번 과거급제 명단 가운데는 광대 평림의 이름이 들어 있다. 주고 백준은 몸이 국가의 대신으로써 어찌 과장 규례를 알지 못하였는가! 미리 살피지 못한 것이 허물이요, 그 뒤에는 알고도 그대로 두었으니 이것은 진작 알고도 나라 법을 범한 것이다. 법을 범한 이상에는 법의 조문대로 처형하여 천하후세에 법을 어기는 자에게 본보기가 되게 할지어다."

이 명이 내려졌다는 소문이 퍼지자 북경 성 안은 들끓었다. 중신 백준이 숙순 등의 참소로 죽는다고 하였다. 만조백관도 서로 얼굴만 쳐다보면서 당황하였다. 공친왕 혁흔이 그 말을 듣고 자기의 형님이며 임금인 함풍제를 뵙고 머리로 두드리며 울면서 애원하였다.

"폐하! 백준에게는 상줄 공로가 있을지언정 벌줄 죄는 없사오며 만고에 썩지 아니할 충절을 가진 사람이옵고 털끝만큼도 사심을 가진 사람이 아니오니 내리신 명을 도로 거두시고 살려주시기를 바라나이다."

함풍제가 아우 공친왕의 애원도 듣지 않고 어서 백준을 사형하라고 엄명하였다.

형부상서 조광은 백준을 천뢰에 잡아 가뒀다가 어명을 받고 저자에서 처형하여 죽이는데 백준은 형장에서까지 행여나 임금이 용서하여 주실까 하고 바라다가 시간이 닥쳐오자 실망하여 절하고 통곡하였다.

"죽기는 서럽지 않으나 황상께서 숙순 같은 세 간신의 손에 나라를 그르치고 나중에는 그 몸까지 어찌할지! 참으로 한심하고 원통하구나!"

그리고 조용히 형벌을 받았다. 그 광경을 보는 모든 사람이 백준의 의연한 태도에 눈물을 흘리지 않은 사람이 없었다. 백준은 간신배 숙순 등에게 죽고 말았다.

대학사 백준이 사형을 받고 죽게 되었다는 말이 원명원 궁중에 들어가자 황후와 황귀비 난아도 백준을 구하려고 하였지만 그 때는 벌써 늦었고 백준이 죽은 후였다.

백준을 죽인 뒤에는 숙순 등이 더욱 의기양양하여 만조백관을 초개같이 보고 날마다 임금을 꼬여가지고 주색의 향락으로 세월을 보냈다.

그렇게 주색으로 보낸 세월이 벌써 함풍 8년이 되었다. 북경에 있는 청나라의 북경 궁중이나 남경에 있는 태평천국의 궁중이나 어디나 그날그날의 향락으로 세월을 보내는 동안에 서양의 영국, 프랑스, 러시아, 미국은 중국에다 상품도 팔고 아편도 팔아서 중국의 돈을 빼앗아가기에 열심이었다.

그런데 서양 각국이 중국과 통상하여 이익을 보려고 하는 데는 중국과 통상조약을 맺지 않을 수 없었다. 그것을 맺기 위하여 벌써 여러 가지 파탄과 곡절이 많았다. 그러다가 영국과 프랑스가 연합하여 함풍 8년 4월에는 광동성 광주를 쳐서 점령하고 양광총독 엽명침을 잡아서 인도로 보내고 새로 간 총독 황숭한과 외교상의 교섭을 하였으나 아무 효과도 얻지 못하였다.

영국과 미국과 프랑스의 동양 함대 사령관들은 다시 의논하려고 광동이나 상해 할 것 없이 한 지방을 쳐서 굴복시키는 것보다 차라리 북경을 쳐서 굴복시키는 것이 상책이라 하고 영국, 미국, 프랑스 삼국의 군함이 북경까지 가기 위해 합세하여 천진으로 향하였다.

함풍 8년 11월에 영국, 미국, 프랑스, 러시아의 4국 연합 함대가 백하(白河)에 모였다.

그때 천진에는 승왕 격림심이 오십만의 대군을 거느리고 있었다. 태평천국의 북벌군을 무찌르고 그 대장 임봉상을 잡아 죽인 격림심이다. 호기가 등등하여 영·미·프·러의 연합군을 초개같이 보고 싸우기를 시작하였다. 밤낮 없이 사흘 동안 싸운 결과 격림심의 부하 맹장 낙선중 제독이 연합군 대포에 맞아 죽고 백하 어구의 포대가 함락되고 프랑스 함대의 부대가 먼저 상륙하고 다른 나라 군대들도 모두 상륙하여 당고를 점령하고 격림심은 삼십 리 밖으로 퇴군하였다.

격림심의 오십만 대군이 영·미·프·러 등 연합군에게 대패하였다는 소식이 북경 함풍제의 조정에 들어갔다.

함풍제는 때마침 원명원 궁중에서 목단춘 등의 네 선녀를 데리고 향락에 빠져 즐기던 중이었다. 그 소식을 들은 함풍제는 서둘러 황귀비 난아의 궁중에 들어갔다.

"이제 큰일났다. 서양 연합군이 천진을 함락하고 장차 북경으로 쳐들어온다니 어찌하면 좋은가?"

난아는 함풍제의 말을 듣고 깜짝 놀랐다.

"뭐라구요? 서양 연합군이 북경을 쳐들어와요? 참으로 큰일입니다. 폐하께서 숙순 등의 말만 들으시고 매일 주색으로만 세월을 보내시다가 나라 일이 이 지경이 되었으니 어찌하겠습니까?"

"이제 와서 그런 원망을 하면 어찌겠나? 어찌하면 좋을지 방법을 빨리 찾자는 말이다. 귀비 생각에 어찌하였으면 좋을 것 같은가?"

함풍제는 한편 황망하고 한편으로는 안타깝게 난아의 얼굴을 쳐다보았다.

황귀비 난아도 한참이나 무엇을 생각하다가 임금을 위로하였다.

"폐하! 너무 급하게 생각하지 마소서. 다만 태평천국과 장발적의 난리와는 다른 것입니다. 서양 사람의 군함과 대포가 가장 무서운 것이며 군사들이 용맹스러워서 승왕 격림심 같은 장수와 군사로는 도저히 당할 수 없으니 그들이 해 달라는 대로 해 주고 하루바삐 화친하는 것이 좋을 듯 싶습니다. 만일 지체하다가는 후회할 것입니다."

"그러면 누구를 시켜서 서양 사람과 교섭하며 화친을 도모할까?"

"숙순 등에게는 절대로 알리지 마시고 공친왕 혁흔에게 맡겨서 화친을 도모함이 가장 옳을 듯합니다."

함풍제는 공친왕 혁흔를 급히 내전으로 불러 입시하라고 하였다.

서양 연합군이 백하와 당고를 점령하고 장차 천진을 거쳐서 북경으로 쳐들어온다는 소문을 듣고 황망해 하던 공친왕 혁흔이 임금의 분부를 듣고 급히 원명원에 들어가서 바로 황귀비 난아의 궁중에서 함풍제에게 배알하였다.

"애, 혁흔아! 서양 연합군이 북경으로 쳐올라온다는데 황귀비와 상의하니 하루바삐 화친하는 것이 상책이라고 하고 그 화친하는 일을 모두 네게 맡기는 것이 옳다고 하여 너를 부른 것이다. 네 소견은 어떠하냐?"

"신의 소견에도 황귀비 전하의 말씀대로 속히 화친하는 것이 옳다고 생각합니다. 남으로 장발적의 난리를 평정하는 그 시간에 서양 놈들이 틈을 타서 저희끼리 연합하여 우리나라를 치는 것입니다. 만일 우리가 속히 화친하지 않으면 남경의 장발적을 도와서 우리나라를 아주 곤란한 지경에 빠지게 할 것입니다. 그렇지 않아도 미국은 벌써부터 장발적의 나라와 서로 사이가 좋게 지내고 있다는 말이 있습니다."

"네 소견도 그러할진대 어서 빨리 화친할 방법을 찾아보아라."

"그렇지만 화친하자면 서양 놈들이 원하는 대로 해야 할 것이옵니다."

"물론 그러하다. 무엇이든 원하는 대로 해주고 속히 화친하여라!"

"그렇지만 무엇이든 원하는 대로 해주기는 억울하지 않습니까?"

그 때 난아가 그 말을 받아 말하였다.

"당연히 억울합니다. 그러나 친구(서양 사람을 가리키는 말)에게 주는 것이 내 집 종놈(한족과 태평천국을 가리키는 말)에게 빼앗기는 것보다 나을 것입니다."

"옳은 말이다. 서양 사람들에게 주기를 아끼다가 장발적에게 빼앗길 것이다. 어서어서 무엇이든 아끼지 말고 화친할 방법을 생각하여라."

"그러나 신이 혼자는 할 수가 없으니 숙순과 단화와 협력하는 것이 어떠하겠는지요."

"그 사람은 성상폐하를 모시고 향락하기에는 적당하나 그런 일에는 무용지물이오니 전하께서는 다른 사람을 구하셔서 협력하심이 좋을 듯합니다."

함풍제는 낙담한 빛을 띠었다.

"그런 말은 그만두고 숙순 이외에 다른 사람을 구하여 협력하여라! 백준을 죽인 것이 이토록 후회가 되는구나!"

"그러면 상서 계량, 시랑 화사남 등이 어떠하겠는지요?"

"음, 그 두 사람이 좋을 듯하다. 좌우간 너와 손 맞는 사람이면 그만이다."

공친왕 혁흔은 어전에서 물러 나와서 상서 계량과 시랑 화사남을 불러서 전후 사정을 일러주고 연합군과 화친하기를 도모하였다.

그 때 연합군 측도 근본 목적이 통상조약이나 맺고 가자는 것이며 그것도 영국과 프랑스가 한 편이 되고 미국과 러시아가 한 편이 되어서 청국으로 하여금 화친하기에 편리하게 되었다. 더구나 계량과 화사남은 공친왕으로부터 무엇이든 서양 사람들이 해달라는 대로 해주고 속히 화친하라는 부탁을 받은 터라 그들을 만나는 대로 배상금도 주기로 하고 그들이 원하는 대로 동신 항구의 개항도 허락하고 중국 땅의 어디서든지 종교를 전도할 것도 허락하였다.

이러한 모든 요구를 만족히 채우고 통상조약도 맺을 대로 맺은 뒤 서양 연합군은 천진에서 떠나 혹은 광동으로 가고 혹은 상해로 가 한참동안 험악하던 분위기는 사라졌다.

패군장 격림심도 다시 군사를 거느리고 천진과 당고, 백하 어구로 돌아가고 원명원 궁중에 있는 함풍제도 공친왕 혁흔에게 칭찬하고 다시 향락에 싸여 보내게 되었다. 다만 숙순과 단화 등이 이번 일에 대하여 여러 가지로 불쾌하게 되었다.

서양 연합군이 천진에서 물러간 뒤에 북경 조정에는 공친왕 혁흔의 일파와 단화, 이친왕, 숙순의 파가 서로 원수같이 되었다.

숙순 등은 패군장 격림심을 추켜서 상소하였다.

"금번 싸움에 패하게 된 까닭은 직예총독 담정량이 힘써 싸우지 않았기 때문입니다. 다시 군사를 정돈하여 금번에 패한 분풀이를 넉넉히 할 수가 있으니 공친왕이 계량과 화사남을 보내서 맺은 조약을 시행하지 마십시오."

함풍제는 공친왕과 숙순의 당파가 서로 자기 주장이 옳다고 하는 데 대하여 한참동안은 중재하는 자리에 있다가 하루는 어전 회의를 열고 양 편의 말을 듣고 결정하기로 하였다. 그 회의에서 공친왕 혁흔이 말했다.

"금번 조약을 맺게 된 까닭은 격림심이 연합군에게 대패되고 연합군이 천진을 점령하고 북경이 위급하게 되자 폐하께서 신을 부르셔서 서양 사람이 해달라는 대로 해주고 화친을 도모하라고 분부하신 까닭에 신이 계량과 화사남을 보내서 조약을 맺은 것입니다.

그런 것을 이제 와서 그 조약을 헌신짝같이 버린다면 이것은 남에게 신의를 저버리는 것이 되니 옳지 못합니다. 게다가 지금 장발적 홍수전의 난리가 평정되지 못한 때에 군함과 대포와 모든 군기가 우리나라보다 몇 십 배나 강한 서양의 여러 나라를 원수로 만드는 것은 어디로 보든지 옳지 못한 줄로 생각하니 폐하께서는 숙순 등의 말을 들어 조약을 버리지 마십시오. 만일 실수하시면 후회막급일 것입니다."

공친왕의 말에 대하여 숙순 등은 일제히 반대하고 나섰다.

"금번 싸움에 지게 된 것은 확실히 직예총독 담정량의 잘못이니 담정량을 벌주시고 격림심을 시켜서 다시 싸움 준비를 굳게 하면 결코 염려할 바가 없습니다.

그리고 금번에 맺은 조약은 당연히 시행하지 말아야 합니다. 서양 오랑캐와 신의를 가지고 말할 필요가 없으며 오직 우리 중화를 높이고 저 서양 오랑캐를 배척할 뿐입니다. 이것은 만고에 바꿀 수가 없는 대경대법입니다.

이제 그 조약을 버리고 다시 전쟁 준비에 힘써서 서양 놈이 또 다시 올 때에 오늘날의 이 부끄러움을 한 번에 씻어버리고 우리나라의 위엄을 톡톡히 보여주는 것이 열 번 옳으니 폐하께서는 조금도 염려하지 마시고 신 등의 말을 믿으십시오."

함풍제는 양 편의 말을 들은 뒤에 명을 내렸다.

"당초에 짐이 계량과 화사남을 보내서 화친을 도모하라고 한 것은 그 때의 사정이 절박하여 그런 것이고 막중한 나라와 나라 사이의 조약을 맺는 책임을 맡은 대신으로써 경솔히 나라의 체면을 돌보지 않은 것은 대단히 잘못한 것이다. 그러므로 그 조약은 계량과 화사남이 사사로이 맺은 조약에 지나지 않는다. 그 조약은 당연히 무효이며 계량과 화사남은 엄벌하라! 그리고 담정량은 직예총독으로서 그와 같이 태만하였으니 당연히 파직함이 옳은 것이다. 그러므로 담정량은 즉시 파직시키리라.

격림심도 패군한 허물이 있으나 아직 용서하여 두노니 짐의 성은을 감축하는 동시에 죄를 씻고 공을 세워서 그 죄를 면하도록 하되 정신을 가다듬어 만반을 준비하였다가 이번의 수치를 씻도록 하라."

함풍제의 명이 떨어지자 북경의 조정은 다시 숙순 등의 판이 되고 원명원에서는 황후와 황귀비 난아가 임금의 하명이 잘못되었다고 수군거렸지만 할 수 없이 그대로 둘 수밖에 없었다. 함풍제의 향락은 숙순 등과 함께 날마다 전대로 계속하게 되었다.

함풍제의 명이 떨어지자 승려 격림심은 기고만장하여 벽하어구의 포대를 다시 수리하고 군사를 조련하고 온갖 전쟁 준비를 하는 동시에 북방에서 서양 사람을 몰아내고 천주교나 예수교를 전도하는 서양 사람들을 닥치는 대로 학대하고 몰아내었다. 북방에서만 그런 것이 아니라 광동에서도 양광총독 황종한(黃宗漢)이 또한 그러하였다.

서양 연합군 쪽에서는 통상 조약을 맺고 돌아가서 성공했다고 생각했다가 뜻밖에 상황이 돌변하고 북경 조정에서 그 조약을 무효로 한다는 소식을 듣고 다시 모여서 회의를 하였다.

회의 결과 다시 무력으로 청나라 조정을 굴복시키지 않고는 다른 방법이 없다는 데 의견을 일치하게 되었다.

그리하여 영·미·프·러의 연합군은 다시 천진을 향하고 북으로 가게 된 것이다.

함풍 9년 5월 24일에 연합군 함대가 다시 대고(大沽) 포대를 공격하기 시작하였다. 연합군의 생각은 이번에도 지난번처럼 쉽게 포대를 함락시키고 청나라 군사를 쳐서 무찌겠를 것이라고 생각하였다.

그러나 격림심은 그 동안에 포대를 아주 굳게 수리했을 뿐만 아니라 대포 여며둘 문을 새로 만들고 그 대포의 이름을 홍의(紅衣)대장군이라 하여 전보다는 놀랄 만큼 철저하게 준비하였다.

더욱이 격림심은 금번 싸움으로써 자기의 생사를 결정하게 된 것처럼 그는 죽는 것도 돌보지 않고 싸웠던 것이다.

격림심은 군사를 지휘하여 연합군의 함대를 포격했는데 영국 군함 한 척이 대포에 맞아서 크게 상하고, 또 한 척은 물 속에 가라앉게 되고 해군 대장 한 사람이 죽고 그 밖에 군함도 대포에 맞아서 여러 군데 구멍이 뚫리게 되었다.

연합군의 함대는 형세가 불리하게 되자 할 수 없이 바다로 도망쳤다.

이 싸움에서 크게 승전한 격림심은 실지보다 몇 백 배나 부풀린 보고서를 승전 조정에 보고하였다.

그 보고를 가지고 숙순과 단화와 이친왕 등이 어전에 들어가서 만조백관을 모이게 하고 황제에게 아뢰었다. 승전보고를 들은 함풍제는 기뻐하는 것은 물론이고 숙순 등이 의기양양하여 방약무인하게 함부로 떠드는 것은 차마 볼 수가 없을 정도였다. 숙순이 좌우를 돌아보면서 황제에게 아뢰었다.

"폐하께서 총명예지하셔서 능히 신 등의 어리석은 주장을 그대로 세우시고 이제 이와 같은 큰 승전을 보게 된 것은 폐하의 성덕입니다. 격림심은 참으로 명장이고 금번에 이와 같은 큰 공로를 세우고 나라의 위엄을 떨치고 지난번의 수치를 통쾌하게 씻었으며 폐하의 성덕을 더욱 빛나게 하였으니 큰 상을 내려주십시오. 만일 공친왕 등의 말대로 그 조약을 그대로 지켰더라면 나라가 망할 뻔하였습니다."

공친왕 등은 별 수 없이 숙순 등의 모욕과 천대를 달게 받았다. 함풍제는 숙순 등의 말대로 격림심에게 많은 상을 내려줄 뿐만 아니라 숙순 등도 나라의 중흥 공신으로 상을 주었다. 그리고 중국번에게 빨리 태평천국을 쳐서 멸하라는 엄한 조서를 내렸다.

숙순 등은 황제로 하여금 태평과라는 과거를 보게 하도록 하고 원명원에다가 새로이 춘궁(春宮)을 더 지어서 도합 삼십육 춘궁이 되게 하고 춘궁마다 절세미인들을 모아다 넣고 온갖 호강과 향락을 누리도록 하였다.

격림심의 승전은 숙순 등이 생각하는 것처럼 나라가 태평하여 태평과를 볼 만큼 경사스러운 승전이 아니라 장차 조금만 잘못되면 청나라가 당장에 망하고 말 큰 화근을 만들어 놓은 것이다. 원명원의 목단춘 등의 사춘궁을 만들 때가 아니라 어전에 있던 춘궁도 없애고 임금과 신하가 나랏일을 가지고 밤낮으로 걱정하고 근심해도 면치 못할 큰 환란이 앞에 놓인 때이다.

대고 어구에서 격림심에게 크게 패하여 달아난 영·미·프·러의 서양 연합군이 그대로 물러서지 않을 것은 누구나 짐작할 바인데 오직 함풍제와 그 신하 숙순과 단화와 이친왕 등만 그런 생각이 꿈에도 없었다.

패하여 갔던 연합군이 각각 본국에다가 군함과 군사와 군기를 더 청하여 전보다 몇 십 배나 더 강해진 군함과 병력을 가지고 다시 북방으로 온다는 소식을 듣고서 격림심은 그것을 북경 조정에 보고하였다.

숙순 등은 그 보고를 받고 황제에게는 알리지도 않고 격림심에게 말을 전하였다.

"그따위 서양 놈들의 군함과 군사가 전보다 몇 백 배가 더 오더라도 오직 장군의 공명이나 높아지고 말 것이니 장군은 전과 같이 큰 공을 세우라!"

함풍 10년 8월에 서양 연합군의 함대가 또 다시 대고 어구에 와서 전보다 아주 먼 곳에 서서 포대를 공격하기 시작했다. 연합군의 대포 탄환은 포대에서 터지지만 청나라쪽 포대의 대포는 그 군함을 쏘기에 힘이 미치지 못하였다.

대고 포대에서 서로 포격하는 동안에 서양 군함은 육군부대 만여 명을 천진 뒤로 돌려 북당(北塘)에 상륙시켰다. 이 육군부대가 가진 모든 무기는 청나라 군사를 무찌르기에 충분하였다.

청나라는 연합군과 몇 시간 싸우지 못하고 대패하여 죽는 자는 죽고 도망하는 자는 도망하여 연합군은 무인지경으로 대고포대의 후방까지 쳐들어갔다.

그때 군함에서도 서양 연합군이 대고포대의 후방까지 쳐서 들어간 것을 알고 맹렬하게 공격하였다.

결국 격림심은 칼을 빼어 목 찔러 죽고자 하였으나 수양아들 진국서가 칼을 빼앗고 안고 말리는 바람에 죽지는 못하고 도망치고 말았다.

연합군은 대고포대를 점령하고 다시 해로와 육로로 함께 행군하여 천진을 점령하고 이어서 장가만까지 점령하니 북경이 멀지 않게 되었다.

이 소문이 북경에 퍼지자 북경성 안은 물 끓듯 끓어서 백성들은 남부여대하고 어디로든 살 곳을 찾아가려고 갈팡질팡하게 되고 함풍제의 조정에는 임금과 신하를 막론하고 모두 마른 하늘에서 벼락이 떨어지는 것같이 한 사람도 제 정신을 가진 자가 없었다.

그래도 공친왕 혁흔 등이 간신히 정신을 차려서 각처로 급히 사람을 보내 근왕병(勤王兵 왕실 호위 부대)을 청하고 한편으로는 북경에서 가장 가까운 산동에 사람을 보내 산동장군 승보(勝保)로 하여금 군사를 거느리고 통주(通州)로 오게 하였다.

이때 패군장 격림심의 군사도 통주까지 도망쳐 왔는데 조정에서는 다시 대학사 서련을 통주에 보내 승보와 격림심, 진국서 등과 협력하여 연합군을 막게 하였다.

그러나 파죽지세로 밀고 오는 연합군을 막기에는 역부족이었다.

결국 통주까지 연합군의 손에 들어가고 말았다. 통주는 북경에서 이십 리 밖에 떨어지지 않는 아주 가까운 곳이다. 통주가 연합군 손에 들어갔다는 소문이 즉각 함풍제의 궁중에도 들어갔다.

통주까지 연합군의 손에 함락되었다는 소문이 궁중에 들어가자 숙순과 단화와 이친왕 등은 피신하고 황제 앞에 나타나지도 않았다.

함풍제는 그래도 분부하였다.

"일이 이 지경에 이르렀으니 공과 죄를 의논할 때가 아니다. 그러니 이친왕과 숙순 등은 죄를 무서워하지 말고 빨리 들어와서 앞일을 의논하라."

숙순과 단화 등은 할 수 없이 어전에 들어가 땅에 엎드려 머리를 조아리며 죄를 청했다.

이때 공친왕 혁흔과 순친왕 혁현과 종군왕 혁합과 부군왕 혁혜 등과 그 밖의 모든 왕공대신과 패륵(貝勒)과 패자(貝子)\*들이 모두 모여서 "북경을 지키고 있으면서 각처의 근왕병을 기다리자." 하는 말과 "형세가 위급하니 잠깐 열하에 피난하였다가 형세를 보아 다시 작정하자!"는 두 파의 주장이 대치하였다.

이 두 가지 주장에 대하여 함풍제는 어찌하면 좋을지 결정하지 못하고 있을 때 내전으로부터 내시가 나와 황귀비 난아의 밀서를 황제에게 바쳤다. 함풍제는 그 밀서를 보고 머리를 끄덕이더니 명을 내렸다.

"이제 형세는 위급하고 경들의 주장과 의견을 들었지만 한 가지도 그럴 듯한 방책은 보이지 않는다. 적과 싸울 수도 없고 물러나 지킬 수 없다면 짐은 차라리 명나라 숭정황제처럼 만세산에 들어가 목매어 죽는 것이 옳은 듯하나 서양 놈의 연합군이라는 것은 잠깐 왔다가 얼마 뒤에는 물러갈 것이니 짐이 열하로 순수한다는 핑계로 잠시 열하로 피난하려 하오니 경들은 그리 알고 조처하라. 전부가 열하로 피난할 것이 아니라 왕공대신 중에서 몇 사람만 짐을 호위하여 따라가고 그 밖에 여러 신하는 북경에 머물며 조정 일을 잘 처리하여 짐으로 하여금 하루라도 속히 환궁하게 하라!"

함풍제는 명을 내린 뒤에 소매를 펼치고 일어서서 곤녕궁에 들어갔다. 곤녕궁에서 함풍제는 황후와 황귀비 난아와 황자 재순아기 등을 둘러보고 열하로 피난할 명을 내렸다는 것을 말하였다.

---

\* 청나라에서는 만주인 종실과 몽골의 외번들에게 여섯 가지의 작위를 나누어 봉했는데, 그 여섯 가지는 친왕(親王) 군왕(郡王) 패륵(貝勒) 패자(貝子) 진국공(鎭國公) 보국공(輔國公) 등이다. 이 가운데 패륵은 만주어로 부장(部長)이라는 뜻이다. (편집자 주)

황후와 황귀비 난아는 함풍제에게 아뢰었다.

"폐하께서 가장 사랑하시던 목단춘, 해당춘, 행화춘, 타라춘 등의 모든 궁녀를 데리고 열하로 파천하신다면 황송하지만 신들은 북경에 이대로 머물러 있겠습니다."

함풍제는 황귀비의 말을 듣고 부끄러워하는 빛을 띠고 말하였다.

"오늘까지 짐이 행한 바 모든 것이 다 잘못이다. 이런 때에 그들을 데리고 갈 수 없다는 것을 짐도 잘 알고 있으니 황후와 황귀비는 어서 모든 행장을 수습하도록 지휘하라!"

황제의 분부를 듣고 황후는 총관 이춘영을 부르고 황귀비 난아는 태감 안득해를 불러서 열하로 파천할 모든 준비를 밤새워가며 틀림없이 하도록 명령하였다.

어가가 장차 열하로 파천하게 되고 서양 연합군이 통주를 점령하여 북경이 위급하게 되었다는 소문이 원명원에 퍼지자 차마 말할 수 없는 비극과 참극이 원명원 이곳저곳에서 끝없이 일어났다.

무엇보다 며칠 전까지도 황제의 총애를 받고 향락품이 되었던 삼십육궁의 춘궁 궁녀들 가운데서 황귀비 난아에게 밉게 보이고 괘씸하게 보이던 궁녀는 그 밤으로 난아의 명령에 의하여 참혹하게 죽은 자가 얼마나 많은지 알 수 없었다.

그 밖에 모든 궁녀와 태감들도 졸지에 그와 같이 변을 만나서 어찌할 줄을 모르고 헤매다가 법에 걸려서 죽은 자와 벌 받은 자와 도망친 자들의 수가 얼마나 되었는지 알 수 없었다. 원명원의 온갖 호강과 향락은 일장춘몽이 되고 말았다.

함풍 10년 8월 초팔일에 함풍황제의 어가는 원명원 궁문 밖을 나와서 멀리 열하를 향하였다.

공친왕 혁흔은 북경에 남아서 나랏일의 내정이나 외교를 맡아서 처리하되 이친왕과 그 밖의 모든 왕공대신들이 공친왕을 도와서 처리하게 하고 격림심과 서린 등 패군장들은 잔군을 거느리고 해정에서 원명원을 보호하게 하고 황제와 황후, 황귀비 난아와 황자 재순아기, 순친왕 혁현, 종군왕 혁합, 부군왕 혁혜, 군기대신 단화, 황자 사부 이홍조 등은 어가를 모시고 떠나게 되었다.

그런데 어가가 원명원에서 아직 떠나기 전에 황귀비 난아의 궁에 뜻밖에 한 사람이 나타났다. 그는 황귀비 난아의 친척이 되며 처녀 시절에 서로 사랑하던 영록이었다. 영록은 어가가 열하로 파천한다는 말을 듣고 자기의 평생 앞길을 준비하기 위하여 생가를 돌보지 않고 감히 원명원으로 황귀비 난아를 찾아온 것이었다. 난아는 천만 뜻밖에 영록을 보고 잠시 놀랐다.

"이게 웬일이우? 영록이 어찌하여 이때까지 이곳에 나를 찾아오게 되었소?"

영록은 미리 작정해 두었던 말을 꺼냈다.

"놀라지 마십시오! 오늘 어가가 열하로 파천하신다는 말을 듣고 귀비마마께서도 어가를 모시고 함께 행차하실 듯하여 전송하는 예를 차리는 동시에 한 가지 부탁드릴 말씀도 있어서 온 것입니다."

"고맙소! 참 잘 왔소. 하도 당황하여 내 집 소식도 알지 못하고 떠나게 되었더니 참 잘 왔소. 내 어머님께서는 안녕하시고 순친왕비가 된 내 아우 용아도 잘 있으며 계상이는 무엇하고 있는지 궁금하기 짝이 없었소."

"네! 아주머님(난아의 어머니)께서도 안녕하시고 순친왕비가 되신 누이 소식은 잘 알 수가 없고 계상도 집에서 별고 없이 잘 지내며 제 집도 잘 있습니다. 그러나 제 나이 벌써 스물일곱 살이나 되었는데 아직도 미관말직에서 헤매고 있습니다. 이제 마마께서 황자아기를 낳으시고 몸이 황귀비가 되셨으니 저 한 사람 정도는 거둬주실 수 있을 것같아 감히 당돌하게 찾아왔으니 마마의 넓으신 은덕만 바랄 뿐입니다."

"잘 알았소. 지금 긴 말 할 수 없으니 기왕 그런 생각을 가지고 왔다면 두말 말고 어가를 모시고 함께 떠나세요."

그리고 일어나서 함풍제에게 가서 보이고 아뢰었다.

"소녀의 친척 오라비 영록이라는 사람이 있사온대 어가가 열하로 파천하신다는 소문을 듣고 찾아와서 어가를 호위해 가고자 하오니 성상폐하의 처분을 내려주십시오."

함풍제는 어가를 호위하기 위하여 왔다는 말만 들어도 고마웠다.

"이 경황 중에 어가를 호위하기 위하여 찾아왔다는 것이 기특하고 더욱이 황귀비의 친척이라니 짐도 믿을 수가 있도다. 긴 말할 것 없이 산질대신의 직분을 가지고 어가를 호위하게 하라!"

이 명이 끝나자 어가는 열하를 향하고 길을 떠나는데 영록은 길가에서 어가를 향해 사은하고 산질대신으로 어가를 호위하게 되었다.

어가가 떠나게 되자 만세소리보다도 울음소리가 높아졌다. 황하 재순아기는 어찌된 까닭을 모르고 "저것들이 안락도(安樂渡) 소리는 부르지 아니하고 울기는 왜 울지?" 라고 하였다.

함풍제는 재순아기를 안고 눈물을 흘렸다.

"아가야! 안락도 소리를 다시는 듣지 못할 것 같구나!"

그러자 황후와 황귀비는 물론이고 모든 왕공대신과 태감과 궁녀들 모두 통곡하였다.

함풍제의 어가가 열하파천의 길을 떠나자 공친왕은 여러 왕공과 중신들을 모아놓고 어찌하면 당장에 당면한 환난을 면할까 하는 것을 의논하였다. 의논한 결과 화친을 도모하는 것이 상책이라는 데 일치하게 되었다.

공친왕은 이친왕을 화의(和議) 대신으로 하고 어사 전홍익과 학사 곽숭희를 참찬으로 삼아서 통주로 보냈다.

전홍익 등은 통주에 가서 연합군 총사령을 만나보고 피차에 전쟁하게 된 것이 불행이라는 뜻을 가지고 이야기한 뒤에 화친하기를 도모하였다.

연합군 측에서 말했다.

"우리가 이번에 이와 같은 군사행동에 나오게 된 것은 귀국에서 지난번에 맺은 조약을 지키지 않았기 때문이니, 이제 첫째로는 양광총독 황종한을 파면시키고, 북경에 들어와 있는 격림심을 엄중히 처벌할 것, 그리고 지난번보다 통상항구 몇 곳을 더 허락할 것이다."

그리고 그것만 승인한다면 피차에 다시 화친될 것이라고 말하였다.

그때 연합국 부사령격인 파크스는 곁에서 총사령관의 말을 듣다가 말하였다.

"귀국에서는 나라와 나라 사이에 정중하게 맺은 조약을 헌신짝 버리듯하니 도무지 믿을 수가 없다. 이 시간으로부터 48시간 안에 확실한 대답을 하라. 만일 우물쭈물하고 시간만 보내려고 한다면 우리는 북경성을 쳐들어갈 것이니 그리 알고 후회 없도록 처리하라!"

하고 땅땅 을러댔다.

전흥익, 곽숭희는 그들의 말을 들은 뒤에 대답했다.

"이 일에 대하여 피차에 지나간 일을 가지고 이러니저러니 할 것이 아니요. 당신들은 당신들의 방침이 있을 것이고 우리나라에서도 또한 방침이 있을 테니 오직 양 편의 방침을 서로 맞춰본 뒤에 아무쪼록 화친하도록 할 것이오. 그러니 너무 급하게 생각하지 말기를 바랄 뿐이오!"

그들은 돌아와서 화의대신 이친왕에게 그대로 보고하였다. 이친왕은 그 보고를 받고 한참이나 무엇을 생각하더니 한편으로 격림심에게 군대를 거느리고 성 안으로 들어오라 하고, 한편으로는 진흥익 등을 다시 연합군 측에 보내서 총사령관이나 부사령관 중에서 한 사람이 북경으로 오면 모든 것을 잘 처리할 수 있으니 그리 알고 그대로 말하라 하였다.

진흥익 등은 통주에 가서 화의대신 이친왕의 말을 전하였다. 연합군 측에서는 그 말을 듣고 총사령관이 말했다.

"이친왕이 화친을 원한다면 직접 올 것이지! 우리들을 오라고 하는 것은 무례한 짓이다."

부사령관 파크스가 나섰다.

"양군이 서로 전쟁을 그만두고 화친을 도모하자고 하는 바에는 피차에 서로 오고가는 것이 보통이오. 총사령각하께서는 그만두시고 내가 다녀오겠습니다."

파크스가 진흥익을 따라 북경으로 오게 되었다.

그는 말을 타고 호위병 십여 명을 데리고 진흥익 등과 함께 북경에 왔다. 이친왕은 파크스를 공손히 맞아서 서양 요리를 차려오고 샴페인과 브랜디 등 서양 술을 권하면서 융숭하게 대접하였다. 그러더니 화장실에 다녀온다고 밖에 나와서 격림심의 군사를 보고 눈짓을 한 번 하니 무수한 군사가 달려들어서 파크스를 잡으려고 하였다.

파크스가 형세가 위급하게 된 것을 알고 호위병과 함께 총을 쏘기 시작하여 청나라 군사 몇 십 명을 죽였으나 탄환이 모자라 사로잡히고 말았다.

전홍익과 곽숭희가 이친왕에게 그것이 화친을 깨뜨리는 잘못이라고 말하였다. 이친왕은 그 말을 못 들은 척하고 격림심에게 북경을 굳건히 지키라 명령하며 파크스는 옥에 가두라고 하였다.

공친왕이 그 소문을 듣고 크게 놀라서 급히 이친왕을 불렀다. 이친왕이 들어온 뒤에 여러 왕공대신과 함께 물었다.

"우리가 지금 형편으로는 속히 화친하는 것이 상책이라고 하였는데 이제 화의의 사자로 온 파크스를 그와 같이 잡아가둔 것은 무슨 일이며 장차 어찌할 생각인가?"

"나는 언제든지 서양 오랑캐에게 무릎을 꿇으면서까지 화친하기를 원하지 않는다. 승려 격림심의 군사가 아직도 북경성을 넉넉히 지킬 만하고 각처에서 근왕병이 올 것이니 그때 서양 놈들을 하나도 살려 보내지 않을 작정이다. 여러분들은 여러 말 하지 말고 오직 내가 하는 것이나 지켜 보라!"

이친왕은 기고만장하여 날뛰었다.

공친왕은 여러 가지로 그렇지 않다는 것을 말하였으나 이친왕은 듣지 않고 파크스는 벌써 잡혀 갔혔으며 격림심의 군사가 성 안에 가득 들어왔으니 할 수 없이 지켜볼 수밖에 다른 도리가 없게 되었다.

그래도 공친왕은 가만히 사람을 보내서 파크스에게 위문도 하고 장차 어찌할 것인지 생각하고 근심하고 걱정하였다.

연합군 측에서는 파크스를 북경으로 보내고 반가운 소식이 오기만 기다렸으나 그 날이 지나가고 이튿날 저녁 때가 되어도 아무 소식도 없는 것을 보고 일이 잘못된 것이라 생각하였다. 그리고는 파크스와 호위병까지 잡혀 갇히고 청국에서는 다시 전쟁할 준비를 한다는 소문을 듣게 되었다. 소문을 들은 연합군 총사령부에서는 크게 격분되어 당장 북경성을 쳐들어가기로 하였다. 그러나 북경에는 굳건한 성이 있어서 쉽게 함락시킬 수 없고 반면에 청나라 군사가 해정에 주둔하고 있고 그곳에 있는 원명원은 청나라에서 유명한 이궁이며 황실의 모든 것이 원명원에 있으니 그곳을 치는 것이 낫다는 데 의견이 일치하여 원명원을 먼저 치기로 하였다.

이친왕과 격림심은 연합군이 북경을 칠 것이라고 생각하여 만반의 준비를 하였는데 뜻밖에 해정을 향하고 원명원을 쳐들어가자 크게 놀랐다. 연합군과 청나라 군사는 해정에서 여러 번 격렬한 싸움을 하였으나 청나라 군사는 연합군에게 번번이 패했고 나중에는 연합군이 해정을 완전히 점령하게 되었다.

해정에서 청나라 군사를 씨도 없이 죽이고 몰아낸 연합군은 원명원에 들어가서 명나라 때부터 사백 년 동안 온 천하에서 모아온 온갖 보화와 귀중품을 낱낱이 찾아내어 꽁꽁 묶어 마차와 우차와 말과 소와 나귀와 낙타에 실어서 천진의 연합군 군함과 상선이 있는 곳으로 보내고 군사를 풀어서 함부로 노략질하고 강간하며 온갖 말 못할 짓을 다 하였다.

연합군은 그와 같이 사흘 동안이나 원명원에서 제멋대로 하고 싶은 대로 마구 짓밟은 뒤에 원명원을 불질렀다.

명나라 때는 그만두고 청나라에서 건륭황제 육십 년 동안 온 나라의 정성을 다해 금은보화 온갖 귀중품을 가득하게 채워 두었던 원명원이며 함풍황제 십 년 동안 인간의 극락이며 천하의 선경이라 하여 삼십육궁의 춘궁을 지어놓고 천하미인을 모아 두고 밤낮으로 향락하여 진시황의 아방궁을 비웃던 원명원이 연합군의 약탈과 강간의 마장으로 변하다가 결국은 그 손으로 불 질러서 모든 궁전과 고루거각이 하루아침에 불타버리고 빈 터만 남길 줄이야 누가 꿈에나 생각하였으랴! 청나라 사억만 국민의 피와 눈물과 기름으로 몇백 년 동안 쉬지 않고 만들었던 원명원이 한순간에 사라지고 말았고 함풍제의 호강과 향락도 일장춘몽이 되고 말았다.

연합군이 해정을 점령하고 원명원에 불을 지르자 그 기세는 하늘을 찔러 당장 북경성까지 태우고야 말 것처럼 굉장하고 어마어마하였다.

원명원에서 불붙는 기세와 연합군이 쏘는 대포소리에 북경성 사람들은 빈부귀천을 막론하고 살고도 죽은 목숨으로 생각하며 이친왕을 원망하지 않는 자가 한 사람도 없었다.

공친왕 혁흔은 형세가 그 지경에 이르자 다시 문무백관을 모이게 하여 이친왕을 청해다가 자리에 앉혔다. 그리고 눈물을 흘리며 주먹으로 땅 바닥을 쳤다. 공친왕은 한바탕 침통한 설명을 하더니 이친왕에게 질문하였다.

"당초 내 말대로 삼 년 전에 서양 각국과 화친한 조약을 지켰더라면 작년과 금년의 난리를 겪지 않았을 것이며 따라서 장발적의 난리도 대부분 평정되었을 것이다. 최소한 며칠 전의 말대로 화친하였더라면 오늘날 이 지경은 당하지 않을 것이다. 나라와 나라 사이에 통상조약을 맺고 피차에 화평하여 유무를 상통하자는 것이 어디로 보아 망국하는 굴욕인가? 이제 조상 대대로 정성을 다하여 몇 백 년 동안 몇 백억의 돈을 들여 지은 원명원을 불타게 하였으니 이것이 망국하게 한 짓이 아니고 무엇인가? 이친왕은 무슨 특별한 계책이 있는지 그 계책을 말하라!"

이친왕은 머리를 숙인 채 아무 대답도 하지 못하고 눈물만 흘렸다.

좌우의 대신들이 공친왕에게 권하였다.

"일이 이렇게 된 이상 서로 원망한들 무슨 소용이 있습니까? 오직 앞일이나 잘 처리할 계책을 생각합시다!"

공친왕도 이친왕에게 더 말하지 않고 진홍익과 곽숭희에게 분부하였다.

"그대들은 연합군에 두 번이나 다녀온 일이 있고 그들과 만나 이야기한 일도 있으니 다른 사람보다 화친에 대한 계책이 있을 것이다. 한 번 말 해 보거라!"

진홍익과 곽숭희가 말하였다.

"연합군 가운데서 영국과 프랑스가 한 편이 되어 우리나라를 침해할 생각을 더 많이 가진 듯하고 미국과 러시아는 아직 그렇지 않은 듯하니 미국과 러시아 편에 도움을 청해 화친이 되도록 주선해 주기를 부탁하는 것이 옳을 듯합니다."

공친왕도 그에 동감하고 옥에 갇혀 있는 파크스를 풀어 그를 녹색 팔인교에 태워 모셔다가 궁중 풍악을 갖추어 환영하고 위로한 뒤 본진으로 돌려보냈다.

그런 한편 진홍익과 곽숭희를 연합군에 보내서 사죄하는 동시에 미국과 러시아 사람에게 공친왕의 간절한 부탁을 전하고 화친을 주선해 달라고 애걸하였다.

처음에는 연합군 측에서 진홍익과 곽숭희를 잡아가둬 파크스가 갇혔던 분풀이를 하자고 하였다. 그런데 뒤이어 공친왕이 사람을 보내어 뜻을 전하였다.

"연합군의 여러 장군들이 군사를 거느리고 이곳까지 오게 된 것은 각각 본국 정부에서 통상조약을 맺고 오라는 부탁을 받았을 것이오. 우리나라와 영원히 원수지간이 되어 돌아오라는 명령을 받지 않았을 줄 믿노라. 그렇다면 지난 일의 잘못을 가지고 앞일까지 잘못되지 않도록 힘써주기를 바란다. 나도 우리 황상 폐하께서 귀국들과 아무쪼록 화친하고 하루바삐 통상조약을 맺으라는 명을 받고 감히 여러 장군에게 이와 같이 말하노라!"

연합군 측에서도 공친왕 혁흔만은 화친의 성의가 있는 줄 믿는 까닭에 공친왕의 낯을 보아 진홍익과 곽숭희를 잡아가두지 않았다. 그리고 그들을 불러 화친할 방법을 서로 의논하였다.

일이 그렇게 되었으나 화친할 방법이 처음보다는 매우 힘들게 되어 여러 가지 곤란한 점이 생겼다. 다행히 미국과 러시아 측이 배상금도 받지 않고 화친을 정성껏 주선해 준 결과 화친이 성립되고 조약을 맺었다.(베이징 조약) 그들은 각각 본국 정부에 보고하고 훈령을 기다려 정식 공문을 서로 교환하기로 하였다. 그리하여 오랫동안 말썽 많던 통상 조약을 드디어 맺었다.

공친왕 혁흔은 이친왕을 배척하고 그와 같이 연합군과 화친하고 조약을 맺은 뒤에 열하로 사람을 보내서 함풍제에게 전후 사정을 알렸다. 그때에야 비로소 이친왕을 불러서 좋은 말로 위로하고 열하에 가서 황제에게 그동안 지낸 일을 자세히 아뢰는 동시에 하루라도 빨리 어가가 북경으로 환궁하도록 하라고 하였다.

이친왕은 공친왕의 부탁을 받고 사정이 딱하게 되었다. 북경에 그대로 있자니 있을 면목이 없고 열하로 가서 황제를 뵙자니 뵐 면목도 없을 뿐만 아니라 모든 일을 그르쳐서 원명원까지 불타게 하였다는 죄로 어떠한 처분을 받게 될지 알 수 없어서 한참이나 아무 대답도 못하고 있다가 좌우 여러 대신들이 이친왕이 가야 옳다고 하는 바람에 그렇게 하기로 하였다.

함풍제는 북경을 떠난 뒤에 여러 날 동안 길에서 고생도 고생이려니와 날마다 원명원에서 향락만 일삼던 생활이 갑자기 변하자 그에게는 오직 모든 것이 비참하고 적막하게만 보이고 조금도 즐거움이라고는 없었다.

열하 이궁(離宮)이 좋다고는 하지만 원명원에 비교할 수 없는 산골의 초가와 같은 느낌을 주는 동시에 피서하기 위해서나 잠깐 들르던 열하 이궁이 함풍제가 찾아갔을 때는 벌써 단풍이 드는 늦은 가을이었다. 연합군의 대포 소리에 놀라서 급하게 열하로 파천한 함풍제에게는 참으로 다시 더 말할 수 없이 상심되고 처량한 가을이었다.

그가 간 열하는 음식과 거처가 마음에 맞지 않는 것은 물론이고 의복까지도 그러하였다. 그는 할 수 없이 날마다 세상을 비관하며 자기의 박복한 것을 또 다시 탄식하게 되었다. 하루는 하도 속상하고 적막함을 이기지 못하여 자기 손으로 차락도인(且樂道人)이라는 네 글자를 크게 써서 현판을 만들어 자기 침전에 걸었다. 그것은 '만사를 잊어버리고 구차하나마 그대로 안락하다가 죽겠다'는 마음을 써 붙인 것이다.

황후가 그것을 보고 황제의 마음이 상심한 것을 알고 총관 이춘영을 불러 당장에 그 현판을 떼게 하고 함풍제에게 공손하면서도 엄중한 예로 말하였다.

"폐하께서 등극하신 후 비록 내란과 외환에 평안할 날이 없이 지내셨지만 몸이 만승천자가 되셨으니 마땅히 위로 종묘와 백성을 도탄 중에서 건지실 생각을 가지셔야 할 것입니다."

그러자 함풍제는 황후를 한참이나 말없이 바라보다가 한숨을 쉬었다.

"황후의 말이 참으로 일천하의 국모되기에 조금도 부끄러움이 없는 금사옥담이다. 그러나 짐의 마음을 위로하는 말은 되지 못하니 어찌하오?"

그리고 눈물을 흘렸다.

황후는 다시 황제를 위로하고 그 마음을 돌리려고 하였다.

"폐하! 황귀비 난아도 부르시고 재순아기도 부르셔서 우리도 가정의 낙이나 보십시다."

황후는 내시와 궁녀들을 보내서 황귀비와 황자아기를 불러오라고 분부하였다.

잠시 후 황귀비와 황자가 들어와서 임금에게 문후하고 황후로부터 성상폐하께서 상심해 계시다는 말을 듣고 능란한 황귀비 난아는 무엇보다 우선 내시들에게 명령하여 술과 안주를 가져오도록 지시한 뒤에 여러 가지로 위로하였는데 함풍제도 황귀비가 권하는 술을 받아서 얼마쯤 마신 뒤에 재순아기를 무릎에 앉히고 머리를 쓰다듬어 주며 여러 가지 감회를 못 이기면서도 억지로 기분 좋은 태도를 취하였다.
 황제의 명랑한 태도가 거짓인 것을 알아챈 황귀비 난아는 황제와 황후에게 꿇어앉아 말하였다.
 "소녀가 양위 폐하의 성은을 입고 오늘날 이와 같이 몸이 귀히 되었으나 양위 폐하의 성은을 만분지 일도 갚지 못하여 주야로 황공하게 생각됩니다. 이제 성상폐하께서 잠시라도 원명원의 선경을 떠나셔서 이 같은 산중에서 적막을 못 이기시는 때에 소녀가 한갓 체면과 예절만 돌보겠습니까? 이 자리에서 황귀비라는 지위를 떠나 동음심처의 궁녀 난아가 부르던 노래나 불러서 성상폐하의 적막을 풀어드리고자 합니다."
 황귀비의 말을 듣고 함풍제와 황후는 반가워하였다.
 "그것 참 좋은 말이다! 어서 한 마디 불러보거라."
 황귀비는 술잔의 주흥을 빌어 남방 노래 몇 곡조를 불렀다.
 함풍제와 황후는 적막하던 심회를 잊어버리고 즐거워했다. 다만 왕자 재순 아기만은 모든 것을 이상스럽게 생각하였다.
 이 날 이후로 함풍제와 황후와 황귀비는 날마다 내시와 궁녀 중에서 노래마디나 부르는 자를 부르고 황귀비가 지휘하는 대로 파적(破寂)거리놀이를 일삼았고 황귀비에 대한 함풍제의 총애는 동음심처 시대와 같이 다시 회복되었다.
 황제의 총애를 다시 회복한 황귀비 난아는 온갖 수단을 다해 황제가 자기 품에서 하룻밤이라도 벗어나지 못하게 하였다. 즉위한 지 십년 동안 주색으로만 세월을 보내던 함풍제의 몸은 열하로 파천하기 전부터 극도로 허약해져 북경에 있을 때에도 자주 토혈하고 혼절한 일이 있었다. 이제 열하에서 황귀비 난아에게 다시 침혹한 그의 몸은 더 말할 수 없게 허약해졌고 음식은 잘 먹지 못하고 보약의 힘을 빌어서 몸의 건강을 회복하려고 하였으나 술과 색으로 받는 해가 약의 도움보다 더 많아서 그의 병은 점점 깊어가고 나중에는 생명까지 위태로울 지경이 되었다.

열하 행궁에 있는 함풍황제의 병세가 그와 같이 심해지는 때 북경에서는 이친왕이 공친왕과 조정의 왕공대신들의 부탁을 받고 열하에 도착하였다. 이친왕은 황제를 만나기 전에 숙순과 단화를 먼저 찾아보았다. 이친왕은 숙순과 단화의 얼굴을 보고 그들의 손을 잡고 아무 말도 하지 않고 대성통곡하였다.

숙순과 단화는 이친왕이 무슨 까닭에 그와 같이 대성통곡하는지 짐작할 수 있으나 그래도 혹시 무슨 특별한 불상사가 생겼는가 하여 크게 놀라지 않을 수 없었다. 그러나 모든 일에 총 참모격인 숙순이 형 이친왕에게 이유를 물었다.

"형님! 어쩐 일이십니까? 글쎄 그만 진정하시고 무슨 까닭에 이다지 상심하는지 말씀이나 하십시오! 이렇게 통곡만 하면 어찌합니까? 말씀을 하셔야 급한 일이면 급하게 조처하지요."

"무슨 일이라니? 너희들은 알지 못하는구나! 너희들이 성상폐하를 모시고 북경을 떠난 뒤에 서양 놈의 부사령관 한 놈을 꼬여다가 가두고 각 처에 있는 군사를 모아서 서양 놈의 연합군을 쳐서 물리칠까 하였더니 그 몹쓸 우리나라의 장수와 군사들이 연합군을 물리치기는 그만두고 두어 번 싸우다가 사방으로 모조리 도망쳐 버리고 서양 놈 연합군은 원명원에 들어가서 강도와 강간을 함부로 하고 나중에는 원명원에다 불을 질러 빈터만 남게 하였으니 이 일을 장차 어찌하느냐? 나는 북경에서 공친왕 혁흔과 조정의 모든 왕공대신들에게 조롱과 모욕을 받았다. 그것은 그렇다 치고 만일 성상폐하께서 이 말을 들으신다면……."

이친왕은 또 다시 자기 가슴을 치며 통곡하였다.

숙순은 형 이친왕의 말을 듣고 다시 통곡하는 형에게 웃으면서 말하였다.

"형님이 통곡하시는 까닭이 그것뿐이라는 말씀이시지요? 그만한 것을 가지고 이다지 통곡하실 것은 아닙니다."

"이다지 통곡하실 일이 아니라니? 성상폐하께서 이 말을 들으시면 나랏일을 그릇되게 하고 원명원까지 불에 타게 하였다는 죄로 당장에 우리들을 죽일 텐데! 너는 아무 걱정도 없다는 말이냐?"

그는 여전히 울음을 그치지 않았다.

"글쎄! 그만한 일이면 도무지 우실 일이 아닙니다. 성상폐하께서 우리를 죽이기 전에 그의 목숨이 먼저 끊어질 듯합니다."

"그것은 무슨 말이냐? 성상폐하께서 병환이 위중하셔서 인사불성 중에 계시다는 말이냐?"

"그동안의 병환도 깊은데 또다시 황귀비 난아에게 깊이 빠져서 인사불성 중에 계십니다."

"이곳에 오신 뒤로는 황귀비 난아에게 빠지시고 음식은 잡수시지 않고 술만 마시며 밤낮으로 난아와 붙어지내시니 그 병은 화타와 편작이라도 고칠 수 없게 되어 길게 잡아 반 년, 그렇지 않으면 두세 달 안에 세상을 떠날 것 같습니다."

"그러면 아직 인사불성까지는 아닌 터 북경 일을 들으시고 진노하시면 어찌한다는 말이냐?"

"진노는 무슨 진노를 하신다는 말이오? 형님은 딱도 합니다. 진노하신다면 그다지 겁낼 것은 무엇이오? 정말로 진노하신다면 우리는 우리 도리를 하지요."

"우리 도리라니 무슨 말이냐? 시원히 말하여라! 답답하다!"

"형님이 답답하실 것이 아니라 저희들이 도리어 답답합니다. 성상폐하의 병환은 아무리 하여도 회춘할 희망이 조금도 없고 이 세상을 떠나실 것은 정한 일인데 만일 그가 이 세상을 떠나신다면 형님께서는 어찌하실 작정입니까?"

"어찌할 작정이란 무슨 말이냐? 재순아기를 받들어 세우고 우리들은 신하의 도리를 할 뿐이지! 그래! 이것을 가지고서 우리는 우리 도리를 한다는 말이냐?"

"이때까지도 모르시겠소? 참말 딱합니다. 만일 그가 세상을 떠난다면 육칠 살 먹은 어린 아기를 황제로 세우고 내란과 외환이 첩첩산중인 나라를 어찌하겠습니까? 할 수 없이 나이 먹은 사람을 세워야 할 텐데 비록 여러 형제가 없고 오직 재(裁)자 항렬 가운데서 나이 많고 명망 있는 사람을 골라 세울 것입니다. 그러자면 형님 밖에 누가 있습니까?"

"설사 그렇다해도 그것은 이 다음에 있을지 말지 한 일이다. 지금 당장에 진노하신다면 무슨 도리가 있느냐 말이다."

"그렇게까지 진노하신다면 그것은 그가 하루라도 이 세상 떠나기를 재촉하는 것밖에 다른 의미가 없지요. 이래도 모르시겠소?"

"응. 이제는 짐작할 만하다만 그것이야 신하된 자로서 차마 할 수 있는 것이냐?"

"누가 꼭 그렇게 한다는 말이오? 만일 그가 우리들을 죽이고자 한다면 우리도 그때는 할 수 없이 그런 방법이라도 하는 수밖에 없다는 말이지요."

이친왕과 숙순이 한참동안 이 말 저 말을 주고받는 동안 단화까지 합쳐서 세 사람이 울면서 시작한 이야기가 웃음으로 돌아섰다. 그들은 장차 함풍제가 승하한 뒤 이친왕이 황제위에 오르고 자기들이 천하를 호령하며 부귀와 영화를 누릴 것을 미리 예상하고 기뻐하였다. 그리고 공친왕 이하 자기들을 반대하던 사람들을 모조리 잡아 죽일 것까지 서로 이야기하며 주악을 갖춰 술을 마시기 시작하였다.

 황귀비 난아에게 빠져 음식은 못 먹고 술만 마시며 병이 점점 심해지는 함풍제는 그럴수록 북경 생각이 간절하였다. 그런 함풍제로서는 이친왕 재원이 열하에서 하루 밤을 지내고도 보이지 않는 것에 진노할 만도 하였다. 그러나 그는 벌써 숙순의 말대로 무슨 일이든 진노할 만한 정신과 기력이 없었다. 다만 북경 소식이나 들어보자는 생각으로 이친왕을 즉시 들어오라고 분부하였다.

 밤새도록 술 마시면서 장래 황제를 꿈꾸며 이야기하던 이친왕은 단화와 숙순과 함께 황제를 배알하였다.

 함풍제는 한숨 쉬며 이친왕의 얼굴을 뚫어지도록 바라보았다.

 "너는 어제 왔다는데 어찌하여 이제야 나타나느냐? 그런데 북경에는 바람도 잘 불고 비도 잘 왔느냐?"

 이친왕은 황제의 묻는 말이 첫 마디가 책하는 말이고 자기를 쏘아보는 눈빛이 이상하게도 무서운 생각이 들어 "바람이 잘 불었느냐?"하는 말이 원명원에 불붙던 것을 말하는 줄 알고 그만 그 자리에서 머리를 조아리고 울며 아뢰었다.

 "폐하여! 신을 살려주소서! 모든 것이 모두 신의 죄입니다. 살려주소서!"

이친왕이 울면서 땅바닥을 짓찧자 머리가 터져서 피가 흘렀다.

함풍제는 이친왕의 거동을 보고 미친 사람으로 생각되기도 하고 모든 것을 자기의 허물로 여기는 충성스러운 신하라고 생각하며 위로했다.

"너는 그 동안 서양 놈들 난리에서 정신이 없어진 모양이구나! 무엇 때문에 그토록 우는 것이냐? 설사 바람이 불지 못하고 비가 잘 못 왔다 하더라도 그것은 모두 짐의 덕이 부족한 탓이지 네게야 무슨 상관이 있느냐?"

그래도 이친왕은 자기의 죄를 생각하고 여전히 울면서 애걸했다.

"폐하! 폐하의 성덕이야 요순 같으신 성덕이지만 신 등의 죄로 말미암아 서양 놈들의 난리에 어가가 이곳까지 파천하게 되고 원명원 궁전까지 불에 타버렸으니 신의 죄는 만 번 죽어 마땅합니다. 폐하여! 용서하여 주소서!"

함풍제는 무엇보다도 자기의 선경이라고 생각하던 원명원이 불탔다는 말을 듣고 눈물을 흘리면서 한참이나 아무 말도 못하다가 길게 한숨 한 번을 쉰 뒤에 서러운 말을 토했다.

"그것은 모두 너희들의 잘못이 아니다. 오직 짐이 박복한 탓이다. 원명원이 불탄 세상에서 짐이 무슨 취미를 가지고 이 세상을 살겠느냐? 이 산골에서의 적막은 차마 견딜 수가 없구나!"

그때 만일 이친왕이 공친왕과 조정 대신들의 말대로 하루라도 빨리 북경으로 환궁하자고 했으면 함풍제는 그 날로 환궁의 길을 떠났을 것이다. 그러나 숙순 등은 임금이 열하에서 세상을 떠나기를 바랐고 임금의 생전에 북경으로 환궁하는 것을 원하지 않은 까닭에 공친왕과 조정대신들의 뜻을 말하지 않을 뿐만 아니라 함풍제가 모든 이야기를 들은 뒤에

"재원아! 그러면 이제 서양 놈들은 물러갔으니 짐이 북경으로 환궁하면 어떻겠느냐?"

하는 말에 대하여 이친왕은 열하에 그냥 있기를 권했다.

"서양 놈들은 물러갔다고 하지만 지금도 천진에 가서 있는 모양이고 북경이 아직 안정이 되지 못하였으니 비록 얼마 동안 적막하시더라도 이곳에 계시는 것이 옳을 듯합니다."

이친왕의 말을 뒤이어 숙순이 아뢰었다.

"폐하께서 이곳에서 지내시기가 참으로 적막하실 것이니 북경에 통지하여 기생과 광대도 불러오고 대신들도 몇 사람 데려오도록 하리다."

함풍제는 모든 일에 낙망뿐이라 숙순의 말도 그대로 들었다.

함풍제는 함풍 11년 정월 초하루 날을 열하행궁에서 맞이하게 되었다. 숙순과 단화와 이친왕 등이 온갖 정성과 힘을 들여서 행궁을 화려하게 수리하고 북경에서 불러온 광대와 기생들이 날마다 연극과 풍악을 울리며 조정 대신들 가운데서 이친왕과 숙순 등의 말을 잘 들으며 임금의 비위를 잘 맞출 사람들만 불러다가 임금의 마음을 즐겁도록 하였다.

그리하여 함풍제는 그해 정월과 2월을 향락으로 보냈다. 북경에서는 공친왕과 여러 대신들이 황제에게 빨리 환궁하라고 재촉하는 글월이 날마다 오다시피 하였지만 그것은 모두 숙순과 이친왕 등이 잘라버리고 오직 날마다 황제로 하여금 주색에 빠져서 헤어나오지 못하도록 만반의 간계를 쓰고 있었다. 그뿐 아

니라 그들은 어찌하면 임금이 하루라도 빨리 세상을 떠나게 될까 하는 기대를 가지고 그날그날을 보내게 되었다.

황후와 황귀비 난아는 황제의 병환이 날마다 더하고 향락은 오직 그의 목숨을 재촉하는 것뿐이라 환궁하도록 말씀드렸지만 번번이 이친왕과 숙순 등의 방해로 실행하지 못하였다.

한 번은 황귀비 난아가 공친왕이 보낸 글월을 가지고 황제에게 간곡히 말하며 빨리 북경으로 환궁하는 것이 계책이라고 하여 황제의 마음을 굳게 하였다.

함풍제도 북경으로 환궁할 생각이 간절해서 모든 대신들에게 그날로 환궁할 준비를 하라 하고 특히 산질대신 영록에게도 어가를 잘 호위하도록 준비하라는 어명을 내렸다. 이것은 물론 황귀비 난아가 임금에게 영록을 심복으로 천거한 까닭이다.

북경으로 환궁할 준비를 즉시 하라는 어명을 받은 모든 대신들은 이친왕과 숙순 등을 찾아가서 여러 가지로 의논했다.

"지금 북경으로 가면 공친왕과 그 밖에 모든 대신들이 우리를 황제를 속이며 나랏일을 그르친 무리들이라고 몰아쳐서 장차 어떤 화를 당할지 알 수 없으니 도저히 갈 수 없다."

이러한 의견이 일치되었다. 따라서 숙순은 어의 왕우매를 시켜서 상조하였다.

"지금 폐하의 괴토혈증은 먼 길에 시달리시면 위험하시니 지금 환궁하시는 것이 불가능하고 지금부터는 북경의 날씨가 좋지 않아 열하로 피서하실 준비를 하셔야 옳을 때에 북경으로 환궁하신다는 것은 옳지 못합니다."

그리고 나서 군기대신 두한을 시켜서 상소하였다.

"어의의 말이 옥체가 미령하신 가운데 절대로 정양하시는 것이 옳다고 할 뿐만 아니라 서양 놈들이 폐하께서 환궁하셨다는 소문을 듣고 무슨 혼란을 만들어 낼지도 알 수 없고 북경 지방이 아직 평정되지 못했을 뿐만 아니라 환궁하시다가 길에서 무슨 불의의 변이 생길지도 알 수가 없으니 이 여름을 이곳에서 지나시면서 환후가 회복되시고 가을철이나 되거든 환궁하시는 것이 늦지 않습니다."

이러한 상소가 들어가도록 한 뒤에 이친왕과 숙순과 단화가 일제히 들어가 여러 가지로 환궁하지 못할 조건을 말하여 떠나지 못하도록 하였다.

더욱이 단화가 은근히 황귀비에게 환궁하는 계획을 다시는 말하지 말라고 부탁하였다. 그러자 난아는 황제가 세상에 살아 있을 날은 며칠 되지 않을 것 같고 조정의 권력은 이친왕 등이 가졌으니 그들과 사이가 나빠지면 자기와 재순아기에게 불리하다고 생각하고 그들의 의견을 따르게 되었다. 그리하여 함풍제의 북경 환궁은 다시 문제가 되지 못하고 그의 병세만 더하게 되었다.

변화무쌍하기로는 사람의 일이요, 빨리 가는 것은 세월이라. 함풍 11년의 봄과 여름도 지나가고 이친왕과 숙순과 단화 등이 나랏일을 그르쳤다는 허물도 그럭저럭 흔적을 감추고 그들의 계획을 따르는 무리들만 차츰 많아졌다.

7월 초순부터 더욱 심해진 함풍제의 병은 아주 절망 상태로 빠졌다. 자기가 이 세상에 있을 날이 며칠밖에 안 될 것을 깨달은 함풍제는 황후와 황귀비와 황자 재순을 보고 북경에 있는 혁흔을 급히 와서 유조를 받게 하라고 하고 다시 이친왕, 단화, 숙순, 경수, 목음, 관원, 두한 등을 양 편에 앉히고 숨이 차서 마음에 있는 말도 모두 하지 못하고 오직 이런 유조를 내렸다.

"젊어서 부덕하고 박복하여 황제의 위에 있는 지 십 년이 넘어도 안으로는 장발적 홍수전의 난리를 평정하지 못하고 밖으로는 서양 연합군에게 성하의 땅을 뺏겼을 뿐 아니라 명성조에서 온갖 정성과 힘을 들여 물려주신 원명원의 궁전을 적에게 불타게 하였으니 이것이 모두 짐의 영원한 원한이다. 그러나 경 등은 짐의 부덕과 박복을 허물하지 말고 어린 황자 재순아기를 황제로 섬겨서 짐의 이 원한을 풀어주었으면 죽은 영혼이라도 반기며 감사하겠노라! 경 등은 모름지기 충성을 다하여 어린 황제를 섬겨서 내란을 평정하고 외환을 막아서 억조창생에게 태평의 복락을 누리게 하고 종묘 사직을 영화롭게 하라."

그리고 잠깐동안 모든 신하와 황귀비와 황자 재순아기까지 밖에 나가 있다가 어명을 기다려 다시 들어오라 하고 오직 황후 한 사람만 남아 있으라 하였다.

모든 사람은 어명대로 밖에 나간 뒤에 함풍황제는 황후를 앞에 앉히고 부탁하면서 유서 한 장을 내주었다.

"이제 긴 말로 길게 부탁할 것은 없고 짐이 황후의 인후하고 현숙하며 모든 일에 경우를 잘 찾아서 지키는 바를 아니 별로 염려되는 바가 없는데 황귀비 난아는 천물이라 아들이 황제된 것을 믿고 장차 무슨 짓을 할지 알 수 없소. 그러니 황후는 황귀비의 행동을 감시하되 과히 큰 허물이 없거든 그대로 정의를 보전하고 만일 나랏일이나 집안일이나 낭패스러운 행동을 하거든 추호도 용서하지 말고 이 유서대로 실행하라."

황후는 유서를 받아 읽어본 뒤에 황제를 향하여 눈물을 흘리며 흐느껴 울었다.

"폐하! 너무 상심하지 마시고 옥체를 보중하소서! 모든 부탁은 신이 삼가서 그대로 행하겠습니다."

함풍제는 황후에게 울지 말고 모든 사람을 들어오게 하라고 분부하였다. 황후가 어명대로 모든 사람에게 들어오라고 전갈하였다. 모든 사람이 입시한 뒤에 함풍황제는 난아에게 말했다.

"짐은 황귀비의 영리한 재주와 능란한 수단이 누구보다도 훌륭한 것을 잘 아노라! 그러나 인자와 덕성이 좀 부족한 듯하니 인과 덕을 잘 구비한 황후를 섬기며 어린 자식의 교육에 힘쓰기를 깊이 부탁하고 바라노라."

이 말을 마친 뒤에 황귀비가 울면서 아뢰는 말을 듣지 않고 황자 재순의 손을 꼭 잡았다.

"짐이 박복하여 너를 교양하지 못하고 이 세상을 떠나게 되니 한이 맺히는구나. 그러나 사람의 명을 어찌하겠느냐? 너는 오직 두 어머니를 효성으로 섬기며 여러 대신의 말을 삼가 들어서 종묘와 사직을 잘 보존하라!"

그 말을 마지막으로 하고 잠시 후에 세상을 떠나니 함풍 11년 7월 16일이었다.

함풍제가 승하하자 열하행궁에는 울음소리가 하늘에 사무치도록 이곳저곳에서 터졌다.

누구보다도 십 년 동안이라는 길다면 긴 세월 동안 몸은 일천하에 가장 높은 만승천자의 황후로서 방탕한 황제를 섬기느라 밤낮으로 무궁한 속을 썩이며 슬하에 일 점 혈육이 없고 오직 황귀비라는 첩이 낳은 황태자 재순아기를 자신의 아기처럼 사랑하며 기르면서도 이리저리 마음을 상하며 장발적의 난리와 서양 사람의 난리와 그 밖에 여러 가지로 황제의 잘못을 때때로 울면서 가하다가 이제 열하행궁이라는 객지에서 황제가 세상을 떠나는 것을 보게 되니 그 설움이 어떠하랴! 함풍황제의 황후는 임금의 뒤를 따라서 이 세상을 떠나고 싶은 생각이 불붙듯이 일어났다. 그녀의 울음소리도 그만큼 땅에 사무치고 슬펐다.

다음으로 황태자 재순아기는 나이 비록 여섯 살밖에 안 되는 어린아이지만 낳은 어머니 황귀비 난아보다도 적(嫡)어머니 황후폐하의 슬하에서 길러낸 것만큼 정은 황후에게 더 많았다. 그 어머니를 따라 "아버지!"를 부르며 통곡하는 모습은 보는 사람으로 하여금 눈물을 금치 못하게 하였다.

그 밖에 모든 궁녀와 내시들은 말할 것도 없고 함풍황제가 황제위에 있은 지 십 년 동안 황제의 총애를 무한히 받고 황제의 은덕으로 천하에 다시 없을 부귀와 향락을 누리던 이친왕과 숙순, 단화 등 여러 신하는 임금의 죽음을 서러워하며 울기는 그만두고 도리어 반가워하고 기뻐하였다.

그 이유는 황태자 재순아기가 나이 어리고 황후와 황귀비도 나이 젊은 여자들이라 업신여기고 함풍황제의 유언대로 황태자 재순아기를 황제로 세우려고 하지 않고 이친왕을 새 임금으로 세우려는 음모가 벌써 오래 전부터 있기 때문이었다. 그 까닭에 이친왕과 숙순 등은 임금이 붕어한 데 대하여 서러워하며 울기보다 자기들 마음대로 새로 권력을 잡을 것에 대하여 여러 사람과 이리저리 의논하며 온갖 계획을 생각해내며 그대로 행하여 나가려고 분주하였다.

함풍황제의 소렴과 대렴은 전례대로 대강대강 치르고 모든 유언과 범백을 숙순 등의 마음대로 하게 되었다. 황후는 본래부터 숙순과 단화, 이친왕 등을 "나라를 망하게 하고 임금을 그릇

된 길로 인도하는 무리들이라!"고 생각하는 까닭에 밉게 보던 차에 황제가 붕어한 후에 하는 그들의 행태가 감히 신하로서는 차마 하지 못할 행동을 보이자 더욱 원통하게 생각하였다. 황귀비 난아도 황후와 마찬가지로 숙순 등을 똑같이 생각하며 원통하게 여기지만 원래 모든 일에 능란한 사람이라 황후에게 이렇게 아뢰었다.

"폐하! 너무 서러워하지 마시고 모든 일에 대하여 원통하신 기색을 나타내지 않는 것이 좋을 듯합니다."

행여나 황후가 숙순 등을 꾸짖거나 책망하여 그 자들의 해를 받을까 그와 같이 위로하며 주의를 주었지만 비교적 단순한 황후는 그 뜻을 얼른 알아채지 못하고 한층 더 격분하였다.

"너무 서러워하지 말라니 말이 되느냐? 남의 아내가 되어 그 남편이 죽은 때에 서러워하지 않고 남의 신하가 되어 임금의 죽음을 다행으로 여기는 놈들을 보고도 원통해 하지 않을 사람이 어디 있겠느냐?"

난아는 황후에게 눈짓을 하며 위로했다.

"뉘라서 성상폐하의 붕어하신 데 대해 감히 다행한 빛이라고 가질 사람이 있겠습니까?"

그리고 황후를 위로하면서 억지로 침궁에 모시고 들어갔다.

# 동서 양 태후의 수렴청정

 황후를 모시고 황후의 침전으로 들어가는 황귀비 난아는 지금까지의 난아가 아니었다. 난아는 벌써 임금이 세상을 떠나기 전부터 모든 것이 어찌될 것과 자기는 어찌 처리하겠다는 것을 미리 작정해 두었던 것이다. 이제 황후를 모시고 그의 침전으로 들어가는 것은 난아가 미리 작정해 두었던 계책 가운데 첫 걸음이었다. 그녀는 이 걸음으로부터 자기의 평생 소원을 마음대로 성취해 보려고 하는 것이다. 그녀는 황후가 자신의 수단에서 벗어나지 못하리라는 것을 확실히 자신하였다.
 황후를 모시고 침전에 들어간 황귀비 난아는 황후에게 엎드려서 울기 시작했다. 황후도 난아의 등을 어루만지며 함께 울었다. 그들은 한참 동안 울기만 하다가 결국은 난아가 먼저 울음을 그치고 황후를 쳐다보면서 입을 열었다.

"황후폐하! 이제 진정하시고 소녀의 말을 들어주십시오! 이친왕과 숙순 등이 장차 무슨 짓을 행할는지 알 수 없습니다. 만일 이때에 까딱 잘못하면 폐하와 재순아기와 소녀까지 우리 세 목숨은 죽어 없어질 것입니다. 그러니 폐하께서도 말씀을 삼가실 뿐만 아니라 살 길을 찾아야 할 것입니다. 지금은 폐하나 소녀가 설움을 이기지 못하여 울고만 있을 때가 아니라고 생각됩니다."

황후도 비로소 간신히 정신을 차리면서 난아의 손을 잡았다.

"옳은 말이다, 난아야! 정말이지 네게 할 말이 있다. 무엇보다도 너와 나 사이에는 폐하니 소녀니 하는 말을 하지 말고 언니 아우라고 서로 부르자! 말로만이 아니라 참으로 오늘 이후로는 친형제로 생각하며 지내기를 바란다. 이제는 죽어도 함께 죽고 살아도 함께 살아야 한다. 더욱이 이제부터는 우리가 모두 재순아기의 어머니로 황태후 자리에도 함께 앉게 될 것이며 어린 아들을 함께 가르치며 붙들어줄 책임과 지위를 똑같이 가지게 된 것이다. 그러니 우리는 군신의 지위가 없어지고 형제의 정과 의를 가지고 모든 것을 의논도 하고 처리해 나가야 할 것이다."

황후는 설움과 눈물이 가득한 눈을 떠서 난아를 바라보았다. 난아의 눈에도 황후 못지 않은 설움과 눈물이 어렸다. 난아도 힘 있게 황후가 잡고 있는 손을 다시 잡으면서 말했다.

"황송합니다. 이제부터는 소녀도 폐하를 언니라고 부르겠으며 언니로 섬기고자 하니 폐하께서도 소녀를 친아우같이 대해 주시고 가르쳐 주시기를 바랍니다. 그러나 저러나 앞으로가 걱정입니다. 어찌하면 우리가 모든 일에 실수 없이 조처해 나갈 수 있을지 의논해야 하겠습니다."

난아는 다시 황후의 낯을 쳐다보면서 그의 생각을 듣고자 하였다.

황후도 그제서야 대답하였다.

"이제 아우의 말을 듣고 보니 내가 예전부터 생각하였던 바와 조금도 틀리지 않는다. 그놈들이 앞으로 무슨 짓을 할지 안심되지 않아 원통하고 격분해서 참을 수 없게 된 것이다. 그러니 아우의 생각에는 장차 어찌하였으면 좋겠는가? 조금도 숨기지 말고 낱낱이 말해 보거라!"

황후는 난아에게 앞일에 대한 계획을 물었다.

난아는 앞일에 대한 방침은 말하지 않고 자기 몸에 지니고 있었던 무슨 물건을 붉은 비단 보자기에 싼 채로 황후 앞에 내놓으면서 말하였다.

"언니! 앞일에 대한 계획을 말씀드리기 전에 먼저 이것을 드리니 언니께서는 생명같이 중히 지키시기를 바랍니다. 이것이 우리에게 목숨입니다."

황후는 난아가 주는 붉은 보자기에 싼 것을 풀어보고는 깜짝 놀랐다. 다른 것이 아니라 임금의 어보와 함풍황제가 친필로 황태자 재순아기에게 위를 전하니 여러 신하는 충성을 다하여 섬기라고 쓴 유서였다. 그제야 황후는 난아의 손을 다시 잡고 칭찬하였다.

"기특하고 영리한 내 동생이다! 나는 모든 생각이 여기까지는 미치지 못하였다. 참으로 기특하고 영리할 뿐만 아니라 지략이 뛰어나고 미래를 내다볼 줄 아는 내 동생이다. 이것이야말로 참말 우리의 생명이다."

난아는 풀어놓은 어보와 유서를 다시 붉은 비단보에 싸면서 물었다.

"언니! 저놈들이 만일 이것을 찾게 되면 어찌하실 것입니까?"

"그것은 그놈들이 아무리 찾는대도 죽기를 각오하고 내주지 말아야지."

"그놈들이 찾을 때 내주지 않는 것만 상책이 아니라 그놈들이 안심하고 찾지 않도록 하는 것이 상책입니다."

"그렇고 말고! 그놈들이 찾지 않도록 만드는 것이 상책이지! 그러나 그렇게 할 수가 있어야지!"

"그것은 언니와 제가 그놈들을 대할 때 아주 반갑게 하고 모든 일에 그들만 믿노라 하면서 아주 안심시키면 찾지 않을 것입니다."

"그렇다면 그렇게 해보지만 그놈들이 불측한 대역의 마음을 가진 놈들이라 찾으려고 들면 찾기가 쉬울 것이니 이것을 우리들만 알고 감춰두되 행여 내가 그놈들 손에 죽는대도 아우는 반드시 살았다가 찾아내도록 하는 것이 옳을 듯하네!"

"그렇지 않습니다. 그놈들이 만일 해치고자 한다면 언니만 해칠 것이 아니라 저도 죽일 것이니 그렇게 되면 안 됩니다."

"그것이야 어보와 친필의 유서는 나만 알고 아우는 몰랐다고 대답하면 되지 않겠느냐!"

"그런 대답을 믿지 않을 것입니다. 그러나 저러나 이곳에는 모두 이친왕과 숙순 등의 심복들뿐이오니 우리는 아무쪼록 그놈들을 안심시키는 동시에 북경에 사람을 급히 보내서 공친왕 혁흔을 급히 오도록 하는 것이 상책인가 합니다."

"옳지! 그것이 상책이야! 나도 그렇게 생각하였지만 갈 사람이 있어야지?"

"갈 사람이야 있겠지요. 가도 가만히 가야 할 것입니다."

"순친왕 혁현을 가만히 보낼까?"

"그것은 저도 생각해 보았습니다. 그러나 안 될 것입니다. 숙순과 이친왕 등이 우리보다도 순친왕과 그 밖에 여러 종실 친왕들을 감시하고 있는 것이니 보낼 수가 없습니다."

"그러면 누구를 보내야 할까? 내 생각에는 그럴 사람이 생각나지 않으니 아우의 생각에 누가 합당한지 생각해 보게."

"제 생각에는 내시들 가운데서 한 사람 보냈으면 좋을 듯한데 그것도 저놈들이 눈여겨보는 내시는 안 될 것이고 아주 이름 없는 자를 한 사람 골라서 보내는 것이 좋을 듯합니다."

"그런 자를 보내다가 공친왕이 믿지 않으면 어찌할까?"

"그거야 언니와 제가 친필로 글을 써서 어보를 찍어 보내면 믿을 것입니다."

"그러면 어서 그렇게 하자. 빨리 서둘러야 해. 잠시라도 지체하다가 뜻밖에 일이 생기면 어찌하나?"

"그런데 언니나 제가 믿는 내시는 보낼 수가 없습니다. 저놈들이 노리고 있을 테니 안득해의 일가 사람인 안귀(安貴)라는 자를 보내는 것이 옳을 듯합니다."

"그러면 그렇게 하자! 어서어서."

"글을 만들고 사람 보내는 것은 제가 지금 당장 할 것이니 언니께서는 이친왕과 숙순 등을 부르셔서 그놈들로 하여금 의심이 나지 않게 하시는 것이 옳을 듯합니다."

"그 말이 옳은 말이야. 그러면 나는 그대로 할 것이니 아우는 어서 서두르게!"

황귀비 난아와 계획을 결정한 황후는 황귀비를 자기의 처소로 보낸 뒤에 다시 함풍제의 시체를 모신 빈전에 나와 이친왕과 단화와 숙순 등을 입시하라고 분부하였다.

이때 이친왕과 단화, 숙순 등은 여러 가지로 의논이 분분하기만 할 뿐 한 가지도 확실하게 결정하지 못하였다. 그러한 때 황후가 부른다는 소식을 듣고 무슨 까닭인지 알지 못하여 서로 얼굴만 바라보는데 창황한 빛이 여러 사람의 얼굴에 나타났다. 그러한 기색을 본 숙순은 투덜거리면서 말했다.

"모두들 아무 것도 못할 분들이다. 그가(함풍제) 살아서 부른대도 겁낼 것이 없는데 그의 과부 마누라가 부르는데 무엇에 겁을 내어 이러는 것인가? 좌우간 들어가서 꼴이나 보고 나와서 다시 의논하여 얼른 내 말대로 결정하는 것이 상책인가 하우!"

이친왕은 숙순을 한참 동안 말 없이 보다가 말했다.

"너는 성질이 너무 급해! 그렇게 급하게 굴면 낭패하기가 쉬워! 좌우간 어서 들어가 봅시다."

이친왕은 여러 사람들에게 황후의 앞으로 들어가자고 하였다. 여러 사람은 이친왕과 숙순과 단화 등을 따라서 궁중에 들어갔다. 그들뿐만 아니라 순친왕과 종군왕과 부군왕과 산질대신 영록 등도 부름을 받아서 일제히 궁중으로 들어왔다.

황후는 여러 신하들이 궁중에 들어온 것을 보고 그들이 각각 자리를 찾아서 앉은 뒤에 특별히 이친왕과 숙순과 단화 등을 향하여 말하였다.

"경 등 세 사람은 선제폐하께서 가장 믿으시고 사랑하시던 신하들이다. 선제폐하께서는 나랏일이나 궁중의 일을 결정할 때도 경 등 세 사람의 의견대로 결정하였다. 이제 선제폐하께서 이와 같이 이곳에서 승하하셨으니 모든 일을 경 등이 잘 처리하기를 바라는 바이다. 나와 황귀비는 깊은 궁중에서 세상 일을 알지 못하는 젊은 여자들이며, 황태자도 아직 어린 아이라 무엇을 알겠는가? 그러니 경 등은 선제폐하의 은공과 우리 모자 세 사람을 생각하여 조정의 큰일은 물론이고 궁중의 작은 일까지도 실수 없게 처리하기를 바라노라!"

황후의 간곡한 말에 대하여 이친왕이 엎드려 아뢰었다.

"신 등이 비록 늙었으나 선제폐하의 유촉을 받았으며 성모(聖母)폐하의 이와 같은 분부를 받고 어찌 추호인들 태만하겠습니까? 삼가 여러 신하들과 상의하여 모든 일에 낭패없도록 처리하고자 하니 바라건대 성모폐하께서는 너무 근심하지 마소서."

여러 신하들도 이친왕을 따라 머리를 조아려 충심을 아뢰었다. 다만 숙순만은 이친왕의 태도와 말을 그다지 옳다고 생각하지 않아서 아무 말도 하지 않고 잠자코 있었다.

황후는 다시 여러 신하들을 향하여 말하였다.

"경 등은 모두 선제폐하의 은총을 입은 신하들이다. 특별히 부탁하지 않아도 각각 자기의 충성을 다할 줄로 믿노라! 다만 한 가지 부탁할 것은 이친왕과 단화, 숙순은 선제폐하가 살아 계실 때부터 나랏일과 궁중 일까지도 맡아서 처리하던 중신들이다. 그러니 오늘 이후에는 더욱이 만사를 이들에게 오로지 맡겨야 할 것이다. 경 등도 이친왕과 단화와 숙순의 말에 복종하여 그 지휘를 받아 행하기를 바라노라!"

황후의 말에 대하여 이친왕 등은 "황송합니다." 하는 말을 하고 여러 신하는 "지당하신 분부입니다." 하는 말을 한 뒤에 각각 물러나왔다.

황후의 모든 처리와 말은 황귀비 난아의 말대로 이친왕 등을 안심시키자는 계책에서 나온 것이다. 한편 황귀비 난아는 자기의 침소에서 안득해를 불러 북경의 공친왕에게 사람을 보내는 데 대한 만반 준비를 하였다. 황후는 자기의 침궁에 돌아오면서 황귀비 난아를 청하였다.

난아는 황후 침궁에 들어서면서 말했다.

"폐하 언니! 수고하셨습니다. 제가 맡은 일은 모두 잘 처리되었습니다."

"폐하 언니가 무엇이냐? 폐하면 폐하고 언니면 언니지. 지금도 나를 친언니로 믿지 않느냐? 나는 아우의 말을 믿고 시키는 대로 행하는데!"

"잘못했습니다. 언니! 용서하세요! 오랫동안 굳어진 버릇이 갑자기 고쳐집니까? 그런데 언니! 그 자들이 언니의 말씀을 듣고 무엇이라 합니까?"

"응! 이친왕이라는 자는 제법 사람답게 말하더라만 숙순이라는 놈은 아무 말도 하지 않고 불쾌한 얼굴로 앉아 있더라!"

"그렇지요! 모든 것을 숙순이라는 놈이 만들어내고 있으니 그놈은 언니의 말씀보다도 언니께서 부르신다는 것 자체부터 불쾌하게 여길 것입니다."

"좌우간 공친왕 혁흔만 오면 우리가 이곳을 하루바삐 떠나서 북경으로 가는 것이 상책이다."

"북경 가는 것만 상책이 아니지요. 그놈들을 모조리 없애는 것이 상책이지요."

"그것은 북경에 간 뒤에라야 할 수 있는 것이지 이곳에서야 어찌하겠느냐?"

"아무렴요! 조처하는 것은 북경에 가서 하지만 그렇게까지 하자면 미리 계책을 세우고 차근차근 실행하는 것이 상책이라는 말씀입니다."

"참으로 그러하구나! 그러면 어찌할까?"

"공친왕 혁흔이 이곳까지 오더라도 우리가 못 만날 수도 있습니다. 만일 그렇게 되더라도 우리를 공친왕에게 어찌어찌할 것을 미리 글로 만들어 두었다가 주어야 할 것입니다."

"암, 그렇지! 그놈들이 우리와 공친왕을 만나지 못하게 하지는 않더라도 함께 만나게 되면 아무 말도 할 수 없을 테니 글로 써두었다가 어느 틈에든지 주는 게 상책이다."

"그렇습니다. 언니께서도 차근차근 생각하시고 저도 생각하여서 내일이나 모레 어느 날이든지 모든 사람들이 잠자는 밤중에 우리 손으로 미리 써서 둡시다."

황후와 황귀비가 이렇게 의논하고 있을 때 내시 한 사람이 와서 아뢰었다.

"황태자 아기께서 너무 슬피 우시기만 하고 음식은 아무 것도 잡숫지 않으시니 걱정입니다."

황후는 그 말을 듣고 깜짝 놀라면서 황귀비를 쳐다보았다.

"우리가 모두 이것저것에 정신을 차리지 못하였다. 어서 빈전으로 나가서 아기를 달래 무엇이든지 먹여야지!"

황후는 황귀비를 재촉하여 함께 빈전에서 나왔다.

재순아기는 어머니들을 보고 더욱 서러워서 부황폐하를 부르며 통곡했다. 황후와 황귀비도 설움을 이기지 못하여 한참동안 서로 맞붙들고 울다가 어린 아들을 달래서 황후의 침전까지 데리고 와 음식을 먹이며 일러 주었다.

"이제는 울기만 하는 것이 상책이 아니고 오직 북경에서 공친왕이 와야만 모든 일을 조처하겠다. 이친왕과 숙순 등에게 아무 말도 하지 말라."

당시 황후와 황귀비, 황태자 세 사람의 목숨은 참으로 위태한 지경에 있었다. 만일 그 날 밤이라도 숙순 등이 이친왕을 황제로 모시기로 결정하면 황후 이하의 세 목숨은 죽음을 면하지 못하게 될 것이며, 그보다도 황후와 황귀비와 밀서를 가져가던 안귀라는 사람이 만일 중도에서 숙순 등의 정탐꾼에게 잡혀온다면 그 또한 죽음을 면치 못하게 될 것이다. 다만 순친왕 혁현이 황귀비의 아우 용아의 남편인 동시에 함풍제의 친아우라 그 사람은 믿을 수 있고 그 밖에는 황후나 황귀비에게 목숨을 내놓고 도와줄 사람은 없고 오직 산질대신 영록만이 황귀비에 대한 관계로 믿을 수 있을 뿐이었다.

황후와 황귀비, 황태자가 서러움과 근심 걱정으로 잠을 자지 못하는 시간에 이친왕과 숙순 등은,

"누가 임금이 되어서 청나라의 황제로 천하를 통치하느냐."

하는 문제를 해결하지 못하여 잠을 자지 못하고 모여서 여러 가지 의논이 분분하였다.

이 모임에 참여한 사람은 이친왕과 단화, 숙순은 물론이고 어전대신 경수와 군기대신 병부상서 목음과 어부좌시장 광원과 예부우시장 두한과 태복사소경 초우영까지 모두 여덟 사람이었다.

그들 가운데서 숙순이 먼저 자기의 의견을 말하였다.

"이제 나라가 불행하여 성상폐하께서 승하하셨는데 그 유조대로 하자면 우리 황자 재순아기를 받들어 위에 오르도록 하는

것이 마땅하나 재순아기는 아직 어리고 나랏일을 생각하면 밖으로는 서양 놈들이 있고 안으로는 장발적의 난을 아직 평정하지 못하였을 뿐 아니라 감숙과 신강 양 성에는 회회교도(回回敎徒, 이슬람교도)의 난리가 일어났으니 참으로 내란과 외환이 막심한 때입니다. 이러한 때 어린아이를 임금으로 세운다는 것은 장차 나라를 망하게 하며 백성을 도탄에 빠지게 하는 것입니다. 그러니 종친 가운데서 명망이 높고 나이 많고 어진 덕이 있는 분을 택하여 임금으로 세우는 것이 옳을 듯합니다."

숙순의 말이 끝나자 정친왕 단화가 말하였다.

"군기대신 대학사 숙순 공의 말씀이 옳습니다. 이제 내란과 외환이 막심한 때 어린아이를 황제로 세우는 것은 절대 불가하오. 나라는 한 사람의 물건이 아니고 우리 만주 사람 전체의 나라이며 황실도 우리 황족 전체의 황실입니다. 이친왕 재원전하로 말하자면 명망이 높고 나이도 많고 덕도 아는 분입니다. 그러므로 나의 소견에는 이친왕 전하를 받들어서 황제로 세우고 내란과 외환을 평정하며 도탄 가운데 빠진 나라를 건지는 것이 옳은 줄로 생각합니다."

단화는 자기의 의견을 말하고 예부우시장 두한을 바라보았다.

두한은 함풍황제의 스승이던 두수전의 아들인데 벌써부터 숙순과 단화 등과 한 당이 되어 온갖 간악한 말을 하며 글을 쓰던 자이다. 그 날도 벌써 숙순, 단화 등과 미리 의논하여 그 자리에 나온 것이다. 그러므로 단화가 그를 바라본 것은 "얼른 말하라."는 의사였다. 두한이 단화의 말을 뒤이어 말하였다.

"두 분 전하의 말씀이 참으로 옳습니다. 옛날 송태조(宋太祖)

께서 위를 그 아들에게 전하지 않고 아우에게 전한 것은 천하가 평정되지 못하고 태자는 나이 어린 까닭에 종묘와 사직을 보전하지 못하겠다는 것입니다. 이제 내란과 외환이 막심한 이때에 어린 임금을 세운다는 것은 나라를 망하게 하는 것입니다. 하물며 이친왕 전하의 성덕과 명망이 천하에 높고 더욱이 선제폐하에게는 조카 항렬이기 때문에 법도에 어긋나지 않습니다. 내 생각도 두 분과 같습니다."

두한의 말이 끝나자 숙순은 손으로 무릎을 치면서 칭찬하였다.

그때 이친왕 재원이 소리를 높여 말하더니 벌떡 일어서서 밖으로 나갔다.

"지금까지 그대들의 말을 들었으나 모두 남의 신하로는 차마 못할 말들을 하였다. 나는 이런 모임에 참여할 수가 없다. 그대들은 더이상 말하지 말고 어서 헤어지라!"

이친왕이 여러 사람의 의견을 반대하고 나간 뒤에도 그들은 숙순의 주장을 옳다고 하여 이친왕을 임금으로 세우자고 결정까지 하였다. 그러나 이친왕이 도무지 듣지 않으므로 그들은 다시 여러 번 모여서 토론하였다. 한 번은 여러 사람이 지금 당장 자기를 황제로 세우겠다고 서두르는 것을 보고 이친왕이 속에 있는 말을 하였다.

"여러분이 이렇게 급하게 서두른다고 되는 것이 아니오. 황제로 즉위하자면 북경에 있는 여러 왕공중신과도 상의하고 북경에 가서 종묘에 알린 뒤 천하에 조서를 내리는 것이 떳떳한 일이라고 생각하오. 여러분도 그 방침을 생각하는 것이 옳은가 하오."

그 말에 대해 숙순이 반대하였다.

"북경에 있는 자들과 상의하자면 일이 자연 지체될 것이오. 지체되다 보면 뜻밖에 변이 생길 수 있으니 옳지 못하고 또한 북경에 있는 사람이라야 공친왕 혁흔뿐인데 그러한 사람과는 상의하지 않아도 그다지 큰 방해가 없을 것이니 이곳에서 당장 우리 말만 듣는 만주와 몽고의 왕공대신들을 불러서 의논하여 먼저 전하께서 황위를 계승하신다는 조서부터 내리고 북경에 가서 종묘에는 천천히 고하여도 늦지 않을까 합니다."

사람들이 그 말에 찬성하고 하루라도 지체하면 뜻밖에 변이 생길 것이라고 하였다.

이친왕은 말하였다.

"이제 황후와 황귀비는 우리가 말하는 대로 하겠다고 하고 재순아기로 말하면 아직 입에서 젖내가 나는 어린아이이니 무엇이 그다지 근심되는가. 그리고 우리가 모두 선제폐하의 유조를 받은 원로며 중신들인데 누가 감히 우리를 해칠 수가 있겠는가? 그러니 내 말대로 경솔히 하지 말고 서서히 생각하여 신중히 하여 다시는 이런 말하지 말기를 바라노라."

사람들은 이친왕의 말이 어느 정도 옳다고 생각하였다.

그러나 숙순은 반대하였다.

"아무리 생각하여도 일을 지체하는 것은 옳지 못합니다. 그러나 여러분이 그렇지 않다고 생각한다면 나도 더이상 고집하지는 않겠소이다. 당장에 내정과 외교에 대하여 처리할 일이 많은데 무슨 명목으로 하겠는지요? 그것이 걱정입니다."

"그것은 그다지 큰 걱정이 아니다. 우리 여덟 사람은 모두 유조에 의지한 찬양(讚揚) 정무왕대신이 되고 아직은 황후의 이름으로 모든 정사를 처리하여도 그다지 늦지 않을 것이다."

여러 사람도 그럴듯이 여겼다.

따라서 그들은 그 날부터 각각 찬양정무대신들이 되고 황후와 황귀비에게 알리지도 않고 모든 명령을 내리며 일을 처리하게 되었다.

그리고 그들은 무엇보다도 북경에 있는 원로와 중신들에게 열하로 분상(奔喪)하지 못하게 하였다. 따라서 열하행궁의 조정은 누구의 조정이며 누가 확실한 주권자인지도 알 수 없게 되었다.

숙순과 단화와 두한 등 소위 찬양정무대신들은 실제로 이친왕이 주권자이며 장래의 임금이라 생각했고, 궁중의 내시와 궁녀, 그 밖에 권력 없는 신하들은 재순아기를 황제로 생각하고 있었다.

그렇게 된 지가 거의 한 달이 되었을 무렵 어사 동원순이 상소하였다.

"황상께서 아직 나이가 어리시니 군국(軍國) 대사를 두 분 황태후께서 수렴청정하시고 가까운 친왕 가운데서 한두 사람을 보정대신으로 하소서."

동어사의 이 상소에 대하여 이친왕과 숙순 등은 크게 꾸짖기를 "아직 종묘에 고하기 전에는 누구를 황태후라 할 수 없고 우리나라에는 황태후가 청정한 전례가 없다." 하며 그 상소를 물리치고 동원순을 죽이고자 하였다.

8월 10일에 어사 동원순의 상소가 있은 뒤로는 숙순과 단화 등이 속히 이친왕을 황제로 세우려는 간계와 음모가 날로 심하였다.

그러한 즈음에 공친왕 혁흔이 북경으로부터 열하에 왔다. 공친왕은 황후와 황귀비의 밀서를 받아보고 온 것이다. 그러므로 공친왕은 형 함풍제의 빈전에 가보기 전에 이친왕과 단화와 숙순 등을 먼저 보았다.

이친왕은 공친왕을 보고 책하였다.

"선제께서 승하하시고 내란과 외환이 심한 지금 전하까지 경솔히 북경을 떠나시면 어찌하자는 말이오? 그래서 누구든 조정으로부터 일부러 이곳까지 문상하러 오지 말라고 하지 않았는가?"

공친왕은 정중한 태도로 대답하였다.

"전하의 말씀은 지당합니다. 그러나 골육과 군신의 정의로 잠시라도 선제폐하의 빈전에 다녀갈 생각도 간절하고 이친왕전하와 여러 찬양정무대신들의 가르침도 받고자 하여 온 것이니 너무 허물하지 마시고 용서하여 주시기를 바랍니다."

숙순은 공친왕의 거동을 보고 하잘것없는 인간이라 생각하고 거만한 태도로 말했다.

"기왕 왔으니 얼른 빈전에 들러서 우리가 시키는 말이나 듣고 북경으로 빨리 돌아가도록 하시오."

이친왕과 단화도 그렇다고 말하였다. 공친왕은 끓어오르는 화를 억누르고 그들에게 다시 예를 갖추고 함풍황제의 빈전에 가서 대성통곡하다가 여러 번 기절하였다. 주위의 도움으로 간신히 정신을 차린 공친왕은 이친왕 등이 지정해 준 처소에 돌아가 몸을 추스린 후에 다시 이친왕 등을 찾아갔다. 그 까닭은 황후로부터 궁중으로 들어오라는 부름을 받아 이친왕 등에게 허가를 받아 궁중으로 들어가자는 것이다.

그런데 단화와 숙순 등은 반대하였다.

"지금 국상을 아직 전례대로 치르지 못하였고 국가의 큰일을 결정하지 못한 때에 행동을 함부로 하는 것은 옳지 못하오!"

공친왕은 그 말을 듣고는 더 참을 수가 없었다. 공친왕이 열하에 온 목적은 황후와 황귀비를 대면하여 만나자는 것인데 이제 숙순이 만나지 못하게 하자 더욱 참지 못하고 냉소하면서 대답하였다.

"무엇을 가리켜 함부로 하는 행동이라 하는지요? 황후폐하는 국모이신데 신하가 국모의 부름을 받고 가서 뵈는 것이 함부로 행동하는 것입니까?"

그 말에 대하여 두한이 말했다.

"예법에 말하되 수숙(授叔) 사이에는 서로 통동(通同) 하지 못한다는 말을 공친왕 전하는 알지 못하는가?"

두한의 말에 숙순이 힘을 얻어서 말하였다.

"옳습니다! 지금 황후와 황귀비는 모두 젊은 과부인데 마땅히 행동을 삼가서 함부로 하지 말아야지요!"

그 자들의 말이 그런 데까지 나오자 공친왕은 기가 막혀 다시 대답할 말이 나오지 않았으나 중요한 일을 위하여 한 번 더 참기로 작정하였다.

"미처 생각하지 못한 점을 가르쳐주시니 감사할 뿐입니다."

그리고 그는 자기의 처소로 돌아갔다.

이튿날부터는 공친왕이 황후를 뵙지 못하였다는 말이 퍼지고 여러 가지로 시비가 분분하였다. 그럴수록 공친왕은 이친왕과 숙순 등에게 공손한 태도를 가지며 그들의 비위를 맞추도록 힘썼다.

하루는 이친왕이 공친왕에게 기왕 왔으니 황후를 잠깐 뵙고 가시라 하였다. 공친왕은 이친왕에게 감사하면서 단화와 함께 궁중으로 들어가자고 청하니 단화가 사양하였다. 그 까닭은 궁중에도 자기들의 정탐꾼이 많은 것을 믿은 것이다. 공친왕은 속으로 자기 혼자만 가게 된 것을 다행이라 생각하였다.

이친왕과 숙순에게 감사를 표하고 궁중으로 들어가는 공친왕 혁흔의 가슴 속에는 형언할 수 없는 슬픔과 원한이 꽉 찼다. 공친왕이 궁중에 들어서자 황후와 황귀비는 황태자 재순아기를 앞에 앉히고 가슴을 두드리면서 통곡하였다. 공친왕도 그들 앞에 엎드려서 한참 동안 통곡하였다. '울기만 하는 것이 상책이 아니다.' 하는 생각에 공친왕은 먼저 울음을 그치고 일어서면서 황후에게 말했다.

"폐하, 진정하소서! 소신도 잠시 뵙고 북경으로 가고자 합니다."

그 말에 황후는 깜짝 놀랐다.

"여섯째 전하! 이 자식(재순아기)을 장차 어찌하실 생각입니까? 전하 혼자만 북경으로 들어가면 우리는 어찌합니까?"

그러나 그녀는 속에 있는 말을 제대로 하지 못하였다.

이때에 황귀비 난아가 좌우에 모시고 있던 내시와 궁녀들을 이런 핑계 저런 핑계로 잠시 밖으로 나가게 하였다. 그 기회를 타서 공친왕 혁흔은 자기의 소매 속에 가지고 있던 글을 황후에게 주고 황후도 황귀비에게 눈짓하여 미리 만들어두었던 모든 밀서를 공친왕에게 내어주었다. 그런 뒤에 공친왕이 다시 물었다.

"어보는 어찌 되었습니까?"

"그것은 생명같이 우리 두 사람이 가지고 있소."

"그러면 다행입니다. 즉시 군기장경 조유영을 부르소서."

"무슨 까닭으로 그 사람은?"

"밀조 몇 가지를 더 만들어야 하겠습니다."

"그렇게 하지!"

황후는 즉시 군기대신 조유영을 급히 비밀 입궁하라고 분부하였다.

조유영이 들어온 뒤에 공친왕은 다른 방에서 조유영과 단둘이 밀조 몇 가지를 만들어 황후에게 들러서 어보를 찍도록 하였다. 그런 뒤에 황후와 황귀비는 공친왕에게 간단한 몇 마디 말을 비밀히 한 뒤에 당부하였다.

"우리는 전하와 북경에 있는 대신들만 믿노라!"

공친왕은 황후와 황귀비에게 하직하고 자기 처소로 물러나왔다. 모든 사람의 시비와 여러 가지 난관을 깨뜨리고 간신히 만나 보게 된 그들의 상봉은 남 보기에 아주 쓸쓸하였고 싱거웠다. 그러나 공친왕의 소매 속에서 나온 밀서에는 황후와 황귀비가 장차 어찌할 것을 말하였고 황귀비가 공친왕에게 내어준 밀서에는 여러 가지 계책이 있었는데 그것은 모두 이친왕과 숙순 등을 어찌어찌 조처할 계책이었다.

공친왕이 궁중에 들어가 있는 시간에 숙순과 단화 등은 다시 모여서 "어찌하면 이친왕을 빨리 황제의 위에 오르게 할까?" 하는 것으로 의논하였다. 그러다가 공친왕이 궁중에 다녀왔다는 말을 듣고 청하였다. 공친왕이 그들의 모임에 참여한 뒤에 그들은 황태자 재순을 임금으로 세울 수 없다는 말과 이친왕을 세워야겠다는 의견을 일제히 말하고 공친왕의 의견을 물었다.

공친왕은 자기 몸에 허다한 밀서를 가졌을 뿐만 아니라 자기가 해야 할 일을 생각하고 그들에게 어물어물 대답하였다.

"이 일은 관계가 중대하니 경솔히 할 수가 없고 따라서 이곳에서는 선제폐하의 국상도 치를 수가 없으니 빨리 북경에 가서 신청제의 등극하시는 조서를 먼저 내리고 따라서 국상의 애(哀)를 내리는 것이 옳은 듯합니다. 우리가 모두 나라를 위하여 동심협력할 뿐이지 뉘라서 감히 딴 생각을 하겠소? 더욱이 찬양정무하시는 모든 왕공과 대신들이 계시니 제가 무슨 말을 더하겠습니까?"

모든 사람이 공친왕의 그 말을 듣고 자기들과 동감이라고 하였다.

그리고 공친왕은 북경의 외교 관계가 급하다는 핑계를 하고 먼저 열하에서 떠나기로 하고 이친왕과 숙순에게 다시금 속히 북경으로 돌아오기를 부탁한 뒤에 그는 그곳을 떠나 북경으로 갔다.

공친왕이 열하를 떠난 뒤에 황귀비는 공친왕의 밀서에 있는 대로 여러 친왕과 종실대신들에게 북경으로 속히 환궁하자는 공론이 생기도록 만들었다. 겸하여 벌써 가을철이 되어 열하행궁의 적막한 정경은 여러 내시와 궁녀들까지도 속히 북경으로 가려는 마음이 생기게 하였다.

9월 22일에 황후와 황귀비는 여러 종실대신과 이친왕 숙순 등의 모든 신하를 궁중으로 불러들인 후에 분부를 내렸다.

"선제폐하께서 승하하신 지도 벌써 두 달이 넘었으되 아직도 국상에 대한 범절도 전례대로 치르지 못했으며 종묘와 사직에 대한 중대한 모든 일도 작정하지 못했으니 급히 북경으로 환궁하여 속히 처리하는 것이 가한 줄로 알고 그날로 환궁하고자 하니 경 등도 그리 알고 각각 행장을 수습하여 오늘로 떠나게 하라!"

여러 왕공대신들은 졸지에 그와 같은 황후의 분부에 놀라서 서로 얼굴만 바라보고 있는데 숙순과 단화와 이친왕 등은 뜻밖의 그 분부를 꺾기 위하여 반대하여 아뢰었다.

"방금 북경은 아직 평정되지 못하였고 재순아기는 나이가 어리니 혹시 뜻밖의 일이 생길까 염려됩니다."

황후는 그들의 말에 대답하였다.

"북경이 비록 평정되지 못하였다 할지라도 경 등이 있으니 황자아기를 보호할 줄로 생각하며 설사 경 등의 힘이 미치지 못한다 할지라도 원망하지 않을 것이니 그리 알고 두말하지 말라!"

황후의 그 기상은 자못 씩씩하였다.

이친왕 등은 양같이 유순하던 황후가 별안간 그와 같이 변한 것을 보고 놀라지 않을 수가 없었다. 그들이 다시 무엇이라 말하지 못하고 있을 때 황후가 다시 분부하였다.

"오늘은 벌써 날이 늦었으니 준비가 되지 않았을 것이다. 그러나 내일은 단연코 떠나도록 하여라!"

그리고 또 다시 분부하였다.

"이친왕과 순친왕과 영록과 그 밖에 모든 왕공대신들은 나와 황귀비와 황자아기를 호위하고, 숙순과 단화와 부군왕과 두한과 목음 등은 선제폐하의 재궁(梓宮)을 호위하여 떠나게 하라!"

그러한 모든 분부를 차례차례 내리는 것을 보고 숙순과 단화가 또 다시 무슨 말을 하고자 하였다.

황귀비가 그 눈치를 채고 말했다.

"선제폐하가 살아계실 때에도 여러 번 북경으로 환궁하려고 하셨지만 여러 사람의 방해로 환궁하지 못하시고 이곳에서 승하하셨으니 이는 천추유한이다. 이제 성모폐하의 하교가 계신데 누가 감히 거역하리요? 우리는 오직 떠날 준비나 빨리 하는 것이 옳은 줄로 아오! 그뿐만 아니라 몽고 사막의 겨울이 벌써 닥쳤으니 누가 북경으로 가지 않고 이곳에서 이대로 있기를 원하겠는가? 누구든지 다시 두 말하지 말라!"

이러한 분부가 황후와 황귀비로부터 내리자 북경으로 가기를 원하던 모든 내시와 궁녀들과 신하들은 물론 행궁을 호위하고 있던 군대까지도 즉시 떠나기를 재촉하였다. 모든 인심이 그렇게 된 것을 보고 이친왕과 숙순 등도 할 수 없이 그대로 복종하게 되었다.

황후와 황귀비는 황태자와 함께 먼저 떠났는데 이친왕을 그 일행 가운데 넣은 것은 숙순 등으로 하여금 의심하지 못하게 한 것이고 숙순과 단화에게 재궁호위의 중책을 맡긴 것은 며칠 뒤에야 북경에 도착하도록 한 것이다.

황후와 황귀비 황자의 일행은 10월 1일에 북경에 도착했는데 공친왕은 그때 벌써 만반의 준비를 모두 하고 여러 왕공 대신들과 함께 성관에 나와 황후 일행을 맞아서 통곡하고 자금성 궁전으로 환궁하였다.

# 세 간신의 최후

자금성 궁궐 속에서 새 임금을 세움과 동시에 양 궁에 황태후라는 지위를 정하고 양 궁 황태후의 수렴청정을 결정했다. 그리고 공친왕에게 의정왕대신이라는 작위와 직분을 맡기고 내각의 군기대신들을 새로 임명하며 이친왕과 단화와 숙순 등을 장차 반역죄로 몰아서 극형에 처하기로 했다. 그들은 그런 줄도 모르고 다만 천하가 자기들의 것이라고 믿고 안심하고 자기들이 좋아하는 구색으로 그 밤을 즐겁게 보냈던 것이다.

보통 이름 없는 작은 신하들도 임금의 국상을 당하면 근신하는 것이 당연한 도리인데 그들은 소위 찬양정무왕공대신이라는 높은 지위에 있는 자들이 임금이 승하한 때로부터 그날까지 날마다 주색으로 밤과 낮을 보냈던 것이다.

밤새도록 주색으로 지내던 이친왕은 날이 밝아 10월 2일에 구종과 별배를 데리고 높다랗게 찬양정무왕의 가마를 타고 위풍도 당당하게 자금성 궁궐을 향해 들어갔다.

그가 자금성 궁궐문을 들어가려고 할 때 그 문 안에는 공친왕과 대학사 주조배와 문상 등이 벌써 들어가서 만반의 준비를 하고 기다리고 있었다.

이친왕은 공친왕과 주조배 등을 보고 크게 노하여 꾸짖었다.

"외정(外廷)의 신하들이 함부로 궐내에 들어온 것은 범법이다. 어서 물러가라."

공친왕은 그 말은 들은 척도 하지 않고 소매 안에서 무슨 종이를 내어서 두 손으로 받들고 크게 말하였다.

"조칙이 여기 계시니 재원은 꿇어앉아 들어라!"

이친왕은 깜짝 놀라면서도 겉으로는 가장 거만하고 위엄스럽게 큰 목소리를 내어 뻗대었다.

"내가 찬양정문왕대신인데 내가 모르는 조칙이 어디 있느냐? 맹랑한 소리 지껄이지 말고 어서 물러서라!"

이때 공친왕은 십 년 동안이나 억지로 참고 있던 분노가 일시에 폭발되어 발을 굴렀다.

"이리 오너라!"

공친왕이 한 마디를 부르자 좌우에서 대기하고 있던 무사와 시위들이 일시에 뛰어나와 일제히 대령하였다. 공친왕이 다시 말했다.

"이제 황제의 조칙이 계시다고 하여도 꿇어앉지 않는 역적 재원이 여기 있으니 저놈을 잡아 꿇어앉히라!"

시위와 무사들이 일제히 달려들어서 이친왕을 억지로 꿇어앉히고 그 머리에 쓴 모자를 벗기고 관복을 벗기고 아뢰었다.

"역적 재원을 꿇렸습니다."

공친왕은 웅장한 목소리로 두 손에 받들고 있던 조칙을 읽었다.

"짐은 양 궁 황태후의 뜻을 받아서 재원과 단화와 숙순 등의 일체 직위와 관직을 우선 박탈하고 그 대역부도의 범죄는 대학사와 육부의 구경이 모여서 다스리게 하며 종인부(宗人府)에 잡아 가두게 하는데 이것을 모두 공친왕 혁흔이 명하노라!"

공친왕은 조칙을 읽은 뒤에 다시 시위들에게 명령하였다.

"너희들은 삼가 대역부도의 범죄자인 재원을 조칙대로 잡아다가 종인부에 단단히 가두고 지켜라."

공친왕의 명령을 들은 시위와 무사들은 달려들어서 이친왕의 머리채를 잡아쥐고 발길로 이리저리 함부로 차면서 잡아끌었다.

"이놈아 어서 일어나거라! 너도 네 죄를 알 테지 천하에 간악하고 배은망덕한 역적 놈아."

이친왕은 그래도 버틸 대로 버티면서 말했다.

"그 조칙은 거짓이다. 내가 모르는 조칙이 어디서 내리겠느냐?"

시위들은 버티는 이친왕의 꼴이 더욱 미워서 발길로 찰 뿐만 아니라 손길로 이친왕의 뺨을 이리저리 갈기면서 궐문 밖으로 끌고 나갔다.

시위들에게 두들겨 맞으면서 궁궐 밖까지 끌려나온 이친왕은 그래도 자기의 구종과 별배를 부르면서 가마를 가져오라고 호령하였다. 그렇지만 벌써 때는 늦었다. 이친왕의 하인들은 사라지고 그를 끌고 나오던 시위들이 그의 명령하는 꼴을 보고 하도 어이없어 선웃음을 짓고는 발길질과 주먹질을 마구 퍼부었다.

"이놈아! 정신 차려라! 가마타고 호사할 때는 지나가고 수레타고 사형장에 목 베이러 갈 시간이 멀지 않다."

길에서 온갖 매를 맞고 욕을 먹으면서 종인부까지 옮겨와 갇혔다. 지난밤까지 주색에 빠져 만승천자가 될 꿈을 꾸면서, 천하에 뉘라서 내 말에 추호라도 거역할까? 하던 이친왕 재원 등이 옥중에 갇혀 목숨을 하늘에 맡기고 죽을 날만 기다리게 되었다.

한편 숙순과 단화는 함풍제의 재궁을 모시고 북경을 향해 오는 도중이었다. 말은 그들이 함풍선제의 재궁을 모시고 온다는 것이지만 실상은 그들이 열하에서 북경으로 오는 사이에도 민가의 부녀들을 함부로 붙들어다가 술을 마시고 향락하며 오는 길이었다. 그러나 그들이 그러한 향락 때문에 뒤처진 것은 아니었다. 원래 서태후와 공친왕이 숙순과 단화를 먼저 북경으로 오지 못하게 하는 계책으로 그들에게 함풍황제의 재궁을 호위하는 책임을 맡긴 것이다. 당초에 숙순 등은 생각하기를 일행이 모두 재궁을 모시고 함께 갈 줄로만 생각하였다.

그랬던 것이 길을 떠난 뒤에 양 궁 황태후와 황태자 일행이 먼저 가고 재궁을 모신 사람들은 할 수 없이 뒤처지게 된 것이다. 재궁을 메고 오는 군정들은 너무 무거워서 빨리 올 수가 없었다.

이친왕을 잡아 가둔 북경 조정에서는 다시 보군통령 영록에게 명령하여 군사를 거느리고 가서 숙순과 단화를 중도에서 잡아오라고 하였다. 이것도 서태후와 공친왕 등이 벌써 짜두었던 계략이었다.

영록은 조정의 명령대로 군사를 거느리고 함풍제의 재궁을 모시고 오는 숙순과 단화를 잡으러 성 밖에 나가 열하로 향하였다.

그때 함풍제의 재궁을 모신 일행은 밀운이라는 곳까지 와서 날이 저물어 밤을 지내게 되었다. 영록이 군사를 거느리고 그곳에 다다른 때는 벌써 밤기운이 고요한 때였다.

영록은 숙순과 단화가 들어 있는 집을 찾아서 밖으로 군사를 둘러싸고 다시 몇 십 명을 데리고 대문을 부수고 안으로 들어섰다.

숙순은 그때까지도 잠을 자지 않고 사랑하는 첩 둘을 데리고 북경에 빨리 가지 못하는 것을 민망하게 여기며 재궁을 메고 가는 군정들을 몹쓸 놈들이라고 욕설하며 원망하고 있었다.

밖에서 별안간 대문을 부수면서 여러 사람이 들이닥치자 숙순은 깜짝 놀라지 않을 수 없었다. 그러나 그에게는 좌우 행장에 보호하는 군사들이 있었다. 그는 그것만 믿고 자기의 첩들과 자리에 누운 채 뒤엉켜 있었다.

과연 좌우 행랑에 보호하고 있던 군사들은 대문을 부수고 여러 사람이 들어오는 것을 보고 일제히 밖에 나와서 소리를 질렀다.

"웬 사람들이냐? 이 밤중에 어디를 들어오느냐?"

영록은 그 말에 대답할 것도 없이 군사를 호령하였다.

"저놈들을 모조리 잡아 묶어라!"

군사들은 영록의 명령대로 숙순의 보호병을 닥치는 대로 잡아 묶느라 야단법석이었다.

밖에서 떠드는 것이 무슨 까닭인지 알지 못하고 보호병들이 아뢰기만 기다리고 있던 숙순은 바깥이 소란해지자 몸을 벌떡 일으켰다.

"저놈들을 잡아 죽여라!"

"이놈! 순순히 묶여라!"

"이놈! 정신차려!"

"아쿠, 아이구."

숙순은 잠옷을 입은 채로 문을 열고 나오면서 호령했다.

"이놈들아! 너희가 어떤 놈들인데 내 앞에서 함부로 떠들고 사람을 잡아 묶는다는 말이냐?"

숙순의 말을 듣고 영록이 소매 속에서 조칙을 내어 들었다.

"나는 경사(京師) 보군통령 구문제독 영록이다. 어명을 받아 너를 잡으러 왔으니 꿇어앉아 조칙을 들으라!"

영록의 말을 듣고 숙순은 앙천대소하면서 말하였다.

"네 놈이 영록이라는 놈이냐? 네가, 네가 감히 내 앞에서 이럴 수가 있느냐? 보군통령과 구문제독은 누가 네게 맡겼으며 조칙은 누구의 조칙이냐?"

숙순의 말을 듣고 영록은 더욱 분노하였다.

"이놈아, 죄인 주제에 무슨 말이냐?"

"이놈 황상폐하가 누구냐는 말이다."

"이 역적 놈아. 너는 네 형 이친왕 재원과 그 밖에 찬양정무왕 대신이라는 일곱 놈과 함께 선제폐하의 유적을 받고도 누가 황상폐하이신 것을 알지 못하느냐? 황상폐하께서 대통을 이어서 즉위하시니 곧 금상폐하시지. 지금도 모르겠느냐? 잔말 말고 어서 꿇어앉아서 조칙을 받들어라."

숙순은 그제서야 확실히 북경에서 판국이 뒤집혀서 자기들이 역적으로 몰린 줄 알고 속으로는 당황하였다.

그러나 겉으로는 더욱 위엄을 부렸다.

"이놈! 영록아! 아무리 어두운 밤중이라도 이러지 못한다. 재순아기가 대통을 잇든지 또는 누가 대통을 잇든지 이것은 모두 내가 북경에 간 뒤에 황후 이하 여러 왕공과 중신이 모여서 결정할 일이지 너 같은 무명소졸이 할 일은 아니니 어서 물러나라!"

영록은 더 이상 참고 말하기가 싫어 군사를 호령하였다.

"저같이 만고에 드문 역적 놈에게 조칙을 읽어줄 필요까지도 없다. 어서 저 역적 놈을 잡아 묶어서 수레에 싣고 북경으로 가자!"

군사들은 영록의 명령이 떨어지자 숙순을 잡아 묶고 첩까지도 방 안에 들어가서 끌어 내다가 묶었다.

숙순은 군사에게 잡혀 묶이면서 여전히 호령하다가 군사들의 발길과 주먹에 뭇매를 맞았다.

이 집에서 숙순을 잡아 묶으면서 야단법석을 치는 동안에 따로 갈라져 갔던 영록의 군사 한 패는 단화가 머물고 있는 집을 둘러싸고 뒤져서 단화와 수청을 들고 있는 계집까지 잡아가지고 와서 영록에게 보고하였다.

영록은 다시 명령하였다.

"숙순과 단화 외에도 이놈들의 한 패가 지금도 이곳에 많이 있으니 한 놈도 놓치지 말고 모조리 잡아오라."

군사들은 영록의 명령대로 숙순의 무리를 잡으려고 이리저리 흩어져서 모조리 잡아 영록의 앞으로 데리고 오니 날이 거의 밝을녘이다. 영록은 그 자들을 모두 앞에 꿇려 놓고 조칙을 내어 읽어준 뒤에 군사들에게 다시 명령하여 선제폐하의 재궁을 모시고 북경으로 가자고 하였다.

영록은 재궁을 앞에 모시고 숙순 등을 뒤에다 실어 북경으로 돌아왔다.

숙순과 단화를 잡아 함풍황제의 재궁을 모시고 영록과 여러 왕공대신들이 북경에 도착한 뒤에 재궁을 모셔두는 범절을 전례대로 치르고 숙순과 단화는 종인부에 임시 가두어 두기로 하였다.

이튿날 이른 아침에 공친왕은 여러 대신들과 함께 궁중에 들어가서 전후사를 낱낱이 양 궁 황태후와 황상폐하께 아뢰었다.

동서 양 궁의 황태후는 아들 동치황제를 앞에 앉히고 공친왕과 여러 대신들이 아뢰는 말에 대하여 하명을 내렸다.

"숙순과 단화가 반역한 것은 명백하고 확실하니 경 등 군기대신의 의견을 아뢰어라!"

그 하명에 대하여 공친왕이 모든 군기대신을 대표하여 아뢰었다.

"역신(逆臣) 재원과 단화와 숙순 등의 전후 죄악은 참으로 대역과 불신에 속하여 그 죄가 극악무도하니 추호도 용서할 수가 없습니다. 모두 국법의 반역죄로 극형에 처하지 않을 수가 없다는 것으로 신 등의 의견이 일치되었습니다."

양 궁 황태후는 공친왕이 군기대신들을 대표하여 아뢰는 말을 듣고 공친왕이 적어올린 조서를 본 뒤에 다시 말하였다.

"의정왕대신 혁흔과 군기대신들의 의견을 들은 바 짐도 재원 등의 대역 불신의 죄가 극악무도하여 조금도 용서할 여지가 없다고 생각하는 바이다. 다만 재원과 단화는 세습왕작이며 황실의 종친이라 죽이더라도 그 몸이 온전하도록 하는 것이 좋을 듯하다. 이제 경 등은 짐의 뜻을 본받아서 재원 등의 죄악과 처형하는 조서를 천하에 반포하라!"

공친왕과 군기대신들은 그 하명에 의지하여 10월 6일에 이친왕과 숙순 등의 죄악과 처형하는 조서를 발포하였다.

"재원과 단화와 숙순이 역당을 만들어 조정의 권력을 저희들이 혼자 차지하고 극악무도한 온갖 죄를 저질렀다.

7월 17일에 선제폐하께서 승하하실 때 재원과 숙순 등에게 짐을 황태자로 삼노니 충성을 다하여 섬기라는 부탁만 계셨고 찬양정무하라는 분부는 없었다. 그럼에도 불구하고 재원 등은 도무지 짐을 대통을 계승할 황태자로 인정하지 않을 뿐아니라 저희 무리들을 모아 신하로는 차마 못할 온갖 간계며 음모를 행하였다. 이것이 곧 재원, 단화, 숙순 등이 대역죄를 범한 첫째 조건이다.

그리고 어사 동원순이 상소하되 짐이 친정할 만할 때까지 양 궁 황태후께서 수렴청정하자고 하였는데, 재원과 숙순 등은 감히 짐과 양 궁 황태후 앞에서 고함을 지르며 발악한 것은 만고에 다시 없을 패역망극한 거동이었다.

더욱이 양 궁 황태후의 분부를 거역할 뿐만 아니라 다른 신하들의 상소와 주품한 글월을 찢어버리는 등의 행패까지 하였고 역신들은 궁중에 함부로 출입하며 용상에 앉아도 보고 궁중에서 쓰는 기물을 가져다가 저희가 쓰기도 하며 모후태후와 성모태후 앞에서 몸가짐과 말하는 행동은 차마 말할 수 없을 만큼 해괴하고 망칙하였다.

이제 의정왕 혁흔과 군기대신들의 일치한 의견을 따라서 재원과 단화와 숙순 등을 대역률에 비추어 능지처참의 극형에 처한다. 다만 재원과 단화는 세습왕이며 황실종친이라 특별히 황은을 내려서 각각 자진하기를 명하노라!"

그리고 숙순 등의 무리인 목음, 두판 등의 소위 찬양정무대신이라고 자칭하던 자들은 관직을 삭탈하고 신강성으로 귀양보내며 그 밖에 무리도 분별하여 처형하라!"

이친왕 재원과 정친왕 단화와 숙순 등은 종인부에 갇혀서 조정의 처결을 듣기 전에 자기들은 살아 남지 못할 것을 누구보다 잘 알고 있었다.

그들은 죽음을 앞에 놓고도 자기들의 잘못을 깨닫지 못하고 공친왕과 서태후에 대하여 온갖 욕설을 하다가 나중에는 자기들끼리 서로 원망하였다. 누구보다도 숙순이 먼저 재원과 단화를 원망하였다.

"당초에 내 말대로 선제폐하가 승하하시는 즉시 조서를 내리고 모든 일을 밀어붙였더라면 오늘날 이러한 변을 당하지 않았을 것이오. 이제 내 말을 듣지 않다가 바보 같은 공친왕 혁흔 등과 음흉하고 음탕한 난아년에게 이 꼴을 당하니 당신들은 모두 바보 천치요. 죽기는 서럽지 않으나 당신들이 일을 그릇되게 한 것을 생각하면 이가 갈려서 못 견디겠소."

이친왕 재원은 숙순의 말을 듣다가 큰 소리로 꾸짖었다.

"그래, 일이 이리 되니 네가 도리어 나를 원망하느냐? 내가 오늘날 이 지경에 빠지게 된 것은 너희 두 놈들 때문이다. 내가 신하 노릇을 하려고 하였지 황제가 되겠다고 하였느냐? 나는 억울하고 너희 놈들 때문에 죽게 되었다."

이친왕은 대성통곡하였다. 단화는 재원과 숙순이 주고 받는 말을 듣고 그 광경을 보고서 아무 말도 하지 못하다가 입을 열어 말하였다.

"이제 일이 이렇게 된 이상 서로 원망만 하면 무엇하우? 내 생각에는 그래도 황귀비 난아가 이전에 우리의 도움을 많이 받았는데 설마 우리를 죽이지는 않겠지! 어떻게 하든지 황귀비에게 살려달라고 애걸할 도리나 생각하여 보시오!"

그 말에 대하여 재원은 아무 말도 하지 않고 숙순이 손가락으로 단화를 가리키면서,

"저런 천치들을 믿고 내가 큰 일을 하겠다 한 것이 잘못이다. 누구의 손에 죽는지도 알지 못하고 저를 죽이는 년을 그래도 믿고 있는 천치가 어디 있다는 말이냐? 죽을 준비나 하여라!"
하고 침을 뱉으면서 열 길 스무 길을 뛰고 있을 때 형부상서 조광이 자기의 부하 군사와 함께 와서 종인부의 옥문을 열고 세 사람을 억지로 꿇어앉히고 조서를 읽어 주었다.

조광이 조서를 읽고 나서 숙순을 잡아서 밖으로 끌어내고 재원과 단화에게 말했다.

"너희 두 놈에게는 황상폐하와 양 궁 황태후폐하께서 특별히 은혜를 내리셔서 스스로 목매어 죽게 하셨으니 순순히 이 시각에 각각 제 손으로 목매어 죽으라! 만일 지체하면 남의 손에 죽을 것이니 그리 알라!"

조광은 흰 비단 두 필을 주어서 목매게 하였다. 두 사람은 방성대곡을 하다가 할 수 없이 목매어 죽었다.

재원과 단화가 죽은 뒤에 조광은 군사들을 호령하여 숙순을 손수레에 싣고 행형장(行刑場)으로 갔다.

숙순을 실은 손수레가 타마시대가를 지날 때 북경 안의 아이

들이 모여들어 돌과 흙과 신장을 함부로 던져서 그 얼굴과 온 몸은 벌써 피투성이가 되었다. 그럴수록 숙순은 발악하면서 서태후와 공친왕과 신황제에 대하여 별의별 욕설을 하며 음행이 부정하였다고 마구 욕설을 퍼부었다.

 형부상서 조광은 원래 대학사 백준의 제자로써 자기의 선생이 숙순의 손에 참혹히 죽은 것을 원통히 생각하던 터에 숙순의 발악을 보고서 군사를 호령하며 돌과 몽둥이로 그 입을 때려서 말하지 못하게 하고 그 다음에는 팔과 다리를 깎아 베어내고 나중에는 그 목을 베어서 죽여버렸다.

 숙순 등 세 간신을 죽인 뒤에 조광은 궁중에 들어가서 양 궁태후와 의정왕에게 보고하였다.

 함풍제 십 년 동안 모든 흉악을 부리던 세 간신은 죽고 청나라는 동 서 태후라는 두 젊은 과부의 천하가 되어 버렸다.

# 서태후의 독재정치가 시작되다

　동치황제라는 어린 임금이 즉위한 뒤에 청나라 조정은 동궁과 서궁의 양 태후가 수렴청정하게 되었는데 말은 비록 양 궁 황태후의 수렴청정이지만 실상은 서태후 한 사람의 독재정권이었다.

　그것은 동궁의 자안황태후가 원래 천성이 인자한데다가 현모양처의 교훈을 받고 자라서 자기의 취미가 안온한 가정에 있고 복잡한 정치판에는 관심이 없었던 까닭이다.

　그러나 서궁의 자희황태후로 말하면 그렇지 않다. 그의 천성이 원래 남자처럼 행동하기를 좋아해서 조용한 가정적 생활을 원치 않고 아이 때부터 가슴에 품은 생각이 천하를 호령하며 농락하기를 원하였다. 그러다 보니 지금까지 자기 한 몸으로 당하고 겪어온 삶이 동태후처럼 단순하지 않았다.

그리고 동태후는 평생 공부하고 배운 것이 소학, 내측, 예기, 효경 등 여자로서 배워야 할 글만 배우고 보았지만 서태후는 무엇보다 역사와 경전과 문장학 등의 정치적 서적을 많이 보아왔던 것이다. 그 재주가 비상하여 말하는 솜씨가 능란할 뿐아니라 무슨 일에나 판단을 빨리 내리며 이리저리 서슴지 않고 처리하는 것이 참으로 천재적 정치가라고 할 정도였으며, 또한 무슨 글을 짓거나 말을 하는데 있어서 동태후로서는 따라갈 수가 없었다.

그러한 까닭에 모든 일에 동태후보다 서태후가 자연스럽게 참석하여 간섭하게 되고 그 처리도 서태후의 말대로 처리하게 되었다. 동태후는 될 수 있는 대로 모든 일을 서태후에게 맡기고 자기는 한가하게 지내기를 원하였다.

서태후는 동태후의 생각과 소원을 진정으로 다행스럽게 생각하면서도 모든 일을 의논하였다.

"언니! 이 일을 어떻게 처리할까요?"

"그것도 아우님 생각대로 처리하지!"

이렇게 대답하는 것이 보통인데 그럴수록 서태후는 동태후를 가장 존경하는 척하면서 말하였다.

"언니께서 시키는 대로 하지 저야 무엇을 압니까? 설사 안다고 하더라도 언니의 생각이 저보다 낫지 않습니까?"

동태후는 웃으면서 말하였다.

"그것은 아우가 이 언니를 멍텅구리라고 놀리는 말이네! 경험이든 일을 처리하는 재간이든 모두 나보다는 아우가 몇 배나 낫지!"

"언니께서 그렇게 말씀하신다면 저도 앞으로는 아무 일에도 참석하지 않고 아무 말씀도 드리지 않을 것입니다. 저는 정성스럽게 언니를 도와드리고자 하지만 언니께서는 저를 일 좋아하며 말 좋아하는 사람으로 여기신다면 어찌합니까?"

서태후가 그런 말을 하고 처소로 가려고 하면 동태후는 억지로 서태후의 손을 잡고 웃으면서 말했다.

"잘못했어! 말재주 없는 언니가 또 말을 잘못했지! 아우가 모르고 내가 모르면 조정의 만사를 누가 알겠나? 우리 두 사람이 마음을 합해 끌고 나가야지!"

동태후가 그렇게 해서 붙들어 앉히면 난아는 어디에 언제 예비하여 두었던 눈물인지 갑자기 눈물을 머금으면서 말한다.

"우리 자매가 아무리 합심합력한들 못난 남자만치나 할 수 있습니까? 그런데다 언니는 제게만 미루시고 저는 언니에게 미루면 어찌되겠어요?"

그럴 때마다 동태후도 눈물을 흘리면서 말하였다.

"우리가 선제폐하를 원망도 하였지만 정작 우리가 일을 당하고 보니 선제폐하의 만분지 일도 따르지 못하겠다! 좌우간 아까운 이 세월이 어서어서 빨리 가서 황상이 자라 친정하기만 바랄 뿐이지!"

동서 양 태후가 서로 바라보면서 눈물 흘릴 때가 한두 번이 아니었다.

한 번은 서태후가 동태후에게 갔더니 동치황제와 정신없이 무슨 이야기를 하느라고 서태후가 들어오는 줄도 모르는 것을 보았다.

그것을 보고 서태후는 문득 두 가지 생각이 들었다. 첫째는 혹시나 동태후가 자기를 업신여기는 것이 아닌가 하는 것이고, 둘째로는 동태후가 어린 아들 동치황제를 자기가 낳은 자식보다 더 사랑하는 것이 이상도 하고 감사도 하다는 생각이다. 모든 일에 이해를 따지는 서태후는 마음 속 생각을 겉으로 나타내지 않고 오직 천연한 태도와 부드러운 목소리로 "언니!" 하고 불렀다. 동태후는 그제야 깜짝 놀라면서 서태후의 손을 잡았다.

"에구! 언제 왔어? 아들에게 정신 팔린 나는 아우가 온 줄도 몰랐네그려."

동태후는 어서 앉으라고 권하였다. 동치황제도 그제서야 서태후에게 인사하였다. 서태후는 아들을 한참 보다가 다시 동태후를 향하여 말했다.

"언니! 오늘은 아주 기쁜 소식을 가지고 왔습니다."

"아주 기쁜 소식! 무슨 기쁜 소식인지 어서 말해 보게!"

서태후는 손에 들고 있던 종잇장을 가리키면서 말하였다.

"언니! 이것이 증국번에게서 온 상주문인데 이번에도 아주 크게 승전하여서 장발적의 난을 곧 평정하게 되었다고 합니다."

"그렇지! 마땅히 그래야지! 황상의 성덕과 홍복이 응당 태평성대의 중흥하는 임금이 될 것이야!"

동태후는 아들 동치황제를 한없이 사랑하며 자랑하였다. 동태후의 말과 행동을 보고서 서태후는 동태후를 어쩔 수 없는 얌전한 집안 살림이나 할 현숙하고 인자한 여자라고 생각하면서도 체면상 그대로 말하였다.

"글쎄! 언니 딱도 합니다. 물론 황상의 성덕과 홍복으로 전장에 있는 장수가 승전을 아뢰게 되는 것이지만 이 기쁨을 아뢰올 때에는 마땅히 금번에 승리한 장수와 군사에게 그 공로를 치하해주고 포상을 결정하여야 옳지 않습니까?"

"그것도 그렇지. 그렇지만 그것은 아우가 공친왕과 상의하여 좋도록 하면 그만이지 그다지 걱정할 것이 무엇인가?"

"글쎄! 항상 하는 말이지만 아무리 공친왕과 제 소견에 합당한 일이라도 언니의 허락을 얻어야지요!"

"글쎄! 나도 항상 하는 말인데, 아우와 공친왕이 합의된다면 내가 허락하지 않을 일이 어디 있겠나? 다만 아우가 혼자서 모든 일을 이리저리 살피고 처리하자니 수고롭겠지만 나는 참말로 모든 일을 대략적인 것이나 알기를 원할 뿐이지 날마다 황상이나 데리고 이야기도 하고 재미도 보기를 진정으로 소원하니 아우는 나를 야속하다고 생각지 말고 혼자서 수고하여 주면 안 되겠나?"

"수고야 무슨 수고가 되겠습니까마는 암만 생각하여도 모든 일을 언니께서 처리하셔야 마음이 든든하지 저 혼자서는 항상 조심이 되어서 하는 말입니다."

"그야! 나도 아우가 그래서 그러는 줄도 알지만 아우는 너무 꼼꼼하고 완벽한 까닭에 조그마한 일까지도 낱낱이 내게 알리려고 하니 아우가 힘들까 해서 하는 말이지!"

이렇게 동태후와 서태후는 겉으로는 서로를 아끼고 있었다.

"좌우간 중국변이 승리한 것에 대해서는 특별히 모든 장수의 벼슬을 올려 주고 상급을 후히 하였으면 좋을 듯합니다."

"물론 그렇게 해야 하고 말고!"

서태후는 동태후와 이 날 문답을 서로 주고받으면서부터 모든 일을 자기 마음대로 하여도 상관 없을 것이라고 생각하는 동시에 그럴수록 모든 일을 낱낱이 동태후에게 알리는 형식은 더욱 지키기로 작정하였다.

형식은 동태후와 상의하는 것이지만 실상은 자기 마음대로 모든 일을 처리하기로 작정한 서태후는 동태후를 더욱 공경하면서 공친왕 이하 모든 왕공대신들을 꼼짝 못하도록 하였다.

그리고 그녀는 무엇보다 그때 군권을 가지고 있는 증국번과 좌종당 등에게 특별히 사람을 보내서 좋은 말로 연락하여 두었는데 전일에 동태후에게 말하던 증국번의 군대가 승전한 데 대하여 특별히 벼슬을 올려주며 상급을 많이 주자는 것도 실상은 증국번과 그 부하의 모든 장졸에게 호감을 사두려는 속셈에서 나온 것이다.

그뿐만 아니라 그녀는 일반 국민에게도 자기가 조정의 권력을 좌우하는 것을 알리는 동시에 자기를 여중요순(女中堯舜, 여자 가운데 요순이라는 말)이라고 칭찬하도록 하려고 하루는 미리 동태후에게 몇 마디 말을 하여 두고 그 이튿날 아침 조회에 여러 왕공대신을 향하여 말하였다.

"이제 황상이 비록 나이 어리나 그의 충복과 여러 왕공대신의 충성과 전장에 있는 모든 장졸의 충성과 용맹에 의하여 장발적의 난리도 거의 평정이 되어 가며 국가중흥의 기상이 날로 보이니 이것은 참으로 종묘와 사직을 위하면 다행한 일이다.

그러나 태평무사한 때에 위태하고 곤란한 날이 있을 것을 걱정하여 대비해야 하고 군신과 상하가 서로 믿고 서로 경계할수록 초야에 있는 선비와 만민의 생각을 잘 알 수 있을 것이다.

그리하자면 일반 백성들에게 조정의 시비득실을 평할 수 있는 기회를 주어야 할 것이다. 그리하여 초야의 백성이라도 나라 정사에 대하여 상소하라는 문을 열어주는 것이 좋을 줄로 생각하고 동궁태후폐하와 상의하고 경 등의 의견을 묻노니 경 등은 각각 의견을 말하라!"

원래 동태후는 서태후나 그 밖에 누구든 단둘이 만나서 이야기할 때에는 자기 마음 속에 있는 말을 잘 이야기하지만 조정에서 여러 왕공대신이 모인 자리에서는 마음에 있는 말도 잘하지 못하고 오직 서태후의 입을 빌어 자기 의사를 표현했다. 서태후가 이를 이용하여 자기 생각을 마치 동서 양 태후가 의논하고 합의해서 나온 것이라고 하니 여러 왕공과 대신들도 그렇게 생각하게 되었다.

그런 까닭에 공친왕도 서태후의 말을 동태후와 상의한 것으로 생각하고 엎드려 아뢰었다.

"양 궁 폐하의 하명은 참으로 거룩하시고 지당하십니다. 신등은 의정왕대신과 함께 받들어 시행코자 합니다."

그리하여 모든 왕공과 대신들은 그 명을 받들어 조서를 천하에 반포하였다.

"누구든지 나라 정사의 잘못과 시비 득실을 직접 상소하라."

그리하여 동태후와 서태후는 여자 중의 요순이며 성덕과 성은이 태산같이 높고 바다같이 깊으며 만고에 드문 성군이 나셨다고 칭송을 받았다.

그 조서가 내린 뒤에 말마디나 하고 글줄이나 쓰는 사람은 누구든지 상소하여 상소 홍수가 날 정도였다. 그와 동시에 서태후의 이름은 한층 높아졌다.

서태후는 그 모든 상소 가운데 귀주사람 여서창의 만언소(萬言疏)를 칭찬하고 즉시 큰 고을의 현령을 시키고 따라서 여서창을 중국번의 막하에 보내서 그의 지도를 받게 하니 이것은 인재를 등용하는 동시에 중국번에게 호감을 사는 것이 되었다.

궁에서는 동태후를 손아귀에 넣고 조정에서는 공친왕 이하 왕공대신을 꼼짝하지 못하게 하며, 군권을 잡은 증국번, 좌종당 등의 장수를 농락하며 아래로는 백성들에게 '여중요순'이라는 칭찬이 생기도록 만들어 놓은 서태후는 눈을 외국으로 돌리고 그것을 어떻게 대할 것인가에도 손을 쓰기로 했다.

"대체로 말하자면 안으로는 착하고 어진 정치를 하여야만 만민을 태평케 하며 밖으로는 외국과 화평스럽게 외교하여 피차에 평화롭게 지내는 것을 잘하는 나라 정사라고 할 것이다.

선제폐하께서는 불행히 장발적의 내란이 일어난 때에 즉위하여 밤낮으로 그것을 평정시키시려고 근심하셨다. 그런 가운데도 이친왕과 숙순 등이 선제폐하의 뜻을 거슬러서 마침내 서양 각국과 화평하게 지낼 수 있는 일을 일부러 험악하게 만들어서 전쟁이 생기게 하였다가 나중에는 선제폐하로 하여금 열하로 파천하시게 하고 원명원 궁궐까지 서양 사람에게 불질러 타게 하였으니 어찌 한심하고 원통한 일이 아니라고 하랴! 이제 공친왕과 여러 왕공대신이 참고 힘쓴 결과 서양 각국과 비록 잠시일지라도 화평히 지내게 되었다.

이제 안으로는 장발적의 난리를 거의 평정하게 되고 밖으로는 여러 외국과 평화롭게 지내게 된 것은 황상의 홍복이며 만민의 행복이라 할 것이다.

그러나 항상 하는 말이지만 태평무사한 때에 위급하고 곤란한 날이 있을 것을 미리 생각하고 미리 준비하여 두어야 할 것이다. 그러니 경 등은 앞으로 행하여 나아갈 외교방침을 각각 말해 보거라!"

청산유수같이 퍼붓는 서태후의 일장 연설에는 동태후만이 아니라 모든 왕공대신이 탄복하지 않을 수 없었다. 공친왕이 먼저 엎드려 아뢰었다.

"방금 서궁태후께서 내리신 말씀을 듣고 신은 참으로 한없는 느낌을 가지게 됩니다.

만일 선제폐하께서 살아 계실 때 숙순 등 세 간신이 방해하지 않고 양궁 폐하께서 주장하시던 대로 하였더라면 서양 사람에게 그 욕을 당하지 않았을 것이며 원명원의 궁궐도 무사하였을 것입니다. 지난 일을 거울 삼아서 지금 일을 생각하고 처리하라는 옛 성현의 말씀처럼 지금 서궁폐하의 말씀은 거룩하고 지당한 말씀이라고 생각합니다."

모든 왕공과 대신들도 공친왕의 말과 비슷한 말로써 서태후를 극단으로 칭찬하고 떠받들어서 아무리 아첨 좋아하는 서태후라도 듣기에 낯간지러울 만큼 아첨하였다.

서태후는 공친왕 이하의 모든 신하의 말을 들은 뒤에 약간의 화를 내면서도 부드럽고 엄숙한 목소리로 말하였다.

"내가 경 등에게 말한 본뜻은 경 등의 아첨하는 말이나 듣고자 한 것이 아니오. 오직 나라의 백년대계를 위하여 외교의 대방침을 세워 보자는 것이오.

그러니 경 등은 어찌하면 나라의 백년대계를 위하여 원명원 궁궐이 불에 탄 것과 같은 불행한 일이 생기지 않을지 그 방침을 말하시오."

공친왕과 모든 왕공대신은 서태후에게 그와 같이 책망을 받자 다시는 아첨할 용기도 없고 섣부르게 외교방침이라고 할 만한 방침도 생각나지 않았다. 할 수 없이 공친왕이 아뢰었다.

"막중한 국가 백년대계의 외교방침을 무엇이라고 말씀드릴 수가 없으니 몇 달 동안 여러 사람이 의논하고 토론하여 아뢰고 저 합니다."

서태후도 "그리하라."하고 그날은 아무런 결정도 없이 헤어졌다.

그 뒤에 공친왕은 여러 왕공대신과 함께 어전에 들어가서 아뢰었다.

"일전에 서궁 태후폐하의 하명을 듣고 신 등이 모여서 여러 날 동안 외교의 대방침을 의논하였으나 아직도 일치한 방침을 세우지 못했습니다. 인종과 종교와 풍속이며 말과 글이 다른 서양 사람과 화친하여 지내자 하니 우리나라의 예법과 민정에 해가 되는 일이 많습니다. 따라서 예와 교로써 만민을 다스리는 우리나라에 삼강 오륜을 알지 못하는 서양 사람들이 함께 섞여 살게 된다면 안 되겠다는 견해도 적지 않았습니다. 그 다음에는 서양 사람의 윤선과 대포와 그 밖에 모든 기계가 우리보다 훨씬 나으며 또한 그 세력이 강하니 할 수 없이 피차에 화평하게 지내야 하겠다는 의논도 있었습니다. 신 등만으로는 방침을 결정하지 못하고 양 궁 황태후폐하께 아뢰는 바입니다."

그 말을 들은 서태후는 동태후를 바라보고 동태후는 눈짓을 하였다. 그것은 서태후의 마음대로 말하여 조치하라는 뜻이었다. 서태후는 그제야 웃음을 띠고서 말하였다.

"원래 국가 백 년에 대한 대방침이라 갑자기 결정할 수도 없는 것이요, 그 두 가지의 의논도 응당 있을 만한 의논이다. 그러나 그렇다고 해서 아무 결정도 하지 못하고 이대로 지내는 것은 나라의 내정과 외교를 맡은 책임상 옳지 못한 것이다. 내 생각에는 서양 사람이 과연 삼강과 오륜을 알지 못하는 짐승과 같은 것인지 아닌지도 우리가 자세히 알지 못하니 무엇보다 그 사람들의 말과 글을 먼저 보아서 자세히 알아보아야 할 것이다.

그리하자면 젊은 청년 자제를 서양 각국에 많이 보내야 할 것이지만 이것은 돈이 많이 들어 그렇게 많이 보낼 수가 없고 오직 우리나라에 그것을 위하여 학당을 세워서 많은 자제를 가르치는 것이 옳을 것이다. 그리고 방금 서양 각국과 어찌하든지 틈을 내지 말고 얼마동안은 피차에 좋게 지낼 도리를 하는 것이 가장 옳은 줄로 생각된다. 그러니 경 등은 학당을 만들어서 인재를 양성하여 우선 외부아문에서 쓰고 서양 각국과 교섭하는 데 편리하게 하며 따라서 서양 사람의 모든 기계와 재주를 배워서 우리나라도 서양 사람들 못지 않게 하라!"

모든 신하들이 일제히 아뢰었다.

"참으로 신 등이 며칠 동안 토론하여도 생각하지 못한 바를 폐하께서 일러주시니 신 등이 비로소 크게 깨닫고 외교 방침에 대한 앞일을 넉넉히 생각하며 처리할 수가 있게 되었습니다."

이렇게 서태후의 방침을 찬성하며 그 말대로 외교 현상은 그대로 유지하여 나가며 따라서 그러한 학당도 만들기로 하였다.

북경에 외국 말과 글을 배우는 학당을 만들어서 청년 자제를 가르치게 되었다.

이 소문이 밖에 퍼지자 모든 사람이 서태후를 칭찬하였다.

"서태후는 온 조정의 문무백관의 남자가 생각하지 못하고 결정하지 못하는 것을 능히 생각하고 그 방침을 세운 것이 국가 백년대계를 위하여 가장 큰 일을 하였다."

"시세를 꿰뚫어 살피고 일을 처리하는 솜씨가 여자 가운데서 처음 보는 여걸이다."

청국 사람들뿐만이 아니라 서양 사람들로부터 서태후는 안과 밖으로 칭찬을 받으면서 청나라의 모든 권세를 자기의 한 손에 잡게 되어 세상에서는 동태후가 있고 없는 것은 알지 못하고 오직 동치황제의 생모 서태후가 있는 것만 알게 되고 권세를 다투는 무리들이 저마다 서태후의 심복이 되고자 하니 그 권세도 날로 커졌다.

## 서태후의 사생활

 몸은 서궁의 자희황태후라는 높은 자리에 있고 손에는 청나라의 모든 권세를 쥐고 있는 서태후에게도 인생으로서의 가장 큰 불만이 있었다.

 함풍황제가 일찍 승하하는 바람에 서태후는 채 서른 살도 안되는 때에 과부가 된 것이었다.

 봄바람 가을 달에 님을 여읜 원한이 가득하다가 좋은 음식을 찾아 많이 먹고 인삼과 녹용이 든 보약을 날마다 먹으며 자기 한 몸을 시중하기 위하여 몇 백 명의 궁녀와 내시가 있어서 털 끝만큼도 스스로 수고하지 않고 천하에 다시 없는 호강을 하는 서태후이지만 밤낮으로 홀로 지내기는 참을 수 없고 견딜 수 없는 고통이었다.

그는 때때로 황태후라는 높고 높은 지위도 꿈같고 온 천하의 권세도 쓸 데 없고 호의호식과 인삼녹용도 귀하지 않고 오직 젊고 씩씩한 남편을 얻어다가 산간에서 고생을 하더라도 부부가 같이 사는 것이 천하에서 제일 가는 인생의 즐거움이라고 생각하지 않을 수 없었다.

더구나 그는 이 세상에서 만나본 남자가 함풍황제 한 사람만도 아니고 그 성격이 남자처럼 호탕한 것을 좋아하며 어릴 때부터 노래하며 춤추면서 때 찾아 즐기는 것을 인생의 표적이라고까지 생각하는 서태후가 여자로서 남자의 사랑을 받지 못하고 살아가는 궁중 생활은 두 말할 것도 없이 비참하고 안타까운 생활이라고 스스로 말하게 되었다.

동치황제는 비록 자기가 낳은 아들이지만 자기의 뱃속에서 나왔을 뿐 젖 한 번도 마음대로 먹여보지 못하고 동궁 황태후가 맡아 기른 까닭으로 동치황제도 생모인 서태후보다 키워준 동태후에게 정이 들어서 서태후에게는 자주 오지도 않았다. 그런 까닭에 서태후는 오직 하나인 아들의 재롱과 재미도 보지 못했다.

한 번은 동태후가 어린 아들 동치황제를 서태후에게 자주 가지 않는다고 책하고서 다녀오라고 명령하였다.

명령을 받고 서궁에 다녀온 동치황제는 비록 어린 아이지만 크게 화를 내며 기분이 나빠져서 돌아왔다. 아들을 자기의 생명같이 사랑하는 동태후는 어린 아들의 모습을 보고서 깜짝 놀라 물었다.

"무슨 까닭이냐? 황상이 어디 몸이 아픈가? 왜 기색이 좋지 않은가?"

동치황제가 미처 대답하기 전에 함께 갔던 궁녀가 아뢰었다.

"아닙니다! 황상께서 옥체가 불편하신 것은 아니고……."

궁녀의 말끝이 흐려지는 것을 보고 동태후가 웃으면서 말하였다.

"옳지 알겠다! 서궁 태후폐하께서 황상이 자주 가서 뵙지 아니한다고 노하셔서 황상을 책하신 것이지?"

그때 궁녀가 다시 아뢰었다.

"아닙니다. 그런 것도 아니고……."

그러자 동치황제는 조그만한 주먹을 불끈 쥐고 팔을 내두르면서 어린 가슴에 분을 참지 못하여서 눈물을 흘렸다.

"이놈! 안가 놈은 내가 죽이고야 말테다! 이놈이 저번에는 내가 노는 것을 못 놀게 하고 그리고…… 이놈……."

동태후는 그때까지도 무슨 까닭인지 알지 못하고 다만 아들과 함께 눈물을 흘리면서 왜 그러는지 말하라고 재촉하였다. 동치황제는 그래도 이유를 말하지 않고 한 마디만 하였다.

"마마! 나는 다시는 서궁마마에게 가지 않겠습니다!"

동태후는 궁녀에게 이유를 말하라고 하였다. 궁녀는 주저주저 하다가 입을 열었다.

"황상께서 안득해가 서궁폐하를 모시고 한 침상에 누워 계신 것을 보셨습니다."

그 말을 듣고 동태후는 궁녀를 꾸짖어 밖으로 보내고 아들을 달랬다.

본래 서태후는 안득해를 가장 믿고 가장 사랑하였다. 안득해가 없으면 서태후는 밥맛도 없고 밤잠도 들지 못하여서 한 상에서 밥먹고 한 자리에서 잠잤던 것이다.

동치황제가 동태후의 명령을 받고 갔을 때 마침 서태후는 안득해를 곁에 뉘이고 이런저런 이야기를 하다가 동치황제가 들어오는 것을 보고 서태후는 자리에 누운 대로 있고 안득해는 황제에게 배례도 제대로 하지 않고 밖으로 나간 것이다. 동치황제는 어린 소견이지만 그 꼴을 보고서 너무 분하여 선 채로 있다가 돌아오려고 하였다. 그러자 서태후는 아들의 태도를 보고 큰 소리로 꾸짖었다.

"황상은 동궁태후만 어미로 알고 나는 어미로 생각하지 아니하는가? 어미가 비록 부족하더라도 아들은 아들의 도리를 해야지, 바로 이것이 어미를 섬기는 도리이다."

동치황제는 할 수 없이 꿇어앉아서 빌었다.

"마마! 용서하여 주소서!"

그러나 서태후는 한참 동안 아들을 꿇어앉힌 채로 두고 보다가 얼마 뒤에 일어나서 가라고 명령하였다. 명령을 받고야 물러나오게 된 동치황제는 어머니보다도 안득해를 죽이고 싶은 생각을 하게 되었다.

그 후부터 동치황제는 서궁에는 자주 가지도 않고 군도 한 자루를 가지고 흙으로 사람처럼 만들어 놓고 그것을 목 베고 찌르는 놀이를 하였다. 궁녀나 내시가 물으면 안득해 놈을 죽이는 연습을 하는 것이라고 대답하였다.

동태후는 내시들에게 그 말을 듣고서 어린 아들을 만방으로 달랬으나 동치황제는 안득해에 대한 분을 풀지 않았다. 안득해는 그런 말을 전해 듣고 한 번은 서태후 앞에 꿇어앉아 울면서 아뢰었다.

"황상께서 소인을 꼭 죽이시려고 하오니 어찌합니까? 태후마마께서 살려주소서!"

서태후는 웃으면서 말하였다.

"황상이 아직 나이 어린 탓에 그러는 것이니 너는 아무 걱정도 하지 말고 오늘 저녁에 연극놀이 준비나 잘 시켜라!"

"연극놀이 준비는 소인이 맡은 직책이니 잘 지휘하겠습니다마는 소인은 아무리 생각해도 두렵고 걱정입니다!"

"글쎄! 그런 걱정을 하지 말아라! 내가 있는데 무슨 걱정이냐?"

서태후는 속으로 그 무엇을 생각하고 한숨 한 번 길게 쉬고 침상에 드러누웠다. 안득해가 서태후에게 이불을 덮어주고 밖으로 나가려고 하는데 서태후가 손을 잡아끌었다.

"애야! 잠깐 누웠다가 가거라!"

그 말을 듣고 안득해는 서태후의 이불 속에 들어갔다.

그날 저녁에는 서태후가 궁중에 특별히 잔치를 베풀고 궁중연극을 하는데 동태후도 청하고 아들 동치황제도 데려다가 연극 구경을 시켰다.

동태후는 서태후에게 웃으면서 말하였다.

"궁중의 연극놀이가 옛날부터 있는 것이지만 우리 처지에는 맞지 않는 것 같구나."

서태후는 그 말의 뜻이 무엇인지 알면서도 웃었다.

"언니, 참말 딱도 합니다. 우리 처지에 연극이나 즐기면서 적막한 시간을 보내자는 것이지요."

그러나 그 웃음 속에는 한숨이 섞여 있었다. 동태후도 서태후의 태도를 보고 더 말하지 않고 연극을 구경하다가 동치황제를 데리고 자기의 궁중으로 돌아갔다.

　서태후는 그 뒤로부터 날마다 밤낮으로 연극을 즐기되 북경 장안에 있는 이름난 광대는 모조리 한두 번씩은 궁중에 불러들이고 그 가운데서 가장 잘 노는 자를 뽑아서 날마다 출연시켰다. 북경성 안은 광대 세도의 천하가 된 듯하였다.

# 서궁 비막의 한 부분

밤낮으로 노는 자희황태후 궁의 궁중연극은 끊일 줄을 모르고 봄에는 봄놀이로, 여름에는 여름놀이로 일 년 동안 연극 안하는 날이 며칠이 되지 못하였다. 동태후는 원래 인자하기로 유명하여 서태후가 마음 붙일 곳이 없어서 하는 짓이라 말도 하지 않고 그대로 내버려 두었다.

하루는 궁녀 몇 사람이 들어와서 저희끼리 무엇이라고 소곤소곤 하는 말 가운데 "서궁에서는 말이지." "그래, 이상도 하지." "이상하기는 여자로서 있는 일이지." 하는 등의 말이 동태후의 귀에 들렸다. 동태후는 이상스럽게 생각하고 호령했다.

"이년들아, 무엇을 나 못 듣게 그렇게 소곤거리느냐!"

"아닙니다. 저희끼리나 알 일입니다."

"너희끼리만 알고 나는 알아서 몹쓸 일이 무엇이냐? 어서 바른 대로 말하거라!"

동태후의 기색은 자못 엄숙하고도 무서웠다.

궁녀들 가운데서 동태후의 사랑을 가장 많이 받고 있던 궁녀 한 사람이 아뢰었다.

"다름이 아니라 서궁 자희 황태후폐하께서는 벌써 오래 전부터 병환 중에 계시지 않습니까?"

그 궁녀는 동태후를 바라보면서 다음 말은 하지 못하고 주저주저 하였다. 동태후는 그 궁녀를 뚫어지게 보면서 말하였다.

"그랬지. 그런데 무슨 말이냐? 어서 마저 말하여라!"

그 궁녀는 다시 말하였다.

"그런데 지금은 자희 황태후폐하의 병환이 좀 나았다는데 이상한 말이 돌고 있습니다."

동태후는 화를 내면서 말했다.

"그것이 무슨 비밀이며 이상한 말은 또 무엇이길래 나 몰래 너희끼리만 소곤대느냐? 바른 대로 말하거라!"

동태후는 비밀을 알지 않고는 가만두지 않겠다는 기색을 보였다. 그제서야 동궁의 궁녀 가운데서 활발하다고 알려진 목락이라는 궁녀가 아뢰었다.

"저 애들이 서궁 태후폐하의 병환이 본래 체증과 혈적이 아니라 다른 것인 것 같은데 요즘은 매우 쾌차하셔서 병문안을 가도 괜찮다는 말을 가지고서 소곤거린 것입니다."

"그러면 서궁폐하의 잃는 것은 병환이 아니고 무엇이더란 말이냐?"

"네! 병 중에 처음 쓴 약은 안태시키는 약이었고 요즘 쓰는 약은 산후에 쓰는 약이라고 하여서 이상하다는 말입니다."

"너희들은 태중에 쓰는 약과 산후에 쓰는 약인 것을 어찌 알았느냐?"

"네, 그것은 황상폐하께서 태중에 계실 때 쓰시던 약과 산후에 쓰시던 약이 똑같은 것을 보고 약 달이는 늙은 궁녀들 입에서 나온 말입니다."

동태후는 거기까지 듣고서 더 묻지 않고 가슴에 숨을 모았다가 길게 숨 한 번을 소리내어 쉬었다.

"이년들아! 듣기 싫다! 터무니없는 말을 듣고 다니면서 재잘거리다가 서궁폐하의 귀에 들어가면 몇 년이나 죽음을 당할지 모르겠구나."

동태후는 궁녀들을 단단히 꾸짖었다. 동태후는 겉으로 궁녀들을 책하면서도 속으로는 서태후를 괘씸히 생각하고 당장 불러다가 물어보고 조정의 왕공대신을 모으고 함풍제가 임종시에 주신 유조를 낭독하고 죽이고 싶은 생각도 없지 않았다.

그러다가도 황실의 명예와 어린 아들 동치황제를 생각하여 그만두기로 작정하고 다만 이번 기회에 서태후의 버릇이나 고쳐졌으면 하는 희망을 가지게 되었다.

그러나 서태후의 생각은 동태후의 희망과는 아주 달랐다. 그가 벌써 석 달 동안이나 병으로 들어앉아서 갑갑하기 짝이 없는 까닭에 어서 하루라도 다시 놀면서 향락하기로 작정하였다.

그는 자기의 병이 쾌차한 것을 경축한다는 의미의 대연극을 베풀고 만조백관을 불러서 함께 구경하고 그 뒤로 또 다시 밤낮으로 연극놀이를 시켰다.

동태후는 서태후가 그와 같이 명예스럽지 못한 병을 앓고 나서는 어느 정도 자제할 거라 희망하다가 서태후의 향락이 날마다 더 심해지는 것을 보고는 더 참을 수가 없었다.

하루는 동태후가 공친왕 혁흔을 불러 들여서 어찌하면 좋을지 의논하였다. 동태후는 공친왕에게 속에 있는 말을 하기 전에 먼저 수건으로 두 눈을 가리고 흐느끼면서 울다가 눈물이 가득한 눈으로 공친왕을 마주보았다.

"공친왕 전하! 이 일을 어찌하면 좋은가?"

공친왕도 속으로는 서태후 때문인 줄 알면서도 말했다.

"너무 상심하지 마시고 말씀하여 주시기를 바랍니다."

"내가 말하지 않아도 전하가 짐작하시지 못하는가?"

"소신이 짐작하지 못하는 바가 아니지만 그렇다고 어찌합니까? 참으셔야지요."

"참았기에 오늘까지 온 것이지! 선제폐하께서는 참으로 선견지명이 계시다. 임종시에 주신 유조가 여기 계시네!"

동태후는 그 유조를 내보였다. 공친왕도 유조를 보고서는 눈물을 흘렸다.

"황태후폐하의 생각은 이 유조대로 조치하고 싶으신지요?"

"유조대로 조치하자면 첫째로는 아들을 두고 어머니를 죽일 수 없고, 둘째로는 황실의 명예가 실추될 것이고, 셋째로는 그 재주가 아깝고, 넷째로는 군권을 가진 사람들과 서양 사람들 측에서 좋지 못한 생각을 가지게 될 듯하니 이 노릇을 어찌하나?"

동태후는 또 다시 눈물을 흘리며 울었다. 공친왕은 소매 속에서 무슨 글을 내어 드리면서 아뢰었다.

"이것은 어사 가역의 상소이온데 무엇보다 먼저 서궁의 연극을 중지시켜 잡류가 궁중에 함부로 드나들지 못하게 하고 모든 일을 서궁폐하에게만 맡기지 마시고 말씀하실 것은 말씀하시고 엄금하셔야 할 것은 엄금하셔야 될 줄로 압니다."

동태후는 이튿날 아침에 만조백관에게 하명을 내렸다.

"나는 서궁 황태후폐하와 경 등에게 말한 바 있지만 태평한 때에 위태한 날이 있을 것을 미리 생각하여야 한다. 이제 궁중의 풍기가 문란해지고 태감이란 자들이 궁중연극에 필요하다는 핑계로 작폐하는 일이 많다고 하니 오늘 이후로는 이것을 엄금할 것이다. 만일 태감 등이 앞으로도 궁중연극을 핑계하고 다니는 자가 있으면 내부대신은 그것을 잡아서 엄형하여야 할 것이다. 그리고 궁중의 모든 연극은 먼저 경사방(敬事房)과 내부에 보고하여 잡류들이 궁중에 함부로 출입하지 못하게 하라! 이 일에 태만하면 각 대신이 책임을 면치 못할 것이니 그리 알라!"

이것도 동태후는 글로 써가지고 와서 잘 들리지 않는 목소리로 읽은 까닭에 모든 황공과 대신들은 다만 공친왕의 말을 따라 대답하였다.

"지당하신 처분입니다!"

그날 서태후는 뜻밖에 동태후가 그와 같은 하명을 내리는 것을 보고 속으로 생각했다.

'이것은 반드시 공친왕 혁흔이 동궁태후를 시켜서 나를 누르려는 계책이다.'

한참이나 무엇을 생각하다가 안득해를 불러 그날 저녁에는 전보다 특별히 북경성 안의 이름난 광대들을 불러다가 큰 연극을 밤새도록 하였다.

그날 저녁에도 백문루(白門樓)라는 연극놀이를 하였는데 여포의 역할을 한 김준생(金俊生)은 얼굴도 잘나고 신체가 건장하고 목소리도 우렁찬 미남자인 동시에 씩씩한 대장부 같아 보였다. 준생이 궁중연극에 출연한 뒤로부터 서태후의 특별한 상을 많이 받을 뿐만 아니라 남 모르는 사랑도 많이 받았다. 그날 저녁도 사랑을 받게 되었다.

제 비밀을 숨겨두고 남의 비밀만 기어코 들춰내자는 것이 보통 사람의 마음이요, 있는 말 없는 말을 함부로 들고 다니면서 말썽을 만들어내는 것은 잘 먹고 할 일 없는 구중 궁궐 속 궁녀들의 버릇이다.

서태후의 궁녀들은 동태후의 궁에 있는 말 없는 말을 서태후 귀에 들려주고, 동태후궁에 있는 궁녀들도 똑같이 서태후궁에서 생긴 일을 가지고 동태후 앞에서 이러니저러니 했던 것이다.

동태후가 조정에서 특별히 하명을 내려서 서태후의 행동을 은근히 단속하자는 것도 아무 보람이 없고 서태후궁에서는 여전히 연극놀이를 하고 밤마다 궁중이 법석이었다. 그 말을 가지고 동태후의 궁녀들은 동태후가 들으라는 듯이 서로 이야기하였다.

"지난밤에도 밤새도록 서궁에서는 연극을 놀았다지!"
"연극만 놀아? 연극 속의 연극도 많이 놀았을 것이지!"
"그럼 연극 속의 연극이 많이 연출되었겠네!"
"아무렴! 김준생이란 광대는 연극이 끝난 뒤에도 상을 받기 위하여 서궁폐하의 침전으로 들어가기가 일쑤라지!"
"상 받는 시간이 그렇게 오래 걸리나! 어떤 때는 밤을 새운다는 걸!"
"지난밤에도 김준생은 상급을 많이 받았겠지?"

서로 그칠 새 없이 서태후궁의 이야기를 빈정대었다. 동태후는 못 들은 척하고 침상에 누웠다가 속으로 생각하였다.

'오늘은 내가 서태후를 찾아보고 그러지 말라고 타이르고 달래서 궁중을 정리해야겠다.'

동태후는 아무에게도 말하지 않고 자기가 신임하는 궁녀 한 사람만 데리고 서태후궁을 찾아가서 침전 문 앞에 이르렀다. 문 앞에는 파수 보는 궁녀 두 사람이 서서 저희끼리 무슨 이야기를 소곤거리다가 별안간에 동태후가 온 것을 보고 당황하여 어쩔 줄을 몰라했다. 동태후는 자기 손으로 문을 열었다.

"아우님 계신가? 이 좋은 날에 안에서 무엇하나?"

방 안에는 아무도 없고 서태후가 어떤 젊은 남자와 단 둘이 침상에 누워 있다가 별안간 동태후가 방 안에 들어서자 당황하여 어쩔 줄을 모르고 쩔쩔맸다. 이것이 마치 동태후의 눈에는 연극같았다.

서태후는 흐트러진 머리에 풀어진 옷을 더듬더듬 주워 입고 일어서서 동태후 앞에 나와서 예를 보였다.

"언니, 오셨습니까? 저는 몸이 아파서 이때까지 누워 있었습니다."

"몸 아픈 사람은 남자와 함께 눕는가?"

"네! 저 자가 안마를 잘한다기에 방금 불러다가 안마를 시키던 중입니다. 팔과 다리가 너무 아파서······."

그러나 동태후는 서태후의 말은 들은 척도 안하고 그 남자에게 말했다.

"너는 어떤 놈이기에 이 궁중에 함부로 출입하느냐? 이놈아, 이름이 무엇이냐?"

그 남자가 대답하기 전에 서태후가 먼저 손을 펴 남자의 따귀를 한 번 보기 좋게 갈겼다.
 "이놈아, 정신차려! 어느 안전이라고 아직까지 여기 서서 어물어물 한다는 말이냐?"
 그때에야 그 남자는 비로소 깨닫고서 걸음아 날 살려라고 달아났다. 그 남자가 달아난 뒤에 서태후는 동태후를 억지로 의자에 앉히고 그 앞에 엎드려서 아무 말도 하지 않고 울기만 하였다. 동태후도 아무 말도 없이 그 꼴을 보기만 하였다. 서태후는 울다가 입을 열었다.
 "언니, 저를 죽여주시오. 죽을 때라 잘못했습니다. 다시는 이런 짓 하지 않겠습니다. 언니, 한 번만 용서하여 주십시오."
 동태후는 서태후의 용서를 비는 말을 듣고 따라서 울었다.
 "이 일을 어찌하나? 기막히는 일이야. 죽어도 네 손으로 죽고 용서도 네게 있는 것이다. 사람으로야 어찌."
 서태후는 동태후를 붙들고 울다가 그들은 여러 가지 교훈과 맹세를 한 뒤에 헤어졌다.

# 어린 동치황제의 교양

 서태후는 자기의 추잡한 비밀이 여지없이 드러나자 어쩔 수 없이 동태후에게 온갖 말로 애걸복걸하였다. 동태후가 돌아간 뒤 문 앞에서 파수를 잘 보지 못하였다는 죄명으로 내시와 궁녀들을 엄벌했다. 서태후는 곧 자기가 가장 믿고 사랑하는 안득해를 불러 의견을 물었다.
 "애, 득해야! 장차 어쩌면 좋을까?"
 "이제 동태후께서 공친왕과 서로 의논하며 황상폐하를 사랑하는 척하면서 실상은 자기들의 권세를 도모할 것입니다. 폐하께서도 잠시 머리를 숙이는 척하시면서 세력을 많이 심으시며 황상폐하도 자주 달래어 그 마음을 사도록 하는 것이 상책인가 합니다."

서태후도 안득해의 말에 공감했다. 그 뒤로는 연극도 잠시 중단시키고 열심히 정사를 돌봤다. 요직 개편을 통해 자기의 심복들을 모두 중요한 자리에 올려놓기도 하였다.

하루는 동태후의 궁으로 찾아가 예전 궁녀 시절에 황후를 모시듯이 지극히 공손하고 황송해 하는 태도를 보이기까지 했다. 동태후는 그러한 서태후의 속마음을 알 까닭이 없었다. 그저 저도 이제는 잘못을 뉘우치고 예전처럼 내게 회개하는 모습을 보이니 반갑기만 하구나 하고 생각할 뿐이었다. 서태후의 인생이 가엾다는 동정심마저 생기기도 했다.

"그래! 요즈음에는 무엇으로 소일하나?"

"언니 말씀대로 책도 보고 글씨도 쓰면서 잘 지내고 있습니다."

서태후는 동태후의 말에 얼굴이 화끈해지는 것을 느끼며 대답했다.

"그것도 좋은 일이지만 황상에게 신경을 써야 할 것 같구나. 황상의 나이도 차차 글공부를 힘써 할 때가 되었는데 어찌하면 좋을까?"

동태후로서는 아무쪼록 서태후가 자식을 가르치고 기르는 데에 마음을 붙이도록 하고 나서 내놓은 말이었다. 남의 말이나 눈치에 민감한 서태후가 그 말의 뜻을 모를 리 없었다.

"저는 언제든지 언니의 말씀을 들을 때에는 친어머니의 사랑을 받는 듯한 느낌이 들어요."

"원 별말을 다하는구나. 내가 아우님에게 그런 말을 듣자고 하는 말인가? 황상의 공부가 늦어간다는 말이지."

"그러니 말이지요. 조정의 모든 일이 언니의 말씀이라야 안심 되고 더욱이 궁중 일에 대해서는 참으로 언니가 아니어서는 말이 되지 않으니 하는 말이지요. 이런 일이 생길 때마다 꼭 어머니 말씀을 듣는 것 같다는 말이지요."

"누가 아우님더러 그런 말이나 자꾸 하라나? 황상의 공부에 대하여 의논해 보세."

"글쎄, 잘 알아들었어요. 그것은 언니의 말씀이 지당함은 두말할 것도 없지요. 언니의 뜻대로 순종할 것뿐입니다."

"내가 아우님더러 내 말에 순종하라는 말이 아니라 어찌하면 황상의 공부를 잘 시킬까 하는 얘기지."

"네! 잘 알았어요. 언니께서 그처럼 걱정하시면서 미리미리 시키는 황상의 공부에 대하여, 저는 그다지 걱정이 없습니다."

"답답한 이 사람아! 어찌하면 공부를 더 잘 시킬지 의논을 하자는 말이야!"

"의논이라기보다 제 보기에는 언니께서 너무 황상을 사랑하시는 것이 공부에 방해가 되는 듯합니다. 이제부터는 조금 꾸짖으실 때는 엄하게 꾸짖으셔야 옳을 듯합니다."

"옳지! 그런 것이 의논이지. 그러나 아버지의 사랑도 못 받는 황상을 너무 엄하게 꾸짖을 수야 없지……."

그 뒤로부터는 서태후는 밥먹고 잠자는 때에만 서궁에 있고 항상 동태후와 함께 시간을 보냈다. 그들의 정은 친형제라도 그보다 더할 수 없을 만큼 남보기에 친하였다. 말썽 많은 궁중이지만 누구나 감히 그들의 사이에 대하여 함부로 말할 수 없을 만큼 친했다.

그들은 동치황제의 공부를 위하여 사부 심계분을 불러 분부를 내렸다.

"이제부터는 황상을 남서방에 보내어 공부에 전력하게 할 것이니 부디 황상의 공부가 잘 되게 힘쓰라!"

"황송하고 지당하신 말씀입니다. 신 등이 충성을 다하여 양위 황태후폐하의 분부대로 황상폐하의 공부가 날마다 늘어나가시도록 하겠습니다."

동치황제는 어머니의 곁을 떠나 날마다 남서방에서 사부 심계분과 시강 네 사람과 시독 여섯 사람과 함께 글을 읽으면서 날을 보내게 되었다.

동태후는 그날까지 자기가 낳지 않은 아들이지만 자기가 낳은 자식보다도 더욱 애지중지하면서 남편 함풍황제가 세상을 떠난 뒤로는 유일한 희망과 인생의 낙을 어린 동치황제에게 붙이고 있었다. 그와 같이 어린 아들이 공부를 위하여 자기의 곁을 떠나게 된 때로부터는 자기의 마음을 붙일 곳이 없어서 오직 서태후와 심심풀이로 이야기하기를 일삼았다.

그것이 하루나 이틀이 지날 때마다 무슨 이야기가 그렇게 많을 수도 없고 두 사람이 마주 보다가 저절로 나는 한숨과 흐르는 눈물이 때때로 있을 뿐이었다.

동태후는 그제야 서태후가 연극에라도 마음을 붙이려는 마음을 동정하지 않을 수가 없었다. 하루는 동태후가 서태후에게 말하였다.

"오늘은 너무도 적막하니 우리 서궁에 가서 연극놀이나 하면서 소일할까?"

서태후는 동태후의 심사를 짐작하고 대답했다.

"언니께서 하도 적막해 하시는 것을 보고 저는 벌써부터 그럴 생각이 있었지만 언니께서 어찌 생각하실지 알 수 없어서 못 여쭈었습니다. 그리합시다."

동서 양 태후는 그날부터 며칠 만에 한 번씩 연극놀이를 하였고 동치황제는 날마다 남서방에서 글공부를 일삼았다.

동치황제는 그 총명이 남 달랐다. 다만 자기의 총명을 믿고 글공부를 잘 하지 아니할 뿐만 아니라 어머니들이 즐기는 연극구경에 온 신경이 다 쏠렸다. 그러다 보니 글방에서 벗어나오려고 어떤 때는 배가 아프다고 하고 어떤 때는 골이 아프다는 핑계를 대고 궁중으로 돌아와 어머니들과 함께 연극구경도 하고 내시와 궁녀들을 데리고 별별 장난을 하였다.

한 번은 동치황제의 선생 심계분이 동태후와 서태후에게 아뢰었다.

"황상폐하의 총명은 참으로 하늘이 내리신 총명이온데 다만 공부에 힘을 쓰시지 아니하와 황송하고 또한 궁중에서 노시는 연극에 그 마음이 쏠리는 듯하여 황송합니다."

동태후는 그 말을 듣고 얼른 무엇이라고 대답을 못하는데 서태후가 먼저 대답하였다.

"총명을 믿고 공부하지 않는 것은 차라리 총명하지 못하고 공부를 힘쓰는 것만 못하지! 좌우간 엄하게 해서 공부 잘하도록 하고 이제부터는 궁중에 아주 들어오지 못하도록 해야겠다."

서태후가 노한 빛을 가지자 동태후는 도리어 미안해 하는 듯한 얼굴빛으로 말했다.

"그래도 총명하면 자기 알 것은 알겠지. 궁중의 연극이 요즘쯤 심하여서 그렇지만 너무 글방에만 들어앉아 있는 것도 몸에 해로운 것이야."

심계분은 "지당하신 말씀입니다." "황공합니다." 하는 몇 마디만 남기고 물러갔다. 그런 뒤로는 동태후와 서태후가 아들을 전보다 좀 엄하게 하자 동치황제는 얼마쯤 공부에 힘쓰게 되었다.

한 번은 늦은 봄날이 이상하게도 따뜻하고 남서방의 책상머리에는 절로 피곤한 졸음이 쏟아지게 되었다. 동치제의 선생 심계분은 어린 임금의 앞길과 자기의 책임을 위하여 그런 봄철의 피곤도 잊어버리고 임금을 모시고 여러 가지로 공부 잘하기를 정성스럽게 말하였다.

동치제는 스승의 말을 들으면서 하품만 하다가 나중에는 꾸벅꾸벅 졸고 있었다. 심계분은 황제의 모습을 보고서 큰 소리로 불렀다.

"폐하!"

동치제는 졸음이 가득한 눈을 비비고 심계분을 바라보았다. 심계분은 동치제가 졸음이 깬 것을 보고 말하였다.

"폐하! 폐하의 나이 참으로 힘써서 공부할 때입니다. 이때를 놓치시면 후회하실 날이 있게 됩니다. 폐하 한 몸에 대한 것만이 아니고 종묘사직과 억조만민을 위하여 더욱 힘써 공부하셔야 합니다. 얼마 전에 양 궁 태후폐하께서 신을 부르셔서 폐하의 공부가 잘 되시지 못하신다고 신을 나무라셨습니다. 이제 폐하께서 어리신 몸으로 조종의 대업을 맡으시고 천하를 다스리게 되었으니 어찌 잠시라도 마음을 놓으실 수가 있습니까? 바라건대 폐하께서는 모든 괴로움을 참으시며 견디시고 부지런히 공부하소서."

동치제는 선생의 말을 듣고 앉았다가 그 말이 끝나기를 기다려 말하였다.

"경은 이렇게 따뜻한 날에 졸음이 오지 않는가? 우리 일제히 잠을 좀 자고서 공부를 하든지 무엇을 하든지 해보지!"

동치제는 도리어 그 선생에게 낮잠을 함께 자자고 권하였다. 심계분은 그 말을 듣고 참으려 하여도 더 참을 수가 없어서 어린 임금 앞에 엎드려 울었다.

"폐하! 폐하께서 장차 어찌하시자고 이렇게까지 하십니까? 신은 폐하의 장래와 온 백성을 생각하니 참으로 한심합니다."

심계분은 눈물을 흘리면서 서럽게 울었다. 동치제는 스승 심계분의 울고 있는 모습이 자기를 위하여 충성스럽다는 생각보다 우습다는 생각이 들었다. 그런데 마침 앞에 놓인 논어에서 군자불기(君子不器)라는 구절을 보고 기(器)자의 아래에 있는 입구(口) 둘을 손가락으로 짚어 감추고 말하였다.

"경은 그렇게 울지 말고 이 구절을 보시오."

심계분은 울다가 동치제의 말을 듣고 눈을 떠서 보니 '군자는 불기'라는 구절이라 그 뜻을 말하고자 하니 동치제는 다시 말하였다.

"경은 착실히 보시오. 기자에서 입구 둘을 없애면 무슨 뜻인가?"

그릇 기자에서 입 구 둘을 없애면 울 곡(哭)자가 되고 그 구절은 따라서 '군자는 불곡(不哭)'이라는 구절이 된다. 심계분은 그제야 어린 임금이 자기가 우는 것을 조롱하는 것인 줄 깨닫고 한편으로는 어린아이의 하는 짓이 맹랑하다고 생각되어 억지로 웃으며 말하였다.

"폐하! 신을 이렇게 조롱하시지 마소서! 폐하께서 일찍이 선제폐하를 여의시고 양 궁 태후폐하의 가르침과 신의 간하는 말을 옳게 여기지 않으시고 도리어 조롱하시면 어찌합니까?"

그제야 동치제도 웃으면서 말하였다.

"짐이 잘못했으니 경은 용서하라! 다만 이같이 좋은 봄날에 글방에만 종일 앉았자니 저절로 졸음이 오지 않는가?"

군신이 서로 웃고 다시 글공부를 시작하였다. 그 뒤로는 동치제가 공부에 재미를 붙여서 밤낮으로 글방을 떠나지 않고 글만 읽었다.

총명하지 못한 아이라도 부지런히 공부만 하면 공부가 되거늘 하물며 총명하고 공부까지 부지런히 한다면 그것은 금상첨화인 것이다.

동치제의 총명이 뛰어난 데다 부지런히 공부하자 그 실력은 부쩍부쩍 늘었다. 그때 조정에서 벼슬하는 사람만이 아니라 모든 사람이 동치제는 장차 성덕과 문장이 뛰어난 임금이 될 것이라고 칭찬하고 희망하였다.

그럴수록 동태후는 아들을 더욱 경계하여 공부를 시키고 바른 길로 인도하였으며 외우내환이 없어진 청나라를 위하여 희망이 되고 황실과 동치제 개인을 위해서도 희망이 되었을 것이다.

당시 황실에는 동치제의 작은아버지들도 있었지만 궁중의 모든 일을 동태후와 서태후라는 중년 과부 두 사람이 주장하게 되는 까닭에 아들의 공부를 바로 시키지 못하게 되었다. 뿐만 아니라 그들은 아들 동치제가 밤낮으로 글방에서 글공부만 하는 것을 도리어 큰 괴변으로 알았다. 동태후는 가끔 아들의 몸이 행여나 약해질까 근심하였다.

"공부도 분수가 있지. 어린 몸에 밤낮 글방에만 있으면 몸이 약해질까 걱정이야!"

그럴 때마다 서태후는 도리어 대범하게 말하였다.

"제 재미로 하는 공부는 그다지 몸이 상하지 않는 것이랍니다. 그대로 좀더 착실히 공부를 시켜야지요."

겉으로는 그렇게 말하지만 속으로는 서태후도 아들이 공부로 인해 몸이 약하게 될까 봐 근심하였다. 다만 동태후가 아들을 잠시라도 보지 못하여 애쓰는 것을 시기해서 하는 말이었다. 동태후는 서태후의 대범한 태도가 불만이었다.

"아우님은 별말을 다 하네! 제 재미로 하는 공부라고 몸이 상하지 않을 수가 있나? 밤낮으로 그렇게 글방에만 갇혀 있으면 몸이 어찌 견딜 수가 있나?"

그때 서태후도 그 말에 지는 척하면서 동정하였다.

"언니! 전들 별난 말을 하고 싶어서 하는 것이 아닙니다. 아버지 없이 기르는 자식은 조금만 잘못하면 과부들이 잘못 기른 탓이라고 하지요. 그러니 얼마동안은 제대로 공부하게 하자는 말입니다."

"애비 있는 자식들은 특별나게 기르나? 공부도 하루에 몇 시간씩이면 그만이지! 밥먹고 잠자는 것도 잊어버릴 지경이면 몸이 견디겠는가?"

동태후는 불쾌한 기색을 말하고 즉시 내시를 불러 분부하였다.

"너는 지금 곧 남서방에 가서 황상폐하께 아뢰되 나와 서궁태후폐하께서 부르시니 곧 궁중으로 들어오십시오! 하고 모셔 오너라!"

내시는 분부를 받아 남서방에 가서 그대로 아뢰었다. 동치제는 공부에 몰두하다가 그 분부를 듣고 마지못해 궁중으로 돌아와서 동태후와 서태후를 배알했다. 동태후는 동치제를 보고 말했다.

"공부도 분수가 있게 해야지! 그렇게 잠시도 쉬지 않고 하면 몸이 견디겠느냐?"

"마마! 너무 근심하지 마십시오. 몸이 못 견딜 리가 있습니까?"

동치제는 앉아서 이런 저런 말을 하다가 눈치보아 글방으로 나가 버렸다. 글방에 나간 동치제는 스승 심계분과 시강과 시독들과 함께 글 뜻도 강론하고 글씨도 쓰는 것으로 재미를 삼았다.

동태후와 서태후는 여러 번 아들에게 너무 지나치게 공부한다고 걱정하다가 아들이 그래도 듣지 않는 것을 보고 스승 심계분을 불러 공부를 너무 시킨다고 원망할 때도 있었다.

"황상의 몸이 약해지니 공부도 주의하여 시켜라!"

어린애들이 철모르고 공부는 하지 않고 장난만 한다고 근심걱정하는 부모는 있지만 공부를 너무 많이 한다고 근심걱정한 것은 동치황제의 적모와 생모뿐일 것이다. 그 뒤 어머니의 말대로 궁중에 자주 들어오게 된 동치황제는 밤낮으로 눈에 보이고 귀에 들리는 것이 서태후궁에서 즐기는 연극의 노래와 춤이었다.

동치황제는 차츰 글공부보다 연극 구경에 취미를 붙이게 되었다. 자기 스스로 광대들의 노래를 불러도 보고 춤도 추어도 보았다.

그러다가 그는 어머니가 즐기는 연극보다 자기의 연극놀이가 가장 유쾌하고 취미가 있다고 생각하고 어린 내시와 궁녀들을 광대처럼 연극을 놀라고 하였다. 그러나 어린 내시와 궁녀들이 광대처럼 노래하고 춤출 수도 없고 더욱이 광대가 하는 몸재주는 도저히 할 수가 없었다.

그런 사정을 돌보지 않고 어린 내시와 궁녀들에게 광대가 하는 모든 재주를 하라고 명령을 내리면 내시와 궁녀들은 어쩔 수 없이 그 명령대로 하다가 허리가 부러지고 팔과 다리가 병신된 자가 많은 것은 말할 것도 없고 그 놀음에 죽은 자도 적지 않았다.

동치황제는 글공부는 아주 집어치우고 날마다 어린 궁녀와 내시들을 데리고 궁중의 모든 경치를 찾아다니면서 노는 것을 자기의 천직으로 삼았다. 어떤 때는 배를 타고 뱃놀이도 하고 또 어떤 때는 가마를 타고 산에도 오르며 우거진 숲 속으로 향락하기를 즐겼다. 그때부터 궁중에서는 구석구석에서 가만가만히 들리는 소리가 있었다.

"원명원이 불에 탄 것이 다행이야. 만일 지금까지 있었더라면 옛날 사람보다 좀더 향락만 하다가 평생을 지냈을 것 아냐!"

이것은 함풍황제가 임금의 자리에 있는 지 십 년 동안에 오직 주색잡기와 향락만 하다가 아무 일도 하지 못하고 결국 원명원은 불에 타고 자기 몸은 열하행궁에서 세상을 떠났다는 것을 빈정대면서 아들 동치황제는 그 아버지보다도 몇 배나 더 심하겠다는 뜻이었다. 그뿐만 아니라 구석구석에서는 이런 말도 생겼다.

"그 아버지와 그 어머니 틈에서 나온 아들이 그렇게 되는 것은 당연한 일이다."

이것은 돌아간 함풍황제의 향락만 아니라 살아 있는 서태후의 향락이 누구 못지 않다는 것과 동치황제가 장차 그 아버지와 어머니의 대를 이어 별별 향락을 가지가지로 누리게 될 것이라는 말이었다.

그렇지만 저희들끼리는 그와 같이 귓속으로 말하는 사람들이 동태후나 서태후 앞에 와서는 이렇게 말했다.

"황상폐하께서 비록 어리지만 노래의 곡조도 잘 알아들으시며 춤추는 것이 장단가락에 맞고 안 맞는 것을 제법 잘 아십니다!"

"황상폐하께서는 노래와 춤뿐만 아니라 산수간에 운치를 찾아 노시는 것이 보통이 아닙니다. 벌써 어쩌면 선제폐하처럼 운치도 알아보시며 산(山)놀이나 뱃놀이에 분부하시는 것까지도 그렇게 똑같을까요."

"황상폐하께서 이제는 여자가 어떤 것이 남자에게 곱게 보이고 어떤 것이 밉게 보이는지도 말씀하시는데 모두 그럴 듯하게 말씀하십니다."

온갖 아부로써 동치황제가 벌써 남자로써 여자를 평정할 만한 지경에 이르렀다는 것을 말하는 자까지 있었다. 그럴 때마다 동태후는 아들이 글방에서 글공부를 잘한다는 칭찬보다 그러한 칭찬을 몇 십 배나 몇 백 배나 반갑게 듣고 한없이 기뻐하였다.

"정말로 그래!"

그럴수록 그런 종류의 칭찬과 아첨은 날마다 늘어가고 동치황제의 의기는 더욱 양양하였다.

# 애인의 죽음

 15년 넘게 오랫동안 청나라와 자웅을 겨루며 흥망을 다투던 남경의 태평천국도 중국번과 좌종당 등의 군대의 힘으로 그럭저럭 평정되고, 영국, 프랑스 등의 서양 각국과도 서로 화친하여 지내게 되니 북경의 청나라 조정은 그들이 이르는 바와 같이 동치중흥의 시대가 되어 태평가를 부르고 향락과 영광을 자랑하게 되었다.
 사람마다 "어떻게 하면 남보다 세력을 더 가지고 향락을 더 잘할까?"라는 것이 당시 청나라 조정에서 벼슬하는 사람들의 소원이며 희망이었다. 그런 가운데서도 동서 양 태후의 궁중에서 그것이 더욱 심하였다.

서태후는 동태후에게 자기의 허물을 들킨 뒤로 어디까지든지 공손하며 복종하는 척하지만 실상은 무슨 틈이든지 틈만 있으면 동태후를 꺾고 자기 혼자의 천하를 만들려고 자나깨나 생각하며 계획하였다. 그 계획에 참여하는 사람은 오직 그가 총애하는 태감 안득해 한 사람뿐이었다. 안득해의 위엄과 세력은 궁중에서만 큰 것이 아니라 조정의 모든 왕공대신과 각 성의 총독과 순무들도 무서워하고 아첨하게 되었다.

 서태후와 안득해 사이에 대하여 별의별 말이 많았는데 다정한 부부 같다는 말이 나올 정도였다. 서태후의 말이라면 안득해가 절대로 복종하고 안득해의 말이라면 서태후가 절대로 믿었는데 안득해는 본래 내시가 아니라 완전한 남자라는 말도 있었다. 안득해가 서태후에게 무슨 말이든지 아뢰려면 반드시 단둘이 비밀스럽게 한다는 것이다. 한 번은 역시 비밀스럽게 조용한 침실에서 아뢰었다.

 "어떻게 하든지 우리 계책대로 성공하자면 황상께서 혁흔을 몰아내도록 해야 하겠습니다."

 이것은 공친왕 혁흔을 먼저 조정에서 쫓아내고 천천히 동태후를 조처하자는 말이다. 서태후는 그 말을 받아 대답하였다.

 "그러나 혁흔은 지금 의정왕대신이라는 자리에 있으니 황상이 어찌 몰아낼 수가 있겠느냐?"

 "황상의 나이 이제는 십오 세가 가까웠으니 차차 자기의 마음에 맞지 않는 자는 몰아내려고 할 것입니다. 폐하께서는 황상을 더욱 달래시고 얼러서 혁흔과 틈이 나도록 하시면 소인도 백방으로 힘을 다하리다."

 "그것은 그리 하마. 그러니 너도 무슨 방법으로든지 황상이 혁흔을 미워하도록 힘을 써라."

"네. 그리 하겠습니다. 동궁은 그다지 걱정하실 것이 없습니다."

그들은 공친왕을 모함할 계책을 여러 가지로 의논하였다.

그런데 마침 그때 공친왕 혁흔의 아들 중에 동치황제보다 몇 살 더 먹은 재증이란 아이가 있었다. 그들 종형제는 날마다 온갖 장난을 함께 하면서 좋은 벗이 되었다.

하루는 재증이 동치제를 꾀어 변복하고 북경 시가 구경을 나갈 생각에 가만히 안득해에게 "말을 내지 말라!"며 부탁하였다. 안득해는 즉시 허락하였다. 그것은 동치제의 마음을 사려는 수단이었다.

동치제는 공친왕의 아들과 함께 궁궐 밖에 나서 여러 곳을 다니며 구경하다가 어떤 조그마한 음식점에 들어갔다. 몇 가지 음식을 가져오라고 하여 다 먹은 뒤에 돈도 주지 않고 나오려 하자 주인이 동치제를 붙잡고 음식 값을 달라고 하였다. 동치제는 크게 노하여 호령하였다.

"이놈! 물러서라! 내가 지금 돈이 없으니 지금 줄 수는 없지만 지필묵을 가져오너라!"

음식점 주인은 그 거동과 말하는 법이 이상하여 말대로 지필묵을 가져다주니 동치제는 친필로 '저부고 은 육백 냥 내무부지도(著付庫銀六白兩內務府知道)'라고 써 주었다. 이것은 은 육백 냥을 주노니 내무부는 그리 알라! 라는 뜻이다. 그것을 써준 뒤에 그들은 궁궐로 돌아왔다.

이튿날 내무부에서는 음식점 주인을 잡아 가두고 그 연유를 묻고 동치제가 써준 쪽지까지 궁중에 바치니 동태후는 깜짝 놀라 걱정하고 서태후는 아들의 마음을 사려고 명하였다.

"황상이 친필로 써서 준 것이니 두말 하지 말고 은 육백 냥을 내어주라!"

이 소식을 공친왕이 듣고 급히 궁중에 들어가니 그때까지도 동치제는 검정비단의 변복을 그대로 입고 있었다.

공친왕은 큰 목소리로 책하며 간하였다.

"폐하! 지금 입으신 옷은 광대나 난봉 자제가 입은 옷이고 폐하가 입으실 용포는 아닙니다. 이것은 조종 이래의 법을 어기는 것이니 어서 벗으시고 용포를 입으소서!"

동치제는 공친왕의 그 말에 노하여 대답하였다.

"경은 짐을 위하여 걱정하지 말고 경의 아들이나 걱정하라! 경의 아들도 이런 옷을 입었다."

공친왕은 다시 뭐라 할 말이 없어 자기 집에 돌아와 보니 과연 그 아들도 검정옷을 입고 있었다. 청나라 제도에 황제는 물론이고 황족까지도 검정옷을 입지 못하였던 것이다. 공친왕은 아들을 철사로 묶고 혁편으로 때려 아주 죽이려고 하다가 아내가 말리는 바람에 죽이지는 못하고 딴 방에 죄인 가두듯 가두었다. 그리고 궁중에 들어가 그 연유를 동서 양 태후에게 아뢰었다.

동서 양 태후는 그 말을 듣고 별 대답이 없었다. 오직 동치제만 공친왕을 극단으로 밉고 괘씸하다 생각하여 친필로 군기처에 하명을 써 내렸다.

"공친왕 혁흔이 신하답지 못한 말과 행동이 있으니 군기처는 잡아서 묻고 엄형을 행하라!"

군기대신 문상과 심계분은 그것을 보고 크게 놀라 황급히 궁중에 들어가 동서 양 태후에게 아뢰고 처분을 물었다. 서태후는 냉소하면서 말하였다.

"혁흔이 근년에는 너무 지나치게 모든 일을 제 마음대로 하며 눈에는 임금도 없고 우리도 보이지 않는 것 같아 이번 기회에 바로 잡지 않으면 안 될 것이야."

동태후가 머리를 흔들며

"아니지! 아니야! 좌우간 이 일은 아우님은 모르는 척하고 내가 조처하도록 하지!"

하자 능란한 서태후는 얼른 말을 채었다.

"물론 언니께서 조처하셔야지요! 다만 저의 소견이 그렇다는 말이지요."

동태후는 그 명을 자기 손에 쥐고 아들 동치제를 청하여 앞에 앉혔다. 그리고 울며 책하기도 하고 달래기도 하였다.

"공친왕은 황상의 숙부가 아닌가? 또한 고명(顧命) 왕대신이 아닌가? 혁흔이 숙순 등 세 간신을 잡아죽이지 않았으면 과부와 고아인 우리 세 목숨은 벌써 없었을 것이 아닌가? 그런데 이제 황상이 이렇게 처리하는 것은 무슨 까닭인가? 그들과 뭐가 다른가?"

동치제도 그제야 눈물을 흘리며 꿇어앉아 빌고 사죄하였다.

"마마! 제가 잘못하였습니다. 용서하여 주소서. 다시는 이렇게 맹랑한 짓을 하지 않겠습니다."

서태후와 안득해가 어린 임금으로 하여금 그렇게 하도록 한 것은 공친왕의 기세를 한 번 꺾어 놓아야 자기들의 계책이 성공할 수 있다는 이유였다. 과연 공친왕의 기세는 한풀 꺾였다. 그 소문이 퍼지자 공친왕도 오래지 않아 물러날 것이며, 청나라는 완전히 서태후의 천하가 될 것이고, 안득해의 세력은 어느 누구도 당할 수 없게 될 것이라고 하였다.

 안득해는 그러한 기세와 틈을 타서 온 천하의 돈을 긁어다 서태후의 향락에 쓰게 할 계책을 생각하였다.

 "소인이 황주와 소주에 가서 비단을 사온다는 핑계를 대고 모든 것을 준비겠습니다."

 안득해는 자기의 계책을 자세히 설명하여 서태후의 허락을 얻은 후 남방으로 가게 되었다.

 하루는 동치제가 동태후를 뵙고 동태후의 의견을 물었다.

 "마마! 안득해라는 놈이 서궁마마의 허락을 얻어 남방으로 비단옷감을 구하러 간다 하니 어찌할까요?"

 동태후는 깜짝 놀라면서 대답하였다.

 "그것이 무슨 말이냐! 내시가 북경을 떠나서 시골로 다니면 잡아죽이는 것이 조종으로부터 내려오는 국법인데!"

 "그렇지만 안가놈이 서궁마마의 어명을 빙자하고 가려 하니 누가 감히 건드리기나 하겠습니까?"

 "그러나저러나 답답한 일이다. 서궁에서 하는 일은 도무지 답답한 일뿐이다. 옷감을 구하자면 여기서 구해도 될 텐데 어찌하여 남방까지 갈까?"

 "아니지요! 말만 남방비단을 구하러 간다는 것이지 실상은 그 속에 별별 흉계가 모두 들어 있겠지요! 첫째로 지방관리와 부자에게 돈과 뇌물을 많이 걷어먹자는 것이겠지요!"

 "황상의 말이 그럴 듯하다! 옳지, 참 그렇지! 내가 당장 서궁에 가서 그러지 못하도록 해야지!"

 동태후가 당장 서태후의 궁으로 가려고 하자 동치제가 말렸다.

 "마마! 그럴 것이 아니라 제 생각에는 당장 그놈을 형부에 잡아다가 죽여 버리는 것이 상책일 듯합니다."

동태후는 그 말을 듣고 한참이나 무엇을 생각하다가 말하였다.

"그것도 할 수 없는 일이야! 서궁에서 그놈을 죽이지 못하도록 할 테니……."

"그러면 어찌하리까? 안가를 오늘까지 살려둔 것도 억지로 참고 참아서 내려온 것인데!"

동치황제는 또다시 분함을 참지 못하여 형부에 잡아 죽일 도리를 생각하며 말하였다.

"마마! 안가놈을 그대로 두고는 나랏일만 잘못될 뿐아니라 궁중의 모든 일이 더럽혀질 테니 꼭 죽여야 합니다."

동태후는 어린 아들의 가슴에 박힌 안득해가 박아놓은 고통을 생각하며 한숨을 길게 쉬었다.

"황상이나 나나 우리가 모두 박복한 탓이다. 선제폐하를 일찍 여읜 탓으로 오늘날 볼 꼴 못볼 꼴 다 보게 되어 당하는 것이지!"

동치제는 그 말에 눈물을 흘리며 작은 주먹을 불끈 쥐고 일어서며,

"마마! 너무 상심마시오. 이놈을 내 주먹으로 쳐서라도 죽일 것입니다."

하고 밖으로 나가려 할 때 내시 한 사람이 밖에서 들어와 아뢰었다.

"산동순무 정보정이 오늘 북경에 들어와 군기처에 보고하고 양 궁 태후폐하와 황상폐하께 각각 진상의 물품을 바친다고 합니다."

그리고 동태후에게 진상하는 물품의 목록을 적은 목록을 건네주었다. 동태후는 그 목록을 받아본 뒤 분부하였다.

"너는 물러가 있거라!"

동태후는 동치제를 앞에 앉히고 말하였다.

"이제 되었다. 이 사람을 시켜서 황상의 분풀이도 하고 우리 궁중의 화근도 뿌리뽑아야지!"

동태후는 산동순무 정보정이 당차고 강직하며 용맹한 자임을 말하였다. 동치제도 정보정의 사람됨됨이에 대해 일찍이 듣고 있었다.

"마마! 정말로 잘 되었습니다. 정보정의 손으로 안가놈을 죽이도록 하자면 그놈이 북경을 떠나 남방으로 가도록 해야 될 것입니다."

"그것은 그렇지! 그런데 무엇보다 정보정을 가만히 불러 단단히 말한 뒤에 모든 계책을 써야 할 것이다."

"그러면 지금 곧 불러보시지요!"

"그럴 것이 아니라 공친왕을 먼저 불러 대강 이야기하고 오늘밤이나 내일밤에 정보정을 보도록 해야지."

동태후는 내시에게 공친왕을 급히 입시하게 하라는 분부를 내렸다.

동태후의 부름을 받고서 공친왕이 급히 궁중에 들어왔다.

"경은 안득해가 남방에 다녀온다는 말을 듣지 못하였는가?"

"신도 듣기는 하였습니다만 정말인지 자세히 알지 못하여 한번 여쭈어 보려고 하던 중입니다."

"정말인 듯하니 경은 어찌 생각하는가?"

"신의 생각에는 안득해를 가지 못하도록 하는 것이 상책인가 합니다."

 말을 들은 동치제는 크게 불쾌하여 언성을 높였다.

 "그놈을 죽이는 것이 상책이지! 가지만 못하게 하는 것이 무슨 상책이야!"

 그때서야 동태후는 공친왕에게 방금 모자 간에 나눈 이야기를 말하였다. 또 공친왕에게 산동순무 정보정을 시켜 안득해를 죽이려고 하니 정보정을 조용히 만나게 해달라고 하였다.

 "신이 지금 곧 나가서 정보정을 불러 모든 말을 일러준 뒤에 오늘밤에 오도록 할 테니 궁중 형편이 어떨런지요?"

 공친왕이 물었다.

 "궁중 형편은 밤이 좀 늦은 편이 좋을 듯하오."

 동태후는 간단히 대답했다.

 공친왕이 물러간 뒤에 동태후와 동치제는 여러 가지로 장차 어찌해야 좋을까를 의논하였다.

 그날밤에 공친왕은 산동순무 정보정을 데리고 다시 궁중에 들어왔다. 동치제에게 정보정을 뵈인 공친왕은 안득해가 남방으로 가려 한다는 것을 말하고 중도에서 죽여 없앨 방도를 말하였다. 동치제는 밀조를 만들어 정보정에게 내렸다.

 정보정과 공친왕이 물러간 뒤에 동치제는 동태후에게 말했다.

 "정보정은 참으로 의기와 충성이 뛰어난 사람인 것 같지요?"

 "그래! 내 보기에도 그러하지만 일이 실행되기 전에 말부터 나서는 안 될 것이니 무슨 말이든지 삼가해야지……."

 "말 날 데가 어디 있겠습니까? 소자는 마마께서 시킨 대로 할 겁니다."

 "꼭 그렇게 하여야지."

"내일이나 모레 서궁마마께 가서 보이지요."

"그렇게 하자."

동치제는 어린 가슴이지만 안득해로 말미암아 자기의 생모 서태후에 대한 지저분한 말이 들리고 안득해가 서태후의 사랑만 믿어 자기까지도 업신여기고 궁중 안의 세력은 물론 조정의 왕공대신들까지도 안득해의 세력을 무서워하여 쩔쩔매는 것을 생각할 때 한편으로는 부끄럽기도 하고 아버지를 일찍 여읜 것이 원통하기도 하여 분한 마음을 이기지 못하였다.

"정보정의 힘을 빌 것이 아니라 이놈을 내 손으로 쳐죽여야지."

하고 중얼거리며 한참이나 잠을 이루지 못하였다.

그 이튿날 점심 때가 지난 뒤에 동치제는 서태후궁으로 갔다. 서태후는 반갑게 맞았다.

"오늘은 매우 더운데 어디든지 서늘한 곳에 가서 피서나 하지 이 적막한 엄마를 찾아와서 무엇하나."

서태후는 전보다 한층 다감하게 동치제를 맞이하였다. 동치제는 서태후의 '적막한 엄마'라는 말에 많은 생각이 머리 속에 떠올랐다.

"마마 정말 적막하십니까? 그러면 연극놀이라도 하시지요."

"이렇게 더운 때에 이 좁은 궁중에서 연극놀이를 하면 사람 냄새나 나지 무슨 위로가 되나. 밤낮으로 원명원의 옛날 생각만 나지."

"마마, 너무 한탄하지 마시지요. 몇 해만 지내면 원명원을 꼭 다시 증축하고 두 분 마마폐하를 모시겠습니다."

"오! 착하기도 하시지! 우리 황상은 만고에 드문 효자이시다!"

 서태후는 무한히 칭찬한 뒤에 내시를 불러 그날 저녁 수라는 모자가 함께 들겠다고 분부를 내렸다.

 서태후는 저녁 수라상을 물린 뒤에 아들에게 이런저런 이야기를 하였다.

 "황상은 나를 적막한 때에 연극놀이나 하면서 파적하라 하였지만 원명원이 서양놈에게 불탄 뒤로는 온갖 것이 아쉽지. 그 가운데도 옷감이 없으니 연극 노는 광대들의 옷꼴이 마치 거지같아서 볼 수가 있어야지."

 "마마, 그것은 그다지 걱정하실 것이 없을 듯합니다. 새로이 지어 입히도록 하지요."

 동치제의 말에 서태후는 반겨 말하였다.

 "말이 났으니 말이지 광대들에게 입힐 옷감은 둘째로 치고 나와 동궁 언니와 황상의 용포감도 마음에 항상 맞지 않아, 안득해를 소주와 황주에 보내서 옷감을 모아 가져오도록 할까 한다."

 "아직은 밖에 알리지 마시고 천천히 틈을 타 말씀하시지요."

 "그렇게 하지. 황상도 아직은 말하지 말게."

 그런 뒤 며칠이 지나 안득해는 북경을 떠났다. 서태후궁을 떠난 것이었다. 그들은 통주에서 배를 타고 운하로 남방을 향하였다. 안득해의 일행은 남녀 백 명이 큰 배 두 척에 나누어 타고 있었다. 뱃머리에는 용봉기치를 세우고 풍악을 울리면서 행성하였다. 이를 본 백성들은 "황제폐하가 남방으로 순유하신다"라고 까지 말하였다.

 안득해가 지나는 길에는 각 읍의 지방 수령방백과 지방 관리들이 공손히 환영하며 전송하는 것은 물론 예물과 뇌물 또한 적지 않았다. 조금이라도 소홀히 대하는 기색이 보이면 즉시 안득해는 호령과 엄벌을 내렸다.

어느덧 안득해 일행이 북경을 떠나 장차 산동 지방에 이르게 되었다. 산동순무 정보정은 서슴없이 덕주 지주 조신에게 명령을 내렸다.

"안득해가 덕주에 들어오거든 그 즉시로 잡아서 순무아문으로 보내라! 만일 소홀하거나 명을 어기면 군법으로 시행할 것이다."

조신은 명령을 받고 난 뒤 안득해의 권세가 무서워 며칠 동안은 주저하였다. 그러나 군법을 어길 도리는 없었다. 할 수 없이 장수와 군사를 호령하여 안득해의 일행을 모두 결박하여 호송하였다.

"이놈들아! 어찌 내게 이렇게 무례할 수가 있느냐? 나는 어명을 받아서 남방으로 가는 사신이다. 이놈! 산동순무 정보정아! 네 목이 성할 듯싶으냐?"

안득해는 결박을 받으면서 악을 썼다.

"이놈아! 정신차려라! 생수염을 뽑고 내시 노릇을 하는 이놈아! 너도 죽을 날이 있구나!"

군사들은 기세등등하게 안득해를 끌고 순무아문으로 왔다.

산동순무 정보정은 안득해를 발가벗기고 반죽음이 되도록 매질하였다. 그리고 안득해 일행을 옥에 가두고 곧바로 조정에 보고를 올렸다.

"태감 안득해라는 자가 서궁 황태후마마의 어명을 받았다고 자칭하면서 큰 배 두 척에다 여러 내시, 궁녀, 광대, 기생까지 싣고 외람되게 용봉기치를 뱃머리에 세운 것이 그 거동을 차마 보아닐 수가 없습니다. 더구나 지나는 곳마다 거동이 매우 괴상하여 먼저 잡아가두고 이 사연을 아뢰는 것이니 황송히 처분을 기다릴 뿐입니다."

정보정은 그 증거품으로 준마 삼십 필과 황금 일천오백오십 냥과 원나라 때 보물 칠십 개와 큰 보석 다섯 개와 그 밖에 궁중 보물들을 낱낱이 적어 바쳤다.

산동순무 정보정의 보고가 북경 조정에 오르자 즉시 어전회의가 열렸다. 궁궐 안은 일시에 들끓었다. 마치 크나큰 변이 일어난 것처럼 술렁거렸다.

어전회의를 열고 어린 임금 동치제는 동서 양 궁의 황태후와 왕공대신들을 돌아보면서 말했다.

"이제 정보정의 보고를 보건대 안득해가 감히 서궁폐하의 어명을 받았다고 자칭하면서 지방에 나가 거동이 무엄하다고 하였으니, 두말할 것도 없이 산동에서 죽여 천하만민에게 그놈의 극악무도한 죄를 엄단하는 것을 보여 조종의 국법을 바로잡아야 옳다고 생각하노라."

동치제의 하명이 내리자 바로 이어서 동태후가 말하였다.

"우리나라 법에 내시나 환부로서 북경을 떠나면 누구든지 잡아 죽이게 되어 있으며, 더욱이 어명이라 청탁하고 오만한 거동이 많았다고 하니 참으로 용서할 수 없도다. 황상의 명이 지당한 줄로 생각하노라."

이때 서태후는 낯빛이 붉었다 푸르렀다 하더니 흙빛으로 변하고 벌벌 떨면서 아무 말도 못했다. 모든 왕공대신들은 서태후가 두려워 아무 말도 못하는데 공친왕이 앞으로 나섰다.

"황상폐하와 동궁 태후폐하의 명이 지당하신 줄 생각합니다.

정보정에게 어명을 내리시어 즉시 안득해를 죽이는 것이 국법에 맞습니다."

공친왕의 말이 끝나자 다른 왕공대신들도 이에 동조하였다.

그때 서태후는 분한 속마음을 억지로 참으며 말했다.

"이제 동궁 태후폐하와 황상 이하 여러 대신의 말을 듣건대 그럴 듯하지만 일의 진상을 좀더 자세히 알아본 뒤에 결정하는 것이 옳은 줄로 아노라."

그리고는 자리에서 일어나며 동태후를 향해 말하였다.

"언니, 오늘은 이만하고 회의를 중지합시다."

"그리하자."

동태후는 잠깐 무엇인가 생각한 뒤에 서태후의 말을 따랐다.

어전회의를 마치고 궁중으로 돌아가자 서태후는 곧바로 동태후를 찾았다. 밀실로 들어간 후에 서태후는 빌기를 그치지 않았다.

"숙순 등 세 간신을 없앨 때 안득해가 많은 공로가 있으니 이번만은 용서하여 줌이 옳을 듯합니다."

서태후의 간청에 동태후도 여러 가지로 안득해를 죽여야만 될 사정을 말하며 달래기까지 하였다. 결국 그날밤도 아무 결정을 내릴 수가 없었다. 이튿날 아침 어전회의는 다시 열렸다.

서태후가 먼저 말하였다.

"어제도 말한 바와 같이 일의 진상을 자세히 알 수가 없으니 안득해를 북경으로 잡아와서 한 번 자세히 물은 뒤에 조처하는 것이 옳은 줄로 아노라."

서태후의 말에 동태후 이하 모든 대신들을 주저하였다.

이때 순친왕 혁현이 아뢰었다.

"내시가 무단히 북경을 떠나면 죽이는 것이 국법인데 더구나 이제 국권을 가진 지방순무의 손에 걸렸으니 다시 살릴 수가 없습니다. 그러니 차라리 속히 죽이라는 명을 내리는 것이 옳은 줄 압니다."

서태후도 더이상 안득해를 죽이라는 조서를 내리는 데 동의하지 않을 수 없었다.

정보정은 북경 조정의 그러한 조서가 없어도 전에 받은 밀조만으로도 안득해를 죽이려고 했었다. 그런데 조정에서 조서가 내려온 것이다. 정보정은 조서를 받은 즉시 안득해의 일행을 모조리 베어 죽일 것을 명하였다. 바야흐로 십여 년 동안 서태후의 사랑을 받으며 온갖 권력을 누리던 안득해가 칼 아래 귀신이 된 것이다.

## 서태후의 분풀이

안득해가 산동성 제남부에서 정보정에게 잡혀 죽은 뒤였다.

"그놈 잘 죽었다! 정보정은 태평천국의 난을 평정한 증국번, 좌종당, 이홍장보다도 나라에 큰 공을 세웠어. 안득해는 분명히 고자가 아니라 서태후의 정부다!"

사방팔방에서 이러한 소리가 빗발치듯하고 북경 궁궐에서도 모든 내시와 궁녀들이 안득해에게 학대와 능욕을 당하다가 그 자가 죽었다는 말을 듣고서 한없이 기뻐하며 조정의 만조백관도 무슨 무거운 짐을 벗어놓은 것처럼 홀가분해 하였고 밤낮으로 서궁의 모든 일에 상심하고 있던 동태후와 동치제도 이제는 안심하게 되었다.

온 천하가 반기는 것과 달리 서태후는 안득해를 죽이라는 조서를 내리게 하고 서궁으로 돌아올 때 두 눈이 캄캄하고 머릿속이 휘둘려서 아무것도 보이지도 들리지도 않아 내시와 궁녀들의 부축을 받고 간신히 돌아왔다.

 침실에 들어간 서태후는 얼빠진 사람 모양으로 한참이나 아무 말도 없이 앉았다가 곁에 서 있는 내시와 궁녀를 모조리 내쫓고 자기 침상에 엎드려 울기 시작하였다. 그러나 울음소리도 겉으로 내지 못하고 뼈에 사무치도록 슬피 우는 것이 젊은 청상의 울음과 똑같았다.

 그날부터 아무도 서태후의 침실에 들어가지 못하였다. 그녀는 음식도 먹지 않고 자리에 누워서 울기만 하였다. 동태후가 그 소식을 듣고서 찾아보러 갔다가 만나지 못하고 동치제가 갔다가도 뵙지 못하였다. 서태후궁의 내시와 궁녀는 아뢰었다.

 "서태후마마께서 감기 때문에 아무도 보시지 않고 정양하시고 계십니다."

 동치제는 동태후에게 근심스런 말을 하였다.

 "마마! 서궁마마께서 저토록 상심하시고 계시니 어찌합니까?"

 "글쎄! 나도 걱정이다. 그러나 며칠만 지내면 차츰 마음을 돌리겠지! 다만 황상에게 불똥이 튈텐데 그것이 걱정이로구나!"

 "앞으로 어떻게 서궁마마의 마음이 풀리시도록 하리까?"

 "너무 걱정하지 말거라. 물 벤 칼이 없고 자식 벤 칼이 없다는데."

 둘은 한참동안 걱정만 하였다.

 그날밤과 그 이튿날 밤까지 새도록 울며 서러워하는 서태후는 날이 샐 녘에 피곤함을 이기지 못하여 잠이 들었다.

그가 잠이 깬 때는 칠월 늦은 아침이 지나고 고요한 서궁 뜰에 굳은 비가 퍼붓기 시작하는 때였다. 심란한 서태후에게는 날씨조차 그녀의 마음을 조롱하는 것 같았다. 기나긴 칠월의 무더운 날에 미음 한 모금도 마시지 않고 침상에 누운 그대로 서러워하다가 생각에 빠져들었다.

'정보정이라는 놈을 잡아다가 난도질을 하여서 원수 갚아주고 이 원한을 풀어볼까?'

'그것도 할 수가 없구나. 이 모든 것이 공친왕 혁흔이라는 놈의 짓이다. 이놈부터 없애야지!'

'공친왕뿐만도 아니지. 동태후라는 계집이 나를 모함하는 것이지!'

'모든 것이 쓸데없는 생각이다. 남을 원망해서 무엇하냐? 내 팔자가 사나와서 그런 것이지! 당장 내 속으로 나온 내 자식이 나를 속이고 모함하는 데야?'

'공친왕은 그렇다 치더라도 내 아우의 남편인 순친왕 혁현까지 어찌 그럴 수가 있지? 이년 용아를 불러서 단단히 혼을 내야겠다.'

생각할수록 그녀는 분함과 설움을 참지 못하였다.

그날 저녁 때 서태후는 궁녀를 불러 분부하였다.

"지금 당장 순친왕부에 전갈하여서 순친왕비 전하를 입궁하여 대령하게 하라!"

궁녀가 그 분부를 전갈한 뒤에 다시 들어와 울면서 아뢰었다.

"폐하의 옥체가 미령하셔서 동궁폐하와 성상폐하의 근심이 이만저만이 아닙니다. 소녀 등도 망극하여 견딜 수가 없으니 바라건대 폐하께서 미음이라도 잡수시기를 바랍니다."

서태후는 궁녀의 간곡한 말을 듣고서 측은한 생각이 들었다.

"오냐! 누구보다도 너희들의 정성이 기특하다. 어서 미음을 가져오너라! 그리고 아무도 내 방에 들어오지 못하게 하여라!"

이 분부에 서궁의 모든 궁녀와 내시들이 일시에 죽을 죄에서 용서를 받은 것처럼 기뻐하였다. 그 즉시 미리 만들어 두었던 미음과 다른 음식을 가져다 서태후에게 주었다.

서태후는 사흘이나 굶은 탓에 미음과 다른 음식이 입에 당겨서 조금 많이 먹었다.

서태후는 음식상을 물린 뒤 궁녀들에게 다시 분부하였다.

"만일 순친왕비 전하나 황상이 오시거든 이 방에 들어오시지도 못하게 하고 물러가시지도 못하게 하고 꼭 문 밖에서 밤을 새우게 하여라!"

궁녀들이 일제히 대답했다.

"그리하겠습니다. 그러나 동궁태후폐하께서 오시면 어찌합니까?"

"음! 그분은 곧 돌아가시게 하여라!"

서태후의 분부가 내린 뒤 조금 있다가 순친왕비가 들어와서 서태후의 침실로 들어가려고 하다가 궁녀들이 가만히 서태후의 분부를 전하는 것을 듣고서 언니가 자기 남편에게 행한 것을 짐작하고 또한 그녀의 성질이 이상한 것이 무서워서 벌벌 떨고 서 있었다.

그러자 조금 있다가 동치제가 와서 어머니 방으로 들어가려다 역시 전하는 말을 듣고 순친왕비와 서로 쳐다보면서 피차에 웃으면서도 근심과 두려운 기운이 돌았다.

창 밖에서 뿌리는 빗소리는 점점 커지고 자금성의 밤은 점점 깊어 가며 사면은 죽은 듯이 고요하고 간간이 불어오는 비바람의 선선한 맛은 종일토록 무거워 피곤하던 몸에 졸음을 재촉했다. 이때 방 안에서 궁녀를 부르는 서태후의 목소리가 났다.

"지금 곧 동궁마마께 사람을 보내서 아뢰되 오늘 내일은 오시지 마시라 하고 오셔도 뵐 수가 없습니다, 하고 여쭈어라!"

궁녀들이 물러갈 때 순친왕비는 그날밤에 장차 심상치 않은 거조가 있을 것을 알아채고 더욱 황공하여 벌벌 떨고 동치제도 따라서 무서워하였다.

밤은 점점 깊어서 자정이 지나도 방 안에서는 간간이 한숨소리 몇 마디만 나오고 다른 말은 없었다. 내시와 궁녀들도 이제는 꾸벅꾸벅 졸고 있을 뿐이다.

순친왕비는 여러 가지 생각하다가 나중에는 결심하고 문 밖에서 "폐하! 폐하!" 하고 불러 보았으나 대답이 없는 것을 보고서는 그만 울음을 터뜨렸다.

"언니! 언니! 만일 이 아우에게 죄가 있거든 곧 죽여주시고 화를 푸십시오. 황상폐하를 가엾게 생각하소서!"

순친왕비의 그 말이 끝나자 방 안으로부터 큰소리가 터져나왔다.

"이년아! 내 자식은 내가 생각한다. 이년! 네 순친왕비라는 부귀는 어디서 생겼느냐? 이년!"

순친왕비는 여전히 울면서 아뢰었다.

"모두 언니의 은덕입니다."

방 안에서는 다시 잠잠해졌다. 순친왕비는 할 수 없이 동치제에게 눈짓하였다. 동치제도 알아채고 역시 그 문 밖에 가서 꿇어앉아서 울면서 아뢰었다.

"마마, 용서하여 주소서. 모든 것이 저의 어린 탓으로 잘못되었으니 이번만 용서하여 주소서. 다시는 마마의 뜻에 털끝만큼도 어기는 일을 하지 않겠습니다."

잠시 후에 서태후의 대답이 나왔다.

"황상은 청나라 황실의 황제폐하뿐이시지 이년의 아들은 아닙니다! 이년은 내 아들을 찾을 뿐입니다! 이놈 재순아! 재순아!"

동치제의 이름을 부르다가 흑흑 흐느끼면서 우는 소리가 밖으로 흘러나왔다. 동치제는 벌떡 일어서서 방문을 열고 뛰어들어가서 어머니의 침상 밑에 엎드렸다.

"마마! 마마! 저는 오직 어머니의 자식일 뿐이고 황제 되기도 원치 않습니다. 마마!"

동치제는 몸부림을 치며 슬피 울었다. 순친왕비도 뒤따라 방으로 들어가서 "언니!"를 부르면서 울었다. 서태후도 울다가 순친왕비까지 들어와서 우는 것을 보고서 자리에서 벌떡 일어나 순친왕비의 머리카락을 움켜잡고 이리저리 때리기 시작하였다.

"이년 용아야! 네 서방 놈을 추켜서 내 세력을 꺾으려 드느냐? 네 시형 공친왕 놈과 한 패가 되어? 네 이년! 네년의 부귀가 어디서 나온 것인데!"

그러면서 마구 발길질을 하고 손길 닿는 대로 때렸다. 동치제와 모든 궁녀들이 말리려고 하였다.

"마마, 진정하소서!"

"폐하, 진정하소서!"

"폐하, 조금만 참으십시오!"

그러나 그들은 모두 한두 대씩 얻어맞았을 뿐이었다.

순친왕비는 때리는 매와 꾸짖음을 그대로 받으면서 울면서 말하였다.

"언니! 저는 부귀도 권력도 원치 않고 오직 우리가 북경으로 올 때 강 가운데서 연 캐던 농촌의 여자가 되지 못한 것만 원통할 뿐입니다."

서태후는 그 말을 듣고 털썩 주저앉았다.

"옳다! 옳다! 모두가 내 고집에서 생긴 연극이다. 내가 아버지나 어머니 말씀대로 일찍 시집을 갔더라면……."

서태후는 말끝을 잇지 못하고 울었다. 그때 눈치 빠른 궁녀들이 더운물에 담갔다가 짜서 향수 뿌린 수건을 가져다가 서태후와 동치제와 순친왕비에게 각각 들려 주었다.

"어서 손도 닦으시고 얼굴도 씻으십시오."

서태후는 무심결에 수건을 받아서 손과 얼굴을 닦는데 순친왕비와 동치제는 서태후가 진정되는 것만 다행히 여기고 손과 얼굴을 닦을 생각도 하지 못했다.

그러는 가운데 여러 궁녀들도 방 안에 들어와서 서태후와 동치제와 순친왕비를 차례로 진정케 하고 한편으로는 술과 음식을 차려오도록 하였다.

궁녀와 내시들이 상을 차려서 들어왔다. 밖에는 여전히 비가 퍼붓고 바람만 부는데 밤은 벌써 자정이 훨씬 지나고 새벽이 밝아오고 있었다.

궁녀들이 술을 부어서 서태후와 순친왕비에게 드리고 동치제에게는 다른 음식을 권하였다. 서태후는 술 몇 잔을 받아서 마신 뒤에 순친왕비에게 말했다.

"아우 좋고 자식 좋다는 것이 이와 같이 한자리에 모여 앉아서 서로 웃기도 하고 울기도 하며 음식도 서로 권커니 자커니 하는 데서 나온 말일 것이다. 이년의 팔자는 남편의 복은 말할 것도 없거니와 있는 자식과 동생과도 재미도 보지 못하니 어찌 서럽지 않겠느냐?"

서태후는 눈물을 지으면서 한숨을 쉬었다. 순친왕비는 언니의 마음을 위로하고 싶었다.

"사람이 오복 갖기가 쉽습니까? 언니! 너무 상심하지 마소서. 황상께서 출중하셔서 공부도 잘하셨으니 빨리 후덕이 있는 분을 며느리로 택하여 맞아들이시고 손자 손녀를 낳아 늘그막에 재미를 옛말하시면서 보시면 그만인가 합니다."

서태후는 아우의 말에서 기운을 얻었다.

"옳다! 네 말이 옳은 말이다. 나도 벌써부터 그렇게 생각하였다. 황상의 혼인 문제가 시급한 문제이다."

그리고 다시 아들 동치제를 돌아보면서 물었다.

"황상은 이 어미를 위하여 빨리 혼인하여 자손의 재미를 보일 생각을 하였는가?"

"마마! 저한테 무엇을 묻습니까? 무엇이든 마마께서 시키는 대로 하시라는 대로 할 뿐입니다. 그리고 원명원을 다시 수리하여 마마를 모시려고 깊이깊이 결심하였습니다."

동치제의 말에 순친왕비가 크게 칭찬하였다. 그럭저럭 이야기하는 동안에 서태후와 순친왕비의 주량과 알맞을 만큼 술도 취하였고 동치제도 궁녀들과 순친왕비가 권하는 대로 받아먹은 음식이 배부르게 되었다.

서태후가 동치제를 향해 말했다.

"나와 이 애는 본래 천한 사람의 딸로서 궁궐에 들어와서 부귀라면 부귀를 누렸고 원한이라면 끝없는 원한을 맛보았구나. 이제는 더이상 이 궁중에 있고 싶지 않으니 어느 농촌이나 절간을 찾아가서 나머지 인생을 지내고 싶도다. 황상은 청나라의 좋은 황제 노릇 혼자 잘하시우!"

동치제는 어머니의 말뜻을 알아듣지 못한 척했다.

"마마, 저는 농촌보다 절간이 좋을 듯합니다. 그러나 저러나 마마가 농촌으로 가신다면 저도 농촌으로 따라가지요."

서태후는 그 대답에 기가 콱 막혔다.

"임금 노릇은 아니하고!"

"아버지는 돌아가시고 어머니까지 없는 몸이 황제 노릇은 하면 무엇합니까?"

동치제가 눈물을 흘리자 서태후와 순친왕비도 눈물을 떨구었다. 그리고 동치제는 어머니가 처녀 때 외할아버지의 영구를 모시고 오던 이야기와 남방 처녀들이 배를 타고 연 캐던 이야기를 하는데 재미있게 듣다가 불쑥 말하였다.

"마마, 나도 연 캐는 처녀에게 장가를 들까 하는데 어떻습니까?"

이 바람에 서태후와 순친왕비는 크게 웃고 청나라 법에 임금의 혼인은 반드시 만주 사람 가운데서도 문벌이 좋은 귀족의 집안과 혼인한다는 것을 말해 주었다.

동치제는 그런 법은 고칠 수 없느냐고 묻기까지 하고 고칠 수도 있다는 것을 말하면서 그들은 그 밤을 새워가면서 이야기하였는데 그들의 이야기 가운데는 간간이 공친왕의 허물에 대한 이야기와 동태후가 모든 일에 공친왕을 싸고도는 것이 걱정이라는 말도 있었다.

 그 이튿날 아침에야 헤어져서 각각 자기의 궁으로 돌아간 뒤에 서태후도 몸이 피곤하여서 잠이 들고 궁궐은 낮이 되어도 몹시 조용하였다.

 그날은 조정의 조회까지도 저절로 폐하게 되었다. 정오 무렵 잠이 깬 서태후는 자리에 누운 대로 지난밤 일도 생각하고 지난날의 모든 일을 생각하니 모든 것이 한바탕 연극이고 꿈인듯 싶었다.

 '그런 세상에서 남과 틀린 것은 무엇이며 부귀와 권세는 무엇인가?'

 '이 세상은 힘 있고 싸워서 이기는 사람의 세상이다. 그렇다면 이 며칠 동안에 내가 취한 태도는 약한 자의 모습이며 잘못이다. 이겨야 할 것이다.'

 '안득해의 죽음은 안득해의 죽음이요. 나의 안득해는 얼마든지 있는 것이다.'

 생각은 꼬리를 달고 이어져 어느새 바뀌어져 있었다.

# 황후 간택

　서태후는 아우 순친왕비와 아들 동치제에게 자기의 분풀이를 톡톡히 한 뒤에도 항상 남에게 말할 수 없는 불만과 원통이 마음 속에서 떠나지 않아 밤잠을 이루지 못하고 고민할 때가 많았다.

　그러나 아들의 마음을 거스르는 것이 옳지 않다는 것을 깨닫고 될 수 있는 대로 아들의 마음에 들려고 힘썼다. 더욱이 아들의 나이 차츰 들어 혼인할 날이 닥쳐오고 혼인한 뒤에는 황태후의 수렴청정이라는 것은 없어지게 되고 황제가 친정하게 되면 온 천하의 권세가 자기에게서 떠나 아들에게 돌아갈 것을 생각하였다.

그렇게 될수록 보통 사람들은 그것을 자기와 아들의 큰 행복이며 영광이라고 생각할 것이다. 서태후도 그렇게 생각하지 않는 것은 아니지만 자기의 손에 있던 권세가 사라진다고 생각하니 여간 섭섭한 것이 아니었다. 이름만 황제의 친정(親政)이라 하고 실제 권세는 놓지 않으려 생각하고 있었다.

그러자면 우선 아들의 혼인부터 자기 마음대로 하고 며느리를 택하되 자기 말을 잘 들을 사람을 구하려고 하였다. 다만 동태후가 자기 뜻을 따르지 않으면 어쩌나 걱정되어 어찌하면 좋을지 여러 가지로 생각하고 또다시 생각하였다.

하루는 조회에서 돌아올 때 동태후가 말을 걸어왔다.

"오늘 내게로 가서 저녁밥도 함께 먹고 이야기나 하세."

"그렇지 않아도 일간 가서 뵙고 이야기나 하려고 했습니다."

서태후는 동태후를 따라 동태후궁으로 들어갔다. 그들은 자리에 앉은 뒤에 궁녀들이 가져온 차를 마셨다. 동태후가 먼저 말을 꺼냈다.

"아우님이 나와 할 이야기가 있는 것 같으니 어디 먼저 이야기하게. 내가 이야기하려는 생각과 아우님의 생각이 같은가 다른가 서로 맞춰보게!"

동태후가 웃자 서태후도 따라 웃었다.

"언니부터 말씀하시지요? 저도 언니의 생각이 제 생각과 같은가 어떤가를 맞춰보려고 합니다."

"아니야! 아우님부터 말해."

동태후는 서태후에게 졸랐다.

서태후는 능란한 눈치로 동태후가 갖고 있는 생각을 꿰뚫었다.

"그러면 저부터 말하지요. 황상의 나이 이제 혼인할 때가 되었으니 언니께서도 밤낮으로 여기에 대해 생각하시며 저와 이야기하려고 하셨지요?"

그러자 동태후는 서태후의 손을 잡았다.

"어쩌면 우리 생각은 이렇게 똑같을까? 나도 아우님 보고 할 이야기가 있다는 것이 바로 그 이야기야!"

두 사람은 똑같은 것을 신통하게 여기면서 서로 반가워하였다. 다만 동태후는 진심으로 반가워하였지만 서태후는 동태후가 아들의 혼인 문제에 깊이 관여하는 것이 그다지 반갑지는 않았다. 그러나 겉으로는 반가운 척할 수밖에 없었다.

그들은 저녁밥을 먹은 뒤에도 밤이 깊도록 아들 동치제의 혼인에 대하여 이야기하다가 나중에는 서태후가 말하였다.

"우리 생각이 똑같으니 어서 하루바삐 정식으로 조정에 분부하여서 황후 재목이 될 만한 규수를 뽑아들입시다."

"그래. 내일 아침 조회에서 말하지!"

동태후의 말에 대하여 서태후는 그렇게 하자고 대답하였다. 그리고 자기의 서궁으로 돌아갔다.

그 이튿날 조회에서는 동태후와 서태후로부터 분부가 내려졌다.

"황상의 나이 이제 혼인할 때가 되었으니 만주와 몽골 사람 중 귀족의 딸 가운데 황후가 될 만한 자격을 가진 처녀들을 간택하여 들이라!"

이 분부가 내린 뒤에 자금성 곤령전 궁중에는 만주와 몽골의 왕공 귀족들 집안에서 뽑혀 들어온 처녀들이 몇 백 명이 되었다.

그 가운데서 황후 될 만한 처녀 한 사람을 고르기는 쉽고도 어려운 일이었다. 늙은 궁녀들이 먼저 대강대강 추려서 몇십 명을 뽑아 놓은 뒤에 동태후와 서태후가 함께 참례하여서 여러 날 동안 이리저리 살펴보며 물어보고 알아본 뒤에 두 사람을 뽑게 되었다.

한 사람은 시랑 봉수의 딸로 서태후 마음에 들었고, 또 한 사람은 시랑 숭기의 딸로 이 처녀는 동태후 마음에 들었다.

그런데 봉수의 딸은 나이 열아홉 살로서 그 얼굴과 신체와 손발 등 온갖 것이 참으로 절세 미인인 반면, 숭기의 딸은 봉수의 딸보다 두 살이나 적고 인물도 봉수의 딸만 못하였다. 다만, 봉수의 딸은 외모는 흠잡을 데가 없이 어여쁘지만 말하는 것이며 몸가짐이 조금 가볍고 까부는 듯하였고, 숭기의 딸은 어디로 보든지 나이보다는 몸가짐과 언행이 차분하고 점잖아 황후될 자격으로는 충분하였다. 다만 인물이 봉수의 딸만 못하다는 흠이 있을 뿐이다.

동태후가 숭기의 딸을 황후로 간택하는 것은 오로지 마음 하나에 있기 때문에 그 덕성스러운 점을 취하였지만 서태후가 봉수의 딸을 황후로 간택하자는 데는 여러 가지 생각이 섞여 있었다.

첫째로 봉수와 그 딸은 절대로 자기 편이 되리라는 것과 둘째로 자기가 낳은 아들의 혼인은 자기의 선택이 동태후보다 나아야 한다는 것과 셋째로 봉수의 딸이 인물이 낫고 나이도 더 먹어서 황후감으로는 숭기의 딸보다는 훨씬 낫다고 주장하는 것이다.

동태후로 말하면 아들의 혼인을 완전히 혼자 주장할 만한 지위와 권리를 가졌지만 원래 착하기로 유명한 성격 때문에 서태후의 뜻을 아주 꺾기가 어려워서 어물어물하면서도 숭기의 딸을 황후로 간택하자는 생각만 굳게 하였다.

그리하여 동태후와 서태후는 봉수의 딸과 숭기의 딸을 서로 평하게 되었는데 서태후가 먼저 말했다.

"언니께서는 사람을 어떻게 보시는지 알 수 없습니다. 숭기의 딸은 그 얼굴과 모든 것이 계집다운 데가 있어야지요?"

이에 동태후가 말했다.

"봉수의 딸은 너무 까불고 가벼운 듯하여서 황후감으로는 맞지 못하오."

서태후는 속으로는 몹시 불쾌하였지만 겉으로는 웃으며 대답했다.

"언니두……. 계집은 조금 까부는 듯해야 남편에게 사랑을 받는다우. 나무토막이나 돌부처처럼 계집이 무뚝뚝하고 고분고분치 못하면 무엇에 씁니까?"

"그래도 계집의 덕과 복은 숭기의 딸에게 있지 봉수의 딸은 천생 남의 심부름하기에나 알맞게 되어서……."

"언니, 그렇게만 보지 마시우. 숭기의 딸이야말로 복성스러운 데가 적고 황후가 된다고 하여도 그 복을 누릴 것 같지가 않아요. 그 얼굴이 큰 복을 곱게 누리지 못하지요."

서태후는 서로 자기 선택이 더 타당하다고 말하면서도 상대방에 대해서는 더 이상 반대하지 않으리라 생각하였다.

"우리는 피차에 좀 더 생각합시다. 황상의 평생에 관계 되는 중요한 일인데 쉽게 생각할 수야 없죠."

이 말을 남기고 그들은 각각 헤어져서 자기의 침소로 돌아갔다.

동태후는 이불 속에 파묻혀서 여러 가지로 서태후가 못마땅하여 걱정이 되면서도 자기가 자식 낳지 못한 것을 원통해 하다가 부질없는 눈물만 흘리고 누워 있었다. 그때 마침 동치제가 들어왔다.

"마마, 주무십니까?"

동태후는 수건으로 눈물을 닦아 눈물 흔적을 없애면서 일어나 앉았다.

"아직 자지 않아. 황상은 저녁수라는 어찌하였는가?"

동치제는 동태후의 묻는 말은 못 들은 척하고 동태후의 두 눈가가 붉어지고 속눈썹이 젖은 것을 보았다.

"마마, 무엇에 또 상심되셔서 울으셨습니까?"

"울기는 왜 울어? 몸이 좀 불편하여 이불 쓰고 누웠댔지."

"아닙니다. 마마, 저를 속이지 마셔요. 눈가에 눈물 자국이 있는데요."

황태후는 아들을 더 속일 수도 없고 따라서 이 기회에 아들의 의견도 들어볼 필요가 있다고 생각하였다.

"나에게 걱정거리가 달리 있나. 오직 황상의 혼인 문제 때문에 걱정이 되어서."

동치제도 이미 동서 양 태후의 의견이 서로 반대되는 것을 듣고 알고 있었으나 이제 동태후의 말을 듣고는 더욱 확실히 깨닫게 되었다. 따라서 동태후를 여러 가지로 위로하였다.

"그러나 저러나 나중에 황상이 누구를 원망할 것도 없이 친히 봉수의 딸과 숭기의 딸을 보고서 황상의 마음에 드는 처녀를 말하면 나나 서궁태후나 황상의 의견을 따르게 될 테니 한 번 가만히 가서 보는 것이 좋을 듯하오."

동치제는 한참 생각하다가 말하였다.

"그리 하겠습니다. 잠깐 다녀오겠습니다."

동치제는 봉수의 딸과 숭기의 딸 있는 곳에 가서 가만히 그 인물과 거동을 살펴본 뒤에 동태후궁으로 돌아왔다. 동태후는 아들이 다녀온 것을 보고 한편으로는 반기면서도 또 한편으로는 근심이 되지 않을 수 없었다.
　"그래, 황상이 친히 가서 본 결과 어떤 처녀가 황상의 황후감이 될 만한지 어서 속이지 말고 일러 주오."
　동치제는 동태후의 재촉에 잠시 머뭇거리다가 말했다.
　"마마의 말씀대로 숭기의 딸이 비록 나이는 어리지만 사람이 야무지고 후덕해 보이더이다."
　동태후는 그 대답이 너무 반가워서 기쁘기 그지없었다.
　"나이 어린 때에 그만하기가 참으로 어려운 것이야! 인물도 그만하면 참으로 미인이지!"
　동치제는 잠깐 무엇인가를 생각하다가 대답했다.
　"인물로는 암만하여도 봉수의 딸이 더 미인이더이다."
　동태후는 낙심되었다.
　"그러면 황상은 황후감을 외모로만 가리려고 하는 것이오?"
　"아닙니다. 인물은 그렇지만 황후감으로는 마마의 말씀이 옳은 것이며 저도 마마의 뜻대로 순종하려고 합니다. 다만, 서궁마마께서 안득해를 죽인 뒤로 저를 의심하시는데 만일 이번까지 그 뜻을 따르지 않는다면 무슨 일이 또 생길지 알 수 없어 걱정입니다."
　동태후도 그 말에 대해서는 아무 말도 하지 못하였다.
　"아무래도 이번 일을 마마와 저는 상관없는 척하고 종실 대신들의 의견을 따르는 형식으로 함이 좋을 듯합니다."
　"그렇게 하지요. 서궁 아우님과 상의하여."

동치제는 그 말을 끝으로 자리에서 일어났다.

동태후는 서태후궁의 모든 일을 낱낱이 알 수가 없지만 서태후는 동태후궁의 모든 일을 정탐하고 있었다. 더욱이 보통 궁궐에서 생기는 일이야 서태후의 심복이 곳곳마다 있어 서태후에게 알려 주고 있었다.

동치제가 황후의 간택에 오른 두 처녀를 가만히 살펴보고 동태후궁으로 갔다는 말을 듣고서 여러 가지로 의심하면서 그날 밤을 지냈다. 그 이튿날 조회를 치른 뒤에 동치제에게 서궁에 잠시 다녀가라고 말했다. 동치제가 서태후의 명을 받고 또 무슨 탈이 있나보다 하는 걱정을 하면서 서태후궁에 가니 서태후는 웃으면서 맞았다.

"황상이 지난밤에 황후로 간택 중에 있는 두 처녀를 보고 동궁으로 갔다지?"

동치제는 서태후가 웃으면서 하는 말 가운데는 반드시 무서운 칼이 항상 숨겨 있음을 잘 아는 터라 서태후가 말하자 가슴이 털썩 내려앉으면서 속으로, '어떤 연놈이 벌써 낱낱이 일러바쳤구나!' 하고 생각했다.

"네! 어제 저녁에 잠시 가서 보고 왔습니다."

서태후는 그 말을 듣고 아들을 유심히 바라본 뒤 목소리를 부드럽게 하여 다시 물었다.

"응당 그럴 것이지! 그러나 황제 된 몸으로서 그와 같이 가만히 엿보는 것은 옳지 못한 거동이야! 좌우간 황상이 친히 가서 본 것만은 다행이야. 나중에라도 어미된 우리들을 원망하지 않기 위해서라도 다행이야. 그래 어떤 처녀가 황상의 마음에 들던고?"

동치제는 무엇이라고 대답할 길이 없어서 한참이나 주저하고 있는데 서태후는 "어서 말하라."고 재촉하였다. 동치제는 할 수 없이 대답하였다.

"저는 잠깐 가서 그 얼굴들이 어떻게 생긴 것이나 보고 온 것이지 그 밖에 것이야 무엇을 알겠습니까? 오직 두 분 마마의 분부대로 따를 뿐이지요."

"내가 알고자 하는 것은 어떤 처녀가 황상의 눈에 드는가 하는 말이야!"

동치제는 만일 다시 더 어물거리다가는 서태후의 성품에 청천벽력 같은 불호령이 나올 것을 짐작하고 억지로 대답했다.

"인물로 말하면 봉수의 딸이 참으로 천하일색일 듯하더이다."

"인물은 천하일색이지만 자격은 어떠하던고?"

"저는 인물 구경이나 하고 온 것이지 자격이야 어찌 알겠습니까? 오직 마마께서 잘 살피셔서 정하실 뿐이지요."

서태후는 그 말에 조금 진정되었다.

"겉이 천하일색이면 속도 천하일색이 되는 법, '관기모자면 인언수자'라는 맹자의 말씀도 있는 것이다. 봉수의 딸은 겉만 천하미인이 아니라 모든 걸 구비한 처녀이다. 참으로 황후될 만한 모든 것을 갖추고 있는 처녀이지. 다만 동궁언니께서 그 박복스럽게 생긴 숭기의 딸을 황후 자격이라고 고집하니 걱정이야! 그러나 이번에는 안 될 걸! 더욱이 황상도 봉수의 딸을 미인이라고 본 이상에는 이제 더 말할 것이 없다."

동치제는 어머니가 기뻐하시는 틈을 타 간곡하게 말했다.

"마마 모든 일을 마마의 뜻대로 하시되 다만 동궁마마와 아무쪼록 상의하셔서서 섭섭하시다는 생각이 안 드시도록 해주셔야 저도 반갑겠습니다."

"그렇지만 그분이 너무도 고집하니……."

"그러므로 저는 이번 일은 종실 대신들의 의견을 물어보아서 결정하는 형식을 차렸으면 좋을 듯합니다."

"종실 대신들의 의견을?"

서태후는 잠깐 무엇인가를 생각하였다.

"그렇다면 좌우간 그들의 말이나 들어보자!"

그리고 그들은 헤어졌다.

그날 저녁에 저녁밥을 먹은 뒤에 서태후는 동태후궁으로 찾아갔다. 동태후도 서태후가 동치제를 불렀다는 말을 듣고서 지난밤에 동치제가 두 처녀를 보았다는 말을 듣고서 동치제를 불러서 만나보고 무슨 이야기를 한 것이라 생각하고 궁금증이 생겨서 서태후를 만나보고자 하던 차라 반겨 맞았다.

"그러지 않아도 내가 아우님께로 가보고자 하였더니 마침 잘 왔네!"

서태후도 동태후만큼 기뻐하며 대답했다.

"언니께서만 그렇게 저를 보고 싶으신 것이 아니라 저도 마음이 켕겨서 저녁밥을 막 먹고 일어났지요."

입에 발린 인사를 하고 동태후가 먼저 하고자 하던 말을 꺼냈다.

"그런데 황상의 혼인 문제는 좀 생각해 보았나?"

"네, 생각은 했지만 모든 것이 언니 생각과 맞아야지요. 저 혼자 생각이야 무슨 소용이 있겠습니까?"

"아우님이 또 그렇게만 말하면 형된 나는 미안하지 아니하겠

나. 똑바로 말하자면 나 혼자의 생각이 쓸데없는 생각이지."

"언니, 우리 다시는 피차 이렇게 말하지 맙시다. 무슨 일이든 언니나 제 생각이 제일이지요. 다만 우리 두 사람 생각이 하나로 합쳐져야지요. 황상의 혼인 문제만 해도 사람 보는 점이 서로 조금씩 다를 뿐이지 황상의 앞길을 위하는 것이 언니나 제가 똑같지요."

"옳은 말이야. 아무렴 그렇지! 그런데 어찌하면 좋을까? 아우님 생각을 말해 보게."

"언니, 선제폐하께서 계셨으면 우리가 이렇게 걱정할 필요가 있겠습니까? 제 생각에는 언니나 내가 모두 다 여자이고 여자가 여자를 보는 것과 남자가 여자를 보는 것이 다른 듯하니 차라리 이 문제를 종실 대신에게 물어보는 것이 좋을 듯합니다."

"나도 그렇게 생각하였지만 아우님 생각까지 그럴 줄은 알지 못해 답답했는데 아우님 생각까지 그렇다니 내일 당장 묻도록 하지."

두 사람은 기뻐하면서 '종실왕공대신회의'를 이튿날 열기로 분부하고 기쁜 얼굴로 헤어졌다. 그 이튿날 종실의 왕공대신들이 일제히 들어온 뒤에 동태후가 먼저 말하였다.

"이제 황상의 혼인 문제를 가지고 여러 날 동안에 나는 서궁 태후폐하와 상의하였는데 봉수의 딸과 숭기의 딸 두 처녀를 간택하여 놓고 누가 황후 되기에 적당하다는 결정은 짓지 못하고 경들에게 의견을 묻는 것이니 경들은 숨기지 말고 의견을 말하시오."

여러 왕공대신들은 서로 돌아보면서 아무 말도 못하는데 공친왕이 아뢰었다.

"황상폐하의 대혼을 위하여 중궁폐하를 간택하시는 것은 동궁 황태후의 권한이오니 신들이 무엇이라고 감히 아뢸 수 없습니다."

그러자 여러 왕공대신들도 그 말과 같은 말을 아뢰었다. 서태후는 그 형편이 자기에게 이롭지 못하는 것을 보고 분함을 누르고 말했다.

"이 일에 대하여 누가 어떻게 생각하고 무엇이라 하든지 황상과 두 처녀의 백년을 위하여는 큰일이니 황상이 두 처녀를 불러놓고 간택하는 것이 가장 옳을 듯하오."

서태후의 말이 떨어지자 서태후의 세력을 무서워하는 모든 왕공이 일제히 "가장 옳은 분부입니다!" 하고 크게 칭찬하고 궁녀와 내시들에게 두 처녀를 내전으로 불러오라고 분부하였다.

동태후와 서태후는 종실의 왕공대신들을 돌려보낸 뒤에 동치제와 함께 내정에 들어와서 자리를 정하고 앉아 두 처녀가 들어오기를 기다렸다. 그때 마음 속으로 세 사람은 각각 다른 생각을 하였다.

동태후는 동치제가 자기 앞에서는 자기 뜻대로 따른다고 하였지만 그래도 낳은 정으로든지 또는 서태후의 세력이 무서워서 봉수의 딸을 간택하면 어쩌나? 하는 생각을 하고 있었고, 서태후는 동치제가 명백히 자기의 뜻에 순종하겠다고 하였으니 이제 별로 다른 염려할 것은 없지만 동치제가 동태후에 대한 관계가 조금 매끄럽지 못할 것이 걱정이었다.

이런 까닭에 동치제의 처지가 딱하게 되었는데 그 생각도 복잡하였다. 서태후의 뜻대로 봉수의 딸이 마음에 든다고 하자니 동태후에 대한 의리가 허락지 않고, 그보다도 자기의 마음에도 봉수의 딸을 아내로 삼기는 허락되지 않아 걱정이오, 숭기의 딸이 마음에 든다고 하자니 당장에 서태후가 어떻게 나올지 걱정이 되어 그 자리에서 도망가고 싶은 생각뿐이었다.

그럴 즈음 궁녀들이 두 처녀를 데리고 들어와서 동서 양 태후와 동치제에게 예를 갖추었다. 서태후와 동태후는 동치제에게 어떤 처녀가 마음에 드는지 어서 말하라고 하였다. 동치제는 아무리 다시 보고 다시 보아도 봉수의 딸보다는 숭기의 딸이 마음에 들었다. 그러나 자기 입장에서는 뭐라 말할 수가 없어서 머리를 숙이고 주저하였다.

서태후가 또 다시 재촉하자 동치제는 한 가지 계책을 생각하고 내시를 시켜서 마시던 차를 방바닥에 엎지르고 두 처녀에게 한 사람씩 건너오라고 명령하였다.

봉수의 딸이 먼저 건너오는데 발길을 지나서 방바닥에 하늘하늘 끌리는 기포(氣泡: 두루마기)를 약간 걷어 안고 가만가만 걸어서 동치제 앞까지 와서 섰다.

숭기의 딸도 임금의 명령대로 역시 그 차가 엎질러진 데를 건너오는데 태연하게 기포자락도 걷지 않고 걸어와서 임금 앞에 읍하고 섰다.

동치제는 거기서 비로소 용기를 내었다.

"봉수의 딸이 기포자락을 걷어들고 차 엎질러진 곳을 건너온 것은 옷이 물에 더럽힐까 하여 옷을 아낀 데 지나지 못하고, 양궁 태후폐하와 짐이 앉아 있는데 옷을 걷어들고 걸은 것은 예절을 돌보지 아니하고 불경하기가 짝이 없는 것이다. 다만 숭기의 딸은 나이 비록 몇 살 어리지만 그대로 걸어온 것이 예절과 체통을 아는 바이다. 옷을 아끼지 아니함이 아니로되 예절을 옷보다 더 중히 여기는 것이니 가히 온 천하의 어머니 노릇을 한 만하다 할 것이다."

　동치제의 말을 듣고서 동태후는 한없이 기뻐하였다.

　"황상의 나이는 어리지만 사람을 알아보며 모든 것을 찾아보는 것이 참으로 칠팔십의 늙은 사람도 따를 수가 없다."

　서태후는 동치제의 말을 듣고 깜짝 놀라고 그 다음에는 분하고 부끄러운 생각도 나서 참으로 견딜 수 없었다. 그러나 더이상 낯빛도 변하지 않으며 혼연하게 넘어가면서도 속으로 독한 마음을 먹었다.

　'네 이놈, 견뎌 보아라. 어디 며칠이나 네 고집을 부리는가 보자!'

　그러나 겉으로는 동태후와 똑같은 말로 그 아들을 칭찬하였다.

　동치제도 어머니의 마음 쓰는 것을 알고 있는 까닭에 서태후의 그 칭찬이 태풍전야 같았다. 그러나 말은 벌써 한 말이요, 일은 작정된 일이라 할 수 없이 이튿날에 황후를 간택한 것을 공포하고 흠천감(欽天監)에 분부하여 길한 날을 정하게 하여 황제 혼례에 대하여 준비할 것을 분부하며 궁궐이 가장 바쁘게 되었다.

## 신혼 친정과 가정풍파

흠천감에서 받아 놓은 동치제의 혼례 날이 되어 모든 전례대로 예절을 마친 뒤에 자금성의 궁전이 흔들리도록 만조백관은 일제히 외쳤다.

"황상폐하 성수 만세! 만세! 만세!"

"황후폐하 성수 만세! 만세! 만세!"

서태후는 본래 미천한 궁녀 출신으로 황태후가 되었고 자기가 나은 아들이 일찍이 아버지를 여의고 어린애로 임금의 자리에 올랐다가 이제 성인이 되어 혼인까지 하고, 며느리까지 보았으니 더 기쁘고 영광스러운 경사가 다시없을 것이다. 그러나 서태후는 겉과 달리 속으로는 별별 생각과 불평을 갖고 경사보다도 어찌하면 아들을 자기 마음대로 옴짝달싹 못하도록 자기 손에 넣고 모든 권세가 손에서 떠나지 않도록 할까 하는 계책을 생각하다 보니 다른 것을 생각할 여유가 없었다.

'황후는 할 수 없이 숭기의 딸이 되지만 봉수의 딸을 황귀비로 봉하여 황후의 사랑을 빼앗도록 하고 봉수의 딸이 아들만 낳게 되면 황후를 폐하고 그 자리에 봉수의 딸을 앉히고 권세를 영원히 놓치지 않으리라.'

동치제도 서태후의 뜻을 두 번이나 크게 어긴 까닭에 어머니의 성미와 권세와 계책이 무서워서 밤낮으로 걱정하고 있던 가운데 서태후가 봉수의 딸을 황귀비로 봉하자는 말을 듣고서 동치제는 즉시 그 말을 따라서 대혼한 그 이튿날로 봉수의 딸을 황귀비로 봉하여 혜비라 칭하는 명을 내리고 그 예식을 성대히 치렀다.

거기에서 서태후의 마음도 조금 풀렸다. 그러나 아들보다도 새로 며느리 된 황후 숭기의 딸을 한없이 미워하며 박대하기 시작했다.

황제와 황후는 궁중의 예절대로 아침저녁으로 동태후와 서태후 궁에 문안하는데 황후와 황제가 동태후의 궁에 가서 예를 올리면 동태후는 한없이 아들을 반기며 사랑할 뿐아니라 며느리를 대하는 것이 친정어머니가 시집간 딸을 사랑하듯이 하여 황제와 황후는 무슨 말이든지 동태후 앞에서는 마음 놓고 할 뿐만 아니라 소위 예절도 그다지 까다롭지 아니하며 동태후는 항상 그 아들과 며느리에게 당부하곤 하였다.

"어미 앞에서 너무 예절만 차리면 도리어 천륜의 정을 상하는 것이니 예를 가지고 정을 버리지는 못한다."

동태후는 어디까지든지 참된 사람과 믿음이 그들 사이에 항상 가득하였다.

그러나 황제와 황후가 서태후에게 가면 그만 찬바람이 돌고 조금이라도 잘못하면 즉시 책망이 내려졌다.

"이것이 며느리로 시어미를 섬기는 예절이냐! 황상은 어미 섬길 줄도 모르는가? 그렇게 해서야 어찌 천하를 다스릴까?"

또 어떤 때는 황제와 황후가 절하고서 무슨 말을 여쭈어도 도무지 못들은 척하기가 일쑤이고 절하고 일어서서 한두 시간씩 서 있어도 앉으라는 말도 물러가라는 말도 하지 않다가 만일 황후가 무엇이라고 부드러운 목소리로 아뢰면 당장에 "무엇이 어째? 똑똑히 말 좀 해봐!" 하고 야단을 치고 황후가 목소리를 높이면 눈을 쏘아보며 "계집 목소리가 그렇게 크단 말이냐? 그것은 내 앞에서 불경이다!" 하는 등으로 별별 트집을 잡아서 황후는 서태후 앞에서 물러나올 때마다 눈물을 흘리지 않은 때가 없어 황제는 그것을 가엾이 여겼고 두 사람의 사랑과 정은 비길 데 없이 깊어지고 두터워졌다.

또한 서태후의 사랑을 받는 황귀비에 대해서는 동치제가 원수같이 미워하면서도 어머니를 위하여 박대하는 것은 되도록 삼갔다.

그럭저럭 동치제가 결혼한 지도 한 달이 지나가고 궁궐에서는 날마다 서태후가 아들과 며느리에게 온갖 트집을 잡아서 꾸짖고 책망하는 바람에 황제와 황후는 서태후 앞에서 어쩔 줄을 모르고 쩔쩔매고 있을 때에 동태후는 그 형편이 하도 딱하여서 공친왕에게 도움을 청하였더니 공친왕이 아뢰었다.

"이제 황상의 나이 친정하실 나이가 되셨고 혼인까지 하신 바에는 친히 정사하시도록 하시면 궁중의 모든 시끄러운 일도 차츰 바로잡힐 듯합니다."

"경의 말이 그럴 듯하니 내가 서궁태후와 상의해서 황상이 친정하시도록 할 테니 여러 왕공대신에게 미리 말해서 반대가 없도록 하라!"

"그리하겠습니다."

동태후는 서태후궁에 친히 찾아가서 서태후에게 이런 말 저런 말 하던 끝에 그 말을 꺼냈다.

"이제 황상이 장가까지 들었으니 열하에서 북경까지 오던 때에 비하면 참으로 기쁘기 한량 없다. 그러니 우리는 조정의 모든 정사를 황상이 친히 처리하도록 정권을 돌린 뒤에 나와 아우님은 늘그막에 평안하고 행복스러운 세월을 보내게 되었으니 이것이 얼마나 기쁘고 반가운 일인가?"

"그래도 지금 언니나 내가 정사에 참여해야지 만일 조금이라도 잘못되면 어찌합니까?"

"그거야 물론 황상이 친히 정사하더라도 아우님이 아직은 뒤를 보아주어야 되지."

"언닌 상관하지 않겠다는 말씀이지요?"

"그거야 물을 것도 없지. 아우님이 알다시피 나는 조정에서 이러니저러니 할 용기도 없고 또한 그것을 원치도 않고 오직 아우님 한 분이 황상의 뒤를 살펴주면서 내게 알려줄 만한 일이나 알려주면 고마울 뿐이지."

"그렇게 생각하신다면 잘못입니다. 누구는 조정에서 이러니저러니 하고 싶어 아침 첫 새벽부터 조회에 나가겠습니까? 부득이 하는 것이지요."

서태후는 속으로 생각했다.

'차라리 황상의 친정이라는 이름 밑에서 동태후가 간섭하지 못하게 하고 나 혼자 아들을 좌지우지하는 것이 낫겠다.'

그리하여 서태후는 동태후의 뜻을 그대로 따르기로 하였다.

그 뒤 며칠 지나서 조회 끝에 동태후가 말을 꺼냈다.

"당초에 선제폐하께서 붕어하신 때에 황상의 나이 심히 어린 까닭에 나와 서궁태후가 부득이 수렴청정하게 되었던 것이오. 이제 황상의 나이 성년이 되어서 혼례까지 치렀으니 나라 정사를 우리 양 궁으로부터 황상에게 돌리기로 하였소. 앞으로 여러 왕공 대신들은 저마다 충성을 다하여 황상을 섬겨서 성제폐하와 우리 양 궁이 경들을 믿고 후대하는 뜻을 저버리지 말기를 바라오!"

서태후가 말했다.

"이제 동궁태후폐하의 분부에 의지하여 우리 양 궁이 나라 정사를 황상에게 돌리는 뜻을 경들이 잘 알 것이나 아무리 그렇다 하더라도 나라 정사에 대하여 중대한 것은 내가 동궁태후폐하와 때때로 상의하여 잘못됨이 없게 하고자 하니 경들은 이 뜻을 본받아 황상을 섬기라!"

물론 이 말은 서태후가 그 뒤에도 나랏일에 간섭한다는 뜻임을 여러 왕공대신들도 알아듣고 일제히 일어나 경축하였다.

"황상폐하 만세!"

"양 궁 황태후폐하 만세!"

동치황제가 동서 양 태후의 손에서 정권을 찾아 친정(親政)하게 된 때는 동치 11년이었다. 그 나이 비록 스무 살도 채 되지 못했지만 원래가 영리했다. 십여 년 동안 아무리 양 궁 태후의 섭정 아래 있었으나 임금의 자리에 앉아 사람을 쓰며 정사를 처리함에 서투름이 없었다. 어머니들의 섭정을 받을 때마다 굳은 결심을 품곤 하였다.

"만일 내가 친정을 한다면 이렇게는 하지 않겠다."
"어디까지든지 좋은 황제가 되어 볼 것이다."
하지만 그러한 맹세는 쓸 데 없는 것이 되고 말았다.
이름만 황상의 친정이었다. 작은 일 한 가지라도 서태후의 뜻을 묻지 않고 처리할 수가 없었다. 그러지 않을 경우엔 당장에 야단과 책망이 떨어졌다.
이렇게 되니 동치황제는 차라리 친정이라는 명칭만 없어도 얼마나 홀가분할까 하는 생각마저 가지게 되었다. 겉으로는 드러낼 수 없는 감정이었다.
조정에서 동치황제의 모든 거동은 즉시 서태후에게 알려지고 있었다. 황후도 그랬다. 황제와 황후는 죄수처럼 어떤 말도 함부로 할 수가 없었다. 궁궐이 감옥만도 못했다.
그러한 정탐은 이연영이라는 자가 총괄하였다. 안득해가 죽은 뒤 궁중에 들어와서 서태후의 온갖 사랑을 받으며 총참모 위치에 오른 제2의 안득해라 할 수 있는 자였다.
이연영의 술책은 안득해보다도 한 단계 높았다. 안득해로서는 꿈도 꾸지 못할 간교함과 흉악함이 있었다. 계책만 서면 모든 수단과 방법을 가리지 않고 이루고야 마는 자였다.
본래 이연영은 하간부(河間府)의 불량자였다. 일찍이 죄를 범하고 옥살이를 마치고 나와서 가죽신 짓는 것을 업으로 삼았다. 그의 고향에는 고자가 많이 나는 관계로 이연영은 내시들이 모여 노는 곳에 자주 어울렸다.

그때 북경에서는 머리 쪽을 신식으로 짜는 법이 유행이었다. 서태후 역시 그 유행을 좋아하여 여러 내시와 궁녀들에게 자기의 머리쪽을 새 유행에 맞추어 짜도록 하였다. 여러 번 하여 보았지만 도무지 제대로 짜여지지가 않았다. 내시와 궁녀들에게 벌을 내리기도 하고 스스로 짜 보기도 하였다. 이리 되자 내시와 궁녀들은 어떻게 하면 신식 머리쪽을 짤 수 있을까 하는 궁리뿐이었다. 궁중의 이러한 비밀은 저절로 궁 밖으로도 새어 나왔다. 이연영이라고 그러한 소문을 못 들을 리 없었다.

이연영은 모든 기생집을 찾아다니며 열심히 신식 머리 짜는 법을 배웠다. 금방 익숙해질 수 있었다.

얼마 후 이연영은 심란옥이라는 내시의 소개를 얻어 서태후 궁에 들어갈 수 있었다. 한번 서태후의 머리를 유행에 따라 만들어 주자 서태후는 흡족해 했다.

그때부터 이연영은 서태후의 특별한 사랑을 받게 되었다. 이연영은 머리 만지는 것뿐 아니라 영특하고 총명하여 하는 일 모두가 서태후의 마음을 만족하게 하였다.

서태후에게는 이연영이 없으면 잠을 잘 수도 밥을 먹을 수도 없을 만큼 필요했고 사랑의 대상이기도 했다. 연극을 볼 때는 함께 앉아 구경하고 혼자서 음식을 받을 때면 미리 이연영이 좋아하는 반찬을 덜어놓아 나중에라도 먹도록 하였다.

서태후의 사랑이 그에 이르니 이연영 또한 서태후의 뜻이라면 무엇이든지 따르고 이루어지도록 힘을 썼다. 동치황제와 황후에 대한 서태후의 의중도 익히 알고 있었다. 이연영은 황제와 황후의 동정을 낱낱이 정탐하여 서태후에게 알려주었다. 또 서태후와 의논하여 황제와 황후의 사이를 갈라놓기 위해 봉수의 딸 황귀비의 위치를 높이려 온갖 음모를 만들기 시작했다.

그러한 계책의 일환이었는지는 알 수 없으나 한 번은 서태후가 동치황제를 불러놓고 엄숙하게 훈계하였다.

"황상 태조와 태조황제께서 창업하시기 위하여 겪었던 곤란과 지금까지 이 대업을 지켜오기까지 얼마나 많은 어려움이 많았는지를 마땅히 알아야 한다. 그러므로 나는 황상에게 이르노니 중궁(황후궁)에서만 자지 말고 매사에 더욱 부지런하여야 한다. 더욱이 황후 된 사람이 그렇게 어질지 못하고 박복스러우니, 황상은 마땅히 황귀비를 가까이 하여야 할 것이다. 황귀비는 나이도 황후보다 많을 뿐아니라 모든 것이 황후같이 박복스러운 사람에게 비할 바가 아니니 그리 알아라."

동치제는 어머니의 그런 말들이 무슨 뜻에서 나온 것인지 잘 알고 있었다. 동치제는 반발하고 싶었으나 참을 수밖에 없었다. 어머니에 대한 예절 때문이 아니라 서태후의 권세와 모진 계책이 두려워서였다.

"마마께서 일러주시는 말씀을 삼가 명심하고 그대로 받들어 행하겠습니다."

동치제가 물러간 뒤에 서태후는 이연영을 불렀다.

"네 말대로 황상에게 분부하였으니 너는 황상의 행동을 자세히 살펴보고 내게 말해라."

"네! 그리하겠습니다."

서태후와 이연영은 그 후로도 한참이나 속살거렸다.

서태후 궁에서 물러나온 동치황제는 자기의 내궁으로 돌아와서 여전히 황후와 함께 지냈다. 전보다도 오히려 더욱 사랑하고 정을 두텁게 하며 황귀비를 멀리 했다. 황제와 황후는 잠시라도 떨어져서는 못살 것처럼 함께 지냈다. 이연영은 그러한 형편에 몇 배나 더 보태서 서태후에게 알렸다. 서태후는 크게 노하였다.

"음. 말로만 해서는 안 되겠다. 어디 견디나 보자!"

서태후는 또 다른 계책을 이연영에게 내렸다.

하루는 서태후가 황제를 불렀다.

"황상은 계집에게 혹하여 어미가 일러주는 말을 거역하고 듣지 않기로 작정하였는가? 황상이 새로이 정사를 맡았음에도 아무 철도 없는 황후궁에서만 밤낮으로 지내는 것은 천만 번 옳지 못한 것이다. 그러니 오늘 이후로는 내 허락 없이는 다시 황후궁에 들지 말고 건청궁에서 지내면서 나랏일에 힘써라."

서태후는 책상을 주먹으로 치면서까지 크게 꾸짖으며 소리쳤다.

"그리하겠습니다."

동치제는 공손하게 대답했다. 물러나온 동치제는 곧장 동태후를 찾아갔다.

"마마께서 서궁마마에게 말씀하셔서 그 마음을 돌리시도록 하여 주시기만 바랍니다."

동치제는 모든 것을 말씀드리고 애원하였다.

동태후도 서태후의 의중을 훤히 알면서도 달리 할 말이 없었다.

"서궁폐하의 분부에 비록 여러 가지 불만이 있더라도 그 분부는 당연한 분부일 것이니 황상은 잠시 참고 그대로 따라 행하시오. 내가 서궁폐하와 잘 얘기해 볼 것이니 너무 상심하지 마시오."

그날부터 동치황제는 사랑하는 황후와 헤어져 건청궁에서 홀로 지내게 되었다. 한시라도 빨리 황후궁으로 가고 싶은 생각이 간절했다. 살그머니 황후만이라도 만나보고 오고 싶은 욕망도 생겼다. 그러나 궁중의 모든 세력은 서태후에게 있었다. 더욱이 이연영 이하의 모든 내시들이 자기의 행동을 빈틈없이 정탐하고 있으니 그것도 마음대로 못하고 세월만 보내게 되었다.

서태후의 강압수단에 서로 헤어지게 된 동치황제의 어린 내외의 가슴 속에는 형용할 수 없는 원한과 원통의 불길이 타올랐다. 눈에서 흐르는 것은 눈물이요, 입에서 나오는 것은 한숨이니 마치 그 모습이 병들어 죽을 날을 기다리는 모습이었다.

그래도 서태후는 조금도 그 모습을 애처롭게 보아주지 않았다. 도리어 그것도 부족하다는 듯이 아침 저녁으로 문안 인사를 드는 황후를 트집잡아 꾸짖고 책벌하였다. 그럴 때마다 서태후의 곁에는 항상 황귀비가 있었다. 황귀비는 기세 등등하게 귀비로서 황후에게 행할 예의범절이라고는 조금도 차리지 않았다. 그것이 황후로서는 더욱 참을 수 없는 분함이고 설움이었다. 그렇다고 무어라 불평할 수도 없었다. 그저 벙어리거니 하고 아무 말도 아무 기색도 보이지 않을 뿐이었다.

온갖 원한과 설움을 품은 채 건청궁에서 긴긴 밤을 혼자 지내던 동치황제는 어느 날 자기 마음에 드는 궁녀를 한 사람 업어오라고 내시들에게 분부하였다.

임금의 분부를 받은 내시는 총관 이연영에게 들은 대로 보고하였다. 이연영에게 이 말을 들은 서태후는 귀엣말로 은밀히 지시를 내렸다. 말을 듣고난 이연영은 웃으면서 물었다.

"그러나 그렇게 하였다가 황상께서 진노하시면 어찌하오리까?"

"부모가 하는 일에 진노할 자식이 어디 있겠느냐? 어서 내 말대로 하여라!"

서태후는 정색을 하였다.

이연영은 그때서야 물러나와 내시들에게 무엇이라 가만히 일러주었다. 내시들은 바삐 황귀비를 업고 건청궁 동치황제에게로 갔다.

동치황제는 황후를 그리워하던 안타까움에 지쳐 회포나 풀어볼까 하는 마음에서 자기가 사랑하는 궁녀나 보려 했는데 데려온 사람은 궁녀가 아닌 황귀비였다. 놀라지 않을 수 없었다. 동치황제는 황귀비를 본 척도 하지 않고 황귀비를 데려온 내시들을 불러 꾸짖었다.

"짐이 궁녀 중 아무나 데려오라 했지, 황귀비를 모셔 오라고 했느냐? 이것이 무슨 까닭이냐? 바른 대로 아뢰어라!"

"이것은 총관 이연영의 명령입니다."

내시들이 머쓱해서 아뢰었다. 동치제는 더욱 분노하였다.

"뭐야? 이연영의 명령! 이연영을 당장 불러오너라!"

동치황제는 당장이라도 이연영을 죽일 듯이 펄쩍 뛰었다. 이연영은 미리 등대하여 있다가 동치황제 앞으로 나왔다.

"네! 황송합니다. 소인이 어찌 감히 어명을 거역하겠습니까? 오직 서궁 황태후마마의 어명대로 행한 것뿐입니다."

동치황제도 그 말을 듣고는 어안이 벙벙해 아무 말도 할 수 없었다.

"소녀도 내시들의 말을 듣고 온 것이 아니오라 어명을 받아서 온 것이니 용서하여 주시기 바랍니다."

옆에 있던 황귀비도 말참견을 했다.

동치황제는 그 말은 들은 척도 하지 않고 내시들에게 분부하였다.

"여러 말 하지 말고 황귀비를 다시 모셔 가라."

"소인들은 서궁폐하께서 황귀비 전하를 성상폐하께 모셔가라는 어명만 받았을 뿐이옵니다. 황송하옵니다."

이연영의 말이 끝나자 내시들은 일제히 물러갔다.

동치황제도 더 말이 없었다. 황귀비는 건청궁에서 밤을 보냈다. 그러나 동치황제의 고통은 더욱 심했다. 침상은 비록 같이했지만 두 사람이 꾸는 꿈은 저마다 다를 수밖에 없었다.

# 동치황제의 심화

 황후궁에 들어가지 못하는 동치황제가 자기 마음에 드는 궁녀를 부를 때마다 내시들은 꼭 봉수의 딸을 데리고 와 서태후의 어명이라고 하였다. 그러자 동치황제는 궁녀를 부르던 것도 아주 그만두고 건청궁에서 혼자 밤을 새우게 되었다. 그는 극단으로 고민하였고 그 고민 끝에 생긴 것이 신경쇠약이었다. 이 극심한 신경쇠약은 히스테리 증상으로 보통 사람은 상상하지 못할 행동을 하는 것이었다. 동치황제는 건청궁 넓은 방에서 밤낮 혼자 지냈다. 낮보다도 밤이면 앉았다 일어섰다 누웠다 하면서 생각나는 것은 자기 아내 동치황후였다. 그리고는 자기의 신세를 한탄하였다.

'천자라는 이름이 무슨 소용이냐? 이건 절간의 중생활이다. 아니다! 중은 자기 마음대로 온 천하를 다니면서 강산구경이나 해 보지! 중만도 못한 인생이니 차라리 죽어버릴까? 그럴 수도 없다면 나의 일생을 어찌할까? 황후는 불쌍한 사람이다. 이 천하에 나와 황후 두 사람만이 불쌍한 사람이다. 이렇게 떨어져 그리워하며 사느니 차라리 이 밤중에 어디든 멀리멀리 도망가서 한 세상 살아볼까?'

그리고는 당장에 황후궁으로 찾아가리라 벌떡 일어섰다. 그러다가 또다시 자기와 황후를 지키며 정탐하는 내시들이 몇백 명이 있어서 그것도 할 수 없다는 생각에 털썩 주저앉았다. 그러자 동치황제는 내시들을 자기 원수라고 생각하였다.

 '이 원수놈들을 모조리 죽여 버려야 우리 두 사람이 도망이라고 칠 수가 있는 것이다.'

그리고는 내시들을 모조리 죽이리라고 마음을 먹었다. 그는 혼잣말로 중얼거렸다.

"옳지! 이런 방법으로 저놈들을 모조리 죽여 버리자!"

잠시 뒤 동치황제는 별안간 큰 목소리로 불렀다.

"이리 오너라!"

그때는 밤중이라 당번한 내시가 답하지 못하였다. 동치황제는 다시 큰 목소리로 불렀다.

"이리 오너라!"

그때에야 비로소 당번하던 내시가 "네—" 긴 대답을 하며 앞에 와 대령하였다. 동치제는 크게 분노하여 자기 앞에 놓인 물건을 손에 닥치는 대로 집어던지며 꾸짖었다.

"네 이놈! 원수놈아! 네가 소위 당번하는 놈이냐? 목이 터지도록 불러도 못 들은 척하고 대답도 하지 않느냐? 네 이놈!"

화가 난 동치황제가 벼룻돌로 내시의 머리를 때리는 바람에 내시는 머리를 맞아 피를 흘렸다.

"아이구! 아이구! 살려주소서! 소인 죽을 때라 잘못하였습니다. 살려주소서!"

내시는 울다가 넘어졌다.

동치제는 넘어지는 놈을 또다른 무엇으로 때리며 악을 써 불렀다.

"이놈들아! 이리 오너라! 이 원수놈들아!"

그때 여러 내시들이 달려와서 그 광경을 보고는 벌벌 떨며 대령하였다.

"네! 네! 네!"

동치황제는 여러 내시들을 보고 더욱 화가 나서 호령하며 악을 썼다.

"네 이 원수놈들아! 모두 어디 갔다가 이제야 왔느냐! 저놈을 당장 내 앞에서 때려 죽여라! 죽여라!"

여러 내시들은 별안간에 무슨 곡절인지 알지 못하고 어물어물하였다. 그 판에 동치황제는 책상에 놓여 있던 옥으로 만든 재털이를 집어 가까이에 서 있던 내시에게 냅다 던졌다.

"이놈들아! 너희놈들까지 짐의 명령을 거역한단 말이냐! 죽일 놈들!"

재털이에 맞은 내시는 기겁하여 달아나고 여러 내시들이 달려들어 넘어져 있던 내시를 끌어내리며 저마다 주먹 한 번 발길 한 번씩 갈기는 바람에 가련한 어린 내시는 그만 뭇매에 맞아죽었다. 그뿐만 아니라 재털이로 얻어맞고 달아난 내시도 잡아다

심한 매질을 하여 때려죽였다.

죽은 자는 두 사람이지만 그날밤에 당번이었던 내시들은 모조리 매를 맞았다.

그날밤이 새도록 수십 명의 내시를 자기 앞에서 모조리 때리고 엄벌한 동치황제는 날이 샌 뒤에야 피곤함을 이기지 못하고 쓰러져 잠이 들었다.

그날 동치황제는 옥체가 미령하다는 이유로 왕광대신의 조회도 받지 않았다. 해가 중천에 떴을 무렵 무거운 머리를 들고 일어나 내시들이 권하는 음식을 간신히 입에 대는둥마는둥 먹고 다시 자리에 드러누웠다.

그러는 동안에도 앞에서 시중들던 내시들은 모조리 책벌을 당하고 쩔쩔매었다.

"이 원수놈들아! 내 손으로 너희놈들을 모조리 때려죽이고 말 테다. 원수놈들! 이놈들 어디 견뎌보아라!"

동치황제는 자리에 누으면서도 혼자 중얼거린 뒤 잠이 들었다.

"이 원수놈들을 모두 죽여야지!"

잠을 자면서도 잠꼬대까지 하였다.

모든 내시들은 죽은 듯이 숨도 크게 쉬지 못하고 서로 눈짓만 살피다가 말소리가 들리지 않는 곳에 가서 여러 가지로 걱정하며 수군거렸다.

"아마도 성상폐하께서 갑자기 풍병에 걸리신 모양이다."

"그렇지! 병환이 아니시고야 그러실 수가 있나? 병환은 분명히 병환이실세!"

"좌우간 까딱 잘못하면 죽기를 면치 못할 테니 모두 조심하여야지!"

"오늘밤 일이 무엇보다 큰 걱정이야!"

과연 그러하였다. 동치황제는 해가 질 때까지 자리에 누워 있다가 해가 진 뒤에 일어나 저녁밥을 대강 먹고는 앞에 있는 내시를 보고 별안간 크게 소리질러 꾸짖었다.

"네 이놈! 누가 불렀기에 네놈이 여기 와서 있느냐? 이 원수놈아! 무엇을 또 정탐하려고 왔느냐?"

그 내시는 엎드려 아뢰었다.

"소인이 오늘 저녁 당번입니다!"

동치황제는 그 말에 더욱 크게 노하여 꾸짖었다.

"이놈! 오늘 저녁 당번! 너희놈들이 무엇을 지키며 무엇을 정탐하는 것이냐? 이 죽일 놈들아!"

그리고는 매로 그 내시를 함부로 때렸다.

그 내시는 매를 견디지 못하고 울면서 하소연하였다.

"폐하! 폐하! 소인을 살려주소서! 소인이 어찌 소인의 마음대로 번을 섰겠습니까? 총관의 명령을 받아서 온 것뿐입니다! 소인을 살려주소서!"

동치제는 애걸복걸하는 그자의 말은 못들은 척하고 다만 '총관의 명령'이라는 말에서 이연영을 생각하고 다시 한 대를 때리며 호령하였다.

"이놈! 총관의 명령으로 짐을 정탐하러 왔다는 말이지?"

"아닙니다. 총관을 명령으로 당번하러 온 것입니다. 살려주소서!"

"총관은 누구란 말이냐?"

"네! 이연영입니다."

"당장 가서 이연영이란 놈을 오라고 하여라!"

동치황제의 명령에 내시는 총관 이연영에게 달려가 전후 사정을 낱낱이 말하였다. 이연영은 황제가 부르는 것이 달갑지 않으면서도 곧 달려가 대령하였다. 동치황제는 이연영이 앞에 와서 엎드리는 것을 첫바람에 몇 대 마구 때리고 호령하였다.

"네 이놈! 연영아! 무엇하러 왔느냐? 이 원수놈아!"

이연영은 황겁하여 울면서 아뢰었다.

"소인은 폐하의 어명을 받아서 온 놈입니다. 살려주소서."

"이놈! 네가 언제부터 어명을 그렇게 존중하였느냐? 이놈은 내 손으로 죽여야지."

동치제는 죽어라 하고 이연영을 힘껏 때렸다.

이연영은 이러다 죽을 것 같다는 생각이 들자 도망쳐 서태후의 궁으로 달아나 버렸다.

이연영을 자기 손으로 때려죽이려다가 놓친 동치황제는 열길 스무길을 날뛰면서 내시들에게 호령하였다.

"이놈! 연영이놈을 잡아오너라! 당장 잡아와! 만일 연영이놈을 못잡아오면 네놈들이 죽고말 것이다."

서태후궁으로 도망간 이연영을 잡아올 사람은 한 사람도 없었다. 이연영을 잡아오지 못한 까닭에 그날밤 매맞아 병신된 자도 적지 않고 그래도 죽지 않은 것만 다행이라고 하는데 동치황제는 여전히 내시들을 자기 손으로 모두 때려죽인다고 펄펄 뛰었다.

펄펄 날뛰던 동치황제는 기진맥진하여 침상에 쓰러지고 매맞고 꾸중듣고서 정신차리지 못하는 내시들은 죽은 듯이 여기저기 늘어서 있었다.

서태후궁에 도망간 총관 이연영은 울면서 서태후에게 아뢰었다.

"태궁마마! 소인 살려주소서! 황상폐하께서 소인을 죽이려 하십니다. 태궁마마! 소인 죽습니다. 소인 살려주소서!"

이연영은 엎드려 통곡하였다.

서태후도 얼마 전부터 아들 동치제가 정신병자처럼 낮에 자고 밤이면 밤새도록 내시들을 때리고 욕하며 들볶는 것이 이상하다는 말을 들었던 차에 이제 이연영이 매맞고 기겁하여 온 것을 보고 혹시나 아들이 정말로 정신병에 걸리지 않았는가 하는 의심도 없지 않았다.

그러나 자기가 사랑하는 이연영을 때려죽이려 한다는 말에는 얼마쯤 쾌씸한 생각도 들었지만 능청이 음흉으로 변한 서태후는 이연영의 거동과 아뢰는 말을 보고 듣고서도 기색 하나 변하지 않고 말하였다.

"너희놈들이 황상 앞에서 뭔가를 잘못하였지! 그렇지 않고서야 그다지 노하셨겠느냐!"

서태후는 도리어 이연영을 꾸짖었다.

이연영도 그만큼 간교한 사람이라서 태후의 꾸짖음이 무슨 이유인지 알아채고 여전히 울며 말했다.

"태궁마마! 살려주소서! 소인들이 물론 잘못이지만 태궁마마의 넓으신 덕택으로 살려주소서! 태궁마마!"

그때 마침 동치황제를 모시고 있던 내시 세 사람이 울면서 달려와 말하였다.

"방금 황상폐하께서 크게 진노하시어 총관(이연영)을 잡아오라고 야단치시는 바람에 소인들도 무수히 매를 맞고 꾸중을 들었습니다. 만일 총관이 가지 않으면 소인들은 모두 죽습니다."

서태후는 그 말을 듣고 잠깐 무엇을 생각하다가 말하였다.

"연영아! 어서 가보아라! 황제께서 부르시는데 안 가서야 되겠느냐?"

이연영은 서태후에게 대답하였다.

"네, 황송합니다. 죽어도 소인은 가겠습니다. 지금 소인이 태궁마마께 이와 같이 뵙고 애걸하는 것도 이 세상에서는 마지막일 것입니다. 소인은 이제 죽으러 갑니다. 서태후폐하 만세!"

이연영은 두 번 머리를 조아려 절하고 일어나서 울며 "태궁마마!"하고 서태후를 한 번 더 쳐다보고 물러가려 하였다. 서태후는 웃으면서 말하였다.

"이놈! 죽어도 황제 앞에서 죽는 것이 영광이다. 어서 가거라."

이연영은 서태후의 그 말 한 마디가 자기를 살려주는 말이라고 믿고 황제에게 갔다. 그때 동치황제는 침상에 누워서 역시 눈물만 흘리고 있었다.

"총관 이연영 대령하였습니다."

그러자 동치황제는 벌떡 일어나서 호령하였다.

"그놈을 단매에 쳐서 죽여라!"

내시들이 일제히 매질을 시작하려고 할 때 서태후궁의 내시들이 와서 무슨 쪽지를 올렸다. 동치황제가 받아 보니 "이연영이 황상 앞에서 거행을 잘못한다니 연영은 그 직책을 면하고 다른 데로 보내기로 하노라!" 하는 어머니의 명령이다. 동치황제는 이연영이 자기 곁에서 없어지게 된 것을 다행으로 알고 연영을 놓아보냈다.

동치황제는 이연영이 자기 곁에서 떠나간 것을 시원하게 생각하는 동시에 이전부터 자기의 비밀을 서태후에게 밀고하던 내시들을 모조리 때려죽이기로 결심하고 그날부터 내시들을 때리고 욕하는 것이 더욱 심하였다.

　한편 서태후는 이연영을 자기의 궁중으로 불러와 아들이 한다는 짓을 낱낱이 듣고는 여러 가지 걱정을 하였다. 밤중에라도 동치황제는 불러서 물어 보고 싶지만 그러지 못하고 이튿날로 미뤘다.

　이튿날 조정에 다니러 들어온 동치황제는 서태후의 부름을 받고 궁중에 들어가 어머니를 뵈었다. 서태후는 동치황제를 보고 부드러운 낯빛으로 물었다.

　"내가 들으니 황상이 일간 무슨 심화가 난 일이 있다 하니 정말인가?"

　동치황제는 자기가 행한 모든 일이 어머니에 대한 심술인 것을 생각하고 대답하였다.

　"무슨 심화난 일은 없고 다만 거행하는 내시놈들이 하도 부족한 게 많아 벌한 일은 있습니다."

　"그렇지! 그놈들이 도무지 못마땅해서 걱정이야! 그놈들을 엄벌해야지!"

　"그렇지 않아도 엄벌할 생각은 있는데 마마께서 어찌 여기실지 알 수 없어서 대강 벌만 주었습니다."

　"낸들 어찌할 것이야 없지! 다만 남의 임금된 이로서 너무 진노하는 것은 해로우니 과도히 할 것은 없고 그런 때에는 황귀비 같은 사람을 불러서 풀어 버리는 게 옳겠지!"

　"네! 알아들었습니다."

이와 같이 서태후와 동치제가 서로 묻고 대답하는 중에 서태후는 아들이 분명 정신병이나 또는 다른 병에 걸리지 않은 것을 알아채었다. 그 행동이 황후와 서로 헤어져 있는 데서 생긴 분풀이인 것도 확실히 짐작하고 황귀비를 가까이 하라고 권고하였으나 "네! 알아들었습니다." 하는 대답 역시 본심이 아닌 말인 줄 알았다. 그래서 거기에 대한 말은 더 하지 않았다.

동치황제도 어머니가 하는 말이 모두 체면 차리는 거짓말이며 마음속에서 우러나오는 말이 아님을 깨달았다. 적적하거든 황귀비를 가까이 하면 만사가 무사하리란 말인 것을 생각할 때 입으로는 "네-" 하였지만 마음속으로는 '아니오! 천만의 말씀이오!' 하는 대답만 절로 나왔다. 그 뿐만 아니라 '그 원수 같은 황귀비를 내가 다시 가까이 해! 안 될 말이야, 죽어도 안 되지!' 하는 결심만 굳어졌다.

그러는 동안 서태후는 다시 생각하였다.

'아무리 보아도 황귀비와는 가까이 하지 않을 것 같고 그렇다고 하여 황후와 가까이 시킬 수도 없으니 이 노릇을 장차 어찌하나?'

동치황제는 다시 말하였다.

"마마! 간밤에 잠을 잘 자지 못하였더니 피곤합니다. 나가서 자리에 눕고자 합니다."

서태후는 아들이 피곤할 것은 사실이라 여기며 대답하였다.

"그렇겠지! 피곤하겠지! 어서 나가 좀 쉬어야지. 그런데 내시놈들 가운데서 거행과 언행이 부족한 놈은 몇 놈이나 되며 어느 놈인지 내게 말하면 그놈들을 당장 다른 데로 보낼 테니 황상은 그러지 말고 말하라!"

어머니의 말이 무슨 뜻에서 나온 것인지 알고 자기가 가장 미워하는 몇몇 내시의 이름을 말하였다.

서태후는 당장 이연영을 불러 아들이 못마땅하게 여기는 내시들을 다른 곳으로 옮기라고 분부하고 동치황제에게 물러가라고 허락하였다.

서태후 앞에서 물러나온 동치황제는 건청궁에 돌아와 자리에 쓰러져 한탄하였다.

"이제는 나를 낳으신 어머니가 나에게 거짓말을 밥먹듯 하는구나!"

동치황제는 자기의 신세를 한탄하고 울다가 다시금 무엇을 생각하고 혼잣말로 중얼거렸다.

"우는 것은 못난 짓이다."

그는 울음을 그치고 팔짱을 낀 채 무엇을 또다시 생각하였다.

'옳지! 이놈들을 날마다 들볶되 하루에 한 놈씩만 요절을 짓노라면 끝이 나겠지!'

동치황제는 자기를 감시하고 정탐하는 내시들을 씨도 없이 쫓아내기로 하되 하루에 꼭 한 사람씩만 쫓아내기로 새로 작정하였다.

그 뒤 동치황제는 과연 내시들을 날마다 들볶고 하루에 한 사람씩 쫓아내는데 어떤 날은 두 사람 혹은 세 사람씩 쫓아내었다. 그래서 동치황제를 모시는 내시가 몇 사람 남지 못하였다. 새로 다른 데서 뽑아다 수를 채우려 해도 모든 내시들이 황상 모시기를 싫어하여 갑자기 채울 도리가 없었다. 그러고 보니 그의 비밀을 정탐하여 서태후에게 밀고할 만한 자가 거의 없어졌다.

한 번은 황귀비 봉수의 딸이 서태후가 시키는 대로 적막한 동치황제를 위로도 하고 사랑도 받아보려고 저녁수라도 끝나고 해가 져 궁중에 휘황하게 촛불이 켜진 때 동치제가 있는 건청궁으로 올라갔다. 내시들이 황귀비의 길을 막고 말하였다.

"귀비전하! 황상폐하께서 부르지 않으셨는데 이렇게 가시지 못합니다."

"나도 그런 줄 짐작하지만 황상폐하께서 너무도 오랫동안 적막히 계시므로 내가 위로하러 온 것이니 그리 알고 내 길을 막지 말라!"

여러 내시들이 일제히 말하였다.

"안 될 말씀입니다. 소인들은 궁중 법규대로 또는 예절대로 거행하다가도 날마다 매맞고 갇히는데 이제 귀비전하의 이 걸음이 궁중 규칙을 어기는 걸음이니 절대로 못 가십니다."

이때 황귀비는 서태후의 권력을 믿고 또한 자기가 황귀비라는 높은 지위에 있는 것을 가지고 호령하였다.

"이놈들아! 물러서라! 어느 놈이 감히 나의 길을 막느냐? 황태후폐하께서도 내가 오늘 저녁에 이곳으로 오는 것을 아실 것이다."

내시들은 어쩔 수 없이 황귀비를 동치황제의 침궁으로 들어가도록 하였다.

동치황제는 마침 그날밤에도 내시들을 들볶으려고 결심하고 그 결심을 시작하려 할 때였다. 그러한 때에 황귀비가 들어오는 것을 보고 깜짝 놀랐다. 황귀비는 임금 앞에 가까이 가서 절하고 아뢰었다.

"폐하! 용서하소서! 폐하께서 하도 오랫동안 적막히 계시는 것이 딱하여 오늘밤에는 예절도 규범도 돌보지 않고 이와 같이 왔사오니 용서하여 주소서!"

동치황제는 황귀비를 보는 순간 '저 원수년이 무슨 흉계를 가지고 왔을까? 분명히 서태후폐하께서 시켜서 왔겠지!' 하고 생각할 때 그 입에서 "예절도 법규도 돌보지 않고"라는 말이 나오자 별안간 내시들을 불러 불호령을 내렸다.

"너희놈들은 이곳에서 무엇하고 있는 놈들이냐? 궁중의 법규도 안 지키고 누구나 함부로 들어오게 하느냐? 이 죽일 놈들!"

동치황제가 당장 벽력이 떨어지듯 야단을 치자 내시들은 울면서 아뢰었다.

"소인들은 법규대로 말씀하였으나 황귀비전하께서 황태후폐하의 어명을 받고 오시는 걸음이라 막지 못하였습니다."

동치황제는 내시들의 죄가 아닌 것을 알고서도 몇 놈은 매를 치고 몇 놈은 가두었다. 그 광경을 보는 황귀비는 후회하면서도 엎드려 울며 빌었다.

그러나 황제의 마음은 조금도 돌아서지 않고 그밤을 그대로 지냈다. 황귀비는 날이 밝기 전에 분하고 부끄러운 생각만 가지고 자기 처소로 힘없이 돌아갔다.

# 동치황제의 화류 생활

 동치황제가 내인들을 원수로 여겨 때리고 죽이고 쫓고 가두고 들볶는 바람에 건청궁에서 거행하던 내시가 절반이나 갈렸다.

 남아 있는 내시들도 어느 날 어느 때에 어떤 봉변을 당할지 알 수 없어 어떻게 하면 황제의 정신병 같은 발작이 없어질까 하는 것이 걱정이었다. 그리고 자신들의 신세가 남자도 아니요, 여자도 아닌 인생으로서 한평생을 인생의 낙을 알지 못하고 먹고 입는 것이나 궁중에 의탁한 것인데 그마나 임금의 정신적 발작으로 언제 어떻게 죽을지 알지 못하여 저절로 한숨이 나왔다.

 주도영이라는 젊은 내시가 있었다. 이자는 오입과 난봉으로

패가하고 매독에 걸려 생식기를 잃어버리고 내시가 되었지만 화류계에 대한 생각은 언제나 간절하였다.

그리고 그자는 모든 일에 눈치 빠르고 영리하며 남의 눈치를 잘 맞추어 누구와 무슨 말을 묻고 대답하는지 말솜씨가 능란하기로 유명하였다.

주도영은 여러 내시들이 황제를 정신병에 걸렸다고 할 때마다 혼자 머리를 흔들면서 말했다.

"아니야! 그런 것이 아니야! 황상폐하께서 화를 내시는 까닭이 계시지!"

"무슨 까닭인가? 그 까닭을 말하게!"

"말만 하면 뭐하나? 말보다도 황상폐하의 화가 가라앉으시도록 하는 것이 상책이지!"

"그러면 무슨 방법이든지 어서 말하게! 이러다가는 우리가 모두 죽고 살아남지 못할 것이네!"

"아직은 조금 더 참고 있게!"

"이 사람아! 더 참다니 우리가 모두 죽을 지경인데 어서 묘한 계책이 있거든 말하게!"

"자네들이 모두 내 말대로 할 텐가?"

"암! 그거야 다시 두말할 필요도 없지! 지금 모두 죽을 지경인데 좋은 방법만 있다면 안 들을 사람이 어디 있겠는가?"

"그러면 내가 시키는 대로만 하게. 내가 형편을 보아서 말하지!"

그들은 동치황제의 앞에 번들어서 들어갔다.

그때 동치황제는 조정에서 물러나와 홀로 편전에 앉아서 머리를 숙이고 무엇을 생각하다가 한숨만 길게 쉬면서 곁에 있는 내시들에게는 눈도 돌리지 않았다. 주도영은 여러 내시들에게 눈짓으로 모두 물러가라는 눈치를 보였다. 여러 내시는 일제히 물러갔다.

한참 머리를 숙이고 고민에 쌓였던 동치황제는 적막함을 이기지 못하여 머리를 들어 좌우를 돌아보니 아무도 없고 다만 주도영 한 사람만이 모시고 있었다. 그는 기운 없는 목소리로 물었다.

"이놈들이 모두 나갔느냐?"

"네, 모두 나갔습니다."

"밉살스럽고 죽일 놈들이 짐의 곁에서 언제든지 붙어 있더니 이제 가라는 말도 하지 않았는데 모두 나갔다는 말이냐? 이놈들을 모두 죽여야지!"

주도영은 놀란 척하면서 엎드려 아뢰었다.

"소인이 감히 아뢰옵기 황송하오나 폐하께서 항상 적막하시고 근심이 계셔서 소인들을 벌주시는 줄로 생각됩니다. 그러나 폐하의 마음을 알지 못하는 자들이 항상 모시고 있기를 꺼려합니다. 소인이 혼자 폐하를 모셨다가 잘못된 점이 있더라도 여러 사람을 대신하여 책벌을 받고자 합니다. 폐하께서 소인들을 지금까지 벌하신 것이 소인들의 거행이 잘못된 데 있지 않고 다른 까닭이 계신 줄로 생각됩니다. 황송합니다."

주도영은 다시 머리를 조아려 절하였다. 동치황제는 주도영의 말을 들으면서 머리를 끄덕이다가 다시 주도영을 보고 빙긋이 한 번 웃었다. 주도영도 반기는 빛을 보였다.

주도영의 그 말을 듣고 빙긋이 웃던 황제가 깊은 한숨을 쉬고 다시 머리를 숙이려고 할 때에 주도영이 다시 아뢰었다.

"폐하의 높으신 성덕이 고금에 둘도 없으시고 소인들이 폐하의 태평성대에 났다가 이렇게 모시게 된 것을 무궁한 영광으로 생각합니다."

"네놈도 아첨 잘하는 놈이로구나. 솔직히 말해 짐의 황제라는 이 자리를 누가 부러워하겠느냐?"

그때에 주도영은 황제의 마음 속을 확실히 알았다고 생각하고 다시 놀란 척하며 아뢰었다.

"소인 죽을 때라 함부로 아뢰었습니다. 그러나 죽어도 황제 앞에서 거짓말로 아뢰는 것은 불충이라고 생각합니다. 폐하 청컨대……."

동치황제는 무엇보다 그 말 가운데 "미복하고 대궐문 밖에 나가보시면" 하는 말이 자기의 마음에 드는 말이라고 생각하면서 일부러 한 번 을렀다.

"이놈, 도영아! 짐이 네 말이 거짓인지 아닌지를 알려고 변복하고 민간으로 다니겠느냐? 이놈! 죽일 놈!"

주도영도 황제의 으르는 뜻을 알아차렸다.

"황송합니다. 그러나 소인이 폐하께 변복하고 민간에 나가보십사고 한 근본적인 뜻은 민간의 사정을 알아 두시는 것이 도움이 되리라는 생각도 되옵고 폐하의 춘추가 아직 청춘이신데 날마다 이 적막한 궁궐에서 탄식으로 세월을 보내시는 것이 소인이 뵈옵기에도 딱하고 폐하의 건강에 이롭지 못할까 걱정되어 죽기를 무릅쓰고 아뢴 것입니다."

주도영의 말을 들은 동치황제는 그를 가까이 오라고 한 뒤에 가만히 말했다.

"도영아! 네가 참으로 짐의 마음을 가장 잘 알아주는 놈이다.

짐도 그런 생각을 가진 지가 오랬지만 그렇게 할 방법이 없어서 걱정만 하였다. 이제 네 말대로 하자면 여러 놈들이 동궁과 서궁 양위 태후에게 알릴 텐데 어찌하겠느냐?"

"소인이 벌써부터 폐하께서 건청궁에서 적막하게 지내시는 것을 딱하게 생각하옵고 여러 내시들을 단속하여 어떠한 비밀이든지 새지 않도록 만들어 놓고 오늘에야 비로소 폐하께 아뢰는 것입니다. 폐하께서 입으실 변복까지도 만들어 두었습니다."

동치황제는 너무 반가워서 주도영의 등을 툭툭 두드렸다.

"너는 참으로 짐의 심복이며 충신이다. 그러면 어떻게 해야 하는지 말해 보거라."

"모든 것을 소인이 주선할 것이니 과히 걱정하지 마십시오. 오늘 저녁에 퇴등한 뒤에 나가시기로 하시고 한 가지 바라는 바는 내시들을 불쌍히 여겨 주십사 하는 말입니다."

"그렇지, 그렇지. 너희들이야말로 원래 불쌍한 놈들이다. 그렇고말고."

주도영은 다시 내시 몇 사람을 불러서 거행하게 하고 자기는 밖에 나가서 만반의 준비를 하고 밤이 되기만 기다렸다.

주도영의 말대로 궁중에 어둠이 내린 뒤에 동치황제는 주도영을 데리고 대궐 밖에 나섰다. 대궐 밖에 나와 정양문(正陽門) 밖에 번화한 대채란(大彩蘭) 큰 거리에 들어선 동치황제의 마음속은 이 세상에 난 뒤에 처음으로 시원하고 사람 사는 맛을 보는 것이라고 생각하였다.

주도영은 동치황제를 모신 마차를 다시 협서항(陝西巷)이라는 골목까지 인도한 뒤에 그를 내리게 하니 협서항은 기생들이 많이 사는 골목이었다.

협서항에서 마차를 내린 동치황제는 주도영이 이끄는 대로 대문을 활짝 열어놓고 붉은 등불을 휘황하게 걸어놓은 집을 향하여 들어가면서 주도영에게 가만히 물었다.

"도영아! 이곳은 어디이며, 저 집들은 무슨 집들이냐?"

"네! 이 골목은 협서항이라는 기생골목이고 저 집들은 모두 기생집들입니다."

"응! 기생집들이라…… 짐도 구경할 수 있을까?"

"구경하실 수 있습니다. 다만 폐하께서는 시골에서 오신 선비 행세를 하셔야겠습니다."

"그것이야 그렇게 하지! 어서 들어가 보자."

대문 안에 들어서니 문을 지키고 있던 하인이 큰 소리를 질렀다.

"모셔라! 오셨다!"

동치황제는 깜짝 놀라서 주도영을 쳐다보니 주도영은 가만히 말하였다.

"놀라지 마십시오! 손님이 오셨으니 모시라는 말입니다."

기생집 하인들은 속으로 동치황제를 이런 곳에 처음 오는 풋내기 선비로 생각하고 웃으면서 주도영에게 물었다.

"이전부터 아시는 기생 있습니까?"

주도영은 머리를 흔들면서 황제를 모시고 대문간을 지나 안마당에 들어섰다. 기생집 하인이 응접실이라고 할 수 있는 방 안으로 인도하면서 역시 아까처럼 별안간에 소리를 질렀다.

"지금 방에 드셨다."

그런 뒤에 그 집에 있는 기생의 이름을 차례로 부르니 기생들이 나와 줄을 섰다. 주도영은 동치황제에게 말했다.

"나으리, 마음에 드시는 기생이 있으면 이름을 기억하셨다가 말씀하십시오."

동치황제는 세 번째에 나왔던 옥선이라는 기생이 마음에 들었다.

기생집 하인은 다시 고함을 질렀다.

"옥선아씨! 나으리께서 부르신다."

고함소리에 옥선이라는 기생이 나와서 동치황제에게 절하였다.

"어서 오십시오. 나으리 성씨는 누구시며 어느 관청에 근무하시는지요?"

"내 성은 진(陳)가요. 강서사람인데 이곳에 벼슬 구하러 왔노라."

옥선은 은근히 동치황제에게 추파를 보내며 차를 권하며 교태스런 몸짓으로 다정스럽게 굴다가 자기 방이 비었으니 올라가서 이야기나 하다가 가라고 청하였다. 동치황제는 주도영을 쳐다보니 주도영은 알아채고 옥선에게 말했다.

"나으리를 기생의 방까지 인도하게!"

옥선은 동치황제의 손을 잡아 일으키고 자기 방으로 인도하였다. 동치황제는 옥선을 따라서 방에 들어서니 모든 것이 젊은 사람의 춘정을 일으키고도 남음이 있을 만한 방이었다.

옥선의 방에 들어가서 잠깐 앉아 몇 마디 우스운 이야기를 한 뒤에 주도영은 동치황제에게 아뢰었다.

"나으리께서는 여기에서 잠시 몸을 편히 쉬시면 소인은 밖에 나가서 볼 일을 보겠습니다."

"멀리 가지 말고 내가 나가기를 기다려라."

주도영은 동치황제의 말에 그러겠다는 말을 남기고 밖에 나와 그 집 주인과 하인에게 술과 안주를 잘 차려서 옥선의 방에 들여보내고 자기의 불구자 된 것을 탄식하면서 한잔 마시며 그 밤을 다른 방에서 지내기로 하였다.

혈기 왕성한 천자의 몸으로 오랫동안 여성을 그리던 동치황제는 어여쁜 기생 옥선을 품고 그 날 밤을 지내니 인생의 향락이 거기서 더할 것이 없다고 생각하는 동시에 궁궐에 다시 돌아갈 생각조차 없어졌다.

날이 거의 밝을 무렵 주도영이 옥선의 방문 앞에서 동치황제에게 "날이 밝으니 빨리 가십시다." 하고 알리는 바람에 일어나서 주도영과 함께 그 집 문 밖으로 나섰다.

기생집 문 밖에 등대하였던 마차를 동치황제가 타려고 할 때에 옥선이 미리 나와 서 있다가 동치황제께 말했다.

"나으리, 오늘 저녁에 또 오십시오. 기다리겠습니다."

동치황제는 연연함을 이기지 못하며 "오냐! 오늘밤에도 꼭 오마! 기다려라!" 하는 말을 남기고 마차에 실려서 궁성의 평문까지 이르러 마차에서 내렸다. 마차에서 내린 동치황제는 주도영과 함께 가만히 건청궁에 들어가서 잠시 몸을 쉰 뒤에 신하들의 조회를 받고 동태후와 서태후의 양 궁에 문안하였다. 어느 누구도 동치황제가 기생집에 갔던 것을 알지 못하였다.

그날부터 동치황제는 주변에 있는 내시들을 특별히 후대하여 상도 많이 주며 조정의 정사도 열심히 처리하며 주도영을 잠시도 자기 옆에서 떠나지 못하게 하였다. 그리고 주도영의 말이라면 무조건 믿고 따랐다.

주도영은 동치황제에게 말하였다.

"폐하께서 밤에는 민간풍속과 사람을 살피시는 동시에 낮에는 정사에 부지런하시기를 바라나이다."

동치황제는 크게 칭찬하였다.

"너는 짐에게 오직 하나뿐인 충신이다. 그렇고말고! 물론 네 말대로 하겠다."

둘은 여러 가지 말을 서로 주고받으면서 희희낙락하였다. 그리고 그날 저녁에도 그 이튿날 저녁에도 저녁마다 초저녁에는 일찍이 한잠 늘어지도록 자고 퇴등령을 내린 뒤 주도영과 그 밖에 두세 명의 내시를 데리고 대궐을 나와 모든 기생집과 갈보의 집으로 다니면서 돈을 물쓰듯이 하며 향락으로 밤을 지샜다.

하루는 동치황제가 자기의 행동이 행여나 서태후의 귀에 들어갈까 무서워서 주도영의 의논대로 남서방에 나가서 시강(侍講)과 시독(侍讀)들과 글강론을 하기로 하였다. 그 소문이 동태후와 서태후에게 들어가니 누구나 동치황제는 젊은 임금이지만 참으로 어진 임금이라고 칭찬하면서 그 속에 숨어 있는 행동을 알지 못하였다.

남서방에는 시강 네 사람과 시독 여섯 사람이 있는데 동치황제가 오랫동안 참석하지 않아서 오직 왕경기(王慶祺)라는 한림원 시독 한 사람이 있을 뿐이었다.

왕경기가 천만 뜻밖에 동치황제를 맞아서 글강론도 하고 이런 이야기 저런 이야기를 하는 동안에 그 사람과 정분도 가까워졌다. 동치황제가 날마다 남서방에 가게 되는 것은 글강론보다 왕경기와 군신간의 헛된 이야기로 심심풀이하기 위해서라고 보는 것이 맞다.

동치황제는 자기 혼자만 오입하러 다니는 것이 재미없는지 왕경기와 같이 다닐 생각에 왕경기를 자기의 심복으로 만들려고 하였다. 왕경기는 부장의 아들로 인물도 잘나고 한림학사라는 소년공명을 가지고 장안의 일등미색이라고 할 만한 사람이다.

그런 사람인지라 동치황제를 그러한 방면으로 인도하려고 하였다. 한 번은 동치황제가 탄식하였다.

"짐의 궁중에는 참으로 미인이 없구나."

그 말을 들은 왕경기가 대답하였다.

"궁중에 미인이 있고 없는 것은 소인이 알 수가 없으나 한자담에는 화아라는 절세 미인이 있는 줄 압니다."

그리고는 화아의 인물을 자랑하였다. 화아는 본래 왕경기의 애인인데 왕경기가 임금에게 바치고 자기는 대신 다른 욕망을 채우려고 하였다.

동치황제는 왕경기가 그와 같이 천하 미인까지 추천하는 것을 보고 비로소 자기의 모든 이야기를 한 뒤 왕경기에게 앞으로는 두 사람이 함께 다니자고 간청하였다. 그러자 왕경기도 쾌히 허락하고 이튿날 저녁에 화아의 집으로 가자고 약속하였다.

왕경기가 동치황제에게 화아의 인물을 자랑하고 소개한다고 장담한 뒤 화아의 집을 찾아가 전후사정을 이야기해 주고 동치황제를 모시고 가 화아를 소개하니 화아가 동치황제인 것을 아는만큼 대접하는 범절이라든가 모든 것이 동치황제를 푹 빠지도록 하였다. 더욱이 인물이 참으로 천하일색이라 동치황제는 화아가 만일 이 세상에서 없어지면 자기도 따라서 없어지겠다고 맹세할 정도였다.

그리하여 화아는 밤이면 동치황제의 화아가 되고, 낮이면 왕경기의 화아가 되어 삼각연애의 연극이 오래도록 계속하게 되었다. 공친왕의 아들 재중까지 어울려 그들의 향락적인 생활은 날마다 강해지고 짙어져 그들이 서로 만나는 곳은 언제든지 화아의 집을 본거지로 삼았던 것이다.

한 번은 동치황제가 궁궐의 형편 때문에 밤이 좀 깊은 뒤에 혼자 대궐 밖에 나와 화아의 집으로 가던 길에 어떤 요리점 앞을 지나다가 구경삼아 그 집 이층으로 올라갔다. 술과 안주를 가져오라고 명령하여 혼자 술을 마시는데 맞은편 자리에 어떤 취한 손님 하나가 취흥을 못 이겨 진경매마(秦瓊賣馬 경극 음악의 일종)라는 노래를 부르다가 목청이 잘 돌아가지 않자 애쓰다가 멈췄다.

동치황제도 취흥을 못이겨 잡가 한 마디를 불렀더니 노래 부르던 사람이 동치황제를 꾸짖었다.

"내가 점잖은 노래를 부르는데 그대가 음란한 노래를 불러서 방해하니 이것은 너무 무례하지 않은가?"

동치황제도 분노하여 대답하였다.

"그대는 그대의 노래를 부르고 나는 내 노래를 부르는데 무엇이 상관인가?"

그랬더니 그 사람이 주먹을 불끈 쥐고 당장 치려고 하였다.

"이놈 보아라! 매라는 말만 듣고 매는 평생 못 맞아 보았구나!"

동치황제가 그 사람의 옷을 잡으며 말하였다.

"내가 잘못하였소! 그런데 댁은 누구시우?"

그 사람이 냉소하면서 대답하였다.

"나는 공부주사 진사패다. 그래, 네가 내 성명을 알면 어찌할 것이냐?"

"아니옵니다, 소인이 잘못하였습니다. 주사나으리!"

"흥! 처음에는 건방지더니 이제는 공손하게 되었구나! 상놈은 주먹이라야!"

그리고 그 사람은 다시 앉아서 술을 마셨다.

동치황제는 '이놈을 내일 당장 죽여야지!' 하고 음식 값을 준 뒤에 요리점에서 나왔다.

동치황제가 다시 화아의 집으로 가는데 그 앞에 어떤 젊은 미인 한 사람이 걸어가다가 동치황제를 돌아보고 또다시 돌아보더니 쌩긋 한 번 웃었다. 동치황제는 그 여자가 분명히 밀매음하기 위해 추파를 보내는 것을 알아채고 가까이 가서 자세히 보니 참으로 누구에 뒤지지 않는 미인이다. 진사패에게 봉변을 당하고 술은 술대로 취한 동치황제가 그 밤중에 그런 미인을 만난 것을 다행이라 생각하고 말을 붙였다.

"여보, 아씨! 이 밤중에 어디로 가시우? 내가 모셔다 드릴까요?"

그러자 그 여자는 동치황제의 물음에 대답하지 않은 채 다만 웃을 뿐이었다. 그 여자는 그대로 걸어가며 두 걸음에 한 번씩은 돌아보며 웃었다. 동치황제는 그 여자를 따라서 서하연의 어떤 여관까지 갔는데 그 여자는 여관 안으로 들어가면서도 돌아보고 웃었다. 동치황제는 여관집 하인에게 긴 말 하지 않고 돈부터 얼마 주고 어떤 여자인가 물었다. 하인이 대답하기를 밀매음하는 백부용이라는 여자라 따라 들어가도 상관없다고 하였다. 동치황제는 그 말대로 그 여자가 들어간 방에 들어가 몇 마디 말을 묻고 대답한 뒤에 몇 시간을 함께 보내기로 하였다.

동치황제는 자기가 혼자서도 이제는 넉넉히 오입하게 된 것을 기뻐하며 다시 술도 청해 마시고 백부용과 거의 날이 샐 때까지 향락하다가 서로 헤어져 동치황제는 피곤한 몸으로 궁궐로 돌아왔다.

# 화류병

　동치황제는 어머니 서태후가 사랑하여 주라는 황귀비는 사랑하지 않고 서태후가 미워하는 황후를 자기의 생명같이 사랑하다가 서태후의 눈 밖에 나게 되고 서태후의 방해로 황후와 함께 지내지 못하게 되자 번민과 고통으로 인하여 몸은 허약할 대로 허약해졌고 정신도 남보기에 미친 사람이라 할 정도로 변해버린 것이다.

　그렇게 육체와 정신이 모두 병든 동치황제가 미복하고 가만히 대궐 밖에 나가서 기생, 갈보, 밀매음녀 할 것 없이 화류계로만 쫓아다니게 된 뒤로는 낮을 밤으로 알고 낮잠자고 밤을 낮으로 알고 새우게 되는 데서 몸은 더욱 허약해지고 정신도 말할 수 없게 피폐해졌다.

백부용이라는 밀매음녀와 서하연 여관에서 밤을 새운 동치황제는 궁중에 돌아와서 잠시 몸을 쉰 뒤에 조정에 나가서 왕공대신들의 조회를 받다가 그 전날 밤에 요리점에서 봉변당한 것을 생각하고 그놈을 당장 잡아 죽이라는 어명을 내리고 싶지만 그 사람의 이름이 생각나지 않아서 분풀이를 못하고 앉아 있을 때 공친왕이 아뢰었다.

"폐하의 옥체가 오래 전부터 심히 허약하여지신 듯하온데 그 원인은 여러 가지인 줄로 생각됩니다. 바라건대 폐하께서는 수라를 잡수시고, 밤잠을 주무시며, 옥체를 혹사시키는 범절을 극히 삼가소서! 폐하의 옥체가 요즘에는 더욱 허약하여지신 듯하여 황공합니다."

이어서 여러 왕공과 대신들이 일제히 공친왕과 한결같이 아뢰었다. 동치제는 그것이 모두 자기가 궁궐 밖으로 사행(私幸)한 소문에서 나오는 말인 것을 짐작하고 대답하였다.

"경 등의 말을 삼가 듣고 그대로 행하려고 하니 너무 근심들 하지 말라. 다만 짐의 몸과 마음이 매우 힘들어 하여 쉬었으면 하니 경들은 물러가라!"

그리고 자기의 침전에 돌아와서 피곤함을 이기지 못하여 자리에 누웠다. 자리에 누운 동치황제는 몸이 불덩이같이 끓고 온몸이 아프지 않은 데가 한 곳도 없고 고통스러웠다.

그렇게 심하게 아프지만 서태후의 걱정이 무서워서 다만 "몸이 피곤하다"는 것만 말하고 그 날 하루도 또한 종일 자리에 누워서 지냈다.

그래도 해가 지고 밤이 되어 궁궐이 차츰 조용하게 되어 퇴등령이 내리게 되면 동치황제는 억지로 자리에서 일어나서 화아의 집으로 가려고 하였다. 무엇보다 백부용을 만나는 바람에 그 전날 밤에 가지 못한 것을 화아에게 사죄도 하고 공친왕의 아들 재증과 왕경기에게 백부용을 자기 혼자 수단으로도 능히 후렸다는 것을 자랑도 해보자는 것이다.

그러한 생각을 가지고 대궐 밖에서 예비하여 두었던 마차를 타고 화아의 집까지 간 동치황제는 마차에서 내려서 화아의 방 안에 들어서자 갑자기 몸이 사시나무 떨듯 떨리고 두통이 나더니 낯빛이 죽은 사람처럼 변했다. 눈치 빠른 화아가 동치황제의 손을 잡아서 자기 침대에 모시면서 근심과 걱정이 한꺼번에 쏟아져 나왔다.

"진대인! 이게 웬일이우? 몸이 몹시 불편하신 모양입니다. 아이구, 어쩌나? 낯빛이 새파랗게 질리셨네! 어쩌나?"

왕경기도 처음에는 아첨하는 수작으로 화아의 말과 비슷한 말을 하다가 나중에 자세히 보니 임금의 병이 심상치 않은 것을 깨달았다.

"진대인! 댁으로 돌아가셔서 몸조리를 하셔야겠습니다."

동치황제는 정신차릴 수 없이 아픈 가운데서도 자기가 화아의 집에서 몸져누워서 앓는다면 큰 변이라고 생각하였다.

"나를 대궐까지 데려다 주게!"

왕경기, 재증, 주동영 등은 임금을 모시고 잠든 북경 거리를 나서서 대궐까지 와서 힘센 내시의 등에 업혀 침전으로 모셨다.

적적한 건청궁 침전에 병들어 혼자 누워 고통스러워하는 동치황제의 병이 무슨 병인지 안 사람은 한 사람도 없었다. 다른 사람은 그만두고 병들어 누운 동치황제 자신도 자기의 병이 무슨 병인지 알 수 없었다.

몸은 비록 청나라의 천자이며 적모와 생모의 어머니가 두 분이나 계시고 황후와 황귀비라는 아내 두 사람이 있으며 몇백 명의 궁녀도 있지만 병들어 누운 동치황제의 곁에는 남자도 아니요, 여자도 아닌, 인간으로서는 병신인 내시 몇 사람만이 졸고 섰을 뿐이고, 약 한 첩도 쓰지 못하고, 그 밤을 그대로 지내게 되었던 것이다.

그밤이 지나고 날이 샌 뒤에야 내시들이 동태후와 서태후 궁에 아뢰었다.

"황상폐하께서 옥체가 매우 미령하셔서 황송한 줄로 아룁니다."

그 말을 들은 동태후와 서태후는 아침 단장도 채 하지 못한 채 허둥지둥 건청궁에 나와서 아들이 병들어 누운 침전에 들어갔다. 그때 동치황제는 온 몸이 불덩이보다 더 뜨겁게 되고 두 눈의 흰자위는 모두 핏빛으로 변하고 이마와 두 뺨에는 좁쌀 같은 붉은 점이 무수히 돋고 사람이 들어오고 나가는 것도 알지 못하고 오직 심한 고통에서 넘쳐 나오는 신음소리만 내고 있었다.

동태후와 서태후는 아들의 모습을 보고서 기겁하지 않을 수 없었다. 급히 어의를 불러들이고 공친왕과 순친왕도 입시하라고 명령을 내렸다. 황후와 황귀비도 시어머니들을 모시고 남편의 병들어 누운 모습을 보고 있을 때에 황후는 참을 수 없는 두 줄기 눈물만 말없이 흘리고 서 있었다. 그러자 서태후는 며느리 황후가 눈엣 가시처럼 미워서 벽력같이 소리 질러 꾸짖었다.

"이 요망스러운 계집이 남편의 앓는 것도 알지 못하고 이 지경이 되도록 뭐하고 있다가 요망스럽게 눈물을 흘리고……. 상스럽지 못하게! 보기 싫으니 당장 눈 앞에서 없어져!"

서태후가 몰아내는 바람에 황후는 할 수 없이 내전으로 쫓겨 들어갔다. 자기 침전에 들어간 황후는 한없이 섧게 울었다.

어의들이 모여들고 공친왕과 순친왕이 들어와서 황제의 병을 진찰하는데 병은 동치황제의 말은 들을 수가 없고 손목에서 뛰는 맥이나 보고 몸에 있는 열과 얼굴에 나타난 좁쌀 같은 붉은 점만 보고서는 무슨 병인 것을 얼른 알 수가 없었다. 다만, 늙은 의원 한 사람이 말하였다.

"성상폐하의 병환을 무슨 병환이라고 얼른 확정하여 말씀드리기는 어렵고 옥체의 열기가 심한 것은 시증인 듯싶은데 용안에 나타난 붉은 점이 이상합니다."

늙은 의원의 소견에는 흉악한 급성 매독인 듯하지만 천자의 몸에 그런 추한 병이 생길 리가 만무하고 설혹 확실하더라도 바른 대로 말할 수가 없어서 그렇게 어물어물 말한 것이다.

무슨 일에나 자기를 자랑하는 서태후는 의원의 말을 듣고 말했다.

"그 말이 그럴 듯하다. 열이 심한 것은 분명히 시증인 것이요, 얼굴에 나타난 붉은 점은 홍진, 다시 말하면 천연두인 듯하다. 황상께서 아직 천연두를 치른 일이 없으니 아마도 그렇게 의심된다."

서태후의 말을 듣고서 오직 아첨하기로만 일삼는 어의들이 일제히 아뢰었다.

"서궁 태후폐하의 말씀이 참으로 옳은 듯합니다."

여러 의원들은 동치황제의 병환을 천연두로 인정하고 약 처방을 내어서 쓰게 되었다. 그들은 천연두에 쓰는 승마라는 약을 써서 기운을 위로 오르게 하였다. 그 까닭에 생식기와 아랫몸에 있던 병 기운이 더욱 위로 올라서 온 머리와 코와 얼굴에 붉은 기운이 마구 올라가 여기 저기 번지게 되었다.

원래 동치황제의 병은 밀매녀 백부용에게서 전염된 악성 매독이다. 어의들은 황제가 그런 병에 걸린 것을 천만 뜻밖이오, 설혹 짐작할지라도 감히 말할 수도 없고 또는 서태후의 비위를 맞추기 위하여 천연두라 하였던 것이다.

그리했던 것이 이제는 그 병세가 매독인 것이 분명히 나타난 것을 보고 모두 기겁하게 되었다. 더욱이 병들어 누운 동치황제가 어의를 보고 화를 내어 꾸짖어 말하였다.

"짐의 병은 천연두가 아니야! 분명히 천연두는 아니다. 저것들이 의원인가?"

"폐하의 환후는 천연두에다 다른 증세를 겸한 것입니다. 너무 걱정하지 마시고 약을 잡수시며 조리 잘하시기 바랍니다."

그래도 어의들은 체면을 유지하기 위하여 그렇게 대답하고 실상은 매독증에 쓰는 약으로 바꾸어 쓰기로 하였다.

그리하여 동치제의 병환은 날마다 더하지도 않고 빨리 낫지도 않아 자금성 궁궐에서는 모두 황망해 하였고, 조정과 민간에서는 임금이 천연두에 걸렸으니 얼마 뒤에는 나을 것이라고 생각하였다.

동태후는 자기의 궁중 후원에다가 제단을 만들어 놓고 밤낮으로 아들의 병을 낫게 해달라고 기도하였다.

"천지신명 열성조의 하늘에 계신 신령은 굽어살피사 황상의 병환이 속히 낫게 하여 주소서! 차라리 박복하고 박명한 이 목숨을 대신 하더라도 황상의 병환은 속히 낫게 하여 주소서!"

동태후의 눈에서는 눈물이 마를 때가 없었다. 보통 인정으로 말하면 서태후가 아들의 병에 대하여 몇 백 배나 더하리라고 생각할 것이다. 그러나 서태후는 아들의 병이 낫기를 동태후처럼 원하는 것 같지 않고 그 와중에도 자기의 권세를 더욱 굳게 하기에 바빴다.

서태후는 황귀비를 가만히 불러서 말하였다.

"아내가 된 사람은 남편이 병들었을 때 더욱 가까이 하며 병수발에 성심성의를 다해야 한다. 그렇게 해야 남편의 사랑을 완전히 받을 수가 있는 것이다."

서태후는 봉수의 딸에게 이런 때에 황제에게 정성을 다하여 그의 사랑이 생기도록 힘쓰라고 하였다. 봉수의 딸도 그렇게 하는 것이 자기를 위하여 좋겠다고 생각했다.

그러나 황제가 병든 뒤로 그때까지 황후는 밤에 잠도 자지 않고 자기가 친히 약도 달이고 음식도 권하며 무엇이나 자기가 직접 하며 병을 낫게 하려고 최선을 다해왔다.

그리하여 동치황제의 병이 차츰 나아지게 되자 황귀비가 황후를 도와서 병수발을 하였다. 혼자서도 잘 해왔으나 마음이 넓은 황후는 다투지 않고 곁에서 보기만 하다가 잘못되는 것만 바로잡다가 두 사람 사이에 싸움이 일어날 뻔한 때가 여러 번이었는데 항상 황후가 지고 말았다.

하루는 동태후와 서태후가 나오고 황후와 황귀비가 모시고 있을 때 어의들이 들어와서 동치황제의 병을 진찰하였다.

"이제 성상폐하의 환후가 날마다 차츰 차도가 계시니 천하만민의 행복인 줄로 압니다. 그러나 무슨 병이든 조금씩 나아갈 때 더욱 주의해야 합니다."

어의들의 말은 매독이나 임질에 걸린 사람은 병이 조금 나을 만한 때에 반드시 색욕을 참지 못하여 나아가던 병을 또다시 위험케 만드는 것을 걱정하여 한 말이었다. 더욱이 동치황제처럼 화류계에서 함부로 몸을 가지고 좌우에 꽃같이 젊은 황후, 황귀비와 모든 시녀들이 밤낮으로 모시고 있는 데서 그 병을 고치기가 어려운 것을 걱정한 것이다.

  동태후와 서태후는 어의들의 말을 듣고서 분부를 내리되 누구나 여자는 밤에 황상 곁에 가까이 가지 말라고 하였다.

  의원들의 말대로 동치황제는 병이 조금씩 나아가자 정욕은 차츰 강하게 되었다. 그의 생각은 그날까지 지내온 자기의 행동에 대하여 후회하는 것이 아니라 병만 빨리 나으면 화아도 다시 만나보고 기생마을에도 가보고 길에서 만나서 하룻밤 같이 지낸 밀매음녀 백부용 같은 아이도 만나보겠다는 생각이 도리어 강해졌다.

  그러나 그것은 모두 자기의 병이 완전히 나아서 자기 마음대로 다니게 되는 때에라야 할 수 있는 일이요, 당장에 불같이 일어나는 정욕을 참기가 무엇보다 힘들었다.

  좌우에 모시고 있는 미인들이 얼마든지 있지만 동태후와 서태후의 명령을 받고 감시하는 사람이 많아 꼼짝 못하자 어쩔 줄을 몰라했다.

  누구보다도 황후에 대한 사랑은 본래부터 깊은데다가 벌써 오랫동안 밤낮으로 사모하기만 하고 만나지 못하다가 이제 밤낮으로 서로 보게 되니 동치황제의 불 같은 정욕은 더욱 강해져 때때로 자기 곁에 서 있는 황후의 손을 힘껏 잡아보기도 하고 정욕에 불타는 눈으로 황후를 한참이나 말없이 바라보다가 부질없는 한숨만 길게 쉬고 돌아누운 때도 여러 번이었다. 황후의 가슴속에 맺힌 한과 불붙는 정욕과 사랑도 남편 못지 않지만 여러 사람의 눈이 무섭고 그 가운데서도 봉수의 딸 황귀비가 더욱 무서워 가슴만 칠 뿐이었다.

만일 봉수의 딸만 아니면 남편에게 말이라도 몇 마디 가슴에 있는 대로 하겠지만 그것도 못하는 황후의 마음은 형언할 수가 없었다. 그것은 황후만도 아니다. 봉수의 딸도 황후라는 지위에 오를 수도 있었고 서태후의 사랑까지 받고 자기의 인물도 황후만 못지 않건만 남편의 사랑을 받지 못하자 황후에 대한 한이 하늘에 사무칠 만하였다.

그러한 황귀비로서는 서태후의 말씀도 있는 터라 임금의 사랑을 받기 위해서는 무엇이든 사양하지 않겠다고 결심하였다.

화류계에서 동치황제가 여자에게 가지는 생각은 이전과 달라져서 여자라는 것은 어떤 종류를 가릴 것이 없고 오직 닥치는 대로 남자의 욕망이나 채웠으면 그만이지 굳이 이모저모 뜯어보고 이것저것을 돌볼 것도 아니다 하는 생각이 생겨서 황후에게 대한 것도 전과 같이 순전한 사랑뿐만이 아니고 욕심이 앞섰으며 황귀비에게 대한 것도 예전처럼 순전히 미운 것만이 아니고 꽃같이 젊고 아름다운 여자, 다시 말하면 자기의 욕망을 채우기에 부족할 것이 없는 여자라고 생각되기에 이르렀다.

그리하여 황후나 황귀비는 모두 그의 욕망을 채우기에 부족할 것이 없는 여자로만 되어졌고, 황후는 사랑이요, 황귀비는 원수라는 생각이 없어졌다.

그러한 동치황제는 황후에 대하여 여러 번 그 욕망대로 순종하기를 청하다가 번번이 황후로부터

"안 됩니다. 참으십시오. 의원들의 말이 이것을 가리킨 말입니다. 폐하! 참으소서!"
하는 말만 듣게 되고 어떤 때는 자기의 욕망대로 순종하지 않는 황후가 밉다는 생각도 들게 되었다. 황후에게서 그와 같이 거절당한 동치황제는 황귀비를 그 대신에 쓸 생각을 하고 황후는 동태후궁으로 헛 심부름을 보내고 황귀비는 자기 곁에 남아 있게 한 뒤에 그녀의 손을 잡아서 자기의 욕망을 채우려고 하니 황귀비는 사양하는 척하면서 그의 뜻대로 순종하였다.

동태후궁에 심부름 갔던 황후가 돌아온 때는 동치황제의 숨결이 가라앉지 못하고 황귀비의 얼굴에서 붉은 빛이 남아 있었다.

황귀비가 밖으로 나간 뒤에 황후는 울면서 남편에게 아뢰었다.

"폐하! 어찌하시려고 그리 하십니까? 환후가 아직 나으시기 전에 그리하시다가 만일 환후가 더하면 어찌하십니까?"

동치황제는 아무 말도 대답하지 않고 눈을 감고 누웠을 뿐이다. 황후의 근심은 질투심에서 나온 것이 아니라 참으로 의원들의 말대로 근심되며 걱정되는 것이었고 실제로 조금씩 나아가던 동치황제의 병환은 그 시간부터 갑자기 더하게 되어 그 뒤 삼사 일 동안 아주 위급하게 되었다.

의원들도 그때에는 황제의 병이 벌써 기울어진 것을 알고서 저마다 제 책임을 면하기에만 힘썼다.

조금씩 나아가는 아들의 병을 완전히 낫기만 바라고 있던 동태후의 근심과 설움은 말할 것도 없고 아들의 병이 낫고 그 기회에 황귀비가 황제의 사랑을 받아서 아들이 완전히 자기 손 안에 들어오게 되든지 그렇지 못하면 황귀비가 아이라도 배기만 희망하던 서태후도 동치황제의 병이 갑자기 다시 더하여 위험하게 된 것을 보고서 그 이유를 찾아보게 되었다.

서태후는 황귀비를 불러서 물었다.

"황상의 병환이 새로 더하게 된 것은 반드시 무슨 까닭이 있을 것이니 너는 숨기지 말고 바른 대로 말하라!"

서태후의 말을 듣지 않고도 황제의 병이 무슨 까닭에 새로 더한 것을 가장 잘 알고 있던 황귀비는 잠깐 주저하고 있다가 대답하였다.

"황상폐하의 병환이 갑자기 더 심해진 것은 아무리 생각도 자세히 알 수 없으나 나흘 전에 저는 밖에 나오고 황후 혼자만이 성상폐하를 모시고 있었던 때가 있었습니다."

서태후는 황귀비의 말을 듣고서 벽력같이 소리를 질렀다.

"예끼! 천하에 바보같고 못나고 천치 같은 년아! 너더러 무어라고 하였니? 듣기 싫다. 황상의 사랑을 너더러 받으라고 했지 미련스럽게 자리를 비워서 그년만 남겨두고 네년은 어디로 갔더냐?"

서태후는 야단법석을 하다가 자리에서 벌떡 일어서면서 이를 갈았다.

"오늘은 요 여우 같은 년을 내 손으로 쳐죽이고 말 테다. 고년이 여우같이 간교한 수단으로 우리 모자 사이를 이간질하더니 끝내는 황상을 죽이려고……. 그런 화냥년 같으니라고! 내 이년을 오늘 요절을 내리라."

황귀비는 서태후의 역정을 보고 궁으로 돌아가고, 서태후는 그곳에 있는 궁녀 몇 사람을 동치황제가 있는 곳으로 보내 황후를 모셔오라고 하였다. 조금 있다가 시어머니의 부름을 받고서 들어온 황후를 서태후는 마주 일어서서 손을 뻗어 두 뺨과 양미간을 함부로 힘껏 때리면서 소리쳤다.

"요 여우 같은 년을 오늘 내 손으로 때려죽일 테다! 요년아! 전생에 무슨 원수가 깊었길래 일생에서 우리 모자에게 이다지도 못할 일을 하느냐?"

그리고 발길과 손길이 닥치는 대로 때리는데 서태후의 손에는 크고 작은 가락지가 많았다. 가락지에 맞은 황후의 얼굴과 코에서는 피가 물 흐르듯했다. 황후는 울면서 아뢰었다.

"마마! 저를 죽이시더라도 무슨 죄로 죽이시는지나 가르쳐 주소서. 저는 아무 죄도 없습니다."

서태후는 며느리의 그 말에 대하여 또다시 때리며 꾸짖었다.

"이년아! 네 죄를 네가 몰라? 나흘 전에 아무도 없는 틈을 타서 황상을 네가!"

"마마! 저는 그런 적 없습니다."

"이년아! 듣기 싫다! 내가 다 안다!"

서태후는 이연영을 불렀다.

"네 이년을 잡아다가 단매에 쳐죽여라!"

이연영이 달려들 때 황후는 소리를 쳤다.

"나는 대청문으로 들어온 사람이다. 이렇게 못한다. 이놈 연영아!"

그때에 동치황제가 간신히 목소리를 내었다.

"마마! ……이놈, 연영아! 못한다! 못해."

동치황제가 그렇게 꾸짖는 바람에 연영은 물러갔다.

# 동치황제의 최후

다시 살아날 희망이라고는 조금도 없이 오직 죽을 시간만 기다리는 아들이 일어나지도 못하고 울면서 빌고 있었다. 황후도 숨만 헐떡이며 당장에 죽을 듯한 광경이었다. 서태후가 때린 매 때문이었다. 애처로운 광경이 아닐 수 없었다.

그러나 남의 아내나 어머니 되는 것으로 만족할 서태후가 아니었다. 오직 자기의 권력과 향락만을 위해서는 못할 짓이 없었다. 서태후는 자기의 뜻을 잘 따르지 않는 아들 동치황제가 죽게 되었으나 그다지 아까울 게 없었다. 눈엣 가시 같은 며느리가 당장에 죽을 듯한 것이 오히려 상쾌할 지경이었다. 서태후는 자리에서 일어나며 쓰러져 있는 며느리를 몇 번 더 발길질했다.

"이년! 어서 죽어라. 너 같은 년은 하루에 몇 명이 죽어도 좋다."

서태후는 싸늘한 말을 남기고 궁중으로 들어갔다.

병들어 누운 동치황제의 앞에는 오직 자기 어머니에게 매맞고 짓밟혀 쓰러진 황후 한 사람만이 남아 있을 뿐이었다.

동치황제는 아내 쪽을 돌아보았다. 울컥 자기 신세를 돌이키니 견딜 수 없는 설움이 복받쳤다. 서태후가 나간 뒤에도 동치황제는 한참이나 울다가 혼잣말로 탄식하였다.

"고금에 나같이 불쌍한 사람이 어디에 다시 있을까! 돌아가신 아버지야 돌아가셔서 없거니와 살아계신 어머니는 어찌 나를 이 지경으로 만든단 말인가. 하루라도 빨리 죽기만을 기다린단 말인가."

"아버지와 어머니의 복이 없기로 나 같은 사람이 어디 또 있으랴."

"그러나 나야 나의 죄거니와 저 사람은 무슨 죄가 있어 저렇게 되는가? 저 사람에게 어찌 죄를 물을까. 다만 나의 아내가 된 게 죄라면 죄일까. 그 밖에 무슨 죄가 있으리."

"이 시간에 죽고 열백 번 다시 죽어도 서러운 것 없으나 이 가슴에 맺히고 맺힌 원한을 어찌할까?"

"아니다, 이것은 모두 작은 원한이다. 분명히 내 집을 망하게 하려고 우리 집안에 들어와서 나를 낳으신 것이다. 우리 집안은 이분의 손에 망하고야 말 것이다."

"무슨 원한으로 그녀가 우리 집안을 망하게 하려고 하는가? 옳지! 믿을 수는 없지만 예허나라 씨가 우리 집안에 후궁으로만 들어와도 망하게 할 것이라더니 하물며 황태후라는 자리에까지

올랐으니 당연히 우리 집안이 망하는 것이야……."
등등의 여러 가지 종류의 원한과 불평이 한없이 불붙어 올랐다. 동치황제의 울음은 그칠 줄을 몰랐다. 뽀얗게 앞을 가린 물기 서린 눈으로 보니 쓰러진 아내 황후의 모습이 불쌍해서 견딜 수가 없었다.

"여보! 여보!"

황후를 불러보았다. 황후는 아무 대답이 없다. 별별 의심이 다 생겼다. 동치황제는 황후가 쓰러진 곳으로 가 깨우려고 하였다. 몇 번이나 일어나려 했지만 몸이 움직이지 않았다. 억지로 기를 쓰며 내시를 불렀다. 그러나 대답하고 나오는 자가 없다. 화가 나지 않을 수 없었다.

"이놈들아! 모두 죽었느냐?"

더욱 소리를 지르니 그때서야 비로소 주도영과 몇 명의 내시가 들어왔다. 동치황제는 내시들을 책망할 생각보다 황후의 몸이 염려되었다.

"어서 황후를……."

내시들은 동치황제의 명을 거역할 수가 없었다. 황후에게 달려들어 청심환을 물에 타 흘려넣었다. 한참 뒤에야 황후는 이마에 땀을 흘리면서 숨을 내쉬며 정신을 차렸다. 동치황제는 황후가 깨어나는 것을 보자 자기의 병이 낫는 것처럼 반가웠다.

황후의 온 얼굴에는 피멍이 들고 앞뒤 몸은 상처 투성이었다.

기절했던 황후는 겨우 정신을 차려 좌우를 둘러보았다. 서태후도, 이연영도, 황귀비도 온 데 간 데 없었다. 황제와 내시들만이 자기를 쳐다보고 있었다. 자기가 기절한 동안에도 황제는 자기만을 염려했을 것을 생각하니 한없이 미안했다. 황후는 잠깐 머리를 숙였다가 일어나 황제 곁으로 갔다.

"폐하! 용서하소서! 못난 위인이 못난 짓을 하여 폐하의 마음만 상하게 하여 황송합니다."

동치황제는 앞에 선 황후의 손을 끌어다 힘껏 쥐었다. 한동안 말없이 황후의 얼굴만 쳐다보다가 좌우에 있는 내시들에게 부드러운 목소리로 말했다.

"너희들은 멀리 가지 말고 밖에 나가 있다가 짐이 부를 때 들어오너라!"

황제의 분부를 받은 내시들은 곧바로 밖으로 나갔다. 내시들이 밖으로 나가자 황제는 슬픈 빛을 가득 담은 얼굴로 황후에게 말했다.

"짐이 박복하고 잘못이 많아 짐의 병이 생긴 것이오. 짐의 병은 이제 화타(중국 동한의 뛰어난 외과의사)와 편작이라도 고칠 수가 없게 되었소. 이젠 죽어도 죽음이 서럽지 않고, 살아도 살 취미가 없는 세상이라 그다지 세상 일에 아까울 게 없소. 다만 짐과 경 사이에 헛되이 이 세상에서 부부의 낙을 이루지 못하였지만, 만일 죽어서 저 세상이 있다면 그 생에서 우리의 이생에서 풀지 못한 한을 풀어봅시다."

동치황제는 말을 끝내고 목메어 흐느꼈다. 황후도 억지로 온갖 설움과 울음을 참다가 남편의 서러운 하소연을 듣자 기어이 울음을 터뜨리고 말았다. 하지만 병든 남편을 생각하니 그 앞에서 눈물을 겨우 삼키며 황제를 위로했다.

"폐하! 진정하소서! 모든 것이 신첩의 박복과 잘못입니다. 오직 하느님의 사랑과 조종의 음덕으로 폐하의 환후가 빨리 회복되시기만 빌고 바랄 뿐이옵고 그 밖에 모든 것이야 한때의 액운인가 할 뿐입니다."

"짐의 병은 누구도 알지 못하는 병이오. 참으로 이 병은 나을 수가 없는 병이오. 살펴보오. 경도 짐이 다시 살아나지 못할 것을 알 것이오."

황후는 임금의 말대로 황제의 바지를 내리고 그의 아랫몸을 살폈다. 황제의 몸을 살피던 황후는 놀라지 않을 수 없었다. 생식기는 벌써 거의 떨어진 상태로 국부 근처가 모두 썩어가고 있었다. 방광과 뼈가 다 드러날 지경이었다. 문드러진 살 속에는 벌레까지 생겨 풍겨나는 냄새로 코가 썩을 지경이었다. 황후는 내시를 불러 황제의 더러운 몸을 닦을 만한 솜과 그 밖의 것을 가져오라 하였다.

황제의 몸을 닦는 황후의 눈에서는 하염없이 눈물이 흘렀다. 황후는 조금도 남편의 몸이 더럽다고 생각되지 않았다. 정성껏 남편의 몸을 보살피며 물었다.

"폐하! 어찌하여 이렇게 되시도록 한 마디 말씀도 하지 않으셨습니까?"

"아무리 말하고 싶어도 하지 못하고 오늘까지 온 것이오."

황제의 한숨 섞인 대답에 두 사람은 또다시 울기 시작했다. 그렇게 울다 동치황제가 먼저 입을 열었다.

"황후도 이제는 짐이 살아날 수 없음을 확실히 알았을 것이오. 그러니 우리가 울기만 할 것이 아니라, 이 시간에 앞일을 의논하는 것이 상책인가 하오."

동치황제가 말한 앞일이라는 것은 매우 중요한 문제였다. 쉽게 속단할 만한 일이 아니었다.

동치황제의 말에 황후는 자기 생각을 말했다.

"아무리 생각해도 폐하의 환후가 속히 회복되시기만 바랄 뿐이고 그 밖에 모든 것은 신첩이 감히 말할 바가 못됩니다."

그 말에 동치황제는 성급한 어조로 대답했다.

"지금 이 시간은 그렇게 체면차리고 예절을 갖출 만한 시간이 아닌것 같소. 길게 말할 것이 아니라 황후 생각에는 누구를 다음 황제로 세우는 것이 좋을지 숨기지 말고 말하시오."

"신첩의 생각에는 부(傅)자 항렬 가운데서 한 사람을 택하는 것이 좋을 듯합니다."

"부자 항렬 가운데서 택하자면, 재기(載洪)의 아들 부륜을 세우는 것이 옳은 듯한데……."

동치황제는 황후를 향하여 의견을 물었다.

"폐하의 말씀이 옳습니다. 다만 누가 능히 그 어린애를 세우도록 힘쓸지 알 수가 없어서 걱정입니다."

"그것은 염려하지 마오. 짐이 군기대신 이홍조(李鴻藻)를 불러서 부탁하면 될 것이오."

동치황제는 즉시 주도영을 불러 어명을 내렸다.

"너는 이 즉시 군기대신 시랑 이홍조를 입시하도록 어명을 전하라."

이홍조는 군기대신인 동시에 동치황제의 선생이었다. 동치황제가 이홍조를 특별히 사랑하는 것은 공친왕처럼 너무 강직하지도 않고 문상처럼 너무 흐리지도 않기 때문이었다.

이홍조는 황제가 부르신다는 어명을 받고 급히 대궐로 들어왔다. 동치황제의 침전으로 나갔으나 옆에는 황후가 함께 있었다. 이홍조는 황송하여 얼른 몸을 피하여 밖으로 다시 나오려고 했다. 황후도 다른 방으로 자리를 피하려고 일어섰다. 이를 본 동치황제는 성급히 만류하며 이홍조를 불렀다.

"경은 피하지 말라. 경의 늙은 몸을 예까지 오도록 한 것은 특별한 말이 있기 때문이다. 짐의 앞으로 가까이 들라."

황제의 명에 이홍조는 급히 용상 앞에서 모자를 벗고 꿇어엎드려 감히 임금의 얼굴을 쳐다보지 못했다.

"경은 빨리 일어나라. 지금은 이런 예절이나 차릴 때가 아니며 말한 바와 같이 경을 부른 것은 큰 부탁이 있기 때문이다."

동치황제는 말을 마치고 다시 황후에게 입을 열었다.

"짐의 선생은 곧 황후의 선생이다. 사제간에 피하는 것은 도리어 예가 아니오. 더욱이 오늘은 짐이 나라의 큰일을 두 분에게 부탁하려는 자리인데 서로 피하기만 하면 어찌할 것인가?"

그러자 황후도 멈추어 다시 자리에 앉았다. 동치황제는 이홍조의 손을 잡고 다시 말을 이었다.

"짐이 박복하고 불초한 탓으로 장발적의 난을 간신히 평정하고 서양사람에게 당한 나라의 욕도 씻지 못하고 몸에 독한 병이 들어서 이제 장차 이 세상을 떠나게 되었노라. 짐이 세상을 떠난 후에 짐의 뒤를 이을 새 황제를 세워야 할 것이니 짐은 황후와 의논하여 재기의 아들 부륜을 세우기로 하였노라. 경은 여러 왕공대신과 협력하여 짐의 마지막 이 부탁을 저버리지 않으면 짐의 혼이라도 위로가 될 것이다. 그리고 짐이 세상을 떠난 뒤에라도 황후를 짐같이 가르쳐주기를 바란다."

말을 끝내고 동치황제는 이홍조에게 이를 실행할 어명을 내렸다.

"빨리 유조(遺詔)를 지어 올려라."

얼마 뒤에 이홍조는 유조를 올렸다. 동치황제는 만족하여 친필로 서명을 하고 어보를 찍어 이홍조에게 내주었다. 이홍조가 황제의 유조를 품고 나오려고 할 때, 동치황제는 그를 다시 불러 부탁하기를 잊지 않았다.

동치황제의 병이 다시 더해 살아날 희망이 없게 된 까닭은 서태후의 분부를 받은 황귀비가 병든 황제가 하자는 대로 했기 때문이다. 그러나 서태후는 도리어 맏며느리 황후의 죄라고 길길이 뛰고 매질하고 욕하며 때렸다. 자기의 궁으로 돌아간 서태후는 이연영을 불렀다.

"얘, 연영아! 장차 어찌하면 좋겠느냐!"

서태후는 아들 동치황제가 세상을 떠난 뒤의 뒷일을 상의하려고 이연영을 불렀는데, 그는 서태후의 말뜻을 알아듣고 대답했다.

"아무리 보아도 성상폐하께서 회춘하시지 못할 듯합니다. 그렇다면 미리 앞 일을 계획하는 것이 좋을 듯합니다."

서태후가 다시 물었다.

"그러면 누구로 정할까?"

"황후폐하께서 아기가 서시는 것 같던데요!"

"뭐야? 누가 너더러 그런 말이나 하랬느냐? 그년 뱃속에 아기가 들었는지 안 들었는지 누가 알겠느냐? 황제를 누구로 정하는 것이 옳은지 그거나 말해 보거라."

서태후는 얼굴에 노한 기색을 띠었다. 이연영은 기겁하는 척하면서도 웃는 낯빛으로 변명하였다.

"황송합니다. 소인도 폐하께서 물으시는 뜻을 잘 알았습니다. 그러나 다른 일과 달라서 이 일은 폐하께서 구체적으로 누가 어떠한지를 물으시는 것이 소인이 대답하기에 좋을 듯합니다."

"오냐! 알았다. 그러면 부(溥)자 항렬 가운데서 누구를 택하는 것이 옳으냐? 아니면 재(載)자 항렬 가운데서 택하는 것이 옳으냐?"

"네! 재자 항렬은 성상폐하와 형제(兄弟) 항렬이라 대통을 잇기가 어렵고 부자 항렬은 부자(父子) 항렬이므로 부자 항렬에서 택하면 별 말썽이 없을 듯합니다."

"그러면 부자 항렬에서 택하자는 말이지?"

"딱히 그런 것도 아닙니다. 재자 항렬로 세운다면 폐하께서 황태후폐하로서 국정을 다스릴 수가 있지만, 부자 항렬로 세운다면 폐하께서는 태상태후폐하가 되시므로 국정은 황후께서 황태후가 되어 다스리게 될 것입니다."

서태후는 이연영의 말에 고개를 끄덕이고 한참 무엇을 생각하는데 내시가 들어와 아뢰었다.

"아까 성상폐하께 알현하였던 군기대신 이홍조가 태궁마마 폐하께 기밀한 일로 뵙고자 합니다."

원래 동치황제의 일거수 일투족을 낱낱이 정탐해 들이는 내시들이 이홍조가 임금의 부름을 받아 입궐하였다는 것을 그 즉시 알고 있었던 것이다.

이홍조는 동치황제와 황후의 정중한 부탁을 받고 막중한 유조까지 받아 품에 품고 황제의 앞을 떠나 밖으로 나오며 생각하니 황제의 그 유조가 서태후의 권세를 누를 수도 없고 그러한 유조를 자기가 받아가진 줄 알게 되면 당장 자기는 죽고 말 것이다. 그렇게 되느니 차라리 즉시 서태후에게 자백하는 게 좋겠다고 생각하였다. 그런 생각을 가진 이홍조가 서태후 앞에 꿇어 엎드리며 아뢰었다.

"황송합니다. 소신이 오늘 성상폐하를 모시고 군신간에 상의한 것은 오직 이 글 한 장입니다."

서태후는 그것을 받아보고 놀라지 않을 수가 없었다. 그러나 그런 때일수록 냉정하고 정중한 태도를 가지는 것이 서태후의 특징이다. 그날도 서태후는 동치황제가 황후와 상의하고 "부륜을 장차 임금으로 세우라"는 유조를 이홍조에게 내린 본뜻을 알고도 다만 그 유조를 짝짝 찢어 불에 태우고 이홍조를 꾸짖었다.

"잘 알았다. 긴 말 듣지 않겠다. 어서 물러가라!"

서태후는 이홍조를 쫓아낸 뒤 다시 분부를 내렸다.

"이 시간부터 황상에게 약이든 음식이든 모든 것을 일절 드리지 마라! 만일 이 명령을 어기면 죽기를 면치 못하리라."

그리고는 내시들을 엄중 단속하였다.

제 속으로 나온 제 새끼를 위해 목숨을 버리진 못할지라도 그 새끼를 끝까지 사랑하는 것은 사람만이 아니라 보통 짐승이라도 가지고 있는 것이다. 서태후는 궁녀로 들어와 황귀비로 되었고 황태후도 되고 만고에 드문 호강과 향락도 누렸다. 그리고 천하의 권세도 잡았지만 다만 아들이 자기 뜻대로 순종하지 않고 자기가 사랑하던 안득해를 죽여 자기의 잘못을 캐냈다고 하여 죽을 지경에 이른 아들 동치황제에게 약과 음식을 일절 주지 말라고 한 서태후의 심장은 사람은 물론 짐승만도 못한 것이었다. 서태후는 모성애를 뿌리채 뽑아버리고 오직 권력과 자기의 향락에만 신경쓰는 환장한 어머니였다.

동치황제의 독한 병은 벌써 기울어진 지가 오래였으며 약도, 음식도 모든 것이 소용 없었다. 그러나 그가 세상을 떠나기만 기다릴 수가 없고 행여나 약과 음식으로 살려 보려고 하는 간절한 생각을 가지고 있던 동치황제의 황후는 서태후가 약도, 음식도 주지 못하게 하자 원한이 하늘에 사무쳤다.

동치황후는 병들어 누운 남편에게 때때로 가서 울면서 물었다.

"폐하, 약이라도 조금 드시겠어요? 무슨 음식이 생각나십니까?"

그러나 동치황제는 말대답할 기운조차 없는지 양미간만 찌푸리고 싫다는 표정만 지었다. 그러한 표정도 며칠 지나고 보니 완전히 없어지고 오직 목에 실낱 같은 숨결만 남아 있는 산송장이 되고 말았다.

다시 며칠을 지낸 뒤에 동치황제는 머리털이 모두 빠지고 코가 헐어서 떨어지고 온몸에 한 곳도 성한 곳이 없이 만신창이 되었다. 누구든지 그 곁에 있기를 차라리 죽은 송장 곁에 있기만도 못하다고 할 만큼 병세는 깊어졌다.

동치황제의 곁에는 오직 그의 황후 혼자서 밤낮으로 지키고 있어 눈물과 한숨과 원통으로 지낼 뿐이다.

가련한 동치황제는 자기가 생명같이 사랑하던 아내의 모습도 알지 못하고 자기의 잘못만도 아닌 잘못으로 매독이라는 흉악한 병으로 아까운 세상을 버리고 저세상으로 가는 그 시간에 벌써 육체는 반이나 썩어가고 정신은 완전히 없었던 것이다. 그의 실낱 같은 목숨이 완전히 끊어질 때는 모든 사람이 깊은 잠에 빠져 있던 한밤중이었다.

그의 목숨이 떨어질 때 그의 곁에 있는 사람이라고는 오직 한많은 아내 한 사람뿐이었다. 스무 살이 간신히 넘은 그녀의 남편이며 황제인 그가 마지막 숨을 모았다가 끊어지는 것을 보고 황후는 땅바닥에 엎어져 자결하려고 하였다.

"폐하! 폐하! 천하만고에 한 많고 불쌍하시고 외로우시던 폐하여! 이제 영원히 극락으로 가십니까? 신첩도 따라가겠습니다! 폐하! 함께 갑시다."

황후의 울음소리에 비로소 황제가 죽은 줄 안 내시들이 모여들어 한편으로는 황후를 위로하고 한편으로는 동태후와 서태후 궁에 알렸다.

동태후는 즉시 아들의 시체방으로 달려와서 통곡하고 서태후는 그때까지 이연영과 함께 동치황제가 세상을 떠났다는 기별만 있으면 어찌할 것인지 상의하고 있었다.

서태후는 자기의 아우 용아 곧 순친왕 혁현의 아들 재첨을 황제로 세우고 자기는 다시 황태후로서 국정을 장악하기로 작정하고 그 방법을 이연영과 상의하고 있는데 동치황제가 세상을 떠났다는 보고를 듣고 외전으로 나오면서 묻지도 않고 내시들을 불러 시체부터 전례대로 치우게 하였다.

# 황제 계승의 내막

부(溥)자 항렬에서 새 황제를 정하면 자기가 태상태후가 되고 동치황후가 황태후가 되어 국정을 다스리게 되리라는 이연영의 말을 들은 서태후는, 재(載)자 항렬 가운데서도 자기의 아우 용아의 어린 아들을 자기의 양자로 삼아 새 황제로 세우고 자기는 여전히 황태후로서의 권력을 놓치지 않겠다고 작정하였다. 서태후는 심복인 보군통명 영록을 불러서 성 안팎에 군사를 배치했는데 그것은 자기 뜻대로 되지 않으면 군사를 동원하여 마음대로 처리하기 위해서였다. 그러한 눈치를 알아챈 모든 왕공대신들은 저마다 제 몸에 무슨 큰 화가 미치지 않을까 하는 염려뿐이고 그 밖에 다른 생각은 할 여유가 없었다.

동치황제가 세상을 떠났다는 기별을 듣고 외전에 나와 앉은 서태후는 동태후에게 울음을 그치라고 위로하면서 말하였다.

　　"언니, 너무 우시지 마세요. 사람의 명을 어찌하겠습니까? 그리고 지금은 울고 있을 때가 아닙니다."

　　그러나 유순하기 짝이 없고 인자함으로 명망 높은 동태후도 그때는 한없이 원통하고 분한 생각을 이기지 못하여 큰소리로 서태후를 꾸짖었다.

　　"자기의 명대로 살다 죽었으면 이다지 서럽지 않겠다. 생때같았던 사람을 이렇게 죽게 한 책임을 누가 질까? 지금이 어떤 때냐? 울지 않고 무엇을 할 때냐? 그 밖에 다른 일이 있다면 그것은 너희 집 일이다. 너희 집에는 이제부터 일이 많게 되었으나 내 집에는 이 일이 마지막이다."

　　그때까지 울음소리를 억지로 참고 입술을 피가 나도록 깨물면서 슬피 흐느껴 울고 있던 동치황제의 황후도 동태후와 함께 통곡하기 시작했다. 동태후에게 난생 처음 당한 모욕으로 분함을 억지로 참고 있던 서태후는 황후의 통곡하는 것을 보고 그 분풀이를 거기에다 하였다. 서태후는 엎드려 통곡하는 동치황제의 황후를 발길로 걷어차면서 욕하고 함부로 때렸다.

　　"요 박복스러운 년이 내 아들을 잡아먹고 무엇이 부족하여 방정을 떨고 있단 말이냐? 서방 하나 죽게 한 것이 부족하여 나까지 죽이려 하느냐? 이년아! 서방 죽은 것이 그렇게 서럽거든 서방을 따라서 죽으려므나. 울기만 하면 되느냐?"

　　싸움은 결국 동태후까지 합쳐 점점 번져나갔다. 그때 과부가 되어 궁중에 들어와 있던 공친왕의 딸과 그 밖에 공친왕의 공주들이 서태후를 말리며 황후를 다른 곳으로 인도하고 동태후를 억지로 모셔 자기 궁중으로 들어가자고 하였다. 공친왕의 딸은 다시 서태후에게 울면서 말했다.

"태궁마마 폐하! 어찌하여 오늘은 이다지도 참지 못하십니까? 참으로 폐하의 말씀대로 이러고 있을 때가 아닙니다. 종묘사직과 천하만민을 위하여 모든 것을 참고 차근차근 일처리를 해야 할 때입니다! 폐하! 참으시고 어찌 할 것만 분부하여 주십시오."

서태후도 자기가 동태후와 싸우는 것이 괴롭던 차에 마침 공친왕 딸의 말에서 기회를 얻어 부드럽고 다정한 목소리로 대답하였다.

"글쎄! 애야! 처음부터 무엇이라고 하더냐? 너도 보고 들었지? 네 말대로 지금은 울기만 하거나 우리끼리 말다툼이나 할 때는 아니다."

"맞습니다. 어찌하면 좋을지 분부하여 주소서."

서태후는 내시들에게 분부하였다.

"너희들은 황상께서 붕어하셨다는 말은 내지 말고 지금 이 시간으로 급히 공친왕과 순친왕 등 황실과 가장 가까운 친왕들만 입시하라고 전갈하여라! 만일 궁궐의 기밀을 밖에 퍼뜨리는 자가 있으면 죽음을 면치 못할 것이니 그리 알라!"

서태후의 분부를 듣고 내시들은 공친왕의 집으로 가 그것을 전했다.

서태후는 내시들에게 공친왕과 순친왕 이하의 근친 왕공대신들을 입시하도록 분부한 뒤 공친왕의 딸을 동태후에게 보내서 동태후를 달래도록 했다.

동태후는 조금 전 자기가 서태후에게 한 것이 너무 지나쳤다는 생각이 들었다. 서태후 말대로 지금은 누구를 새 황제로 세울지 정하는 일이 무엇보다 급했다. 동태후는 공친왕의 딸에게 못 이기는 척하고 다시 외전에 나가기로 하였다.

서태후 또한 자기가 며느리에게 한 짓이 동태후에게 견딜 수 없는 모욕이 됐을 것을 생각하니 미안하기도 했다. 더구나 자기의 계책대로 하자면 동태후의 마음을 풀어주는 것이 상책이었다.

동태후가 외전으로 나온다는 기별을 듣고 서태후는 마주 들어가면서 동태후에게 지극히 공손히 예를 갖추고 눈물을 흘렸다.

"언니! 너무 서러워하지 마시고 이 아우의 잘못을 용서하세요! 이제 이 지경을 당하여 피차 원망하면 무엇합니까? 모든 것이 제 잘못이며 우리들이 박복한 탓인가 합니다."

본래 부처님처럼 착한 동태후는 서태후의 손을 잡고 눈물을 흘리면서 외전으로 함께 나왔다.

"아우님! 이 못난 언니를 허물하지 말게! 내가 말한 것은 인정상 참지 못하여 한 말이고 아우님이 말한 것은 종묘사직과 나랏일을 위하여 한 말이지! 어서 나가세!"

동태후와 서태후는 다시 외전으로 나온 뒤 궁녀들에게 명령하여 동치황후도 나오도록 하였다. 공친왕의 딸은 궁녀들을 물리치고 여러 왕가의 딸들과 함께 내궁으로 들어가 황후를 달래 외전으로 모셔왔다. 이렇게 되니 남보기에는 동서 양 태후와 동치황후까지 모두 화평해 보였다. 다만 동치황제의 불행으로 비통함에 빠져 있는 것처럼 보였다.

한참 뒤 날이 거의 밝았을 때 공친왕과 순친왕, 부군왕 등 여러 친왕이 들어와 동태후와 서태후를 배알했다. 동태후는 얼빠진 사람처럼 만사에 아무 뜻도 없고 말하기도 싫었다. 모든 것을 서태후에게 미루기로 작정하고 마지못해 말할 뿐이었다.

"이제 국가가 불행하여 황상이 청춘에 세상을 떠났으니……."

눈에서 눈물이 쏟아지고 목에 울음이 치솟아 그 다음 말을 잇지 못하다가 울음 섞인 목소리로 계속했다.

"하늘에 사무치는 원한이야 말한들 무엇하랴! 그러나 하늘의 명을 누가 막을 수 있겠는가. 원통한들 무엇하랴! 나는 모든 일을 서궁태후와 의논했으니 경 등은 서궁태후와 신중하게 의논하여 결정하라."

그때 모든 왕공대신들도 감히 울음소리는 내지 못하고 엎드린 채 흐느끼며 눈물만 흘리고 있었다. 서태후도 눈물을 흘리며 앉아 있다가 동태후의 말이 끝난 뒤에 천천히 입을 열었다.

"지금 동궁태후폐하의 말씀을 경 등도 들었지만 황상이 청춘에 불행하게 된 설움과 원한은 차라리 말하지 않는 것이 옳을 듯하다. 만일 그것을 말한다면 무슨 말로 이 고통을 표현할 수 있겠는가."

역시 한참이나 울음을 참노라고 말하지 못하고 있다가 다시 말을 이었다.

"이제 다른 말은 더 길게 할 것 없고 종묘사직과 천하만민을 위하여 누구를 임금으로 세웠으면 좋을지 경들의 마음속에 있는 대로 말하라! 동궁폐하와 나는 대략적인 것을 생각한 바가 있지만 경들의 의견을 들어서 결정하고자 한다."

동태후와 서태후의 말을 차례차례 듣고 여러 왕공들은 한참이나 서로 얼굴만 바라볼 뿐 아무 말도 못했다. 모두 공친왕이 먼저 입을 열기를 기다렸지만 공친왕도 서태후의 말 가운데 "생각한 바가 있지만"이라고 하는 그 생각을 알 듯하여 주저하고 있었다.
 눈치빠른 서태후는 공친왕까지 주저하고 있는 것을 보고 다시 말하였다.
 "지금 모든 왕공대신들을 부르지 않고 경들만 부른 것은 먼저 이 자리에서 누구를 새 황제로 세울 것인가 결정한 뒤에 다시 모든 종실의 왕공대신을 불러서 그 결정을 공포하고자 하니, 경들은 서로 미루지만 말고 어서 의견을 각각 말하라!"
 그러자 공친왕이 할 수 없이 말했다.
 "황상폐하의 불행에 대하여는 말씀드리지 않겠습니다. 신이 들은 바에 의하면 황후폐하께서 몸에 경사로운 일이 있는 것 같다고 들었습니다. 차라리 황상의 승하하심을 발표하지 말고 황후폐하의 순산을 기다렸으면 합니다. 천행으로 황태자가 태어나면 대통을 잇게 하시고 만일 내친왕 전하가 탄생되신다면 그때 이 문제를 다시 의논함이 어떠하실는지요?"
 서태후는 낯빛이 변하여 큰소리로 말했다.
 "경은 종묘사직과 천하국가의 크나큰 일을 가지고 어린아이의 일처럼 생각하는 듯하다. 황후가 장차 순산할지 어떨지 생각은 그만두고 아직 확실히 임신인지 아닌지도 알지 못하는 시간이다. 이제 안으로는 간신히 장발적의 난을 평정했지만 밖으로 각국과의 관계가 언제 어찌 될지 알지 못하고 있다. 이러한 시간에 황상의 승하를 숨기고 뒷일을 정하지 않는 것은 매우 위험한 일이다. 그러니 속히 결정해야 할 것이다. 경들은 거기에 대하여 빨리 말하라!"
 순친왕이 아뢰었다.
 "이제 양궁 태후폐하의 하교를 들으니 누구를 새 임금으로 세

위야 할지 속히 결정해야 함은 잘 알겠습니다. 그런데 신의 생각에는 황상폐하의 대통을 이으려면 부자 항렬 가운데서 택해야 하고 그 가운데서는 부륜이 가장 맞는 듯합니다."

그러자 서태후는 벽력같이 소리지르며 순친왕을 꾸짖었다.

"아직 네가 의견을 말할 때가 아니다. 나도 부자 항렬 가운데서 생각해 보았지만 하나도 쓸 만한 것이 없다. 부륜은 더욱 몹쓸 어린애다. 재가 항렬 가운데서 택하여 함풍선제의 대통을 계승하여도 무방하니 나도 내가 낳은 자식의 대통을 잇도록 하고 싶지만 그렇다고 부륜과 같은 종류를 황제로 세울 수 없다."

그리고 한참 길게 설명하였다.

그 설명에서 서태후의 뜻이 무엇인지 누구나 짐작할 수 있었다. 영록이 군사를 성 안팎에 배치하고 있는 것을 알고 있는 왕공들이 서태후의 뜻을 거스르기는 어려웠다. 그나마 공친왕이 비교적 강직한 사람이라 서태후의 말을 반대하였다.

"부자 항렬 가운데서 적합한 사람을 구할 수가 없다면 재자 항렬 가운데서도 역시 적합한 사람을 구하기 어려운 듯합니다."

서태후는 공친왕의 말이 자기 의도를 반대하는 것인 줄 짐작하고 속으로,

'이놈부터 다시 더 말하지 못하게 해야 내 뜻대로 될 것이다.'

하고 눈을 들어 공친왕을 쏘아보면서 말했다.

"경은 어찌하여 내 말을 반대로만 생각하는가? 재자 항렬 가운데 어찌하여 적합한 사람이 없다고 하는가? 내 보기에는 멀리 구할 것이 아니라 경의 아들 재원도 임금 되기에 부족할 것이 조금도 없는 듯하다. 그러니 공친왕의 아들 재원을 새 임금으로 세우는 것이 어떠한가? 경들은 각각 말하라!"

공친왕은 서태후의 말이 확실히 자기를 억누르기 위해 하는 말인 것을 알고 머리를 땅에 조아리며 엎드려 아뢰었다.

"신의 어리석은 소견에 솔직하게 말한 것이 잘못되었습니다. 태후폐하께서는 신의 어리석음을 용서하고 달리 하교하시기 바랍니다."

여러 왕공들도 여전히 잠잠하였다.

공친왕은 계속하여 머리를 조아리면서 잘못을 사죄하였다. 여러 왕공이 잠잠한 것을 보고 서태후는 자기 뜻대로 누구를 새 임금으로 세우는 것이 옳은지 말했다.

"경들의 소견에는 아마도 적합한 사람을 갑자기 구하지 못하는 모양이다. 그런데 나의 생각에는 공친왕의 아들 재원이 적합하다고 생각하는데 공친왕이 저토록 사양하며 거절하니 할 수 없다. 그러고 보니 누구로 결정할까? 내 보기에는 순친왕의 아들 재첨은 그 위인이 영특하고 인자하며 총명하니 족히 함풍선제의 대통을 이음직하다. 그리고 다른 날 재첨이 아들을 낳거든 동치황상의 대통을 잇도록 하는 것이 공사 어디로 보든지 옳은 것 같다. 경들은 각각 의견을 말해라!"

공친왕은 서태후의 말을 반대하고 부류을 주장하고 싶지만 여러 왕공들이 자기가 자기의 아들을 세우려고 야심을 가진다 오해할까 두려웠다. 다른 왕공들은 서태후의 권세가 두려워서 말하지 못했다. 동태후가 '될 대로 되라.' 하는 생각에서 말하지 않다가 무슨 말을 하려고 하자 서태후가 눈치채고 말했다.

"이제 나의 말에 대하여 경들이 모두 잠잠하고 동궁태후폐하께서도 나에게 이 뜻을 말하라 하셨으니 순친왕의 아들 재첨으로 대통을 계승케 하노라!"

순친왕이 앞에 나와서 엎드려 울면서 말했다.

"황송합니다. 재첩의 나이 어리고 나라의 일은 안으로나 밖으로나 어려운 이때에 적합하지 못한 줄로 압니다. 양 궁 폐하께서는 달리 구하시기 바랍니다."

이 말에 서태후는 노기를 띠면서도 웃으며 말했다.

"경도 공친왕을 본받아서 하는 말인가? 이제 동태후폐하와 나의 뜻이 결정되었으니 다시 말하지 말라!"

공친왕은 옆에 있다가 머리를 들어서 순친왕을 돌아보며 꾸짖어 말했다.

"이제 너나 내가 말할 때가 아니다. 오직 잠잠히 있을 따름이다."

그리고 머리를 들어 동태후를 쳐다보았다.

눈치 빠른 서태후는 공친왕의 말과 태도가 동태후의 구원을 청하는 것임을 알았다. 서태후는 동태후가 말할 사이도 없이 큰 소리로 분부를 내렸다.

"옳은 말이다. 공친왕의 말이 옳다. 이제는 경들의 소견과 겸양을 낱낱이 들으면서 한담할 시간이 없다. 빨리 만주와 몽골의 모든 왕공대신을 입시케 하라!"

그러자 기민한 이연영이 대궐 밖에 대기하고 있던 모든 왕공대신들을 입시하도록 하였다.

서태후는 손에 담뱃대를 들고 단정히 앉아서 웃는 표정으로 말했다.

"황상의 병환은 아직 회춘되지 못하셨다. 경들도 짐작하는 바와 같이 황상은 병 중에 계시고 아직 황태자가 없으므로 나는 동궁태후폐하와 상의하고 근친의 친왕들과 상의한 바, 순친왕의 아들 재첨으로 함풍선제의 대통을 이어서 선위를 계승토록 하였으니 경들의 소견을 말하라."

왕공대신들은 궁궐의 모든 일이 벌써 서태후의 음모대로 결정된 것을 알고 일제히 아뢰었다.

"지당하신 처분입니다. 신 등은 삼가 양 궁 태후폐하의 성지를 받들어 행할 뿐입니다."

서태후는 자리에서 일어서며 큰 목소리로 외쳤다.

"황상께서는 승하하셨다!"

이 말이 떨어지자 여러 왕공대신들은 일제히 울음을 터뜨렸다. 동태후와 서태후도 통곡하며 궁녀와 내시들까지 통곡하여 궁중에서는 곡성이 진동하였다.

자금성 궁궐에서 통곡하는 소리가 진동할 때 북경성 안의 모든 왕공대신과 집에서는 장차 무슨 변동이 생길지 알지 못해 어찌할 바를 몰라하고 있었다.

더욱이 순친왕부에서는 순친왕비, 곧 서태후의 아우 용아는 남편이 황실의 친척인 것보다도 언니 서태후의 권세가 염려스러웠다. 장차 조정이 어찌 되며 자기의 앞날이 어찌 될 것인가 하는 근심걱정으로 잠을 이루지 못한 채 초조해 하고 있었다.

그때 천만 뜻밖으로 궁궐에서 친왕과 대신 몇 사람이 내시와 친위군사를 데리고 와서 어명을 전하는 것이었다. 아들 재첨이 대통을 이어 임금에 오르시게 되었으니 빨리 궁궐로 모셔 갈 준비를 시키라고 하였다.

순친왕비는 뜻밖의 어명에 놀라지 않을 수 없었다. 지금 듣는 이 어명이 장차 자기의 사랑스런 아들에게 복이 될지 화가 될지 생각할수록 까마득하였다. 다만 언니 서태후의 심술과 성격을 생각할 때 자기의 어린 아들이 허울뿐인 황제라는 명분 아래 한없는 학대를 받게 될 것이 분명했다. 눈물이 쏟아졌다. 어릴 때 언니에게 당하던 일들이 떠올라 저도 모르게 몸서리쳐지고 떨렸다.

그때 재첨은 간신히 여섯 살 된 어린아이였다. 아직 철도 없었다. 그날도 낮에는 동무들과 종일토록 장난하다가 밤이 되자 곤함을 이기지 못하여 업어가도 모를 만큼 깊이 자고 있었다.

그렇게 단잠을 자던 재첨이 어머니가 안아 일으키며 깨우는데도 잠을 채 깨지 못했다. "엄마! 나는 싫어!" "나는 잘테야." 하는 소리만 쳤다. 순친왕비는 어린 아들을 보고서 더욱 가슴이 터질 듯 아팠다. 할 수 없이 잠시 그쳤던 눈물을 다시 흘리면서 아들을 깨웠다.

"재첨아! 어서 일어나 정신차려라! 궁중에서 어명으로 너를 새 황제로 모시러 왔단다. 어서 일어나거라!"

재첨은 어머니가 단잠자던 자기를 깨워 일으키는 것이 밉고 싫어 두 팔로 뿌리치며 발버둥쳤다.

"싫어! 싫어! 궁궐은 난 싫어! 나 황제 싫어! 싫어!"

재첨은 다시 고꾸라지며 잠을 자려고 하였다. 밖에서는 독촉이 심했다. 보군통명 영록은 군사를 거느리고 순친왕부를 둘러싸면서 시각을 지체하지 못하게 했다. 순친왕비는 재첨을 안고 나와 친왕과 대신들에게 내어 맡기니 친왕과 대신들은 재첨을 안아 가마에 모시고 대궐을 향해 떠났다.

깊은 잠이 들었던 북경성은 별안간 입시하게 된 왕공대신들이 거느리고 나왔던 친위군과 내시들과 영록이 거느린 군사들이 행군하면서 불어대는 나팔소리에 잠이 깨었다. 하지만 새 황제로 모셔가는 순친왕의 아들 재첨만은 가마 속에서 그대로 잠에 빠져 있었다.

대궐 안에 들어가서 궁녀와 내시들의 손에 부축되어 가마 밖으로 나오는 재첨은 그때까지도 잠을 깨지 못했다. 내시들은 그대로 안아다가 동태후와 서태후의 앞에 앉혔다. 그러자 서태후가 큰 소리로 외쳤다.

"순친왕의 아들 재첨이 이제 대통을 이어서 황제의 위에 오르시니 모든 왕공과 대신들은 치하하라!"

그때야 재첨이 비로소 잠이 깨었다. 모든 신하들이 만세를 부르는 것에 어리둥절해 두리번거릴 뿐이었다.

조정과 궁중에는 참으로 일도 많고 말도 많았다. 동치황제의 국상과 인산에 대한 것과 재첨이 황통을 이어서 새로 황제가 것에 대한 모든 의식과 절차를 두고 밤낮을 가리지 않고 야단법석을 치게 되었다.

모든 의식과 절차를 밟아서 새로 황제가 된 재첨을 광서(光緒) 황제라 명했다. 함풍황제의 황통을 이어 황제가 된 것이다. 이것으로 자금성 궁중에서 오랫동안 문제돼 온 새 황제의 등극에 대한 말썽은 서태후의 뜻대로 되고 말았다.

# 동서 양궁의 재 청정

동치황제가 세상을 떠나기는 갑술년 섣달 초닷새날이고 광서황제가 새 황제가 되는 조서가 내리기는 그로부터 사흘 뒤였다.

광서황제가 함풍황제의 황통을 이어서 황제가 되자 동태후와 서태후는 다시 나라 정사를 맡아 처리하게 되고 동치황후는 아무런 명목도 없었다. 다만 전 임금의 황후이며 새 임금의 형수밖에 될 것이 없다.

그러나 남보기에는 비록 동태후와 서태후의 양 궁 청정으로 나라의 정사를 둘이 맡아 다스리는 것 같지만 실상 동태후는 정사에 무관심했다. 동치황제가 서태후의 등쌀에 못된 병에 걸려서 불쌍하게 죽게 된 것과 살아 있는 동치황후가 남편을 잃고 가련하게 된 가운데도 당장에 서태후의 학대가 심한 것을 무한히 불쌍하게 여겼다. 그러나 함풍황제와 동치황제가 황제 노릇하던 이십여 년 동안 한없이 속상하고 기막힌 꼴을 많이 보고 온갖 일을 겪은 데다가 늙은 만큼 다시 나라의 정사에 상관할 생각은 털끝만큼도 없었다. 실제로 모든 것이 귀찮게 생각되어 서태후에게 맡기고 자기는 자기의 궁궐에서 오직 평안하게 지내기를 진정으로 원했다.

그와 반대로 서태후는 날이 갈수록 권세를 잃고는 세상을 살아갈 자신이 없었다. 행여나 동태후가 정사에 자주 참여하여 자기의 권세를 건드릴까 두려웠다. 자기에게 장차 이롭지 못한 것은 무엇이든 뿌리째 없애리라 마음먹었다.

생각이 그런 만큼 서태후는 조정과 궁중의 온갖 비밀을 수시로 정탐하였다. 그리하여 이연영과 영록과 함께 밤낮으로 모든 것을 음모하고 그대로 실행하려고 했다.

그들은 자기들의 권세를 유지하려고 음모만 하는 것이 아니었다.

영록은 연영과 뜻이 맞아 차마 형언할 수 없는 온갖 더러운 행동을 저지르곤 했다.

동치황제가 세상을 떠난 뒤 동치황제와 함께 오입하러 다니던 왕경기는 동치황제의 사랑을 한껏 받던 화아를 데리고 멀리 향랑 방면으로 달아났다. 동치황제의 비밀을 지키던 주도영과 그 밖에 모든 내시들은 서태후의 어명으로 죽음을 당하였다. 그 가운데는 동태후와 동치황후의 심복이었던 내시와 궁녀들도 적지 않게 섞여 있었다.

왕공대신 가운데서 새로 서태후의 믿음과 사랑을 받게 된 사람은 동치황제의 선생이던 이홍조였다. 이홍조는 동치황제의 유언과 유조를 서태후에게 밀고하고 서태후의 뜻을 맞춰서 광서황제를 임금으로 세우는 것을 강력주장한 사람이었다. 그런 이홍조가 서태후에게는 고맙지 않을 수 없었다.

그러나 서태후의 계획이 순조로운 것만은 아니었다. 갖가지 골치 아픈 일들이 생겨났다. 그중에서도 가장 신경이 쓰이는 일은 어린 임금인 광서황제의 문제였다.

광서황제는 궁중에 들어온 뒤 밤낮 엄마만 부르며 울고 있었다.

처음에는 서태후 자신이 어린 광서황제를 어르고 달래면서 마음을 가라앉히려고 애를 썼다. 그러나 어린아이의 어머니를 보고 싶은 생각이 그렇게 쉽게 없어질 리 없었다. 어르고 달랠수록 광서황제는 "엄마!"만 부르고 우는 것이었다.

며칠 동안은 그와 같이 어린 조카에게 정성을 다하여 어르고 달래면서 어머니에게 가 있는 정이 자기에게 옮겨오기를 기다렸다. 하지만 그 바람이 낙망으로 변했을 때는 괘씸한 생각만 남아 있었다. 서태후의 광서황제에 대한 처음 생각은 전혀 다르게 바뀌었다. 생각이 변함에 따라 저절로 나오는 수단과 방법은 꾸짖고 벌하면서 무섭게 구는 것이 유일한 것이었다. 그렇게 엄하게 다스리자 광서황제는 서태후가 무서워 울지도 못했다.

서태후가 가장 즐기는 향락은 궁중의 연극이었다. 연극은 거의 날마다 밤낮으로 상연되었다. 그 연극에 들어가는 돈도 적지 않았다. 나중에는 연극에 드는 비용을 감당하기도 어렵게 되었다. 이연영은 궁리를 짜내지 않을 수 없었다. 이연영의 계획에 서태후가 나서니 안 될 것이 없었다. 궁중연극에 드는 돈만 아니라 연극에서 생기는 돈으로 다른 향락에도 쓸만큼 금방 넉넉해졌다.

서태후가 북경에 와 있는 각 성의 총독과 순무는 모두 궁중연극 구경을 하라고 명령한 것이었다. 동시에 모든 왕공대신들과 북경에서 이름난 부자들은 모두 연극을 보러 궁중에 들어오라고 명령했다.

"서태후폐하께서 궁중연극을 구경하라고 부르신다."

저마다 그것을 영광으로 생각했다. 또 무슨 별 수나 생길 것처럼 기뻐하며 남에게 그 영광을 자랑하였다.

"아! 내일은 궁중으로 들어가게 되었어! 서태후폐하께서 나를 특별히 부르셔서 궁중연극을 구경하라시는 분부를 내리셨어!"

"나도 그 분부를 들었는데 마누라까지 함께 데리고 들어오라는 분부를 받았어!"

또 어떤 사람은 그와 똑같은 말에 한 가지 더 내세워 으시대며 기뻐하였다.

궁중연극을 구경하자면 한 번에 여섯 시간이 걸렸다.

당시에는 각 성의 총독과 순무와 왕공대신과 돈 있는 부자 치고 아편에 빠지지 않은 사람은 한 사람도 없을 만큼 아편이 성행하고 있었다. 한두 시간이면 연극구경이 끝나고 서태후에게 무슨 특별한 영광이나 받을까 하였던 뭇사람들은 연극시간이 그처럼 오래 걸리니 함부로 물러나올 수도 없었다. 아편에 중독되어 아편을 하고 싶었으나 아편을 구할 수도 없으니 저마다 죽을 지경이었다. 그렇게 뭇사람이 아편에 중독되어 못 견디게 되자 이연영이 큰소리로 외쳤다.

"지금 태궁폐하께서 특별히 분부를 내리시어 여러분에게 차와 과자를 하사하시는 것이다."

그러나 내시들은 뭇사람의 앞에 차 한 잔씩만 가져다주는 것이 아니었다. 그 다음에는 수박씨와 과자를 한 접시씩 가져다주고 또 궁녀들이 종이에 싼 아편을 한 봉지씩을 가져다주었다.

아편에 중독되었던 뭇사람들은 무엇보다 차 한 잔과 아편 한 봉지가 죽을 병에서 살아날 약처럼 반가웠다.

"서태후폐하 성수만세! 만세! 만세!"

일제히 만세를 부르고 그 차를 마시며 아편을 먹었다. 그러나 차와 아편 값은 참으로 비쌌다. 적어도 은 열 냥이나 스무 냥이었고 보통으로 쉰 냥이나 백 냥이며, 오백 냥이나 천 냥에는 서태후의 분부로 특별히 다른 음식도 보내주며 좋은 말로 특대하였다.

그와 같이 날마다 벌이는 궁중연극은 서태후의 돈벌이가 되었다. 그러한 소문이 나자 사람들은 연극구경을 꺼리게 되었다. 광서황제가 임금이 된 뒤 동태후는 만사를 서태후에게 맡기고 오직 한가한 것으로만 낙을 삼고 있을 때, 서태후는 그와 반대로 잠시라도 한가한 시간이 없는 것으로 낙을 삼았다. 서태후는 이제야말로 천하가 자기 한 사람의 천하가 된 것을 평생의 소원성취로 생각했다.

서태후는 자기가 천하를 가지고 자기의 마음대로 향락을 누리겠다는 것이 목적이었다. 거기에 대해 누구도 감히 잘못이라고 말할 사람은 없었다. 공친왕도 이제는 서태후의 잘못을 간하는 일이 없었다. 서태후의 음흉하고 간교한 수단이 두려워서였다. 자기의 지위는 고사하고 생명까지 위험하게 될 것을 깨닫고 무엇이든 말하지 않기로 작정하였다.

# 동치황후의 자진

　동치황제가 세상을 떠난 데 대하여 보통 인정으로 말하자면 키워준 동태후보다도 동치황제를 낳은 어머니 서태후의 설움이 더 클 것이다.
　그러나 서태후는 마음 속 어느 구석에 아들의 죽음을 서러워하고 있는지 알 수 없고 겉모습에도 전혀 서러워하는 빛이 없었으며 동태후만이 때때로 아들을 생각하고 눈물을 흘리다가도,
　"제 속으로 낳은 자식의 죽음에 대하여 전혀 서러워하지 않고 자기 향락에만 미쳐서 날뛰는 년도 있는데 내가 이럴 것이 무엇이야?"
하고 눈물을 거두면서 자기도 향락을 찾아보려 하다가도 자기

의 신세를 생각하고 또다시 눈물을 흘릴 뿐이었다.

동치황제에 대하여 밤낮으로 서러워하여 우는 사람은 오직 그의 아내 동치황후 한 사람뿐이었다. 동치황제의 황귀비이며 서태후의 사랑을 저 혼자 받는 봉수의 딸은 남편 죽은 것이 서럽다는 것보다 남편의 사랑을 저 혼자 받던 황후의 신세가 아주 망한 것이 속시원하다고 생각하고 있는 말 없는 말 지어내어서 동치황후를 서태후에게 참소하기만 일삼았다. 한번은 봉수의 딸이 서태후에게 참소하였다.

"마마! 저보기에는 황후가 마마를 날마다 원망하고 있는 듯합니다."

영리한 서태후는 동치황후가 자기를 얼마나 원망하고 있는가를 누구보다도 잘 알고 있던 터에 봉수의 딸의 말을 듣고 화를 버럭 냈다.

"고년이 무엇이라고 나를 원망한다느냐?"

봉수의 딸은 서태후가 화를 내는 것이 기회라고 생각하고 다시 말했다.

"제 눈으로 보고 듣지는 못하였으나 아마도 새 황상을 세운 데 대하여 원망하는 듯합니다."

서태후는 그 말에 더욱 노하여 누웠다가 벌떡 일어났다.

"그년이 새 황상을 세운 데 대하여 제가 감히 무엇이라고 원망한다는 말이냐? 그 죽일 년이!"

"아마도 새 황상을 세운 것이 승하하신 황상의 본 뜻에 맞지 아니한다고 원망하는 모양이에요."

서태후는 그 말까지 듣고서 분기를 참지 못하여 곁에 있는 궁녀를 호령하였다.

"당장 가서 황후를 곧 오라고 해라!"

궁녀가 서태후의 명령을 듣고 황후궁에 가서 보니 황후는 머리도 빗지 않고 음식도 잘 먹지 않고 밤낮으로 울고만 있었던 까닭에 얼굴과 몸이 모두 중병에 걸린 사람 같았다. 궁녀가 전갈하는 서태후의 명령을 듣고서 황후는 마지못해 머리를 대강 쓰다듬은 뒤 옷을 갈아입고 궁녀를 따라 서태후궁에 들어가 시어머니에게 절하고 뵈었다. 서태후는 절하는 며느리를 보기좋게 한 번 후려갈겼다.

"이년! 너는 밤낮으로 나를 원망한다지!"

황후는 약간 물러서면서 대답했다.

"마마! 진정하소서. 제가 어찌 감히 마마를 원망하겠습니까?"

서태후가 일어서서 황후의 얼굴에다 손가락질을 하면서 말했다.

"이년! 무엇이야! 새 황상을 세운 것이 네 남편의 유언과 틀리다고 원망했다고?"

황후도 가슴속에 쌓이고 쌓였던 원한을 참지 못했다.

"새 황상을 세우신 것이 유언과 틀리는 것은 사실이지요."

서태후는 그 말이 떨어지자 발끈한 손길이 닿는 대로 때리기 시작했다.

"요년 봐라! 참말이로구나. 이년 네가 황태후 될 꿈을 꾸고 있구나? 요년아, 내 손으로 아주 죽여 버려야지!"

서태후가 며느리 동치황후를 아주 죽이려고 할 때 뜻밖에 동태후가 방으로 들어왔다.

"이게 무슨 짓들이야!"

동태후는 서태후가 동치황후의 머리 끝을 감아쥔 손을 풀면서 말했다.

"아우님! 어서 놓으시우. 이게 무슨 창피한 짓인가! 어서 놓으시우!"

서태후는 동태후가 그 시간에 온 것이 며느리와 한속이라는 생각에 더욱 분하여 동태후를 뿌리쳤다.

"언니! 조금만 가만히 계시우! 이년은 이대로 살려둘 년이 못 됩니다. 오늘은 내친 김에 제 손으로 죽여 버려야 후환이 없겠습니다."

그리고 발길로 동치황후의 옆구리와 가슴을 함부로 죽어라 하고 찼다. 동태후도 그때에는 화가 나서 달려들어 서태후를 떼밀어서 물러앉혔다.

"이 사람아! 환장했나? 아들자식 죽은 뒤에 며느리 자식을 제 손으로 죽이는 어머니가 천하에 어디 있단 말인가? 못하네, 못해! 이렇게는 못해!"

그래도 서태후는 다시 그 며느리를 향하였다.

"이년아! 아무리 못 생긴 시어머니라도 시어머니들과 조정의 왕공대신들이 모여서 세운 새 황상의 황제위에 대하여 네가 감히 이러니저러니 하고 원망하며 뒤집으려고 한다면 집안의 가법이나 나라의 국법으로 너를 용서할 것 같으냐? 국법이나 가법으로 법에 의지하여 죽이는 것보다 차라리 내 손으로 죽이는 것이 어미와 자식되었던 정리이다."

또다시 며느리를 치려고 할 때에 동태후가 나서서 서태후를 달래며 말했다.

"글쎄! 아우님, 참으로 물 베는 칼이 없고 자식 베는 칼이 없다우! 철없는 자식들이 잘못하기가 보통이지! 이 집안에 아우님이나 내가 참지 않으면 장차 어찌 되겠소?"

그리고 곁에 서 있는 궁녀들에게 호령하였다.

"이년들아! 무엇을 하고 서 있기만 해? 어서 황후폐하를 모셔서 자기의 궁으로 돌아가시게 하라!"

그런 뒤에 눈물어린 눈으로 서태후를 다시 돌아보았다.

"아우님! 어쩌자고 이러시우? 이 궁에 불행한 때가 이때보다 더한 때가 이전에도 없었고 앞으로도 더 없을 듯하오. 우리가 참지 못한다면 장차 망하고야 말 것이오! 제발 참으시우! 아우님이 못 참는다면 못생긴 이 형도 못 참을 것이오."

동태후는 눈물을 흘렸다. 서태후도 그제서야 동태후의 손을 잡고 울며 이렇게 말했다.

"언니! 우리는 전생에 무슨 죄가 많아서 이생에서 이다지도 못 당할 일만 당하게 되는가요?"

두 사람은 붙들고 한참이나 울었다. 맞붙들고 우는 두 사람의 마음속에는 피차에 서로를 꺼리고 있었다. 동태후의 생각에는 만일 자기가 서태후를 다그치면 서태후가 장차 동치황후를 새 임금에 대하여 이롭지 못한 역모를 한다고 모함할까 하는 두려움이었고, 서태후의 생각에는 자기가 며느리에 대하여 너무 지나치게 하면 동태후가 어떠한 태도로 나오게 될지 알 수 없어 그대로 어물어물하여 넘어가고자 하였다.

그와 같은 생각을 하면서 동태후와 서태후는 한참 뒤에 서로 헤어졌다. 동태후는 서태후의 궁에서 나와서 황후궁에 들렀는데 황후는 그때까지 정신을 차리지 못하고 자리에 누워 있었다. 동태후는 궁녀들에게 분부하여 약을 지어다 쓰고 음식도 자주 권하라고 하였다.

동치황후는 서태후에게 발길로 가슴과 옆구리를 여러 번 몹시 채인 까닭인지 태중에 잘못 되었는지 아래로 피를 많이 흘리다가 그날 저녁에 약을 지어 먹은 뒤에도 더욱 심하게 앓다가 마침내 낙태하고 말았다.

그런 뒤에도 동치황후의 몸은 극도로 쇠약해지고 목숨이 며칠 가지 못하여 없어질 것처럼 되었다.

동치황후가 자기에게 매맞고서 병들었다가 약 몇 첩 먹은 뒤에 낙태가 되고 앓아 누웠다는 말을 들은 서태후는 친히 황후궁에 가서 며느리의 병을 위문했다.

"애야, 어찌된 까닭이냐. 네가 그날 내게 매맞고 와서 낙태가 되었다니?"

"마마, 용서하소서. 일어나지 못합니다. 무슨 약인지 어의들이 지어보낸 약을 먹고서 그렇게 되었습니다."

동치황후는 자리에서 일어나지 못하고 머리만 들먹들먹하면서 속으로는 시어머니의 능청맞은 위문이 몸서리쳐지도록 무섭기만 하였다. 서태후는 당장 곁에 있는 궁녀들에게 물었다.

"약처방은 어떠한 어의가 내었으며 그 약을 지어온 내시는 누구이고 그 약을 달인 궁녀는 누구냐?"

이에 궁녀들이 낱낱이 대답했다. 동치황후는 서태후가 묻는 것이 자기의 허물을 죄없는 딴 사람에게 뒤집어씌워서 죽이자는 흉계라고 생각하고 서태후를 향하여 눈물을 지으면서 애원하고 빌었다.

"마마! 그것은 물으셔서 무엇하십니까? 모두가 저 한 몸의 박복한 탓이고 병 때문이지 아무의 허물도, 잘못도 아니니 마마께서도 더 묻지 마시기만 바랍니다."

서태후도 능청맞게 눈물까지 지으면서 위로했다.

"박복하다면 모두가 나의 박복한 탓이다. 나의 허물이다. 그러나 저러나 살아 있는 목숨이야 어찌하겠니? 너는 너무 서러워하지 말고 몸조리나 잘하여라! 낸들 누구를 믿고 살겠느냐?"

서태후는 자기의 궁에 돌아와서 황후에게 약처방을 낸 어의와 약 지어온 내시와 약 달인 궁녀들을 모조리 잡아다가 여러가지로 물어본 뒤에 약처방을 잘못 내고 태중에 병세를 잘못 말하고 약을 달이는 데 의심이 있었다는 죄명을 씌워서 모두 죽이라고 명령하였다.

동치황후는 아무 죄가 없는 어의와 내시와 궁녀가 서태후의 어명으로 죽었다는 말을 듣고서 탄식하였다.

"사람의 세상은 악한 세상이다. 내 목숨인들 며칠이나 더 있을 것이냐?"

그리고 자기 목숨은 자기 손으로 끊어야겠다고 굳게 결심했다.

서태후는 그 뒤 전과 달리 날마다 아침저녁으로 사람을 보내서 병문안을 하여 음식도 자주 보내주며 서태후 자신이 친히 와서 위로하여 주고 갔다. 동치황후는 시어머니의 사랑이 갑자기 두터워지는 것이 그다지 반갑지 않다기보다 도리어 "이 뒤끝에는 무슨 흉계가 있는 것인가?" 하는 무서운 생각만 들었다. 그 뒤에 얼마동안은 아무 탈도 트집도 안 생기고 서태후가 동치황후에게 대한 것을 누가 보든지 인정할 만큼 다정스럽게 하며 무엇이나 그 뜻을 맞춰 주었던 것이다.

동태후도 서태후가 며느리에게 대하는 모든 것이 그와 같이 달라지고 궁궐에 아무 말썽도 없어지는 것을 진심으로 다행스럽게 생각하고 한 번은 동치황후에게 말을 꺼냈다.

"애야, 요즘에는 서궁폐하가 네게 대하는 것이 매우 달라졌지!"

"저도 처음에는 또 무슨 뜻밖에 일이나 생기지 않을까 하여 근심하였는데 오늘까지 지내 보니 서궁마마의 마음이 참으로 저를 불쌍히 여기는 듯합니다."

"서궁폐하는 황상의 그와 같은 참변을 당하고서 잠시 제정신이 아니었던 것이다. 이제는 자기의 본심으로 돌아왔으니 너도 정성을 다하여 네 도리만 하면 다시야 별 일이 있겠니?"

동치황후는 동태후의 말에 "그렇습니다." "그리하겠습니다." 하는 말로써 대답하고 모든 것을 불행 중 다행 생각했다.

세월은 빨라서 동치황제가 세상을 떠난 지도 백 일이 지나가고 북경의 봄이 느껴졌다. 동치황후의 병들었던 몸도 이제는 호정(뜰) 출입이나 하게 되고 서태후가 밤낮으로 즐기는 연극은 여전히 날마다 열리고 있었다.

하루는 서태후가 며느리를 찾아와서 여러 가지로 위안하여 주는 끝에 연극 구경을 권하였다.

"애야, 이제는 네 몸이 바깥 출입도 할 만한데 이와 같이 방 안에서만 처박혀서 어떻게 지내겠니? 천만 가지 원한을 잊어버리고 나와 같이 연극 구경이나 나가자!"

그리고 궁녀들을 불러서 황후를 모시고 함께 가자 하니 날마다 한숨과 눈물로 세월을 보내는 황후를 모시고 있느라고 연극 구경을 한 번도 하지 못하던 황후궁의 궁녀들이 서태후의 명령이 반가워서 황후를 모시고 서태후 궁의 연극장으로 나왔다.

연극장 안은 매우 번화하고 복잡했다. 왕공대신의 부인들과 따님들과 각 성 총독 순무들의 부인들이 한 쪽에 앉았고 남자석에는 모든 대관들이 수없이 앉았는데 서태후는 자기의 왼쪽에 황후를 앉히고 오른쪽에 황귀비를 앉힌 뒤에 자기가 사랑하는 공주들을 그 다음으로 앉혔다. 누가 보든지 서태후는 며느리들을 사랑하며 불쌍히 여긴다고 볼 만큼 다정스러워 보였다.

연극이 시작되고 한두 막이 지난 뒤에 남방의 음탕한 연극과 난잡한 노래와 춤이 시작되었다. 동치황후는 평생에 그와 같이 음탕하고 난잡한 노래와 춤은 듣지도 보지도 못했다. 남편 잃은 젊은 과부의 심정이라 좋고 아무리 노래와 춤이라도 들리지 않고 보이지 않을 텐데 더구나 자기의 비위에 거슬리는 음탕하고 난잡한 노래와 춤은 보기 싫고 듣기 싫어서 못 견딜 지경이며 따라서 자기가 도리어 창피하다는 생각에 몸은 저절로 딴 데를 향하여 돌아앉게 되었다.

서태후는 며느리의 거동을 보았다.

'이 계집애는 천성이 나와는 다른 계집이다. 저 거동이 확실히 연극 놀이를 원수같이 싫다는 것이다. 그러고 보니 내 허물을 드러내자는 심술이다.'

그러나 웃는 낯으로 며느리에게 물었다.

"애야, 너를 이 자리에 데리고 온 뜻은 천만가지 원한과 설움을 잊으라는 것이다. 너는 이런 자리에서도 무엇을 생각하고 그렇게 수심만 가득하느냐?"

동치황후는 살며시 고개를 돌려 대답했다.

"마마! 저를 용서하여 주소서! 별로 수심있는 것이 아니라 몸이 아직도 아파서 그럽니다."

"이 못난 자식아! 몸이 아프거든 진작 말하지! 어미를 속인다는 말이냐? 어서 네 방에 가서 몸조리를 하여라!"

그리고 다시 좌우에 서 있는 황후궁의 궁녀들을 돌아보며 호령하였다.

"어서 모시고 가서 몸조리를 시키도록 해라! 이년들아, 만일 털끝만큼이라도 태만하였다가는 죽고 살아남지 못할 것이다."

동치황후는 서태후의 말이 떨어지자 자리에서 일어섰다.

서태후는 며느리를 보낸 뒤에 혼연한 태도를 가지면서도 속으로는 굳은 결심을 내리고 한 가지 계책을 생각한 뒤에 자기의 궁중으로 돌아와서 이연영에게 무엇이라고 귀에 대고 말하여 황후의 아버지 숭기의 집으로 보냈다.

이연영은 숭기에게 말했다.

"소인이 보기에는 황후폐하께서 돌아가신 황상을 따라가실 듯한데 만일 예법에 어그러지는 방법으로 세상을 떠나신다면 그 화가 대감에게 미칠까 합니다."

이 말은 만일 황후가 독약을 먹고 자살한다면 숭기의 집이 멸족의 환을 당할 것이라는 뜻이다. 숭기도 그 뜻을 알아듣고 감사하다는 말과 그러지 않도록 조치할 것을 다짐했다.

이연영이 다녀간 뒤에 숭기는 생각할수록 딸 동치황후가 불쌍하고 가련하다기보다 만일 그 딸이 서태후의 학대를 견디지 못하고 자기의 신세를 극단으로 비관하고 독약을 먹고 자살한다든지 또는 우물에 빠져 죽는다든지 목매어 죽는 날이면 자기 집은 멸족을 면키 어렵다는 생각에 크게 걱정하고 근심했다.

청나라 황실에서는 황후나 황귀비가 독약을 먹거나 목매어 죽어서 그 자살한 자취가 분명히 드러나면 황후나 황귀비의 친정이 멸족의 화를 당하게 되는 것이 국법처럼 되었다.

이연영의 말을 들으면 서태후는 며느리 동치황후가 어서 죽기를 바라되, 다만 자살하였다는 자취가 드러나지 않게 죽어야 한다는 뜻인데, 숭기는 멸족의 화를 면하기 위하여 딸에게 그 뜻을 알려 주려고 하지만 딸을 만나볼 수가 없는 것이 가장 큰 걱정이며 근심이었던 것이다.

하루는 서태후궁의 내시가 나와서 서태후가 숭기를 납시라 하신다는 말을 전했다. 숭기는 당장에 무슨 큰 변이 난 것같이 생각되어 황급하고 창황한 마음으로 서태후궁에 들어가서 서태후 앞에 절하고 엎드려 감히 얼굴도 들지 못하고 죄지은 사람처럼 대령하였다.

서태후는 숭기의 거동을 보고서 웃으면 말했다.

"경은 어서 일어나라. 경은 나라의 중신이며 더욱이 척신인데 왜 그다지 송구한 태도를 가지는가?"

숭기는 그럴수록 더욱 황공하여 아뢰었다.

"모든 것에 잘못이 많고 허물이 많은 신으로써 불초한 여식이 감히 황후의 자리로 궁중에 들어오게 된 뒤로는 밤낮으로 황송한 생각뿐이고 오직 양 궁 태후의 관대한 은택만 바랄 것뿐입니다."

서태후는 그제야 비로소 근심하는 빛을 가졌다.

"경의 근심은 부질없는 근심이고 최근 나의 근심이 경보다 심하다. 황상이 승하한 뒤로 황후가 날마다 음식도 잘 먹지 않고 울고만 지내니 그러다가 그 몸이 마지막 남편을 따라갈 듯한 것이 근심되어서 경을 청한 것이니 경은 황후를 보고서 여러 가지로 달래주기를 바라네!"

그리고 내시들에게 명령하여 숭기를 황후궁으로 인도하라고 했다.

숭기는 황후궁에 들어가서 딸을 면대하였지만 좌우에 지키고 있는 궁녀와 내시들 때문에 자기 속에 있는 말을 똑똑히 하지 못하고 어물어물하는 때 황후가 먼저 물었다.

"이 몸은 장차 어찌하리까?"

숭기는 딸의 말이 무슨 뜻인지 알고 있었다.

"여자로써 남편을 따르는 것은 당연한 일이고 태후폐하의 뜻을 순종하며 현명한 길을 밟아서 현명한 이름을 끼치는 것이 옳은 것이라고 생각하오."

황후는 아버지의 말이 자기를 "죽기는 죽되 자살하였다는 말이 나지 않도록 죽으라!"는 뜻인 것을 알고서 눈물을 흘리면서 다시 물었다.

"어떤 길이 현명한 길인지요?"

"태후께서는 황후가 음식을 도무지 안 먹는다고 근심하더이다."

숭기는 딸을 마지막으로 다시 한 번 쳐다보고 물러나왔다. 동치황후는 아버지의 말에서 "굶어 죽는 것이 상책이다."는 것을 깨달고서 그날부터 무엇이나 먹지 않고 굶어서 자진하기로 작정하고 그대로 실행했다.

그리하여 가련한 동치황후는 시어머니 때문에 남편을 잃고 나중에는 그의 학대를 못 견뎌서 죽는 것도 자기의 마음대로 속시원하게 단번에 죽지 못하고 오랫동안 굶어서 자진했다.

동치황후가 자진한 뒤에 서태후는 조정과 궁중에 발표했다.

"동치황후는 남편이 죽은 뒤로 너무 서러워하다가 병들어서 죽었다."

## 가련한 어린 황제

　서태후가 자기의 아우 순친왕비 용아가 낳은 어린 조카를 황제로 세운 것이 비록 자기의 권세를 놓치지 말자는 데서 나온 생각이기는 했지만 아우를 사랑하는 생각도 적지 않았다. 자기가 낳은 아들 동치황제가 죽은 뒤에 아들도, 딸도 없는 까닭에 광서황제를 자기의 친아들같이 사랑하며 길러서 낙을 보리라는 생각도 많았던 것이다. 만일, 광서황제가 임금이 되어 궁궐로 들어가던 날부터 자기의 어머니와 아버지를 생각하지 않고 서태후를 친어머니처럼 따르며 어리광을 부리고 재롱을 보였다면 서태후의 사랑을 받았을지도 몰랐다. 그러나 그것은 완전히 철든 사람도 힘든 것이다. 더구나 어린아이에게는 바랄 수도 없는 일이다. 어린 아이들이 어머니와 아버지를 보고 싶은 생각에서 부모와 집 생각을 못참아 울고 부르짖는 것이 보통이다.

광서황제가 궁궐에 들어간 지 며칠이 되지 못하여 자기 어머니와 아버지가 보고 싶어 날마다 어머니를 찾고 울다가 서태후의 꾸지람과 벌만 받게 되었다. 그럴수록 광서황제의 어린 생각은 자기의 집만 생각하게 되고 서태후의 사랑은 조금도 받지 못하게 되었다.

더욱이 서태후가 묻는 말에 대답하지 않는 것은 딱한 노릇이 아닐 수 없었다.

한번은 서태후가 어린 광서황제가 자기 집을 떠나서 어미와 아비를 그리워하는 것이 인정상 당연하다는 생각이 들어 광서황제를 불러 세우고 물었다.

"지금도 집 생각과 엄마 생각이 나지?"

서태후의 부드러운 말에도 광서황제는 무서운 생각만 나서 얼른 대답하지 못했다. 서태후는 두세 번 묻다가 대답이 없자 화가 나 큰소리를 버럭 질렀다.

"왜 대답이 없어! 집 생각과 엄마 생각이 나거든 난다고 하고 안 나면 안 난다고 대답을 해야지."

곁에 서 있는 내시들이 낮은 목소리로 일러 주었다.

"집 생각과 엄마 생각이 나지 않으시면 안 나신다고 대답하세요."

그러자 광서황제는 벌써 극도로 겁이 나고 서러워 눈에서는 눈물이 쏟아지고 목에서는 울음이 쏟아지는 것을 억지로 참으면서 대답했다.

"엄마 생각이 안 납니다."

서태후는 그 대답이 더욱 못마땅하여 다시 큰소리로 호령했다.

"반벙어리냐? 똑똑히 말해! 생각이 나거든 난다고 하고 안 나거든 안 난다고 대답해 봐!"

그럴수록 광서황제의 목소리는 더욱 작아졌다.

"엄마 생각이 안 납니다."

서태후는 그 대답까지 듣고 나서 도리어 한숨을 쉬면서 탄식했다.

"할 수 없는 노릇이다. 천생 제 사랑은 제가 걸머지고 가는 것이다. 어서 들어가거라!"

그리고 내시들을 호령했다.

"어서 모시고 가거라!"

광서황제는 내시들을 따라서 침전으로 돌아갔다.

광서황제는 본래 말할 때 조금씩 더듬거리는 버릇이 있었다. 그런데다 황제가 되어 궁중에 들어온 뒤로 서태후의 위엄과 학대에 눌리자 말을 더듬거리는 버릇은 더욱 심해졌다.

그럴수록 서태후는 어린 조카를 볼 때마다 화증이 생겼다. 사랑스럽다, 귀엽다는 생각보다 바보, 천치라는 생각과 밉다는 생각만 들게 되고 아무런 희망도 가지지 못하게 되었다.

다만 광서황제를 동정하며 사랑해 주는 사람은 동태후 한 사람뿐이었다. 동태후는 어린 조카를 대할 때마다 부드러운 낯빛과 목소리로 대할 뿐 까다롭게 하는 일이 없었다. 자연히 광서황제도 동태후에게는 정을 붙이게 되었다.

서태후는 자기가 맡아서 기르는 광서황제가 자기보다 도리어 동태후에게 정을 붙이는 것을 괘씸하게 여겼다. 아무 철도 없는 광서황제에게 학대만 더욱 심하게 하였다.

그러는 동안에 세월은 흘러 광서황제의 나이는 벌써 글공부를 시작할 때가 되어 옹동화를 선생으로 정하여 광서황제를 공부시키게 되었다.

옹동화가 황제를 가르쳐 보니 광서황제는 비록 다른 아이처럼 나분나분하게 말 잘하는 재주가 없고 반벙어리라는 별명을 들을지언정 대단히 총명함을 알 수 있었다. 무슨 말이나 일러주는 대로 말 뜻을 곧 알아들었다. 글도 두세 번만 가르쳐 주면 잊지 않고 잘 기억하였다. 다른 아이들처럼 그다지 경박하지도 않았고 또 무능하지도 않았다. 기억력도 좋은 편이었다. 가르칠수록 그 총명함과 마음이 튼튼한데 탄복하지 않을 수가 없었다.

광서황제는 아침저녁으로 동태후와 서태후궁에 가서 문안을 올렸다. 동태후궁에 가서는 동태후가 내시들에게

"황상을 모시고 가거라!"

하는 말을 듣고도 조금 더 있다가 오기를 좋아하고, 서태후궁에 가서는 만일 서태후가 내시들에게 명령하되

"황상은 조금 더 놀다가 가시게 하라."

는 말만 떨어지면 죽기보다 더 싫다는 생각에 못 견딜 지경이었다.

그러한 가운데도 광서황제는 나이가 한 살 두 살 많아지면서 서태후의 품행이 바르지 못한 것이 한두 가지가 아님을 깨닫게 되었다. 무엇보다 이연영과 그 밖에 내시라는 몇 사람이 서태후와 함께 먹고 한 자리에 누워 지내는 것을 보면서 그것이 가장 바르지 못하다고 생각하며 지내왔다.

한 번은 참고 참다가 이연영을 꾸짖었다. 그러자 이연영이 그

말에다 말을 더 보태어서 서태후에게 광서황제를 주제넘고 건방지다고 참소하였다.

서태후는 이연영의 말을 듣고 광서황제를 더욱 괘씸하고 밉게 보았다. 무슨 일에나 꾸짖고 가끔씩 내리던 벌도 더욱 심해졌다.

광서황제는 조용한 틈을 타서 선생 옹동화에게 자기가 이연영을 꾸짖은 뒤로부터 서태후의 학대가 더욱 심하여 견딜 수가 없다며 울면서 하소연하였다.

옹동화는 어린 황제의 말을 듣고 함께 눈물을 흘리면서 위로하였다.

"폐하! 폐하께서는 성년이 되실 때까지 무엇이든 못 보신 척 못 들으신 척하시고 공부만 힘써야 합니다. 그리고 아들 된 사람의 도리로서 그 아버지나 어머니의 허물이 계시면 그것을 반드시 숨겨 남에게 말하지 못하는 법입니다. 이제 폐하께서 서궁 태후폐하에게 대한 말씀을 다른 사람에게 하심은 폐하의 잘못이오니 다시는 그렇게 하지 마시고 오직 모든 것을 참으십시오."

광서황제는 옹동화의 말을 듣고 말했다.

"선생의 말씀대로 하리다."

그 뒤부터 선생과 제자 사이에는 무슨 말이든지 서로 숨기는 일이 없이 묻고 대답하였다. 고독한 광서황제에게는 선생 옹동화가 유일한 보호자며 위안처가 되었다.

서태후는 당초에 어린 아이이며 바보와 천치처럼 생각했던 광서황제가 이연영에게 했다는 말을 들은 뒤에는 광서황제를 의심하게 되었다. 서태후는 선생 옹동화를 불러서 물었다.

"황상의 총명은 어떠하며 위인은 어떠한가."

"신하로는 아뢰기 황송하지만 황상폐하의 총명은 말할 것이 못되옵고 성년이 되시더라도 친정하시기는 어려우실 듯합니다."

서태후는 그 말에 흡족한 빛을 나타냈다.

옹동화가 광서황제의 총명이 말할 것이 못되고 그 위인이 부족하다고 대답한 것은 어린 황제에게 서태후의 지독한 학대가 더 심해질까 걱정되어 한 말이었다. 서태후가 광서황제의 총명치 못함과 위인의 부족하다는 말에 기뻐한 이유는 역시 자기의 권세가 영원할 것이라는 생각에서 나온 것이다.

그와 같은 살얼음판 같은 궁궐에 황제가 되어 들어간 광서황제의 생부 순친왕은, 어린 아들이 궁궐에서 어떠한 학대를 받고 있는지는 알지 못하고 다만 자기가 황제의 생부가 된 만큼 자기의 권세가 높아가는 것만 다행이라고 생각했다.

다만 광서황제의 생모 순친왕비만은 사랑스러운 어린 아들을 보지 못하는 것이 안타깝고 가슴이 아팠다. 자기 언니인 서태후의 성질을 어릴 때부터 잘 알고 있기 때문에 광서황제에게 학대가 얼마나 심할 것이며, 그 죽끓듯하는 변덕을 어린 황제가 어찌 견딜까 생각하면 가슴이 찢어지는 듯하여 미칠 지경이었다. 서태후가 자기 아들 동치황제에게 대하던 것을 생각하면 저절로 몸서리가 쳐지면서 무서운 생각도 들었다.

그렇다고 그런 생각을 함부로 말할 수가 없었다. 만일 털끝만큼이라도 서태후에게 자기 아들을 황제로 데려갔다고 원망하는 빛을 보였다가는 당장에 무슨 화를 당할지 알 수 없었다. 속앓이만 하다가 오직 조용한 때 남편 순친왕에게 말했다.

"당신은 뭐가 행복하여 맨날 그렇게 좋아만 하십니까?"

순친왕은 더욱 환한 표정으로 대답했다.

"이 천하에 나보다 더 행복한 자가 누구겠소? 도광황제의 아들이요, 함풍황제의 아우이며, 동치황제의 외숙이고, 이제는 광서황상을 낳은 아버지가 아니요. 이보다 더 좋은 일이 어디 있소."

그리고는 더 한층 만족해 하자 순친왕비가 물끄러미 남편의 얼굴만 쳐다보다가 한숨을 쉬고 눈물을 흘리면서 말했다.

"참으로 딱하십니다! 인생의 참된 행복과 만족이 당신이 말씀하시는 그런 것이 아닙니다! 먹고 입을 것이 걱정 없고 부모형제 처자가 한집에 모여 살면서 별다른 근심과 걱정이 없고 때때로 서로 모여 위로하고 사랑하는 것이 참된 행복과 만족입니다! 이제 어린 것이 천자라는 이름만 갖고서 음해와 간계와 까다로운 예절과 법도에 갇혀 바늘방석에 앉은 것처럼 잠시도 안심할 수 없고 만일 자칫 잘못되면 온 집안에 무슨 화를 당하게 될지 알 수 없게 된 처지에 있는데, 그래도 행복하고 만족하십니까. 참으로 딱하십니다."

서태후가 자기 아들 동치황제를 어찌 대했으며, 동치황후가 어찌된 것인지를 말하자 순친왕도 어린 아들이 가엾이 생각되고 아내의 말처럼 만일 잘못되면 자기 집에 커다란 화가 미칠지도 모른다고 생각하니 갑자기 근심이 밀려왔다.

그러나 광서황제를 낳은 어머니와 아버지가 아들을 가엾게 생각한다고 해도 실제로 광서황제가 서태후에게 당하는 실상은 학대의 만분의 일도 알지 못할 것이다. 아침저녁으로 생트집에 걸려서 서태후 앞에서 두세 시간씩 꿇어앉아 벌받는 것과 배가 고파도 그 때를 찾아서 먹을 수 없게 될 뿐만 아니라 이연영에게 밉게 보인 까닭에 음식이라고는 무엇이나 마음대로 먹을 수 없었다. 그렇다고 하여 안 먹으면 배가 고픈 것보다 당장 서태후에게 음식 타박을 한다는 죄명 아래서 벌을 받는 것이 무서워서 억지로 먹고서는 배탈이 나서 벌써 위병까지 걸렸으며 잠자고 옷입는 데까지도 어린 몸으로는 차마 감당할 수가 없는 것이 한두 가지가 아니었다.

# 독살당한 동태후

 광서황제가 임금이 된 뒤로는 조정과 궁궐의 모든 일을 서태후 마음대로 하게 되자 서태후 궁에서는 별별 기괴한 일이 생겼다.
 첫째로는 부군통명 영록이 서태후의 사랑을 많이 받아서 궁궐을 제 마음대로 드나들자 별별 해괴망칙한 소문이 퍼졌다. 한번은 영록이 서태후를 만나려고 들어갔는데 때마침 서태후는 잠이 들어서 자리에 누워 있고 동치황제의 귀비였던 혜비와 이연영이 모시고 있었다. 영록이 혜비와 무슨 이야기를 소곤거리는데 안에서 서태후의 기침소리가 났다. 이연영이 손을 들어 영록과 혜비에게 옆방을 가리키고 손짓을 하였다.
 그것은 물론 "서태후가 깰 듯하니 멀리 저 방에 가서 이야기하라!"는 뜻이었다. 이연영의 손짓대로 그 방 안에 들어간 영록과 혜비는 방문을 닫고 방 안에 배치한 이부자리가 있는 침상에 처음엔 걸터앉았고 나중에는 이불 속에 두 사람이 들어가게 되었던 것이다.

원수는 외나무다리에서 만난다고 그때 마침 동태후의 양딸 칠격격이 동태후의 명령을 가지고 서태후를 만나려고 왔다가 서태후가 잠들었다는 말을 듣고서 서태후가 깰 때까지 기다리기 위해 영록과 혜비가 들어간 방에 들어가려고 방 앞에 섰다. 그때 방 안에서 남녀 두 사람의 이상한 숨소리가 들렸다. 칠격격이 방문을 열고 들여다보니 침상에서 뒤엉켜 있어서 차마 볼 수 없는 모습에 놀라 문을 도로 닫으면서 하늘을 쳐다보고 탄식하면서 말했다.

"백주대낮에 이런 일을 보게 되니 장차 이 나라가 어찌 될 것인가?"

하고 동태후궁에 돌아가서 낱낱이 고하였다. 동태후는 기가 막혀서 공친왕을 불러서 상의했다. 그 결과 조정에서 숙청하자는 중론이 모아져 영록은 보군통영에서 물러나게 되고 혜비는 서태후에게 크게 꾸지람을 듣고 자기 방에서 목매어 죽었다.

하루는 서태후가 하혈증에 걸려서 거의 죽게 되었는데 북양대신 이홍장이 천거하여 보낸 의원이 산후병에 쓰는 약처방으로 그 병을 고친 적이 있었다. 서태후가 사람의 젖을 먹기 위하여 유모 몇 사람을 궁궐에 데려왔고 유모들과 함께 들어온 갓난아기들 때문에 서태후에 대하여 여러 가지 말이 생기게 되었다.

서태후가 죽을 뻔하게 앓던 병은 분명히 산후에 생긴 병이라는 말, 아마도 영록의 아이를 배었던 것이라는 말, 유모를 많이 구하여 들인 것은 서태후가 낳은 아기를 기르기 위한 것이라는 말, 지금 유모들이 데리고 있는 갓난아기들 가운데는 서태후가 낳은 아기가 분명히 있을 것이라는 말, 그리고 서태후가 장차 그 아기를 길러서 애신각라씨의 천하를 빼앗아 줄 것이라는 말 등 여러 가지 말이 이 구석 저 구석에서 생기고 그 말이 퍼져서 별의별 말이 밖에 돌아다니게 되었다.

그런 말들이 구르고 굴러서 동태후의 귀에까지 들어가게 되었다. 동태후는 지난번에 영록과 혜비 사이에서 생긴 일이 서태후에게도 일어났을 것이라고 생각하고 공친왕과 상의하여 간신히 황실의 체면을 유지할 정도로 처리하였는데 또다시 서태후의 병으로 인하여 그와 같이 더러운 소문이 궁중과 조정과 민간에까지 퍼지게 되자 참으로 더 참을 수도 없었다. 그러나 참지 않자니 특별히 묘한 방법이 없어서 또다시 공친왕을 불러서 의논해야겠다고 생각하고 공친왕을 청하였다.

공친왕도 서태후에 대한 여러 가지 말이 민간에까지 떠도는 것을 듣고서 동태후를 뵙고 무슨 조치든 취해야겠다고 생각하고 있는데 마침 동태후가 청한다는 말을 듣고서 즉시 궁중에 들어갔다.

동태후는 막상 공친왕을 대하고 보니 차마 그 말이 나오지 않아 주저하고 있었다. 공친왕도 입궁할 때에는 동태후에게 모든 말을 들은 대로 툭 털어 놓고 이야기하고 어떠한 비상수단이라도 써서 근본적으로 조치하리라 결심했지만 역시 동태후를 만나니 먼저 그 말이 나오지 않아 주저하고 있었다.

공친왕과 동태후는 문안인사를 한 뒤에 피차 속에 있는 말을 차마 하지 못하고 서로 마주보기만 하다가 공친왕이 먼저 용기를 내어 말했다.

"폐하께서 오늘 신을 부르신 것은 분명히 이 궁중에 있는 중대한 문제 때문이라고 짐작합니다. 신도 역시 폐하와 마찬가지 생각이니 바라건대 폐하께서는 조금도 숨기지 마시고 말씀하십시오!"

동태후는 공친왕의 말을 듣고서 용기를 내어 입을 열다가 결국은 눈물을 흘리면서 울음소리로 말했다.

"이 일을 장차 어찌하면 좋을까?"

동태후는 한 마디만 하고 차마 더 말하지 못했다.

"폐하께서 지금 말씀하지 못하는 뜻을 신이 짐작할 만합니다. 그런데 근본적으로 조치하지 않으시면 장차 무슨 화가 생길지 알 수 없습니다."

"근본적으로 조치하자니? 어떻게 하는 것이 근본적 조치가 될지 경은 숨기지 말고 말하라!"

공친왕은 또 한참 주저하다가 말했다.

"근본적 조치라는 것이 별것은 아니고 폐하께서 만조백관과 왕공대신을 불러놓고 그분의 더러운 행실과 온갖 죄악을 공포하시고 직위를 빼앗고 나중에는 목숨까지 빼앗아야 근본적 조치가 되는 것입니다."

공친왕은 얼굴에 분한 빛을 띠고서 동태후를 바라보니 동태후는 공친왕의 눈을 피하여 머리를 숙이고 무엇을 한참이나 생각하다가 탄식하면서 말했다.

"그러자니 절 팔리고 중 팔리는 격이지! 그리 되면 황실과 이 궁중의 꼴은 무엇이 되며, 몇 십 년을 언니 아우 하던 인정에 어찌 차마 할 일이며, 무엇보다 가성의 총독과 순무들이 모두 한 패가 되었으니 잘못하다가는 도리어 무슨 화를 당할지 모르니 이 노릇을 장차 어찌할까? 아무리 생각해도 딱한 일뿐이다."

공친왕은 불쾌한 어조로 말했다.

"폐하와 달리 그분에게는 그런 인정이 없을 듯하여 걱정이며 각 성의 총독과 순무들이 그분과 한 패인 것은 그분의 권세와 지위 때문이니 그분의 지위와 권세와 목숨까지 빼앗는다면 감히 그분을 위하여 나설 자가 없을 것입니다. 폐하께서는 이 기회에 근본적으로 조치하셔야 우리 청나라가 이 여자의 손에서 멸할 것을 면할 줄로 생각합니다."

공친왕은 이 기회에 싹을 없애자고 주장했고 동태후는 인자한 사람이라 인정에 끌려서 "좌우간 얼마동안 좀더 지켜보고 하자!"하는 말로써 끝을 맺고 공친왕을 내보냈다.

한편 서태후는 동태후가 공친왕과 한 패가 되어서 자기 허물을 들춰내어 자기의 권세를 꺾으려고 음해한다고 생각하고 어찌하면 동태후와 공친왕을 없애고 자기 천하를 만들까 하는 것을 밤낮으로 걱정하고 이연영 등과 의논하고 음모하였다.

서태후는 이연영의 말을 듣고 중과 도사와 무당에게 돈을 주어 동태후와 공친왕을 죽거나 병신이 되게 하라고 별의별 방도와 술법도 써보았다. 그러면서도 서태후는 기민하게 자기가 먼저 주장하여 영록을 보군통영에서 몰아내고 혜비를 죽게 만들었다.

그러다가 자기가 병에 걸렸다 나은 뒤로는 남의 말썽이 무서웠다. 그리하여 동태후에게 그전보다 아주 친절하게 하였고, 자기 궁에서 이전 같으면 당연히 할 일도 하지 않고 아주 조심하였다.

그뿐 아니라 서태후는 동태후를 자주 찾아가서 언니! 언니! 하면서 모든 일도 의논하고 최선을 다해 동태후의 비위를 맞춰주며 그 마음이 시원하도록 위로도 하였다.

이러한 행동을 보고 동태후는 다시 생각했다.

"저도 사람인 이상 제 잘못을 깨닫고 회개할 테지! 이제는 완전히 회개했나 보다!"

어떤 때에 서태후와 함께 신세한탄을 하던 끝에는 도리어 가엾다는 마음이 들어서 용서하는 마음도 생겼다.

"저 애나 내가 이 청춘에 과부된 신세로서 그런 짓 할 수 있지! 알고도 모르는 척하는 것이 상책이야!"

동태후의 태도가 그와 같이 변하자 서태후는 더욱 정성을 들여서 동태후에게 살갑게 굴었다. 한번은 서태후가 동태후에게 눈물을 흘리며 말했다.

"언니와 내가 이렇게 서로 의지하고 살다가 우리 둘 중에서 누구든지 먼저 죽으면 어찌할까? 저는 언니가 안 계신 세상에서는 아무래도 못 살 것 같아요!"

서태후가 상심하는 모습을 보이자 동태후도 역시 상심하면서 서태후를 위로했다.

"아우님은 나보다 나이도 어리고 몸도 튼튼하니 오래 살 것이네! 내가 먼저 죽은 뒤에라도 어린 황상을 길러서 장가도 들이고 손자도 안아 보며 늘그막 경사도 보아야지!"

그리고 눈물을 흘리니 서태후도 눈물을 흘리면서 여러 가지 좋은 말로 동태후를 위로한 일도 있었다.

그렇게 서태후의 다정스러운 위로와 동정에 감동된 동태후는 자기가 참고 참은 덕에 서태후가 완전히 회개되어 별다른 걱정이 더 없다고 생각하고 있는 때 공친왕이 뵙기를 청하였다. 오랜만에 동태후를 만난 공친왕이 아뢰었다.

"폐하께서는 서궁에 대한 모든 일을 어찌 생각하십니까?"

"서궁에서는 그 뒤에 차차 회개하더니 지금은 완전히 회개되어 별로 걱정할 일이 없어졌으니 다행이오."

공친왕은 동태후의 생각을 딱하게 여기고 다시 말했다.

"그분이 완전히 회개했다고 보아서는 안 됩니다. 회개한 폐하의 마음속에는 별별 흉계가 숨어 있을까 걱정입니다."

동태후는 공친왕의 그 말을 도리어 못마땅하게 여겼다.

"경은 모든 일을 너무 지나치게 생각하는 것이 병이야! 있는 말썽도 없게 하는 것이 상책이지! 없는 걱정을 일부러 만들 필요가 없다."

공친왕은 동태후의 말에 낙심하여 "신도 다시는 더이상 말하지 않겠습니다!"하는 뜻의 말을 하고 물러 나왔다.

서태후는 공친왕이 동태후를 뵙고 나갔다는 말을 듣고 반드시 자기를 문제 삼아 무슨 이야기가 있었을 것이라 생각하고 동태후 궁에 친히 가서 동태후를 만났는데 동태후의 태도가 무엇에 근심하는 빛이 있는 것을 보고 위로하는 척하고 말했다.

"언니, 또 무슨 근심이 생겼습니까? 천하 일이 근심한다고 바로 되는 것이 아니니 무엇이든 너무 근심하시지 마십시오."

동태후는 천연한 태도로 대답하였다.

"그도 그렇지? 나야 언제든지 태평이지! 근심이 무슨 근심이야!"

동태후는 아무 근심도 없는 척하지만 그 말하는 목소리와 태도에 기운이라고는 하나도 없어 보였다. 서태후는 동태후의 말보다도 그 태도에서 더욱 의심이 나고 또는 공친왕이 들어와서 한 말에 대해서는 언급하지 않자 더욱 안심되지 않아 다시 말했다.

"언니께서 말씀으로는 근심이 조금도 없다고 하지만 실상은 저보다 몇백 몇천 배 근심하지요. 정말로 아무 근심도 하지 않는 사람은 저뿐인가 합니다."

동태후는 서태후의 그 말에서 속으로 '저 사람은 참으로 아무 근심도 없는 사람이지! 제 속으로 낳은 자식이 죽어도 그다지 서러워하지 않는 사람이지.' 하는 생각을 하다가 대답했다.

"아우님의 말이 옳아. 근심만 한들 쓸 데 있소? 사람의 일이란 닥치는 대로 당할 뿐이지 근심한다고 해결되는 건 아니지. 나같이 못난 사람이나 부질없이 근심하는 것이지."

서태후는 그 말이 떨어지자 손뼉을 치면서 웃었다.

"그러면 그렇지. 언니께서 저한테 속으셨지. 아까는 아무 근심도 없다고 하더니 지금은 근심하신다고 하니. 언니, 제발 아무 근심도 하지 마시고 마음 상하지 마세요. 참으로 근심하신들 쓸 데 있습니까?"

그들은 서로 무슨 일이 근심되는지는 말하지 않고 오직 서로 근심하지 말자는 뜻만 말했다. 그리고 서태후는 다시 말했다.

"언니! 제가 날마다 오리다. 우리 이제부터는 영원히 서로 아무 근심도 하지 말고 이 세상 지내는 동안에 저는 언니를 의지하고 언니께서는 저를 의지하고 근심 없이 지낼 방법을 생각해 봅시다. 저도 이제부터는 영원히 언니께 근심되고 걱정될 짓은 하지 않겠습니다."

온갖 감언이설로 동태후를 위로하였다. 동태후는 서태후의 말 가운데서 "영원히 근심되거나 걱정될 짓은 하지 않겠다."는 맹세의 말을 듣고서 속으로 생각했다.

'나의 지극한 정성과 인내에서 저 사람이 완전히 회개했구나!'

공친왕이 아직도 서태후가 왜 회개한 척하는지를 알지 못하고 부질없이 걱정된다고까지 생각하고 역시 좋은 말로써 서태후를 위로하여 주었다.

서태후는 그 뒤에 날마다 동태후궁에 가서 동태후의 마음이 위로되고 즐겁게 하기에만 모든 정성과 수단을 썼다.

동태후와 서태후의 모든 궁녀와 내시들은 서태후가 그와 같이 변하고 동태후를 지성으로 섬기는 것을 보고 이상한 일이라고 생각하고 따라서 그들 두 사람 사이의 말은 감히 무슨 말이든지 하지 못하게 되었다. 한 번은 서태후의 총참모이며 애인격인 이연영이 "동태후에 대한 충성된 마음이 부족하다."는 죄명 아래 처벌을 당하는 것을 본 이후에는 누구도 서태후는 동태후를 참으로 친형님처럼 공경하고 사랑한다고 믿게 되었다.

그러는 동안에 벌써 광서 황제가 황제된 지도 칠 년이나 되고 따라서 서태후가 다시 나라 정사를 맡은 지도 칠 년이나 되었다.

안으로는 동태후를 지성으로 섬기고 밖으로는 나라 정사를 혼자 처리하는 서태후의 권세는 날마다 그 뿌리가 튼튼히 박히고 커져서 아무도 감히 서태후에 대하여 조금이라도 헐뜯지 못하게 되었다. 동태후는 서태후의 궁이 깨끗해지고 자기에 대한 서태후의 정성이 지극한 것만 반가웠다.

한 번은 동태후가 병이 들어서 며칠 동안 고생했는데 서태후는 그때 밤낮으로 자기 궁에는 가지 않고 동태후의 병을 친히 간호했다. 동태후의 병이 나은 뒤에 서태후도 자기 궁에서 이삼

일 동안 앓았다.

동태후는 서태후가 자신을 간호하다가 병들어 누운 것이 아닌가 걱정되어 궁녀를 보내서 문병했더니 궁녀가 돌아와서 아뢰었다.

"서궁마마께서 며칠 동안 감기로 앓다가 지금은 쾌차해서 곧 와서 뵙겠다고 하십니다."

궁녀의 말을 듣고 동태후가 반가워하며 말했다.

"그 아우님이 이번에 내 병을 밤낮으로 간호하다가 내 병 낫고 마음을 놓으면서 몸살이 난 것이로구나! 아이구, 가엾어라!"

동태후는 참으로 서태후를 고맙고 가엾다고 생각했다. 그 때, 마침 서태후의 목소리가 밖에서 들렸다.

"언니!"

동태후는 서태후의 언니! 하고 부르는 소리가 마치 자기의 친아우의 목소리만큼 반갑게 들려 얼른 서서 반갑게 맞았다.

"아이구! 아우님 오시네!"

서태후의 손을 잡아 쥐고 반기다가 자리에 앉았다.

"이번 이 못난 언니의 병을 그와 같이 지성으로 간병하다가 아우님이 몸살이 났지! 가엾어라!"

"저는 괜찮아요. 언니, 지금은 완전히 나으시고 수라도 많이 잡수시는지요? 저는 누워서도 한 걱정이에요."

"완전히 낫기야 아우님이 가시던 날 완전히 낫고 지금은 음식도 아주 잘 먹지!"

그리고 서태후를 살펴보니 왼쪽 팔을 잘 쓰지 못하는 것 같았다.

"아우님, 팔이 불편해 보이는데, 어찌된 건가?"

서태후는 시침을 떼면서 대답했다.

"괜찮으니 신경쓰지 마세요. 언니께서 아실 일이 아니예요!"

동태후는 의심이 나서 팔을 걷으라고 하였다.

"내가 알아서 못할 일이 있어야 되겠나? 어서 말하거라! 팔을 다친 건가?"

서태후는 마지못하여 옷소매를 걷고 흰 비단으로 감은 것을 가리키면서 말하였다.

"언니! 이만큼만 보십시오! 혹시 궁녀 중에 누가 언니께 고해 바쳤나요."

동태후는 더욱 의심이 나서 기어코 알고야 말겠다는 듯 일부러 아는 척하면서 말하였다.

"글쎄! 내가 다 아는 것을 숨기면 무엇하나? 자, 말하게!"

서태후는 웃으면서 곁에 있는 궁녀를 꾸짖었다.

"도무지 제가 어리석은 탓이지요! 언니 병환에는 사람의 고기를 약에다 함께 달여서 드시는 것이 좋다고 하기에 제 팔에서 한 점을 베어서 그대로 했더니 저 아이들이 보고서 언니께 알린 것 같네요!"

궁녀 가운데서 한 사람이 변명했다.

"소녀들은 아무 말도 아뢰지 않았습니다."

동태후는 서태후가 자기의 병을 지성으로 간호했지만 그와 같이 팔의 살까지 베어서 달여먹인 줄은 알지 못했다가 서태후가 말하고 궁녀들이 즐거워하는 데서는 무엇이라 더 말할 수 없고 오직 감격한 눈물이 흐를 뿐이었다.

서태후는 동태후의 눈물이 분명히 자기의 정성에 감격해서 나오는 눈물인 것을 알고서도 능청을 피웠다.

"언니! 어찌하여 눈물을 흘리십니까? 무엇이 또 상심되셨습니까? 제발 아무 상심도 마시고 우리 자매가 서로 의지하고 한세상 지냅시다."

"오늘 내가 흘리는 눈물은 상심된 데서 나오는 것이 아니라 지극한 아우님의 사랑에 감격되어 흐르는 눈물이지!"

그리고는 곁에 있는 궁녀들을 돌아보면서 명령했다.

"오늘 날도 좋고 우리 두 사람의 병도 나았으니 한잔 마시면서 서로 정담이나 나눠야겠다. 술과 안주를 만들어 오라!"

그런 뒤에 동태후와 서태후는 이런 말 저런 말 하는 동안에 궁녀와 내시들이 술과 안주를 가져 왔다. 서로 권하면서 마시길 반이나 취하게 된 때에 동태후가 잠깐 일어서서 비밀문서를 넣어 두는 방에 다녀오더니 좌우에 있는 궁녀와 내시들에게 명하였다.

"너희들은 모두 밖으로 잠시 나가거라!"

궁녀와 내시들이 일제히 물러나고 방 안에는 동태후와 서태후 단 두 사람만 남았다. 동태후는 소매 속에서 봉투에 넣은 편지 같은 것을 서태후에게 주면서 읽어보라고 했다. 서태후가 바라보니 그것은 함풍황제가 임종시에 동태후에게 맡긴 유서였다.

"예허나라(서태후)가 그 아들이 임금인 것을 믿고서 가법이나 국법에 어긋나는 행동을 할 때는 만조백관을 모으고 이 유서를 읽은 뒤에 죽여라!"

서태후는 그것을 보고 걸상에서 내려 동태후 앞에 꿇어앉으며 말했다.

"언니께서 저를 오늘까지 살려 두신 것은 오직 언니의 인자하신 덕택 뿐입니다. 이제 선제폐하의 유서대로 죽여 주시기를 바랍니다."

동태후는 서태후의 손에서 그 유서를 다시 빼앗아 불살랐다.

"아우님은 이 언니를 의심하지 마라! 선제폐하께서 아우님을 그와 같이 사랑하면서도 나라의 만년대업을 위해서 그와 같이 의심하신 것이다. 이제 우리 자매가 이십여 년을 온갖 환란과 고락을 함께하였으니 무엇을 못 믿을 것인가? 이 유서를 벌써부터 없애려고 했지만 나 혼자 손으로 없애는 것보다 아우님과 함께 앉은 자리에서 없애려 하였다. 그러나 그 기회를 얻지 못하여서 오늘까지 온 것이다.

오늘날 이러니 나 이후에 이 종이가 무슨 소용이 있으랴! 오직 우리 자매의 정의나 상하기 쉽게 할 뿐이며 딴 사람이 이런 것을 빙자하여 우리 자매를 이간질하기 쉬울 뿐이다."

꿇어앉은 서태후를 붙들어서 자리에 앉히면서 위로하였다. 서태후는 얼굴 빛이 새파랗게 질리고 떨리는 목소리로 대답했다.

"이 몸이 선제폐하에게 그와 같은 의심을 받고서도 오늘까지 무사하게 된 것은 오로지 언니의 은덕이지만 그러한 의심을 받는 몸으로 죽어서 지하에 간들 무슨 면목으로 선제폐하를 대하겠습니까?"

서태후가 여전히 눈물을 흘리자 동태후는 위로하였다.

"그것은 아우님의 잘못 생각이다. 선제폐하의 유서 가운데는 만일 큰 허물이 없거든 그대로 서로 의지하라! 하신 말씀이 계시니 이제 우리 자매의 나이 모두 사십이 지나도록 그다지 큰 허물보다 여러 가지 큰 일에 나랏일을 이만큼이라도 바로잡았으니 이만하면 우리가 선제폐하께 그다지 부끄러울 것이 없는 바이다."

그들은 여러 가지 이야기를 하면서 서로 위로도 하고 서로 지난 일과 신세를 생각하면서 웃기도 했다. 밤이 늦도록 앉았다가 헤어졌는데 서태후는 동태후의 손으로 그 유서를 불사르게 한 것을 자기의 성공이라고 생각하면서 자기의 궁으로 돌아왔다.

그 뒤에도 서태후는 동태후에게 더욱 공손하며 충성스럽게 하였다. 한번은 동태후가 자기 궁에 왔을 때 좋은 음식을 많이 내며 권했다. 동태후는 그 많은 음식 가운데서 특별히 만든 약떡을 맛나게 먹으면서 그 맛을 크게 칭찬했다.

"이 떡은 내 평생에서 처음 먹어보는 떡인데 어떻게 만든 것인가?"

"그 떡은 궁중에서 만든 것이 아니고 저의 친정 오라비댁이 만들어 보낸 것입니다. 언니께서 달게 잡수시면 내일이나 모레 몇 합을 만들어 드리라 하겠습니다."

"아우님은 언제든지 나를 위해 무엇이나 그렇게 생각하니 고맙기도 하고 미안하기도 하네."

"언니는 아직까지 저를 친동생처럼 생각하지 않는군요. 우리 자매 사이에 무엇이 고맙다! 미안타! 할 것이 있겠습니까?"

여러 가지 이야기를 하다가 동태후는 자기 궁으로 갔다. 그 뒤에 과연 서태후궁에서 맛나다고 하던 약떡 두 합이 선물로 왔다. 서태후의 정성을 진정으로 고맙다고 생각하면서 그 약떡을 받아 달게 먹었다.

다만 그 약떡 맛이 전보다 조금 달랐지만 동태후는 전혀 의심이라고는 하지 않고 맛나게 먹은 것이다. 그 약떡을 먹은 뒤에 두어 시간 지나서 동태후는 배가 아프기 시작하더니 차츰 지독하게 아픈 것이 그 약떡에 무슨 독약이 들었다고 깨달았을 때에는 이미 약독이 퍼져서 당장에 즉사하게 되었다.

그 소문을 들은 서태후는 자기의 심복인 이연영과 그 밖에 몇 사람을 데리고 동태후에게 쫓아가서 한편으로는 잡인을 금한다는 이름 아래 어느 누구든 동태후 방에 들어가지 못하게 했다.

조금 뒤에 동태후의 생명은 아주 끊어지고 말았다. 서태후는 아무도 그 시체의 방에 들어가지 못하게 하고 다만 자기의 심복인 내시들로 하여금 동태후의 시체부터 소렴하게 하였다.

그리고 서태후는 외전에 나와서 광서황제를 데리고 자기 자리에 단정히 앉아서 종실의 왕공대신과 만조백관을 들라고 명령을 내렸다.

종실의 왕공대신과 만조백관은 천만 뜻밖에 그날 저녁 때까지도 아무 병이 없던 동태후가 갑자기 붕어했다는 말에 놀라서 궐내에 모였지만 그때는 벌써 밤중이 지나고 새벽닭이 울 때였다.

왕공대신들이 궐내에 들어가니 서태후가 광서황제를 앞에 앉히고 단정히 앉아서 모든 왕공대신을 향하여 말했다.

"동궁 태후폐하께서는 경 등이 아는 바와 같이 오늘 저녁 때까지도 옥체가 건강하셨는데 저녁수라를 잡수신 뒤에 자리에 누워서 주무시다가 그대로 승하하셨으니 이는 분명히 선제폐하를 따르셔서 신선이 되셔서 가신 것이지만 아직까지 남아 있는 나의 원통은 차마 말할 수 없도다."

서태후가 먼저 방성통곡하니 여러 왕공과 대신들도 일제히 방성대곡하게 되고 그 시간까지도 아무것도 모르고 있던 광서황제가 비로소 처음으로 동태후가 붕어했다는 말을 듣고 그 죽음에 대해 의심할 수도 없고 오직 그 궁중에서 자기를 사랑해 주는 동태후가 붕어했다는 말에 기가 막혀서 당장에 기절할 것 같지만 서태후가 무서워 꼼짝도 못하고 있다가 서태후와 왕공 대신들이 통곡할 때에야 비로소 그 자리에 고꾸라져서 몸부림을 치면서 대성통곡하였다.

　가련한 동태후는 한평생 남편의 낙이나 자식의 낙을 보지 못하다가 마흔다섯 살을 한으로 살고 독약에 그 생명이 끊어졌는데 그녀의 소렴과 대렴이 법에 의하지 못하게 되고 궁의 인산과 모든 것도 아주 보잘 것 없었다.

# 극도에 달한 서태후의 사치

동태후가 갑자기 돌아가신 뒤에 서태후는 공친왕을 몰아내기 위하여 큰 정변을 일으켰다. 좌종당을 군기대신으로 임명하고 증국번을 양강송록으로 하고 이홍장은 북양대신으로 천진에 있게 하니 여기에서 한족의 정치적 세력이 커지고 만주족의 세력이 적어졌는데 오직 서태후의 권세만 하늘을 찌를 듯 높아졌다. 그 까닭은 좌종당, 이홍장, 증국번 등의 한족의 대관들이 서태후의 권세에 의지하여 군사력과 세력을 가지게 된 것인 만큼 서태후를 절대로 숭배하며 그 명령에는 완전 복종하게 된 까닭이다.

이와 같이 절대적 세력을 가지게 된 서태후의 목적은 한고조의 아내 여후처럼 애신각라씨의 천하를 빼앗아서 자기의 친족 예허나라 씨의 천하로 만들자는 것도 아니요, 러시아의 에카테리나 여제처럼 자기가 여왕이 되어서 청나라의 씨벽을 크게 찾아 보자는 것도 아니다, 독한 수단으로 청나라의 천하권세를 자기 손 안에 잡으려고 한 목적은 오직 궁궐에서 자기 마음대로 향락을 누려 보자는 것인데 그것을 위하여 못할 짓이 없었다. 서태후의 향락이라는 것은 호탕한 남자가 아름다운 뭇여자를 제 마음대로 하는 것같이 늙지도 젊지도 않은 중년 과부인 그녀가 이성과의 관계를 자기 마음대로 했다. 그런데 그러한 생활을 하기 위해서는 호강과 사치가 저절로 뒤따랐다. 본래 함풍황제가 살았을 때 원명원이라는 인간의 선경인 궁중에서 남편과 함께 호강하고 향락하던 서태후인 만큼 그는 영국과 프랑스 연합군에게 원명원이 불에 타고 빈 터만 남긴 것을 애석해 하고 원통해 했다. 말하자면 서태후의 생각에는 원명원이라는 향락장이 불에 탄 것을 청나라의 국토가 절반이나 떨어져 나가는 것보다 더 애석하고 원통한 것이었다.

그런 생각을 가진 서태후는 언제든지 불에 탄 원명원을 다시 이전대로 만들어 보려고 여러 번 말을 내었다. 자기가 낳은 아들인 동치황제가 살았을 때 원명원을 다시 수리하여 이전대로 만들어 보자고 주장하다가 공친왕이 반대하고 동태후가 응하지 않아 목적을 달성하지 못했던 것이다.

이제 동태후는 죽고 공친왕은 쫓겨났으니 조정에는 서태후의 말이라면 무엇이든지 절대로 복종하는 무리들만 가득차 있는 때라 서태후는 드디어 자기의 평생 소원을 성취해 보려고 했다.

서태후가 원명원이라는 향락장을 이전대로 만들기 위해서는 무엇이든지 아낄 것도 없고 두려워할 것도 없었다. 말하자면 청나라 전체를 팔든지 망하게 할지라도 원명원만을 이전대로 만들어 보려고 하였다.

그렇게 결심한 서태후는 동태후를 죽게 하고 공친왕을 군기대신에서 몰아내면서 이연영과 그 밖에 여러 사람에게 원명원을 다시 수리하여 만들 설계를 하라고 명령했다.

이연영 등은 서태후의 명령을 받아 원명원을 다시 만들 계획을 하다가 여러 날 만에 돌아와서 아뢰었다.

"소인 등이 어명을 받자와 원명원 옛터에 가서 여러 날을 살펴보고 계획하여보니 지금 다시 이전대로 만들기가 도저히 어렵고 만든다 해도 몇십 년은 걸릴 것 같습니다. 그런데 서산 밑에 있는 만수산에다 천하제일 천(泉)이라는 옥천의 맑은 물을 끌어들이고 곤명호의 경치는 그대로 이용하여 새로이 궁전을 만드는 것이 돈도 적게 들고 삼 년이면 원명원보다 훨씬 낫게 만들 수 있다고 생각합니다."

서태후는 이연영 등의 말을 듣고서 자기가 친히 서산에 행차하여 천하제일 천이라는 옥천의 맑은 샘도 보고 곤명호의 경치와 만수산의 풍경과 그 밖에 여러 가지를 살펴보고 나서 이연영 등을 크게 칭찬했다.

"참으로 너희들의 안목이 옛날 사람보다 낫다. 이곳에는 원명원의 절반 설비만 하여도 천하명승의 정경이 될 것이다. 이곳에다 이궁을 만들어야 하겠다."

"폐하께서 이곳에다 이궁을 지으시고 만년(晩年)에 맑으신 낙을 누리시게 하자는 것이 소인들의 소원이며 온 천하 신민들의 소원이니 시작만 하면 천하만민이 즐거워할 것입니다."

그는 극단으로 아첨하고 서태후의 성덕을 칭송했다. 서태후는 아주 만족하여 궁중에 돌아와서 밤낮으로 만수산에다 이궁 지을 계획을 하는데 우선 그 이궁의 이름을 이화원이라 하기로 작정했다.

그런데 만수산 이궁을 짓는데 대하여 모든 것이 문제될 것이 없는데 오직 돈이 큰 문제였다. 그 건물을 완성하자면 적어도 은 삼천만 냥은 있어야 했다.

그와 같은 거액의 돈을 구하기 위하여 서태후는 자기 말을 잘 듣는 염경명을 호부상서 대배대신으로 봉해 국고의 모든 돈을 이궁 짓는 데 쓰게 했으나 간신히 은 칠백만 냥에 지나지 못하고 경비가 없어서 쩔쩔매게 되었다. 서태후는 염경명과 이연영에게 물었다.

"이궁 짓는 데 있어 간신히 터도 닦지 못하여서 돈이 모자라니 장차 어찌하면 좋을까?"

"만수산의 이궁을 짓는 것은 온 천하의 만민이 폐하의 성덕을 만분지 일이라도 갚자는 것인데 어찌 돈이 없어서 걱정합니까? 왕공대신과 각 성의 총독과 순무와 간 현의 현지사들이 마땅히 자기들 힘대로 헌납이 있을 줄로 생각됩니다."

서태후는 그 말이 장차 벼슬을 팔아서 그 돈으로 이궁을 짓자는 말인줄로 알았으며 그리한다면 정사가 부패하여 나라를 망하게 한다는 말이 생길 것을 짐작했으나 할 수 없이 명령했다.

"너희들이 수단껏 해서 어찌하든지 이궁만 속히 완성되도록 하라!"

염경명과 이연영은 그 수단으로 간신히 이백만 냥 가량의 돈을 구해서 만수산 이궁의 공사를 계속하였으나 이 또한 부족하여 어찌할 방법을 몰라 걱정했다.

북경에서 만수산의 이궁 짓는 데 정신이 쏠리고 있을 때 북경 대신 이홍장은 유럽과 아메리카에 많은 유학생을 보내서 모든 기술을 배워오게 하려고 초삼국이라는 청을 만들어서 해상의 교통을 편리케 하자 하며 조선소와 제포소를 만들어 군함과 대포 만들기를 주장하다가 나중에는 청나라도 서양 각국처럼 군함과 대포를 많이 만들어서 패군을 새로이 확장하고 양성해야 나라를 유지하겠노라고 북경 조정에 여러 번 상소를 올렸다. 북경조정에서는 이홍장의 그러한 상소를 볼 때마다 외면했다.

"막중한 만수산의 이궁 짓기에도 돈이 없어서 쩔쩔매는 판에 무슨 돈이 있어서 군함과 대포를 만들며 해군을 그와 같이 많이 확장하며 양성할까?"

이홍장은 할 수 없이 그 일을 공친왕과 상의하자 공친왕이 말했다.

"해군 경비를 많이 세워서 그 가운데서 만수산 이궁 짓는 경비에 얼마 보태마 하는 돈으로 이연영과 염경명과 상의하여 서궁폐하의 승낙을 얻는 것이 상책인가 하오."

이홍장은 공친왕의 말과 탄식을 듣고 자기도 탄식했다.

"이 나라는 장차 만수산 이궁을 짓고 망할 텐데 그렇다고 해서 그대로 있을 수가 없으니 폐하의 계획대로 하리다."

이홍장은 이연영을 통하여 서태후에게 아뢰었다.

"신이 밖으로는 나라의 위업을 보전하기 위하여 해군을 많이 양성하고 확장하며 안으로는 폐하의 성덕을 보답하기 위하여 만수산의 이궁을 완성되도록 할 텐데 그러자면 만수산의 이궁 짓는 경비라기보다 해군 경비라고 하여 각 성에다 모든 세납을 바치도록 하고 그 중에서 이궁 짓는 경비를 쓰도록 하는 것이 상책인가 합니다."

서태후는 이홍장의 말을 듣고서 크게 기뻐하며 흔쾌히 승낙했다.

"이홍장은 참으로 나라의 주석지신(柱石之臣)이며 황실에 대해서도 충성이 지극한 사람이다. 어서 그 말대로 시행하여 해군도 확장하고 이궁도 완성케 하라."

그리하여 명색은 해군경비라는 이름 아래 각 성에다 벼락같이 호령하여 돈을 몰아다가 실상은 이궁 짓는 경비에 드는 것이 열의 일곱, 여덟이 넘고 해군경비에는 얼마 남지 않게 되자 이홍장은 한숨 쉬고 탄식하지 않을 수가 없었다.

이홍장과 여러 사람들의 탄식이야 어찌되었든간에 서태후의 만수산 이궁은 삼 년 동안에 삼천만 량의 해군경비를 들여서 완성하였다. 해군의 경비가 그 이궁을 짓는 데만 든 것이 아니라 이궁을 지은 뒤에 서태후가 이궁에 옮겨 나가서 자기 마음대로 향락하는데 매일 은 일만 이천 냥씩 쓰는 것도 역시 해군경비였고 달마다 해마다 확장하며 수리하는 이궁의 경비도 또한 해군경비로써 보충하게 되었다.

서태후는 만수산 이궁뿐만 아니라 북경 궁성에도 향락에 필요한 모든 것을 만들게 되었는데, 남해, 중해, 북해라는 큰 호수 세 군데를 만들고 모든 설비를 하여 뱃놀이와 그 밖에 모든 향락에 적당하도록 만들기에 또한 몇 백만 냥의 은을 쓰게 되었던 것이다.

그뿐만 아니라 자금성에 여자 죽은 귀신이 밤마다 울고 돌아다닌다는 말이 퍼져서 서태후는 동치황후와 동태후의 영혼을 위로한답시고 도사와 중과 무당을 수없이 청하여 수륙제를 지낸다고 또한 몇 백만 냥의 은을 낭비했고 날마다 때 찾아서 하는 연극에 드는 돈도 셀 수 없을 정도였다.

그리고 그들이 날마다 먹고 입는 음식과 의복의 사치함은 차마 입으로 말할 수 없을 정도로 치달았다.

그렇게 사치를 일삼는 낭비가 의례히 많은 법인데 서태후는 더욱 심하여 자기 마음에 드는 중이나 도사나 광대에게는 한 번에 몇 만 냥, 몇 십만 냥의 은을 상으로 주면서 물쓰듯 낭비하곤 했다.

이와 같이 서태후의 사치가 극도에 달해도 누가 감히 그것을 잘못이라고 말할 사람은 한 사람도 없고 그 궁중과 조정에는 "어찌하면 서태후의 사치를 좀더 하도록 말해서 서태후의 눈에 들게 될까?" 하는 무리들뿐이었다.

서태후는 자기의 호강과 사치가 극도에 달하면서 자존심이 생겨 누구든지 자기를 부를 때는 '노불(老佛, 늙은 부처)야', 다시 말하면 곧 부처님이라고 부르도록 하였다.

그리고 그녀는 온갖 보약을 많이 먹어서 나이 오십이 가까워도 얼른 보면 이십이나 삼십 세 먹은 젊은 여자로 보이며 그 몸이 젊어 보이는 것만큼 욕심도 그만큼 강했다. 그러자 별별 소문이 밖에 떠돌았다.

다만 서태후의 모든 짓에 대하여 광서황제의 생부 순친왕이 몇 번 간하다가 그 역시 눈 밖에 나게 되고 어린 임금 광서황제는 은근히 그 선생 옹동화와 함께 장차 나랏일을 걱정하며 탄식할 뿐이었다.

# 순친왕을 견제하다

 서태후가 순친왕을 미워하게 된 것은 순친왕이 만수산의 이궁 짓는 것을 반대하고 자기의 잘못을 간한다고 해서만이 아니라 광서황제가 차츰 나이를 먹어감에 장가들고 친히 나라 정사를 맡게 될 날이 멀지 않은 데서 비롯된 것이다. 서태후가 광서황제를 극단으로 학대했으니 광서황제가 장차 직접 나랏일을 맡고 권세를 잡게 될 때에는 아버지 순친왕과 합해서 원한을 풀 것이라고 생각했다. 그러자 서태후는 순친왕을 극히 미워하게 되었고 될 수 있는 대로 누르고 꺾으려고 하였다.

 서태후는 순친왕만 그렇게 생각한 것이 아니라 자기의 아우 순친왕비까지도 그와 같이 생각했다. 순친왕비가 자기가 낳은 아들 광서황제가 임금이 된 것을 고맙게 여기지 않을 뿐만 아니라 광서황제가 궁에서 어떤 생활을 하는지 듣고서 눈물 흘리며 서태후를 원망한다는 말을 듣고서 서태후는 자기의 아우까지도 괘씸하다고 생각한 것이다.

그러나 서태후는 나이가 차츰 많아지면서 더욱 음흉해져 마음속에 숨어 있는 생각을 밖에 잘 드러내지 않았다. 순친왕은 서태후가 자기를 그처럼 미워하는 것을 모르고 무슨 일에나 함부로 생각나는 대로 솔직하게 간하다가 서태후의 미움과 노여움만 더 사게 되었다.

한 번은 순친왕이 내각 군기회에서 여러 가지 공문을 살펴보고 일을 처리할 때였다. 그런데 때마침 조선 정부에서 임금의 명의로 광서황제에게 보낸 "보정부(保正府)에 유금되어 있는 흥선대원군을 놓아 보내 달라"는 상소가 순친왕의 눈에 띄었다.

당시 흥선대원군은 며느리 명성황후와 갈등이 있었고, 또한 민씨 일파에게 정권을 뺏긴 채 우울히 지내고 있었다. 그런데 민씨 일파는 임오군란으로 인하여 정권을 잃고 대원군이 다시 정권을 잡게 되었던 것이다. 그때 조선에 와서 군사를 거느리고 있던 청나라 장수 오장경(奧長慶)이 북양대신 이홍장의 비밀 명령을 받고 대원군을 잡아 군함에다 실어서 천진에 있는 이홍장에게 보냈다.

이홍장은 대원군을 다시 북경으로 보냈다. 그것은 본래 이홍장이 서태후의 비밀 명령을 받아가지고 대원군을 잡아가게 된 것인 만큼 자의로 처리하지 못하고 대원군을 북경의 서태후에게로 보낸 것이다.

서태후는 대원군을 놓아 보내지 않을 뿐만 아니라 다시 북경에서 떠나 보정부라는 곳에 가 있게 하였다. 실상은 서태후가 대원군을 보정부에다 잡아 가뒀던 것이다.

대원군이 잡혀 가서 보정부에 유금되어 있게 된 뒤로 조선에서는 정부와 임금의 이름으로 여러 번 상소하고 애걸하면서 대원군을 놓아 보내달라고 하였다. 그러나 서태후는 무슨 까닭인지 대원군을 놓아 보내지 않았다.

그때 청나라 조정의 여러 왕공대신들이 조선에서 사신이 오고 상소가 올 때마다 서태후에게 아뢰었다.

"우리나라(청나라)에서 예로부터 조선이나 그 밖에 여러 속국에 대하여 이름은 비록 속국이지만 그들의 내정을 간섭한 전례가 없으며 더욱이 조선이나 우리나라는 장백산의 남북에서 한 할아버지의 자손으로 일어난 형제국인 까닭에 다른 나라보다 특히 대우하여 오는 나라이오며, 대원군으로 말하면 우리나라에 대하여 가장 충성스러운 사람이니 속히 놓아 보내시기 바랍니다."

그러나 그때마다 서태후는 코웃음만 치다가 한 마디로 대답할 뿐이었다.

"아직은 그대로 두어라!"

그런 지가 여러 해가 되었으며 청나라 조정에서 서태후가 무슨 생각을 가지고 있는 가를 아는 사람을 한 사람도 없었다.

그러나 당시 순친왕은 자기가 황제의 아버지며 서태후가 사랑하는 아우의 남편인 것만 믿고 누구를 대하든 의기가 양양했을 뿐더러 서태후 앞에서도 비교적 다른 사람보다는 자기가 하고 싶은 말을 해왔다. 그는 서태후가 무슨 뜻으로 대원군을 놓아 보내지 않는가를 알지 못했지만 조선의 정부와 임금이 보낸 대원군을 놓아 보내달라는 간청의 글을 보고 나서 서태후에게 아뢰었다.

"조선왕의 아버지 대원군을 잡아다 보정부에 둔 지가 벌써 여러 해가 되었는데 이제 그 나라의 정부와 임금이 놓아 보내주시기를 간청함도 여러 번이니 폐하께서는 모든 신하들이 여러 번 아뢴 바와 같이 하루라도 속히 대원군을 놓아 보내시는 것이 옳을 듯합니다."

서태후는 순친왕이 아뢰는 말을 듣고서 한참이나 아무 말도 하지 않고 다만 순친왕의 얼굴만 마주보고 앉아 있을 뿐이었다. 순친왕은 서태후가 잠잠히 앉아 있는 것이 혹시 자기의 말을 옳게 여기고 행여 감동한 것이 아닌가 하고 다시금 대원군을 놓아 보내는 것이 옳다는 말을 아뢰었다.

그래도 서태후는 한참이나 그대로 앉아 있다가 나중에는 정색하고 엄중한 목소리로 말하였다.

"대원군을 그렇게 여러 해가 되도록 보정부에 잡아둘 만한 큰 죄가 없는 것은 경과 여러 신하의 말을 기다리지 않고도 내가 짐작하고 잘 알고 있다. 그러나 이제 내가 대원군을 여러 해가 되도록 놓아 보내지 않는 뜻은 자기가 낳은 아들이 남의 양자나 혹은 양손이 되어서 그 후예를 잇게 되는 것을 믿고 분수 밖의 마음이나 행동을 가지는 자들을 징계하기 위함이다. 대원군으로 말하자면 아들이 그 나라의 임금이 된 것을 믿고서 정사를 자기 마음대로 하자는 데서 그의 모든 잘못이 생긴 것이다. 그렇다면 이러한 사람을 그대로 두는 것이 천하 후세에 임금아들을 둔 모든 아버지의 버릇을 그대로 만들 것이니 내가 특히 이 한 사람을 징계하는 것이 아니라 그런 종류의 뭇사람을 징계하기 위함이니 경은 길게 말하지 말라."

순친왕은 서태후가 대원군을 잡아두는 근본 뜻이 대원군을 징계하는 것만 아니라 자기를 징계한다는 것임을 알아듣고서 기겁하고 부끄러워 어쩔 줄을 모르다가 머리의 모자를 벗고 땅바닥에 엎드려서 벌벌 떨면서 아뢰었다.

"참으로 황송합니다. 폐하의 깊으시고 높으신 뜻을 오늘에야 더욱 잘 알게 되었습니다. 신이 만일 대원군과 같은 점이 있거든 즉시 이 자리에서 처벌하여 주시면 참으로 감사하겠습니다."

그리고 그대로 엎드린 채 일어나지 않았다. 서태후는 순친왕의 거동과 그가 아뢰는 말을 듣고 앉았다가 허허허 웃으면서 말했다.

"경은 그렇게 걱정스러운 듯이 내 말을 듣지 말라! 내가 경의 충성과 근신을 잘 아는 바이다. 나의 말은 경을 가리켜서 한 말이 아니다. 다만 대원군을 지금까지 놓아 보내지 않한 뜻이 그리하다는 말이다."

서태후는 내시를 호령하여 순친왕을 붙들어 일으켜서 문 밖으로 내보냈다.

순친왕은 서태후 앞에서 물러나와 자기 집에 돌아가서 낙심천만하고 얼굴빛이 흑빛같이 변하여 만반 수심을 가지고 자리에 누웠다. 그의 아내, 곧 서태후의 아우도 들어와서 남편에게 모든 말을 듣고서 역시 근심하는 빛을 띠었다. 두 사람은 비로소 서태후의 심술이 참으로 무섭다는 것을 알았다.

그 후 순친왕은 조정 일이나 궁중 일에 대하여 일체 입을 다물고 말하지 않았다. 서태후도 순친왕이 자기에게 굴복되는 것을 짐작하고 또 한 번 더 톡톡히 버릇을 고치리라 벼르고 있었다.

　순친왕이 서태후에게 한 풀 꺾인 뒤에도 이연영은 그 정도로 만족하지 않고 그보다 좀더 순친왕을 아주 억누를 계획을 생각하다가 한 번은 서태후에게 말했다.

　"소인이 들으니 순친왕전하의 왕부에는 여러 백 년 묵은 아주 큰 잣나무 한 주가 있는데 그 잣나무가 아주 상서로워서 대대손손이 우리나라의 임금이 되게 하리라고 하더이다."

　서태후는 이연영의 말을 듣고서 이맛살을 잠시 찌푸렸다.

　"나무 한 그루가 얼마나 상서롭기에 그렇게 대대손손 임금이 되게 할 수 있다는 말이냐?"

　"그 말은 소인만 들은 말이 아니옵고 북경 안에서 누구나 하는 말이오며 어떤 풍수가 보든지 그 나무는 참으로 상서로워서 그 집에서 대대손손이 임금이 나게 할 수 있다고 합니다."

　서태후는 이연영의 그 말까지 듣고서는 잠깐 무엇을 생각했다.

　"그러면 어찌할까?"

　이연영은 서태후의 그 말에서 자기 계책이 성립되는 것을 기뻐하면서 대답했다.

　"지금 만수산 이궁의 만수전을 짓는데 큰 들보를 할 만한 재목이 없어서 걱정이 됩니다. 이제 그 상서롭고 큰 나무를 들보로 썼으면 일거양득이 될 듯합니다."

　이에 서태후가 허허 하고 웃었다.

　"실상은 네가 만수전의 대들보감을 구하는구나! 어찌되었든 기특한 계책이다. 그렇다면 나하고 곧 순친왕부에 가서 그 상서로운 나무 구경이나 하자."

즉시 이연영을 시켜서 "순친왕부로 행차하신다."는 명령을 내렸다.

별안간에 서태후의 행차라기보다 황상폐하의 어가가 온다는 궁중의 기별을 들은 순친왕부에서는 야단법석이 났다. 조금 뒤에 서태후는 광서황제를 데리고 순친왕부에 들어섰다.

모든 범절이 엄숙한 것은 더 말할 것이 없고 오랜만에 어머니의 얼굴을 보는 광서황제의 마음과 느낌은 헤아릴 수 없게 반갑고도 슬펐다.

서태후는 자기의 아우 순친왕비의 손을 잡았다.

"그동안 잘 있었느냐? 궁중에서 하도 답답하기에 오늘은 황상을 데리고 온 것이다. 황상은 이제 제법 자라서 혼인할 때가 되었다."

순친왕비 생각에는 서태후가 아들 광서황제의 혼인 문제를 의논하려고 온 줄 생각하면서도 변덕이 죽끓듯하는 서태후라 또 무슨 딴전을 부리는 것이나 아닌가 하는 의심도 들었다.

"참으로 언니 뵙고 싶은 생각은 밤낮으로 간절하지만 궁중의 규례에 얽매여서 마음대로 가서 뵙지도 못하고 돌아가신 어머니와 살아계신 언니를 때때로 뵙지 못하는 생각을 할 때에는 참으로 슬픔을 이기지 못하였습니다."

순친왕비는 눈물을 흘리면서 울었다. 서태후도 아우의 슬픔을 받아 역시 눈물을 흘리는데 곁에 앉아 있던 광서황제도 따라서 눈물을 흘렸다. 그의 그 눈물을 오랜 세월에서 서태후의 학대와 지옥 같은 궁중 생활에서 밤낮으로 그리던 어머니의 얼굴과 눈물을 보니 하염없이 눈물이 흘렀다.

서태후는 광서황제의 눈물이 무슨 눈물인 지 짐작하고 담배

한 대를 피워서 두어 모금 빨았다.

"이 눈물들을 거둬라. 오늘 내가 여기 온 것은 하루 동안 마음 편히 지내고 가자는 것이다. 우리에게 무엇이 부족해서 눈물을 흘릴 것이냐?"

광서황제와 순친왕도 곁에 모시고 섰다가 "지당하신 분부입니다." 하고 미리 만들라고 시켜놓은 음식을 드리고 정성스럽고도 간절하게 권했다. 서태후는 순친왕도 자리에 앉기를 권해 모두가 웃음을 띠며 음식상을 가운데 놓고 둘러앉았다.

서태후는 음식도 대강 먹고 술 몇 잔을 마신 뒤에 순친왕비를 향하여 말했다.

"이렇게 방 안에만 앉아서 음식과 술을 마시니 적막하구나."

그러자 순친왕은 아내가 대답할 사이를 주지 않고 자기가 대답하였다.

"참으로 그렇습니다. 신의 집 후원이 변변치 못하오나 잠시 쉴 만하오니 폐하께서는 후원에 잠깐 납심이 어떠하실지요."

"그것 참 좋은 말이다. 내가 이 집에 여러 번 왔지만 아직 후원 구경을 못하였구나."

서태후는 자기의 아우를 향하여 말하면서 자리에서 일어서자 광서황제와 모든 사람도 따라서 일어나 서태후와 함께 후원에 나갔다.

후원에 나선 서태후는 이연영이 말하던 잣나무 아래로 가서 그 나무를 쳐다보면서 무한히 칭찬하였다. 순친왕은 아무것도 모르고 서태후가 자기 집 후원의 나무라도 칭찬하는 것만 반가웠다.

"폐하께서 변변치 못한 잣나무 한 그루를 칭찬하시니 영광스럽고도 도리어 황송합니다."

"이 나무가 몇 아름이나 될까?"

서태후의 말에 이연영이 대답했다.

"적어도 세 아름은 됨직 합니다."

"참으로 좋은 재목이다. 더욱이 잣나무 재목이 훌륭한 것이다."

"그렇습니다. 재목 중에는 잣나무 재목이 참으로 좋은 재목입니다."

"맞아. 지난번에 만수전에 대들보감이 없다고 네가 여러 번 걱정했지."

"네! 그러나 막중한 왕 전하궁의 사랑하신 나무야 어찌 달라고 할 수 있습니까?"

"네 말도 그럴 듯한 말이다."

이러한 푸념을 듣고 서 있는 순친왕은 목소리를 떨며 말했다.

"변변치 않은 나무 한 개가 폐하의 이궁의 만수전 대들보 재목으로 소용되신다면 더욱 큰 영광으로 생각됩니다."

서태후는 순친왕의 그 말이 떨어지자 반기는 빛을 띠었다.

"경은 참으로 충성이 지극한 사람이오. 자기가 사랑하는 후원의 보화 나무를 그렇게 허락한다니 고맙도다."

그리고 좌우에 모시고 있던 내시들을 호령하여 당장 목수를 불러 베라고 하였다.

내시들은 서태후의 명령이 떨어지자 일할 목수들을 불러서 당장에 그 나무를 베도록 하는데 순친왕과 왕비는 참으로 말할 수 없는 원한이 속에 가득차게 되었다. 자기 집에서 생명같이 애지중지하던 잣나무이며 그 나무로 인하여 대대손손이 제왕이 되리라 하던 나무를 서태후의 권력과 포악에 못 견디어서 베게 되는 원한과 그 나무의 음덕으로 낳았다는 광서황제에게 장차 이롭지 못하리라는 것을 생각할 때 미치고 죽을 듯이 원한이 하늘에 사무치지만 할 수 없이 서태후에게 눌려서 그 나무를 베게 되었다.

목수들이 달려들어서 톱으로 켜고 도끼로 찍어서 나무가 한 절반이나 베어지질 때쯤 갑자기 미친 바람이 일어나며 흙과 모래를 파서 뿌리며 난데없는 뱀이 수 없이 이리저리 날아서 쏘다니는데 서태후의 가슴에 펄펄 날아들어 모든 사람에게 덤비는 바람에 서태후와 광서황제 이하의 모든 사람이 혼비백산하여 도망쳤다.

조금 있다가 바람이 자고 뱀이 없어진 뒤에 서태후는 정신을 차리고 목수들을 호령하였다.

"그럴수록 빨리 베어서 만수산으로 사흘 안에 옮겨 가라."

그 분부를 내린 뒤에 서태후는 광서황제를 데리고 궁중으로 돌아가고 목수들은 신속하게 그 나무 베었다.

순친왕과 순친왕비는 서태후와 이연영 등이 자기 집을 근본적으로 망하게 할 것이라고 생각하며 무한히 울었다.

북경의 모든 사람은 서태후의 그 행동이 순친왕을 우습게 보는 것이며 망하게 하는 것이라고 생각하였다.

# 광서황제의 성혼

 동태후가 죽고 공친왕이 내각에서 물러난 뒤에 청나라는 완전히 서태후 한 사람의 천하가 되었다. 서태후는 자기의 천하가 행여나 오래 되지 못할까 하여 순친왕을 꼼짝 못하도록 억누르고 광서황제의 선생 옹동화도 군기처의 일은 상관하지 못하도록 만들어 자기의 처녀 때 애인 영록을 다시 써서 보군통령을 시켜 군권을 잡게 하니 서태후의 권세는 참으로 만세반석처럼 굳어졌다.
 밖으로는 청나라의 조공국이던 월남이 프랑스에게 먹히고 홍콩이 영국의 식민지가 되고 흑룡강과 연해주의 변두리가 러시아의 침략에 들어갔으나 서태후는 그런 것이 걱정이 아니라 북경 조정과 궁중에서 자기의 권세를 굳히기에만 전력을 다했고 원명원 대신 만드는 자기의 향락장 만수산 이궁을 짓기에 나라의 모든 재정과 힘을 들이는 데 해군 확장에 쓰자던 모든 재정을 쓰고도 오히려 부족하여 벼슬도 팔고 뇌물도 받아서 오랜 세월을 허비하여 간신히 준공되어 광서 13년에 비로소 말썽 많던 이궁의 낙성식을 보게 되었다.
　만수산 이궁의 낙성식까지 행한 서태후의 만족과 향락은 살아서 천당에 오르고 극락세계에 간 듯하였다. 그는 궁궐에서 부처님으로 행세하였다.
　그러나 서태후에게는 아직도 한 가지 미진한 일이 남아 있으니 그것은 광서황제의 혼인 문제였다. 자기가 낳은 아들 동치황제의 혼인을 자기의 마음대로 하지 못한 데서부터 온갖 불만과 불행이 생겼다고 생각하는 서태후로서는 광서황제의 혼인을 자기 마음대로 하리라고 결심한 지가 오래였었다.
　다만 누구의 딸을 광서황후로 데려올까 하는 것이 문제인데 그것도 서태후가 이미 정해 놓았다. 그녀는 자기의 오라비 계상의 딸을 광서황후로 세우기로 작정한 것이다.
　자기 아우의 아들로 임금을 세우고 친정 조카딸로써 황후를 삼고 자기가 황태후로서 천하의 권세를 혼자 차지했으나 서태후에게는 한 가지 한 되는 것이 있었으니 청나라의 국법이 예허나라 씨라는 서태후의 일족에게는 황후의 영광을 주지 않았으니 자기 자신이 궁녀 출신이라는 것이 평생에 한이 되고 원이 되어서 반드시 자기의 친정 조카딸을 황후로 들이려고 하였다.
　서태후의 결정에 대하여 누가 감히 옳다 그르다 말할 사람은 한 사람도 없었다. 다만 그 혼인의 주인공이며 당사자인 광서황제가 궁중에 들어간 뒤에 무슨 독한 약을 먹은 탓인지 선척적 부족인지 자세히는 알 수 없지만 신체가 매우 허약하여 보통 사람 같지 못한데, 특히 성적불구자처럼 된 까닭에 자기의 혼인 문제를 그다지 중대하게 보지 않았다.

설혹 광서황제가 그 문제를 중요하게 여기고 자기 마음대로 하자 하였더라도 서태후의 압제 아래서는 도저히 그대로 될 수가 없을 것인데 광서황제 자신이 자기의 혼인 문제를 달갑지 않게 보는 까닭에 누가 다시 무엇이라고 말할 사람이 없게 되었다.

다만 서태후가 자기의 권세를 자랑하여 체면상 상의한다는 것을 보이기 위하여 아우 순친왕비에게 청했다.

"애, 순왕비야, 황상의 나이 이제 성혼할 때가 되었으니 네 생각에는 어찌하면 좋겠느냐?"

"모든 것은 언니의 처분대로 하지만 더욱이 그 일은 언니 마음에 달렸지요."

"우리 친정 조카딸로 황후를 책봉하자."

"그렇게만 되면 참으로 우리집의 영광이지요."

그리하여 그렇게 작정하였다.

서태후는 자기의 친정 조카딸을 광서황후로 간택한 것을 발표하고 계상의 딸을 궁중으로 데려다가 범절을 가르쳐 주는데 무엇보다 자기의 심복을 만들기에 힘썼다.

계상의 딸은 자기가 황후로 간택된 것이 서태후의 은덕이며 황제보다도 서태후를 잘 섬겨야 자기의 황후라는 지위를 유지할 수 있는 것을 알고 있었다. 그리하여 무엇이든 서태후의 뜻을 절대로 복종하기로 결심한 만큼 서태후도 계상의 딸을 광서황제보다도 백 배 천 배나 더 사랑하게 되었다. 말하자면 서태후는 자기의 친정 조카딸을 황후로 데려왔다기보다 장차 광서황제의 일거수일투족을 살펴서 서태후에게 보고할 정탐꾼 한 사람을 맞아들인 것이라고 할 것이다.

광서황제의 혼인 문제까지 자기 마음대로 정한 서태후는 광서 13년 정월 1일로 황제가 성년이 되어서 친히 나라 정사를 맡아서 하게 되었다는 이유로 종묘에 고하고 황제가 친정한다는 예식을 성대히 치르고 만조백관의 하례를 받게 하였다.

광서황제가 친정한다는 예식을 치르고 천하에 반포한 뒤에 서태후는 나라 정사에 조금도 상관하지 않는 척하면서 만수산 이궁에 옮겨 가서 자기의 향락을 일삼게 되는데 광서황제는 매일 서태후에게 문안하기 위하여 만수산 행차를 하게 되고 무슨 일이든지 반드시 서태후에게 고하여 그 허락을 받은 뒤에야 할 수 있게 되었다. 그러나 광서황제가 친정한다는 말은 빈 말이 되고 쓸데없이 몸과 마음이 분주하고 괴롭기만 하였다.

"황제가 친정하신다."는 예식과 발표가 있는 뒤 석 달 만에 광서황제의 대혼 예식을 행하게 되었다.

광서황제의 혼례식은 동치황제 때의 혼례식에 비해도 몇 배나 더했다. 서태후가 무슨 까닭에 자기의 친아들 혼인보다도 광서황제의 혼인에 대하여 그와 같이 성대하게 하여 많은 돈을 들였던가 하면, 첫째로는 자기집 예허나라 씨 일족의 영광을 자랑하려 함이오, 둘째로는 광서황제의 혼례를 핑계하여 각 성 총독과 순무와 현령에게 많은 돈을 빼앗아서 자기의 향락 비용을 보충하자는 데서 나온 것이다.

예허나라 계상의 딸로서 황후를 삼는 혼례식을 치른 뒤에 며칠 지나서 광주(廣州) 장국 장서의 딸 형제를 황귀비로 삼는 예식을 행하여 그 언니를 근비라 하고 아우를 진비라 하였다. 본래 광서황제는 그의 사촌누이인 계상의 딸을 황후로 혼인하기 전부터 장서의 딸 형제를 사랑했다. 그들의 사랑은 육체적인 것보다 정신적이었으며 근비보다도 진비가 광서황제의 사랑을 더 받고 있었던 것이다.

그러므로 광서황제의 마음대로 자기의 혼인을 한다면 마땅히 장서의 둘째딸을 황후를 삼자고 했을 것이다. 그러나 서태후의 압제 아래서 광서황제는 자기 속에 있는 말 한 마디도 못하고 서태후의 명령대로 순종한 것이다.

서태후는 광서황제가 무엇이든 자기 명령대로 순종하는 것이 천치같이 보이기도 하는 동시에 가엾다는 생각이 들어서 장서의 딸 형제를 황귀비로 봉하게 한 것이다.

광서황제의 혼인을 치른 뒤에 서태후는 매일 만수산 이궁에서 잔치를 베풀고 황후나 황귀비는 물론 모든 왕비와 공주를 청하여 들이고 모든 향락에 잠겨 평생 좋아하는 연극을 즐기면서 세월을 보내게 되었다.

그리하여 이름 좋은 광서황제의 친정과 서태후의 은퇴는 형식뿐이고 서태후의 실권은 만수산 이궁 속의 향락 생활과 함께 계속하여 오랜 세월을 보내게 되었다. 청나라 사람만이 아니라 외국 사람들까지도 청나라에는 오직 서태후라는 여자 주권자가 있는 것만 알고 광서황제라는 황제가 있는 것은 알지 못할 만큼 서태후의 권력만 나날이 커졌다.

## 만수산 풍류의 결과

만수산 이궁 속에서 질탕한 풍류로 '천하태평'과 '만수무강'만 날마다 노래하고 자랑하는데 세상은 그와 달랐다.

"나라는 망하고야 말 것이다."

"큰 난리가 일어날 것이다."

이런 말을 어디서든 들을 수가 있어 드디어 서태후 귀에까지 들어갔다. 그런 말을 듣고도 서태후는 털끝만큼도 뉘우치거나 겁내지 않고 도리어 호언장담하였다.

"이 나라가 망하더라도 내가 살아 있을 동안에는 결코 망하지 않을 것이다."

그녀는 청나라가 망하리라고는 꿈에도 생각하지 않고 다만 궁중이나 혹은 조정에서 누가 감히 자기의 권력을 엿볼까 하는 의심과 날마다 향락에 쓰이는 비용이 마음대로 잘 들어서지 않는 것을 걱정하며 무엇보다 쉰 살이 지나 자기의 얼굴이 아무리 좋은 약과 좋은 음식을 먹어도 날마다 늙어가는 것이 가장 큰 걱정이었다.

그러나 서태후의 그 걱정도 실상은 너무나 사치스러운 걱정이었다. 그녀의 나이 오십이 지나서 육십이 가까워도 사십 좌우의 중년여자처럼 보였던 것이다. 말하자면 그녀는 장생불사라기보다 만년 청춘이 되지 못하는 것을 걱정했다.

만수산 풍류 속의 서태후의 걱정과는 아주 다른 모든 걱정을 가진 사람들이 많았다. 태평천국이 망한 뒤에 사억만 한족은 만주족의 종 노릇을 면치 못할 것을 원통히 생각하는 사람들이 도처에 생기는데 미국에 망명하여 있는 태평천국의 장수와 신하들 중 어떻게 하면 만수산 풍류에서 정신없는 만청치국을 엎지르고 태평천국을 회복할까? 하는 사람의 수가 몇 천 몇 만이며 만주족의 대청치국을 서서히 엎지르고 한족의 민주공화국을 만들자고 성명을 내자는 손문 일파와 혁명당의 운동이 불붙듯하였다.

서태후의 향락과 독재정치는 나라가 망할 것이니 광서황제에게 완전한 정권을 잡게 하고 서양의 입헌군주국을 본떠다가 정치를 새롭게 하며 모든 학문을 배우자는 보황당(保皇黨)의 운동도 생기게 되었다. 군함과 대포의 힘을 의지하고 돌아다니면서 미개한 민족의 나라를 망하게 하고 자기들의 이익만 도모하는 서양 각국의 사람들이 청나라의 형편과 실상을 보고 덤비는 바람에 생기는 화가 끊일 날이 없게 되었다.

그만하면 누구나 청나라가 장차 망할 거라고 생각했지만 오직 청나라의 독재 황제격인 서태후만 만수산 이궁 속에서 천하태평을 자랑하고 있다가 때때로 들리는 여러 가지 사변에 대하여, "이것은 참으로 나라를 위하여 큰 걱정이로구나!" 하면 이홍장, 영록과 같은 사람들은 서태후의 비위를 맞추기에만 정신이 팔렸다.
  "그까짓 것은 조금도 걱정될 것이 없습니다. 폐하! 안심하소서!"
  이런 말로써 대답하며 어떤 일은 숨기고 아뢰지도 않았다.
  무엇보다 우스운 것은 내란과 외환에 견딜 수 없을 만큼 위급하게 된 때에도 한 사람도 그 위급한 형세를 걱정하여 상소하거나 말하는 사람은 없고 다만 서태후의 "육십 살 되는 만수연을 어찌하면 굉장하고 성대하게 차릴까?" 하는 걱정을 가지고 조정과 궁중은 물론이고 각 성의 총독, 순무, 장궁, 현령들이 저마다 다투어 서태후에게 예물과 폐백과 금은보화를 바치기에 분주하였다.
  서태후의 육십 만수절은 천지개벽 이후에 처음으로 볼 만한 큰 경사가 되리라고 하여 청나라 천지가 뒤집힐 만큼 떠드는 때에 천만 뜻밖에 가장 상서롭지 못한 소식이 일본 동경과 조선 경성으로부터 들어왔다. 조선에서 일어난 동학당 난리를 평정하기 위하여 출전하였던 청일 양국의 군대가 장차 전쟁을 할 것 같다는 소식이었다.
  이처럼 험악한 소식이 만수산 이궁에 있는 서태후에게 들어가도 서태후는 그다지 놀라거나 걱정도 하지 않고 여전히 향락적인 이궁 생활을 계속하는데 나날이 들리는 소식이 점점 더 험악해지는 것을 보고서야 비로소 광서황제에게 분부를 내렸다.

"황공대신들을 불러서 좋도록 조처하되 전쟁만은 될 수 있는 대로 피하라!"

서태후의 분부를 듣고서 광서황제는 왕공대신을 불러서 어찌하면 좋을지를 의논하게 되었는데 그때 청나라 조정에는 '어머니당'이라는 서태후의 당과 '아들의 당'이라는 광서황제의 당으로 당파가 생겼고, 어머니당에서는 어디까지나 전쟁을 피하려 하였고 아들의 당에서는 부득이한 경우에는 전쟁을 할 수밖에 없다는 두 가지 이론이 생겨서 여러 날 회의를 하였으나 확실한 결정을 짓지 못하였다. 날이 갈수록 일본과 청국 사이의 관계가 전쟁을 면치 못할 것이라는 소식만 전해 왔다.

만일 전쟁을 피하자면 일본의 주장대로 승인하여 조선의 완전독립을 인정하며 조선에서 청나라의 군사를 걷어오고 조선의 내정을 간섭하지 말아야 할 것이다. 그리하자면 청나라의 체면을 유지할 수가 없을 뿐만 아니라 일본에게 한번 양보하기 시작했다가는 장차 그 양보가 어디까지 이를지 몰라 이러지도 저러지도 못하고 있었다.

광서황제는 할 수 없이 최후로 다시 왕공대신을 불러서 어찌하면 좋을지 결정하려고 했는데 공친왕이 오랜 만에 입궐하여 아뢰었다.

"무릇 전쟁이라는 것은 나라의 흥망을 보게 되는 것이오. 전쟁의 승패는 책상머리에서 부질없이 호언장담으로 되는 것이 아니고 오직 힘의 강약을 가지고서 결정되는 것이니 북양대신 이홍장이 십여 년을 두고서 막대한 군비를 써서 해군을 양성하였으니 폐하는 이홍장을 불러서 어찌하면 좋을 것인지 결정하는 것이 마땅합니다."

광서황제는 천진에 있는 이홍장을 북경으로 불렀다. 이홍장은 황제의 부름을 받고서 그 이튿날 북경에 들어서 양공대신과 함께 황제를 뵈었다. 광서황제는 이홍장에게 물었다.

"이제 우리나라와 일본과의 형편은 그저 어물쩡 지나갈 때가 아니라 전쟁이냐 아니냐를 결정하고 그 결정에 의하여 모든 것을 처리하게 되었다. 경은 장발적의 난을 평정하는 때로부터 군사상의 경험과 실력이 있으며 겸하여 십여 년 동안에 막대한 군비를 써가면서 해군 양성에 전력하였으니 육해군의 모든 형편을 자세히 알 것이다. 일본과 싸워서 승패가 어찌될 것인가 말하여 이 급한 시국을 해결하도록 하라."

이홍장은 광서황제의 분부를 듣기 전에 이번에 자기에게 그러한 책임의 중대한 분부가 있을 것을 짐작했다. 그러나 이렇게 직접 부딪히고 보니 참으로 난처했다. 천하 사람이 알기로는 자기가 거액의 해군비를 가지고 해군을 양성했다고는 하지만 실상은 십여 년 동안 서태후의 호사와 만수산 풍류에 전국의 육해군비가 들어가고 육해군의 형편이 일본에 비하여 말도 안 되는 것을 알고 있었다. 그렇다고 그대로 말할 수도 없어서 이홍장은 아뢰었다.

"신이 나라의 막중한 부탁을 받아서 오랫동안 해군을 양성하는 결과 일본과 싸워서 넉넉히 이길 만한 자신이 있지만 여러 나라와 복잡한 관계가 중대한 이때 우리나라로서는 자진하여 전쟁할 필요는 없습니다. 오직 육해군의 준비를 틈틈이 하여 일본이 감히 전쟁을 일으키지 못하도록 하고 모든 것은 외교수단으로 처리함이 상책인가 합니다."

이것은 이홍장이 서태후의 비위도 맞추고 자기의 책임도 벗어놓으면서 될 수 있는 데까지 전쟁을 막자는 것이었다.

이홍장의 말을 듣고서 광서황제의 여러 왕공대신들은 서로 얼굴만 돌아보면서 한참이나 어떻게 결정하면 좋을지 설왕설래하고 앉았다가 광서황제의 선생 옹동화가 말했다.

"그렇게 평화도 아니요, 전쟁도 아닌 태도를 가지고는 일을 그릇되게 하기가 쉽습니다. 평화면 평화요 전쟁이면 전쟁이라고 확정하여 그에 맞춰 시국을 해결하는 것이 옳으며 이제 각처로부터 오는 소식을 듣건대 전쟁을 피할 수 없는 듯하니 전쟁할 결심을 가지고 시국을 해결하는 것이 옳을 듯하오."

공친왕이 아뢰었다.

"이제 모든 사람의 의견을 들을 대로는 들었으니 북양대신 이홍장에게 평화와 전쟁의 두 가지 가운데서 한 가지를 골라서 조처하되 큰 낭패가 없도록 하라는 부탁을 하여서 친히 천진에 가서 육해군을 가서 지휘하도록 하는 것인 상책인가 하오."

이홍장이 광서황제에게 아뢰었다.

"지금 공친왕전하의 분부도 계시거니와 신의 어리석은 소견에도 아직 전쟁할 여부는 결정할 수 없고 조선과 일본에서 오는 소식을 더 들은 뒤에 어찌할 것인지 결정하는 것이 옳을 듯합니다."

광서황제는 이홍장에게 부탁하되 그렇다면 모든 것을 경에게 맡기노니 경은 삼가 나라의 위엄을 손상시키지 않는 범위에서 만사를 좋도록 조처하라고 하였다.

이홍장은 임금의 그 부탁에 대하여 "황송합니다." 하는 말을 하고 어전에서 물러나와 천진으로 돌아갔다.

천진에 돌아온 이홍장은 조선에 가서 청장 원세개 등에게 경솔하게 싸우지 말라는 군령을 내리는 동시에 봉천에 있던 마옥곤, 섭사성, 좌보귀 등에게 육군을 거느리고 조선 국영으로 가서 일본 군대의 동정을 살피라 하고, 한편으로는 해군의 군함 삼천 척을 정여참, 등세참, 방백겸 등에게 맡겨 대동구 방면에서 일본 해군을 방비케 하며, 따로 나머지 군함으로 하여금 연대, 의순, 위해위 등의 모든 항구를 방비케 하고, 육군 이천오백 명을 고승호라는 장수에게 딸려서 조선 아산만으로 행하여 조선에 있는 청병을 응원하도록 했다.

그렇게 하는 동안에 조선에서는 일본 군대와 청국 군대 사이에 형세가 뒤집히게 되었다. 청나라 장수 원세개와 마건충 등은 본국에다 형세가 뒤집힌 것을 보고하고 날마다 해군이 오기를 기다렸지만 북양대신 이홍장이 훈령이,

"경솔히 하지 말고 될 수 있는 대로는 현상을 유지하면서 모든 일을 외교 교섭에 의지하여 해결하도록 힘쓰라."

는 것을 보고는 갈팡질팡했다. 이홍장의 훈령대로 하자니 벌써 형세가 뒤집혀서 일본 군대가 청나라 군대의 빈말만 듣고서 평온하게 외교 교섭이나 기다리면서 시국의 해결을 보려고 할 리가 만무하게 되었고, 그렇다고 해서 일본 군대와 싸우자니 자기들의 병력이 모자랄 뿐만 아니라 경솔히 싸움을 시작했다는 죄를 피할 수도 없으니 이러지도 저러지도 못하였다. 원세개와 마건충은 할 수 없이 다른 핑계를 가지고 본국으로 도망하고 오직 엽충초와 그 군사만이 조선에 남아 있게 되었다.

그때 일본에서는 청나라가 천진조약을 무시하고 조선의 동학난만을 평정한다는 것을 핑계하여 많은 군사를 조선에다 주

둔시켜 두고 조선의 내정을 간섭하는 것이 조약의 위반이라 하여 청나라 군대를 업신여기며 조선의 완전 독립을 승인하고 내정간섭 하지 말라는 청약을 요구하였다.

이러한 요구에 대하여 청나라 조정에서 어물쩡 시간만 보내고 있을 뿐만 아니라 육해군을 조선 국경으로 파견하는 것을 보고서 벌써 평화는 결렬되고 전쟁을 피할 수 없다는 생각을 가지고 역시 육해군을 총 출동시켰다. 육지로는 조선과 만주로, 바다로는 황해의 발해에서 큰 전쟁을 하기로 결정하여 영을 내리게 되었다.

그렇게 험악한 형세는 청일간의 큰 전쟁을 일으키고야 말았다. 광서 20년 6월 9일에 일본 군사가 군함 일곱 척을 거느리고 인천에 상륙하여 특전대 사백여 명이 경성에 들어가고 그 이튿날에 일본 육군 천여 명이 또한 경성에 들어간 뒤에 한참동안 일본과 청나라 사이에 외교 교섭으로 시일을 보내다가 8월 1일에는 청일전쟁이 드디어 터지고 말았다.

선전포고가 내리면서 시작된 전쟁은 육지보다 바다에서 먼저 그 승부를 겨루게 되었다. 대동구 바다에서 청나라 군함은 일본 해군에게 대패하여 깨어진 군함이 일곱 척이요, 사로잡힌 군함이 한 척이며, 중상을 당하고 도망한 군함도 몇 척이어서 첫 번의 해전에서 청국 해군이 여지없이 대패하였다.

그러나 그뿐이랴, 육군 이천오백여 명을 싣고서 아산만으로 가던 청나라 함선이 일본 군함의 대포에 맞아서 배와 사람을 모두 바다 속에 장사지내고 말았다.

해전에서 이와 같이 청국의 해군이 여지없이 대패된 것을 조선에 있던 청국 육군은 알지 못하고 염충초는 천진의 이홍장에게 헛보고로 날마다 육군이 승전했다고 자랑만 하였다.

이홍장은 대동구에서 해군은 대패하였지만 조선에 있는 육군이 승전한다는 헛보고를 받고서 어느 정도는 위안이 되었다. 그러나 그것도 부질없는 위안이었다.

대동구의 해전에서 승전한 일본 군대는 다시 육군의 행동을 시작하여 남으로 아산과 경성에 있는 청국 군대를 쳐서 무찌르고 서로는 평양과 의주에 있는 청국 군대를 쳐서 이겨서 조선 안에는 청국 군대의 그림자도 없게 되었다.

이때까지도 이렇게 잘못된 소식을 천진에 있는 북양대신 이홍장만 알고 있을 뿐, 북경 조정의 왕공대신들은 자세한 소식을 알지 못하고 여전히 세력을 다투어 영광을 자랑하며 벼슬을 사고팔기에만 눈이 어두웠다.

왕공대신들 뿐만 아니라 청나라의 전제 여황제격인 서태후는 만수산 이궁 속에서 천하태평을 자랑하면서 날마다 만수산 풍류에 취하여 국가 흥망은 꿈도 꾸지 않았다.

그렇지만 해군과 육군이 예정대로 승전한 일본의 육해군은 다시 제2차의 작전계획을 세워 육군은 압록강을 건너서 봉천을 점령하고 해군은 해수구와 산둥의 연해와 위해위에 있는 청나라 해군을 쳐서 멸하고, 장차 육군은 산해관으로, 해군은 천진으로 쳐들어가려고 하였다.

일본군은 예정대로 해군이 예수구를 쳐서 함락시키고 또한 산둥 방면으로 향하였던 해군도 연해를 거쳐서 위해위에서 청나라 함대와 싸워서 크게 이기고 위해위까지 점령하니 청나라의 황구와 발해의 모든 요새와 연안이 일본군의 세력 아래에 들어가고 말았다. 일본 육군도 압록강을 건너서 구연성과 봉황성 등의 모든 요새를 차례로 점령하고 장차 봉천을 쳐들어갈 형세가 되었다.

이 싸움에서 일본군이 승전하게 된 것은 한갓 일본 군사가 청국 군사보다 용감하게 싸움을 잘해서가 아니라 청나라의 육해군은 벌써 십여 년 동안에 모든 군비가 서태후의 만수산 이궁 짓기와 날마다 향락하는 풍류 비용으로 쓰이고 실제의 육해군은 군비가 없어서 간신히 외형 치장만 하고 그날그날의 세월만 보내오다가 일본 군대와 실제 싸우게 된 때는 싸우자 해도 싸울 만한 군비가 백에 한 가지도 없었기 때문이다. 이홍장이 십여 년 동안에 전력을 들였다는 청나라 해군이 그와 같이 한 번 싸우지도 못하고 멸망을 당하게 된 것도 군함의 대포에는 화약만 있어서 대포 소리만 나고 알맹이가 없었다니 어찌 이길 수 있겠는가?

한 마디로 서태후의 만수산 풍류가 청국의 육해군이 일본군에 대패하게 만든 것이다. 청나라가 대패했다는 소식은 서양 사람들의 입을 거쳐서 북경에도 퍼지게 되었다.

그때까지도 만수산 이궁 속과 북경 조정에서는 모든 사람들이 서태후 환갑잔치 곧 육십 성수의 경축을 준비하기에만 전력하고 나라의 흥망을 결정할 전쟁에 대해서는 꿈 밖으로 여기고 전쟁에서 승전하면 이홍장의 벼슬이 높아지고 세력이 커질 것이며 전쟁에서 패한다면 이홍장 한 사람이 벼슬이나 떨어지고 말 것이라고 생각하는 데 지나지 못하였다. 그러다가 전쟁의 승패가 조선 한 모퉁이에서만 끝나지 않고 중국으로 건너와 동삼성은 물론이고 산해관 산둥성까지 위급하게 되니 장차 그 전쟁이 어디까지 미치게 될지 알 수 없는 지경에 이르자 비로소 북경과 만수산에서 꿈꾸던 사람들도 그 꿈을 깨게 되었다.

더욱이 서태후는 전쟁에서 청국 육해군이 여지없이 대패하였다는 소식을 듣고서 겉으로는 놀란 척하지만 속으로는 기쁘게 생각했다.

광서황제가 친정하고 광서황제의 당파가 전쟁하기를 주장하여 그 전쟁에서 승전하게 되면 서태후의 세력이 장차 줄어들 염려가 있었는데 이제 전쟁에 패하였으니 당초에 전쟁하자고 주장하던 광서황제 이하의 모든 사람이 그 책임을 지게 되며 따라서 이 기회에 서태후가 다시 직접 나라 정사를 맡으면 된다고 생각했다.

광서황제도 전쟁을 그대로 대패한 대로 결말을 지으면 자기 평생 서태후의 손에서 풀려나지 못할 것을 짐작하고 어디까지든지 전쟁을 더 계속하려고 모든 계책을 세웠다.

그러나 서태후는 광서황제와 모든 왕공과 대신들을 불러서 말했다.

"이제 내 말을 듣지 않고 까닭없는 전쟁을 일으켜 조그마한 일본과 싸우다가 이와 같이 패하였으니 나라의 위엄이 무엇이 되었으며 장차 종묘사직을 어떻게 받들 것인가? 당초에 전쟁하자고 주장하던 소견과 이제 어떻게 조처할 것인지 말하라!"

광서황제를 노려보면서 꾸짖으며 의견을 물었다.

광서황제는 언제든지 서태후 앞에서는 고개를 들고 말도 똑똑히 하지 못하는 임금으로써 그날의 그 꾸짖고 묻는 말에는 벌벌 떨기만 하고 얼른 대답도 못하였다. 서태후는 주먹으로 앞에 놓인 책상을 치면서 큰 목소리로 추상같이 호령하였다.

"전쟁에는 승패 두 가지가 있는 것이다. 전쟁하자고 주장하던 말만 할 줄 알고 전쟁에 패한 다음에 할 말은 없는가?"

광서황제는 그제야 할 수 없이 대답하였다.

"이홍장이 막중막대한 전국의 제정을 걷어 십여 년 동안에 해군을 양성했다는 것이 그와같이 무용지물이 될 줄은 짐작도 못했고 모든 장수들이 그와 같이 해군이나 육군을 막론하고 힘써 싸우지 않을 줄은 몰랐습니다."

서태후는 큰소리로 비웃으면서 여전히 꾸짖으며 말했다.

"이홍장은 장발적을 쳐서 멸한 우리나라의 기둥 같은 충신이다. 모든 장수가 힘써 싸우지 않은 것만 원망하지 말고 황상은 자기 위엄과 불복을 생각하지 못하는가?"

광서황제는 억울하고 분함을 참지 못하여 눈물을 흘리면서 대답했다.

"지금와서 박덕하고 박복한 것을 한탄한들 어찌합니까? 다만 양감 총독 유곤일을 불러서 다시 싸워서 잃은 땅을 찾으며 나라의 위엄을 회복하려고 합니다."

광서황제의 말이 끝나자 서태후는 광서황제를 향하여 침을 뱉으면서 꾸짖었다.

"그래, 이홍장은 무능한 인물이고 유곤일이라야 승전한다는 말이냐? 당초에 전쟁을 시작할 때 유곤일을 쓰지 못하고 지금와서 쓰자는 말을 누가 믿겠는가? 꿈 같은 소리 그만두고 이홍장을 다시 불러서 될 수 있는 대로 일본과 화친할 도리나 상의하여 보라! 천하는 조정의 기업이고 황상 한 사람의 것이 아니다."

서태후는 발을 구르고 자리에서 일어서서 내전으로 들어가고 광서황제는 얼굴에 묻은 침을 씻으면서 자금성으로 돌아갔다.

자금성으로 돌아간 광서황제는 이홍장을 급히 불러서 서태후의 "될 수 있는 대로 일본과 화친하라."는 명령을 전했다.

이홍장은 머리를 조아려 광서황제에게 사죄하고 일본과 화친하라는 어명을 받고서 어전에서 물러갔다.

이홍장이 다녀간 뒤에 서태후는 명령을 내렸다.

"이제 자기의 덕과 힘을 돌보지 않고 까닭없는 전쟁을 일으켰다가 나라의 위엄을 떨어뜨리고 조정의 기업을 위태롭게 하니 참으로 위로 조정과 아래로 억조만민에게 대하여 황송하고 미안할 따름이다. 이러한 때 나의 육십만수를 경축하는 잔치를 베푸는 것은 어디로 보든지 죄송스러운 일이다. 그러므로 누구든지 나의 육십만수를 경축하자고 주장하는 자가 있다면 그것은 나를 욕되게 하는 것이다."

서태후가 그와 같은 명령을 내리게 된 까닭은 이홍장이 많은 국재를 들여서 양성했다는 해군이 무용하여 온 나라 사람이 이홍장을 원망하고 욕하게 됨에 따라서 내막을 아는 사람들이 해군을 양성하자던 비용이 해군에는 못 쓰이고 만수산 이궁 짓기와 만수산 풍류 놀이에 쓰여서 전쟁에 지게 되었다는 것을 알기 때문이었다. 서태후는 그들이 자기를 원망하고 욕하게 되며 무엇보다 이홍장이 억울하게 황제 이하 모든 왕공대신에게 사죄하게 되는 것이 곧 자기 때문이라는 것을 짐작하는 만큼 그 시간에 그렇게 명령을 내려서 인심을 사자는 것이었다.

만수산 풍류의 결과는 참으로 컸다. 청일전쟁에서 청나라의 육해군이 대패하게 되고 패전한 결과 조선의 완전 독립을 승인하게 되고 배상금을 지불하며 요동반도를 일본에 떼어주고 대만까지 영원히 떼어주기로 하고 간신히 일본과 화친하게 되었다.

서태후는 자기의 잘못은 숨기고 광서황제와 옹동화가 전쟁하기를 주장했다는 것을 핑계삼아 모든 책임을 광서황제와 옹동화에게 지우고 전쟁에서 패군장이 되었으며 일본에 가서 일본의 주장대로 배상금도 물고 땅도 떼어주며 모든 것을 허락하고 또 총까지 맞아 중상으로 돌아온 이홍장을 될 수 있는 데까지 붙들어서 자기 당파의 세력을 뺏기지 않도록 모든 계책과 수단을 썼다.

그 결과 이홍장은 러시아와 미국과 영국과 프랑스 공사들을 불러서 일본에게 떼어 주었던 요동반도를 일본에게 권고하여 청나라에 돌려주도록 요청하였다.

그러나 일본이 요동반도를 청국에 돌려준 뒤에 요동반도는 러시아에 빌려주게 되고, 위해위, 청도, 광주만을 영국, 독일, 프랑스에 빌려주게 되었으니 말하자면 이홍장의 죄는 더 커졌다. 그렇지만 일본에서 요동반도를 차지했다는 것을 가지고 이홍장의 패군 책임을 적게 하려고 하였다.

서태후는 그와 같이 이홍장을 도와주고자 했지만 모든 사람의 공론이 이홍장의 패군한 죄를 용서하지 않자 할 수 없이 이홍장을 북양대신 직에서 파직하고 익국 시찰을 하게 하였다. 이홍장의 자리를 처음에는 황문소에게 두었다가 서태후가 자기의 심복인 영록을 시키기로 했다.

영록이 북양대신 총독의 자리를 차지하게 되면서부터는 서태후의 세력은 이홍장이 그 자리에 있던 때보다 더욱 커졌다.

그뿐만 아니라 광서황제의 생부 순친왕이 자기 집에서 서태후가 강제로 잣나무를 베어 간 뒤로 극도로 상심되어 병들어 죽었고 그의 아내 곧 광서황제의 어머니 순친왕비도 남편이 죽은 것과 모든 일에 상심되어 병들어 죽었다. 이러한 모든 것이 광서황제에게는 더할 수 없는 불행이며 설움인 까닭에 만사에 아무런 용기도 없고 오직 서태후가 하는 대로만 시행할 뿐이었다.
 그렇지만 그의 한숨 속에는 형언할 수 없는 철천의 원한이 가득차고 있었다.

# 무술정변

 청일전쟁에서 청나라의 육해군이 여지없이 대패한 원인이 이홍장의 잘못보다도 서태후의 만수풍류 때문이라는 것은 누구든지 알 수 있는데 이홍장은 파직당하고 서태후의 심복이며 애인인 영록이 그 자리에 올라앉음으로 인하여 서태후의 세력은 도리어 커졌다는 데서 모든 공론과 불평이 생기게 되었다.
 "이대로 나가면 나라는 망하고 말겠다."
 "우리도 서양이나 일본처럼 정치를 새롭게 하고 부국강병의 계책을 세워야겠다."
 "서태후의 세력을 꺾고 광서황제가 친히 마음대로 나라 정사를 하도록 해야겠다."

"만주민족의 청나라는 이제 망하고야 말 것이니 한족의 터에다가 한족의 새 나라를 만들어야겠다."

그 밖에 여러 가지 말이 곳곳에서 터져나오고 형세는 날마다 변해 갔다. 음흉하기 짝이 없고 영리하고 민첩하기로 유명한 서태후가 그러한 모든 말과 형세를 듣고 보고서 어디까지나 자기는 나라 정사에 참여하지 않고 광서황제가 마음대로 한다는 것을 알리기 위하여 광서황제에게 어느 정도까지의 자유를 은근히 허락하여 주었다.

세월은 빨라서 갑오년의 청일전쟁이 일어난 뒤에도 만 십 년이나 지나 무오년 곧 광서 24년이 되어 광서황제의 나이 서른이나 되고 지각과 경험도 풍부해졌다. 그는 때때로 나랏일이 잘못되어 가는 것을 보고서 "나는 차라리 죽을지언정 살아서 망국하는 황제는 되지 않겠다."는 탄식과 맹세를 한 적도 여러 번이었다. 그리하여 청나라 조정에는 나라 정사를 새롭게 하자는 신파와 이전대로 지내자는 구파의 두 가지 당파가 생겼는데 신파는 광서황제와 그의 선생 옹동화가 수령격이요 구파는 서태후와 영록이 수령격이었다.

그런데 신파의 사람 수와 세력은 구파에 비하면 비교가 되지 못했다. 구파에는 모든 왕공대신과 각 성의 총독과 순무와 그 밖에 높은 벼슬하는 사람들이 있고, 신파에는 단지 옹동화가 내각의 수령이며 임금의 선생으로서 강유위, 양개초 등을 중심인물로 하여 한림원시록 서치정과 어사 양심수와 군기장경 담사동과 림욱과 양에와 강유위의 아우 강광인 등의 소위 육군자라는 새 정치사상을 가진 사람들이 있을 뿐이다.

신파의 그 사람들은 보황당이라는 정당을 만들어 한쪽으로는 손문, 호하민 등의 한족 독립의 혁명당과 대항하고 한쪽으로 서태후와 영록 등의 구파와 대항하면서 청나라를 영국이나 일본처럼 군주 입헌의 새 정치를 하여 부국강병을 도모하려고 했다.

강유위는 문장과 학문이 뛰어나 그 당시에는 성인이라는 이름을 떨치던 사람이며 그의 제자 양개초도 역시 학문과 문장이 뛰어난 사람이었다. 그러니만큼 그들의 정치 이론으로 논하여도 그 당시에는 가장 진보된 이론이며 일반의 환영을 받는 것이었다.

강유위가 옹동화의 사랑을 받으며 자라서 광서황제에게 상소하여 정치를 변혁하자고 주장한 것이 광서황제가 크게 칭찬하고 옹동화를 사이에 놓고 여러 번 물어보게 되고 공부주사라는 벼슬도 시키게 되었다.

강유위의 벼슬은 비록 공부주사라는 미관말직에 지나지 않았지만 그가 광서황제에게 펼쳐보인 변혁하자는 정치상의 주장은 참으로 컸던 것이다.

나라의 온갖 정사를 일신하되 모든 것을 서양에서 모방해 오고 각종 학교를 많이 만들어서 청년 인재를 양성하며 육해군을 신식으로 훈련 확장하며, 각종의 공장을 많이 만들어서 서양 각국에서 만드는 것은 무엇이든지 만들어서 부국강병 하자는 것이었다.

광서황제는 강유위의 말대로 나라 정치를 변혁하기로 결심하고 광서 24년 곧 무술년 정월부터 시작하니 이것이 곧 청나라 말년에 유명하던 무술정변이다.

이 정변이 시작되자 구파의 모든 사람들이 서태후에게 아뢰었다.

"황제께서 강유위와 양개초 등의 말을 들으시고 조정의 모든 법률과 제도를 함부로 고쳐서 나라꼴이 말이 아니오며 장래 무엇이 될지 알 수 없으니 태후폐하께서 바로잡아 주시기를 바랍니다."

한편 서태후는 아무 대답하지 않고 다만 빙긋이 웃기만 하다가 말했다.

"황상이 친정한 지가 오래 됐으며 나는 나라 정사에 상관하지 아니한 지가 또한 오래 됐다. 경 등이 오직 황상에게 간할 것은 간하고 도울 것은 도울 뿐이다."

서태후의 눈으로 본다면 광서황제와 강유위의 정치변혁이라는 것이 헛된 이름뿐이고 근본적으로 변혁하자면 힘을 가져야 하는데 광서황제와 강유위에게는 그러한 힘이 없는 것을 보고 어린아이들의 장난과 같아 아무 변혁도 하지 못할 것을 알고 안심한 것이다.

서태후만이 아니라 광서황제도 근본적으로 정치를 변혁하고 자기 마음대로 하자면 반드시 군대의 힘을 가져야겠다고 생각했다. 한 번은 강유위를 불러 정치를 근본적으로 변혁할 방법을 의논했다.

"경의 모든 포부와 이론을 들으니 모든 것이 짐의 뜻에 맞으며 절절이 옳거니와 경의 생각에는 짐이 어떻게 하면 좋을지 말하라!"

"폐하의 영명하시고 요순과 같은 성덕을 가지고 나라 정사를 친히 하신다면 십 년 만에 우리나라를 세계에서 제일 강한 나라로 만들 것이며 나라 정사가 새로워져서 억조창생이 폐하의 성덕을 노래하게 될 것입니다."

"무슨 일이나 이론만 있고 실행할 힘이 없으면 그것은 빈 이론이 되고 실제로 아무 효과도 없는 것이다. 경은 이 점을 어찌 생각하는가?"

강유위는 좌우에 있는 내시들을 돌아보며 대답하지 못했다.

"경은 안심하고 무슨 말이든지 숨기지 말고 말하라! 이곳에 있는 자는 모두 짐의 심복이니 의심하지 말고 말하라!"

그때서야 강유위가 말하였다.

"정치를 근본적으로 개혁하자면 할 수 없이 새 정치를 반대하는 모든 사람을 몰아내고 새 정치를 충성스럽게 받들어 행할 사람은 문벌과 모든 것을 가리지 말고 쓰셔야 할 것입니다. 그러자면 폐하께서도 서궁 태후폐하의 간섭을 받지 마시고 독단적으로 하셔야 될 것으로 생각합니다."

광서황제는 그 말에 대하여 머리를 좌우로 흔들며 탄식했다.

"그렇게까지 하자면 어렵지! 어찌하면 그렇게 될 수가 있을까?"

"천하는 폐하의 천하이고 열성조에게서 물려받으신 기업입니다. 오직 폐하의 독단이 계실 뿐이고 황태후폐하의 간섭이 있을 수가 없습니다. 그녀가 덕을 잃었음은 천하가 모두 아는 것이니 그녀를 조용한 곳에 들어앉히고 폐하께서 억제하셔도 조금도 잘못이 아닌가 합니다."

그때 옹동화가 곁에서 듣다가 말했다.

"그렇게 하려면 이론보다 힘이 있어야겠는데 힘을 가진 사람이 없어서 황상폐하께서는 근심하시는 것이다."

강유위는 그 말을 듣고 한참이나 머리를 숙이고 무엇을 생각하다가 대답했다.

"신이 그러한 힘과 자격을 가진 사람을 천거할까요?"

"누가 능히 그러한 힘과 자격과 충성을 가졌는지 빨리 천거하라!"

광서황제는 강유위에게 다시 물었다.

강유위는 자기의 말에 진정으로 반기면서 그 사람을 천거하라는 황제의 분부에 대답했다.

"신이 천거하려는 인물을 지금 소에서 신식으로 사대를 훈련하고 있는 원세개라는 사람입니다. 이 사람은 견식도 있고 일찍 조선에 나가 그 나라 임금의 아버지인 대원군이라는 분을 억누르며 그의 아내 민씨도 억누르면서 그 임금으로 하여금 능히 정사를 독단케 하도록 한 사람입니다. 이제 폐하의 신하가 되어서 폐하의 친정에 방해가 되는 것이 있다면 이 사람이 넉넉히 처치하리라 생각됩니다. 그러니 폐하께서 이 사람에게 높은 벼슬을 내리고 그 마음부터 사시는 것이 좋을 듯합니다."

광서황제는 강유위의 말을 듣고 한없이 반기며 그렇게 하기로 작정했다. 강유위와 옹동화는 그 외에 여러 가지를 의논하고 어전을 물러나왔다.

이튿날 광서황제는 명을 내려 원세개에게 병부시랑이라는 군사상 중요한 벼슬을 내려 불러들였다. 원세개는 천만 뜻밖의 병부시랑이라는 높은 벼슬을 한 뒤 인사차 대궐로 들어갔다.

원세개가 황제의 성은에 감사하고 나온 후로 광서황제는 자주 그를 불러 나랏일들에 관해 묻곤 했다. 원세개는 임금의 비위를 잘 맞추며 충성스럽게 대답했다. 광서황제는 원세개를 크게 칭찬하고 반겼다.

한 번은 광서황제가 모든 대신을 물리고 원세개와 단둘이 정사에 대하여 이야기하다가 물었다.

"짐이 이제 우리나라를 서양처럼 강국을 만들고 백성을 태평하게 살리고자 새로운 정치를 실행하려 하오. 그러나 그에 상응할 믿을 만한 국력이 없어 걱정했다가 비로소 경을 파격적으로 중용한 것이오. 경은 짐의 뜻을 받아 이루게 할 수 있겠는가?"

원세개는 머리를 조아려 절을 하며 대답했다.

"신이 성상폐하의 망극하신 황은을 이와같이 받았는데 초목과 금수가 아닌 이상 어찌 황은의 만분지 일일지언정 갚고자 하지 않겠습니까? 폐하께서 만일 신을 쓰실 곳이 있다면 이 몸이 부서지고 뼈가 가루가 된들 명을 받들어 나가기에 주저함이 없을 것을 맹세하겠습니다."

광서황제는 원세개의 말을 듣고 흡족히 고개를 끄덕였다.

"짐은 오직 경의 충성과 힘만 믿고 모든 일에 안심하고 짐의 뜻대로 하겠노라. 짐이 강유위와 옹동화와 상의하여 경의 힘을 빌릴 것이니 경은 비밀을 지키고 군대를 잘 훈련시켜 단속하라."

"삼가 어명대로 거행하겠습니다."

원세개는 머리를 조아리며 어전을 물러나왔다.

원세개가 자기 병영으로 돌아갈 때 서태후는 벌써 어명을 내려 원세개를 긴급히 들라 하였다. 원세개는 즉시 서태후를 알현했다. 서태후는 부드럽고도 엄숙한 태도로 물었다.

"내가 들으니 경이 근자에 황상을 자주 만난다 하니 나라를 위하여 무슨 좋은 의논이라도 있었는가?"

원세개는 서태후의 묻는 말이 좋은 뜻에서 나온 것이 아님을 알아차렸다.

"제가 북양대신(영록)의 사랑을 받아서 오늘 이처럼 태후폐하와 황상폐하의 망극하신 성은을 입게 되었습니다. 황상폐하께서 신에게 분부하시는 것은 오직 신의 직분을 잘 지키라는 데에 지나지 않습니다."

원세개는 광서황제가 부탁하던 말을 하지 않았다. 서태후는 어물어물하는 대답에 의심을 품으며 원세개를 돌려보냈다. 서태후는 원세개를 보낸 뒤에 영록을 불러서 광서황제와 원세개 사이에서 무슨 의심스런 음모가 있는 듯한 것을 말하면서 물었다.

"원세개를 믿을 수 있는가?"

"황상께서 원세개를 아무리 달래고 운동하더라도 결단코 원세개는 신을 배반하지 않을 줄로 깊게 믿습니다."

영록의 대답에 서태후는 안심했다.

이렇듯 서태후가 안심하는 동안 광서황제는 원세개를 자기의 심복 장수로 믿고 강유위 등이 하자던 새 정치의 온갖 제대를 급히 실시하기에 힘을 다했다.

그렇게 할수록 서태후에게 붙은 구파와 광서황제를 선호하는 신파 사이에는 점차 갈등이 생기기 시작했다. 어느 때 무슨 불의의 변이 생길지 알 수 없을 만큼 형세는 험악하게 되었다. 험악하게 된 형세를 그대로 더 끌어나갈 수 없음을 알고 있는 강유위와 신파들은 광서황제에게 대책을 말했다.

그것은 서태후를 만수산에서 서원으로 옮겨오도록 해서 원세개의 군사로 하여금 잡아가두어 모든 권세를 광서황제가 차지한 뒤 구파의 세력을 근본적으로 뿌리 뽑자는 것이었다.

광서황제는 신파의 계책대로 만수산에 가서 서태후에게 말했다.

"방금 나라 정사가 여러 가지로 복잡하므로 서원에 옮겨 계시면 아침저녁으로 자주 가르침을 받게 될 것이라고 생각하고 아룁니다."

"황상의 청이 그리하다면 서원으로 옮겨 들어갈 것이니 과히 걱정하지 말라."

서태후는 광서황제의 말에 대하여 빙긋이 웃으며 답했다.

광서황제를 돌려보낸 후에 서태후는 영록과 그 밖에 구파의 중요한 인물들을 청하여 의논했다. 그 결과 영록이 만군광, 장왕 등과 함께 우림군을 거느리고 서원을 보호하기로 결정하고 광서황제와 신파의 거동을 살펴 조처하기로 했다.

서태후를 서원으로 옮겨오도록 한 광서황제와 강유위, 그 밖에 신파의 인물들도 장차 서태후와 구파의 인물들을 모조리 잡아 일부는 가두고, 몰아내고, 죽이고 할 계획을 실행하자면 군대의 힘이 아니고는 도저히 감당할 수 없음을 본래부터 알고 있었다. 광서황제는 결국 원세개가 이끈 군대의 힘을 빌리기로 작정했다. 어느 날 광서황제는 원세개를 불러들이고 붉은 기를 내주며 말했다.

"짐이 경의 충성을 믿고 이제 경의 힘을 빌리고자 하니 경은 사양하지 말라. 또 절대로 이 비밀을 밖에 내지 말라."

먼저 부탁을 한 뒤 곧이어 흘러내리는 눈물을 감추지 못하고 말했다.

"경은 이제 명일 해 뜰 시간 안에 경의 군대를 거느리고 성 안으로 들어와서 모든 성문을 닫아 걸고 짐의 황궁을 보위하며, 서원에 가 세궁에 갇혀 있는 모든 년들을 잡아두고 서궁폐하도 그 어느 방에 모시고 달아나지 못하게 하라. 짐의 뜻을 거역하고 나라를 망하게 하는 모든 무리들은 짐의 명령대로 처치하라. 금번의 이 일은 짐이 온전히 경의 충성과 힘만 믿고서 행하고자 하는 것이니, 경은 짐을 위하여 나라와 만민을 위하여 충성을 다하라. 만일 이번 일이 실패하면 짐의 목숨도 보존하지 못할 것을 경도 넉넉히 짐작할 것이다. 짐의 힘으로 일이 성공만 한다면 짐은 경의 충성을 영원히 잊지 않고 갚을 것이다. 따라서 태평과 부강의 복락을 경과 함께 누리고자 하노라. 모든 것을 경의 충성과 조종의 음덕만을 믿을 뿐이노라."

원세개는 꿇어앉아서 임금의 간곡한 명을 들으며 머리를 조아렸다.

"폐하의 어명대로 삼가 실행하겠습니다. 오직 신의 어리석은 충성만 믿어 주소서."

원세개 역시 눈물을 흘리다가 어전에서 물러나왔다.

광서황제가 원세개에게 내린 붉은 기는 금빛으로 용 두 마리를 그리고 옥음(玉音) 두 글자를 수놓은 것인데 이것은 상방보검(尙方寶劍) 보다도 더 무서운 힘과 위엄이 있는 것이다. 이 조그만 붉은 기는 왕공대신과 문무백관을 모두 호령할 수 있으며 지휘할 수 있는 권력을 임금에게서 위임받았다는 표적이었다.

원세개는 그와 같이 천하를 호령할 수 있는 조그만 붉은 기를 품에 품고 자기의 군대가 있는 곳으로 갈 때 뜻밖에 영록의 부하로 있는 군관 두 사람을 만났다.

"총독(영록)대인께서 장군을 부르시니 잠시 드시기 바랍니다."

군관 하나가 앞으로 나서며 영록의 전갈을 알렸다.

전갈을 받은 원세개의 마음 속에서 조그마한 갈등이 일어났다. 하지만 쉽게 결정내릴 성질의 것도 아니었다. 지금까지의 영록과 친분 관계로 보아 그를 배신하기가 도리상 있을 수 없다는 것, 또 이와 반대로 광서황제가 자기에게 하명하신 모든 일은 명예롭고 용감한 결정으로 진정 이 나라를 위한 것임이 분명한 이상, 광서황제의 명령을 쫓아야 하겠지만 자기의 힘만으로는 어렵다는 생각이었다. 만일 조금만 잘못되어도 죽기를 면치 못할 것이라는 불안에 확실한 결정을 내리지 못하고 고민하면서 영록의 군관을 따라가고 말았다. 영록은 원세개가 들어서자 반갑게 손을 잡고 물었다.

"오늘 수고하였네! 그래! 오늘 황상을 뵈니 무슨 좋은 묘계가 계시던가?"

원세개는 '무슨 좋은 묘계'라는 말에 자기의 마음 속을 뚫어 보는 듯한 섬뜩한 느낌을 받았다.

본래 강건하게 심기를 굳히지 못했던 원세개는 마음 속에 간직했던 광서황제의 부탁은 서서히 무너져 내리고 있었다. 원세개의 머리 속에는 서태후와 그 측근들의 간특함만이 떠올랐다. 자연 살아남을 길을 모색하지 않을 수가 없었다. 할 수 없이 원세개는 광서황제가 자기에게 부탁했던 전후 이야기를 말하고 말았다. 영록은 원세개의 말을 듣고 엄숙하게 물었다.

"그렇다면 그대의 의사는 장차 어찌할 텐가? 그리고 황상께서는 자네에게 무엇을 주시던가?"

원세개는 자신의 품 속에 있는 붉은 기를 가리키는 말로 짐작하고 영록과 서태후의 정탐에 몸을 떨지 않을 수 없었다. 원세개는 순순히 품 속에 있는 붉은 기를 영록의 앞에 꺼내놓았다.

"황상께서는 이것을 소장에게 주셨습니다."

영록은 그 기를 보고 기절할 듯 놀랐다. 감히 그 기에다 손을 댈 수도 없었다. 다만 속으로 전전긍긍할 뿐이었다.

'이 작은 깃발만 들면 천하병마를 움직이며 살의 패권을 마음대로 하는 것인데 원세개에게 저것이 있으니 어찌된 것인가?'

이것을 눈치챈 원세개는 기를 집어 영록에게 건네주며 말하였다.

"이것은 아직 대수께 두시고 모든 것을 태후폐하에게 말씀하시어 처분을 기다리시는 것이 좋을 듯합니다."

원세개의 말에 영록은 그제서야 크게 웃으며 기를 받았다.

"그대는 참으로 나의 심복이며 대세를 가장 잘 아는 사람이다. 그대의 말대로 나는 태후폐하를 뵐 테니 그대는 그대의 영문에 돌아가 군대나 단속하고 있으라."

그들은 각기 자기의 처소로 흩어졌다.

영록이 원세개의 말을 서태후에게 알릴 즈음, 광서황제는 옹동화와 강유위 등의 모든 신파를 불러 장차 일의 지휘를 맡겼다.

광서황제 이하 모든 신하들은 밝은 날이면 원세개가 서태후 이하 구파들을 일망타진하리라는 기대와 희망을 가지고 밤 늦게 헤어졌다.

광서황제는 자기의 사랑하는 진비의 궁에 들어 밤을 보낼 생각이었다.

광서황제는 진비의 궁에 들어서자 밝은 날에 생길 일의 대강을 말했다. 말을 듣던 진비는 깜짝 놀랐다.

"원세개는 믿기 어려운 위인입니다. 설혹 원세개가 폐하께 충성을 다한다 해도 영록의 어림군을 능히 당해낼 수 있을지 소첩은 염려될 뿐입니다. 소첩의 망령된 말에 너무 괘념치 마십시오."

광서황제는 진비의 말에 불안하지 않을 수 없었다. 밤새 한잠도 자지 못했다. 어서 원세개의 군대가 행동하기만을 기다렸다.

서태후의 권세를 거꾸러뜨리느냐? 광서황제 자신의 임금 노릇이 패배로 끝나느냐? 하는 광서 24년 8월 1일 아침은 밝았지만 광서황제가 기다리던 기별은 없었다. 원세개의 황궁 보호를 맡은 군대도 오지 않고 오히려 서궁에서 내시가 와 광서황제를 들라는 서태후의 전갈을 건넸다. 광서황제는 만사가 실패한 것을 짐작했다. 서궁으로 들어가기도 또는 안 들어가기도 난처해 어찌할 줄을 모르고 있었다. 이를 본 진비가 울면서 말했다.

"이제 만사는 낭패이오니 폐하께서는 오직 황상의 대권은 태후폐하께 드리는 것이 상책인 줄 압니다."

광서황제는 진비의 말을 듣고서 내시를 따라 서궁으로 가 서태후를 배알했다. 서태후는 독살스런 눈으로 광서황제를 노려보기를 멈추지 않았다.

"흥! 만고에 빛날 영명한 임금! 우리 황상이 오셨는가?"

광서황제는 아무 말도 하지 못했다.

"너의 충신이며 대 성인이라는 강유위가 지금 어디 있는가? 그놈들의 잔당이 얼마나 되길래 너를 보호하며 늙은 과부를 죽이려 하더냐? 너는 참으로 나를 어미라 생각하느냐? 무엇으로 생각하느냐? 바른 대로 말하여라!"

광서황제는 꿇어앉은 채 입을 열지도 못했다. 그러자 서태후는 자기의 가슴을 치면서 대성통곡을 하며 울부짖었다.

"나는 새 가운데 어미를 잡아 먹는 새가 있고, 길짐승 가운데 아비를 잡아 먹는 것이 있다는 말을 들었지만, 한 나라의 황제로 어미를 죽이려고 하던 사람이 있다는 말은 듣지 못했다."

계속하여

"이놈!"

"이노옴!"

하는 통곡과 악 받친 소리가 서궁을 뒤흔들었다.

광서황제는 머리를 조아리며 사죄하기 마지 않았다.

이때 태영현이 곁에서 그 광경을 구경하고 있다가 서태후의 앞에 꿇어앉아 아뢰었다.

"폐하께서는 노여움을 참으시고 진정하소서. 이제 황상의 음모가 성사되지 못했고 또 증거가 있으니 오늘로 이렇게 급하게 하실 것이 아닙니다. 내일 다시 종실과 왕공대신들을 입시하게 하시고 조용히 처리하심이 옳은 줄 압니다."

서태후는 태영현의 말을 들은 척하지도 않았다. 한참동안 미친 사람처럼 얼굴을 가리고 통곡까지 하다가 궁녀들에게 의지해 자기의 궁중으로 돌아갔다. 광서황제도 궁중으로 돌아가 무엇보다 먼저 강유위를 불렀다.

"만사가 낭패되었으니 빨리 북경을 벗어나서 특별한 방법을 강구하여 목숨을 구하여라."

그런 뒤 진비와 껴안고 통곡하기를 그치지 않았다.

그때 서원에서는 영록이 장왕, 단왕 등 구파의 왕공대신과 함께 서태후에게 광서황제가 내린 붉은 기를 증거품으로 보이며 앞으로 조처할 일을 의논했다. 의논 끝에 다음 날 왕공대신의 회의를 열고 황제를 폐위하며 새 임금을 세울 것과 황궁을 포위하여 강유위 이하 신파의 대신들을 잡아들여 감옥에 가둘 것을 결정했다.

천하의 이목을 놀라게 하고 모든 사람이 바라고 바랐던 무술정변은 광서황제가 태산같이 믿었던 원세개의 배반으로 완전히 실패하고 말았다. 강유위는 아우에게도 알리지 못하고 혼자 도망쳐 상해로 갔다. 그 밖의 대개의 신파들은 구파들에게 잡혀 죽을 시간만 기다리고 있었다. 왕공회의는 예정대로 열리고 광서황제는 법정에 들어서는 죄인처럼 그 회의에 참석했다. 서태후는 광서황제 앞에 원세개가 바친 깃발을 내던지며 꾸짖었다.

"이 조그만 기를 원세개에게 준 것만으로도 네가 금수만도 못하다는 것을 증명할 수 있다. 아들로서 어미를 죽이려 했다면 어미가 아들의 죄를 물을 수 있을 것이다. 이 모든 음모의 주모자인 강유위를 어디로 숨겼는지 어서 말해라."

광서황제는 서태후의 호령에 아무 대답도 없이 눈을 감고 앉아 있을 뿐이었다. 서태후는 극도로 노하였다. 내관들에게 호령하여 광서황제가 쓰고 있는 면류관을 벗기고 입고 있는 곤룡포마저 빼앗았다.

"어미에게 칼과 총을 겨눈 아들을 어찌 어미로서 역적된 아들을 용서하겠는가! 모든 죄상을 자백하고 강유위를 내놓도록 형벌을 가하라."

서태후의 명령은 추상같았다. 명령대로 광서황제의 몸에 흉악한 형벌이 가해지도록 그 많은 왕공대신들 중에도 어느 한 사람 형벌이 그 몸에 미치지 않도록 간하는 자가 없었다. 광서황제가 그토록 위급하게 되자 공친왕의 딸 창수공주가 달려와 서태후의 무릎에 안겨 통곡하며 말했다.

"황상이 비록 실책하셨으나 이 천하에 임금 되신 지가 이십여 년이온데 태후폐하께서는 특별히 용서하시고 체면을 보존하여 주소서."

창수공주의 간하는 말에 서태후는 한숨을 길게 쉬고 소매를 떨치며 후궁으로 들어갔다. 황후와 진비, 공주들도 따라 들어갔다. 서태후는 뒤따라 온 무리들에게 잘라 말했다.

"너희들은 들어보라. 천하에 불효역모자를 어찌 한 하늘 아래 두고 살겠느냐! 내가 세운 임금이니 내가 폐하고 가둘 수가 있음이다."

그 말에 용서를 구하던 진비는 매까지 맞고 쫓겨났.

광서황제는 황상의 모든 제복이 벗긴 채로 서태후에게 와서 사죄했다.

"어디로 보든 소자로서는 나라의 정사를 맡아 다스리기에 부족합니다. 태궁마마께서 종사와 사직을 위하여 정사를 다시 맡아 주시기만 원합니다."

광서황제의 애걸에 서태후는 자기의 목적이 황제의 권한을 빼앗는데 목적이 지나지 않으므로 분노가 얼마쯤 가라앉았다.

서태후는 광서황제를 데리고 외전으로 다시 나왔다. 왕공대신에게 광서황제가 정권을 내놓았음을 알리고 군기대신으로 하여 광서황제 명으로 천하에 조서를 내렸다.

"짐은 박덕하므로 서태후에게 물러날 것을 간청하여 그 허락을 받았으니 천하만민을 위하여 행복스럽다."

조서를 내린 뒤 서태후는 황상은 병환이 깊어 영대에서 정양을 한다고 발표했다. 그곳은 궁중의 죄인을 처벌하던 곳으로 광서황제를 가두어 놓은 것이었다. 광서황제의 생활은 말이 아니었다. 그야말로 살아 있는 목숨이 아니었다. 어복과 음식이며 온갖 것이 실로 죄인이나 다름없었다. 그가 평생 사랑하던 진비도 만날 수 없었고 황후는 오래 전부터 서태후와 한 패가 되어 광서황제와는 원수 같은 사이였다. 진정 가련한 광서황제의 신세였다.

# 의화단의 회오리

무술정변의 결과로 신파의 강유위, 양개초 등은 외국으로 망명하고 일부는 잡혀 죽고, 광서황제의 선생 옹동화는 풀려났어도 광서황제만은 영대에서 죄인의 생활을 계속했다.

모든 수구파가 득세함에 따라 그들이 외국 사람을 업신여기고 미워하는 감정은 극도에 달했다. 그런 가운데도 외국에서는 강유위와 양개초를 지사로 대우해 주고 청나라로 잡아보내지 않자 서태후의 외국에 대한 반발은 커지기만 했다. 그들은 자기 나라에서 신파와 외국을 배척하기 위해서는 광서황제를 폐하고 다른 임금을 세우기로 했으나, 격식을 차려 단군왕의 아들로 황태자를 봉한 뒤 1, 2년 후에 광서황제가 선위하는 형식을 취하기로 했다.

그리해도 국정을 다스리는 것은 여전히 서태후의 몫이었다.

단군왕의 아들이 황태자가 되어 궁중에 들어간 뒤에 군기대신 서등을 선생을 삼았다. 영록과 원세개 등의 세력이 더욱 커진 것은 두말 할 것도 없었다. 원세개는 산동순무로 가고 그 밖에 구파들도 각각 중요한 자리를 차지했다.

구파가 세력을 잡자 일반의 어리석은 무리들도 옛것을 좋아하고 새것을 멀리하는 자가 많았다. 곳곳에 형형색색의 당파가 생기기도 했다. 총을 맞아도 죽지 않고 불에 들어가도 타 죽지 않는다는 백련교와 홍창회의 일파인 의화단이라는 것이 산동, 하남, 직예 등지에 횡행했다.

이를 이용하여 단군왕은 자기의 아들이 황태자로 궁중에 들어간 기회를 타서 의화단 무리들과 내통하기 시작했다. 의화단 두목들로 하여금 부청멸양(扶淸滅洋 서양 세력을 막는다는 뜻으로, 청나라를 돕고 서양을 물리친다는 말) 의 기치를 들게 했다.

부청멸양의 기치를 든 의화단은 도처에서 기세를 올렸다. 서양 사람의 교당을 불지르며 서양 선교사를 몰아냈다. 신학문을 말하며 새 정치를 꿈꾸는 사람들을 책하고 심하면 서양식으로 지은 건물까지도 헐고 불질렀다. 지방 관헌들도 조정에 있는 구파의 세력이 두려워 감히 어쩌지를 못했다.

의화단에 들어가는 사람의 수는 날마다 몇 십만씩 되었다. 황하 이북의 천하는 거의 의화단의 세상이었다. 영록은 비록 구파이지만 갑오년에 조선에서 동학당을 평정했던 원세개의 말을 듣고 의화단을 경계하지 않을 수 없었다. 의화단이란 것이 결국은 동학당과 다를 바 없다 생각했다. 서태후에게도 몇 번이나 간하였지만 듣지 않았다. 영록은 단군왕과 장왕 등의 미움을 받아 북양대신과 총독의 자리를 유록에게 넘겨주게 되었다.

도처에서 교당이 불질러지고 선교사들이 박해를 받는다는 소식은 북경에 있는 각국 공사들에 곧바로 알려졌다. 각국 공사에서 수많은 항의가 있었지만 청나라에서는 들은 척도 하지 않았다. 그들은 오로지 의화단만을 믿고 있었다. 서양 군대가 연합을 하여 쳐들어와도 총이나 칼, 불, 물 등을 도무지 두려워하지 않을 수십만 명의 의화단이 있는 한 걱정할 필요가 없었다.

민간에서만 그럴 뿐아니라 궁중에서도 내시와 궁녀들이 의화단의 주문을 외우고 예식을 행하기까지 했다. 영대에 갇혀 있는 광서황제라고 이를 모를 리 없었다.

"이는 장차 나라를 망하게 할 것이로다."

광서황제는 홀로 탄식하며 지내고 있었다. 하루는 서태후의 부름을 받은 기회에 의화단의 떳떳치 못함을 간했다.

"그러면 너를 위하는 보황당을 늘리란 말이냐?"

서태후는 벌컥 성을 내며 광서황제를 꾸짖었다.

그리하여 북경성 안에는 의화단이라는 반민들만이 가득했다. 이러한 반민들이 그 어느 때 어떤 화를 일으킬지 불안하여 민심은 갈수록 흉흉해졌다. 외국 사신들도 모두 본국에다 군사를 보내달라고 청하고서 다만 그 시간을 기다릴 뿐이었다.

당초에는 서태후의 수구당은 광서황제의 임금 자리만을 단군왕의 아들에게 물려주고 천하의 권세를 잡을 생각이었다. 의화단이라는 반민을 이용하리라던 작전은 점점 엉뚱한 결과를 만들어 내고 있었다. 궁궐에서 임금의 자리를 다투려는 데만 그치지 아니하고 외국 사람을 학살하고 배척하는 일이 빈번해졌다.

그 결과 세계 각국의 연합군이 북경을 쳐들어오고 급기야는 나라가 망할 수밖에 없는 형세가 되고 있었다. 그렇지만 서태후를 중심으로 하는 수구파들은 그 형세를 제대로 판단하지 못했다. 오히려 의화단이라는 반민의 힘을 가지고 세계 각국의 군대를 넉넉히 막을 수 있다고 생각했다.

광서 26년 5월에 북경에서는 드디어 의화단의 큰 난리가 일어났다. 말은 의화단의 난리였지만 사실은 서태후 일파의 음모였다. 외국 사신들이 광서황제의 폐위에 반대가 심하자 의화단의 힘을 빌어 외국 사신들을 모조리 죽이려 한 음모였다.

서태후는 각국 사신들을 총리아문으로 초대했다. 시국에 대한 토론을 하자는 핑계였다. 토론장에서 모두 죽이려 한 것이었다.

독일의 공사 크린트가 먼저 오다가 중도에서 단군왕의 군대에 맞아 죽었다. 이를 본 다른 나라 공사들은 모두 동교민항(東交民巷 서양 각국 공사관이 밀집해 있던 곳)의 공사관으로 도망했다. 일본 공사관 서기 한 사람만 피하지 못하고 죽었다.

이와 같이 외국의 공사와 공사관 서기를 학살한 청나라 조정은 장차 각국이 대군을 보내 북경을 쳐들어오리라 짐작하였다. 또한 기왕에 전쟁이 일어난다면 먼저 동교민항을 쳐 각국 공사를 죽여 버리고 군대가 오더라도 천진과 북경 사이에서 싸워 이기기로 의견을 모았다. 5월 25일 서태후는 광서황제의 이름으로 선전포고를 내리고 말았다.

무술정변에서 실패한 광서황제는 일 년 반이나 영대에 갇혀 죄인만도 못한 생활을 하다보니 세상 일을 알 리가 없었다. 어전회의 참석해서야 비로소 그날 세계 각국에 선전포고를 하려는 것과 그것이 의화단을 믿고 전쟁을 하려 함을 알 수 있었다. 실로 개탄할 일이었다. 처음엔 반대했으나 끝내는 단군왕과 장왕 등 수구당의 대신들에게서 한간(漢肝)이니, 양교두(洋敎頭)니, 통적(通敵)이라는 등의 별명과 모욕을 당하고서야 그들이 하자는 대로 내버려 두고 말았다.

광서황제 이외에 선전 포고가 불가능하다고 반대하던 허경 등, 원쌍, 장행가, 립산 등의 대신들은 오랑캐와 한통속이라는 죄명에 몰려 죽었다. 의화단의 반민들만이 기고만장하여 날뛰었다.

선전 포고를 내린 청나라 조정은 동교민항의 각국 공사관을 치라고 명령했다. 명령을 받은 동복상의 군대와 무위 중군은 전력을 다하여 동교민항을 쳤지만, 천 명의 군사도 채 되지 못하는 외국 공관의 군대를 이기지 못했다. 거의 한 달이 되도록 밤낮없이 총소리만 북경성 안을 흔들 뿐이었다.

동교민항의 몇 백 명 외국 군대를 제압하지 못하는 몇 십만 명의 의화단 반민들은 북경성 안에서 제멋대로 행동했다. 날마다 살인과 강도, 강간 등의 무절제한 생활뿐이었다. 궁중과 조정에서는 그들의 먹고 입을 것을 대어주기에도 정신차릴 겨를이 없었다.

날이 갈수록 각국에서는 군대를 파견하여 천진과 북경을 쳐들어올 것이라는 추측과 함께 소식을 접하게 되었다. 청나라 조정은 비로소 걱정을 하고 각성 총독, 산동순무 등에게 구원병을 청하게 되었다.

그러나 산동순무 원세개와 총독 이홍장, 남양대신 장지 등과 영록 등은 벌써 의화단의 반민을 못 믿을 것이라 생각하던 터라,

까닭없이 외국과 전쟁을 일으키는 것이 장차 나라를 망하게 하는 것임을 알고 있었다. 모두가 자기가 맡아 가지고 있는 지방에서 외국 사람들을 보호하며 의화단과 같은 반민이 해치치 못하도록 힘쓸 뿐이었다.

## 초라한 피난길

 7월 16일로부터 17일까지 이틀간 어전회의가 열렸다. 어떻게 하면 좋을지 의논하였으나 특별히 좋은 계책이 나올 수 없었다. 서태후는 광서황제를 데리고 산서로 피난하기로 작정했다. 그러나 서태후는 벌써 칠십이 가까운 늙은 여자의 몸으로 사십 년이라는 긴 세월 동안 청나라의 전권을 쥐고 별별 흉악한 짓을 해오다가, 끝내는 광서황제를 내쫓자던 계책이 지나쳐 이유 없이 세계 각국과 전쟁을 일으키고, 그 결과 나라를 망하게 해도 도망이라는 말은 죽기보다도 싫었다. 서태후는 될 수 있는 대로 북경을 떠나지 않으려 하였다.
 19일 밤부터 더욱 급해진 연합군의 대포소리는 서태후의 간

담을 서늘하게 했다. 20일 아침에는 연합군이 북경성 밖까지 들어왔다는 소식을 들었다. 다섯 차례나 어전회의를 열었으나 특별한 방법이 없었다. 차츰 모든 왕공대신도 도망했고 나중에는 오직 왕문소, 장의, 조서시 등 서너 사람뿐이었다. 서태후는 광서황제를 곁에 앉히고 울며 그들에게 말했다.

"이제 모든 사람이 우리 모자를 버리고 돌아보지도 않는데 오직 경들 세 사람만이 지금도 남아 있으니, 세상 인심을 가히 알 만 하구나. 경들은 우리 모자와 함께 떠날 준비를 하라."

서태후는 내시들에게 명하여 길 떠날 준비를 하도록 했다.

광서황제도 왕문소를 향해 눈물을 흘리면서 입을 열었다.

"경은 나이 칠십이 넘은 사람이다. 어찌 힘하고 먼 길을 견디며 갈 수 있겠는가? 만일 정녕코 가고자 한다면 말이나 노새라도 구하여 타고 갈 준비를 하라. 궁에는 경을 함께 태울 준비가 없어 하는 말이다."

서태후가 광서황제를 보면서 말을 받았다.

"황상은 너무 상심하지 말고 길 떠날 준비를 하라. 이제 황상이나 내가 궁에서 입던 옷으로 길을 떠날 수는 없을 테니 어서 바깥에서 옷을 바꿔 입을 궁리를 하자."

서태후는 내시들에게 명령하고 급히 바깥에서 입을 남복과 여복을 구해오라고 했다. 황후와 귀비와 공주들도 모두 불러들였다.

이때 경운문 밖 삼소라는 곳에 갇혀 있던 진비가 불려 들어왔다. 진비는 무술정변 때 광서황제를 도와서 신당과 함께 새 정치를 하자던 죄명으로 삼소라는 곳에 갇혀 있다가 이제야 황제를 만나 그녀의 눈에는 한없이 눈물이 흐르고 황제가 피난길을 떠난다고 하자 광서황제의 옷자락을 잡고 말했다.

"이 천하가 폐하의 천하가 아닌 지 오래됐지만 종묘사직을 버리고 어디로 가시고자 하십니까? 외국의 연합군이 성 안에 들어온다 해도 폐하에게는 해를 끼치지 않을 것입니다."

서태후는 진비가 광서황제에게 하는 말을 듣고 크게 노하여 꾸짖었다.

"저년이 지금도 제 버릇을 고치지 못하고 이런 시간에 우리 모자를 이간질하며 나를 원망하는구나! 너를 데리고 갈 수도 없고 그대로 두었다가 외국놈들에게 욕되게 할 수도 없다."

서태후가 다시 태감 최장례를 불러 호령하였다.

"너는 황귀비로 하여금 적이 입성한 다음에 욕을 당하지 않도록 조처하라!"

최장례는 달려들어 광서황제에게 매달려 울고 있는 진비의 팔을 잡아 끌고 밖으로 나갔다. 광서황제가 서태후에게 꿇어앉아 용서를 구했는데 서태후는 좋은 말로 광서황제를 위로했다.

최장례에게 끌려 밖으로 나간 진비는 할 수 없이 최장례가 끌고 대는 대로 궁중의 우물가까지 이르렀다. 그러자 최장례는 더 가지 않고 진비를 우물 속에 밀어 넣었다. 그리고 다시 큰 돌 몇 개를 우물에 던져넣었다. 가련한 진비는 자기가 사랑하는 남편이며 충성으로 섬기는 남편 광서황제를 두고 이 세상을 떠나고 말았다.

광서황제를 북경에서 떠나지 못하게 한 진비의 뜻은 각국의 연합군이 북경에 들어오더라도 의화단의 난민을 이용하여 난리를 만든 것이 서태후와 수구당의 장난이오, 광서황제의 뜻이 아닌 것을 외국 사신들이 잘 알고 있는 만큼 연합군과 될 수 있는 대로 화평하게 담판할 수가 있으며 따라서 그 기회에 서태후에게 빼앗겼던 황제의 정권을 회복할 수 있을 것이라 생각한 것이다. 그래서 황제에게 그와 같이 말하다가 칠십 평생을 간계와 흉악으로 천하를 호령하며 정권을 혼자 차지해온 서태후에게 참혹한 죽음을 당한 것이다.

진비가 슬프게 울며 우물 속에 빠질 때 연합군의 대포소리는 더욱 심해지고 자금성 궁중에서는 서태후가 촌계집의 의복을 입고 광서황제는 농부의 복장을 차리고 광서황후와 진비의 형인 근비도 농촌여자의 의복을 되는 대로 차려입었다. 서태후는 보교를 타고 황후와 황귀비는 노새를 맨 짐 싣는 마차를 타고 황제와 황태자가 또한 그와 같이 짐 싣는 마차를 타고 자금성 궁문 밖으로 나오려 할 때 삼천 명이나 되던 내시 가운데서 따라 떠나는 자가 열일곱 사람이며 몇 천 명 궁녀 가운데서 오직 세 사람의 궁녀가 쫓아 떠날 뿐이었다.

그러나 그뿐이랴! 내시들 가운데서 어떤 사람은 궁중에서 가장 보배라고 하던 기구를 함부로 집어던졌다.

"나라가 망하는데 이까짓 보물이 무슨 소용 있느냐?"

"만수산의 이궁을 지은 것이 첫 번째 망한 것이고, 무술정변을 못하게 한 것이 두 번 망한 것이오, 의화단을 믿고 황제를 갈려던 것이 세 번 망한 것이다. 망할 짓 세 번을 하고서 망하지 않으면 천벌을 받을 것이다. 청나라는 영원히 망했다."

서태후는 그 모든 꼴과 말을 못 본 척 못 들을 척하고 황급하게 자금성의 옆문으로 빠져 이승문 밖에 나오니 광서 26년 7월 21일 새벽이었다.

그날 서태후는 세수도 못하고 머리도 빗지 못한 것은 물론 아침밥도 먹지 못한 채 떠나 종일 굶어 길을 가면서 조종과 하느님과 부처님께 자기 잘못을 고하며 도와주기를 기도했다. 그렇게 팔십여 리를 가 어떤 백성의 집에서 밤을 지내게 되었는데 북경 근처의 백성들이 난리 소문을 듣고 모조리 도망한 까닭에 저녁밥도 얻어먹을 수가 없게 되었다.

그 중에도 서태후와 광서황제의 일행을 따라 떠난 자는 단왕과 경친왕, 순친왕, 몽고왕 등 네 사람과 강의 조서시 등과 시위대 천여 명, 호위하는 하옥곤의 군사 천여 명 등이었다. 또한 군대에도 먹을 양식이 없는 만큼 병정들이 민간에 들어가 약탈을 함부로 하는지라 도처에 백성들의 원망만 하늘에 사무치게 되고 서태후가 예허나라 씨의 후예로 애신각라의 나라를 영원히 망해먹고 만다는 욕설만 들렸다. 게다가 광서황제는 인자하고 총명한 임금으로서 흉악한 서태후의 손에 평생이 가련하다는 말까지 듣게 되었다.

그들 일행은 거용관을 지나 24일 회래현에 당도하니 현령 오영문이 서둘러 나와서 영접하는데 서태후는 현령부인의 방에 들어가고 황후는 그 며느리의 방에 들며 광서황제는 현령의 사무실에 들었다. 서태후는 그제야 간신히 머리도 빗고 세수도 하였다. 태후와 황후는 창졸간에 떠난 까닭에 머리 빗는 제구도 가지지 못했으며 사흘 동안 간신히 계란 몇 알씩 얻어먹다가 그날 저녁에야 비로소 제대로 음식을 먹게 되고 정신을 차리게 되었다.

그리하여 서태후는 25일에 광서황제로 하여금 부득이 서행하게 된 것과 숭기, 영록 등에게 북경에서 정무를 처리하라는 명을 내리게 하고, 26일에 죄기령(罪己令)을 내려 자기의 잘못을 천하에 사과하며 각 성에서 외국 사람을 보호하라고 했다.

서태후 일행은 7월 27일에 선화부에 이르러 나흘간 머물고 다시 떠나 8월 6일에 대동부에 이르러 나흘 동안 쉬고 13일에 안문관을 지나 17일에 산서의 수도 내원부에 당도하여 순무아문에 들게 되니 그들이 북경을 떠난 뒤 처음으로 평안한 거처를 만나게 된 것이다.

그때에야 강소순무 녹전림이 군사 천 명을 데리고 하남을 거쳐 내원부에 와 서태후와 광서황제를 보호하게 되었는데 도착한 녹전림은 이렇게 아뢰었다.

"외국 연합군이 장차 보정부를 점령하고 내원부로 올 테니 협서 서안부로 다시 행차하는 것이 옳습니다."

서태후는 녹전림의 말대로 협서 서안부로 가려고 하였다. 이 소식을 각 성의 총독과 순무들이 듣고 반대하는데 양강총독 유곤일이 각 성 총독과 순무와 함께 변명하여 상소하기를 협서로 가는 것은 옳지 못하다고 하였다.

그러나 연합군의 대포소리에 놀란 서태후는 녹전림의 말대로 다시 협서로 향하게 되고 녹전림은 이것을 빙자하여 자기의 공명을 자랑하려고 했다.

그들은 윤 8월 6일에 산서 내원부를 떠나 26일에야 간신히 몽강에 이르고 9월 4일에야 협서 서안부에 이르러 순무아문을 행궁으로 삼아 모든 것을 대강이라도 궁중 예절대로 차리게 되었다. 이때까지도 광서황제와 왕공대신들이 모두 무명옷을 입었던 것이다.

그런데 서태후는 길에서부터 위장병에 걸려 고생하다가 서안부에 간 뒤로는 더욱 심하여 밤잠을 이루지 못하는데 자기가 나랏일 그르친 것을 후회하고 때때로 울면서 탄식했다. 동시에 광서황제를 특별히 사랑했다. 광서황제도 북경을 떠난 뒤로 입을 다물고 도무지 아무 말도 하지 않는데 만일 누가 조금이라도 서태후를 원망하고 자기를 동정하는 눈치를 보이면 정색하고 나섰다.

"모든 것을 천운이라 생각한다. 일이 이미 잘못된 이상 원망도 후회도 쓸 데 없고 오직 그분의 아들로 할 도리나 다하는 것이 가장 옳은 것이다."

그는 이렇게 말하며 지극 정성으로 효성을 다하는데 누구든지 그들 모자 사이에 과거 미움이 있었다는 것을 알지 못할 정도였다.

서태후 일행이 서안부에 이른 뒤 각 성 총독과 순무들이 돈과 물건을 많이 보내며 북경으로부터 왕공대신과 내시 궁녀들도 많이 따라와 제법 천자의 궁중생활이 회복되었다. 궁중에서 소비되는 하루의 음식값이 은 이백 냥이나 되는데 서태후는 그것을 협서순무 장춘현에게 자랑했다.

"이전에 북경에서는 매일 음식에 드는 돈이 이보다 삼사 배가 되었으니 지금은 참으로 아주 절약하는 것이지!"

모든 사람들은 서태후의 말에서 그의 호사스러운 생활은 죽을 때까지라도 고치지 못할 것이라고 탄식했다. 연합군의 대포 소리에 놀란 가슴이 조금 가라앉고 북경과 각 성에서 보내는 돈과 물품이 풍족해지자 서태후의 권세 자랑과 호사스러운 생활은 다시 회복되었다.

녹전림을 상서 벼슬에다가 모든 권세를 맡겨 영록과 정문소 등과 함께 천하를 호령하게 하는데 호위하는 군사들이 민간에 나가 행패하며 백성을 학대하던 것은 차마 말할 수 없을 정도였다.

서태후는 그런 것 저런 것을 생각할 틈이 없었다기보다도 근본부터 백성을 사랑하는 마음이 없었고 오직 연극장을 새로 늘리고 수리하면서 날마다 태평성대처럼 자기의 향락에만 급급했다.

 그럴수록 광서황제의 눈에서는 눈물이 마를 날이 없었다. 각성에서 돈과 물품이 와도 한숨 쉬고 눈물 흘리며 의화단의 난민과 연합군의 군대에게 백성이 학대 당한다는 소문에도 그는 눈물을 흘렸다.

# 망국의 강화조약

 서태후가 광서황제를 데리고 북경을 떠나 서쪽으로 멀리 피난의 길을 나서던 6월 21일에 영·미·프·독·일·러·오·이 등 8국 연합군이 청나라의 서울 북경성 안에 들어갔다.

 북경성 안에 들어간 8국의 연합군 가운데 미국과 일본의 군대가 비교적 규율을 지키고, 그 밖에 모든 나라 군대는 청국 사람을 개, 돼지처럼 여기며 온갖 행패가 참으로 사람으로서는 할 수 없을 정도로 심했다.

 당초 독일황제는 청국으로 출동하는 군사들에게 이렇게 말했다.

 "우리의 공사를 학살한 야만한 나라의 서울 북경에 들어가면 마땅히 야만의 나라에 들어가서 행하는 행동을 가져라! 문명한 행동은 오직 문명한 나라 사람에게만 가지는 것이다. 청국은 야만의 나라이다."

그리하여 독일 군대의 야만적인 행동은 동서양의 역사상에서 볼 수 없는 만행이었다.

연합군은 북경을 점령한 뒤 각각 구역을 나눠 맡아 지키며 일제히 자금성에 들어가 서태후와 광서황제가 앉던 용상에도 앉아보고 모든 보물도 마음대로 가졌다. 동치황제의 황귀비였던 유비가 미처 도망가지 못한 것을 보고서는 그래도 예를 표하고 극악 무도한 행동을 삼가했다. 그리고 일본 군대가 자금성을 맡아 지키는데 우물 속에서 광서황제가 사랑하던 진비의 시체를 발견하고 그것을 끌어내어 북경 서편 농촌에 대강 파묻었다.

8국의 연합군이 북경 안에 퍼져서 집집이 가택 수색을 하는데 절이나 도관이나 묘는 물론 개인의 집에라도 의화단에서 숭배하던 제단을 만든 자취만 있으면 불질렀다.

난리판에 죽어 넘어진 송장이 북경의 큰 거리와 골목골목에 쌓여 있어서 송장 썩는 냄새에 차마 코로 숨을 쉴 수가 없었다. 연합군이 북경을 점령한 뒤 첫 번째 한 일이 난리판에 죽은 송장을 처리하는 일이었다. 그만큼 송장을 성 밖에 가져다가 매장하는 일은 쉬운 일이 아니었다. 더욱이 마차나 우차가 씨도 남지 않은 그때 북경에서는 그 많은 송장을 사람의 등으로 져다 파묻는 것밖에 다른 도리가 없었다. 그러므로 연합군은 청나라 사람을 닥치는 대로 송장을 지고 성 밖으로 몰아가는데 그 중에는 왕공귀족도 섞였으며 죽은 송장을 지고 가다가 송장 하나가 더 느는 활극도 적지 않게 생겼다.

북경에 들어가서 며칠을 머문 연합군은 다시 서태후 일행을 잡으려고 군대를 몰아 보정부까지 쫓아갔다가 잡지 못하고 북경으로 돌아왔는데 그들이 성 밖에 나가서 행한 행동은 더욱 야만적이었다.

서태후가 북경을 떠나게 되던 때부터 외국 연합군 편에서는 그 말에 귀를 기울이지 않고 오직 서태후를 잡아 오고 광서황제와 직접 담판하려고 했던 것이다.

그런 것이 이제 보정부까지 쫓아갔다가 서태후 일행을 사로잡지 못하고 더 깊이 또는 더 멀리 따라가서 잡으려 하자니 군사상 위험한 점이 적지 않아 할 수 없이 화친해야 할 형세가 되고 말았다.

그때 북경에 있는 왕동팔이 조정의 명령이라 하고 화친하기를 연합군에게 말했다. 연합군에서의 대답은 강경했다.

"우리가 협서성 서안부까지 못 갈 것은 아니나 까닭 없는 싸움은 더하기를 바라지 않아 그만두거니와 귀국에서 만일 참으로 화친할 생각이 있거든 황제가 속히 와서 직접 담판하게 하라."

그런 소문이 서안부에 있는 서태후의 귀에 들어갈수록 서태후는 북경에 돌아가기를 원하지 않았고 호위의 책임을 가지고 있는 녹전림이 자기의 권세를 빼앗길까 염려하여 서태후와 광서황제가 북경으로 가는 것을 반대하고 날마다 서태후의 비위를 맞추어 연극이나 보면서 향락하기를 일삼았다.

연합군에서도 서태후 일행은 속히 돌아오지 않고 그대로 북경을 점령한 대로 있을 수가 없어서 절대로 광서황제와 직접 담판하자고 하던 주장을 버리게 되었다.

연합군에서는 협서에 있는 청나라 조정에 전하기를 광서황제가 직접 담판을 못할 사정이면 양광총독 이홍장에게 직예총독을 시켜 전권대사를 강화 담판을 하게 하라고 했다.

　서태후도 연합군의 그 요구를 반갑게 여기고 요구대로 이홍장을 강화담판의 전권대사를 시켰다.

　연합군과 이홍장 사이에 열린 강화 담판은 우여곡절 끝에 여러 달을 끌다가 결국 아래와 같은 조목으로 합의했다.

1. 의화단의 난리를 일으킨 수괴를 엄벌할 것.
2. 군수를 만드는 재료의 수입을 엄금할 것.
3. 공사(公私) 간의 모든 손해를 배상할 것.
4. 동교민항에는 각국에서 군사를 주둔하고 청나라 사람은 살지 못하게 할 것.
5. 대고포대와 북경과 천진에는 청나라에서 군사를 두지 못할 것.
6. 각국은 북경과 천진 사이에 어디든지 마음대로 군사를 주둔시킬 수 있는 것.
7. 청나라는 마땅히 특사를 독일에 보내서 조문하고 사죄하며 북경에 죽은 독일 공사의 기념비를 세울 것.
8. 청나라는 일본에 특사를 보내어 사죄할 것.
9. 현행의 모든 조약을 개정할 것.
10. 청나라는 재정을 정리하여 각국의 배상금을 물도록 할 것.
11. 총리아문의 권한을 고칠 것.
12. 지방 관리로서 외국 사람을 힘써 보호하지 않은 자는 모두 파면시키고 영원히 쓰지 않을 것.
13. 각국 공사가 청나라 황제에게 올리는 예식을 간단히 할 것.

이 조약을 실행하기 위하여 이홍장과 연합군 사이에는 여러 가지 다툼과 버팀이 있었다. 남양대신 장지동과 그 밖에 모든 사람은 이홍장이 망국의 조약을 맺는다고 반대와 시비가 많았다.

그러나 이홍장도 망국의 조약인 줄 알면서 형세에 부대껴 할 수 없이 울며 겨자 먹기로 연합군의 요구를 들어주지 않을 수 없었다.

한편 서태후는 그러한 조약이 나라를 망하게 하든지 말든지 자기 생전에 북경의 자금성 궁중으로 돌아오겠다는 욕심에 이홍장에게 무엇이든 연합군이 요구하는 대로 들어주라고 재촉하였다.

첫째로, 의화단의 난리를 일으키고 외국의 공사와 서기관을 죽인 모든 죄의 수범을 작정하여 연합군에서는 단왕과 장친왕 등 수구파 백여 명을 사형에 처하라고 요구했다. 이홍장이 혀가 닳도록 거절하자 독일 장수가 말했다.

"우리가 지금 사형에 처하라는 죄인들은 실상 주범이 아니다. 이번 죄의 주범은 지금까지 협서에서 천하를 호령하는 늙은 부인이다. 그래도 우리의 요구가 과하다면 우리는 장차 그 부인의 머리를 베어오라고 요구할 것이다."

그리고는 이홍장을 노려보는데 이홍장도 더이상 할 말이 없어서 그들의 말대로 단왕은 서인(庶人)을 만들어 멀리 유배보내고 장친왕과 강의와 조서시 서동 등에게는 약을 먹게 하고 소위 황태자는 폐하여 내쫓았다. 또한 유현과 서승옥 등 십여 명은 목을 베어 죽이게 하고 종신 금고와 파면을 당한 자가 백여 명이나 되었다.

그리고 개인과 묘당의 손대는 각각 그 지방에서 물고 받을 배상금은 사억 오천만 냥의 은으로 정하며 순친왕을 독일에 보내 사죄하게 했다.

그 다음에 배상금을 무는데 담보품으로 소금세와 해관세를 외국 사람들이 관리하게 하니 이것은 곧 재정적으로 청나라가 영원히 망하게 된 것이다.

그 밖에도 모든 것이 어느 것이나 독립한 나라로서는 차마 당할 수 없는 모든 조약을 그대로 실행하기로 했다.

그런데 이러한 모든 것을 거의 정하고 나서 이홍장은 늙은 몸에 밤낮 없이 외국 사람들에게 시달리며 자기가 하는 모든 조약이 확실히 나라를 영원히 망하게 한다는 양심의 고통으로 병이 생겨 마침내 죽게 되었다. 이홍장은 자기의 계획과 강화 담판의 모든 내용을 들어서 서태후와 광서황제에게 알리고 원세개를 직예총독으로 천거하였던 것이다. 홍수전의 난과 갑오의 청일전쟁 등을 거치며 사십 년 동안 서태후의 신임을 받던 이홍장은 죽고 강화 담판은 결론을 맺지 못했다.

연합군에서는 이홍장이 죽었으므로 강화 담판을 진행할 청나라 대표자를 잃어버리고 여러 가지 의논한 결과 청나라에서 누구를 전권대사로 보내든지 이홍장이 결정한 그대로 도장만 찍든지 하라고 통지했다.

협서성 서안부에서는 서태후와 광서황제가 이홍장이 죽었다는 소식을 듣고 서태후는 방성통곡하고 광서황제도 눈물을 흘리며 이홍장을 국장으로 장사지내라 했다. 그리고 그가 천거한 대로 원세개를 직예총독을 시키고 왕문소로 하여금 이홍장의 뒤를 이어 연합군과 강화 담판을 진행했다.

왕문소가 청국의 전권대사로 북경에서 연합군 대표자들을 만나본 결과 피차 이홍장이 결정했던 대로 조약을 만들고 도장을 찍으니 한갓 애신각라씨의 청나라 체면만이 아니라 중원의 사억만 한족이 통틀어 외국 사람의 지배하에 들어가게 된 것이다. 드디어 망국의 조약이 맺어지고, 광서황제의 임금 자리를 빼앗으려 일어났던 의화단 난리는 그것으로 끝이 났다.

그렇게 강화조약이 맺어지고 각국의 군대가 모두 철수하려는 때 각 성의 총독, 순무와 북경의 왕공대신들이 서태후와 광서황제에게 하루라도 빨리 환궁하라고 상소하며 청원했다. 서태후는 광서황제를 데리고 광서 27년 4월 20일에 서안부를 떠나 하남성을 거쳐 북경으로 돌아오려고 하다가 여름날이 너무 덥고 장마에 길이 사납다고하여 8월 24일에 떠나 10월 10일 서태후의 생일잔치를 하남 개봉에서 사흘간 벌이고 11월 24일에 개봉을 떠났다. 순덕부에 이르니 광서황제의 평생 원수인 직예총독 원세개가 군사를 거느리고 와 호위했다. 그리하여 정정부에서 기차를 타고 11월 24일에 북경으로 돌아오니 구경하는 각국 사람이 수백 명이며 만조백관이 길가에 꿇어앉아 환영했다. 영국과 오스트리아 양 국의 기병대가 좌우에 늘어서서 호위하고 각국 공사와 부인들도 마중 나가 맞아들이니 마치 서태후가 나라와 만민에게 무슨 큰 공덕이나 베풀고 돌아오는 듯했다.

오직 광서황제는 자금성에 돌아온 뒤 만사에 뜻이 없고 진비가 참혹하게 죽은 것이 너무 원통하고 슬퍼 밤낮 한숨으로 세월을 보낼 뿐이었다.

서태후는 광서황제가 진비의 죽음을 원통히 여기는 줄 짐작하고 북경에 돌아온 지 며칠 뒤 태감 최장례를 불러서 꾸짖었다.

"내가 네게 진비 전하를 외국 사람에게 욕보지 않도록 보호하라고 하였는데 네가 그와 같이 죄를 저질렀으니 너를 그대로 둘 수가 없다."

서태후는 최장례를 변방으로 유배보냈다.

# 칠십수연도 수포

서안부에서 북경으로 돌아온 서태후는 자기가 온 천하 사람에게 비방을 듣고 욕먹으면서 평생의 정성을 쏟아 만들었던 만수산 이궁이 연합군의 말발굽에 짓밟히고 특히 그 안의 온갖 기화요초가 간 데 없으며 천하사방에서 모여들었던 금은보화도 간 곳이 없자 이 세상 모든 것이 허사라고 여겨졌다. 또한 연합군과 의화단의 대포와 총칼 몽둥이에서 죽다 남은 가련한 백성을 생각하자 그녀는 자기의 잘못을 뉘우치지 않을 수 없었다. 또한 광서황제를 너무나 지나치게 미워하고 압박했던 것도 후회하고 될 수 있는 대로 광서황제에게 얼마의 자유를 주려고도 했다. 그리고 세상이 수구파의 말과 달리 모든 것이 학교에서 배우고 정부에서 정치를 잘함으로써 문명도 피고 발달하게 된다고 생각하게 되었다. 더욱이 서양 오랑캐라고 업신 여겼던 서양의 외국 사람이 무섭다는 것을 깨달았다. 무엇보다 그녀가 평생에 걸쳐 좋아하던 향락생활은 돈을 가져야 하는 것인데 이제 온 나라의 재정이 외국 사람의 수중에 들어가고 배상금도 물어가기에도 모자라는 판에 자기가 향락을 누릴 수가 없게 된 데서 그는 심심풀이로라도 나라의 정사나 잘해보자고 마음먹게 되었다. 어떤 때는 광서황제를 불러 앉히고 말했다.

"지난 일의 잘못을 생각하면 무엇하나? 이제라도 잘해 나가면 서양이 두렵지 않게 우리나라도 잘 만들 수가 있으니 황상도 정신을 가다듬어 잘하여 보자!"

광서황제는 별로 긴 대답을 않고 오직 한 마디로 대답할 뿐이었다.

"지당하신 말씀입니다. 오직 마마의 가르침을 삼가 행할 뿐인가 합니다."

그리고는 혼자 있을 때면 한숨 쉬고 눈물 흘리기로 일삼았다. 어떤 때는 곁에 있던 내시나 궁녀가 아뢰었다.

"이제 태후폐하께서 성상폐하의 본뜻대로 새 정치를 행하고자 하는데 폐하께서는 어찌하여 이 기회에 폐하 마음대로 새로운 정치를 한 번 해보지 않습니까?"

광서황제는 역시 한 마디로 잘라 말했다.

"너희들이 알 바가 아니다!"

광서황제는 눈을 감고 한참이나 무엇을 생각하다가 한숨 한 번 길게 쉬고는 스스로 탄식했다.

"5년 전에 내 맘대로 했더라면……. 이제 이렇게 해놓고 바로

잡자고? 흥! 이제는 때가 늦었어! 하실 대로 해보시라지!"

광서황제는 이런 말을 혼자 하다가 또다시 한숨 쉬고 눈 감고 앉아 있을 뿐이었다. 서태후는 그러한 소문을 들을 때마다 광서황제가 자기를 원망하는 것이라고 괘씸한 생각도 들었다. 그러나 다시 광서황제를 더이상 압박하기가 싫어 못 들은 척하고 지낼 뿐이었다.

때마침 광서황제의 아버지 순친왕이 독일에 사죄하러 갔다가 돌아와서 서태후에게 서양 각국이 얼마나 문명적이고 부강한지 입에 침이 마르도록 칭찬하고 자랑했다. 서태후는 청나라도 서양 각국과 같이 만들어 본다 하여 육해군의 제도도 다시 만들고 새로 정무처도 만들며 만족과 한족이 서로 혼인할 수 있게 했다. 그런가 하면 새로 법률을 제정하고 많은 학교를 세워 인재를 양성하게 하니 마치 대정치가이며 대개혁가처럼 제법 새 정치와 새 제도를 만드는 것 같았다.

그러나 새 정치와 개혁과 제도는 새 사람 새 인물이 하는 것이지 영록과 원세개와 장지동 같은 수구당의 인물로서는 할 수 없는 것이다. 광서황제가 말한 바와 같이 벌써 그 때가 지나가고 나라는 망할 대로 망하였으니 서태후의 새 정치라는 것은 이름뿐이었다.

서태후가 행하자는 새 정치는 제대로 잘 되지 않고 세월만 빨라 서태후가 서안에서 돌아온 지도 벌써 일 년이나 흐르고 서태후의 칠십수연이 다가오게 되었다. 각 성의 총독과 순무들이 새 정치를 힘써 하자는 서태후의 말은 들은 척도 않고 서태후의 칠십수연을 준비하자는 데는 저마다 열성을 내어 온 나라의 돈을 들여서라도 이 잔치만은 성대히 하려고 했다.

서태후 자신도 환갑잔치는 갑오의 청일전쟁으로 제대로 못하여 항상 원통스럽게 생각하던 터라 칠십잔치나 한번 제대로 해보자는 것도 그럴 듯한 일이었다.

그러나 호사다마인지 서태후의 박복한 탓인지 서태후의 칠십수연을 또다시 제대로 지내지 못할 만한 큰 일이 청나라 만주 땅에서 일어났다.

러일전쟁의 결과로 만주와 조선이 누구의 것이 되느냐 하는 걱정보다도 전쟁의 결과가 자칫 잘못되면 청나라 전체에 무슨 큰 화가 미칠까 두려워 서태후는 자기의 칠십수연도 그만두게 하고 만주에 있는 청나라 관리들을 엄중히 단속하여 두 나라 싸움에 결코 어느 편도 들지 말고 엄정 중립하게 했다.

그 전에 서태후에게는 또 한 가지 걱정되는 일이 있었으니 그 것은 서태후가 가장 사랑하고 믿었던 군기대신 대학사 영록이 병들어 죽은 것이다. 영록은 죽을 때 서태후에게 상소하여 원세개를 군기대신으로 쓰라고 했다. 서태후는 그 말대로 영록 대신에 원세개를 믿고 쓰게 된 것이다.

러일전쟁에서 일본이 이기고 러시아가 패하자 만주와 조선에서 가졌던 러시아의 권리를 일본이 조약상 가지게 되는 것으로 끝내고 말았다.

그러나 러일전쟁의 뒤를 이어 청나라에는 새로운 걱정이 이곳저곳에서 생기는데 그 걱정은 홍수전의 태평천국 이후에 또다시 일어나는 한족의 혁명운동이다. 의화단 난리에서 무력한 것을 자백하고 민심을 잃어버리고 외국의 멸시를 받는 청나라를 뒤집어 버리고 한족이 독립된 새 나라를 세울 수 있다는 데서 한족의 혁명운동은 새로운 기세로 여기저기에서 터져나오게 된 것이다.

안휘에서는 서석림이 순무 은명을 죽이려고 하다가 비록 실패는 하였으나 사억만 한족의 민심을 진동시켰고, 상해에서는 추근이라는 여자가 혁명을 일으켰다. 추근은 혁명에 실패하여 잡혀 죽었는데 한족의 남자들에게 "여자도 저렇거늘 하물며 우리 남자야?" 하는 충동을 받게 하였다. 광서 진남관에서는 황흥이 손문과 김천화, 송교인, 호한민 등과 함께 돈과 군기를 마련하여 군대를 선동했다. 그리하여 반란을 일으키고 진남관의 포대를 빼앗으며 형세가 자못 커져 남방이 한참이나 시끄러웠다. 북경정부가 간신히 평정하였으나 또다시 언제 무슨 일이 터질지 몰라 서태후 이하 누구든지 마음 놓지 못하고 그날그날을 지내게 되었다.

그렇게 될수록 청나라 북경 궁중에서는 서태후를 원망하는 소리가 높아지게 되고 광서황제의 무술정변이 실패한 것을 애석하게 여겼다. 그러나 서태후의 세력은 원세개가 군기대신이며 직예총독인 만큼 감히 누구도 건드릴 수가 없었다. 서태후 자신도 자기가 이 세상에서 삶이 끝나기 전까지는 권세를 놓지 말자고 하며, 권세가 없는 날이면 자기의 목숨이 떨어지는 것으로 생각했다.

## 최후 비막

광서 34년 무신 7월에 북경에는 별별 미신이 많이 돌았다. 그 중의 한 가지를 들어보면, 그달 스무하룻날 밤에 큰 별이 서북편에서 날아와 길웅을 거쳐갔는데 그 소리가 우레 같고 꼬리가 수십 발이 되며 빛이 황홀하였다. 그런데 그 별이 마침내 동남편에 날아가서 떨어졌다. 이것을 가지고 모든 사람들은 자미성(자미원에 있는 별 이름으로 북두칠성의 동북쪽에 있는 15개의 별 가운데 하나. 중국 천자의 운명과 관련된다고 한다.)이 떨어진 것이니 광서황제가 붕어할 징조라고 떠들었다.

그런데 광서황제는 서안부에서 돌아온 뒤 칠팔 년 동안 세상일을 물으려고 하지도 않고 들으려고 하지도 않으며 누구든 세상 소식을 전하면 도리어 귀찮아하고 곁에 내시들이 있는 것까지 귀찮아했다. 따로 조용한 방에서 혼자 지내기를 좋아하며 벌써 남된 지가 오래인 황후가 찾아가면 본 척도 않고 묻는 말도 대답하지 않다가 나중에는 화를 내고 호령하여 보내기가 예사였다. 말하자면 광서황제는 염세증이라기보다 극단의 염인증에 빠진 지 오래였던 것이다.

그의 마음이 그렇다 보니 그의 몸도 극단으로 쇠약해 졌다. 서태후는 도리어 광서황제의 병을 염려하는 척하고 유명한 의원을 하나씩 불러 진찰시켰다. 태후의 명령이라 전하고 병을 진찰하자 하면 광서황제는 마지못해 책상 위에 팔을 내놓고 맥만 보도록 할 뿐이었다. 아무 말도 않다가 의원이 병의 증세를 쓰기 위하여 간혹

"폐하께서는 수라의 맛이 어떠하시며 하루에 대변은 몇 번이나 보시며 소변은 또 어떠하신지요?"

하고 물으면 그는 벌컥 화를 내면서 꾸짖었다.

"맥을 보고서 그런 것도 알지 못하는 놈이 의원이란 말이냐?"

그리고 어떤 의원이든지

"폐하께서는 신체가 너무 쇠약하십니다."

하면 그는 더욱 크게 노하여

"짐의 몸이 어디로 보아 쇠약하다는 말이냐? 고약한 놈이로구나!"

하고 당장에 내시를 불러 쫓아내었다. 실상 모든 병이 없다는 것이다.

그러나 서태후는 광서황제가 확실히 중한 병에 걸렸다고 하면서 매일 의원을 보내 진찰하고 약을 쓰라 했다. 약을 지어다

달여주면 광서황제는 약을 본 척 만 척하다가 만일 누가

"폐하께서 약을 잡수시기 바랍니다. 약이 식을까 염려됩니다."

하면 그는 또다시 화를 내었다.

"약이란 것은 병든 사람이나 먹는 것이다. 짐에게 무슨 병이 있어서 약을 권한단 말이냐?"

광서황제는 약을 버리라고 호령했다.

그런데 그해 10월 초에 서태후가 설사병에 걸려서 여러 날 고생하며 위태하게 되었는데 어떤 자가 서태후에게 광서황제를 참소했다.

"황상폐하께서는 태후마마의 병환이 염려된다는 말씀을 들으시고 얼굴에 대단히 기뻐하는 빛을 가지더이다."

서태후는 자리에 누웠다가 일어나서 주먹으로 책상을 치면서 벌컥 화를 냈다.

"그놈이 그래! 이놈! 내가 너보다 먼저 죽지는 않을 것이다. 이놈, 어디 보자!"

때마침 10월 10일 서태후의 생일을 맞이하여 광서황제가 서태후에게 하례를 드리려고 들어왔다. 서태후에게 막 배례하려고 할 때 서태후가 갑자기 명령을 내렸다.

"황상의 병이 아무리 보아도 심상하지 않으니 백관을 거느리고 오는 것을 그만두고 돌아가서 조용히 몸조심이나 하라!"

광서제는 그 분부를 듣고 돌아오는 중에 통곡하며 말했다.

"짐이 이 세상에 있을 날이 몇 날이 못되는 구나."

# 뒷 이야기

광서제 34년 10월 10일, 서태후의 생일에 광서제는 위장병과 신경쇠약으로 대례에 참석하지 못했다.

그 뒤, 광서제의 병이 날로 위독하여 서태후는 황제 계승자를 뽑기 위해 왕공대신 회의를 소집, 협의했고, 결국 서태후가 추천한 푸이(부의, 溥儀)로 결정되었다.

푸이는 곧 청나라 마지막 황제 선통제(宣統帝)이다. 그의 아버지는 광서제의 동생 순친왕 재풍이고 어머니는 영록의 딸이었다.

푸이가 황태자로 책봉된 다음날인 11월 14일 광서황제는 병을 이기지 못하고 마침내 운명하고 말았다.

그리고 그 다음날 오후 5시, 청나라 최후의 여성 최고 권력자였던 서태후가 74세의 일기로 그 영욕의 삶을 마쳤다.

그녀는 숨을 거두기 전 최후의 한 마디를 남겼다.

"다시는 여자로 하여금 정사에 참여하는 일이 없도록 하라. 조상으로부터 이어오는 제도에 어긋나는 일이 없도록 하라. 특히 내시는 아무리 작은 권한이라도 갖게 해서는 안 될 것이다."

# ❀ 서태후 약력 ❀

| 연도 | 연호 | 나이 | 약력 |
|---|---|---|---|
| 1835 | 道光 15 | 1 | 산서성(山西省) 노안부에서 출생 |
| 39 | 19 | 5 | 아편전쟁 시작 |
| 41 | 21 | 7 | 영국에 선전포고 |
| 42 | 22 | 8 | 영국에 항복, 남경조약 체결 |
| 43 | 23 | 9 | 영국과 5항 통상장정 체결, 광주 개항 |
| 47 | 27 | 13 | 백련교도의 난 발발 |
| 50 | 30 | 16 | 도광제(道光帝) 죽음. 함풍제(咸豊帝) 즉위 태평천국의 난 발발 |
| 52 | 咸豊 2 | 18 | 서태후 궁녀로 뽑힘 |
| 53 | 3 | 19 | 태평천국, 남경을 함락하여 도읍으로 정함 |
| 55 | 5 | 21 | 묘족(苗族)의 반란 일어남 |
| 56 | 6 | 22 | 서태후 동치제를 출생. 애로우호사건 발발 |
| 57 | 7 | 23 | 영·프 연합군, 광주(廣州) 함락, 이듬해 대고(大沽) 포대 함락 |
| 59 | 9 | 25 | 청군, 영·프 연합군 사신 포격 |
| 60 | 10 | 26 | 영·프 연합군 대고포대 재점령. 함풍제 열하로 파천. 북경 점령당함. |
| 61 | 11 | 27 | 총리아문 개설. 함풍제 열하에서 죽음. 동치제 즉위. 양 태후 제1차 수렴청정 |
| 1862 | 同治 2 | 29 | 태평천국 익왕 석달개 체포, 사형 |
| 64 | 3 | 30 | 태평천국의 홍수전 자살. 태평천국 멸망 |
| 65 | 4 | 31 | 공친왕 혁흔, 의정왕 대신(議政王大臣) 면직당함 |
| 68 | 7 | 34 | 이홍장, 염군진압 |
| 69 | 8 | 35 | 복주(福州)에서 기선(汽船) 진수 |
| 71 | 10 | 37 | 상해·런던 간 전신 개설. 러시아가 이리지방 점령. 일본과 수호조약 체결 |
| 72 | 11 | 38 | 증국번 죽음. 묘족(苗族)반란 진압 최초 미국 유학생 출발 |
| 73 | 12 | 39 | 동치제 친정 시작. 운남의 이슬람교도의 난 진압 |
| 74 | 13 | 40 | 일본군 대만 침입 |

| 75 | 光緒 1 | 41 | 동치제 죽음. 광서제(光緒帝) 즉위 |
| | | | 양 태후 제2차 수렴청정. 서양식 우편제도 시작 |
| 79 | 5 | 45 | 천진 · 대고 간 중국 최초 전신 개통 |
| 81 | 7 | 47 | 러시아와 이리조약 체결. 동태후 죽음 |
| | | | 중국인에 의한 최초 철도 개통. 상해에 전화 개통 |
| 84 | 10 | 50 | 공친왕, 옹동화 등 실각. 청 · 프 전쟁 시작 |
| 85 | 11 | 51 | 프랑스와 천진강화조약 체결 |
| 88 | 14 | 54 | 강유위 제1차 상소. 서양식 제철 시작 |
| 89 | 15 | 59 | 무창에서 호북자강학당(湖北自强學堂) 창립 |
| 94 | 20 | 60 | 청일전쟁 발발. 손문(孫文)이 하와이에서 흥중회(興中會)설립 |
| 95 | 光緒 21 | 61 | 청일 강화조약 조인. 강유위 강학회(强學會) 설립. 손문 거병 실패(廣州사건) |
| 96 | 22 | 62 | 러 · 일 비밀조약. 일본에 유학생 파견 |
| 98 | 24 | 64 | 강유위, 보국회(保國會) 조직 |
| | | | 의화단의 배외(拜外)운동 시작 |
| | | | 혁흔 죽음. 무술정변. |
| 1900 | 26 | 66 | 의화단 사건. 연합군 북경 공격. 광서제와 서태후 서안에 파천 |
| 1902 | 28 | 68 | 광서제 · 서태후 북경 귀환 |
| 3 | 29 | 69 | 영록 죽음 |
| 4 | 30 | 70 | 러일전쟁. 옹동화 죽음. 상해에 광복회 결성 |
| 5 | 31 | 71 | 손문 등 동경에서 중국혁명동맹회 결성 |
| | | | 과거 폐지 |
| 6 | 32 | 72 | 민선에 의한 의정부 설치 상유 |
| 7 | 33 | 73 | 중국혁명동맹회 봉기 |
| 8 | 34 | 74 | 중국혁명동맹회 운남 공격 |
| | | | 헌법대강(憲法大綱), 의정원 선거요강 발표 |
| | | | 광서제 죽음. 선통제(宣統帝) 즉위 |
| | | | 순친왕 재풍이 섭정. 서태후 죽음 |